Y
Cyfarwydd

Gwen Pritchard Jones

Argraffiad cyntaf: 2014

ⓗ Gwen Pritchard Jones 2014

Cyhoeddwyd gan Wasg Carreg Gwalch,
12 Iard yr Orsaf, Llanrwst, Conwy, LL26 0EH.
Ffôn: 01492 642031 Ffacs: 01492 641502
e-bost: llyfrau@carreg-gwalch.com
lle ar y we: www.carreg-gwalch.com

Rhif rhyngwladol: 978-1-84527-431-3

Mae'r cyhoeddwr yn cydnabod cefnogaeth ariannol
Cyngor Llyfrau Cymru

Cynllun clawr: Tanwen Haf

Argraffwyd a chyhoeddwyd yng Nghymru.

*Cyflwynaf y nofel hon
i'm merch, Catrin Elen,
y gyntaf a'r olaf
ym mhopeth, bob amser*

Y Cystadleuwyr

Angharad: *Mam ifanc o Frynaman*

Anna: *Merch nobl, dros ei hanner cant, o Ddyffryn Nantlle*

Bleddyn: *Cyn-weinidog helaeth ei gorff o Gwm Gwendraeth*

Dyfrig: *Crefftwr coed o Nefyn*

Gwion: *Darpar feddyg ifanc o'r Wyddgrug*

Heledd: *Myfyrwraig (y Goth), yn wreiddiol o'r Fenni*

Huw: *Pensaer hwyliog o Amlwch, Môn*

Iwan: *Myfyriwr ôl-radd hunanhyderus*

Llinos: *Myfyrwraig swil (y Gwdihŵ); yn y coleg hefo Heledd*

Mair: *Dynes dawel, gymwynasgar, yn enedigol o Ddyffryn Tanat*

Marian: *Merch ganol oed hŷn, ffasiynol yr olwg, o'r Bont-faen*

Rhys: *Darlithydd yn ei bedwar degau, yn hoff o ddangos ei wybodaeth eang*

Pennod 1

Syllodd Dyfrig yn ddrwgdybus ar yr arlwy o'i flaen. Gallai bwyd ar ward ysbyty godi mwy o archwaeth ar glaf na'r hyn a gynigid ar y bwrdd hwn. Os mai dyma'r gorau y gallai'r cwmni teledu ei fforddio, yna doedd hi ddim yn argoeli'n dda iawn ar gyfer y chwe wythnos nesaf. Doedd awyrgylch yr ystafell ddim yn apelio ryw lawer ato chwaith: ogof o le islaw lefel y prom y tu allan, a'r palmant yn rhwystro'r heulwen rhag treiddio drwy ffenestri'r islawr. Digon i godi'r felan arno. Pam gebyst roedd o wedi cytuno i'r fath ffwlbri? Dyna'r cwestiwn oedd wedi bod yn ei boeni ers iddo ateb llythyr Cwmni Teledu Janus, fis yn ôl, yn ei longyfarch ar ennill lle yn y gystadleuaeth sgwennu sgriptiau. Wrth ddarllen y llythyr roedd o'n llawn brwdfrydedd, ond buan iawn y daeth yr amheuon. Oedd, roedd o wedi mwynhau treulio wythnos ar gwrs sgwennu sgriptiau yn Nhŷ Newydd y llynedd, ond peth arall oedd bod yn rhan o gystadleuaeth am chwe wythnos, a'r cyfan yn cael ei ffilmio i greu rhyw raglen deledu-realaeth fondigrybwyll. Mae'n rhaid bod rhyw chwilen yn ei ben pan dderbyniodd y gwahoddiad!

Ar Bedwyr roedd y bai, wrth gwrs, meddyliodd wrth ymestyn am frechdan ham a salad, cyn ailfeddwl wrth weld bod ymylon y bara'n cyrlio yn y corneli fel cyrn tarw du Cymreig. Chwiliodd am ei ffrind, a'i weld yn ceisio gwneud argraff ar ryw lefren fach ddigon plaen yr olwg. Bedwyr oedd y tu cefn i'r blydi lot. Bedwyr oedd wedi annog ei ffrind i anfon ei gais i'r cwmni teledu yn y lle cyntaf, ac ef oedd wedi mynnu bod Dyfrig yn derbyn ei le yn y gystadleuaeth.

'Be nei di fel arall?' roedd wedi ei holi'n chwyrn. 'Môpio ar ôl Sonia? Ma' hi 'di mynd, mêt. Waeth i ti dderbyn hynny bellach. Dydi ... hi ... ddim ... yn ... dod ... yn ... ôl!' Roedd wedi pwysleisio pob gair o'r frawddeg fel petai'n siarad â thwpsyn. 'Ond meddylia am funud,' ychwanegodd yn siriol. 'Chwech wythnos wedi'ch cloi i ffwrdd o afael y byd. Pwy a ŵyr faint o genod bach handi fydd yn gweithio i'r cwmni, 'te? Meddylia am yr hwyl gei di. Mi fyddwch chi fel blydi cwningod o gwmpas y lle!'

Syllodd Dyfrig ar blataid o selsig brown bychain, crebachlyd. Roedd ar fin mentro rhoi cynnig ar un pan fflachiodd atgof drwy ei feddwl: lawnt wyrdd llachar, heulwen danbaid, ac yntau'n blentyn bychan iawn yn cerdded yn simsan ar ei goesau byrion i weld beth oedd ci drws nesaf yn ceisio'i wneud yn ei gwman. Cofio'r rhyfeddod o weld cynnyrch caled y ci ar garped y lawnt, a'r ysfa ddaeth drosto i'w fyseddu, a'i flasu. Wrth i'w fysedd bach tewion estyn tuag ato, cofio'i fam yn rhuthro ato a chipio'i law gan roi andros o lond ceg iddo!

Heb feddwl ymhellach, prysurodd at y danteithfwyd nesaf ar y bwrdd. Gafaelodd mewn coes cyw iâr a'i brathu. Roedd yn rhaid iddo fwyta rhywbeth, neu mi fyddai ei stumog yn corddi efo'r holl win roedd yn ei lowcio fel lemonêd. Wrth gnoi'r cnawd oedd fel rwber, syllodd o'i amgylch yn ddwys. Roedd yr ystafell yn llawn pobol, pob un o'r deuddeg cystadleuydd â gosgordd deuluol i'w hebrwng tuag at ei ffawd. Pob un, hynny yw, heblaw ef ei hun. Dim ond Bedwyr oedd wedi dod gydag ef, ac ni fuasai wedi gadael i hwnnw ddod oni bai ei fod angen rhywun i'w ddreifio i'r gwesty hwn yn Aberystwyth. Ei fwriad oedd ffarwelio â Bedwyr yn nrws y gwesty, ond roedd gan Bedwyr syniadau gwahanol.

'Gwell i ti gael rhywun yn gefn i ti ynghanol yr holl ddieithriaid 'na. O leia mi fydd gen ti un wyneb cyfarwydd i sgwrsio efo fo.' Felly y bu iddo geisio perswadio Dyfrig. Yna ychwanegodd, a'i eiriau'n agosach o lawer at ei wir anian: 'Beth bynnag, waeth i mi ddod mewn efo chdi ar ôl dreifio'r holl ffordd. Mi fydda inna angen seibiant bach cyn troi am adra. Nei di'm gwarafun hynny i mi, nei di?'

A lle roedd Bedwyr rŵan? Yn cadw cefn ei ffrind? Dim ffiars o beryg. Cyn gynted ag y cafodd wydraid o win yn ei law, roedd wedi anelu am y ferch agosaf, pwy bynnag oedd hi, ac nid oedd wedi torri gair â Dyfrig ers hynny. Erbyn hyn roedd ganddo griw o ferched ifainc o'i gwmpas, ac yn amlwg yn adrodd rhyw stori ffraeth wrthyn nhw – un amheus, a barnu o'r pwffian chwerthin gan y merched. Roedd Bedwyr wedi mynd i ysbryd y darn, ei ddwylo'n chwifio yma a thraw yn dramateiddio'i berfformiad. Mae'n rhaid ei fod eisiau gwneud argraff arbennig ar un ohonyn nhw, meddyliodd Dyfrig, cyn sylwi bod un o'r merched yn dal camcorder bychan yn ei llaw. Roedd hynny'n esbonio holl ystumiau ei ffrind. O leiaf roedd y camerâu teledu henffasiwn yn fwy gonest, meddyliodd. Roedd rhywun yn gwybod os oedd un yn pwyntio i'w gyfeiriad. Roedd rhywbeth dan-din yn y rhai diweddaraf 'ma, yn tarfu ar breifatrwydd y gwrthrych diniwed. Ond dyna fo, roedd y sioe wedi dechrau felly. Biti na fuasai Bedwyr yn gallu newid lle ag ef, meddyliodd. Roedd y cyfan lawer mwy at ddant ei ffrind. Am y canfed tro, difarodd ei fod wedi cytuno i gymryd rhan yn y gystadleuaeth.

Roedd ef ei hun wedi llwyddo i osgoi unrhyw gysylltiad â phawb arall yn yr ystafell drwy beidio edrych i fyw eu llygaid, drwy edrych heibio pawb yn hytrach nag atyn nhw. Wrth weld gweinyddes yn dod i'w gyfeiriad â hambwrdd o wydrau gwin llawn, llowciodd Dyfrig weddill ei win cyn cyfnewid gwydrau. Edrychodd o'i gwmpas unwaith eto. Pwy oedd ei gyd-gystadleuwyr, tybed? Pe byddai'r trefnwyr wedi gweld yn dda i roi bathodyn enw iddyn nhw, neu ryw arwydd arall, mi fyddai bywyd yn haws o lawer. Doedd ganddo ddim amynedd i geisio tynnu sgwrs efo unrhyw un ohonyn nhw dim ond i ddarganfod mai mam, nain neu fodryb yng nghyfraith rhywun arall oedd hi. Roedd 'na gymysgedd rhyfeddol yno, yn ddynion a merched, yn hen, ifanc a chanol oed.

Roedd un grŵp bychan yn sefyll allan, grŵp o ŵr a gwraig a dwy ferch – o leiaf dyna sut y labelodd Dyfrig hwy, er nad oedd fawr o debygrwydd rhwng y ddwy eneth. Roedd gan un lond pen o wallt cringoch, cyrliog, a sbectol gron, anferth ar ei thrwyn, a wnâi iddi edrych fel tylluan. Roedd wedi'i gwisgo'n hynod o barchus a henffasiwn mewn ffrog haf ysgafn a chardigan. Ond y llall oedd yn tynnu'r sylw. Roedd honno mewn trowsus a siaced ledr oedd yn frith o gadwyni a stydiau dur. Roedd hyd yn oed ei hwyneb yn llawn metel. Gwisgai gylchoedd metel yn ei chlustiau, ei thrwyn, ei haeliau a hyd yn oed yn ei gwefusau – a'r gwefusau hynny'n dduon. Roedd colur du o amgylch ei llygaid hefyd, a safai ei gwallt cwta yn bigau o'i phen, a'r rheini'n amlwg wedi'u gosod yn eu lle gan lwyth o jel. Anodd credu bod y rhieni, cwpwl parchus iawn yr olwg, wedi caniatáu i'w merch wisgo yn y fath fodd. Efallai nad dwy chwaer oedden nhw wedi'r cyfan; er, os mai ffrindiau oeddynt, roedd yn anodd dirnad beth oedd gan y ddwy yn gyffredin. Pa ddiddordebau neu ddelfrydau allai dwy o'r fath eu rhannu? Roedd y gwrthgyferbyniad rhyngddynt mor drawiadol nes i Dyfrig eu labelu: y Goth a'r Gwdihŵ.

Pwy arall oedd yno? Sylwodd ar un criw o bobol groenddu ynghanol yr wynebau gwynion. Edrychent fel grŵp teuluol: gŵr a gwraig a mab tal, golygus yn ei arddegau cynnar, fe dybiai. Dysgwyr, efallai, ac un ohonynt yn ddysgwr digon da i fod wedi ennill lle ar y rhaglen. Pa un oedd o – neu hi? Edrychai'r wraig yn hynod o ifanc i fod â mab yn ei arddegau, meddyliodd, ac roedd yn ddynes brydferth. Sgwrsiai'n afieithus gyda chwpwl arall, a'i gŵr yn gwenu a nodio'i ben wrth iddi siarad. Edrychai'r bachgen fel petai wedi hen ddiflasu ar y cyfan, a gallai Dyfrig gydymdeimlo ag ef. Gwelodd wyneb y bachgen yn sirioli wrth iddo weld rhywun yn dod tuag ato o'r tu ôl i Dyfrig, a throdd yntau i weld pwy oedd wedi ennyn y fath newid yn y llanc.

Deallodd yn syth. Bu bron iddo chwibanu wrth wylio'r ferch dal, osgeiddig yn croesi'r ystafell tuag at y bachgen. Ei brawd, efallai, neu ei chariad? Na, roedd golwg rhy aeddfed ar ei hwyneb i fod yn gariad i'r llanc. Ai brawd oedd o, felly? Ond edrychai'r fam mor ifanc – ai ei modryb oedd hi, efallai? Roedd y ddwy mor brydferth â'i gilydd. Cododd gobeithion Dyfrig wrth iddo ystyried y posibilrwydd mai hon oedd ei gyd-gystadleuydd. Gwyliodd y ddau'n sgwrsio, yn ymateb i'w gilydd â gwên, â chwerthiniad bach, ac am y tro cyntaf ers i Sonia ei adael, teimlodd ei hun yn cael ei ddenu at ferch. Fel petai'n ymwybodol ei bod yn cael ei gwylio, trodd hithau a syllu'n syth i'w lygaid. Dyna'r wyneb harddaf a welsai Dyfrig erioed. Roedd popeth yn hyfryd: y trwyn, y geg, y bochau, y talcen uchel yn cael ei amlygu gan y rhesi unionsyth o blethi mân, y cyfan yn creu cymesuredd perffaith. A'r llygaid tywyll yn dal i syllu i'w lygaid yntau. Daeth Dyfrig yn ymwybodol nad oedd y ferch yn gwenu bellach; yn hytrach roedd crych bach wedi ymddangos rhwng ei haeliau. Dylai edrych i ffwrdd, sylweddolodd yn sydyn. Roedd syllu arni fel hyn yn anghwrtais, ond ni allai rwygo'i lygaid oddi ar ei hwyneb. Ac onid oedd hithau'n gwrthod troi ei llygaid oddi wrtho ef?

'Ffrindiau, mae'n amser ffarwelio!' torrodd llais uchel ar draws y mân siarad, gan orfodi Dyfrig i dorri'r cysylltiad. Trodd i edrych ar y siaradwr oedd yn sefyll ar lwyfan isel ym mhen pellaf yr ystafell.

'Mae'n bryd i'n cystadleuwyr fynd i'r bws a chychwyn ar eu taith. Os byddwch cystal â dilyn ein cyfarwyddiadau, yna mi fydd pob dim yn drefnus ac yn hwylus. Mi fydda i'n galw enw pob cystadleuydd yn ei dro, a dylai'r person hwnnw fynd at y drws acw,' pwyntiodd i'r chwith o'r llwyfan, 'a'r teulu gydag ef neu hi. Mi gewch chi ychydig funudau o breifatrwydd i ffarwelio cyn mynd ar y bws, yna mi fydda i'n galw'r enw nesaf. Ydi pawb yn deall? Ydi pawb yn hapus?' Doedd dim ateb oddi wrth y gwrandawyr, a chymerodd y trefnydd hyn fel cytundeb i fwrw 'mlaen â'i gyfarwyddiadau. 'Iawn, 'ta. Yr enw cyntaf ydi ...' oedodd am y deg eiliad oedd yn arferol mewn rhaglenni realaeth, '... Dyfrig Owen.'

Teimlodd Dyfrig lygaid pawb wedi'u hoelio arno wrth iddo anelu'n frysiog am y drws. Roedd hyn yn waeth na'r tro hwnnw pan gafodd ei alw gan y prifathro i dderbyn ei gosb yn gyhoeddus ar lwyfan yr ysgol fel un o'r hogiau drwg oedd wedi bod yn cicio pêl-droed yn erbyn ffenestri dosbarth 3U gan dorri tair chwarel ar ddeg. Cysurwyd ef ychydig pan welodd Bedwyr yn gadael ei harem ac yn ei ddilyn.

'Wel, 'rhen ffrind, dyna ni 'ta,' meddai hwnnw yn yr ystafell fechan, wag yr ochr draw i'r drws. Roedd drws arall yn ei wynebu. 'Ew, mi wyt ti'n ddiawl lwcus! Yr holl genod del 'na! Mi faswn i'n rhoi'r byd am gael cymryd dy le di.'

'Cymera fo, 'ta,' atebodd Dyfrig yn sychlyd. 'Mi gei di â chroeso.'

Edrychodd Bedwyr yn hurt arno cyn camu'n ôl yn frysiog.

'Ew, na, allwn i ddim. Paid â bod yn wirion. Chdi di'r sgwennwr!'

'Barod, Dyfrig?' meddai merch ifanc wrth daro'i phen heibio'r ail ddrws. 'Ffordd yma i'r bws.'

Doedd dim dewis gan Dyfrig ond ei dilyn. Clywodd Bedwyr yn tuchan y tu ôl iddo.

'Dyna ti, yli,' sibrydodd hwnnw yn ei glust. 'Ddeudis i, do? Mi fydd 'na faint fynnir o ferched fel honna i dy gadw di'n hapus!'

Nid atebodd Dyfrig. Gwrthododd y ferch â gadael i Bedwyr fynd ymhellach.

'Hwyl 'ti, mêt,' galwodd Bedwyr, ond nid edrychodd Dyfrig yn ôl.

Camodd allan drwy ddrws cefn y gwesty a gweld bws newydd, smart ger y palmant. Roedd ei ffenestri i gyd o wydr du heblaw am un y gyrrwr, a safai'r ferch yn gwenu'n ddeniadol arno o'r gris isaf cyn camu'n uwch o'i flaen. Arhosodd yn syn wrth edrych ar y tu mewn i'r bws. Roedd drws mewn partisiwn yn gwahanu'r seddau oddi wrth sedd y gyrrwr a ffenest flaen y bws. Agorodd y ferch y drws gan arwyddo iddo fynd heibio. Cerddodd yntau i lawr y canol gan edrych o'i gwmpas.

'Mae eich sedd chi ym mhen draw'r bws, ar yr ochr chwith, Dyfrig, a gwnewch eich hun yn gyfforddus,' meddai'r ferch wrtho. 'Mi fydd y cystadleuwyr eraill yn cyrraedd fesul un, ac wedyn mi fydd Seimon yn dod i egluro pethau i chi.'

Anelodd Dyfrig am y sedd gefn a gwthio'i hun i'r gornel bellaf. Roedd y bws yn codi arswyd arno. Nid ffenestri o wydr du oedd yno, ond düwch llwyr. Mae'n rhaid bod y ffenestri wedi eu gorchuddio â phren neu rywbeth, ond pam? Rhyw olau digon egwan oedd yn disgleirio o do'r bws hefyd, a doedd hi ddim yn hawdd gweld ymhell. Dychrynwyd Dyfrig fwyfwy wrth i'r ferch ei adael, ac i'r goleuni o'r ffenest flaen ddiflannu'n llwyr. Ond roedd sgrîn fechan a phâr o glustffonau wedi eu gosod yng nghefn pob sedd. Roedd patrwm lliwgar, haniaethol yn dawnsio ar ei sgrîn ef, a phan gododd i edrych dros gefnau'r seddau eraill, gwelai mai'r un patrwm oedd ar bob un sgrîn arall. Wrth iddo edrych o'i gwmpas, agorwyd y drws blaen drachefn a gwelodd yr un ferch ifanc yn hebrwng gwraig ganol oed i mewn i'r bws. Roedden nhw'n siarad yn rhy ddistaw i Dyfrig allu clywed eu sgwrs. Wrth i'r goleuni ddiflannu unwaith eto gyda chlep y drws clywodd gri bach ofnus o ben blaen y bws. Roedd y wraig, fel yntau, wedi cael braw. Ceisiodd Dyfrig benderfynu a ddylai gyfarch y ddynes ai peidio, ond ofnai mai ei dychryn yn waeth fyddai clywed llais dieithr yn siarad â hi o'r tywyllwch. Suddodd yn ôl i'w sedd, y felan fel sach datws ar ei ysgwyddau, ac aros yno o'r golwg wrth i weddill y cystadleuwyr gael eu hebrwng ar y bws. Cadwodd gyfrif bob tro yr agorai'r drws ac ymhen hir a hwyr tybiodd fod yr olaf wedi cyrraedd. Wrth i'r drws gau o'i ôl, galwodd llais yn siriol,

'Helô, oes 'na bobol? Huw ydw i, o Amlwch.'

Cododd ffrwd o leisiau wrth i eraill geisio cyflwyno'u hunain, ond o fewn eiliadau daeth llais dros uned sain fach wrth ymyl ei glust i dorri ar eu traws.

'Tawelwch, os gwelwch yn dda,' meddai'r llais yn awdurdodol cyn cyflwyno'i hun. 'Annwyl gystadleuwyr, Seimon ydw i, a fi fydd yn edrych ar eich holau chi drwy gydol y chwech wythnos y byddwn ni gyda'n gilydd. Fi ydi'r dirprwy i'n cyfarwyddwr, Gwydion ap Dôn. Os bydd gennych chi unrhyw broblem, yna dewch ataf fi, ac mi geisiaf fy ngorau glas i'w datrys. Nawr 'te,' ychwanegodd y llais gogleddol oedd â thinc cyfryngol y brifddinas, 'gadewch i mi egluro ychydig. Mae'n siŵr fod rhai ohonoch chi wedi cael braw wrth gerdded i mewn i'r bws a chael eich hunain mewn tywyllwch. Mae lleoliad y ffilmio'n gyfrinach, hyd yn oed i chi. Felly, chewch chi ddim gweld i ba gyfeiriad fyddwn ni'n mynd. Ond mae dewis da o sianeli teledu i'w cael ar y sgriniau o'ch blaenau, felly cewch eich diddanu ar y daith.

'Mae un rheol bwysig rydyn ni'n gofyn i chi ei pharchu, a hynny o ran eich diogelwch eich hunain. Bydd y ffordd yn arw a throellog mewn mannau, felly mae'n rhaid – rwy'n pwysleisio – MAE'N RHAID i bawb wisgo'i wregys diogelwch. Os bydd angen mynd i'r tŷ bach arnoch, gwthiwch y botwm bach gwyrdd ar eich sgrîn ac fe ddaw Meira i'ch hebrwng yno. Fel na fydd angen i chi godi o'ch seddau, fe welwch fod pecynnau bwyd o dan bob sedd, a photeli o ddŵr. Mae'r rhain ar eich cyfer chi.' Arhosodd y llais am ddwy neu dair eiliad cyn ychwanegu: 'Un peth pwysig arall. Rydych chi'n gwybod o'r llythyr manylion a gawsoch yn gynharach nad oes neb i gario ffôn symudol, nac i ddod â thabled neu liniadur. I wneud yn siŵr nad oes neb yn twyllo,' chwarddodd y llais yn ysgafn, 'mae arna i ofn y bydd yn rhaid archwilio'ch eiddo i gyd wedi i ni gyrraedd pen ein taith. Ond mae'r sefyllfa wedi ei hegluro i chi'n barod, a thrwy dderbyn y gwahoddiad, roeddech chi hefyd yn derbyn yr amodau hyn. Bellach y cyfan sydd angen i chi ei wneud ydi ymlacio a mwynhau'r siwrnai.'

'Pa bryd fyddwn ni'n cyrraedd?' holodd llais benywaidd o ganol y bws.

'Mi fyddwn ni'n teithio am beth amser,' oedd yr unig ateb. Clywyd clic ac aeth yr uned sain yn fud, yna cychwynnodd injan y bws.

Wrth iddo deimlo'r bws yn symud, ceisiodd Dyfrig wneud ei hun yn gyffforddus.

'Dyfrig,' daeth y llais dros yr uned sain, 'dydych chi ddim wedi cau eich gwregys diogelwch. Gwnewch hynny ar unwaith, os gwelwch yn dda.'

Be gebyst sy'n mynd ymlaen? meddyliodd yn wyllt. Sut maen nhw'n gallu gweld yn y tywyllwch 'ma? Ond ufuddhaodd i'r gorchymyn. Arhosodd yn llonydd am dipyn, yna daeth i benderfyniad. Pwy ddiawl oedden nhw i ddweud wrtho beth i'w wneud? Roedd o wedi bod ar ei draed ers pump o'r gloch y bore, wedi blino'n llwyr, a doedd o ddim hyd yn oed yn cael y pleser o weld y wlad yn gwibio heibio'i ffenest. Ac roedd ganddo sedd wag fel soffa wrth ei ochr yn ei wahodd i ymestyn ei hun arni a mynd i gysgu. I'r diawl â nhw, meddyliodd, a datod ei wregys unwaith eto.

'Dyfrig, mae'ch gwregys chi ar agor eto,' cyhuddodd y llais yn syth.

'Blydi hel!' ebychodd Dyfrig dan ei wynt. Wrth gau ei wregys unwaith eto, sylwodd ar olau bach coch yn diffodd uwch ei ben. Cafodd syniad. Agorodd y bwcl a daeth y golau coch ymlaen. 'Sori, damwain,' meddai wrth yr uned sain gan gau'r bwcl yn gyflym. Eisteddodd yn dawel yn ystyried ei sefyllfa. Pwy ddiawl oedd y rhain i reoli ei holl symudiadiadau? Teimlodd ei wrychyn yn codi, a chafodd syniad arall. Gyda gwên, agorodd ei wregys drachefn a chodi ar ei draed.

'Dyfrig,' swniai'r llais yn biwis erbyn hyn. 'Rhaid i mi fynnu ...'

'Iawn, iawn,' atebodd Dyfrig yn frysiog. 'Dim ond estyn hances boced o 'nhrowsus. Allwn i mo'i chyrraedd hi heb godi.' Wrth iddo siarad, caeodd fwcl y gwregys, ond nid oedd ei gorff oddi mewn iddo. Diffoddodd y golau coch a thawelodd yr uned sain.

Gyda gwên fach fuddugoliaethus, cododd ei goesau ar y sedd gefn a gwneud ei hun yn gyffordus. Caeodd ei lygaid a dechrau meddwl. Dydan ni ddim yn cael gwybod i ble 'dan ni'n mynd, nac efo pwy. Maen nhw'n amlwg eisiau'n cadw ni ar wahân drwy'n gorfodi i aros yn ein hunfan, ond pam? Roedd lefel y gwyliadwriaeth ar ran y cwmni teledu'n ei ddychryn. Pam nad oedd cyfle iddo siarad â'i gyd-gystadleuwyr? Pwy oedden nhw? Wyddai o ddim beth oedd eu henwau, hyd yn oed, heblaw am Huw o Amlwch, pwy bynnag oedd hwnnw. A beth am y ferch groenddu, neu'r llanc efallai? Oedd un ohonyn nhw ar y bws? Ond doedd dim ateb i'w gwestiynau, a theimlai'n swrth. Byddai'n brafiach meddwl am bethau pleserus, ac yn naturiol ddigon dechreuodd freuddwydio am yr eneth groenddu. Pe byddai hi'n rhan o'r gystadleuaeth, yna fe fyddai ei agwedd yn newid yn llwyr. Byddai'n gwneud ei orau glas i aros yn y gystadleuaeth cyn hired ag yr oedd hithau yno. Teimlai'n rhyfeddol o gysurus, ac roedd symudiadau'r bws yn ei siglo a'i suo fel baban mewn crud. Syrthiodd i gysgu.

Deffrodd yn sydyn pan ysgydwyd ei gorff wrth i'r bws dramwyo ar hyd ffordd arw. Pen y daith, efallai? Ond na, cyn bo hir gallai deimlo'r bws yn cyflymu unwaith eto. Edrychodd ar ei oriawr. Naw o'r gloch. Roedden nhw wedi bod yn teithio ers chwe awr! I ble gebyst roedden nhw'n mynd? Doedd unlle yng Nghymru fwy na phedair awr o Aberystwyth. Beth oedd yn mynd ymlaen?

Estynnodd y pecyn bwyd o dan ei sedd ac agor y bag brechdanau. Cymerodd un brathiad gofalus cyn dechrau cnoi'n hapus. Roedd y frechdan wy a chig mochyn ganwaith gwell nag unrhyw beth a gawsai yn y gwesty. Bwytaodd y cyfan, gan gynnwys creision, cacen gri ac afal – a gwagio'r botel ddŵr. Pwysodd yn ôl unwaith eto, wedi diflasu ar y daith ddiddiwedd.

Sut un fyddai Gwydion ap Dôn, tybed? Roedd yr enw ynddo'i hun yn ddigon i godi amheuon. Doedd bosib mai dyna'i enw bedydd! Elfed

Evans neu Huw Huws neu Wiliam Jones oedd enw'r creadur mwy na thebyg, neu hyd yn oed Gwydion Davies – neu beth am Donaldson? Onid mab Donald oedd ystyr Donaldson, a Dôn yn dalfyriad ohono? Ychydig ddyddiau'n ôl, mewn pwl o chwilfrydedd, roedd wedi gŵglo'r enw ar y we, a chael yr atebion yn dilyn dau drywydd. Roedd Gwydion ap Dôn y cyfarwyddwr teledu yno, gyda rhestr o'r ffilmiau a'r rhaglenni teledu roedd wedi bod yn gysylltiedig â hwy dros gyfnod o ddeng mlynedd ar hugain a mwy, ers iddo sefydlu Cwmni Teledu Janus gyda dyfodiad S4C, ond heb fawr o wybodaeth bersonol fywgraffyddol, na dim gwybodaeth cyn yr wyth degau. Roedd un erthygl wedi lledawgrymu bod rhywbeth od, amheus yn y diffyg manylion hyn am fywyd personol y dyn. A'r ail Gwydion ap Dôn – neu'n hytrach Gwydion fab Dôn – oedd yr un yn y Mabinogi. Roedd wedi darllen y Mabinogi yn yr ysgol, wrth gwrs, ond mewn llyfrau plant, ac nid oedd wedi sylweddoli mai mab i'r dduwies Geltaidd Dôn oedd y Gwydion yn y storïau. Pwy fasa'n ddigon o dwpsyn i'w enwi ei hun ar ôl mab i dduwies? Pwy oedd y boi 'ma'n feddwl oedd o, felly? Oedd o'n ei ystyried ei hun uwchlaw pawb arall? Oedd o'n ei weld ei hun fel dewin y byd ffilmiau, neu'r storïwr gorau yn y byd, neu'r twyllwr gorau? Roedd un peth yn hollol sicr, ym marn Dyfrig: fyddai o ddim yn gallu cyd-dynnu â'r boi 'ma.

Teimlodd y bws yn arafu, yn mynd dros wyneb rhychiog fel grid gwartheg, ac yna'n aros. Distawodd yr injan. Aeth ochenaid o ryddhad drwy'r bws, ond cyn i neb allu symud o'i sedd, agorodd y drws a daeth goleuadau llachar ymlaen ar hyd y rhesi seddau. Safai dyn yn yr agoriad, ei freichiau ar led, a gwên fawr ar ei wyneb.

'Croeso, bobl, croeso i'ch bywyd newydd. Y fi ydi Gwydion ap Dôn!'

Pennod 2

Eiliadau ar ôl iddo ynganu ei eiriau o groeso, roedd Gwydion ap Dôn wedi gadael y bws, ond ni allai Dyfrig anghofio'r argraff a wnaeth y dyn. Roedd ganddo wallt arian trwchus a ddisgynnai'n donnau dros ei ysgwyddau ac i lawr ei gefn, ac roedd ei farf, oedd ag ychydig o ddu ynddo, yr un mor hir. Gwisgai ryw fath o diwnig las tywyll neu ddu – nid oedd yn hawdd dirnad y lliw yn y golau egwan – oedd yn cyrraedd at ei draed. Tra oedd yn siarad, daliai ei freichiau allan led y pen mewn arwydd croesawgar cyn eu tynnu at ei gilydd, ei ddwylo ynghyd, a moesymgrymu o'u blaenau fel Hindŵ. Penderfynodd Dyfrig ei fod yn edrych fel rhyw Gandalf Cymreig, neu syniad Hollywoodaidd o Fyrddin yn taenu ei hud dros lys y Brenin Arthur. Cyn gynted ag y diflannodd Gwydion, daeth Seimon i gymryd ei le a rhoi cyfarwyddiadau iddynt. Rhannwyd y cystadleuwyr yn dimau o dri, a'u hanfon i'w lletu mewn bythynnod a fu gynt yn hen adeiladau fferm. Doedd dim amser iddynt edrych o'u cwmpas ar eu cynefin newydd, a ph'run bynnag, roedd hi wedi nosi. Er mawr siom i Dyfrig, doedd dim hanes o'r ferch groenddu yn eu mysg.

Dwy wraig oedd yn ei dîm ef: un yn ganol oed, yn drom, ei gwallt llwyd wedi ei dorri'n fyr mewn dull oedd yn tynnu sylw at ei hwyneb sgwâr, dynol. Roedd ei dillad yn atgyfnerthu'r argraff ddynol gyda'r trowsus llac, llwyd yn disgyn yn ddi-siâp o'i chanol helaeth, y crys gwyn fel crys dyn a throsto siaced lac o frethyn cartref. Heblaw am y bronnau trymion gellid yn hawdd ei chamgymryd am ddyn. Roedd y llall dipyn iau, yn dal ac yn denau, ei gwallt tywyll wedi ei dorri yn null pageboy a'r cudynnau ochr wedi eu bachu y tu ôl i'w chlustiau. Roedd ei hwyneb yn fain ac yn welw, a chuwch bach pryderus rhwng ei haeliau. Eto i gyd, roedd rhywbeth digon deniadol ynddi, meddyliodd Dyfrig, cyn sylwi ei bod yn cnoi ei gwefusau tenau'n barhaus. A oedd hi'n ymwybodol ei bod yn gwneud hynny, tybed?

Cyn gynted ag yr oedd y tri wedi croesi'r trothwy, gollyngodd y wraig ganol oed ei bagiau ar y llawr.

'Anna ydw i,' cyflwynodd ei hun, cyn ychwanegu, 'mae 'ngheg i'n grimp fel taswn i 'di llyncu owns o beicârb. Dwi bron â marw isio panad – gymerwch chi un hefyd?'

Heb ddisgwyl am ateb, aeth i chwilota drwy'r cypyrddau yng nghornel cegin yr ystafell gynllun-agored a ffurfiai lawr isaf eu tŷ, gan adael Dyfrig a'r ferch arall yn syllu ar ei gilydd yn swil.

'Angharad ydw i,' cyhoeddodd y ferch yn dawel, a deallodd Dyfrig o'i hacen mai un o'r de oedd hi. Cyflwynodd yntau ei hun. Yna, gan na wyddai'r un o'r ddau beth i'w ddweud nesaf, aethant i helpu Anna, a chyn pen dim roedd y tri yn eistedd wrth fwrdd bach y gegin.

'Am siwrnai a hannar oedd honna!' ebychodd Anna. 'Oes ganddoch chi unrhyw glem lle rydan ni?' Ysgwyd eu pennau wnaeth Angharad a Dyfrig.

'Ro'dd y bws 'na'n codi ofan arna i,' meddai Angharad. 'Pam nad o'n ni'n ca'l gweld mas drwy'r ffenestri, tybed?'

'Dim clem,' atebodd Anna.

'Isio bod yn ddramatig,' cynigiodd Dyfrig. 'Ein cadw ni yn y tywyllwch, yn llythrennol ac yn ffigurol. Ein cadw ni dan eu rheolaeth nhw. Ond siawns, bore fory, na all un ohonon ni adnabod rhywbeth o'n cwmpas ni. Rydw i'n cymryd ein bod ni i gyd o wahanol rannau o Gymru?'

'Brynaman,' atebodd Angharad gan nodio'i phen, 'er 'mod i'n byw yn y Drenewydd erbyn hyn.'

'Bangor,' meddai Anna, 'ond yn wreiddiol o Ddyffryn Nantlle.'

'Nefyn,' meddai Dyfrig. 'Felly, o gymryd fod croesdoriad go lew o ardaloedd yn ein plith, mi fydd rhywun yn siŵr o wybod lle rydan ni. Gwlad fach ydi hi, wedi'r cyfan, ac mae pawb yn crwydro i bob twll a chongl ohoni bellach, yn tydan?'

'Os mai yng Nghymru rydan ni,' meddai Anna'n feddylgar. 'Roeddan ni'n teithio am oriau ar y bws 'na. Does unman yng Nghymru mor bell â hynny o Aberystwyth.'

Disgynnodd distawrwydd dros y tri ond ymhen ychydig cododd Anna'i phen ac archwilio'r nenfwd.

'Ydach chi'n meddwl ein bod ni'n cael ein ffilmio rŵan? Ble fasa 'na gamera, tybed?' Cododd y ddau arall eu pennau i chwilio.

'Mae 'na un yn y gongl acw, 'drychwch,' pwyntiodd Dyfrig at y gongl uwchben ac i'r dde o'r drws ffrynt. Roedd bocs bychan du yn llechu yno, a gallai weld twll bach ynddo lle tybiai roedd y lens.

'Sbïwch, mae un arall yn fan'cw, dros sinc y gegin!' meddai Anna wedyn, ei llais yn llawn cyffro a'i llygaid yn pefrio. 'Ydan nhw'n ein ffilmio ni rŵan, dach chi'n meddwl?'

'Fyddai 'na ddim golau coch arno fo tasa fo'n rhedeg, deudwch?' gofynnodd Dyfrig yn amheus. 'A deud y gwir, oes digon o olau i ffilmio? Ffenestri bychain iawn sydd 'ma.'

'Ie, ond dyw hi ddim yn dywyll yma, nag yw hi? A gweud y gwir, mae hi'n rhyfeddol o ole.'

'Chi'n iawn hefyd,' cytunodd Dyfrig. Cododd a cherdded o amgylch y llawr isaf gan syllu ar y nenfwd. 'Wyddoch chi be? Mae 'na oleuadau wedi'u suddo i'r nenfwd, a'r rheini sy'n taflu'r golau. Maen nhw 'mlaen ar hyn o bryd.'

'Allwn ni eu diffodd?'

Aeth Dyfrig at y swits a'i droi ymlaen ac i ffwrdd. Roedd y goleuadau'n dal i ddisgleirio'n annibynnol ar y swits.

'Mae'n rhaid eu bod nhw 'mlaen drwy'r amser, neu o leiaf pan mae'r camerâu'n recordio. Sgwn i lle mae'r meicroffonau?' Daeth yn ôl i eistedd wrth y bwrdd. 'Tybed fydd 'na gamerâu yn yr ystafelloedd gwely – neu hyd yn oed yn yr ystafell molchi?'

'Ma'r lle hyn yn dechre codi ofan arna i,' sibrydodd Angharad, a chryndod sydyn yn rhedeg drwy'i chorff.

'Wn i ddim,' atebodd Anna'n siriol gan edrych o'i chwmpas, 'mae 'na le bach digon clyd yma. Ac yma i sgwennu rydan ni, yntê? Be ydi'r ots ym mha ran o'r wlad ydan ni? Neu pwy sy'n ein gwylio? Does gen i ddim byd i'w guddio – ac roedd y cytundeb yn dweud y byddai ein hystafelloedd yn breifat. P'run bynnag, mi fyddan ni i gyd â'n trwynau ar y maen bob eiliad o'r dydd, gewch chi weld. Chawn ni'm amser i hel meddyliau.'

Daeth cnoc ysgafn ar y drws, a cherddodd Seimon a Meira i mewn.

'Braf gweld pawb yn ymgartrefu mor dda,' gwenodd Seimon arnynt. 'Ydych chi'n barod am yr archwiliad? Gychwynnwn ni efo chi, Dyfrig, os gwelwch yn dda. Ym mha ystafell wely ydych chi?'

'Ym, wn i ddim. Dydan ni ddim wedi bod yn y lloftydd eto.'

'Beth am fynd yno nawr, 'te? Mae'n ddrwg gen i'ch haslo chi, ond er mwyn i bawb gael ymlacio a mynd i'w wely mewn amser rhesymol, mae Meira a minnau'n gorfod brysio. Iawn? Ewch â'ch bagiau gyda chi, Dyfrig.'

Agorodd Dyfrig y drws cyntaf o'i flaen ar ben y grisiau, ond ystafell ymolchi oedd honno. Gan deimlo'n ffŵl, aeth at y drws nesaf, a cherdded i mewn i ystafell wely fechan. Doedd dim elfen o ddewis yn y mater o gwbl, gyda Seimon a Meira yn dilyn mor dynn ar ei sodlau. Taflodd ei fag ar y gwely a chamu'n ôl er mwyn iddyn nhw gael gwneud eu gwaith. Ychydig eiliadau yn unig gymerodd hi iddyn nhw archwilio'r ychydig feddiannau oedd ganddo, a gadawodd y ddau gyda gwên a nòd, a Meira'n cau'r drws yn dawel o'u hôl. Dadbaciodd Dyfrig ei ddillad a'u dosbarthu'n drefnus yn eu priod lefydd mewn droriau a chwpwrdd dillad. Prin yr oedd wedi gorffen pan glywodd lais Angharad yn gweiddi. Rhuthrodd am y drws.

'Plis, plis peidiwch â mynd â fy ffôn i,' erfyniai ar Seimon a Meira.

'Rydych chi'n ymwybodol o'r rheolau,' atebodd Seimon. 'Dim unrhyw fath o gyfrifiadur a dim ffonau symudol. Mi wnaethoch chi arwyddo'r cytundeb.'

'Ond wy'n addo peidio'i ddefnyddio fe! Dim ond ar gyfer argyfwng ma' fe. Rhag ofan fydd y plant yn dost a bod angen i mi fynd sha thre!'

'Mae rhif argyfwng wedi ei roi i bob teulu. Os bydd rhywbeth o'i le, gall pwy bynnag sydd efo'r plant ffonio'r swyddfa ac mi gewch chi'r neges ar unwaith.'

'Ond 'dych chi ddim yn deall! Alla i ddim bod am chwech wythnos heb siarad 'da 'mhlant! Wy'n erfyn arnoch chi ...'

'Ylwch, Angharad, mi allwn i'ch gorfodi chi i adael y gystadleuaeth yn y fan a'r lle am anwybyddu'r rheolau fel hyn. Ond dwi'n fodlon rhoi ail gyfle i chi.' Diflannodd y ffôn i'w boced a throdd at Dyfrig ac Anna. 'Bydd pryd bach yn disgwyl amdanoch chi ymhen yr awr, os ewch chi i'r neuadd sydd ar y chwith o'ch bwthyn chi. Mi welsoch chi'r drws mawr wrth i chi ddod o'r bws, yn do? Yna, mi fydd ein cyfarwyddwr yn eich cyfarch ac yn egluro pethau i chi. Tyrd, Meira, rhaid i ni frysio. Hwyl am y tro.' Rhedodd y ddau i lawr y grisiau ac allan o'r tŷ.

Daeth Dyfrig yn ymwybodol o sŵn igian crio, a throdd a gweld bod Angharad ym mreichiau Anna, a bod y wraig hŷn yn ceisio'i chysuro hi.

'Tyrd, rŵan, 'mach i. Tyrd i ista efo fi am funud. Mi gei di ddeud dy gŵyn wrtha i, 'sti.' Arweiniodd Anna'r ferch ddagreuol i lawr y grisiau a'i gosod i eistedd ar y soffa. Eisteddodd wrth ei hochr. 'Dyfrig, dos i chwilio am frandi neu rwbath. Os nad oes 'na beth, gwna banad i ni, 'rhen goes.' Gwnaeth synau cysuro, gan siglo Angharad 'nôl a 'mlaen wrth i honno snwfflan crio i'w hysgwydd.

Ufuddhaodd Dyfrig heb ddweud gair, a chan fod y tegell newydd ferwi, roedd ganddo baned ffres i bawb o fewn munudau. Aeth â'r mygiau draw i'r merched ac eistedd gyferbyn â nhw. Tawelodd Angharad a mwytho'r mŵg yn ei dwylo.

'Rŵan, dwed dy hanes. Faint o blant s'gen ti?'

'Dau,' sibrydodd Angharad, ond cryfhaodd ei llais wrth iddi ddweud eu henwau, 'Maredudd ac Idwal.'

'Dyna enwau da. Faint ydi'u hoed nhw?'

'Ma' Maredudd yn saith ac Idwal newydd gael ei bump. Hoffech chi weld eu lluniau nhw?' Aeth i'w bag a thynnu allan becyn wedi ei orchuddio â phapur swigod. Tynnodd y papur yn ofalus i ddatgelu llun mewn ffrâm a'i gynnig i Anna.

'Ew, clamp o hogia nobl! Edrych, Dyfrig,' a phasiodd y llun ymlaen iddo. Roedd ei chanmoliaeth yn amlwg wedi plesio Angharad, a ddechreuodd wenu o'r diwedd. 'A phwy sy'n edrych ar eu holau nhw rŵan? Dad?'

'Ie, a Mam-gu. Mae fy mam wedi dod i aros gyda nhw tra bydda i i ffwrdd.' Diflannodd y wên wrth i'w geiriau ei hatgoffa o'i sefyllfa. 'Smo fi 'rioed wedi bod bant o'r blaen,' sibrydodd. 'Mi fydd Idwal ar goll yn llwyr hebddo i.'

'Wn i ddim, 'sti. Ma' plant yn rhyfeddol o wydn. Mi fyddan nhw'n cael andros o sbort efo'u nain, gei di weld. Does dim raid i ti boeni dim.'

Nid atebodd Angharad. Ceisiodd wenu, ond gwangalon iawn oedd ei hymdrech. Pan welodd Dyfrig y gweflau'n cael eu cnoi'n ddidrugaredd, a dŵr yn dechrau cronni unwaith eto yn ei llygaid, ceisiodd droi'r sgwrs rhag i'r llifddorau agor drachefn.

'Well i ni 'i throi hi am y cyfarfod, deudwch?' Edrychodd ar ei oriawr yn awgrymog.

'Mae digon o amser i ni molchi a newid,' atebodd Anna. 'Ty'd, Angharad, mi fyddi di'n teimlo'n well ar ôl taflu dŵr dros dy wyneb.'

Wedi i'r ddwy fynd i'w hystafelloedd, manteisiodd Dyfrig ar y cyfle i gael stelc go iawn ar ei gynefin newydd. Roedd yr ystafell wedi ei haddurno yn y dull diddrwg-didda hwnnw oedd mor ffasiynol: popeth yn wyn a llwyd-felyn a di-liw, y llawr coed wedi ei sandio a'i selio â farnais. Yn y lolfa, soffa a dwy gadair esmwyth wedi eu gorchuddio â lliain lliw hufen, bwrdd coffi bychan o wydr a phren onnen yn y canol. Yn erbyn y wal oedd yn arwain at gongl y gegin roedd seidbord o'r un pren, ac aeth Dyfrig drwy ei ddroriau a'i gypyrddau gan ddarganfod dim mwy diddorol na llestri, gwydrau, a chyllyll a ffyrc. Yn croesi'r ffin, fel petai, rhwng y gegin a'r lolfa roedd y bwrdd bwyta a phedair cadair. Sylfaenol iawn oedd offer y gegin: y cypyrddau arferol gyda hob trydan, popty, meicrodon ar lefel y llygad, sinc ac oergell. Yn yr oergell roedd torth wen a thorth frown, hanner dwsin o wyau, paced o fenyn ac un arall o fargarîn di-laeth, pecyn o gig moch, paced o gaws caled, tomatos, letysen, ciwcymbr a photelaid o lefrith. Roedden nhw i wneud eu prydau bwyd eu hunain, felly? Doedd dim annisgwyl yng nghypyrddau'r gegin chwaith, felly aeth yntau i molchi.

* * *

Disgleiriai golau uwchben y drws mawr, derw wrth ochr eu bwthyn.
'Honna ydi'r neuadd, debyg,' meddai Anna. 'Dewch.'
Cawsant eu hunain mewn cyntedd cul a hir, gyda tho isel a pharwydydd o dderw du bob ochr. Roedd agoriad bwaog yn y pared ar y chwith, golau cynnes i'w weld yn llifo drwyddo, a dau ddrws caeedig ar y dde. Cerddodd Anna o dan y bwa, ond safodd y tri'n stond o weld yr ystafell o'u blaenau, a honno wedi'i goleuo gan gannoedd o ganhwyllau – ar y waliau, y dodrefn, ac o ddau siandelïer anferth yn crogi o ddistiau'r to ymhell uwch eu pennau. Yn wrthgyferbyniad i'r adeilad hynafol, roedd pum dyn wrthi'n brysur yn edrych dros eu cyfarpar ffilmio, a dau arall yn cerdded 'nôl a 'mlaen yn cario offer, newid ceblau a dilyn cyfarwyddiadau'r pump arall. Rhedai gwifrau trydan ar hyd ochrau allanol y llawr, a thrac camera yn gyfochrog â'r gwifrau. Roedd un dyn yn edrych drwy lens y camera hwnnw, ac un arall yn gwisgo math o harnais ar ei gorff. Wedi ei osod ar yr harnais yr oedd camera llai, ac o'r harnais disgynnai polyn i lawr ei goes. Gallai Dyfrig weld monitor ar waelod y polyn. Roedd y tri arall yn brysur gyda meicroffonau: tri yn crogi o'r to uwchben y byrddau, a dau arall yn cael eu gosod ar fwrdd ym mhen pella'r ystafell. Gwisgai'r pump glustffonau, gan siarad â phersonau anweledig mewn rhan arall o'r adeilad neu adeiladau. Ni chymerodd y technegwyr unrhyw sylw ohonynt.

Roedd tri o bobol wedi cyrraedd yno o'u blaenau, dyn a dwy ferch ifanc. Adnabu Dyfrig y merched ar unwaith – y Goth a'r Gwdihŵ. Safai'r tri o amgylch tanllwyth o dân oedd wedi'i osod mewn cylch suddedig ynghanol llawr y neuadd, eu pennau'n plygu'n ôl wrth iddynt wylio'r mwg yn codi ac yn treiddio i'r awyr iach drwy slatiau yn y to. Roedd arogl cryf o goed yn llosgi.

'Waw!' ebychodd Anna wrth gerdded tuag atynt. 'Am le!'

'Hyfryd, yn tydi. Neuadd ganoloesol, 'dach chi'm yn meddwl?' holodd y dyn.

'Ia,' atebodd Anna, 'mae'n f'atgoffa i o dŷ yn ymyl Pwllheli. Mi fuon ni yno unwaith ar drip efo'r Gymdeithas Lenyddol.'

'O ia, mi wn i amdano fo, er na fûm i 'rioed yn gweld y lle. Gyda llaw, Huw ap Siencyn ydw i,' cyflwynodd y dyn ei hun.

'Huw ... o Amlwch?' meddai Anna'n chwareus.

'Ia. Mi ges i fy sodro yn fy lle ar y bws, yn do?'

Aeth pawb ati i'w cyflwyno'u hunain. Heledd oedd y Goth, a Llinos y Gwdihŵ. Myfyrwragedd, medden nhw, a'r ddwy'n awyddus i roi ar ddeall i'r gweddill eu bod yn astudio ysgrifennu creadigol yn y coleg – a hynny'n llwyddiannus iawn. O fewn ychydig funudau roedd y chwech arall wedi cyrraedd, criw oedd yn cynnwys dynion iau na Dyfrig a Huw, felly anelodd Heledd a Llinos yn syth amdanynt. Dim hanes o'r ferch ddeniadol eto fyth, sylwodd Dyfrig, gan wfftio ato'i hun am fod mor wirion o obeithiol. Ymneilltuodd oddi wrth y gweddill. Yn ei dyb ef, roedd criw o fwy na dau o bobol yn un rhy fawr. Aeth i astudio'r ystafell, neu'n hytrach y neuadd, gan gerdded yn ofalus rhwng y dynion camera a sain a'r tân. Wrth droedio drwy'r ceblau trydan synnai fod rheolau iechyd a diogelwch yn caniatáu'r fath drefniant. Oedd y neuadd yn wreiddiol, tybiodd, neu'n ddim ond ailgread ar gyfer y rhaglen? Roedd tri bwrdd hirsgwar wedi eu gosod ar gyfer pryd bwyd, un ar lwyfan isel – y bwrdd uchel – yn cefnu ar wal bellaf yr ystafell. Yn nwy gornel y wal honno roedd drysau'n arwain at ystafelloedd cefn. Gosodwyd pum cadair â chefnau a breichiau wrth y bwrdd uchel, eu cefnau o waith tapestri, a'r gadair ganol yn edrych yn debycach i orsedd na chadair. Safai'r ddau fwrdd arall yn groes i'r bwrdd uchel, y tri'n ffurfio siâp U. Ar y bwrdd i'r chwith o'r bwrdd uchel roedd arwydd yn dweud 'Technegwyr', ac ar yr un dde, 'Cystadleuwyr', y ddau wedi eu gosod ar gyfer deuddeg.

Ond adeiladwaith y neuadd a âi â bryd Dyfrig. Roedd paneli o dderw du yn gorchuddio'r waliau o'r llawr at uchder y byrddau, a'r waliau uwchben o fframwaith pren wedi ei lenwi â phlastar, a hwnnw wedi ei beintio'n lliw gwaed wedi ceulo. Yr hyn oedd yn tynnu'r llygad, fodd bynnag, oedd uchder y waliau hynny, yn ymestyn at y distiau a ddaliai'r to, gyda ffenestri bychain wedi eu gosod yma ac acw ynddynt. Wrth redeg ei olygon ar hyd y nenfwd, gwelodd fod y pared rhwng yr ystafell a'r cyntedd yn rhannol agored yn ei ran uchaf, y coed wedi eu cerfio'n gylchoedd a bwâu yn union fel gwaith coed hen eglwys. Tybiai Dyfrig fod ystafell, neu oriel, uwchben y cyntedd a'r adain i'r dde o'r drws allanol, a thrwy adael y pared yn agored, roedd modd i'r ystafell honno dderbyn golau a gwres o'r neuadd. Sylwodd fod camera yn y fan honno, hefyd, yn edrych i lawr dros y cyfan.

'Tipyn o le, yn tydi?' clywodd lais Huw wrth ei ochr. Dyn tua'r un oedran ag ef, meddyliodd Dyfrig, yn helaeth ei gorff a llond pen o wallt tywyll anystywallt yn ymwthio o'i gorun fel pe bai cerrynt o drydan yn rhedeg drwyddo. Ond roedd ganddo wyneb cyfeillgar, rhadlon. 'Dwi'n edrych ymlaen at y bore i mi gael astudio'r lle 'ma'n fwy manwl. Mae'r paneli'n edrych yn ddigon hen i fod yn wreiddiol, dybiwn i. Sgwn i ym mha ran o'r wlad ydan ni?'

'Dyna sy'n mynd drwy'n meddylia ni i gyd,' atebodd Dyfrig gan wenu.

'Ond yn fwy perthnasol ar hyn o bryd, ydyn nhw'n mynd i'n bwydo ni heno? Dwi ar 'y nghythlwng. Doedd y brechdanau ar y bws ddim yn diwallu dyn fel fi, a doedd 'na'm amser i mi neud snac i mi fy hun rhwng archwiliad Seimon a Meira a'r alwad i ddod yma. Bob dim yn iawn yn eich tîm chi?'

'Oedd a nag oedd,' atebodd Dyfrig, ac adroddodd hanes Angharad a'i ffôn.

'Diddorol,' oedd ymateb Huw. Roedd ar fin dweud rhagor pan ddaeth Seimon i mewn a gofyn i bawb fynd i eistedd wrth y bwrdd. Eisteddodd Huw a Dyfrig ym mhen isaf y bwrdd, gyferbyn ag Anna ac Angharad, y ddau ddyn a'u cefnau at yr ystafell.

'Pwy sy'n mynd i eistedd fan'cw?' holodd Huw yng nghlust Dyfrig gan amneidio tuag at y bwrdd uchel.

Agorwyd y drws mawr drachefn gan dorri ar draws eu sgwrs. Cerddodd wyth o bobol i mewn, pobol nad oedd Dyfrig wedi eu gweld o'r blaen, ac roedd yn rhaid iddo droi'n ei sedd er mwyn eu gweld yn eistedd wrth y bwrdd ar yr ochr chwith. Y technegwyr, yn amlwg.

Erbyn hyn, roedd y ddau ddyn camera wedi dechrau ffilmio, a'r dynion sain wedi cilio i rywle gyda'u clustffonau a'u hoffer.

Cliriodd Seimon ei wddf yn uchel. Roedd bellach yn sefyll wrth y bwrdd ar y llwyfan, yn edrych tuag at y drws ar y dde. O fewn eiliadau agorwyd y drws a cherddodd Gwydion ap Dôn yn urddasol at y gadair ganol. Roedd wedi newid ei ddillad, ac yn gwisgo trowsus melfed du a siaced sidan liwgar o batrwm paisley wedi ei chwiltio – smoking jacket o oes Fictoria – a chrafat sidan gwyn am ei wddf. Yn dilyn Gwydion cerddai dau ddyn ac un ddynes – ac am ddynes! Tynnodd Huw ei anadl yn swnllyd wrth ochr Dyfrig, ac roedd yn rhaid iddo yntau ei atal ei hun rhag rhoi ochenaid o werthfawrogiad. Hon oedd y beth agosaf at dduwies a welsai Dyfrig erioed y tu allan i ffilm. Dillad cyffredin oedd gan y ddau ddieithryn, ond gwisgai'r dduwies shifft laes o frethyn aur oedd yn dwyn pob tamaid o olau'r canhwyllau i'w adlewyrchu'n ôl mor danbaid nes dallu'r rhai oedd yn ei gwylio. Ond, yn fwy rhyfeddol fyth, roedd gwawr euraid i'w phen a'i hwyneb hefyd, fel petai golau'n cael ei dasgu drwy ei chroen, ei gwallt a'i llygaid. Roedd hi'n arallfydol o brydferth, yn anghyffyrddadwy, yn oeraidd. Ie, dyna'r gair amdani, sylweddolodd Dyfrig gyda siom: roedd rhywbeth oeraidd yn ei chylch, y llygaid llwydlas yn hollol ddifynegiant, ddideimlad, fel pe na baent erioed wedi crychu mewn gwên a chwerthiniad. Nid edrychodd unwaith ar yr un o'r ddau fwrdd, er bod pawb, gan gynnwys y camerâu, yn ei gwylio hi. Roedd yn amhosib amcangyfrif ei hoedran: gallasai fod rywle rhwng ugain a deugain oed.

Daeth Dyfrig at ei goed wrth sylweddoli bod Gwydion ap Dôn yn siarad. Roedd yn eu croesawu, ac yn eu hannog i fwynhau'r wledd a fyddai'n cael ei darparu ar eu cyfer. Eisteddodd ar ei orsedd ac arwyddo i'w westeion eistedd hefyd; yna, curodd ei ddwylo ddwywaith a daeth gweision â'r bwyd i'r byrddau.

Dyna'r pryd bwyd distawaf a gawsai Dyfrig erioed, er ei fod mewn ystafell lawn pobl. Tybiai fod pawb arall yn dioddef yr un anesmwythyd. Ni allai ei rwystro'i hun rhag cipedrych dros ei ysgwydd ar y bwrdd uchel bob yn hyn a hyn. Roedd y ferch aur wedi eistedd yr ochr dde i Gwydion, un o'r dynion ar yr ochr chwith iddo ac yna Seimon. Eisteddai'r ail ddieithryn yr ochr arall i'r ferch aur. Sut oedd ei chroen hi'n gallu edrych mor euraid? Ai colur oedd o? Neu ai'r gwallt lliw aur, oedd wedi ei dorri'n fyr ond yn drwchus fel mwng llew, oedd yn rhoi'r wawr euraid i'w hwyneb? Oedd golau'r canhwyllau'n dyfnhau'r lliw aur? Ni thalai Dyfrig unrhyw sylw i'r hyn roedd o'n ei fwyta, a synnodd weld fod ei blât yn wag pan gliriwyd y bwrdd. Ni thalodd fawr o sylw, chwaith, i'r dynion camera oedd yn cerdded yma a thraw drwy gydol swper.

'Gyfeillion,' dechreuodd Seimon eu hannerch wedi i'r gweision orffen eu gwaith, 'mae Gwydion am siarad efo chi maes o law, ond yn gyntaf mi hoffwn i ddelio â'r materion ymarferol.' Cliriodd ei wddf, a rhedodd un o'r technegwyr ymlaen i addasu'r meicroffon. 'Rydych chi i gyd wedi sylwi, mae'n debyg, fod bwyd ym mhob tŷ. Ar gyfer brecwast bore fory mae hwnnw, cymysgedd o'r pethau arferol. Dyna fydd y drefn bob dydd. Rydych chi, gystadleuwyr, i baratoi eich brecwast a'ch cinio canol dydd eich hunain, ac mi fyddwn ni'n cyfarfod fan hyn am chwech o'r gloch bob nos i swpera'n gymdeithasol gyda'n gilydd. Ysgrifennwch restr o unrhyw fwydydd y bydd eu hangen arnoch i baratoi prydau yn eich bythynnod ar y pad papur sydd ar y seidbord, ac mi fydd Meira'n dod i'w casglu bob bore. Os nad oes bwydydd egsotig iawn ar eich rhestr, fe ddylai'r cyfan eich cyrraedd erbyn y prynhawn. Dyna'r cyfan am y tro, dwi'n meddwl – o ie, anghofiais ddweud mai chi sydd yn gyfrifol am daclusrwydd a glendid eich tai. Os cyfyd unrhyw broblem, dewch ata i neu Meira. Oes gan rywun gwestiwn?'

'A fydd cyfle i ni gael ychydig o awyr iach ac ymestyn y cyhyrau?' Dyn rhyw ddeugain oed gyda gwallt tywyll ac wyneb main ofynnodd y cwestiwn. Roedd ganddo farf goatee ddestlus ar ei ên.

'Mi gewch weld yfory fod ystafell ffitrwydd ar eich cyfer, yn ogystal â baddon jacwsi cymunedol, sawna ac ystafell stêm. Cewch grwydro o gwmpas y stad fel mynnwch chi, ond gofynnwn i chi beidio â chroesi'r terfynau.'

'Ydi'r terfynau'n hawdd eu hadnabod?' gofynnodd yr un dyn eto.

'Ydyn,' atebodd Seimon gyda gwên. 'Gewch chi weld fory. Unrhyw gwestiwn arall? Na? Drosodd at Gwydion, felly.'

Cododd hwnnw i'w draed yn araf a phlygu 'mlaen dros y bwrdd, ei bwysau ar ei freichiau, ei lygaid ar fwrdd y cystadleuwyr.

'Chi ydyw hufen ysgrifenwyr newydd Cymru,' dechreuodd yn ddwys. 'Chi eich deuddeg sydd wedi cyrraedd y brig allan o dros fil o ddarpar-sgriptwyr gobeithiol. Cofiwch hynny. Mae gan bob un ohonoch y ddawn i sgwennu'n greadigol. Pwrpas y gystadleuaeth yw darganfod pa dri ohonoch sydd â'r ymdeimlad tuag at ei bwnc ac sy'n mynd i wneud ei eiriau'n ddiddorol a chredadwy. Pa dri sydd â'r ymroddiad digwestiwn, y dygnwch a'r dyfalbarhad i chwilota drwy lyfrau, dogfennau a ffynonellau eraill, ac yna â'r dychymyg i greu darluniau byw allan o eiriau.' Anadlodd yn ddwfn cyn sythu a chymryd sip o'i wydr.

'Rhoddwyd cyfle arbennig i ni,' ychwanegodd, 'pan gawsom y comisiwn i greu ffilm ar Gymru a'i hanes. Rhaid i ni wneud yn fawr o'r cyfle hwnnw. Rhaid i ni ddarganfod y gorau o bopeth: y sgriptwyr gorau, y technegwyr gorau, yr actorion gorau, er mwyn creu darlun o Gymru sy'n deilwng ohoni. A chofiwch chi, nid creu rhyw restr o ddyddiadau a digwyddiadau yn mynd yn ôl i'r cynamser yw'r bwriad. Nage wir. Creu darluniau o fywyd y Cymry mewn gwahanol gyfnodau yw'n nod. Yn anorfod bydd dyddiadau a digwyddiadau'n cael eu cynnwys, ond byddant yn cael eu cynnwys yng nghyd-destun yr effaith mae'r digwyddiadau hynny'n eu cael ar fywydau'r bobl. Dyna fydd pwyslais y gystadleuaeth hon. Rhywbeth ymylol fydd y ffilmio ar gyfer y rhaglen deledu. Peidiwch â phoeni am y camerâu a'r sain. Fydd y gwylwyr ddim yn pleidleisio dros eu ffefrynnau, na dim byd gwirion felly. Mi fydd eich gwaith yn cael ei werthuso gan bobol broffesiynol yn unig, sef y bobol sydd o'ch blaen yn awr. Gadewch i mi eu cyflwyno.

'Rydw i fy hun yn un o'r beirniaid, wrth gwrs, a'r ddau arall yw Dr James Edwards, sy'n eistedd ar fy llaw chwith fan hyn, ac Eilir Huws, sy'n eistedd yr ochr bella i Doctor Eurgain.' Gwenodd ar y ferch euraid, ei law ar ei hysgwydd am rai eiliadau cyn iddo droi'n ôl at y cystadleuwyr. Ond cadwodd ei law ar ei hysgwydd. 'Fel mae rhai ohonoch chi'n gwybod, mae'n siŵr, mae'r Dr Edwards yn hanesydd o fri, ac fe fydd o ar gael i'ch cynghori ar faterion hanesyddol os bydd angen pan fydd o'n dod draw atom bob penwythnos. A sgriptiwr proffesiynol yw Eilir. Mae'r ddau ohonom wedi gweithio gyda'n gilydd ar nifer o ffilmiau. Gall yntau roi cyngor i chi ar faterion sgriptio. Meddyg yw Doctor Eurgain, a hi fydd yn gyfrifol am ein hiechyd a phethau felly. Mi fydd ganddi hi syrjeri bob bore yn ei swyddfa rhwng naw a deg, os bydd rhywun angen ei gweld. Mae hi hefyd yn wyddonydd, ac mi fydd hi'n cario 'mlaen â'i hymchwil weddill yr amser. Mae'n waith pwysig, arloesol, felly rydw i'n gofyn i chi beidio ag amharu arni hi os na fydd raid.' O'r diwedd, tynnodd ei law oddi arni.

'Ar y bwrdd y tu cefn i chi mae'n technegwyr. Gadewch i mi eu cyflwyno'n gyflym. Y dyn sy'n gwisgo'r camera ar yr harnais ydi Con, ein prif ŵr camera – gyda llaw, steadicam yw'r enw ar y cyfarpar yna, am resymau amlwg. Yn ei gynorthwyo mae Dafs, sydd â'r camera trac.' Cododd y ddau eu breichiau mewn cyfarchiad. 'Yna mae Al, ein dyn sain, a Tecs yn ei gynorthwyo,' hwythau'n codi llaw, 'ac wedyn mae Owi a Malc, y tîm camera arall, a Meirion a Nia, eu technegwyr sain. Ac yn y gornel bellaf mae Dewi a John. Peidiwch â phoeni am geisio cofio enwau pawb. Gan amlaf, dim ond Con a Dafs, Owi a Malc fyddwch chi'n eu gweld. Pobol yr ystafelloedd cefn yw'r gweddill.' Gwagiodd ei wydr, ond daliodd i sefyll o'u blaenau, fel petai'n ceisio penderfynu beth i'w ddweud nesaf. Ceisiodd Dyfrig fygu'r ysfa i ddylyfu gên. Roedd y diwrnod diddiwedd wedi ei flino'n llwyr.

'Fel y dywedais i,' meddai Gwydion o'r diwedd, 'rydych chi'n bobol ffodus iawn. Rydych chi wedi dod yma heddiw i dreulio chwech wythnos – y rhai ffodus, beth bynnag – yn dysgu'r grefft o ddweud storïau. Yn yr hen amser, roedd ein cyndeidiau, y Celtiaid, yn treulio hyd at ugain mlynedd yn dysgu'r un grefft. Traddodiad llafar oedd ganddyn nhw, wrth gwrs, ac roedd blynyddoedd yn cael eu treulio yn ymarfer y cof i gofio ffeithiau, a hynny gyda chymorth odl a rhediad barddoniaeth. Roedd disgwyl i bob cyfarwydd – yr adroddwr storïau – fod â *repertoire* o dros dri chant a hanner o storïau erbyn iddo orffen ei brentisiaeth, a'r rhain i gyd ar ei gof, cofiwch! Mae gennych chi'r fantais o allu ysgrifennu'ch geiriau, eu newid a'u caboli'n ddidrafferth gyda'n technoleg fodern, ond cofiwch mai clywed eich geiriau fydd eich cynulleidfa, nid eu gweld. Fel y Celtiaid gynt, rhaid i chi greu argraff gyda geiriau sy'n cael eu clywed yn unig. Felly, rhaid iddynt fod yn drawiadol, yn gofiadwy, yn effeithiol.' Plygodd ymlaen eto a gwenu arnynt.

'Rydw i am ddweud stori wrthych chi cyn i chi ei throi hi am eich gw'lâu. Gallaf weld eich bod wedi blino.' Eisteddodd i lawr a phwyso'n ôl yn ei gadair. 'Un tro, roedd Groegwr o'r enw Lucian yn teithio ymysg y Celtiaid yng ngwlad Gâl – Ffrainc i ni heddiw – ac yn rhyfeddu at eu celf a'u rhethreg.' Ysgydwodd ei ben a rhoi chwerthiniad ysgafn. 'Alla i ddim llai na gwenu wrth feddwl pa mor ddilornus oedd y Rhufeiniaid a'r Groegiaid clasurol o ddiwylliannau nad oedd yn gallu ysgrifennu, fel y Celtiaid, ond eto i gyd yn ddigon parod i gyflogi Celtiaid addysgedig fel athrawon eu plant. Roedden nhw'n edmygu eu gallu rhethregol, dach chi'n gweld, a'u dawn gyda geiriau. Ta waeth, ymlaen â'r stori.

'Roedd Lucian yn deithiwr brwd a phrofiadol, wedi ei eni ym Mesopotamia ac wedi crwydro'n helaeth drwy'r ymerodraeth Rufeinig. Serch hynny, roedd o wedi dotio pan welodd lun wedi ei guro allan o efydd yng nghartref un o bendefigion Gâl. Llun oedd hwn o hen ŵr, wedi ei wisgo mewn croen llew, yn arwain llu o ddynion. Y peth rhyfedd oedd fod y dynion hyn yn dilyn yr hen ŵr fel cŵn ar dennyn, oherwydd roedd cadwynau bach aur yn hongian o dafod yr hen ŵr i glustiau'r dynion!

'Nawr, roedd Lucian yn rhyfeddu at geinder y cadwynau bach aur oedd o wneuthuriad manwl a chelfydd, a gleiniau ambr yn eu haddurno, ac yn eu hedmygu, ond roedd hefyd yn llawn chwilfrydedd ynglŷn ag arwyddocâd y llun. Dyma esboniad y pendefig.

' "Mae'r Celtiaid," meddai, "yn credu mai Huodledd yw'r grym cryfaf yn y byd. Mae'r gair yn gryfach nag unrhyw nerth corfforol, ac mae dyn ar ei fwyaf huawdl yn ei henaint. Dilyn yr henwr o wirfodd mae'r dynion, oherwydd eu bod mor awyddus i glywed ei eiriau, i'w barchu a'i anrhydeddu, ac oherwydd bod hynny'n bwysicach iddynt na'u rhyddid. Ymgorfforiad o'r gadwyn gudd rhwng y tafod a'r glust sydd yma."

'Cofiwch yr henwr, ffrindiau,' meddai Gwydion wedyn. 'Dyna eich nod. Cael pobol yn ysu i glywed eich geiriau, ac yn fodlon rhoi o'u hamser prin i ddod i glywed eich geiriau ar ffilm.' Suddodd yn ôl i'w gadair a golwg flinedig arno. Trodd at Seimon. 'Oes rhywbeth arall cyn i mi ddymuno noswaith dda i chi oll?'

'Un peth bach cyn i chi fynd,' ategodd Seimon. 'Mi fyddwn ni'n dechrau bore fory drwy rannu'r gliniaduron. Hoffwn i chi, gystadleuwyr, ddod i'r ystafell hon erbyn deg y bore; mi gawn ni dipyn o sgwrs am drefn pethau, ac mi fydd rhestr yn cael ei chyhoeddi yn dangos pwy fydd yn cael tiwtorial, a pha bryd.'

Wrth iddo siarad, clywodd Dyfrig sŵn y tu ôl iddo. Trodd pawb i syllu ar darddiad y sŵn, pawb ond fo. Roedd o'n rhy flinedig i falio botwm corn ac yn ysu am gael mynd i'w wely. Dim ond fo, felly, a sylwodd ar ymateb Gwydion – ond na, roedd Doctor Eurgain yn syllu arno hefyd.

Efallai mai golau'r canhwyllau oedd yn chwarae triciau, ond gallai Dyfrig dyngu fod Gwydion ap Dôn wedi gwelwi, fod y rhychau yn ei wyneb wedi dyfnhau, fod ei lygaid wedi rhythu'n llawn braw. Yn llawn chwilfrydedd i weld beth oedd achos yr ymddygiad od, edrychodd Dyfrig dros ei ysgwydd. Cafodd yntau gryn ysgytwad o weld bod y ferch groenddu wedi llithro i sedd ar fwrdd y technegwyr. Ond ei gwisg oedd yn drawiadol: sgert laes at y llawr o ddefnydd lliwgar, a siôl fawr o'r un defnydd yn gorchuddio'i hysgwyddau a'r siwmper ddu oddi tani.

Ar ei phen roedd tamaid arall o'r defnydd wedi ei rowlio'n rhaff a'i glymu am ei gwallt. Edrychai fel gwisg draddodiadol rhyw wlad estron.

Llamodd calon Dyfrig. Roedd hi yma wedi'r cyfan! Ofnodd fod ei wyneb yn bradychu ei deimladau, felly trodd ei sylw'n ôl at y bwrdd uchel. Roedd Gwydion wedi diflannu, ond roedd Doctor Eurgain yno'n gwenu'n gyfeillgar ar y ferch groenddu.

Pennod 3

Roedd dwy res o chwe chadair wedi eu gosod yn wynebu'r bwrdd uchel yn y neuadd y bore canlynol. Ar y bwrdd roedd pentwr taclus o liniaduron. Eisteddai Meira'n ddistaw y tu ôl iddo, gan wenu a nodio'i phen ar bob cystadleuydd fel y dôi i mewn. Roedd Con, y dyn efo'r camera ar harnais, yno hefyd, a Seimon yn cyfarwyddo John a Dewi sut i godi'r trac camera.

'Does dim digon o le i weithio hwn yn effeithiol,' gwenodd Seimon ar Dyfrig wrth iddo gerdded i mewn i'r ystafell. 'Rydan ni am ddefnyddio steadicam llaw yn ei le.'

Roedd Heledd a Llinos eisoes yn y rhes flaen, a'r dyn gwallt tywyll a'r goatee oedd wedi holi am gadw'n heini'r noson cynt wrth eu hochr. Llithrodd Dyfrig i sedd ar ben yr ail res. Daeth dynes fechan, denau, â gwallt llwytgoch i eistedd wrth ei ochr rai eiliadau'n ddiweddarach, gan sibrwd bore da wrtho'n swil. Teimlodd Dyfrig reidrwydd i dynnu sgwrs efo hi.

'Setlo mewn yn iawn?' holodd.

'Ydw, diolch, a chithe?'

'Iawn 'te. Ysu am gael dechrau arni o ddifri.' Chwiliodd am ragor i'w ddweud. 'Sgennoch chi dîm go gyfeillgar?'

'O oes, diolch yn fawr.' Rhoddodd chwerthiniad bach nerfus. 'Mi ddyle 'mod i wedi cyflwyno'n hunan. Mair ydw i, o ochre Llanidloes.'

'Dyfrig, o Nefyn. A dyma i chi Huw o Amlwch,' ychwanegodd wrth i hwnnw gymryd ei le wrth ochr Mair. 'Huw, dyma Mair, o Lanidloes.'

'Wel, ddim yn hollol,' dechreuodd Mair egluro, ond torrwyd ar ei thraws gan chwerthiniad Huw.

'Rydw i'n gwybod hynny'n barod, siŵr iawn. Mae Mair a fi yn yr un tîm.'

'Ond ... roeddwn i'n meddwl mai Heledd a Llinos oedd yn dy dîm di.'

'Mae Heledd yn y tîm, ydi, ond ffrind iddi ydi Llinos, ac mae honno efo Rhys,' pwyntiodd at y dyn gwallt tywyll, 'a Bleddyn, y gweinidog. Chlywson ni ddim byd ond cwyno neithiwr, naddo Mair, am hyfdra'r trefnwyr yn gwahanu'r ddwy.'

Cyrhaeddodd Anna ac Angharad, ac ailddechreuwyd ar y cyflwyniadau. Fel yr oedd hynny'n dirwyn i ben, daeth dyn canol oed trwm, gwritgoch, i eistedd yn y sedd olaf yn y rhes. Plygodd Mair tuag at Dyfrig.

'Bleddyn ydi hwnna,' sibrydodd wrtho. 'Y gweinidog.'

Dim ond tri na wyddai eu henwau oedd ar ôl, felly, meddyliodd Dyfrig, ac ar y gair dyma'r tri olaf yn llenwi'r seddi o'i flaen. Gadawodd Seimon y technegwyr i'w gwaith a dod i gyfarch y cystadleuwyr.

'Gyfeillion, bore da i chi i gyd. Pawb wedi cael noson dda o gwsg? Ardderchog. Mi ddechreua i ar unwaith. Ar ddiwedd y cyfarfod mi fyddwn ni'n rhannu'r gliniaduron hyn. Mi fydd eich gliniadur yn eiddo personol i chi tra byddwch chi'n rhan o'r gystadleuaeth, felly chi fydd yn gyfrifol am ei gadw'n ddiogel. Mae gennym ni dechnegwyr wrth gefn os bydd unrhyw anhawster, neu os oes 'na rai yma sydd ddim yn teimlo'n hyderus wrth ddefnyddio un. Mae pob un wedi ei raglennu i fod yn rhan o rwydwaith, ac wedi ei gysylltu â'n cyfrifiadur mawr canolog. Yn y cyfrifiadur canolog mae stôr helaeth o wybodaeth. Fyddech chi ddim yn credu faint o lyfrau, cylchgronau, trafodion cymdeithasau hanes ac ati, sydd wedi eu llwytho ar y cyfrifiadur hwnnw, ac mae mynegai cynhwysfawr i'r cyfan. Yn ychwanegol at hynny, mae llyfrgell draddodiadol yn yr ystafelloedd ar y ddau lawr sydd i'r dde wrth i chi gerdded i mewn i'r adeilad hwn. Bydd y llyfrgell ar agor o chwech y bore tan chwech yr hwyr.'

'Mi fydda i'n hoffi gweithio gyda'r nos,' meddai'r wraig nad oedd Dyfrig yn ei nabod. 'Allwn ni fynd yno ar ôl chwech?'

'Mae'n ddrwg gen i,' atebodd Seimon, 'ond mae Gwydion yn awyddus i bawb gymdeithasu gyda'r nosau. Mae gennym raglen o adloniant ar eich cyfer,' ychwanegodd gyda gwên. 'Nawr, i fynd yn ôl at y gliniaduron. Mae rhaglen sgriptio broffesiynol wedi ei llwytho ar bob un, ac mi fyddwch chi'n cael hyfforddiant ar y rhaglen dros y tridiau nesaf.' Gwenodd eto. 'Mae Gwydion yn awyddus i chi, fel unigolion, elwa cymaint â phosib o'r profiad o fod yn rhan o'r gystadleuaeth, ac mi fydd cael hyfforddiant ar y rhaglen hon o help i chi ar ôl i chi adael fan hyn.'

Cododd Heledd ei llaw.

'Pa raglen sgriptio fyddwn ni'n ei defnyddio?'

'Y Gair Olaf.'

'Rydyn ni wedi hen arfer defnyddio'r rhaglen honno,' cyhoeddodd Heledd. 'Gwastraff amser llwyr fyddai i Llinos a minnau orfod cael gwersi arni eto!'

'Efallai wir,' atebodd Seimon, 'ond er mwyn sicrhau tegwch i bawb, mae'n orfodol i chi fod yn bresennol yn y gwersi.' Daeth tinc o falais i'w lais. 'Gewch chi fynd i gysgu os dach chi isio, ond mae'n rhaid i chi fod yno. Rŵan, mi awn ni 'mlaen ... ie, Gwion?'

Dyna enw arall, meddyliodd Dyfrig wrth weld dyn ifanc, golygus â'i law i fyny.

'Allwn ni fynd ar y we gyda'r gliniaduron?'

'Gallwch, i raddau. Mae popeth yn mynd drwy'r prif gyfrifiadur, a dim ond ambell wefan sy'n cael ei chaniatáu. Y Llyfrgell Brydeinig a'r Llyfrgell Genedlaethol er enghraifft. Mae bloc ar bopeth arall.'

'Ond mae cymaint o wybodaeth ar gael ar y we,' protestiodd Rhys. 'Sut mae chwilota i hanes heb yr adnodd hanfodol hwnnw?'

'Mi welwch chi fod toreth o wybodaeth ar gael ar ein cyfrifiadur ni, ond os oes diffyg neu fwlch yn yr wybodaeth honno, gallwch bob amser wneud cais i'n technegydd i chwilota ar eich rhan. Iawn? Reit. Y peth nesa ydi'r cyfleusterau ar eich cyfer. Fel y soniais neithiwr wrth ateb Rhys, mae stafell ffitrwydd, sawna a jacwsi ac ati yn yr hen goety sydd rhwng bythynnod tri a phedwar, gyferbyn â drws yr adeilad hwn. Mi fydd honno ar agor ddydd a nos i chi – ond mi fydd camerâu otomatig yno, ar gyfer y rhaglen deledu, dach chi'n deall. Maen nhw'n dod ymlaen pan fydd sŵn neu symudiad. Peidiwch â theimlo dan fygythiad gan y camerâu. Dydyn nhw ddim yn amlwg, ac mae'n well eu hanghofio ac ymddwyn yn naturiol. Yn yr un adeilad mae'r gyffesgell, fel rydyn ni'n ei galw: stiwdio fechan ar gyfer un person yn unig. Mae hon ar gyfer pawb sydd eisiau rhannu profiad â gwylwyr y rhaglen, neu bwrw'i fol, cael cwyn fach, neu fynegi teimladau. Fe gaiff pob un ohonoch chi fynd i'r gyffesgell mor aml ag y dymunwch, ond mi fydden ni'n hoffi pe byddai pawb yn mynd i mewn iddi o leiaf unwaith bob pythefnos. Nawr 'te, at bethau mwy diddorol.' Plygodd i estyn darn o bapur o ffeil ar y bwrdd.

'Eich tasg gyntaf. Fel y dwedais i, mi fyddwch chi'n derbyn hyfforddiant am y tridiau cyntaf, ond roedd y beirniaid yn awyddus i chi hefyd ddechrau ar y gwaith ymchwilio. Tasg i chi fel unigolion fydd hon, nid i'r timau, ac ni fydd raid i chi sgwennu unrhyw fath o sgript. Mae'r beirniaid yn gofyn i bob un ohonoch chi ddewis un ai'r ardal rydych chi'n byw ynddi ar hyn o bryd, neu, os ydi hi'n wahanol, fro eich mebyd, i'w hastudio. Gwnewch eich ymchwil yn fras i ddechrau, yna bydd angen i chi ddewis un cyfnod hanesyddol ac ymchwilio ymhellach. Trefnwch yr wybodaeth ar ffurf nodiadau, ac ar y diwedd gofynnir i chi awgrymu sut y buasech chi'n cyflwyno'r wybodaeth honno i gynulleidfa. Rhaid i'r gwaith gael ei gyflwyno erbyn nos Wener. Yna, bydd enw'r enillydd yn cael ei gyhoeddi nos Sadwrn.

'Peidiwch â phoeni'n ormodol am y canlyniadau. Rhyw ragflas ydi hyn cyn eich tasg fawr gyntaf, tasg i'r timau fydd yn galluogi'r beirniaid i benderfynu pwy fydd yn cael eu hanfon adref. Iawn? Wel, dyna ni, 'ta. Mi rannwn ni'r gliniaduron, ac mi gewch chi fynd i ddechrau ar eich gwaith, neu ymlacio. Mae'r rhestr ar gyfer hyfforddiant gyda'r rhaglen sgriptio i'w gweld wrth y drws allan. Bydd yr hyfforddiant yn dechrau ymhen yr awr, pob tîm yn ei dro. O, ac un peth bach arall – mae'r beirniaid wedi penderfynu gosod un rheol ychwanegol. Er mwyn i chi anghofio am ein hoes brysur bresennol, yn gwylio'r cloc o funud i funud, maen nhw am i chi roi pob oriawr i ni i'w cadw'n ddiogel. Mae'r cyfrifiaduron hefyd wedi eu rhaglennu i beidio dangos yr amser. Mi fyddwch chi'n cael mwy o flas ar sut oedd pethau i'r dyn cyffredin ers talwm.'

Ffrwydrodd Rhys.

'Rydyn ni'n cael ein trin fel plant bach! Pa wahaniaeth os oes gen i oriawr ai peidio? Siawns fod fy nychymyg i'n ddigon ar gyfer rhywbeth mor syml!'

'Mi fasech chi'n rhyfeddu cymaint o wahaniaeth mae'r pethau bach yn ei wneud, Rhys,' atebodd Seimon. 'Dyna'r rheolau, mae arna i ofn. Dim fi sy'n eu gwneud nhw. Mae'n rhaid i bawb ildio'i wats a byw fel pobol yn yr hen amser, heb glociau. Mi fydd eich watsys yn hollol ddiogel, peidiwch â phoeni.'

'Ond sut ydyn ni'n mynd i wybod faint o'r gloch yw hi?'

'Dyna bwynt y peth, yntê? Sut oedd pobol yn mesur amser ers talwm? Gyda'r haul? Greddf naturiol y corff? Ond fe fyddwn yn eich helpu – a dyna'ch tasg ymchwilio gyntaf chi, meddai Gwydion. Roedd hen fynachdai Catholig yn canu cloch ar adegau penodol yn ystod y dydd a'r nos i ddynodi oriau addoli. Mae'n rhaid i chi ddarganfod amser y clychau. Bydd cloch eglwys yn canu'r oriau hynny dros y stad hon, ac mi ddowch chi i arfer mesur amser drwy eu defnyddio nhw – ond rydan ni'n drugarog. Fyddwn ni ddim yn canu'r gloch i nodi amser gwasanaeth y nos!'

Er bod ambell sylw anfodlon i'w glywed gan un neu ddau, aeth pawb i gasglu ei gyfrifiadur a throsglwyddo'i oriawr heb fawr o stŵr.

'Reit 'ta,' meddai Huw, 'beth am banad o goffi?'

'Syniad campus,' cytunodd Anna. 'Pam na ddowch chi draw i'n tŷ ni – Bwthyn Un – ar ôl i chi gadw'ch gliniaduron? Mi ro' i'r teciall i ferwi'n syth. Mair, ddowch chi?'

'Fi? O, diolch yn fawr i chi ond ... ond ... na, well i mi beidio, diolch yn fawr.' Ciliodd y wraig fechan tuag at y drws gan ddal i ymddiheuro a diolch yr un pryd.

'Wel, iawn,' meddai Anna wedyn, 'pawb sydd am goffi i ddod â'i fŵg efo fo i Fwthyn Un.'

Teimlai Dyfrig yn ddig efo Anna. Oedd hi'n cofio bod dau arall yn rhannu'r tŷ â hi, a bod posibilrwydd nad oedd pawb eisiau bod mor gymdeithasgar? Llithrodd allan gan gipedrych ar daflen amserau'r gwersi. Roedd o leiaf dair awr cyn gwers ei dîm ef, digon o amser iddo fynd am dro i gael awyr iach. Roedd glaw'r diwrnod cynt wedi cilio, ac roedd yn awyddus i weld a allai adnabod unrhyw nodwedd yn nhirwedd ei breswylfan newydd. Croesodd i'r bwthyn a gadael ei liniadur ar y seidbord a llithro allan drachefn cyn i Anna nac Angharad gael cyfle i sylwi arno, ond doedd dim rhaid iddo boeni: doedd dim hanes o'r un o'r ddwy yn dod allan o'r neuadd.

Edrychodd o'i gwmpas. Roedd y bythynnod yn amlwg wedi eu haddasu o hen adeiladau fferm neu stablau traddodiadol ar ffurf y llythyren U, a llawr y buarth wedi ei orchuddio â cherrig ithfaen. Safai'r neuadd hanner ffordd ar hyd un ochr hir i'r buarth. Gyferbyn â'r neuadd roedd y coety, ac yn lle'r dorau dwbwl gwreiddiol gosodwyd ffenestr enfawr gyda ffrâm o dderw – dyma lle roedd yr ystafelloedd ffitrwydd ac ati. Roedd ei fwthyn ef, Bwthyn Un, i'r dde o ddrws y neuadd, gyda'i dalcen pellaf yn ffurfio wal allanol y buarth. Yna roedd Bwthyn Dau i'r chwith o'r neuadd, yn ffurfio ochr fer yr adeiladau gyda Bwthyn Tri. Safai Bwthyn Pedwar gyferbyn â Bwthyn Un, yr ochr draw i'r coety, ei dalcen yntau'n cwblhau'r ffurf U. Roedd twbiau llawn blodau'r haf yn addurniadau lliwgar o boptu pob drws, ond roedd y gwyrddni a welai'r tu draw i'r agoriad yn ei ddenu fel ci at asgwrn. Gadawodd gysgod y buarth a synnu wrth weld bod plasty helaeth yn ymestyn o ochr bellaf y neuadd. Mae'n rhaid bod y drws oedd ym mhen pellaf coridor y fynedfa yn arwain yn syth i'r plas, meddyliodd.

Roedd gardd ffurfiol i'w gweld yr ochr hon i'r plas, a wal isel yn ei hamgylchynu. Yn y wal roedd rheiliau o haearn bwrw addurniadol wedi'u gosod i ffurfio rhwystr rhyw chwe troedfedd o uchder, digon i gadw'r werin allan, ond yn caniatáu iddynt weld y crandrwydd oddi mewn a chenfigennu ato. Roedd ambell ffenest ar y llawr cyntaf ar agor, sylwodd, ond roedd pob un ar y llawr isaf wedi ei gorchuddio â chaeadau metel. Ai dyna lle roedd y criw teledu'n aros? Ai rhyw fath o stiwdio neu weithdai oedd ar y llawr isaf, fel bod angen un ai cadw goleuni allan neu gadw offer drudfawr yn ddiogel? Ond roedd arogl natur yn ei ddenu ac felly ni threuliodd fawr o amser yn dyfalu beth oedd pwrpas y caeadau.

Wrth gerdded i lawr y ffordd y teithiodd y bws y noson cynt, y peth cyntaf a'i trawodd oedd pa mor goediog oedd y stad. Gallai weld coed deri, ynn, ffawydd, masarn ac ambell binwydden yn ymestyn yn ddidor bob ochr iddo, mor agos i'r ffordd fel nad oedd modd gweld heibio iddynt nac uwch eu pennau. Roedd hon yn hen goedwig, a barnu o drwch y boncyffion. Ai un o'r ychydig goedwigoedd naturiol oedd yn dal i fodoli yng Nghymru oedd hi, tybed, neu un a blannwyd yn bwrpasol? Roedd golwg iach ar y cyfan. Oedd coediwr yn gofalu am y lle, tybed? A hoffai ef ei hun weithio gyda'r fath goed? Cynyddodd ei ddiddordeb proffesiynol yn y coed wrth iddo gerdded heibio tro yn y ffordd a gweld giatiau o haearn bwrw mawreddog yn y pen draw, a bwthyn bob ochr iddynt. Edrychai'r bythynnod yn ddestlus ac mewn cyflwr da, wedi eu hadeiladu yn y ddeunawfed ganrif, tybiai, yn ôl eu harddull bensaernïol. Cerddodd yn frwd at y giatiau. Efallai na fyddai coed yr ochr draw iddynt, ac y byddai modd iddo ddyfalu ble roedd o. Ond siom oedd yn ei ddisgwyl. Coed, coed a rhagor o goed oedd yn ei wynebu, nid gorwel cyfarwydd na chopa mynydd y gallai ei adnabod, dim afon na chwm nac adeilad. Yn ei rwystredigaeth, ceisiodd agor y giatiau cyn sylwi bod clo ar bob un.

'Does neb i fynd allan heb ganiatâd, syr,' daeth llais o'r tu ôl iddo.

Trodd Dyfrig a gweld dyn yn sefyll yn nrws y bwthyn ar y chwith.

'Pa stad ydi hon?' holodd Dyfrig. Gwenodd y dyn arno cyn mynd yn ôl drwy ddrws y bwthyn heb ddweud yr un gair pellach.

Trodd ei gefn ar y giatiau a cherdded heibio'r bwthyn ar y dde, gan dybio'i fod yn wag. O leiaf, roedd y llenni ynghau wrth bob ffenest. Aeth heibio'i dalcen a gweld bod wal uchel yn rhedeg o'r adeilad heibio'r coed. Ffin y stad. Roedd yn ei atgoffa o waliau Glynllifon yr arferai yrru heibio iddynt ar ei ffordd o Nefyn i Gaernarfon. Dechreuodd ymlwybro drwy'r glaswellt hir, gan gadw'r wal ar ei chwith, yn y gobaith o ddod at fwlch yn y wal neu fynediad arall i'r stad, ond ar ôl rhyw bum can llath gwelodd fod y coed yn cyrraedd i lawr at y wal, a drain, ysgall a danadl poethion yn gymysg â'r glaswellt gan greu rhwystr effeithiol rhwng Dyfrig a'i fwriad. Nid oedd ôl cymaint o ofal ar y rhan hon o'r stad. Edrychodd o'i gwmpas a sylwi bod y tir yn codi'n raddol yr ochr dde iddo. Dilynodd y codiad tir gan wthio rhwng canghennau isel y coed. Roedd mwy o brysglwyni'n tyfu yma, coed ysgafnach megis ysgaw, criafol, ceirios gwyllt a bedw arian. Tybed a allai ddod yn ôl yma ar ôl diwedd y gystadleuaeth a chael defnyddio rhai o'r coed ar gyfer ei waith? Roedd angen eu tocio a'u teneuo, meddyliodd.

Roedd y ddaear yn fwy caregog yma, ac yn y lleiniau mwy agored tyfai rhedyn cyn uched â'i gluniau. Cofiodd am ei daid yn ei rybuddio rhag nadroedd yn y rhedyn ar fynydd Nefyn. Serch hynny, teimlodd ei gorff yn ymlacio. Hwn oedd ei wir gynefin, lle roedd ei enaid yn dawel. Anadlodd yn ddwfn o arogl y gwyrddni a hudwyd allan o'r ddaear gan wres yr haul yn dilyn gwlybaniaeth y diwrnod cynt. Arogl pydredd a ffyniant, bywyd a marwolaeth yn gymysg â'i gilydd.

Cyrhaeddodd ben y codiad tir, ond fe'i siomwyd unwaith eto. Dim ond coed a'i hamgylchynai i bob cyfeiriad. Dringodd i ben un o'r cerrig a ffurfiai gopa'r bryncyn, a llwyddo i weld simneiau'n ymwthio i'r awyr yn y pellter drwy'r môr o ddyfiant. Ai hwn oedd eu trigfan? Oedd o wedi crwydro mor bell â hyn oddi wrth y bythynnod? Edrychodd ar ei arddwrn, a rhegi wrth gofio'i fod wedi rhoi ei oriawr i Seimon. Faint o'r gloch oedd hi? Fyddai o'n hwyr i'w hyfforddiant? A fyddai hynny'n cyfrif yn ei erbyn? Doedd dim amdani ond rhuthro'n ôl cyn gynted ag y gallai. Chwiliodd am leoliad yr haul a'i berthynas i leoliad y simneiau cyn ceisio dilyn y ffordd sythaf yn ôl i'r bythynnod. Brwydrodd drwy'r coed a'r mieri, ei bryder yn cynyddu. Erbyn iddo gyrraedd y bwthyn roedd ei ddwylo'n sgriffiadau mân o'r drain a phigiadau'r danadl poethion, ei drowsus hefyd yn dioddef o ganlyniad i bigau'r drain a'i gorff yn chwys diferol.

'Duw, Dyfrig! Lle buost ti, dŵad? Mi gollist ti sgyrsia bach diddorol!'

Roedd Anna ac Angharad yn eistedd wrth y bwrdd yn yfed te, ac olion pryd o salad a chig oer o'u blaenau.

'Faint o'r gloch ydi hi?'

'Gofyn i Angharad,' atebodd Anna. 'Ma' hi 'di bod yn hogan bach dda yn gneud ei gwaith cartra. Dwed wrtho fo, Angharad.'

'Ma'r gloch wedi canu'r Angelus am y Sext, rhyw – beth, Anna – rhyw awr yn ôl?'

'Mae hi o gwmpas un o'r gloch i ti a fi, felly, Dyfrig.'

'Ie. 'Na fe. Bydd y gloch yn canu bob teirawr, chi'n gweld, o chwech y bore 'mlân, i gyd-fynd â hen ddefosiyne'r mynachdai.'

'Paid â phoeni, Dyfrig. Mae Angharad wedi'u teipio nhw allan, a gwneud copi i ni'n dau. Hwda.' Gwthiodd Anna ddarn o bapur o dan drwyn Dyfrig cyn ysgwyd ei phen. 'Welis i ddim byd mwy twp yn fy nydd! Rhoi amserlen ar y wal, a sesiwn dwy awr i bawb, yna cymryd ein clociau a'n watsys oddi arnan ni! T'isio salad?'

'Sgen i amser i neud brechdan?'

'Oes, am wn i. Dydi'n gwers ni ddim tan ddau, nag ydi? A phrin y byddan nhw'n gallu cwyno os ydan ni'n hwyr.'

Pan eisteddodd wrth y bwrdd gyda'r ddwy ferch a brathu'n awchus i'w frechdan, holodd Anna ef ymhellach.

'Lle buost ti felly?'

'Cerdded o amgylch y stad,' atebodd. 'Ceisio gweld oeddwn i'n adnabod rhywfaint ar y tirlun.'

'Gest ti lwyddiant?'

'Naddo.' Ni allai gadw'r tinc o ofid o'i lais. 'Y cwbwl sy 'na ydi coed.'

'Ydi hynny'n eich poeni chi, Dyfrig?' holodd Angharad.

'Wel ydi, am wn i. Mi fydda i'n hoffi gwybod be 'di be, a lle rydw i.'

'Be 'di'r ots?' meddai Anna. 'Yma i weithio ydan ni, a does 'run ohonan ni'n mynd i adael tan fydd raid i ni, nag oes? Felly pa wahaniaeth wnaiff o os ydan ni'n gwybod lle rydan ni ai peidio? Dysga ymlacio, Dyfrig bach.'

Cipedrychodd Angharad a Dyfrig ar ei gilydd cyn i Angharad droi i ffwrdd yn swil. Roedd llais Anna'n ddiamynedd. I ble roedd y cydymdeimlad a ddangoswyd tuag at Angharad y diwrnod cynt wedi mynd, tybed?

'Fe ddath criw bach nêt i gael coffi,' ceisiodd Angharad newid y sgwrs. 'Ro'dd chwech ohonon ni i gyd, on'd o'dd, Anna?'

'Oedd. Marian, Bleddyn, Gwion a Huw a ni'n dwy.' Gwthiodd ei chadair yn ôl yn ddisymwth a chodi oddi wrth y bwrdd. 'Rydw i'n mynd i'r llyfrgell i weld be sy ganddyn nhw. Wela i chi yn y wers sgriptio,' meddai dros ei hysgwydd wrth iddi godi llyfr sgwennu a'i phwrs oddi ar y seidbord.

'Paned, Dyfrig?' cynigiodd Angharad ar ôl i'r drws glepian ynghau.

'Ia, diolch.' Gorffennodd ei frechdan a gwthio'i blât oddi wrtho. Syllodd ar y llestri budron a adawyd ar ôl gan Anna. Oedd o ac Angharad yn mynd i fod yn forynion bach iddi felly? Dechreuodd eu casglu at ei gilydd.

'O, gadewch i'r tacle fod, Dyfrig. Mi wna i 'u golchi nhw ma's o law.'

'Dew, na newch wir. Mi wnawn ni nhw efo'n gilydd. Mi olcha i, ac mi gewch chitha sychu. Mi gawn ni baned ar ôl gorffen.'

'Be sy'n bod ar Anna, deudwch?' holodd yn ddiweddarach, ei ddwylo yn y trochion poeth. 'Ydi hi 'di bod fel 'na drwy'r bore?'

'Na, roedd hi'n iawn pan o'dd pawb yn cael coffi. A dweud y gwir, Marian a hithe oedd yn cynnal y sgwrs i gyd. Dim ond ambell air ddwedodd Bleddyn a Gwion.'

'Sut rai ydyn nhw?'

'Tawel iawn yw Bleddyn, ond dyn cwrtais a dwys dros ben. Gweinidog yw e, ond ei fod e newydd ymddeol o fod â gofal eglwys.' Dechreuodd gadw'r llestri glân. 'Ma' Gwion yn fachan ffein. Ma' fe'n 'studio i fod yn feddyg. Wedi ca'l amser rhydd cyn dechre ail ran ei hyfforddiant.'

'Be mae o'n neud fan hyn, 'ta? Mi faswn i'n meddwl bod job fel meddyg yn talu'n rhy dda i fod angen gwaith sgwennu.'

'Nid mater o arian yw'r ysfa i sgrifennu, Dyfrig,' meddai Angharad â gwên. 'Mi wyddoch chi hynny cystal â minne. Chi'n barod am baned 'nawr?'

'Ydw, diolch,' atebodd, gan sychu ei ddwylo. Aeth yn ôl i eistedd wrth y bwrdd.

'Na, mae pob un ohonon ni'n gorfod ennill ein tamed mewn rhyw ffordd neu'i gilydd,' ychwanegodd Angharad ar ôl rhoi mŵg o flaen Dyfrig ac eistedd i lawr. 'Fyddech chi'n grac pe bawn i'n gofyn beth yw'ch gwaith chi?'

'Na faswn, siŵr iawn! Gweithio efo coed ydw i. Ydach chi wedi gweld giatiau neu gadeiriau wedi'u gneud o ganghennau coed – wyddoch chi, rhai sy'n cadw siâp naturiol y coedyn fel rhan o'u cynllun neu addurn?'

'Do, ma' 'da ffrind i mi glwydi felly ar ei thŷ. Maen nhw'n bert, 'fyd.'

'Wel, gwneud petha felly ydw i.'

'Oes siop 'da chi?'

'Na, eu gwerthu nhw mewn sioeau amaethyddol ac ati fydda i, ond gweithio i gomisiwn fydda i ran amlaf.'

'Ac y'ch chi'n fisi?'

'Ydw, digon i gadw dau ben llinyn ynghyd, beth bynnag. Fydda i byth yn gyfoethog, chwaith.' Tawodd wrth gofio am y cwyno. Gallai glywed llais Sonia yn ei ben, llais oedd wedi newid o fod yn annwyl a chariadus yn eu blynyddoedd cyntaf gyda'i gilydd i fod yn chwerw a chaled wrth iddi edliw iddo'n ddiddiwedd y dylai chwilio am waith go iawn, i ennill cyflog digon da iddyn nhw allu prynu cegin newydd, car newydd, carpedi newydd, soffa newydd – rhestr flinderus o'r nwyddau oedd yn "hanfodol" er mwyn iddyn nhw allu cadw'u hunan-barch o flaen ei ffrindiau hi.

'Athrawes oeddwn i cyn ca'l y plant,' torrodd Angharad ar draws ei feddyliau diflas. 'Ac wy'n gwitho'n rhan amser nawr, fel bo' fi gartre pan ddown nhw mas o'r ysgol.'

'Mewn ysgol mae'ch gwaith chi?'

'Ie, 'da'r plant bach. Fi'n dwlu arnyn nhw. 'Na pam own ni mor ffodus fod Geraint – y gŵr – yn ennill digon i mi ga'l carco'r plant fy hunan nes eu bod nhw'n mynd i'r ysgol. O's plant 'da chi, Dyfrig?'

'Na.' Roedd o wedi bod eisiau dechrau teulu, ond gwrthodai Sonia ystyried y peth. Byddai'r sgwrs bob amser yn mynd fel hyn:

'Dwyt ti'm yn ennill digon o arian yn ddigon rheolaidd i mi allu meddwl am roi fy job i fyny. Allwn ni ddim byw heb fy nghyflog i, a dydw i ddim yn mynd i eni plentyn a gorfod talu'n ddrud i eraill ei fagu.'

'Ond mi fydda i adra ran amlaf i edrych ar ei ôl o,' protestiai yntau.

'Sawl gwaith wyt ti wedi gorfod mynd i ffwrdd yn ddirybudd pan fydd gan ryw dorrwr coed neu'i gilydd goedan arbennig i ti, neu pan wyt ti'n cychwyn am y sioeau? A phwy fyddai'n edrych ar ei ôl o neu hi wedyn? Wyt ti'n sylweddoli pa mor anodd ydi cael rhywun i warchod ar fyr rybudd? Allwn i byth aros adra bob tro rwyt ti'n mynd i ffwrdd. Anghofia'r syniad nes dy fod di'n cael joban go iawn.'

Wrth weld Angharad yn syllu i'w chwpan de, sylweddolodd ei fod wedi ei hateb yn swta.

'Be 'di gwaith Anna?' ceisiodd ailddechrau'r sgwrs. 'Dydi hi'n sôn fawr ddim amdani'i hun.'

'Wy'n cytuno. Sai'n credu iddi ddweud beth o'dd ei gwaith. Ces yr argraff amser coffi mai gwitho iddi'i hunan ma' hi. Gofynnodd Marian yr un cwestiwn iddi, ond fe deimles i fod rhyw dyndra rhwng y ddwy. Atebodd Anna 'mohoni. Ond ma' hi'n seriws abwytu'r gystadleuaeth. Wedi i bawb adel, mi a'th i witho ar ei chyfrifiadur, isie chwilota drwy'r ffynonellau hanesyddol, medde hi, ac fe arhosodd yn ei stafell nes i mi alw i ddweud bod cinio'n barod.'

Edrychodd Dyfrig arni mewn syndod.

'Chi baratôdd y bwyd?'

'Ie.'

'A chlirio hefyd?'

'Gyda'ch help chi, Dyfrig,' atebodd â gwên.

'Ond dydi hynny ddim yn iawn. Rhaid i ni gael trafodaeth a setlo ar ryw fath o rota pwy sy'n gwneud beth.'

Cododd Angharad ei hysgwyddau, a bu saib fach arall. Yna dechreuodd siarad yn betrus.

'Wy'n deall sut y'ch chi'n teimlo, Dyfrig – am fod isie gwybod ble ry'ch chi ac ati. 'Na fel wy'n timlo am y bechgyn. Ma'n anodd ca'l y peth o'ch meddwl, on'd yw e? Ma' fe'n gallu'n rhwystro ni rhag canolbwyntio.'

Sylweddolodd Dyfrig ei bod yn dweud y gwir. Yn ystod ei stelc o gwmpas y stad doedd o ddim wedi meddwl unwaith am y dasg roedd Seimon wedi'i gosod iddynt.

'Ry'ch chi'n gyfarwydd â choedwigoedd, mae'n siŵr,' meddai Angharad wedyn.

'Ydw, a dyna beth oedd yn fy synnu i heddiw. Dwi'di bod yn y rhan fwyaf o goedwigoedd Cymru, ac mae'n anodd gen i gredu nad ydw i'n gwybod am goedwig mor helaeth â hon. Efallai nad yng Nghymru rydan ni wedi'r cwbwl.'

Daeth cnoc ar ddrws y bwthyn, ac ymddangosodd pen Meira.

'Jest gadael i chi wybod bod eich gwers chi'n dechrau mewn pum munud. Rydyn ni'n sylweddoli nad ydych chi wedi cael amser i gynefino eto efo dweud faint o'r gloch ydi hi heb glociau.'

Pennod 4

Y ferch groenddu roddodd y wers iddyn nhw, gan daflu Dyfrig yn llwyr oddi ar ei echel. Roedd yn anodd gwrthsefyll yr ysfa i syllu ar ei hwyneb yn hytrach nag ar y bocsys cymhleth, llwyd a ymddangosodd ar ei sgrîn wedi iddo agor y rhaglen y Gair Olaf.

Roedd tair desg wedi'u gosod yn wynebu bwrdd gwyn yn yr ystafell fechan. Yng nghornel uchaf y bwrdd gwyn roedd y gair 'N'tia' wedi ei brintio mewn coch a'i danlinellu. Ar ganol y bwrdd roedd 'Y Gair Olaf' wedi ei ysgrifennu mewn du. Eisteddai'r ferch ar stôl uchel o flaen y bwrdd gwyn. Gwisgai jîns glas tywyll a thop coch gyda gwddf isel. Roedd hwn yn amlygu'r mwclis oedd am ei gwddf: coler o linynnau lledr golau a dau flodyn lledr o'r un coch â'i thop wedi eu gwau i'r llinynnau, a'r goler yn ei thro yn amlygu'r gwddf hir, gosgeiddig.

Angharad ac yntau oedd y cyntaf i gyrraedd, a nodiodd y ferch ei phen atynt mewn dull oedd yn rhyfeddol o ffurfiol ac urddasol. Roedd hi'n amlwg yn disgwyl am y trydydd aelod o'r tîm cyn eu cyfarch. Aeth cryn bum munud heibio, pum munud a dreuliodd Dyfrig yn teimlo'n chwithig, yn dechrau llwytho'i liniadur i guddio'i chwithdod, gydag ambell gipolwg llechwraidd tuag at y ferch. Yna cyrhaeddodd Anna â'i gwynt yn ei dwrn. Mwmialodd 'Sori' wrth y ferch oedd yn disgwyl mor llonydd ac amyneddgar amdani.

'N'tia ydw i,' cyflwynodd y ferch ei hun o'r diwedd, gan bwyntio at y gair mewn coch ar y bwrdd gwyn. Ynganai'r enw fel petai 'a' rhwng yr 'n' a'r 't', gyda'r pwyslais ar y sillaf gyntaf: Natia. 'Rydw i yma i'ch hyfforddi sut i ddefnyddio'r rhaglen sgriptio.'

Siaradai Gymraeg â'r acen ryfeddaf, acen oedd yn swyno clust Dyfrig. Roedd yn amhosib ei chategoreiddio. Doedd hi ddim yn debyg i unrhyw acen a glywsai erioed gan Sais neu Saesnes wedi dysgu Cymraeg. Roedd pob 'r' yn rhowlio mwy na'r cyffredin, fel petai'n Ffrangeg, ac eto ddim. Ond roedd y llais wedi dechrau egluro'r rhaglen, a gorfodwyd Dyfrig i ganolbwyntio ar yr hyn a ddywedai yn hytrach na'r ffordd y'i dywedai.

'Mi welwch chi fod dwy ffenest ar ochr dde eich sgrîn: ffenest Llywio a ffenest Elfennau. Cyn gynted ag y byddwch yn clicio ar un o'r dewisiadau yn y ffenest Elfennau, mi fydd y rhaglen yn gosod y testun yn otomatig yn y man priodol ar eich sgript, gyda'r ffont priodol. Gyda llaw, mae tab ffont ar y rhaglen, ond mewn gwirionedd does dim dewis gennych chi, gan fod cwmnïau ffilmio wedi arfer â'r ffont arbennig hwn, ac yn amheus o unrhyw newidiadau. Peidiwch â meddwl dewis ffont gwahanol, neu mae'n beryg y gall rhai cwmnïau wrthod eich sgript heb ei darllen am eu bod yn meddwl eich bod yn amhroffesiynol. O leiaf mae hynny'n wir am yr Unol Daleithiau, lle rydw i'n arfer gweithio. Wn i ddim cymaint am Gymru. Dechreuwch arbrofi gyda'r botymau tab a chofnodi – yr 'Enter' – er mwyn i chi gael gweld beth sy'n digwydd.'

Buan iawn y sylweddolodd Dyfrig mai'r botwm tab oedd yn gwneud gwaith y botwm cofnodi mewn rhaglenni mwy arferol.

'Nawr 'te,' meddai N'tia wedyn, 'ymarfer bach.' Rhoddodd bapur A4 iddynt, ac enghraifft o damaid o sgript arno. 'Dyma sut mae'r gwaith gorffenedig yn edrych. Rydw i am i chi ymarfer defnyddio'r botymau tab ac elfennau ac ati i gopïo'r sgript ar eich cyfrifiaduron.'

Aeth cryn hanner awr heibio cyn iddi fodloni'i hun fod pawb wedi llwyddo. Eu tasg nesaf oedd creu golygfa fach eu hunain a rhoi sgwrs o ryw ddeg llinell rhwng dau gymeriad, gan ddefnyddio'r ymarfer fel patrwm. Wrth iddyn nhw weithio, cerddai'r ferch y tu ôl iddyn nhw a phlygu 'mlaen dros ysgwydd pob un yn ei dro er mwyn darllen eu sgrîn.

'Gair o gyngor, Dyfrig,' meddai wrth blygu drosto fel bod arogl ei phersawr yn llenwi ei drwyn. Arogl ffrwythau sitrws, a melon, ac ychydig o elfennau dyfnach a wnâi i'r persawr aros yn ei gof am oriau wedyn. 'Does dim rhaid i chi ddisgrifio'r lleoliad mor fanwl, na'r cymeriad chwaith. Cofiwch fod castwyr a chynllunwyr proffesiynol yn cael eu cyflogi i ddewis actorion a chreu setiau. Y rheol aur ar gyfer byd teledu a ffilm ydi disgrifio drwy symudiadau. Felly, does dim angen cynnwys mwy na'r elfennau hanfodol, megis prop sy'n angenrheidiol i'r stori. Os ydych chi'n disgrifio ystafell wely'r cymeriad, er enghraifft, dim ond ychydig eiriau disgrifiadol sy'n cyfleu cymeriad y person – taclus, gor-daclus, slob ac ati.'

Erbyn diwedd y sesiwn, teimlai Dyfrig yn bles â'i hun. Gallai gael y penawdau'n gywir, y drefn a'r ddeialog.

'Dyna ni, felly,' meddai N'tia, 'wela i chi fory, yr un amser. Bydd Meira'n siŵr o alw heibio i sicrhau y byddwch yn brydlon. Mi wnawn ni edrych ar sut i ailddrafftio, a gwneud mwy o ymarferion.'

Wrth iddi adael yr ystafell, sylweddolodd Dyfrig nad oedd hi wedi rhoi gwên iddyn nhw o'r dechrau i'r diwedd. Peth anarferol i'r Cymry. Ai rhywbeth diwylliannol oedd o? Rhyw wahaniaeth rhwng hiliau? Ac eto roedd ei llygaid yn gynnes, a'i hymddygiad yn hamddenol a chyfeillgar. O leiaf doedd ei hymddygiad ddim mor od ag un Anna, oedd wrthi'n cadw'i gliniadur ar ras wyllt heb edrych arno ef nac Angharad.

'Panad, Anna?' gofynnodd iddi, er mwyn gweld ei hymateb.

'Dim amser,' atebodd, a chychwyn am y drws.

'Welan ni chi amsar swpar?' galwodd ar ei hôl wrth iddi ddiflannu drwy'r drws, ond ni chafodd ateb.

'Ma' hi mor awyddus i lwyddo,' meddai Angharad wrth iddyn nhw gerdded yn ôl i'r bwthyn. 'Allwn i deimlo hynny amser coffi. Roedd rwbeth yn mynd 'mlân rhyngddo hi a Marian, fel tasen nhw'n ddou baffiwr yn llygadu'i gilydd cyn dechre clatsio.'

Gwnaeth Dyfrig baned i'r ddau ohonynt, gan nad oedd unrhyw hanes o Anna yn y tŷ. Cymerodd Angharad ei mŵg a mynd i'w hystafell i weithio, a gwnaeth yntau'r un fath. Roedd yn hen bryd iddo ddechrau ymchwilio i hanes Nefyn.

*   *   *

Roedd y byrddau swper wedi eu gosod mewn dull gwahanol y noson honno. Yn lle dau fwrdd o ddeuddeg, roedd tri bwrdd llai mewn hanner cylch o amgylch y lle tân ynghanol y llawr, pob un wedi ei baratoi ar gyfer pedwar person fel nad oedd yr un ohonynt â'i gefn at y tân. Nid bod tân ar yr aelwyd; roedd y tywydd yn rhy gynnes. Yn y gongl ger y fynedfa roedd y bwrdd ar gyfer y technegwyr. Teimlai'r ystafell yn fwy eang heb y trac camera, a dim ond yr un dyn camera, Con, a'i harnais oedd wrth ei waith.

Eisteddai Huw a Mair wrth un bwrdd, ac aeth Dyfrig i eistedd gyda hwy. Yn fuan wedyn daeth Bleddyn, y gweinidog, i eistedd yn y bedwaredd sedd. Pan ddaeth Angharad i'r neuadd, anelodd am Dyfrig, ond newidiodd ei chyfeiriad wrth sylweddoli bod y bwrdd yn llawn. Aeth i eistedd gyda Llinos, a daeth y gŵr ifanc, yr un nad oedd Dyfrig eto wedi darganfod ei enw, atyn nhw efo Heledd. Yr olaf o'r cystadleuwyr i gyrraedd oedd Anna, ei gliniadur yn dal dan ei braich. Eisteddodd yn yr unig sedd wag, gyda Rhys, Gwion a Marian, gan wthio'r gliniadur rhwng ei thraed dan y bwrdd.

'Maen nhw am i ni gymysgu,' meddai Huw'n feirniadol. 'Neb i aros gyda'i griw bach ei hun.'

'Wel ie,' cytunodd Mair. 'Mae'n braf cael dod i nabod pawb.'

'Be 'di enw'r dyn gwallt melyn acw?' holodd Dyfrig. 'Yr un efo Heledd ac Angharad? Dydw i ddim wedi siarad efo fo eto.'

'Iwan,' atebodd Mair. 'Mae e'n fachgen clefer iawn. Mae'n werth i chi ei glywed yn siarad, yr holl lyfre mae e wedi'u darllen. Gwneud i mi deimlo'n dwpsen hollol!'

'Peidiwch â gwneud cam â chi'ch hunan, Mair fach,' dwrdiodd Bleddyn. 'Fasech chi ddim fan hyn oni bai eich bod chi'n alluog.' Gwenodd ar y ddau ddyn arall. 'Mi gefes i'r anrhydedd o ddarllen ychydig o'i barddoniaeth pnawn heddiw, ac roeddwn i wedi dotio. Gwneud i minnau deimlo'n dwp! Rhaid i chi ddangos eich gwaith i'r ddau, Mair.'

Roedd gruddiau'r wraig druan yn fflamgoch erbyn iddo orffen siarad. Arbedwyd hi rhag gorfod ymateb gan fod Gwydion a'i osgordd wedi cyrraedd ac wrthi'n gwneud eu hunain yn gyfforddus wrth y bwrdd uchel. Cyrhaeddodd y bwyd a'r costreli gwin yn fuan wedyn.

'Ydach chi wedi cael eich gwers gan N'tia bellach?' gofynnodd Dyfrig wrth helpu ei hun i'r *lasagne* a'r salad a osodwyd o'u blaenau.

'Ew, do,' atebodd Huw ar unwaith, gan dywallt gwin i bawb. 'Uffar o bishyn – maddeuwch i mi, Mair! Oes rhywun yn gwybod ei hanes?'

Ysgwyd eu pennau'n negyddol wnaeth y tri arall.

'Mae'n beth mor od clywed y Gymraeg yn llifo o'i genau,' meddai Bleddyn. 'Er, cofiwch chi, dydi o ddim yn beth mor anghyffredin â hynny'r dyddiau hyn. Mi wn i am sawl teulu o wledydd pell sydd wedi ymgartrefu yng Nghymru fach, a'u plant yn dod i siarad Cymraeg cystal â chi a fi. Mae teulu o Korea yn byw ar ein pwys ni, ac mae'r ferch fach yn ddigon i ddotio arni, ei Chymraeg hi mor loyw.'

'Ydych chi wedi dechre ar ein tasg gyntaf?' holodd Mair rhwng cegeidiau o basta.

Ysgydwodd Huw a Dyfrig eu pennau.

'Mae Anna wrthi fel lladd nadroedd, dwi'n meddwl,' cyfaddefodd Dyfrig, 'ond prin 'mod i 'di darllen mwy na thudalen neu ddwy am hanes Nefyn. Mae'n rhyfeddol be sydd 'na ar y cyfrifiadur. Roedd holl drafodion Cymdeithas Hanes Sir Gaernarfon i'w cael arno. Mi gymrith oriau i mi fynd drwyddyn nhw i gyd.'

'Ac mae rhai sir Drefaldwyn arno hefyd,' ategodd Mair. 'Ydych chi wedi defnyddio'r mynegai eto? Mae hwnnw'n drefnus iawn hefyd.'

'Am ble dach chi'n mynd i sgwennu, Mair?' holodd Huw.

'Wel, Dyffryn Tanat, am wn i. Dyna ble ges i fy ngeni. A chithe?'

'Amlwch yntê, ble arall? Be amdanoch chi, Bleddyn?'

'Gefes i ngeni yng Nghwm Gwendraeth, a gweithio ger Llandeilo, ond yn Nolgellau rydw i wedi byw ers imi ymddeol.' Wrth wrando arno, sylweddolodd Dyfrig nad oedd ganddo'r un acen nodweddiadol. Dawn pregethwr, tybiodd, fyddai'n gallu pregethu'n llwyddiannus mewn unrhyw ran o Gymru.

'Pa un ydach chi am ei ddewis?' gofynnodd Huw.

'Mae'n dibynnu pa un sydd â'r hanes mwyaf diddorol i sgrifennu amdano,' atebodd Bleddyn â gwên. 'Mae gen i dipyn o waith ymchwil i'w wneud.'

Wrth iddyn nhw fwyta'u pwdin, daeth dau was i'r neuadd yn cario cadair gefn uchel. Gosodwyd y gadair yn drawiadol o seremonïol a'i chefn at y bwrdd uchel yn wynebu'r lle tân ynghanol y llawr. Yna daeth gwas arall a gosod telyn fach ddeg tant yn ofalus ar y sedd.

'Ew, ein hadloniant ni ar gyfer heno, dach chi'n meddwl?' gofynnodd Huw.

A dyna beth ydoedd. Ar ôl i bawb orffen bwyta, cododd Seimon a chyhoeddi bod Gwydion yn mynd i adrodd chwedl iddyn nhw. Cododd hwnnw, ei swrcot laes o felfed du yn ysgwyd yn ddramatig o'i ôl, a cherdded at y gadair unig. Gafaelodd yn y delyn fach cyn eistedd, yna dechreuodd ei thiwnio. Daeth Tecs ymlaen a chwarae gyda'r wifren oedd yn arwain o'r meicroffon oedd ar gôt Gwydion i'r bocs y tu cefn iddo. Wedi iddo gael ei fodloni a diflannu i'r cefn, tynnodd Gwydion yn y tannau a llanwyd y neuadd gan alaw felys ond anghyfarwydd. Tra oedd yn chwarae, trodd ei ben yn araf gan edrych ar bob un o'r cystadleuwyr yn ei dro, yn rhwydo a sugno'u sylw. Yna dechreuodd siarad.

'Pan oeddech chi'n blant, glywsoch chi 'rioed stori March, y brenin a wisgai benwisg i orchuddio'i glustiau mul? A'i farbwr wedi addo ar boen ei fywyd y byddai'n cadw'i gyfrinach? Ond roedd y cyfan yn ormod i'r dyn druan, ac un diwrnod roedd yn rhaid iddo gael rhannu'r gyfrinach â rhywun neu rywbeth, felly mae'n mynd i lawr at yr afon, yn gwneud twll dan y brwyn ac yn sibrwd ei gyfrinach iddo. Ond mae'r brwyn yn ei fradychu, a phob tro y chwythai'r gwynt drwyddynt, maent yn siffrwd ac yn sisial: "Mae gan March glustiau mul, mae gan March glustiau mul." Ydych chi'n ei chofio?'

Nodiodd amryw eu pennau, Dyfrig yn eu mysg. Ei nain oedd wedi adrodd y stori iddo, a'i lleoli yng Nghastellmarch ger Abersoch. Ond roedd clywed bysedd Gwydion yn rhedeg yn ysgafn ar hyd y tannau wrth iddo adrodd yr hen eiriau'n creu ias i lawr ei gefn.

'March o ochrau Llŷn oedd hwnnw, fwy na thebyg. Roedd March fy stori i yn frenin Cernyw, a heno rydw i'n mynd i ddweud stori amdano, stori sy'n fwy addas i oedolion. Dyma un o hen glasuron y Celtiaid, stori sydd wedi'i mabwysiadu gan sawl iaith a diwylliant, pob un â'i gymeriad ei hun. Rydw i am gadw at y gwreiddiol, cyn belled ag y mae hynny'n bosib, gydag ambell ddehongliad personol, a chanolbwyntio ar elfennau eraill o'r stori yn hytrach na'r stori garu. Ond rydw i am i chi gadw mewn cof mai i ni'r Cymry Celtaidd y perthyn y stori hon, nid i unrhyw ramantydd canoloesol.'

Chwaraeodd ei delyn yn ysgafn, rhyw alaw leddf, ramantus oedd yn cael ei bwrw yma a thraw gan y muriau wrth iddi esgyn i'r trawstiau derw nes bod yr adeilad cyfan fel petai'n wylo'n dorcalonnus. Roedd yr effaith yn gyfareddol, a phan glywyd llais Gwydion yn dechrau ar ei stori, roedd fel estyniad naturiol o'r alaw.

'Dros donnau'r môr daeth Trystan deg o Lydaw draw i Gernyw,
ac yno, drwy ei ddoniau fil enynnodd glod
y llys a'r brenin March.

'Ysblennydd ei wedd a'i gorff ...'

Caeodd Dyfrig ei lygaid a gadael i'w feddwl greu ei ddelwedd ei hun o Trystan tra oedd geiriau a nodau telyn Gwydion yn llifo dros ei ben. Gallai glywed miwsig y llys wrth i Trystan ddod yn ffefryn y brenin

March. Gallai glywed y cyrn hela wrth i'r llys fynd allan i farchogaeth ar drywydd rhyw anifail anffodus, gallai glywed y gofid yn lleisiau pawb wrth i Trystan ymladd â Morholt, y cawr o'r Ynys Werdd, yna'r gorfoledd wrth i Trystan ennill y dydd, ond yna'r ing wrth sylweddoli bod Trystan wedi ei wenwyno.

Cyflymodd bysedd Gwydion ar y tannau ac agorodd Dyfrig ei lygaid. Roedd y llais melfedaidd yn adrodd am iachâd Trystan dan ddwylo Esyllt, merch brenin Iwerddon. Yna arafodd y nodau ac ysgafnhau. Unwaith eto, roedd llais cyfareddol Gwydion yn hudo'r stori. Tawodd ar ôl sôn am farwolaeth Trystan ac Esyllt, a chwarae alaw mor ingol ar ei delyn nes tynnu dagrau annisgwyl i lygaid Dyfrig. Edrychodd ar Gwydion wrth i hwnnw ddod â'r stori i'w therfyn.

'Ochr yn ochr y claddwyd y ddau mewn mynwent yng Nghernyw draw,
a thrannoeth yr angladd roedd dwy goeden braff
yn plethu o galonnau'r ddau.

'Deirgwaith y torrodd March y coed, a theirgwaith tyfasant drachefn
gan blethu'n dynnach i'w gilydd bob tro
nes ildiodd y brenin i'w serch.'

Tawelodd y tannau a phlygodd Gwydion ei ben. Llanwyd y neuadd â distawrwydd am rai eiliadau; yna dechreuodd Anna guro'i dwylo'n wyllt, ac ymunodd pawb arall â hi wrth iddynt ddadebru'n raddol o hudoliaeth y tannau a'r geiriau. Dim ond oriau'n ddiweddarach y daeth Dyfrig i ystyried techneg Gwydion a'i gwerthfawrogi: yr amseru, y ffordd roedd ei lais yn codi a gostwng, yn cryfhau a thawelu yn ôl gofynion y stori, y lleisiau a ddefnyddiai pan siaradai'r cymeriadau, ac yn bennaf oll y ffordd roedd y delyn yn atgyfnerthu emosiwn pob rhan o'r stori. Llanwyd ef ag edmygedd.

Derbyniodd Gwydion eu cymeradwyaeth gyda nòd fach i bob bwrdd. Roedd gweddill y bobol ar y bwrdd uchel wedi codi, a chymerwyd hyn fel arwydd fod y noson drosodd.

'Wel, follow that, fel maen nhw'n dweud,' meddai Huw. Cododd o'i gadair a tharo yn erbyn Rhys, oedd yn ceisio gwthio'i ffordd rhwng

Huw a chadair y bwrdd nesaf. Ymddiheurodd Huw ar unwaith, ac i dynnu sgwrs i guddio'i chwithdod gofynnodd sut oedd Rhys wedi mwynhau'r perfformiad. Sylwodd Dyfrig y byddai'n well gan Rhys fod wedi mynd heibio iddynt, ond gan fod corff Huw yn ei gadw rhag dilyn ei fwriad, gorfodwyd ef i ateb.

'Ardderchog. Mae gan Gwydion ddawn gyfareddol, wrth gwrs, er ei bod yn hen stori ddigon adnabyddus.'

'Wyddwn i ddim amdani,' meddai Mair yn ddiniwed.

'Defnyddiodd Wagner y stori yn ei opera *Tristan und Isolde.* Ydych chi'n gyfarwydd â hi? Na? Ond fersiwn Gottfried von Strassburg ddefnyddiodd Wagner.'

'Roedd Ffrancwyr yr Oesoedd Canol yn ei defnyddio hefyd, on'd oedden?' meddai Bleddyn; 'Y trwbadwriaid?'

'Oedden, wrth gwrs, a dyna sut yr ymledodd y stori mor llwyddiannus. Dyna i chi Chrétien de Troyes, tad y nofel, medd rhai, a ysgrifennodd gymaint o ramantau'r Brenin Arthur a'r Ford Gron a delweddu cymaint ar fywyd y "marchog perffaith", er nad oes neb yn siŵr beth oedd ei ffynonellau Celtaidd – Sieffre o Fynwy, efallai. A Béroult, bardd Eingl-Ffrengig a roddodd i ni'r fersiwn ysgrifenedig cynharaf. Wedyn, ceir fersiwn Tomos o Brydain, ac un Syr Thomas Mallory yn *Le Morte d'Arthur,* a hyd yn oed fersiwn Sgandinafaidd o'r drydedd ganrif ar ddeg, *Tristams Saga og Isonde.* Ond rwy'n credu mai fersiwn Béroult oedd sylfaen stori Gwydion heno.' Wrth iddo ynganu'r enw, cofiodd Rhys am ei fwriad gwreiddiol. 'Maddeuwch i mi, rydw i eisiau gair bach efo Gwydion ynglŷn â'i farn ar y cyswllt Celtaidd. Dydw i ddim yn cytuno efo fo ynglŷn â pha fersiwn oedd y cynharaf.' Gwthiodd heibio Huw a phrysuro tuag at y storïwr wrth i hwnnw anelu am y drws yng nghefn y neuadd.

'Wel, beth oeddach chi'n feddwl o hynna?' holodd Huw, gan geisio'i orau i beidio chwerthin. Roedd pawb ar eu traed erbyn hyn, ac yn anelu am y drws.

'Wn i ddim beth wy'n neud yma, na wn wir!' Roedd wyneb Mair yn bictiwr; bron na chredai Dyfrig ei bod yn mynd i grio. 'Ddylen i ddim bod yma, ynghanol yr holl bobol glefer hyn.'

'Twt lol, Mair fach, sioe ydi'r cyfan,' dwrdiodd Huw. 'Tactegau, dyna i gyd. Isio inni gredu ei fod o'n glyfrach na ni, a chadw cow arnan ni! Ond dydi hynna ddim yn deud 'i fod o'n gallu sgwennu, nag ydi?'

'Wir i chi,' meddai Bleddyn, 'ceisio bod yn sifil oeddwn i. Feddylies i 'rioed y byddai fy sylw bach diniwed yn arwain at ddarlith ar lenyddiaeth yr Oesoedd Canol!'

'Ylwch, mae hi'n dal yn gynnar,' meddai Huw wedyn. 'Beth am fynd i ymlacio yn y jacwsi? Mae gen i botel o win reit neis yn y tŷ. Mi a' i i'w nôl hi. Ydach chi'n gêm?'

Ond roedd pawb wedi blino, a gwrthodwyd ei gynnig.

Pennod 5

Treuliodd Dyfrig y dyddiau nesaf yn dysgu rhagor am sgriptio ac yn ymchwilio i hanes Nefyn. Erbyn bore Gwener roedd wedi casglu nifer o ffeithiau oedd yn newydd iddo. Synnwyd ef fod i'r dref gynifer o gysylltiadau tywysogaidd a brenhinol. Roedd Gruffudd ap Cynan wedi glanio yno tua diwedd yr unfed ganrif ar ddeg wrth geisio adennill Gwynedd o ddwylo Trahaearn ap Caradog, gan ladd Cynwrig oedd yn teyrnasu yn Llŷn dan nawdd Trahaearn. Dyma un o drefi mwyaf tywysogaeth Gwynedd, prif faenor cwmwd Dinllaen, gyda'i balas brenhinol a ddefnyddid gan y tywysogion a'u swyddogion pan fyddent yn ymweld â Llŷn, ac erbyn diwedd y ddeuddegfed ganrif roedd gan Nefyn gastell tomen a beili – un Cymreig, nid un Normanaidd.

Ond pa ran o'r hanes fyddai'n addas ar gyfer gwneud ffilm? Roedd nifer helaeth o'r digwyddiadau mwyaf cyffrous yn dyddio o'r Oesoedd Canol. A ddylai gynnig sgript fyddai'n adrodd hanes y brenin Edward I yn cynnal twrnameint brenhinol ar thema chwedlau Arthur a'r Ford Gron yn 1284, a hynny ar gaeau a adwaenai ef ei hun fel Cae Iorwerth a Chae Ymryson? Neu hanes ffyniant Nefyn wedi i Edward, y Tywysog Du, roi Siarter Frenhinol i'r dref, a rhoi'r bleidlais i'w bwrdeistrefwyr yn ogystal â'r hawl i gynnal marchnad wythnosol a gwaharddiad ar bawb yn y cylch rhag gwerthu eu nwyddau yn unman ond yn y farchnad honno? Yn ôl yr hyn a gasglai, ni fu Nefyn mor llewyrchus na chynt na chwedyn.

Neu a ddylai edrych ar yr ochr dywyll? Hanes y Pla Du oedd wedi taro Llŷn yn waeth nag unrhyw ran arall o Wynedd yn 1349, gan adael tri chwarter yr aneddleoedd yn wag, a chyn lleied o bobol yn fyw fel na chasglwyd trethi yn yr ardal tan y flwyddyn 1352. Ac o fewn hanner can mlynedd daeth trychineb arall i ran trigolion Nefyn, wrth i ddynion Glyndŵr ymosod ar y dref a'i dinistrio'n llwyr oherwydd i'r trigolion fod yn ddeiliaid mor ffyddlon i frenhiniaeth Lloegr, ergyd mor drom fel na lwyddodd Nefyn i adennill ei phwysigrwydd yn hanes Cymru. A fyddai un o'r hanesion hyn yn addas i'r gystadleuaeth?

Neu beth am hanes mwy diweddar? Y diwydiant adeiladu llongau? Y gweithfeydd ithfaen ar y mynydd ac yn Nant Gwrtheyrn? A beth am chwedl yr hen Wrtheyrn ei hunan, neu garwriaeth Rhys a Meinir? Neu'r pregethwr tanbaid Tom Nefyn? Roedd ei nain wedi dweud ei hanes wrtho sawl tro, ac wedi sôn amdani'n gwrando ar bregethau'r gŵr hynaws hwnnw ar glogwyni a thraethau'r dref pan oedd hi'n ferch fach, y canu emynau'n diasbedain drwy'r wlad, nes y gallai Dyfrig deimlo iddo fod yn rhan o'r profiad. Roedd hanes John Parry'n apelio ato hefyd. Hwn oedd y Telynor Dall, yn enedigol o Fryn Cynan, ond a benodwyd yn delynor i Dywysog Cymru – Siôr IV yn ddiweddarach– yn 1755, ac a wnaeth gymaint o gymwynas â'r genedl drwy gasglu a chyhoeddi cynifer o hen alawon ei wlad. Wedyn, roedd hanes Maddocks, a'i ymgyrch i wneud Porth Dinllaen yn brif borthladd ar gyfer croesi i Ddulyn, ond a gollodd y frwydr i Gaergybi. A thrwy'r cyfan, fel rhyw fath o fotiff, roedd y penwaig ...

Prynwch benwaig Nefyn,
Ni bu eu bath am dorri newyn,
Prynwch benwaig Nefyn
Sydd newydd ddod o'r môr.

* * *

Roedd wedi mynd i wneud paned iddo'i hun, ac yn eistedd wrth fwrdd y gegin i'w hyfed pan ddaeth Angharad i'r tŷ, y dagrau'n llifo i lawr ei hwyneb.

'Angharad bach, beth ar y ddaear fawr ...?'

'O Dyfrig, maen nhw mor greulon!'

'Pwy? Be sy 'di digwydd? Steddwch i lawr. Mae panad ffres yn y tebot. 'Rhoswch funud i mi gael tywallt un i chi.'

'Rown i'n 'mofyn peth mor syml! Allech chi ddim fy meio fi am fecso! A beth sydd o'i le ar fam isie siarad 'da'i phlant? Dyna licen i wybod!'

52

'Dwedwch yr hanes o'r dechrau, i mi gael deall yn iawn.'

''Wy wedi bod yn becso ers dyddie am Maredudd ac Idwal, fel y'ch chi'n gwybod. Ro'dd yn loes i mi golli fy ffôn symudol. Ro'dd hwnnw fel rhyw fath o angor i mi, yn gysur o wybod y bydden nhw'n gallu pigo'r ffôn lan a galw'u Mami os bydde hiraeth arnyn nhw. Nid y byddwn i'n datgelu ble ry'n ni na dim byd twp fel 'na, hyd yn oed tasen i'n gwybod hynny.' Cymerodd lymaid o'r te cyn gwthio'r mẁg i ffwrdd yn ddiamynedd. Ysgydwodd ei phen a'i roi i bwyso ar ei dwylo, ei phenelinoedd yn gorffwys ar y bwrdd. 'Ffaeles i gysgu winc neithiwr, rown i'n becso cyment. Rown i'n dychmygu pob mathe o bethe. Yn dychmygu'r ddou'n llefen eisiau Mami, a Mami ddim gartre iddyn nhw ... y ddou'n dost ... a gwaeth ... a minne ddim yno!'

'Felly beth wnaethoch chi?'

'Es i i whilo am Seimon, ond dim ond Meira o'dd ar gael.' Roedd ei llais yn chwerw. 'Fasech chi'n meddwl y bydde menyw yn fwy teimladwy, byddech? Yn cydymdeimlo. Ond na, nid Meira. O'dd hi'n hollol wynebgaled wrth iddi weud wrtho i nad o'dd gobeth yn y byd i mi gael caniatâd i ffonio gartre. Bod raid i mi fod yn ddewr – yn ddewr! Allwch chi gredu'r fath beth? Wir i chi, ro'dd raid i mi adael y swyddfa cyn i mi roi clatshen a hanner iddi! Yr ast ddideimlad!'

'Mae'n ddrwg gen i, Angharad. Alla i wneud rhywbeth i helpu?'

'Os nad y'ch chi wedi cwato mobeil yn rhywle, yna na allwch. Ond diolch am fod mor amyneddgar 'da fi, Dyfrig. Wy'n ei werthfawrogi'n arw.'

Bu'r ddau'n eistedd yn dawel am rai eiliadau. Yna cofiodd Dyfrig am y camerâu. Fel arfer, byddai'n osgoi bod i lawr grisiau dan eu llygaid heblaw ar adeg pryd bwyd, ond roedd gwewyr Angharad wedi gwneud iddo anghofio amdanynt. Cipedrychodd tuag at yr un oedd yn gwylio'r bwrdd, gan deimlo'n fwyfwy anesmwyth. Oedd y teclyn wedi recordio'u sgwrs?

'Beth am fynd am dro bach?' gofynnodd. 'Mae'n fore braf. Mi wnaiff les i ni.'

'Ond mae gwaith 'da chi.'

'Twt lol, roeddwn i'n meddwl mynd allan p'run bynnag. Alla i ddim eistedd am fwy na rhyw awr neu ddwy yn syllu ar yr holl ffeithiau 'ma heb fynd yn sowldiwr.'

Gwenodd Angharad a sychu ei llygaid.

'O'r gore. 'Rhoswch funed i mi 'mofyn siaced.' Cychwynnodd tuag at ei hystafell, ond hanner ffordd i fyny'r grisiau, trodd a dweud, 'Diolch, Dyfrig.'

'Am be, deudwch? Wnes i ddim byd ond gwrando.'

* * *

'Wn i ddim sut mae Anna'n gallu dal ati, na wn wir. Ei phen yn ei llyfrau o fore gwyn tan nos.' Prin eu bod wedi gweld Anna, heblaw am amser swper. Roedd yn llowcio'i brecwast bob bore, yn rhuthro'n ôl i fwyta ffrwyth neu ddarn o fara sych amser cinio, ac ar ôl swper yn diflannu i'w hystafell a chau'r drws yn glep.

Roedd y ddau'n cydgerdded ar hyd llwybr caregog drwy'r coed, llwybr yr oedd Dyfrig wedi ei ddarganfod y diwrnod cynt. Arweiniai i lawr at nant fechan, lle roedd llain bach o dir glaswelltog a cherrig mawr i eistedd arnynt.

'Na, ry'n ni'n debycach i dîm o ddou nag o dri,' cytunodd Angharad. 'Shwt bydd pethe'r wthnos nesa, tybed?'

'Gas gen i feddwl,' atebodd Dyfrig. 'Fydd hi'n disgwyl i ni fod mor weithgar â hi, deudwch?'

'Dyw hi ddim yn fy nharo i fel team player, 'ta beth. Falle bydde'n well 'da hi sgrifennu'r cyfan ei hunan hebddon ni!' Crychodd Angharad ei thalcen. 'Ma'n anodd dychmygu shwt mae sgwennu sgript mewn pwyllgor, fel petai. Y'n ni'n mynd i rannu'r gwahanol agwedde o ba dasg bynnag gewn ni, pawb yn sgrifennu'i bwt ei hunan?'

'Dydw i ddim wedi meddwl llawer am y peth. Mae'n ddigon gen i boeni am dasg wsnos yma.'

'Y'ch chi bron â cwpla?'

'Mae gormod o ddewis, bron, fel na alla i benderfynu beth sy'n addas.' Disgrifiodd ffrwyth ei lafur iddi. 'Mi fyddai'r twrnameint yn lliwgar, ond braidd fel rhamant Robin Hood,' ychwanegodd.

'Costus 'fyd, 'ddylien i. Rhaid meddwl am bethe felly, on'd oes?'

'Hmm.'

Roedd y llwybr yn culhau, gan orfodi'r ddau i gerdded fesul un.

'Y'ch chi'n gyfarwydd â choedwigoedd fel hyn, Dyfrig?' gofynnodd Angharad dros ei hysgwydd.

'Ynddyn nhw bron bob dydd.'

'Smo fi'n gwybod enwe coed, ma'n gywilydd gen i gyfadde. Beth yw hon fan hyn?'

'Ffawydden.'

'A honco fanco?'

'Onnen.'

'Ond 'wy *yn* adnabod dail y dderwen,' chwarddodd Angharad gan bwyntio at hen goeden â'i changhennau'n cordeddu fel pe baent mewn poen. Lledodd y llwybr drachefn, a'r trwch o goed yn ysgafnhau. 'O, wy'n adnabod hon, 'fyd.' Nesaodd at goeden fechan oedd yn glwstwr o aeron bach gwyrdd. 'Ysgawen. Mi fydden i'n arfer casglu'r aeron aeddfed i Mam-gu pan own i'n groten. Ro'dd hi'n gwneud gwin ysgaw bendigedig.'

'Mi fydda i'n gwneud rhywbeth arall efo hon,' meddai Dyfrig gan dynnu cyllell o'i boced. Agorodd hi a datgelu llafn oedd yn crymu wrth gyrraedd ei big. Dewisodd gangen ryw fodfedd o drwch a thorri ohoni ddarn oedd yr un hyd â'i fraich.

'Beth y'ch chi'n mynd i'w wneud, 'te?'

'Gewch chi weld.' Torrodd bob deilen oddi ar y gangen cyn plygu ei gyllell yn ofalus a'i rhoi'n ôl yn ei boced, y pren yn ei law. Aeth y ddau yn eu blaenau a chyrraedd y nant. Roedd yr heulwen yn pefrio ar y dŵr bywiog, a'r awyr yn gynnes, ac arogl gwyddfid yn llenwi'r llannerch, felly eisteddodd y ddau ar ddwy garreg enfawr oedd yn crogi dros y dŵr.

'Am hyfryd!' ebychodd Angharad gan godi ei hwyneb i'r haul.

Tynnodd Dyfrig ei gyllell o'i boced unwaith eto, a chan ddal y darn pren yn gadarn ym mhlyg ei ben-glin, dechreuodd naddu. Gwyliai Angharad ef yn fanwl, ond ddywedodd hi ddim gair. Wedi iddo dynnu'r rhisgl yn ôl yn ofalus, a chreu stribedi pren fel petalau blodyn oedd yn dal yn un â'r brigyn yn eu bonion, dechreuodd Dyfrig ei holi.

'Sut mae'ch gwaith chi'n dod yn ei flaen? Ydach chi wedi gorffan?'

'Llai o'r "chi" 'ma, Dyfrig,' atebodd hithau. 'Galw fi'n "ti", wnei di?'

Nodiodd ei ben i gytuno, ei ddwylo'n gweithio'n ddeheuig gyda'r gyllell. Gwyliai Angharad eu symudiadau, y ffordd roedd y gyllell yn torri drwy'r bywyn fel petai'n fenyn, yn torri, torri, torri wrth i Dyfrig droi'r pren yn rheolaidd, gan sleisio'r bywyn yn goesau matsys llipa.

'Dwyt ti ddim wedi ateb fy nghwestiwn,' atgoffodd Dyfrig hi.

'Na, sori. Wy'n ffaelu stopo gwylio.'

'Wel, beth ydi'r ateb?'

'Sori,' meddai Angharad drachefn. 'Wel, rwy'n ffaelu dewis fel tithe. Ond ffaelu dewis pa le i sgrifennu abwyty ydw i.'

Arhosodd y gyllell yn ei hunfan wrth i Dyfrig godi ei olygon at Angharad.

'Be ti'n feddwl?'

'Wel, whiles i am hanesion Brynaman i ddechre, ond do's dim byd pendant, dim byd hawdd clymu stori wrtho.'

'Fel be, felly?' Roedd ei ddwylo wedi ailddechrau gweithio wrth iddo wrando.

'Wel, er bod tystiolaeth fod pobol yn byw ar y mynydd ers yr oes neolithig, chofnodwyd dim byd dramatig – os nad wyt ti'n derbyn stori Arthur yn hela'r Twrch Trwyth drwy Amanwy, ac yn lladd dou borchell yno. Dim ond clwstwr o ffermydd o'dd y lle nes iddyn nhw benderfynu cloddio am lo yn nechre'r ail ganrif ar bymtheg.'

'Fedri di neud rywbeth o hynny?'

'Wyddet ti mai'r Gwter Fawr oedd enw'r pentre cyn i'r rheilffordd gyrraedd yn 1864?'

'Gwter Fawr? Be, oedd o'n lle budur, drewllyd?'

Chwarddodd Angharad.

'Na, sai'n credu bod y lle'n frwnt! Ond *ro'dd* 'na gwter fawr yn rhedeg drwy'r pentre. Maen nhw'n gweud mai dull gyntefig o gloddio glo brig oedd e. Roedden nhw'n rhoi argae ar yr afon uwchben lle roedden nhw am gloddio, yna'n llacio'r pridd o amgylch y graig lo. Wedi hynny roedden nhw'n rhyddhau'r afon ac ro'dd honno'n golchi'r pridd a'r llaca i'r gwter fawr, a hwnnw wedyn yn ailymuno â'r afon yn is lawr. Fe sgrifennodd George Borrow am y Gwter Fawr yn ei lyfr *Wild Wales*.

'Oedd ganddo fo rywbeth diddorol i'w ddweud am y lle, ryw hanesyn bach difyr?'

'Dim o bwys. Mae e'n disgrifio'i arhosiad yn y Farmers, ac fel ro'dd y dynon erill yn grac 'da fe ar ôl iddyn nhw ddarganfod ei fod yn deall Cymraeg, a nhwthe wedi bod yn rhoi'r byd yn ei le – ac ynte'r Sais, mae'n debyg – heb ffrwyn ar 'u tafode. Fel arall,' ochneidiodd, 'dim ond rhestr o ddyddiade s'gen i – gan gynnwys mai Brynaman oedd y lle cyntaf yng Nghymru i gael adeilad pwrpasol wedi'i godi ar gyfer Aelwyd yr Urdd, a'i agor yn swyddogol gan Syr Ifan ab Owen Edwards ar y chweched o Fai 1939 – er bod cangen yno ers 1928.'

'Elli di wneud rhywbeth o hynny?'

'Falle.' Ond doedd hi ddim yn swnio'n argyhoeddedig.

'Lle 'di'r lle arall?'

'Y Drenewydd, lle rwy'n byw nawr. Ma' llawer mwy o ddewis 'da fi gyda hanes y dre honno. Fel Nefyn, mae ganddi gysylltiade 'da concwerwyr Cymru. Edward I roddodd orchymyn i Roger de

Montgomerie adeiladu'r dref fel canolfan newydd i gantref Cedewain a chwmwd Ceri. Ro'dd e newydd orchfygu Llewelyn ap Gruffudd yng nghastell Dolforwyn. Ond mae hanes Rhufeinig i'r ardal, wrth gwrs. Ro'dd afon Hafren fel rhyw fath o ffin rhwng tylwythau cythryblus canolbarth Cymru a thiroedd cyfoethog y dwyrain. Adeiladwyd sawl caer Rufeinig ar ei hyd, ac roedd llawer o ymladd ar hyd a lled y wlad.'

Erbyn hyn roedd dwylo Dyfrig wedi arafu. Gwyliai Angharad ei symudiadau'n dawel. Roedd wrthi'n torri'n ofalus drwy galon bywyn y brigyn, y caws ysgaw, fel y'i gelwid yn ei ardal, y tameidiau olaf bron mor denau â gwallt ei ben. Trodd y pren yn araf yn ei law gan archwilio'i waith yn ofalus. Roedd wedi ei fodloni, felly caeodd ei gyllell a'i chadw yn ei boced. Ysgydwodd y brigyn yn ysgafn i ryddhau ambell friwsionyn o bren o'r stribedi llipa. Edrychai'r cyfan yn debyg i frws plu bach a ddefnyddid i lanhau gwe pry cop oddi ar waliau.

'Beth yw e?' holodd Angharad.

'Rhosyn sipsi. Mi fydden nhw'n eu gwerthu mewn ffeiriau neu o dŷ i dŷ ers talwm.' Wrth weld Angharad yn syllu'n amheus ar ei waith, eglurodd ymhellach. 'Fel arfer, mi fydda i'n defnyddio cangen sydd wedi ei sychu am 'chydig fisoedd cyn gweithio arni hi, ond gawn ni weld. Wedi iddo sychu, mi fydd y pren yn cyrlio'n ôl fel petalau blodyn. Yna maen nhw'n cael eu gosod ar goesyn – o helyg, fel arfer. Mi fydda i'n gwerthu llawer ohonyn nhw mewn sioeau amaethyddol ac ati.'

''Na bert.'

'Ia. Wrth gwrs, mi fyddai'r sipsiwn yn eu lliwio nhw. Toddi 'chydig o gŵyr ar flaenau'r "petalau", yna trochi'r blodyn mewn lliwur naturiol am rai dyddiau. Mi fyddai'r cwyr yn cadw'r blaenau'n lliw naturiol. Crwyn nionod am liw melyn, betys am liw cochbinc ac ati.'

'Wyt ti'n gwneud hynny?'

'Nac ydw. Mae'n well gan bobol heddiw liwiau naturiol.'

Cododd y ddau eu pennau wrth iddynt glywed o bell sŵn cloch eglwysig yn canu.

'Mae hi'n hanner dydd!' ebychodd Angharad. 'Well i ni droi sha thre.'

'Felly, wyt ti wedi penderfynu ar ddigwyddiad neu gyfnod i sgwennu amdano?' holodd Dyfrig drachefn wrth iddynt ddilyn y llwybr yn ôl tua'r bwythyn.

'Rwy wedi bod yn meddwl am hanes mwy diweddar,' cyfaddefodd Angharad. 'Ro'dd y Drenewydd yn enwog am ei gwlân, wrth gwrs, a nifer o ffatrïoedd brethyn yno. Wyt ti'n gwybod hanes mudiad y Siartwyr?'

Ysgydwodd Dyfrig ei ben.

"Ta beth, cafwyd gwrthdystiad cyntaf y mudiad hwnnw yng Nghymru yn y Drenewydd yn 1838. Mae Robert Owen yn enwog am redeg ei ffatrïoedd mewn ffyrdd dyngarol, wrth gwrs, ond dim ond ei eni a'i gladdu yn y Drenewydd gafodd e. Na, meddwl o'n i am Pryce Pryce-Jones.'

'Pwy?'

'Pryce Pryce-Jones,' ailadroddodd Angharad gan wenu. 'Fe o'dd y dyn cynta yn y byd i sefydlu busnes mail-order, ac i greu catalogau enfawr o nwyddau fydde fe'n eu hala drwy'r post – hyd yn o'd i'r teulu brenhinol, Fictoria a'i thylwyth. Erbyn 1880 ro'dd ganddo dros gan mil o gwsmeried rheolaidd dros Ewrop, a thri thrên y dydd yn cario'r nwyddau bant o'r Drenewydd. Meddylia mai Cymro o'dd y cynta i gychwyn busnes sy'n ffordd o fyw i ni heddi. Fe ddyfeisiodd y sach gysgu gyntaf, 'fyd, a chael y teliffon cyntaf yng Nghymru.'

Disgynnodd distawrwydd rhyngddynt wrth i Dyfrig feddwl am ei ddewisiadau'i hun. Roedd yn rhaid iddo benderfynu!

*   *   *

Wrth i'r gloch ganu'r gosber – chwech o'r gloch, amcangyfrifodd Dyfrig – rhoddodd ei waith gorffenedig yn nwylo Seimon ag ochenaid o ryddhad. Nid oedd yn siŵr hyd yma a oedd o wedi gwneud y dewis iawn. Ar ôl taflu sawl cynnig i'r bocs ailgylchu, anghofiodd am yr Oesoedd Canol a chanolbwyntio ar hanes mwy diweddar, sef y ffrae rhwng Thomas Wynne, Boduan, a Humphrey Jones, Derbyniwr Cyffredinol Gogledd Cymru ar ran y Brenin Siarl I, ym mis Awst 1632. Roedd hon yn ffrae gyhoeddus ym mynwent yr eglwys, wrth i'r Derbyniwr geisio mynnu y dylai'r bwrdeistrefwyr, Thomas Wynne yn eu mysg, gydnabod mai'r Brenin oedd perchen tiroedd y dref a'r tiroedd cyfagos, ac y dylai'r bwrdeistrefwyr dalu rhent uwch i'r Goron. Byddai amryw wedi ildio i Humphrey Jones oni bai fod Thomas Wynne mor danbaid a herfeiddiol. Roedd Dyfrig wedi ceisio creu darlun o'r ffrae: y trigolion wedi gwisgo'u dillad gorau i gyfarfod cynrychiolydd y Brenin, eu gweision y tu cefn iddyn nhw, y werin o'u cefnau hwy yn gwylio'r sioe, a phawb y tu ôl i Thomas Wynne. Darluniodd y Derbyniwr Cyffredinol yn ei ddillad syber yn wynebu'r dorf honno, gyda'i glerc wrth ei ochr ac un gwas rhyngddynt, efallai, ac yn fwyfwy ofnus wrth i Thomas Wynne godi i'w hwyliau a chynhyrfu'r dorf yn ei erbyn. Ceisiodd ddarlunio'r braw yn llygaid y tri wrth i'w gwrthwynebwyr droi'n fygythiol a chodi reiat drwy'r dref, fel bod raid i'r tri ddianc am eu bywydau allan o Nefyn.

Awgrymodd, mewn ôl-nodyn i'w waith, y gellid clymu'r digwyddiad hwn wrth nifer o elfennau hanesyddol eraill, megis chwant Siarl I am arian a arweiniodd at y Rhyfel Cartref, neu'r frwydr rhwng y teuluoedd bonedd i ennill tiroedd a dylanwad, oherwydd fe wyddai Thomas Wynne yn iawn nad oedd ganddo hawl gyfreithiol i herio Humphrey Jones: ei bwrpas oedd cynyddu dylanwad Boduan ar draul dylanwad ei wrthwynebwyr – teulu Griffith, Cefnamwlch.

'Mae *aperitifs* ar gael yn yr ardd,' meddai Seimon wrth dderbyn ei waith. 'Ewch drwy'r llyfrgell ac mae'r drws allan yn y gornel bellaf.'

Roedd yn rhaid i Dyfrig grychu ei lygaid wrth gamu o'r llyfrgell i'r ardd. Er ei fod yn isel yn yr awyr bellach, roedd golau a gwres yr haul yn parhau'n danbaid. Daeth arogl cig yn rhostio i'w ffroenau: barbeciw oedd i fod heno? Edrychodd o'i gwmpas yn chwilfrydig. Nid oedd wedi gweld yr ochr hon i'r plas o'r blaen. Roedd yn ardd helaeth, â chedrwydden anferth, ganmlwydd oed a mwy, yn denu'r llygad i'w chyrion. Roedd prysglwyni addurnol wedi'u plannu mewn grwpiau yma a thraw i greu ffiniau diddorol i'r lawnt lefn, wastad, ac roedd coedwigoedd y stad yn llenwi'r cefndir. Codai mwg glasddu o un gornel, ei darddiad o'r golwg y tu ôl i domen o lwyni trilliw ar ddeg oedd ar fin blodeuo. Dyna leoliad y barbeciw, tybiodd Dyfrig.

Roedd nifer o fyrddau bychain wedi'u gosod o amgylch y lawnt, ac roedd rhai o'r cystadleuwyr eisoes yn eistedd yno. Cyn mynd ar grwydr, derbyniodd wydraid o win gwyn gan y ferch a safai'r tu ôl i'r bwrdd diodydd. Iwan, Heledd a Llinos oedd yn eistedd wrth y bwrdd agosaf, a nodiodd Dyfrig arnynt. Dyma'r tri ieuengaf o'r cystadleuwyr heblaw am Gwion, a'r tri a hoffai leiaf o'r holl griw. Roedd eu barn hwythau ohono ef yn rhywbeth tebyg, tybiodd o'r ffordd lugoer y mentrodd Llinos ddweud 'Helô', tra oedd y ddau arall yn rhy brysur yn siarad i wneud dim ond cipedrych arno.

'Dyfrig!' galwodd llais o'r tu ôl iddo. Roedd criw o bedwar yn sefyll ger y llwyni trilliw ar ddeg, un ohonynt yn chwifio'i fraich ato.

'Sut hwyl, Dyfrig?' holodd Marian wrth iddo'u cyrraedd. 'Ti wedi cwpla?'

'Do,' atebodd gan wenu, 'a chitha?'

Roedd pawb mewn hwyliau da wrth sgwrsio am eu hymdrechion: Huw am Amlwch, Mair am Lanidloes, Marian am y Bont-faen a Gwion am yr Wyddgrug. Roedd yn atgoffa Dyfrig o'r awyrgylch ar ôl iddo ef a'i ffrindiau gerdded allan o ystafell arholiad yn y brifysgol, pawb yn awyddus i ymlacio a mwynhau bywyd unwaith eto ar ôl wythnosau o waith. Roedd Huw a Gwion am y gorau'n ceisio gwneud i bawb arall chwerthin. Roedd Huw newydd orffen adrodd stori oedd braidd yn goch, a phawb yn g'lana chwerthin, pan ddaeth Gwydion ap Dôn atynt. Sobrodd pawb yn syth, fel pe bai'r prifathro wedi cerdded i mewn at y criw myfyrwyr.

'Da clywed eich bod yn cael cymaint o fwynhad,' meddai wrthynt gan wenu. 'Roedden ni'n meddwl y byddai cael parti bach yn yr awyr iach ar ddiwrnod mor fendigedig yn gwneud lles i bawb.'

Daeth merch heibio gyda hambwrdd o wydrau llawn, a chyfnewidiwyd hwy am y rhai oedd bellach yn wag.

'Mae'n rhaid i mi ddweud bod eich trefniadau'n hael iawn,' canmolodd Marian. 'Rydyn ni'n cael gwasanaeth fel pe baen ni mewn gwesty moethus. Mae'n anodd cofio weithiau mai yma i weithio ydyn ni!'

'Fy nghredo i bob amser yw: gweithio'n galed, chwarae'n galed,' atebodd Gwydion, 'a wela i ddim rheswm pam na ddylid ymestyn yr un rhesymeg i chwithau.'

'Rydw i'n cytuno'n llwyr,' meddai Marian. 'Yn fy marn i, mae bywyd diflas yn gwneud pobol ddiflas. All work and no play ... ys dywed y Sais.'

'Yn union,' cytunodd Gwydion.

Roedd bellach wedi rhoi ei holl sylw i Marian, a gallai Dyfrig ddeall pam. Roedd Marian, tybiai, ymhell dros ei hanner cant ac yn wraig ddeniadol dros ben. Roedd ei gwallt arian wedi'i dorri'n fyr fel cap am ei phen, yn fframio'i hwyneb ac yn tynnu sylw at lesni ei llygaid oedd bob amser yn gynnes a chroesawgar. Gwisgai golur ysgafn, chwaethus, ac roedd ei dillad o'r gwneuthuriad gorau. Heno, roedd mewn crys o sidan llwyd â choler lac, isel, a thorch Geltaidd drom o aur wedi ei haddurno â pherlau am ei gwddf. Ond y peth mwyaf deniadol amdani oedd ei chymeriad rhadlon, agored. Wrth wrando arni'n sgwrsio â Gwydion rhyfeddodd Dyfrig sut roedd rhai pobol yn gallu cyfleu'r ymdeimlad o gynhesrwydd, o egni a brwdfrydedd, drwy osgo'r corff yn unig. Eiliadau'n ddiweddarach ymunodd Anna â'r grŵp.

'Beth yw'r dasg nesaf, 'ta?' gofynnodd i Gwydion heb unrhyw ragymadrodd.

Sylwodd Dyfrig ar Gwydion a Marian yn cyfnewid edrychiad sydyn cyn i Marian droi i ffwrdd.

'Cewch wybod mewn da bryd,' atebodd Gwydion. 'Yn y cyfamser, rydyn ni am i bawb ymlacio ac anghofio am waith.'

'Ond beth fydd yn digwydd fory?' mynnodd Anna wybod. 'Ydan ni'n mynd i hongian o gwmpas drwy'r dydd neu ydan ni'n mynd i ddechrau ar y dasg bwysig?'

'Mae pawb ohonoch yn cael mynd am drip bach i stiwdio ffilmiau, er mwyn i chi gael profiad o'r hyn sy'n digwydd yn y cefndir, tu ôl i'r llenni, fel petai. Ond esgusodwch fi, rydw i am gael gair bach efo pawb cyn swper.'

Wedi iddo'u gadael, peidiodd y sgwrsio a chrwydrodd pawb i gyfeiriadau gwahanol. Dim ond Dyfrig ac Anna oedd ar ôl.

'Wyt ti wedi gweld Angharad?' holodd Anna.

'Na, ddim ers i mi ddod i'r ardd 'ma,' atebodd Dyfrig.

'Well i mi chwilio amdani, felly,' meddai Anna a cherdded tuag at y drws i'r llyfrgell.

Erbyn i bawb gael eu gwala o gigoedd y barbeciw, sawl math o salad a thatws newydd yn nofio mewn menyn, y mefus a'r mafon gyda hufen trwchus, a'r ffynnon ddi-drai o win, roedd yr hwyliau da wedi dychwelyd a'r haul wedi gadael y ffurfafen gan adael dim ond stribedi o aur, oren, asur a choch o'i ôl. Eisteddai pawb yn fodlon yn eu cadeiriau yn gwylio'r gweision yn cario blancedi, clustogau a llusernau i'r lawnt a'u gosod mewn hanner cylch. Llanwyd yr awyr ag arogl lemwn o'r canhwyllau oedd i gadw'r gwybed i ffwrdd.

'Wnaiff pawb ddod i wneud eu hunain yn gyfforddus ar y blancedi?' galwodd llais Seimon o'r gwyll. 'Rydan ni am gael stori arall gan Gwydion.' Prysurodd pawb i ufuddhau. Dewisodd Dyfrig glustog ar gyrion yr hanner cylch, yn y man tywyllaf posib. Synnwyd ef eiliadau'n ddiweddarach pan lithrodd ffurf allan o'r prysglwyni cyfagos ac eistedd wrth ei ochr. N'tia oedd yno, wedi ei gwisgo o'i chorun i'w sawdl mewn du. Ni chafodd Dyfrig gyfle i'w chyfarch, oherwydd dechreuodd utgorn chwarae ffanffer.

Cerddodd Gwydion allan o'r cysgodion, a daeth Con, y dyn camera, o gyfeiriad arall i'w gyfarfod, gan ffilmio wrth iddo symud. Roedd Gwydion yn gwisgo siaced laes, lac, ddilewys dros ei wisg arferol, siaced oedd wedi ei brodio'n helaeth â phatrymau Celtaidd. Er na ellid gweld y ffurfiau na'r lliwiau'n eglur yn y gwyll, deuai fflachiadau metelig ohoni bob tro y cerddai Gwydion heibio un o'r llusernau. Wedi iddo gyrraedd canol yr hanner cylch, safodd yn llonydd am rai eiliadau yn syllu ar ei gynulleidfa. Daeth dau was o'r cefn yn cario'i gadair orseddol a'i gosod yn union y tu ôl iddo, a'r technegwyr yn gwthio mwy o lusernau ar ffyn i'r ddaear o'i chwmpas. Heb dynnu ei lygaid oddi ar ei gynulleidfa nac ymbalfalu â'i ddwylo, eisteddodd yn osgeiddig. Cliriodd ei wddf.

'Gyfeillion, y noson o'r blaen adroddais hanes Trystan wrthych, ac yn y stori honno mae Trystan yn lladd draig. Nawr fe wyddoch fod dreigiau'n ymddangos mewn sawl un o'n hen storïau – a dweud y gwir maen nhw'n ymddangos yn storïau sawl diwylliant ledled y byd. Ond creaduriaid chwedlonol ydi'r dreigiau hyn, yntê? Dreigiau a gwiberod. Mae hanes sawl gwiber – neidr enfawr sy'n hedfan fel draig – yng Nghymru. Dywedid bod gwiber yn cael ei chreu pan fyddai neidr gyffredin yn yfed o laeth menyw ac yn bwyta bara cysegredig. Byddai'n tyfu adenydd ac yn chwythu tân, yn llosgi tai a gloddesta ar gig dynol. Ond pam maen nhw'n adnabyddus yn fyd-eang? Oedd yna ddreigiau ar ein daear ar un cyfnod? Ceir yr un math o stori mewn sawl ffynhonnell, ac mae'r dull o ddinistrio'r wiber bob amser yr un fath: gosod defnydd coch dros bostyn enfawr yn y ddaear, a hwnnw'n llawn hoelion hir, eu pigau tuag allan. Mae'r wiber yn ymosod wrth weld cochni'r defnydd, ac yn lladd ei hunan ar yr hoelion.

'Cymerwch stori Gwiber Moel Bentyrch, er enghraifft. Adroddodd hen wraig o Ddolanog hanes o'i gorffennol wrth ficer y plwy. Roedd hi ar ei ffordd i farchnad Llanfair Caereinion ryw ddiwrnod pan benderfynodd orffwys ar gamfa ar Foel Bentyrch. Gwelodd fwg a fflamau'n codi o dwll yn y ddaear. Gwyddai am wiber Moel Bentyrch, felly rhedodd nerth ei thraed nes cyrraedd diogelwch y farchnad.'

Roedd Dyfrig wedi gwrando'n astud ar hyn i gyd cyn sylweddoli nad oedd ei delyn gan Gwydion. Ai dim ond hanes oedden nhw'n mynd i'w gael heno, felly? Roedd yn ymwybodol iawn o berarogl N'tia yn goglais ei ffroenau, ond feiddiai o ddim edrych arni tra siaradai Gwydion.

'Ond, beth bynnag am wiberod a dreigiau,' meddai Gwydion, 'mae meddwl am Foel Bentyrch yn f'atgoffa am hanes arall o'r un ardal. Yn f'atgoffa o fryn arall, bryn lle bu un o'n harwyr yn brwydro megis Dafydd yn erbyn Goliath – bryn brwydr Caradog yn erbyn y Rhufeiniaid.

'Un o dylwyth y Catuvellauni oedd Caradog, ardal oedd yn cynnwys tiroedd i'r gogledd o afon Tafwys, a'u prif ddinas oedd Camulodunum, sef Colchester heddiw. Ei dad oedd brenin y tylwyth, a phan ymosododd lluoedd Rhufain arnynt yn y flwyddyn 43 Oed Crist, ymladdodd Caradog a'i frawd yn ddewr. Ond lladdwyd ei frawd, gorchfygwyd ei fyddin, a dihangodd Caradog i diroedd tylwythau'r Ordoficiaid a'r Silwriaid. Mewn geiriau eraill, i Gymru. Hyd yn oed bryd hynny, mae'n debyg, yr ardal a adweinid fel Gwynedd yn yr Oesoedd Canol Cynnar oedd un o brif deyrnasoedd Ynys Prydain.

'Roedd Caradog yn adnabod ei elynion yn dda. Gwyddai fod gan y Rhufeiniaid well arfau, gwell tactegau, a mwy o ddisgyblaeth a phrofiad milwrol nag unrhyw un o'r llwythau Prydeinig. Ond nid oedd am ildio i'r gormeswyr. Nid oedd am fod yn byped, yn llywodraethu ei bobol gyda chaniatâd y Rhufeiniaid, yn dilyn eu deddfau hwy, fel nifer o benaethiaid y tylwythau eraill.

'Roedd pethau'n mynd yn fain ar Caradog gan fod yr arweinydd Rhufeinig, Scapula, yn benderfynol o'i erlid a'i ddal. Roedd gan Scapula ddwy leng dan ei reolaeth, y Bedwaredd ar ddeg Gemina a'r Ugeinfed Valeria, milwyr caled, profiadol o bob cwr o'r ymerodraeth. Roeddynt yn ysu am waed Caradog a'i ddynion. Gwyddai yntau hynny'n dda. Roedd yn rhaid iddo wynebu'r gelyn, ond doedd wiw iddo'u hwynebu ar eu telerau hwy.

'Gwnaeth ei baratoadau'n ofalus. Dewisodd fryn ag afon ddofn yn rhedeg wrth ei droed – Hafren, efallai? Wŷr neb yn iawn. Adeiladodd fur o gerrig ychydig uwchlaw'r afon, a chaer ar y copa. Doedd dim modd i'w elynion ymosod arno heb groesi'r afon gyntaf, felly roedd cyfle i'w ddynion ddianc i fynyddoedd a choedwigoedd y gorllewin os byddai pethau'n mynd o chwith.

'Denodd y Rhufeiniaid at ei gaer, ac er i'w ddynion ddychryn o weld maint a nerth y gelyn – roedd rhyw bum mil ar hugain o filwyr yn eu hwynebu – wnaethon nhw ddim gwangalonni. Cododd eu rhyfelgan yn gadarn a chlir, a seiniau eu hutgyrn rhyfel yn rhwygo'r awyr gan wneud i'r Rhufeiniaid awchu am frwydr. Doedd dim amser i feddwl am dactegau, dim amser i chwilio am rywle gwell i groesi'r afon. Taflwyd pontynau brysiog ar draws yr afon, a chroesodd y Rhufeiniaid tra pledai'r Brythoniaid hwy â cherrig o'u safleoedd uwch ar y bryn.

'Ond roedd y Rhufeiniaid yn ddisgybledig. Gyda Scapula ar y blaen, ffurfiwyd y *testudo* – y crwban – lle roedd y milwyr yn codi eu tarianau uwch eu pennau, ac felly'n arbed eu hunain rhag y storm o gerrig. Dechreuodd rhai ohonynt dynnu cerrig o sylfeini'r waliau amddiffynnol fel eu bod yn dymchwel, a'r gweddill wedyn yn cael rhwydd hynt i fwrw i mewn i'r Brythoniaid.

'Doedd dim gobaith gan yr amddiffynwyr. Doedden nhw ddim yn gwisgo unrhyw fath o arfwisg, a thorrwyd hwy i lawr gan waywffyn a chleddyfau'r gelyn. Llwyddodd Caradog a nifer o'i ddynion i ddianc, ond carcharwyd ei wraig a'i deulu.

'Brwydrodd Caradog ymlaen gan ddefnyddio tactegau gerila, ac anfonodd negeseuon cyfrinachol drwy'r derwyddon at arweinydd llwyth y Brigantes, y frenhines Cartimandua. Roedd Cartimandua'n llywodraethu dan nawdd y Rhufeiniaid, ond credai Caradog y byddai'n ymuno ag ef er mwyn rhyddhau ei hunan o'u gorthrwm.

'Roedd y negeseuon a ddaeth yn ôl ganddi yn rhoi lle iddo obeithio, a phan awgrymodd y frenhines y dylent gyfarfod, cytunodd ar unwaith.'

Oedodd Gwydion a cherdded 'nôl a 'mlaen o'u blaenau. Cododd ei ysgwyddau ac ysgwyd ei ben fel petai mewn anobaith. Manteisiodd Dyfrig ar y cyfle i gipedrych ar N'tia, ond roedd hi'n brysur yn cofnodi'r stori mewn llyfr nodiadau bychan. Aeth Gwydion ymlaen.

'Ond brad oedd y cyfan. Efallai fod Cartimandua yn fwy hirben nag ef. Efallai ei bod hi'n sylweddoli nad oedd modd iddyn nhw drechu'r gelyn, ac y byddai ei safle hithau'n fwy diogel o dan nawdd y Rhufeiniaid.

'Carcharwyd Caradog a'i gyflwyno mewn hualau i'w elynion. Aethpwyd ag ef a'i deulu i Rufain, a threfnwyd gorymdaith enfawr yn clodfori buddugoliaeth Rhufain dros ei gelynion. Roedd Caradog wedi bod yn ddraenen yn ystlys y Rhufeiniaid ers cymaint o amser fel ei fod yn enwog drwy'r ymerodraeth, ac roedd pawb yn awyddus i'w weld, ac am gael ymhyfrydu yng ngrym Rhufain yn gallu trechu'r fath elyn peryglus.

'Trefnodd Claudius, yr ymerawdwr, orymdaith fawr drwy'r ddinas gyfan, catrawd ar ôl catrawd o filwyr yn eu lifrai gorau; eliffantod, teigrod, eirth, bleiddiaid; certi'n llawn ysbail: aur, arian, efydd, torchau rhai o'r gelynion oedd wedi'u gorchfygu, yr holl gyfoeth bellach yn eiddo i Rufain. Ac yn eu canol, yr oedd rheng ar ôl rheng o'r carcharorion Brythonig, i gyd mewn cadwynau, coleri haearn trwm am eu gyddfau, a chadwynau'n cysylltu'r coleri â'i gilydd, hualau am y coesau a'r breichiau, y cyfan er mwyn dangos pa mor ddiamddiffyn oedd gelynion Rhufain bellach.'

Cymerodd seibiant arall. Canolbwyntiodd ar ei gynulleidfa, yn mynnu eu bod yn gweld yr olygfa a ddisgrifiai a theimlo gwewyr y Brythoniaid.

'Meddyliwch am y carcharorion druan, yn cael eu llusgo drwy ddinas mor fawr â Rhufain. Meddyliwch am eu hofn, eu harswyd. Fyddai 'run ohonynt wedi gweld y fath adeiladau o'r blaen, y fath strydoedd, y dyrfa ddiddiwedd yn bloeddio ac yn gwawdio. A beth fyddai'n eu hwynebu ar ddiwedd yr orymdaith? Fydden nhw wedi cael eu gwawdio gan y rhai oedd wedi eu caethiwo? Fydden nhw wedi clywed am y *Circus*, y carcharorion yn cael eu taflu i'r llewod? Neu'r ymladd hyd farwolaeth ymysg y gladiatoriaid? A'u bod yn aberthu eu bywydau er mwyn rhoi pleser i'r gynulleidfa? Oedden nhw'n deall y byddai'r gynulleidfa honno'n betio ar y canlyniadau, yn mesur hyd eu bywydau mewn munudau, eiliadau?

'Maen nhw'n cyrraedd sgwâr anferth, ac yn gweld Claudius yn ei holl ogoniant ar orsedd ymhell uwch eu pennau, a'i wraig, yr Ymerodres Agrippina, yn eistedd ar lwyfan arall wedi'i gwisgo mewn brethyn aur. Fyddai hi ddim yn syndod pe baen nhw wedi marw o ofn yn y fan a'r lle.

'Ond yna maen nhw'n gweld Caradog yn cael ei arwain heibio. Dyma'r tro cyntaf iddynt ei weld ers iddynt gyrraedd Rhufain, ac maen nhw'n ymwroli o gael eu harwr yn eu plith unwaith eto. Mae ei ben yn uchel a'i lygaid yn llonydd, ei gerddediad yn urddasol a phwyllog. A'r tu ôl iddo cerdda ei wraig a'i blant, pob un mor ddewr ac urddasol ag yntau.

'Mae Caradog yn sefyll o flaen llwyfan yr ymerawdwr ac yn edrych i fyw llygaid Claudius. Mae'n hanner troi at y dorf sydd wedi dod yno i fwynhau gweld ei ddiwedd, ac mae'n eu hannerch.

'"Gan fod hyn oll gennych chi," mae'n agor ei freichiau i gwmpasu'r ddinas, yr anifeiliaid gwylltion, y certi llawn ysbail, "pam mae raid i chwi chwennych fy ngwlad fach dlawd i?

'"Pan mae gennych eich plastai gwych, pam ydych chi'n genfigennus o'n hofelau diddim ni? Onid trachwant anniwall yw dwyn oddi ar y tlawd a'r cyfoethog ym mhob gwlad yn ddiwahân?

'"Ac wedi i chwi wneud diffeithwch o'r byd cyfan, rydych chi'n galw hynny'n heddwch! Ac os ydych chi'n mynnu troi'r byd yn ymerodraeth Rufeinig, ydi o'n dilyn fod raid i'r hollfyd fod yn gaethweision i chi?
'"Cosbwch fi, ac fe aiff eich holl falchder yn angof. Arbedwch fi, ac fe fyddaf yn arwydd tragwyddol o'ch haelioni a'ch trugaredd."

'Syfrdanwyd y dorf gan ei huodledd. Syfrdanwyd Claudius. Onid anwariad nobl oedd hwn, yn llawn urddas a gonestrwydd? Onid oedd ei eiriau'n llawn gwirionedd?

'Rhyddhawyd Caradog a'i deulu, a gadawyd iddynt fyw'n anrhydeddus yn Rhufain weddill eu hoes.'

Gostyngodd Gwydion ei ben. Roedd y stori ar ben.

Pennod 6

'Angharad, wyt ti'n barod?' galwodd Anna i fyny'r grisiau. Daeth rhyw sŵn mwmblian o'r ystafell wely. 'Brysia, mae hi bron yn saith. Well i ti fwyta rwbath i frecwast neu mi fyddi di'n sâl ar y bws.'

Synnodd Dyfrig pan welodd Angharad ar ben y grisiau eiliadau'n ddiweddarach. Roedd ei gwallt yn aflêr, a gwisgai'r un dillad â'r noson cynt a'r rheini'n grychiadau i gyd. Fel arfer, byddai'n edrych mor drwsiadus.

'Ti'n iawn?' holodd Anna. 'Wyt ti wedi cysgu o gwbl?'

Ysgydwodd Angharad ei phen.

'Ty'd 'laen, mae tost a phanad ar y bwrdd i ti,' meddai Anna gan hysio'r wraig iau i'r gegin o'i blaen.

Cymerodd Angharad frathiad o'r tost, ond gallai Dyfrig weld o'i hwyneb ei bod yn ymdrech iddi ei gnoi. Daeth cnoc ar y drws a llais Seimon yn galw arnynt i frysio, gan fod y bws yn barod i gychwyn. Gyda rhyddhad, gwthiodd Angharad y plât oddi wrthi a chodi o'r bwrdd. Heb ddweud gair wrth y ddau arall, gadawodd y bwythyn.

Y bws â'r ffenestri duon oedd yn eu disgwyl. Felly, doedden nhw ddim am gael mwynhau'r siwrnai heddiw, chwaith. Llwyddodd Dyfrig i anwybyddu'r cyfarchion a mynd i eistedd ar ei ben ei hun yn y cefn. Roedd yn gas ganddo sgwrsio ar siwrnai. Pan fyddai'n rhaid iddo deithio ar drên, byddai bob amser yn rhoi ei drwyn mewn llyfr cyn gynted ag y byddai wedi eistedd fel nad oedd unrhyw gyfle i'w gyd-deithwyr geisio tynnu sgwrs ag ef.

Câi ei siglo'n ysgafn wrth i'r bws droelli ar hyd y ffyrdd, a meddyliodd Dyfrig unwaith eto am ei sgwrs gyda N'tia. Er iddo fwynhau gwrando ar Gwydion, roedd ei gorff wedi bod yn ymwybodol iawn o'r ferch wrth ei ochr. Doedd hi ddim wedi dweud gair wrtho pan eisteddodd gyntaf; roedd ei holl sylw ar y storïwr. Wedi i'r stori orffen ac i Gwydion ddychwelyd i'r plasty, roedd Dyfrig yn hanner disgwyl iddi ddiflannu mor ddisymwth ag yr ymddangosodd, ond nid felly y bu hi. Trodd ei phen at Dyfrig gan wenu.

'Mae o'n storïwr penigamp, yn tydi?' meddai wrtho. 'Mae o cystal bob tamaid â storïwyr fy mhobl i.'

'Ydi o, wir? Un o ble rydach chi, felly?'

'Cefais fy ngeni yn Gabon, yng ngorllewin Affrica,' atebodd hithau, 'ond symudodd fy rhieni i'r Unol Daleithiau pan oeddwn i'n saith oed. Mae Tada'n gweithio i'r Cenhedloedd Unedig.'

'Sut ar y ddaear fawr wnaethoch chi ddysgu siarad Cymraeg, 'ta?

'Mae'n stori hir,' meddai gan chwerthin. 'Dach chi'n gweld, mae wythfed ran ohona i'n Gymraes, er nad ydi hynny'n amlwg!'

'Mae hyn yn fwy cyfareddol na stori Gwydion,' ebychodd Dyfrig. 'Ga' i wybod rhagor?'

'Cewch, siŵr iawn. Cymry oedd fy hen daid a nain, wedi mynd i Affrica i genhadu. Mi gawson nhw dri o blant, ac fe wnaeth un ohonyn nhw, fy nain, briodi dyn brodorol, o dylwyth y Bantŵ. Yna ganed fy mam, ac fe wnaeth hithau yn ei thro briodi Bantŵ arall.'

'A phawb ohonoch chi'n siarad Cymraeg?'

Chwarddodd N'tia'n uwch.

'Dim yn union. Yn swyddogol, mae 42 iaith fyw yn Gabon, a phawb yn siarad o leiaf ddwy ohonynt. Mae gan bobol Gabon eu hiaith eu hunain, sef iaith eu tylwyth, a Ffrangeg, sef iaith y wlad. Ar ben hynny, mae Saesneg yn cael ei ddysgu yn yr ysgolion uwchradd, gan fod Saesneg bellach fel rhyw fath o *lingua franca* drwy'r byd, yn hanfodol os ydych chi am lwyddo.'

'A Chymraeg?'

'Roedd fy nain wedi cael ei magu ar aelwyd Gymraeg, wrth gwrs, ac wedi siarad Cymraeg yn naturiol gyda'i phlant. Fe ddysgodd fy nhaid gryn dipyn o Gymraeg hefyd, yn ôl hanesion fy mam. Wnes i erioed ei adnabod o – bu farw pan oeddwn i'n ddwyflwydd oed.'

'Ac wedyn, wnaeth eich mam siarad Cymraeg efo chi?'

'Do, rywfaint, yn arbennig pan oedden ni'n mynd i aros efo Nain. Ond hefyd, rydw i newydd dreulio blwyddyn yn gweithio i gwmni teledu yng Nghaernarfon, i gael gwella fy Nghymraeg. Mi fydda i'n cychwyn ar gwrs MA ym Mhrifysgol Bangor yn yr hydref, ac roedd Mam am i mi gael cymaint o brofiad o siarad Cymraeg â phosib.'

'Astudio'r Gymraeg fyddwch chi ym Mangor?' gofynnodd Dyfrig, a'r posibilrwydd o gael cyfarfod hon y tu allan i ffiniau'r gystadleuaeth yn gwneud i'w galon garlamu.

'Mewn ffordd. Mae gen i ddiddordeb mawr yn chwedloniaeth gwahanol ddiwylliannau. Roedd Nain yn arfer adrodd yr hen chwedlau i mi – roeddwn i'n arbennig o hoff o stori Culhwch ac Olwen, a hanes yr hen wrach Ceridwen yn erlid Gwion Bach. Roedd ganddi lyfr lluniau oedd wedi dod o Gymru ...'

'N'tia? Ble rwyt ti? N'tia?'

Edrychodd Dyfrig a hithau i gyfeiriad y llais, a sylwi bod pawb arall wedi gadael yr ardd. Safai Doctor Eurgain yn nrws y llyfrgell, y golau'r tu ôl iddi'n creu ffrâm o'i hamgylch. Roedd yn syllu o'i chwmpas, ei llygaid yn ceisio treiddio drwy'r tywyllwch.

'Rhaid i mi fynd.' Cododd N'tia'n frysiog. 'Braf cael sgwrs,' galwodd yn ôl wrth redeg ar draws y lawnt. Gwyliodd Dyfrig hi'n cyrraedd Doctor Eurgain, a'r ddwy'n troi i ffwrdd, nid i'r llyfrgell, ond i ran arall o'r ardd.

* * *

Bu'r criw ar y bws am amser maith, a phan adawyd hwy'n rhydd, gwelsant eu bod mewn iard wedi ei hamgylchynu â wal frics uchel. Y tu hwnt i'r wal gellid gweld toeau a simneiau'n ymestyn i'r pellteroedd. Roeddynt yn amlwg mewn dinas fawr: Lerpwl, Manceinion, Caerdydd? Arweiniodd Seimon y ffordd i'r adeilad agosaf, a Meira fel ci defaid yn hysio'r gynffon. Nhw eu dau oedd yr unig rai o'r staff oedd wedi teithio gyda'r cystadleuwyr.

Roedd tri dyn yn disgwyl amdanynt, ac yn dilyn ymddiheuriadau fod raid cynnal yr hyfforddiant drwy gyfrwng y Saesneg, aethpwyd â hwy ar daith o amgylch y stiwdio deledu. Yna cafwyd sesiynau sgwrsio gyda'r tri dyn – un yn gyfarwyddwr, un yn rheolwr llawr, a'r llall yn ddylunydd – wrth iddynt ddisgrifio'u gwaith penodol nhw, ac yna'r ffordd roedd y diwydiant yn gweithio'n gyffredinol. Yna, cafwyd seibiant i fwyta cinio.

Yn ystod y pnawn roedd pawb i gael profiad uniongyrchol o ddefnyddio camerâu, o weithio yn yr ystafell reoli, yr adrannau sain, colur, gwisgoedd a phrops. Rhannwyd hwy'n dri grŵp o bedwar, a phawb yn cael hanner awr ym mhob adran gyda'r technegwyr priodol. Roedd Dyfrig wrthi'n ceisio llunio shot drwy'r camera pan deimlodd rywun yn tynnu ar ei grys.

'Wyt ti wedi gweld Angharad?' sibrydodd Anna.

'Mae hi o gwmpas 'ma'n rhywle,' atebodd gan edrych rownd y stiwdio.

'Dydw i ddim wedi'i gweld hi ers tua pum munud.'

'Falla'i bod hi wedi mynd i'r tŷ bach,' awgrymodd, gan godi'i ysgwyddau. 'Be 'di'r ots, p'run bynnag? Dwyt ti ddim yn gyfrifol amdani.'

'Na, ond mae gen i deimlad annifyr yn fy nghylla.'

Dychrynwyd pawb gan sŵn larwm yn diasbedain drwy'r adeilad.

'It's the burglar alarm!' meddai eu hyfforddwr. 'Someone's broken into the offices.' Rhuthrodd allan o'r stiwdio, ac yn reddfol rhedodd pawb arall ar ei ôl. Erbyn iddyn nhw gyrraedd gwaelod y grisiau oedd yn arwain i'r swyddfeydd ar y llawr cyntaf, roedd pymtheg o bobol yn gwthio'n erbyn ei gilydd i gyrraedd y ris isaf, ond roedd Dyfrig wedi cael y blaen arnyn nhw. Dilynodd ei hyfforddwr i fyny ac ar hyd coridor cul, a'r ddau ohonynt oedd y cyntaf i weld panel gwydr drws un o'r swyddfeydd yn deilchion ar y llawr. Daliodd y dyn ei fraich allan fel arwydd iddynt arafu a chymryd pwyll cyn mentro drwy'r drws agored. Doedd wybod beth oedd yn eu disgwyl. Roedd clychau'r larwm yn canu'n fyddarol yn eu clustiau, yn cynyddu'r tyndra. Wrth i weddill y criw gyrraedd, arwyddodd y dyn arnynt hwythau i aros lle roedden nhw. Yna mentrodd yn ei flaen ar flaenau ei draed, a Dyfrig yn dynn wrth ei sodlau.

'What the hell ...?' ebychodd ar ôl cyrraedd y drws a gweld Angharad yn plygu dros ddesg ac yn gwasgu derbynnydd ffôn at ei chlust.

'Ateb Mami, Maredudd!' erfyniai. 'Plis cwyd y ffôn lan! Maredudd bach! Idwal! Atebwch, wnewch chi?' Yna gwelodd y dynion, a chilio'r ochr draw i'r ddesg. 'Please, let me talk to my children!' ymbiliodd ar yr hyfforddwr. 'I won't be long, I promise. I only want to know they're OK ...'

'Rho'r ffôn i lawr, Angharad.' Roedd Seimon wedi cyrraedd, ei wyneb fel taran. 'Angharad!' bloeddiodd arni uwch sŵn cloch y larwm. Gafaelodd Angharad yn dynnach yn y derbynnydd wrth i Seimon gymryd cam bygythiol tuag ati, ond camodd Dyfrig ato'n gyflym a chydio yn ei fraich i'w atal, ac wrth i Seimon droi arno ef a'i ysgwyd ei hun yn rhydd, llithrodd dyn camera heibio iddynt gan gofnodi'r olygfa druenus ar ei camcorder.

'Fedrwch chi ddim ffilmio hyn ar gyfer eich rhaglen!' gwylltiodd Dyfrig. 'Dangoswch 'chydig o barch, wnewch chi?'

'Does dim byd gwell na deigryn neu ddau i ddenu'r gwylwyr,' atebodd Seimon yn wawdlyd. 'Mae pawb yn gwybod hynny.'

'I'r diawl â'ch gwylwyr chi! Mae'r ddynes druan wedi cyrraedd pen ei thennyn! Deudwch wrtho fo ...' Yn y tawelwch sydyn, sylweddolodd Dyfrig ei fod yn gweiddi. Roedd rhywun wedi diffodd y larwm. Ar yr un pryd, sylweddolodd fod y camcorder bellach wedi ei anelu ato ef.

'Rydan ni wedi sylwi dy fod ti braidd yn camera shy, Dyfrig. Dyna pam wyt ti'n diflannu o'r bwthyn bob cyfle gei di, ie? A heb fod yn y gyffesgell eto.' Er ei eiriau, amneidiodd Seimon ar y dyn camera i adael yr ystafell.

Erbyn hyn roedd Anna wedi mynd y tu ôl i'r ddesg ac wedi rhoi ei breichiau'n amddiffynnol am Angharad, a hithau'n cuddio'i hwyneb ym mynwes sylweddol Anna. Gorweddai'r derbynnydd ffôn yn ddiogel yn ei grud.

'We'll pay for the damage, of course.' Roedd Seimon wedi troi at yr hyfforddwr. Yna daeth Meira i hebrwng pawb yn ôl at eu hyfforddiant. Llugoer oedd yr ymateb i'r tasgau wedi hynny, ac roedd teimlad o ryddhad wrth iddynt esgyn i'r bws ar gyfer y siwrnai'n ôl. Ar ôl cyrraedd y bwthyn, aeth Angharad yn syth i'w llofft a chau ei hun ynddi.

*   *   *

'Sgwn i beth fydd y dasg nesaf?' gofynnodd Anna.

'Sgwn i pwy fydd wedi ennill!' atebodd Huw.

Roedd y cystadleuwyr i gyd wedi ymgynnull yn y neuadd, gwydrau o win yn eu dwylo a'r awyrgylch yn llawn cyffro. Daeth Seimon i'w hannog i fynd i'w llefydd priodol. Yn dilyn y ddefod arferol, ymddangosodd Gwydion drwy'r drws yng nghefn y neuadd, y beirniaid eraill a Doctor Eurgain yn ei ddilyn.

'Gyfeillion,' cyfarchodd Gwydion hwy, 'mae'n siŵr gen i eich bod bellach ar bigau'r drain am gael gwybod enw enillydd y dasg gyntaf. Ond gofynnaf i chi fod yn amyneddgar. Cawn swper i ddechrau, yna bydd Dr Edwards yn amlinellu eich tasg nesaf.' Cymerodd lwnc o'i win a gosod y gwydr yn ofalus yn ôl ar y bwrdd. 'Ac *yna* byddwn yn trafod y gystadleuaeth ac yn cyhoeddi'r enillydd.'

'Diawliaid!' ebychodd Anna dan ei gwynt.

Roedd hi wedi llwyddo i ddenu Angharad i'r neuadd ar ôl ei pherswadio y byddai ei habsenoldeb yn tynnu mwy o sylw, ac y byddai'n well iddi eistedd yn dawel gyda Dyfrig a hithau na hel meddyliau ar ei phen ei hun bach yn y bwthyn.

Wedi i bawb orffen bwyta, cododd James Edwards ar ei draed a chlirio'i wddf.

'Gyfeillion, eich tasg nesaf fydd creu darlun o fywyd yn y cyfnod a elwir y Chwyldro Diwydiannol, sef y cyfnod sydd, yn fras, yn pontio'r blynyddoedd rhwng tua 1760 a 1850.' Cymerodd seibiant i edrych ar wahanol aelodau o'i gynulleidfa.

'Rydw i'n credu y byddai pob hanesydd yn cytuno â ni'r beirniaid fod hwn yn gyfnod a weddnewidiodd ein gwlad yn fwy nag unrhyw gyfnod arall, a hynny o fewn amser sy'n cyfateb i ychydig dros ddwy genhedlaeth. Mae sawl hanesydd yn ein darbwyllo y byddai'r teithiwr drwy Gymru yn nechrau'r ddeunawfed ganrif wedi gweld yr un peth yn union â theithiwr yn y bymthegfed ganrif. Roedd Cymru fel petai wedi aros yn ei hunfan drwy'r canrifoedd hynny. Ond yna daeth newidiadau chwyldroadol. Gellir cyfeirio at nifer o ystadegau.

'Yn 1760 roedd y rhan fwyaf o'r boblogaeth yn byw ar y tir; erbyn 1850 dim ond traean o'r boblogaeth oedd yn gwneud hynny. Yn 1760 dim ond criw bychan o uchelwyr fyddai'n ymddiddori mewn gwleidyddiaeth, ond erbyn 1850 roedd mudiadau poblogaidd yn ceisio rhoi'r bleidlais i ystod llawer ehangach o ddynion.

'Yn 1760 byddai'n cymryd dyddiau i deithio o Lundain i bellafoedd Cymru, ond erbyn 1850 gellid gwneud y siwrnai mewn llai na diwrnod. Yn 1760 nifer fechan oedd wedi cefnu ar yr eglwys Anglicanaidd, ond erbyn 1850 roedd y mwyafrif helaeth o'r Cymry yn anghydffurfwyr gydag un enwad neu'i gilydd.

'Yn 1760 ni ddeuai unrhyw gyhoeddiad Cymraeg o'r wasg, ond erbyn 1850 roedd degau o gofnodolion yn cael eu cyhoeddi, a llu o weithgareddau diwylliannol a gwladgarol yn digwydd. Yn wir, adwaenir y cyfnod hwn fel rhyw fath o ddadeni Cymreig, ac fe gewch chithau ymchwilio'ch hunain i'r gweithgareddau hyn.

'Yn syml, felly, rydyn ni am i chi'n gyntaf ymchwilio i'r cyfnod. Yna, yn ystod yr wythnos sydd o'n blaenau, bydd Gwydion, Eilir a minnau'n cynnal sesiynau gyda phob tîm yn ei dro i roi cyngor a chynnig awgrymiadau, ac yn deillio o'r sesiynau hynny fe fyddwn yn trafod pa agwedd o'r cyfnod hwn y bydd pob tîm yn ei dewis i greu drama fach ugain munud ohoni. Rhaid i'r cyfan fod wedi'i orffen erbyn amser cinio dydd Gwener nesaf.'

Eisteddodd yr hanesydd i lawr, a chododd Eilir Huws.

'Ac yn awr y canlyniadau rydych chi i gyd wedi bod yn disgwyl amdanynt,' dechreuodd â gwên. Cododd bentwr o bapurau oddi ar y bwrdd ac edrych drwyddynt yn gyflym. 'Ar y cyfan, roedd y gwaith o safon uchel iawn. Ni fu i unrhyw ymgais ein siomi. Cawsom bob mathau o ffeithiau hanesyddol diddorol am ardaloedd o Fynwy i Fôn, ac nid gwaith hawdd oedd eu beirniadu. Ond yn dilyn sawl awr o drafod, a sawl paned o de, daethpwyd i benderfyniad.'

Rhedodd gwefr ddisgwylgar drwy'r cystadleuwyr.

'Mae dwy ymgais yn sefyll allan,' aeth Eilir ymlaen, 'un o'r de a'r llall o'r gogledd. Y Fenni yw gwrthrych un ohonoch, ac mae'r ymgeisydd hwn wedi gwneud gwaith trwyadl iawn. Cawn wybod bod caer Rufeinig yno, Gobannium, yna fod y Normaniaid wedi cyrraedd yn 1090 ac wedi adeiladu castell yno'n gyntaf, ac wedyn Priordy'r Santes Fair. Dysgwn fod Owain Glyndŵr wedi llosgi'r dref yn 1403, fod y priordy wedi'i chwalu gan Harri VIII, a bod Siarl I wedi gorchymyn dinistrio'r castell yn 1645 rhag i'w elynion ei ddefnyddio. Y darn o hanes fyddai'n addas ar gyfer ei droi'n ddrama yw'r stori am y brad a'r lladdfa ar ddydd Nadolig 1175. Dyma'r hanes: derbyniodd Seisyllt, tywysog Powys, a nifer o'i ddilynwyr pwysicaf wahoddiad gan arglwydd castell y Fenni, y Norman William de Braose, i ddathlu'r Nadolig yn y castell. Ond brad oedd y cyfan. Llofruddiwyd pob un o'r Cymry wrth iddynt eistedd i fwynhau'r wledd. Mae'r ymgeisydd yn cyplysu'r stori hon â hanes cestyll Normanaidd eraill y cyfnod, a ffyrdd twyllodrus y Normaniaid wrth goncro'r Cymry.'

Plygodd ei ben i edrych eilwaith drwy'r papurau cyn tynnu un arall allan. Gosododd y gweddill yn ôl ar y bwrdd.

'Dyffryn Nantlle yw gwrthrych yr ymgeisydd arall.'

Clywodd Dyfrig ebychiad bach wrth ei ochr, a gwelodd fod Anna'n ceisio'i gorau i beidio â gwenu.

'Unwaith eto,' roedd Eilir yn dal i siarad, 'ceir hanes y dyffryn o'r oesoedd cynharaf ymlaen, ond mae'r ymgeisydd hwn wedi cyplysu nifer o gymeriadau a digwyddiadau sy'n gwneud darlun o gyfnod penodol. Dyma roeddem ni fel beirniaid yn chwilio amdano. Felly, heb ragor o oedi, rydym yn dyfarnu Dyffryn Nantlle'n enillydd y gystadleuaeth. Wnewch chi sefyll ar eich traed, Dyffryn Nantlle?'

Curodd pawb eu dwylo, a chwibanodd Huw ei gymeradwyaeth wrth i Anna sefyll, yn wên o glust i glust.

'Dewch ymlaen, Anna,' gwahoddodd Eilir hi, 'i dderbyn eich gwobr.'

Estynnodd botel o siampên a'i chyflwyno i Anna, oedd bellach wedi gwrido.

'Wyt ti am ei hagor hi, Anna?' galwodd Huw. 'Ysgwyd hi'n dda i ddechra, i ni gael cawod o siampên!'

'Dim ffiars o beryg,' atebodd Anna. 'Dwi'n mynd i yfed hon yn sifil a'i gwerthfawrogi hyd at y diferyn olaf.' Chwarddodd pawb.

'Nawr 'te, Anna,' torrodd Eilir ar eu traws. 'Wnes i ddim disgrifio'ch ymgais chi gan ein bod yn awyddus i chi wneud hynny eich hunan.' Rhoddodd y papur yn ei llaw, a gosododd Anna'r botel yn ofalus ar y bwrdd cyn clirio'i gwddf ac edrych ar ei chyd-gystadleuwyr. Roedd hi'n swil, sylweddolodd Dyfrig gyda syndod.

'Cefais fy ngeni a'm magu yn Nantlle, pentre bychan iawn ar lan y llyn, ond un hynod o dlws, ynghanol y dyffryn o'r un enw. Baladeulyn oedd yr hen enw ar y lle, gan fod dau lyn yn y dyffryn cyn i'r chwareli llechi wagio'r un isaf a symud gwely'r afon.' Rhedodd ei llaw drwy ei gwallt. 'Cefais hyd i gyfeiriadau at Baladeulyn yn amser Owain Gwynedd. Roedd ganddo dŷ hela rhwng y ddau lyn, yn ôl pob sôn, a phan orchfygwyd Llywelyn ap Gruffudd yn 1282, teithiodd Edward I drwy Wynedd yn 1283 ac aros rai dyddiau ger Llyn y Dywarchen – sydd ym mhen ucha'r dyffryn, rhwng Drws-y-coed a Rhyd-ddu – ac yna ym Maladeulyn. Mae Thomas Pennant, yn ei deithiau drwy Gymru, yn cyfeirio at nifer o lythyrau a ysgrifennodd y brenin o'r fan hon, a'r dyddiadau arnynt oedd y nawfed a'r unfed ar bymtheg o Fai, 1283. Mae traddodiad lleol yn honni i Edward II gael ei eni yng Ngwernoer, rhwng Nantlle a Thal-y-sarn, cyn ei gyflwyno i'r genedl yng Nghastell Caernarfon fel tywysog Normanaidd cyntaf Cymru, ond mae haneswyr heddiw bellach yn diystyru'r stori honno.' Trodd at y papur yn ei llaw am rai eiliadau.

'Mae'n syndod faint o chwedlau a straeon difyr sy'n perthyn i'r dyffryn, fel chwedl Rhos y Pawl, chwedl Ffynnon Digwg, a chwedl Mynwent Twrog. Maen nhw'n rhy niferus i mi eu hadrodd heno. Mi a' i'n syth, felly, at yr hanes fyddai, yn fy marn i, yn gwneud golygfa dda fel rhan o ddrama neu ffilm.

'Craidd y stori ydi hanes Margiad ferch Ifan, neu Peggy Evans, a rhoi ei henw cyffredin iddi. Wn i ddim sawl un ohonoch chi sydd wedi clywed amdani eisoes, ond roedd hi'n ddynes arbennig iawn. Mae Thomas Pennant yn ei disgrifio fel gwraig oedd yn ymgnawdoliad modern o rinweddau merched y Brythoniaid.

'Roedd Margiad a'i gŵr, Wiliam ap Rhisiart, yn cadw tŷ tafarn y Telyrniau, ger Drws-y-coed, lle roedd gweithfeydd copr. Roedd hyn o gwmpas 1750. Merch fferm Talmignedd Uchaf oedd Margiad, ac roedd yn gawres o ddynes, dros chwe throedfedd o daldra, a dwylo fel dwy raw. Ac roedd ei doniau'n ddi-ben-draw. Math o Ddynes y *Renaissance*, mae'n debyg, er na chafodd addysg ffurfiol. Roedd hi'n diddanu'i chwsmeriaid drwy chwarae'r delyn a'r crwth, ond, yn fwy na hynny, hi fyddai wedi gwneud y crwth neu'r delyn honno. Roedd yn cyfansoddi alawon yn ogystal â chadw'r hen rai ar gof. Roedd hi'n helwraig heb ei hail, yn cadw o leiaf ddwsin o gŵn hela, y gorau o bob rhywogaeth, a gallai ladd mwy o lwynogod mewn un flwyddyn nag y gwnâi unrhyw heliwr arall mewn deg.

'Gallai bedoli ceffylau – â phedolau roedd hi ei hun wedi'u gwneud, wrth reswm – a hyd yn oed adeiladu cychod i fynd ar y llyn. Pan ddirywiodd y diwydiant copr yn Nrws-y-coed (gyda llaw, daw'r enw Drws-y-coed o amser Edward I, pan orchmynnodd ei filwyr i dorri ffordd drwy'r coed trwchus a orchuddiai'r dyffryn er mwyn iddo allu teithio o Lyn y Dywarchen i Faladeulyn, hynny yw, drwy'r drws yn y coed) ... ia, sori, lle roeddwn i? Ia, mi symudodd Margiad a'i gŵr i Benllyn, Llanberis, lle roedd dynion yn dal i gloddio copr. Cafodd yr enw "Brenhines y Llyn" yno oherwydd iddi weithio'n adeiladu cychod i gludo copr – a hi ei hun yn eu rhwyfo, wrth gwrs – o'r gweithfeydd i ben y llyn.

'Ond dawn arall o'i heiddo wnaeth i mi feddwl y gallwn i greu rhyw fath o stori amdani. Roedd hi'n gampwraig ar ymaflyd codwm – reslo – ac yn gallu cael y gorau ar ddynion ifainc hyd yn oed pan oedd hi yn ei saith degau. Rŵan, roedd dau reslwr arall yn Nyffryn Nantlle ar y pryd, dau frawd, ac roedd un ohonyn nhw'n hoff o drefnu twrnameintiau reslo. Wedyn, mi ddois i ar draws hanes arall, eto rywdro rhwng 1750 a 1760, am lofruddiaeth a ddigwyddodd ger Gwernoer ar lain o dir o'r enw y Gardda, pan gododd ffrae yno rhwng dau ddyn a arweiniodd at un ohonynt yn lladd y llall. Roedd tŷ tafarn ar y tir hwn, a phob Sulgwyn byddai dathlu yno, canu a dawnsio – bron nad oedd fel ffair fach.

'Felly dyma fi'n dychmygu y byddai'r ddau frawd wedi trefnu twrnameint reslo un Sulgwyn, a bod llawer o bobol wedi dod yno:

cerddorion, baledwyr, gwerthwyr nwyddau, a phobol yn dawnsio, yn canu ac yn yfed. Ac, wrth gwrs, fe fyddai yno ornestau ymaflyd codwm, gyda Margiad ferch Ifan fel y star attraction. Awgrymais y gallasai Twm o'r Nant fod wedi dod i berfformio'i anterliwtiau, a beth pe byddai beirdd fel Dafydd Ddu Eryri wedi crwydro yno hefyd, ac y byddai yno ymryson barddonol?

'Maen nhw'n dweud bod Dafydd Ddu Eryri a Twm o'r Nant wedi ffraeo efo'i gilydd. Dychmygais mai mewn sefyllfa fel hon y bu'r ffrae rhyngddynt, a Dafydd Ddu wedi meddwi, a bod sgarmes, a chefnogwyr y ddau'n cwffio efo'i gilydd, a bod un dyn yn cael ei ladd a ... wel, dyna beth sgwennais i amdano.' Edrychodd ar y beirniaid cyn troi'n ôl yn chwithig at ei chyd-gystadleuwyr. 'Diolch yn fawr,' ychwanegodd yn gloff.

Cymeradwyodd pawb eto wrth i Anna ddod yn ôl i'w sedd, a'r botel yn ddiogel yn ei llaw. Eisteddodd ag ochenaid o ryddhad.

'Whiw!' meddai.

'Llongyfarchiadau,' meddai Dyfrig ac amryw eraill wrthi, ond roedd Gwydion wedi codi i siarad.

'Da iawn, Anna,' canmolodd. 'Dyna'r rhwystr cyntaf wedi ei oresgyn. Rhaid i mi ategu geiriau Eilir a chanmol pawb am eu hymdrechion. Doedd dim un gwael yn eu plith, ac er mai dim ond un all ennill, bydded hyn yn galondid i bawb ar gyfer y dasg nesaf.' Trodd i edrych ar Anna a rhoi winc iddi. 'Mae rhai'n ffodus, wrth gwrs, eu bod ar hap wedi dewis yr union gyfnod rydyn ni am i chi ei astudio nesaf. Pob lwc i chi oll.'

'Iesgob Dafydd,' ebychodd Anna wrth i bawb baratoi i adael y neuadd. 'Fûm i 'rioed mor nerfus.'

'Mi wnest ti'n gampus,' meddai Marian yn galonogol. 'Fyddai neb wedi gallu gweud hynny.'

Roedd criw wedi hel o'i chwmpas, pawb am ei llongyfarch, heblaw am Iwan, Llinos a Heledd. Sylwodd Dyfrig ar y tri'n cerdded allan heb edrych o gwbl i gyfeiriad Anna. Rhoddodd Huw bwniad yn ei ochr.

'Heledd oedd wedi sgwennu am y Fenni, 'sti,' sibrydodd. 'Mi fydd o'i cho' nad enillodd hi. Mi fydda inna'n cael amser uffernol y dyddia nesa 'ma! Diolch byth am Mair.'

'Dowch, hogia,' galwodd Anna arnynt. 'Mae awydd parti arna i. Beth am fynd i'r jacwsi efo'n gwydrau a'r gwin?'

'Syniad campus,' cytunodd Huw ar unwaith. 'Mae'n siŵr fod potel neu ddwy ar gael yn ein bythynnod. Beth am i bawb gyfrannu un?'

Chwarter awr yn ddiweddarach, cerddodd Dyfrig i ystafell y jacwsi yn ei ddillad nofio. Roedd Anna, Angharad, Huw, Bleddyn, a Gwion yno'n barod, yn ymlacio yn y dŵr. Syllodd yn ddrwgdybus ar y jacwsi. Edrychai'n orlawn, gan fod Anna a Bleddyn ill dau yn cymryd lle dau yr un. Roedd lefel y dŵr mor uchel nes ei fod yn llifo'n ddi-dor drwy'r gwteri bychain a amgylchynai'r pwll. Felly penderfynodd fynd i orwedd ar un o'r tri gwely carreg o amgylch y pwll. Roedd y rhain yn rhyfeddol o gyfforddus, wedi eu naddu ar siâp *chaise longue*, â thrydan yn eu gwresogi. Wrth i Dyfrig wneud ei hun yn gyfforddus, daeth Marian i mewn, a phenderfynodd hithau orwedd ar un o'r cerrig. Yn ôl pob sôn, roedd Mair a Rhys wedi gwrthod y gwahoddiad ar y sail eu bod wedi blino gormod. Synnodd Dyfrig o weld Angharad yno, a dweud y gwir, ond edrychai ychydig bach yn fwy siriol nag y gwnaethai'n gynharach yn y dydd, ac roedd o'n falch o hynny.

'Dewch 'ta, bois. Daliwch eich gwydrau'n barod. Chi'ch dau,' galwodd Anna ar Dyfrig a Marian, 'dowch yn nes at yr achos.' Agorodd y wifren am gorcyn y botel siampên a dechrau gwthio'r bwlyn â'i dau fawd. Yn raddol cododd y corcyn cyn rhoi clec a diflannu i'r entrychion. Byrlymodd yr hylif euraid o geg y botel. 'Brysia, Angharad! Dal dy wydr!' ac arllwysodd Anna'r ddiod iddo. Nid aeth cynnwys y botel yn bell iawn rhwng saith, ond roedd digon yng ngwydr pawb i gynnig llwncdestun i Anna.

'Aaa! Dyma'r bywyd!' ebychodd Anna gan bwyso'n ôl a gadael i'r ffrydiau aer bwmpio'r dŵr yn erbyn ei chorff. 'Dowch i mewn i'r pwll, chi'ch dau. Mi wnawn ni le i chi. Symud i fyny, Bleddyn, ac eistedda dithau ar ris is, Gwion. Ti'n ddigon tal i gadw dy ben allan o'r dŵr. Dyfrig, fedri dithau eistedd ar un is? Dyna ni. Tydi hon yn ffordd ddelfrydol i dreulio awr neu ddwy?'

Roedd yn rhaid i Dyfrig gytuno â hi. Nid oedd wedi bod mewn jacwsi o'r blaen, ond gallai ddychmygu'i hun yn awyddus i ailbrofi'r teimlad hyfryd. Roedd tymheredd y dŵr yn berffaith, ac er bod pawb yn agos at ei gilydd, gallai bwyso'n ôl ac ymestyn ei goesau'n gyfforddus. Roedd ffrwd o aer yn cael ei saethu allan o dwll ychydig i'r dde o'i asgwrn cefn, gan wneud i'r dŵr dylino'i gnawd mewn ffordd bleserus iawn.

'Meddyliwch am gael triniaeth fel hyn bob dydd ar ôl diwrnod o waith,' meddai Huw gan adleisio meddyliau Dyfrig. 'Faswn i ddim yr un dyn.'

'Falla bydda dy wraig di'n falch o hynny!' meddai Anna'n ysgafn.

'Gŵr gweddw ydw i, Anna bach, gŵr gweddw,' atebodd Huw gan gau ei lygaid ac ymlacio yn erbyn y baddon. Ni swniai fel petai hynny'n ofid iddo, eto i gyd teimlai pawb yn anniddig.

'Mae'n ddrwg gen i,' mwmialodd Anna. 'Doeddwn i ddim yn meddwl ...'

'Wrth gwrs, paid â phoeni. Rydw i wedi dod i delerau â'r peth ers blynyddoedd bellach.'

'Welsoch chi wyneb Heledd?' holodd Gwion mewn ymgais i droi'r sgwrs. 'Fasech chi'n meddwl ei bod hi'n sugno lemon!'

'Ma' honna'n sugno lemon o fore gwyn tan nos, coelia di fi,' atebodd Huw gan hanner chwerthin. 'Mae rhannu tŷ efo hi'n gofyn am ras a hoelion clocsia, chwedl fy nain. Ac mae hi'n byw a bod yn y gyffesgell. Dwi'n siŵr fod clustiau'r technegwyr yn merwino wrth glywed ei chwynion hi!'

'Mi fydde hi'n eneth bert pe bydde hi'n fwy serchus, ac yn tynnu'r hen gylchoedd hyll 'na,' ychwanegodd Angharad, 'ac yn gwisgo colur naturiol.' Cytunodd pawb â hi.

'Mi fydda i'n galw'r ddwy ohonyn nhw yn Ding a Dong,' cyhoeddodd Huw. 'Beth bynnag mae Heledd yn ei ddweud, mi fydd Llinos yn ei ategu.'

'Y Goth a'r Gwdihŵ fydda i'n eu galw,' cyffesodd Dyfrig, a chwarddodd pawb.

'Ydi pawb wedi bod yn y gyffesgell bellach?' gofynnodd Marian ymhen sbel.

Ysgwyd ei ben wnaeth Dyfrig, ond fe gydnabu'r lleill eu bod wedi gwneud eu 'cyffes' o leiaf unwaith yn ystod yr wythnos.

'Y cwbwl ddeudis i oedd fy mod i'n mwynhau fy hun yn champion a diolch yn fawr i'r trefnwyr,' meddai Huw, a chwarddodd pawb.

'Am ble sgwennoch chi, Marian?' dechreuodd Bleddyn holi wedi ennyd o ddistawrwydd, ond rhoddodd Anna daw arno'n syth.

'Dim siarad siop heno, Bleddyn. 'Dan ni yma i fwynhau.'

'Sôn am fwynhau, Anna fach – oes rhagor o'r siampên i'w gael?' gofynnodd Huw.

Ond roedd y botel yn wag, a bu'n rhaid agor potel o win gwyn cyffredin. Gwrthododd Angharad gymryd ail wydriad, a gadawodd y jacwsi i fynd i'w gwely.

'Fyddi di'n iawn?' galwodd Anna ar ei hôl.

'Byddaf,' atebodd hithau.

'Cofia godi'n ddigon cynnar bora fory,' meddai Anna drachefn. 'Mi fyddan ni isio dechra ar y dasg newydd yn syth bin.'

Petrusodd Angharad am eiliad, fel petai am ddweud rhywbeth, ond ailfeddyliodd, a cherdded allan yn dawel.

'Rŵan 'ta,' meddai Huw ar ôl ail-lenwi gwydrau pawb, 'rydach chi'n gwybod rhywbeth personol amdana i, ond dydw i'n gwybod dim amdanach chi. Bleddyn, wyt ti'n briod?'

'Gweddw fel ti, Huw, ers deng mlynedd ar hugain bellach.'

'Sgennych chi blant?' holodd Marian.

Daeth golwg drist iawn i wyneb Bleddyn. 'Nag oes,' atebodd yn syml.

'A beth amdanach chi, Marian?'

'Hei, cyn i ti fynd rownd pawb, Huw,' torrodd Anna ar ei draws, 'pam na wnawn ni godi'n dwylo yn unig? Pawb sy'n briod i godi ei law – a dydi bod yn weddw neu wedi ysgaru ddim yn cyfri.' Edrychodd o'i chwmpas. 'Be, does 'na'm un ohonan ni'n briod?' meddai mewn syndod pan na chodwyd yr un llaw.

'Mae Angharad wedi priodi,' meddai Gwion.

'A Rhys,' ychwanegodd Bleddyn. 'Mae ganddo fo bedwar o blant.'

'Dydi Heledd na Llinos ddim yn briod chwaith – maen nhw'n dal yn y coleg, fel fi,' meddai Gwion wedyn.

'Beth am Iwan?' holodd Anna.

Ysgydwodd Marian ei phen. 'Dyw e ddim wedi sôn am wraig,' meddai.

'A Mair?' holodd Anna drachefn.

'Na, roedd yn rhaid iddi aros gartre i edrych ar ôl ei mam, medda hi,' atebodd Huw.

'Ond mae'r fam wedi marw erbyn hyn,' ychwanegodd Bleddyn, 'ac mae hi'n rhydd i wneud fel y myn.'

'Alla i ddim dychmygu y buaswn i'n gallu aberthu mywyd fy hun er mwyn rhywun arall,' meddai Anna gan ysgwyd ei phen. 'Dyna pam na wnes i 'rioed briodi, mae'n debyg. Ac mi roedd gan Mam a Dad ddigon o ras i fynd yn dawel heb fawr o salwch.'

'A beth amdanoch chi, Dyfrig?' holodd Marian. 'Rydych chi'n ddistaw iawn fan 'na.'

'Un distaw ydi Dyfrig,' atebodd Anna drosto. 'Ydach chi'm 'di sylwi ar y ffordd mae o'n gwrando ar bob dim heb ddweud gair o'i ben?'

'Ro'n ni wedi amau mai un dwfn oeddat ti, Dyfrig,' meddai Huw'n gellweirus. 'Ti'n un o'r bobol beryglus hynny sy'n sylwi ar bopeth ond yn cadw dy gyfrinachau i ti dy hun.'

'Onid dyna un o nodweddion ysgrifennwr?' meddai Bleddyn yn garedig.

'Rydych chi'n iawn, Bleddyn,' cytunodd Marian. 'A beth ddywedodd William Blake, dwedwch? Ai rhywbeth fel hyn? "Writing is the social activity of an anti-social person"?'

'Ydi hynny'n wir amdanat ti, Dyfrig?

Gwenodd Dyfrig ar y criw, ond ni ddywedodd air. Eto i gyd, roedd wedi ei synnu gan y geiriau. Onid oedd hynny'n ei ddisgrifio'n berffaith?

'Dydi'r llewpart ddim yn mynd i newid ei sbotiau, os ca' i drosi idiom,' chwarddodd Gwion, a chytunodd pawb ag ef.

'Dwyt ti ddim yn briod, Dyfrig?' gofynnodd Anna, gan anghofio'i hawgrym blaenorol.

Ysgydwodd ei ben mewn ateb. Doedd o ddim am sôn am Sonia yn y cwmni hwn.

'The strong and silent type,' gwatwarodd Anna. Yna trodd at yr unig fenyw arall oedd yn y pwll. 'Dach chi'm yn meddwl, Marian? Dydi o'n dipyn o bishyn yn y bôn? Y gwallt cyrliog, du 'na, a'r llygaid glas? Y trwyn syth a'r geg siapus?'

'Dach chi'n meindio peidio siarad amdana i fel taswn i ddim yma?'

'A'r cyhyrau 'na yn ei freichiau, rŵan rydw i'n eu gweld nhw! Sut fasat ti'n licio teimlo'r rheina'n cau amdanat ti, Marian?'

'Hei, ara' deg, Anna!' protestiodd Huw. 'Cadw bethau'n lân, nei di?'

'A'r olwg ddwys sy'n gwneud i ferch fod eisiau'i ymgeleddu,' ymunodd Marian yn y cellwair.

'Ia, ond pan mae o'n gwenu mae'i wyneb o'n newid i gyd.'

'Ylwch ...'

'A'i dawelwch yn creu naws o ddirgelwch ...'

'Be s'gen ti i'w guddio, Dyfrig, 'rhen goes?'

'Gadwch lonydd iddo fe,' siarsiodd Bleddyn, ond roedd yntau'n gwenu hefyd.

'Dewch 'mlaen,' meddai Huw. 'Gwagiwch eich gwydrau. Mae gen i botel arall fan hyn.'

Pennod 7

Gwireddwyd ofnau Dyfrig ac Angharad ynglŷn ag Anna.

Am wyth o'r gloch y bore canlynol roedd hi'n gweiddi arnynt i godi, bod brecwast ar y bwrdd, ac y dylent ddechrau trafod tactegau ar gyfer eu tasg newydd. Ochneidiodd Dyfrig. Roedd wedi bod yn noson drom, ac roedd ei ben fel petai gordd yn ei bwyo. Y peth olaf roedd eisiau ei wneud oedd trafod tactegau! Tactegau? Beth ddiawl oedd yn bod ar y ddynes? Tynnodd y dillad dros ei ben a'i hanwybyddu. Ond o fewn pum munud roedd hi yno, y tu allan i'w ddrws, yn cnocio ac yn galw'i enw. Damia! Roedd yn haws ildio na gwrthsefyll y jygyrnôt.

Serch hynny, llwyddodd i wneud safiad tila yn ei herbyn drwy gymryd hydoedd yn y gawod a gadael i'r dŵr poeth lifo drosto a lliniaru'r boen yn ei ben. Gwisgodd amdano yr un mor hamddenol, ac roedd hi ymhell wedi naw o'r gloch erbyn iddo gyrraedd y bwrdd brecwast – er nad oedd unrhyw hanes o luniaeth arno bellach. Roedd Anna wrth y sinc, yn gwneud sioe o olchi'r llestri.

'Barod o'r diwedd, wyt ti?' Roedd ei llais yn llawn coegni. 'Allwn i ddim disgwyl rhagor. Os wyt ti am rywbeth i'w fwyta, gwna fo dy hun.' Trodd yn ôl at y trochion a cholbio'r llestri â'r fath egni fel yr ofnai Dyfrig na fyddent yn goroesi.

Roedd y clindarddach fel picellau'n ebillio'i ymennydd. Gwnaeth lond *cafetière* o goffi iddo'i hun, a thostio tafell o fara. Aeth i eistedd gyferbyn ag Angharad, oedd wedi bod yn eistedd yno'n dawel drwy'r amser. Edrychai'n welwach nag erioed, y cysgodion dulas dan ei llygaid yn arwydd o noson arall ddi-gwsg a'i gwefusau'n cael eu cnoi'n ddidrugaredd. Gwenodd arni, ac ymdrechodd hithau i wenu'n ôl.

'Reit 'ta,' meddai Anna wrth eistedd gyda nhw gan sychu ei dwylo. 'Sut ydan ni am ddechrau?' Nid arhosodd am ateb. 'Faint o wybodaeth am y cyfnod dan sylw – 1760 i 1850 – sydd gynnon ni o ymchwil wythnos diwetha?'

Cafwyd oedi pellach tra aeth Dyfrig i chwilio am ei nodiadau ar Nefyn. Ar ôl iddo ac Anna drafod yr hyn oedd ganddynt, daeth darlun eithaf eglur i'r golwg o werin amaethyddol yn dioddef o dlodi a newyn wrth i'r tiroedd comin gael eu cau gan y tirfeddianwyr mawr, yr ymfudo i'r ardaloedd mwy diwydiannol a hyd yn oed i'r Unol Daleithiau, yn nechrau'r cyfnod dan sylw. Ar yr un pryd, roedd anghydffurfiaeth grefyddol ar gynnydd, yn arbennig ymysg enwadau'r Annibynwyr a'r Bedyddwyr, ac yna'n ddiweddarach, y Methodistiaid. Roedd y diwydiant adeiladu llongau'n ehangu yn Nefyn, fel yr oedd chwareli llechi Dyffryn Nantlle.

Trodd Anna at Angharad.

'Mae Dyfrig a fi'n dod o ardaloedd gweddol agos i'w gilydd. Oes gen ti rwbath o'r de neu'r canolbarth?'

Edrychodd Angharad i lawr ar ei phapurau nes bod ei gwallt yn cuddio'i hwyneb. Mwmialodd rywbeth am ddiwydiant gwlân y Drenewydd.

'Be?' holodd Anna. 'Wnes i ddim dy dallt.'

Cododd Angharad ei hwyneb, a gwelodd Dyfrig ddagrau'n crynhoi yn ei llygaid.

'Smo fi'n gallu gwneud hyn rhagor,' meddai'n dawel. ''Wy wedi penderfynu. 'Wy am ofyn am gael mynd sha thre.'

'*Be?*' roedd llais Anna'n anghrediniol. 'Elli di ddim. Chei di ddim! Beth amdanon ni?'

'Be y'ch chi'n feddwl?'

'Fydd dim tîm ganddon ni, na fydd? Mi fasa'n rhaid i bob un ohonan ni dynnu allan o'r gystadleuaeth. Dydw i ddim isio gwneud hynny – wyt ti, Dyfrig?'

Arbedwyd Dyfrig rhag ateb gan gnoc ar y drws. Daeth pen Meira i'r golwg.

'Neges fach gan Gwydion,' meddai. 'Mi fydd yma ymhen ychydig funudau i drafod y ffordd orau i fynd o gwmpas dechrau'r dasg. Hwyl,' a diflannodd yr un mor ddisymwth ag yr ymddangosodd.

Syllodd y tri ar ei gilydd, a llyfodd Angharad ei gwefusau briwedig.

'Roeddat ti'n gwybod o'r dechra y byddet ti oddi wrth dy blant am wythnosa!' cyhuddodd Anna'n ffyrnig. 'Pam ddiawl wnest ti gytuno i ddod yma, 'ta? Ma'n edrych yn debyg i mi mai chdi ydi'r babi, nid dy blant! Mae'n siŵr 'u bod nhw'n cael hwyl grêt efo'u nain, ac wedi anghofio amdanat ti!'

'Anna, dyna ddigon,' gorchmynnodd Dyfrig o weld wyneb Angharad yn crebachu. 'Paid â bod mor greulon.' Trodd at Angharad. 'Mi fydd Gwydion yma unrhyw funud. Dos i olchi dy wyneb. Mi gawn ni drafod petha ar ôl iddo fo fynd.'

'Ia,' ategodd Anna, ei llais ychydig yn fwy caredig. 'Dim gair am hyn o'i flaen o, ti'n addo? Mi gawn ni drafod wedyn.'

Nodiodd Angharad ei phen a gadael y bwrdd.

'Am blydi llanast,' ebychodd Anna ar ôl iddi fynd. 'Gobeithio y gwneith hi gadw'i gair a pheidio â deud dim wrth Gwydion. Dydw i ddim isio iddo fo glywed smic am hyn.'

'Braidd yn hwyr i feddwl am hynny, tydi?' meddai Dyfrig gan nodio'i ben i gyfeiriad un o'r camerâu.

'Blydi hel! Ro'n i wedi anghofio am y rheina.' Daeth golwg bryderus i'w hwyneb. 'Ti'n meddwl eu bod nhw'n recordio rŵan?'

Cododd Dyfrig ei ysgwyddau.

'Pwy a ŵyr?'

Daeth cnoc ar y drws, a phan alwodd Anna 'Dewch i mewn', ymddangosodd Gwydion ap Dôn. Yr un pryd, cerddodd Angharad i lawr y grisiau, ac ym marn Dyfrig, nid edrychai fymryn gwell na chynt. Os sylwodd Gwydion fod rhywbeth o'i le arni, ni ddywedodd air. Cyfarchodd hwy'n siriol cyn eu gwahodd i eistedd gydag ef yn y lolfa.

'Nawr 'te,' dechreuodd, 'ydych chi wedi meddwl sut i fynd o'i chwmpas hi?'

'Wrthi'n trafod roeddan ni,' atebodd Anna'n eiddgar. 'Roeddan ni'n edrych dros yr wybodaeth oedd ganddon ni eisoes, o'n hymchwil blaenorol.'

'Da iawn. Mi fyddwn i'n tybio bod cryn dipyn o wybodaeth gennych chi, Anna.' Rhoddodd bwyslais bach ar y *chi*. 'Nawr, beth sy'n rhaid i chi ei gofio yw hyn: mae'r amser yn fyr i ymchwilio i bwnc mor fawr, ac mae pawb ohonoch chi'n ddibrofiad yn y gwaith. Felly, rydw i'n awgrymu bod pob tîm yn rhannu'r gwaith ymchwil yn themâu, fel petai, megis amaeth, trafnidiaeth, diwydiannau – ac yna'n rhannu'r rheini'n is-gategorïau megis y diwydiant glo, llechi, haearn ac yn y blaen. Rhannwch y categorïau neu'r themâu hyn rhwng y tri ohonoch, a rhoi tridiau i'ch hunain i wneud y gwaith. Peidiwch â bod yn orfanwl, ond er hynny, cofiwch mai yn y digwyddiadau dynol, llai pwysig, mae ysgrifennwr weithiau'n darganfod bachyn i hongian ei stori arno. Felly cadwch eich meddyliau'n agored.'

'Ond sut ydan ni'n mynd i benderfynu ar bwnc ein drama? Dyna sy'n fy mhoeni i,' cyfaddefodd Anna. 'Mae 'na gymaint o bosibiliadau – mi allen ni dreulio mis yn trio dewis.'

Gwenodd Gwydion arni.

'Rydyn ni'r beirniaid yn bobol drugarog. Roedd pob un ohonom yn ymwybodol o'r broblem hon. Felly, i'ch helpu chi, rydyn ni wedi dewis nifer o sefyllfaoedd posib ar eich cyfer. Mi fydd pob un wedi'i hysgrifennu ar ddarn o bapur, a nos Fawrth nesaf, byddwch chi'r cystadleuwyr, fesul tîm, yn cael tynnu un o'r awgrymiadau allan o het, a hwnnw fydd pwnc eich drama.'

'Sut ydach chi'n awgrymu ein bod ni'n sgwennu ar y cyd?' holodd Dyfrig. Yn arferol, ni fyddai wedi dweud gair o'i ben mewn cyfarfod o'r fath, ond nid oedd am adael i Anna fod yn geffyl blaen drwy'r amser, ac nid oedd Angharad mewn cyflwr i ddweud dim wrth neb.

'Pwynt da iawn,' atebodd Gwydion. 'Mae nifer o ffyrdd o fynd o'i chwmpas hi pan mae mwy nag un sgriptiwr yn cael ei ddefnyddio ar raglen neu ffilm. Ond gan nad oes gennych chi brofiad o weithio fel hyn, ga' i wneud awgrym? Eich bod chi, ar ôl i chi gael gwybod eich pwnc, yn trafod pwy ydi'ch cymeriadau chi, eu gwaith a'u hamgylchiadau bywyd – cadw at dri chymeriad yw fy nghyngor i – a bod pob un ohonoch chi'n dewis un o'r cymeriadau. Gweithiwch ar eich cymeriad yn unigol, a phenderfynu sut fath o berson ydi o neu hi ac ati. Dewch at eich gilydd wedyn i sgwennu'r ddeialog, pob un ohonoch yn actio'i gymeriad, yn ymateb yn naturiol i beth bynnag mae un o'r lleill yn ei ddweud. Dechreuwch gydag un frawddeg syml, ac adeiladu ar hynny. Cofnodwch y cyfan, wrth gwrs, ond mi welwch chi y bydd eich deialog yn tyfu'n naturiol.

'Man cychwyn ydi hynny. Gallwch docio, newid, ychwanegu, neu hyd yn oed ddechrau o'r dechrau gyda chymeriadau gwahanol nes byddwch chi wedi'ch bodloni – cyhyd â bod y cyfan wedi'i gwblhau erbyn pnawn Gwener.'

'Mae o'n swnio'n hwyl,' meddai Anna. 'Mi wnawn ni hynny, ia?' Edrychodd ar Angharad a Dyfrig am gadarnhad, a nodiodd y ddau eu pennau.

'Pawb yn hapus, felly?' holodd Gwydion. 'Campus.' Cododd o'i gadair a cherdded at y drws. 'O ie, un peth arall. Rydych chi'n mynd i gael adloniant arbennig heno, er mwyn eich taflu i ysbryd y cyfnod, fel petai. Ar ôl swper mi fydd cwmni o actorion yn dod draw i actio un o anterliwtiau Twm o'r Nant i ni – yn y dull gwreiddiol, yn yr awyr agored, oddi ar gefn cert. Ac i'ch rhoi chi i gyd yn y cywair priodol, rydyn ni am i chi wisgo dillad y cyfnod. Rywbryd cyn chwech o'r gloch, bydd angen i chi fynd i ddewis eich gwisgoedd o'r storfa ger stafell y jacwsi. Mi fydd ... rhywun yno i'ch helpu.'

Cyn i Dyfrig allu dyfalu ystyr y saib ym mrawddeg olaf Gwydion, rhuthrodd Seimon i mewn i'r ystafell.

'Gwydion, mae rhywbeth ... dewch ar unwaith!'

* * *

O fewn dim roedd y cystadleuwyr wedi ymgasglu ym Mwthyn Un, pawb yn ymwybodol fod rhywun wedi ei anafu – neu waeth – a phawb am y gorau'n dyfalu beth oedd wedi digwydd. Roedd pob un ohonyn nhw'n holliach, felly rhywun o staff y cwmni oedd wedi dioddef. Pwy, tybed? Aeth Anna ac Angharad ati i wneud coffi, a threuliwyd hanner awr yn damcaniaethu nes i Seimon ymddangos ac egluro. Roedd Tecs, y dyn sain, wedi syrthio wrth baratoi'r drol ar gyfer perfformiad y noson honno, a'r doctor yn amau ei fod wedi torri ei glun. Roedd ar ei ffordd i'r ysbyty i gael prawf pelydr X.

Gwasgarodd pawb yn raddol, gan adael Anna i ailddechrau ar y gwaith o geisio perswadio Angharad i newid ei meddwl. Gan y gwyddai nad oedd Dyfrig yn ei chefnogi gant y cant, awgrymodd Anna y dylai fynd allan am dro. Roedd Dyfrig yn falch o'r cyfle i ddianc.

Crwydrodd drwy'r coed. Roedd y tywydd wedi troi'n drymaidd, ac roedd yn amau y byddai storm cyn bo hir. Ceisiai fynd i gyfeiriad gwahanol bob dydd, gan hanner gobeithio darganfod ble roedd o, er na phoenai'n ormodol am hynny bellach. Roedd wedi derbyn geiriau Anna, nad oedd wahaniaeth pa ran o Gymru – neu Loegr – yr oedden nhw, gan mai dim ond dros dro roedden nhw yno. A ph'run bynnag, efallai y byddai'r cyfan drosodd o fewn yr wythnos, yn arbennig os oedd Angharad yn benderfynol o gadw at ei bwriad.

Rhyfeddodd pa mor siomedig y teimlai wrth ystyried y posibilrwydd hwnnw. Er mor gymysg oedd ei deimladau ar y dechrau ynglŷn â chymryd rhan yn y gystadleuaeth, roedd yn rhaid iddo gyfaddef iddo'i hun ei fod bellach yn awyddus i garlo 'mlaen, i gystadlu nes y byddai'n cael ei anfon adref. Ond ar y llaw arall, ni chaniatâi ei gydwybod iddo gefnogi Anna yn ei hymdrechion i berswadio Angharad i aros, yn arbennig o weld cyflwr meddyliol a chorfforol y wraig druan. Beth fyddai'n digwydd, felly?

Ac yntau wedi ymgolli yn ei feddyliau, nid oedd yn rhoi fawr o sylw i'w gyfeiriad nes iddo gael cipolwg drwy gornel ei lygad ar symudiad sydyn, fflach liwgar drwy frigau'r coed. Ai aderyn oedd yno? Craffodd i'r cyfeiriad hwnnw, gan dybio'i fod wedi camgymryd. Ond na, dyna fo eto! Fflach felen, na pherthynai i unrhyw un o adar y goedwig, i'w gweld yn pellhau oddi wrtho. Penderfynodd ei dilyn, ac ymhen dim sylweddolodd ei fod yn dilyn llwybr nad oedd wedi sylwi arno o'r blaen.

Gwelodd yn fuan iawn mai dilyn person roedd o. Ceisiodd gadw mor dawel ag y gallai, er nad oedd y sawl oedd o'i flaen yn ofni gwneud sŵn. Wrth brysuro drwy'r coed, daeth yn fwyfwy sicr mai dilyn Doctor Eurgain ydoedd. Cawsai ambell gip ar y pen euraid i gadarnhau hynny. Roedd hi'n symud yn gyflym, bwrpasol, fel rhywun a wyddai i ble roedd hi'n mynd yn hytrach na rhywun oedd yn crwydro. Ar ôl ei dilyn am gryn bum munud, teimlai Dyfrig fel petai'n gymeriad mewn ffilm am ysbïwyr. Ni roddai'r ddynes unrhyw arwydd ei bod yn ymwybodol ohono'r tu ôl iddi.

Bu bron iddo wneud cawl o bethau pan gafodd ei hun ar gyrion llain agored ynghanol y coed, ond wrth lwc roedd hi'n dal a'i chefn ato. Camodd yn frysiog oddi ar y llwybr, a chuddio'i hun mewn llwyn o goed cyll, gan ddal i'w gwylio. Roedd hi'n gwisgo siaced felen a throwsus hufen, a chariai fag dogfennau yn ei llaw. Beth ar y ddaear fawr oedd hi'n ei wneud fan hyn, ynghanol unman?

Roedd y llain yn fwy nag unrhyw lecyn arall a welsai Dyfrig yn ystod yr wythnos flaenorol, tuag erw o ran maint, tybiodd. Gwyliodd yn llawn chwilfrydedd wrth i Eurgain adael ei bag ar ganol y llecyn a cherdded i'r ochr bellaf. Plygodd i lawr ac ymbalfalu yn y rhedyn a dyfai yno; yna o ganol y rhedyn tynnodd bedwar bocs sylweddol. Gosododd y bocsys mewn mannau penodol i ffurfio pedwar pwynt y cwmpawd, â'i bag yn dynodi'r canol, ac wrth osod pob un yn ei le, gwthiodd fotwm yn ei ochr i'w oleuo. Rhyw fath o arwyddion oedd y bocsys, felly.

Clywodd Dyfrig sŵn, a gwthiodd ei hun ymhellach i'w guddfan. Roedd rhywun arall yn cerdded i'r llecyn. Clywodd Eurgain ef hefyd, oherwydd aeth i godi ei bag dogfennau a cherdded tuag at y llwybr. Daeth Gwydion i'r golwg.

'Oeddet ti'n ceisio dianc?' cyhuddodd.

'Dim o'r fath beth,' atebodd hithau'n oeraidd. 'Roeddet ti'n gwybod yn iawn 'mod i'n mynd heddiw.'

'Mi faset ti o leia wedi gallu mynd efo Tecs druan i'r ysbyty.'

'Pam? Roedd o'n berffaith gyfforddus, a doeddwn i ddim yn gweld unrhyw ddiben i mi newid fy nhrefniadau.'

'Nag oeddet, mwn! Ond doedd newid fy nhrefniadau i'n poeni dim arnat, nag oedd?'

'Dwyt ti ddim yn dal i rygnu 'mlaen am hynny, wyt ti? Rydw i wedi egluro'r cyfan i ti o'r blaen.'

'Ie, ond edrych beth sydd wedi digwydd.'

Syllodd Eurgain arno'n hurt.

'Y ddamwain,' eglurodd Gwydion. 'Fyddai honno byth wedi digwydd heblaw amdani hi.'

'Be? Dwyt ti 'rioed yn rhoi'r bai ar N'tia, wyt ti?'

'Roedd hi yno ar gefn y cert, on'd oedd hi?'

'Oedd, ond doedd hi ddim ar gyfyl Tecs. Os rhywbeth, ei fai o ei hun oedd o. Ddylai o ddim fod wedi ceisio sefyll ar un goes ar ymyl y drol.'

'Roedd y ffaith ei bod hi yno'n ddigon.'

Gallai Dyfrig weld wyneb Eurgain yn eglur. Roedd yn llawn cynddaredd yn gymysg ag anghrediniaeth.

'Beth wyt ti'n ei awgrymu?'

'Ti'n gwybod yn iawn.'

'Ai hiliaeth ynteu ofergoeliaeth sydd y tu ôl i hyn?'

'Ti'n gwybod yn iawn nad ydw i'n hiliol.'

'Gwydion bach!' Roedd ei llais yn llawn coegni. 'O ddyn mor alluog, rwyt ti'n gallu bod yn hynod o dwp! Mi eglura i unwaith eto.' Cymerodd anadl ddofn ac ymdrechu i fod yn amyneddgar. 'Fel yr eglurais o'r blaen, pan aeth John Evans yn wael ar y munud olaf, roedd hi'n anodd cael unrhyw un i gymryd ei le.'

'Ie,' torrodd Gwydion ar ei thraws, 'ond doedd dim raid cyflogi merch groenddu, nag oedd?'

'Doedd neb arall ar gael. Ond ar wahân i hynny, hi oedd dewis ein noddwr. Mae o'n ffrindiau gyda'i theulu, ac am roi cyfle iddi gael mwy o brofiad. Mae'r cymwysterau priodol ganddi, felly doedd dim rheswm yn y byd i'w gwrthod.'

'Ond wnest ti ddim gofyn fy nghyngor i, naddo? Roeddet ti'n gwybod yn iawn na fyddwn i byth wedi cytuno.'

'Doedd dim amser i ymgynghori, Gwydion. Roedd yn rhaid gwneud penderfyniad yn y fan a'r lle. A ph'run bynnag, cefais yr argraff gref fod parhad ein cefnogaeth ariannol yn ddibynnol ar y ffaith ein bod yn rhoi'r swydd i N'tia.'

'A pham na ddeudi di pwy ydi'r noddwr rhyfeddol hwn?' Roedd Gwydion yn dechrau colli ei amynedd. 'Pam fod raid cadw'r peth yn gyfrinach oddi wrthyf *fi* o bawb?'

'Edrych 'ma, Gwydion, does dim amser i hyn. Mi fydd yr hofrennydd yma cyn pen dim.'

Ar y gair, clywodd Dyfrig dwrw chwyrlïo'n agosáu, a chododd Gwydion ac Eurgain eu golygon i'r un cyfeiriad.

'Rhaid i ti dderbyn y peth, Gwydion,' meddai Eurgain wrtho. 'Mae hi yma i aros. Rydw innau angen cymorth N'tia.' Cipedrychodd dros ei hysgwydd wrth i'r sŵn gynyddu. 'Ti'n gwybod cystal â minnau mai mynd i sicrhau bod popeth yn barod ac yn gweithio ar gyfer nos Sadwrn ydw i. Mae dy holl fwriad di'n dibynnu ar hynny, felly paid â chwyno. Cofia mai ein noddwr sy'n ariannu hynny, hefyd.'

Daeth yr hofrennydd i'r golwg uwchben y coed, ond cyn iddo lanio roedd Gwydion wedi troi ar ei sawdl a diflannu'n ôl ar hyd y llwybr. Parhaodd Dyfrig i wylio wrth i ddyn neidio o'r hofrennydd a chadw'r bocsys golau yn eu cuddfan tra dringai Eurgain i mewn iddo. Hedfanodd yr hofrennydd ymaith. Ar ôl iddo ddiflannu o'r golwg, cerddodd Dyfrig yn araf yn ôl at y bwthyn, ei feddwl ar ras wrth iddo geisio gwneud synnwyr o'r hyn a glywsai.

* * *

Roedd hwyliau arbennig o dda ar Anna pan gerddodd Dyfrig i'r bwthyn, yn amlwg wedi ennill y frwydr yn erbyn Angharad.

'Be ti'n feddwl, 'ta?' holodd wrth chwyrlïo o amgylch Dyfrig yn ei sgert laes. Edrychai fel hipopotamws yn gwisgo llenni. 'Ti'n meddwl 'mod i'n edrych fel gwraig fferm lewyrchus?' Roedd hi ac Angharad newydd fod yn dewis eu gwisgoedd ar gyfer y noson. Pe byddai Dyfrig yn onest, fe fyddai wedi cydnabod nad oedd modd i Anna edrych fel unrhyw beth arall, gan ei bod hi'n amhosib i wraig tyddynnwr tlawd fod mor dew.

'Addas iawn,' atebodd yn ddiplomataidd. Gwenodd ar Angharad, oedd mewn dillad llawer mwy carpiog. Daeth y teimlad rhyfeddaf drosto wrth edrych arni. Roedd fel petai'r Angharad a adwaenai'n ymbellhau, yn dihoeni o flaen ei lygaid, a'r wraig ifanc druenus, drallodus hon yn ei charpiau'n cymryd ei lle. Oedd wyneb Angharad, mewn gwirionedd, wedi mynd mor fain a gwelw yn ystod y dyddiau diwethaf ag yr edrychai'n awr? Ond y peth gwaethaf oll oedd yr olwg yn ei llygaid, fel petai pob gobaith wedi ei ddileu'n llwyr. Roedd ei galon yn llawn dicter tuag at Anna. Roedd ei llawenydd hi'n bwydo oddi ar anobaith Angharad, un yn ffynnu ar draul y llall.

'Gwell i ti frysio i ddewis dy ddillad ditha,' torrodd Anna ar draws ei feddyliau. 'Mae N'tia'n dda iawn am helpu i ffeindio'r dillad mwya addas i bawb.'

Roedd clywed enw'r ferch fel sbardun i'w feddyliau. Prysurodd tuag at adeilad y jacwsi, a chyfarfod Heledd mewn gwisg gwraig fonheddig wrth y drws. Edrychai'n od ryfeddol mewn dillad Fictoraidd a'r modrwyau metel yn anrheithio'i hwyneb. Oedd hi ddim yn sylweddoli pa mor dwp yr edrychai? Nodiodd y ferch ei phen yn serchus arno, ond heb aros i dorri gair.

Cyfarchodd N'tia ef yn ddwys, ddi-wên, a'r afiaith yr oedd Dyfrig wedi'i deimlo ynddi'r noson o'r blaen un ai wedi diflannu neu wedi ei ffrwyno'n dynn. Ysai am gael ei holi ynglŷn â'r hyn a glywsai yn y goedwig, ond roedd y pellter yn ei llygaid yn ei rwystro, ac fe'i cafodd ei hun yn ymddwyn yn wylaidd a thawedog wrth adael iddi chwilota am wisgoedd iddo.

'Beth am y rhain, Dyfrig,' gofynnodd iddo gan ddangos clos pen-glin o groen anifail, esgidiau marchogaeth uchel, côt wlanen ddu a chrysbas o liain gwyn.

Syllodd arnynt a chofio am wisg Heledd.

'Braidd yn grand i mi,' atebodd. 'Oes gennych chi rywbeth fyddai'n addas i was ffarm?'

* * *

Roedd llawer o chwerthin a miri wrth i bawb ymgynnull yn y neuadd y noson honno. Roedd dau fwrdd wedi eu gosod yn null y cyfnod, fel mewn tŷ tafarn, gyda dysglau a llwyau pren, platiau pren yn llawn bara haidd a chaws, cwpanau pridd a dau stên yn llawn o beth dybiai Dyfrig oedd yn gwrw – a chwrw bach, efallai? Ar ôl i bawb eistedd, gosodwyd dysglau copr llawn cawl ar bob bwrdd a ladl i'r gwesteion helpu eu hunain. Roedd hyd yn oed y rhai oedd yn gweini wedi eu gwisgo fel merched a bechgyn tafarn. Dim ond Seimon a

Meira oedd yn eistedd ar y bwrdd uchel, y ddau wedi eu gwisgo fel clercod.

Ond yr hyn a achosodd ddifyrrwch i Dyfrig oedd y ffordd roedd y cystadleuwyr wedi rhannu eu hunain rhwng y byrddau. Oedd y gweinyddion wedi eu cyfeirio i'r seddau priodol yn ddiarwybod iddynt? Oherwydd wrth un bwrdd eisteddai Iwan a Heledd mewn gwisgoedd bonheddig (ac roedd Dyfrig yn falch o sylwi ei bod hi wedi tynnu'r modrwyau), Bleddyn fel person plwy a Llinos, efallai, fel merch y person, a Huw ac Anna fel ffermwr llewyrchus a'i wraig. Ar fwrdd Dyfrig roedd y werin: Angharad yn ei charpiau, Gwion fel gof y pentref, Rhys yn amlwg yn hollol anfodlon fel tincer, Marian fel morwyn ddestlus, Mair fel hen wraig ar y plwy ac yntau fel gwas ffarm.

'Croestoriad reit dda o gymdeithas,' meddai wrth ei gymdeithion. 'Chi ddewisodd eich gwisg, Mair?'

Chwarddodd hithau.

'Na, N'tia ddewisodd drosto i. Beth mae hynny'n ei ddweud amdanaf, dwedwch?'

'N'tia ddewisodd fy ngwisg innau hefyd,' meddai Rhys yn flin, 'a pheidied neb â dweud ei bod yn addas i mi.'

Cododd dadl frwd ar y pwnc wedi i bawb, heblaw Dyfrig, gydnabod mai N'tia oedd wedi dewis eu gwisgoedd hwythau, hefyd. Ai ar hap a damwain yr oedd hi wedi gwneud ei phenderfyniadau, neu oedd yna ryw elfen o ystyried pob personoliaeth y tu ôl iddynt?

'Mae'n siŵr gen i ei bod hi wedi cael rhestr o gymeriadau – stereotypes, os liciwch chi – ac yn gorfod gwisgo pawb yn unol â'r rhestr,' meddai Dyfrig, y diplomydd naturiol, ac roedd hyn yn ddigon i dawelu'r dyfroedd.

'Gyfeillion, mae'r adloniant yn barod,' cyhoeddodd Seimon ar ôl i bawb orffen bwyta.

Aeth pawb i'r buarth a gweld cert fawr â phlanciau wedi eu gosod ar draws ei chefn i wneud llwyfan rhyfeddol o fawr. Er nad oedd hi eto wedi tywyllu, roedd polion a llusernau arnynt ar bob congl i'r gert, a rhagor o lusernau ar bolion yn y potiau blodau ger drws pob bwthyn. Roedd Con a Dafs, Owi a Malc, wrthi'n brysur yn ffilmio'r cyfan. Teimlai'n annaturiol o boeth a chwyslyd. Edrychodd Dyfrig ar yr awyr, ond doedd dim hanes eto o gymylau terfysg. Roedd yn falch nad oedd storm ar fin difetha'r perfformiad.

Doedd dim seddau i'r gynulleidfa, ond gan fod cyn lleied ohonynt, roeddynt yn rhydd i grwydro o gwmpas y gert yn ôl eu mympwy.

Clywyd sŵn ffidil a phib, a daeth criw llon yr olwg i'r buarth, yn cael eu harwain gan ffŵl â ffon a phledren yn ei law. Roedd clychau bach arian wedi eu gwnïo i'w wisg, yn tincial wrth iddo symud.

'Gyfeillion, y fi ydi Syr Tom Tell Truth,' cyflwynodd ei hun gan neidio ar gefn y gert, 'yma gyda'm cyfeillion i'ch diddanu chi heno.'

'Maen nhw am berfformio *Tri Chryfion Byd*, felly,' sibrydodd Rhys yng nghlust Dyfrig. 'Cafodd ei chyhoeddi yn 1789, er mae'n bosib ei bod wedi ei pherfformio ynghynt na hynny. Dyna flwyddyn dechrau'r Chwyldro Ffrengig, wrth gwrs, ac mae'n debyg fod y digwyddiad hwnnw wedi sbarduno pobol fel Twm o'r Nant i ...'

Llwyddodd Dyfrig i gerdded i ffwrdd ac osgoi'r ddarlith wrth i'r ffŵl wneud campau ar y llwyfan tra oedd gweddill yr actorion yn mynd i'w llefydd. Y peth olaf roedd o ei eisiau oedd esboniadau nawddoglyd Rhys. Oedd y dyn yn meddwl ei fod o'n hollol ddiddiwylliant, na wyddai o ddim am lenyddiaeth ei wlad? Ceisiodd weld a oedd N'tia ymysg y gynulleidfa, ond doedd dim golwg ohoni. Yna dechreuodd yr anterliwt, a'r miri rhwng Rhinallt y Cybydd a Syr Tom Tell Truth yn difyrru pawb.

Roedd Huw yn sefyll wrth ochr Dyfrig, a chwarddodd y ddau wrth i Lowri Lew orchymyn i'w mab, Ifan Offeiriad, siarad Cymraeg, iaith ei fagwraeth, yn ei chwmni hi. Yna, ymunodd Angharad â hwy.

'Ma' pen tost 'da fi,' sibrydodd yng nghlust Dyfrig. ''Wy am fynd i'r gwely. Wela i chi yn y bore.'

'Ti'n iawn? Wyt ti isio i mi chwilio am Anna?'

Ysgydwodd Angharad ei phen a cherdded i ffwrdd.

Erbyn diwedd y perfformiad roedd pawb yn trafod pa mor gyfoes oedd themâu'r anterliwt, a'r dychan brathog ar offeiriaid, cyfreithwyr, a'r Cymry hynny oedd yn troi eu cefnau ar eu hiaith yn y gred eu bod yn bobol bwysicach wrth efelychu'r Saeson.

'Wyddost ti,' meddai Huw wrth i'r ddau gydgerdded oddi yno, 'dydi pethau'n newid dim, nag ydyn? *Plus ça change* ac ati. Dwi'n cofio dysgu pwt o bennill o'r anterliwt yna pan oeddwn i yn yr ysgol. Sut mae'n mynd hefyd?

Mae hyn yn helynt aflan
Fynd o'r hen Gymraeg mor egwan
Ni chaiff ... ni chaiff ...

Damia, be sy nesa, ti'n cofio?'

'Ni chaiff hi mo'i pherchi mewn bryn na phant
Heno, gan ei phlant ei hunan,'

gorffennodd Dyfrig.

'Rargian, ia. Roedd yr hen foi yn llygad ei le, yn doedd?'

Pennod 8

Deffrowyd Dyfrig gan dwrw taran, ac ni allai fynd yn ôl i gysgu. Gorweddodd yno'n gwylio'r fflachiadau'n goleuo'i ystafell ac yn gwrando ar glecian y taranau fel gynnau rhyfel dychrynllyd. Ers pan oedd yn blentyn bach, roedd yn hoff o wrando ar stormydd ac yntau'n gorwedd yn glyd yn ei wely, a thwrw'r glaw taranau'n trybedian yn erbyn gwydr ei ffenest. Roedd rhywbeth pleserus, moethus yn y teimlad ei fod ef yn ddiogel ac yn gysurus tra oedd holl nerth natur yn hyrddio'i hun yn erbyn cragen ei gartref. Serch hynny, pan ffrwydrodd taran yr un eiliad â'r fellten gan wneud i'r waliau grynu, roedd ei galon wedi llamu yn ei fron. Dechreuodd gyfri'r eiliadau rhwng pob mellten a'i tharan, ac wrth i'r bwlch rhyngddynt gynyddu a'r storm bellhau nes bod eu deuawd yn ddim gwaeth na thwrw traffig ar ffordd fawr, suwyd ef yn ôl i drwmgwsg.

Pan ddeffrowyd ef am yr eildro, roedd y wawr wedi torri. Roedd ei feddwl mor gymysglyd fel na allai ddeall beth oedd y sŵn oedd wedi ei ddeffro'r tro hwn. Yna sylweddolodd. Roedd lleisiau cwerylgar i'w clywed yn y lolfa, ac yna dechreuodd un o'r merched sgrechian ar dop ei llais. Rhuthrodd Dyfrig i daflu dillad amdano a hyrddio'i hun i lawr y grisiau. O'i flaen roedd yr olygfa ryfeddaf.

Safai Angharad, yn wlyb at ei chroen, rhwng Seimon a Meira, oedd yn dal ei breichiau'n dynn, a hithau'n cwffio ac yn strancio yn eu herbyn tra oedd Anna yn ei gŵn nos yn ceisio'i dadwisgo. Gwingai bob sut, gan sgrechian nerth ei phen.

'Be ddiawl sy'n digwydd?'

'Ty'd i helpu,' atebodd Anna yn fyr ei gwynt. 'Rhaid i ni gael y dillad 'ma oddi arni neu mi fydd wedi cael niwmonia.' Ceisiodd agor botwm trowsus Angharad unwaith eto, ond roedd Angharad fel dynes wyllt yn ei chicio i ffwrdd.

'Gadwch i mi fynd! Smo fi isie aros!' llefai Angharad.

'Rhaid i ni ei chael hi ar lawr,' tuchanodd Seimon, yn ceisio dal ei afael yn ei breichiau. 'Gafael di yn ei choesau, Dyfrig.'

Syllodd Dyfrig yn gegrwth arnynt.

'Ty'd yn d'laen, Dyfrig!' bloeddiodd Anna arno. 'Sgynnon ni ddim amsar i baldaruo. Ma hi'n diodda o *hypothermia*. Rhaid i ni 'i chnesu hi!'

Ufuddhaodd Dyfrig, ac er iddo gael ei gicio yn ei ysgwydd a'i ben, llwyddodd i roi Angharad ar ei chefn ar lawr a'i dal hi yno gerfydd ei choesau tra oedd Seimon yn gafael yn ei hysgwyddau, a llwyddodd Anna a Meira o'r diwedd i dynnu'r dillad gwlybion oddi arni. Erbyn hyn roedd Angharad wedi tawelu ychydig, dim ond sŵn nadu fel ci bach yn dod o'i gwddf. Roedd gan Anna flanced yn barod a lapiodd hi am Angharad. Yna gyda chymorth Seimon cododd Dyfrig hi a'i gosod i eistedd ar y soffa. Doedd hi ddim yn ymladd yn eu herbyn bellach. Eisteddai yno'n crynu'n dawel, y dagrau'n llifo o'i llygaid caeedig.

'Meira, dos i weld ydi Doctor Eurgain yn ei hôl,' gorchmynnodd Seimon. 'Anna, oes gennych chi dun cawl yn y gegin, neu rywbeth poeth iddi ei yfed?'

Rhedodd Dyfrig i'w ystafell wely a chario'i dwfe i'r lolfa. Gosododd ef dros liniau Angharad a'i lapio am ei hysgwyddau. Yna, eisteddodd wrth ei hochr a rhoi ei fraich amdani fel bod cynhesrwydd ei gorff yn ei chynhesu hithau. Gallai deimlo'r cryndod yn rhedeg drwyddi yn donnau diddiwedd, ac roedd ei dannedd yn clecian.

'Be ddigwyddodd, felly?' gofynnodd i Seimon tra oeddynt yn disgwyl i'r doctor gyrraedd. Dim ond bryd hynny y sylweddolodd fod Seimon yntau'n wlyb diferol.

'Mi ganodd y larwm o gwmpas un o'r gloch bore 'ma,' atebodd. 'Roedd un o'r sensors wedi synhwyro corff yn ceisio dringo wal y stad. Erbyn i ni gyrraedd y llecyn, doedd dim hanes ohoni, ond roedd hi'n gwneud digon o dwrw i ni allu dilyn ei thrywydd. Yna daeth y storm.'

Cyrhaeddodd Anna'n cario dau fŵg yn llawn cawl tomato. Rhoddodd un i Dyfrig i fwydo Angharad, a'r llall i Seimon.

'Gwell i chitha fynd i newid,' meddai wrtho, ond ysgydwodd Seimon ei ben.

'Mi arhosa i nes y bydd help wedi cyrraedd.' Ond roedd yn ddiolchgar o'r cawl.

'Roedd hynny oriau'n ôl,' meddai Dyfrig gan ddal y mŵg at wefusau Angharad. Roedd yn rhyddhad pan ddechreuodd hi gymryd sip bach ohono. 'Be ddigwyddodd yn y cyfamser?'

'Ro'n i'n chwilio amdani, ond roedd hi bron yn amhosib, er bod Con wedi mynd i nôl ei gamera sy'n gallu gweld yn y nos. Roedd y wawr wedi torri erbyn i ni ddod o hyd iddi mewn ffos, wedi cyrlio fel pelen, bron yn anymwybodol. Dim ond wedi i ni ei chario hi'n ôl yma y dechreuodd hi ddadebru a sgrechian a strancio.'

'Ond be oedd hi'n ei neud allan yng nghanol y nos?' holodd Anna'n anghrediniol.

Cododd Seimon ei ysgwyddau, ond credai Dyfrig ei fod yn gwybod yr ateb.

'Ceisio dianc oedd hi,' meddai, gan gipedrych ar Angharad. Nid oedd hi'n cymryd unrhyw sylw o'u sgwrs, ond o leiaf roedd hi'n dal i lymeitian y cawl. Gan anwybyddu'r ymbiliadau taer oedd yn llygaid Anna, aeth Dyfrig ymlaen i egluro.

'Roedd hi eisiau rhoi'r gorau iddi ddoe, mynd adra at ei theulu. Dwi'n meddwl eich bod chi'n ymwybodol ei bod hi'n hiraethu am ei phlant yn ofnadwy.' Nodiodd Seimon ei ben. 'Yna,' meddai Dyfrig wedyn, gan daflu edrychiad cyhuddgar tuag at Anna, 'ar ôl iddi gael ei pherswadio i aros, mae'n siŵr ei bod hi'n teimlo fel petai mewn carchar. Roedd y greadures wedi cyrraedd pen ei thennyn.'

Daeth Meira'n ei hôl a dweud nad oedd y doctor ar gael. Roedd Gwydion y tu ôl iddi, a phan welodd Angharad ef, dechreuodd sgrechian a strancio eto, gan daflu'r mŵg a'i gynnwys ar y llawr. Cyn i Dyfrig allu ei rhwystro, neidiodd am Gwydion a cheisio sgriffio'i wyneb fel cath wyllt. Rhoddodd yntau glustan sydyn iddi ar draws ei boch nes bod Angharad yn syrthio'n ôl i freichiau Dyfrig. Ond o leiaf roedd hi wedi ymdawelu, ei llygaid ar agor led y pen yn rhythu ar Gwydion.

'Gwell i ni geisio'i chael hi i ysbyty,' awgrymodd Anna.

'Na,' atebodd Gwydion, 'mi ddelia i efo hi. Mae gen i brofiad o drin problemau meddyliol. Seimon, dos i sychu dy hun a chael 'chydig o gwsg. Meira, dos dithau i orffwys. Rydych chi'ch dau wedi cael noson hir.'

Wedi i'r ddau adael, tynnodd gadair oddi wrth fwrdd y gegin ac eistedd arni o flaen Angharad. O weld yr olwg amheus ar wyneb Dyfrig, ceisiodd ei gysuro. 'Peidiwch â phoeni. Gwnewch yn siŵr ei bod hi'n eistedd yn llonydd, ac mi ddechreua i. Ond mae'n rhaid i chi'ch dau aros yn berffaith dawel a llonydd,' rhybuddiodd hwy, 'beth bynnag sy'n digwydd. Rwy'n addo na chaiff hi ddim niwed.'

Plygodd ymlaen a syllu i lygaid Angharad. Gafaelodd yn ei llaw a dechrau ei mwytho'n ysgafn. Pan ddechreuodd siarad, roedd ei lais yn dawel ac undonog.

'Angharad, gwranda arna i. Rydw i'n mynd i dy helpu di i ddod dros y pryderon sydd gen ti am dy blant. Rydw i'n mynd i ddangos i ti o ble daw'r pryderon hyn. Pan fyddi di'n deall hynny, mi fydd y teimladau'n cilio. Angharad, edrych arna i, gwranda arna i. Rwyt ti'n ymlacio, rwyt ti'n teimlo'n gysglyd, mae dy lygaid di'n cau, rwyt ti'n cysgu.'

Er mawr syndod i Dyfrig, gwelodd fod hyn yn wir. Roedd llygaid Angharad wedi cau, ei chorff wedi ymlacio ac roedd ei hanadlu'n dawel ac yn rheolaidd. Ni pheidiodd llais Gwydion.

'Rwyt ti am fynd ar siwrne, Angharad. Rwyt ti'n mynd yn ôl at hen atgofion, Angharad. Rwyt ti am ateb fy nghwestiynau. Wyt ti'n fy nghlywed i, Angharad?'

'Ydw.' Roedd ei llais yn dawel ond yn gadarn.

'Rwyt ti'n teimlo'n gynnes a chyfforddus, yn dwyt ti?'

'Ydw.'

'Does gen ti ddim ofn mynd ar y siwrne, nag oes Angharad?'

'Nag oes.'

'Beth yw enwau dy blant, Angharad?'

'Maredudd ac Idwal.'

'Rwyt ti'n eu caru'n fawr iawn, yn dwyt?'

'Ydw.'

'A dyna pam rwyt ti'n poeni cymaint amdanyn nhw, Angharad.'

'Ie.'

'Rwyt ti'n cofio Maredudd ac Idwal arall hefyd, Angharad.'

Crychodd Angharad ei thalcen, er i'w llygaid aros ynghau. Prysurodd Gwydion ymlaen.

'Rwyt ti'n teithio'n ôl at y Maredudd a'r Idwal arall. Ymhell, bell yn ôl. Mor bell yn ôl fel bod raid i ti anghofio'r meddyliau eraill.' Tawodd Gwydion am rai eiliadau cyn ailddechrau siarad. 'Rwyt ti yno, Angharad. Dwed wrthyf ble rwyt ti.'

'Rydw i'n eistedd wrth ffrâm enfawr.'

Roedd llais Angharad wedi newid. Roedd yn llawer ysgafnach, ac nid oedd acen ddeheuol ganddi mwyach.

'Pwy arall sydd yno, Angharad?'

'Mae llawer o wragedd a dynion. Rydym i gyd yn eistedd wrth stribed o liain sydd yr un hyd â thaldra wyth dyn. Mae hi'n oer.' Rhedodd cryndod drwy ei chorff. 'Mae'r gwynt o'r dwyrain ac nid yw fy siôl i mor gynnes â rhai o'r lleill. Ond rhaid i mi ddioddef yr oerfel. Allwn ni ddim gorchuddio'r tyllau yn y waliau. Rydyn ni angen y golau i allu gweithio.'

'Beth yw dy waith, Angharad?'

'Rydw i'n brodio lluniau o ddail ac anifeiliaid. Dydyn nhw ddim yn fodlon i mi weithio ar y prif luniau. Y dynion sy'n gwneud hynny.'

'Pwy arall sydd yno?'

'Dydw i ddim yn adnabod pawb, ond mae Margaret ac Edwina yma, Tostvig, Godrun ac Aethelfrith – mae o bob amser yn gwneud i mi chwerthin, a fi fydd wedyn yn cael cerydd gan Edmwnd, y prif frodiwr. Ond mae'r frenhines weddw Ealdgyth yn achub fy ngham bob amser. Mae hi'n garedig iawn.'

'Gweddw pwy ydi hi, Angharad?'

'Y Brenin Edward Gyffeswr.' Ysgydwodd ei phen yn drist. 'Mae hi wedi dioddef llawer.' Crychodd ei thalcen a dechreuodd wylo eto. 'Rydw innau wedi colli popeth! Wn i ddim sut y galla i ddal i eistedd fan hyn pan ...'

'Sut mae'r frenhines wedi dioddef, Angharad?'

'Colli ei gŵr. Colli ei brawd Harold, colli ei theyrnas i gyd o fewn yr un flwyddyn.'

'Pa flwyddyn yw honno, Angharad?'

'1066.'

'Ai dyna'r flwyddyn yr wyt ti ynddi'n awr?'

'Na, mae dwy neu dair blynedd ers hynny.'

'Ai Sacsones wyt ti?'

Gwenodd Angharad ac ysgwyd ei phen.

'Nage siŵr, ddim ag enw fel Angharad. Cymraes ydw i.'

'Pam wyt ti yno, felly?'

'Fy meistres anfonodd fi yma.'

'Pwy yw dy feistres?'

'Edith Deg. Roedd hi'n gorfod ffoi i Lydaw gyda theulu Harold, ei gŵr, ar ôl iddo golli'r frwydr. Roedd y Concwerwr am ddifa pob un o'i dylwyth. Ond gan fy mod i mor dda gyda'm nodwydd, anfonodd fi yma, i gwfaint ei chwaer yng nghyfraith, Ealdgyth.'

'Ond Cymraes wyt ti. Sut oeddet ti'n forwyn i'r Frenhines Edith?'

'Am ei bod hi eisiau i mi fynd gyda hi pan briododd hi Harold Godwinson.'

'Onid Sacsones yw hi?'

'Ie, merch Aelfgar, iarll Mersia. Pan briododd hi Gruffudd ap Llywelyn, roeddwn i'n un o ferched y llys, a'm gŵr yn un o'i deulu.'

'Dydw i ddim yn deall, Angharad. Rwyt ti newydd ddweud mai gwraig y Brenin Harold oedd hi. Eglura.'

'Roedd Gruffudd ap Llywelyn ac Aelfgar wedi brwydro ochr yn ochr yn erbyn y Godwinsons o Wessex mewn sawl ffrwgwd, a dyna sut y daeth Gruffudd i briodi Edith.' Daeth gwên i'w hwyneb. 'Dyna ddyddiau da oeddynt: Gruffudd yn frenin dros Gymru gyfan am y tro cyntaf mewn cof, a'r wlad yn cryfhau dan ei lywodraeth. Roedd pawb yn edrych ymlaen at gyfnod hir o heddwch wedi'r holl ymladd a lladd i greu'r deyrnas. Roedd y llys yn lle mor brysur a bywiog: y beirdd, y telynorion a'r storïwyr yn moliannu'r brenin a'i holl orchestion. Mor hapus oeddwn i pan briodais Gwern ap Cadell, ac yna, pan anwyd ein dau fab, rhoesom yr enwau Maredudd ac Idwal arnynt, enwau meibion Gruffudd, fel arwydd o'n parch tuag ato.'

Ochneidiodd Angharad yn dawel.

'Ond byr fu'n hapusrwydd. Daeth Gruffudd yn ormod o fygythiad i'r Saeson wedi iddo ennill tiroedd cyfoethog ardal Henffordd a thaflu pob Sais oddi ar y tir.' Ysgydwodd ei phen yn drist. 'Roedd Gruffudd ap Llywelyn bob amser mor ddirmygus o Edward Gyffeswr, yn dweud ei fod o'n ddyn rhy wan a diniwed i allu rheoli'r ieirll trachwantus yn ei deyrnas. Gadawodd i Harold a Tostwig Godwinson o Wessex ymladd ei frwydrau drosto, a rhyw wyth mlynedd yn ôl, daeth Harold a'i frawd i ymladd yn erbyn Gruffudd, yn awyddus i adennill tiroedd Henffordd.'

Ysgydwodd ei phen eto wrth i ddagrau redeg i lawr ei gruddiau unwaith yn rhagor.

'Beth ddigwyddodd, Angharad?' pwysodd Gwydion arni.

'Dyna ddiwedd ar ein hapusrwydd, ein breuddwydion am Gymru gref. Gorchfygwyd Gruffudd a lladdwyd Gwern fy ngŵr a nifer fawr o'r teulu. Erlidiwyd Gruffudd o fan i fan ac aeth i guddio ym mynyddoedd Eryri. Wn i ddim o'r hanes yn iawn. Roeddwn i a merched eraill y llys dan nawdd y frenhines, ac roedd hithau'n gaeth ac o dan reolaeth Harold. Pan glywyd am lofruddiaeth Gruffudd ap Llywelyn gan Gynan ab Iago ab Idwal, oherwydd bod Gruffudd wedi lladd ei dad ef, mynnodd Harold briodi Edith.' Gostyngodd ei llais. 'Roedd hi mor brydferth fel na allai unrhyw ddyn ei gwrthsefyll.' Yna gwenodd.

'Meddyliwch amdani yn frenhines Cymru, ac o fewn tair blynedd wedyn yn frenhines Lloegr – er mai am ychydig fisoedd yn unig roedd hynny.'

'A beth amdanat tithau?'

'Fi? Rydw i'n eistedd fan hyn ddydd ar ôl dydd yn brodio'r lliain hwn.'

'A beth wyt ti'n ei frodio?'

'Gwaith newydd ydi hwn.' Daeth balchder i'w llais. 'Mae esgobion Ewrop cyfan eisiau brodwaith o Loegr i harddu eu heglwysi, a chwfaint Ealdgyth yw un o'r gweithdai brodio gorau yn Lloegr. Ond mae gan bawb ohonom ofn y Normaniaid, a phan ddaeth brawd Gwilym Goncwerwr, yr Esgob Odo o Bayeux, at Ealdgyth i ofyn iddi greu brodwaith fyddai'n cofnodi hanes eu concwest, doedd wiw iddi wrthod. Roedd hi'n ddigon hirben hefyd i drefnu i ni ddysgu rhywfaint o iaith y Normaniaid, gan eu bod nhw wedi gwahardd Saesneg o'u llysoedd a'u gweithgareddau.'

'Brodio tapestri Bayeux wyt ti?' Roedd llais Gwydion yn llawn cyffro wrth iddo sylweddoli arwyddocâd yr hyn a ddywedai Angharad. Ond edrych yn syn wnaeth hi.

'Tapestri Bayeux? Wn i ddim beth yw hwnnw.'

'Na, wrth gwrs, mae'n ddrwg gen i. Dos ymlaen â'th hanes. Rwyt ti'n brodio, ac yn teimlo'n oer.'

'Ydw, ac yn poeni am fy meibion. Chefais i ddim newydd amdanyn nhw ers i mi adael Cymru, a phnawn ddoe fe gyrhaeddodd mwy o ffoaduriaid i'r cwfaint.' Gostyngodd ei llais wrth i gryndod redeg drwy ei chorff. 'Maen nhw'n cyrraedd bob dydd, yn garpiog a newynog.'

'Ffoaduriaid o ble, Angharad?'

'O'r gogledd gan mwyaf, ond ddoe fe ddaeth rhai o Amwythig. Roeddwn i'n adnabod un ohonynt, ond ni lwyddais i gael sgwrs efo hi neithiwr. Rhaid i mi ddod o hyd iddi heddiw, wedi i mi orffen fy ngwaith.'

'Wyt ti'n gwybod pam maen nhw wedi ffoi?'

'Mae'r dynion yn gwrthryfela yn erbyn Gwilym a'i Normaniaid, ac mae'r teuluoedd yn dioddef. Ond dyna glychau'r gosber! Mi gaf fynd i chwilio am Alys.

'Mae Alys eisoes yn yr eglwys yn gweddïo. Rydw i'n disgwyl tan amser swper i gael gair efo hi yn ffreutur y gwesteion.

'Mae hi'n sôn am y gyflafan. Mae hi'n dweud bod Edwin a Morcar o Fersia wedi galw ar Bleddyn o Wynedd a'i frawd, Rhiwallon o Bowys, a'u bod i gyd wedi ymosod ar Amwythig. Ond fe fethon nhw gipio'r castell, a daeth rhagor o Normaniaid ac roedd yn rhaid i'r gwrthryfelwyr ffoi i'r coedwigoedd a'r rhosydd. Roedd Alys wedi ffoi o Amwythig hefyd, rhag dialedd didrugaredd y Normaniaid, ac fe welodd hi fintai o'r Cymry. Roedd fy meibion yn eu mysg, meddai hi, ac wedi rhannu ychydig o'u bwyd gyda hi. Am ddilyn Edwin a Morcar i'r gogledd yr oedd y ddau, medden nhw wrthi, am nad oedden nhw'n hoff o'r ffordd roedd Bleddyn a Rhiwallon yn rheoli Gwynedd a Phowys.

'Rydw i'n poeni. Ydi Maredudd ac Idwal yn ddiogel? Dim ond glaslanciau ydyn nhw, prin ddigon hen i godi cleddyf. Ddylen nhw ddim bod ynghanol rhyfeloedd fel hyn. A beth am y Maredudd a'r Idwal arall, meibion Gruffudd ap Llywelyn? Oedden nhw'n ddiogel, neu ar ffo efo fy mechgyn?

'Ond rydw i mor ddiymadferth. Does dim alla i ei wneud ond poeni, a phwytho'r ymylon i'r brodwaith anferth hwn. Dydi amser yn lleihau dim ar fy mhryder. Mae'r misoedd yn mynd heibio heb ragor o newyddion, ond alla i ddim ymroi i rigol undonog bywyd y cwfaint.'

Wrth iddi siarad, roedd corff Angharad yn tynhau ac yn ymlacio i gyd-fynd â'r hyn yr oedd yn ei ddweud. Yn sydyn, teimlodd Dyfrig ei chorff yn tynhau.

'Mae cynnwrf drwy'r cwfaint! Mae rhagor o ffoaduriaid wedi cyrraedd! Angliaid o'r gogledd pell yw'r rhain, yn ceisio lloches. Maen nhw ar eu cythlwng. Mae'r storïau sydd ganddynt i'w dweud yn codi gwallt ein pennau. Mae Gwilym wedi gwrthsefyll gwrthryfel arall gan wŷr Northumbria. Roedd gwŷr Mersia a Chymry yn eu plith, yn ôl y rhai a holais.

'Alla i ddim cysgu na bwyta. Alla i ddim brodio'n daclus. Mae Edmwnd yn fy nwrdio ac yn gwneud i mi ddatod fy mhwythau. Ddydd ar ôl dydd mae fy mhryder yn cynyddu. Mae'n rhaid i mi wneud rhywbeth. Mae'n rhaid i mi gael gwybod eu ffawd.

'Rydw i'n cael caniatâd Ealdgyth i adael y cwfaint. Dydw i ddim yn lleian eto. Mae hi'n trefnu i mi deithio i Henffordd gyda mintai o fasnachwyr. O Henffordd rydw i'n cael teithio i'r Amwythig gyda mintai arall. Rydw i'n ddiolchgar iawn am yr ychydig wersi a drefnodd Ealdgyth i ni yn iaith y Normaniaid. Mae wedi achub fy mywyd – a'm corff rhag ei dreisio – sawl tro. Does gan y Normaniaid ddim parch na thrugaredd tuag at na Sais na Chymro, ond pan rydw i'n siarad eu hiaith maen nhw'n ymatal.

'Rydw i'n cyrraedd Caer, ac yn teithio gyda myneich o'r ddinas honno i Efrog. Maen nhw ar eu ffordd i Durham, gan fod cynifer o'r mynachod yno wedi cael eu lladd. Maen nhw'n dweud wrthyf am y bwystfil diawledig Robert de Commines, a'r ffordd roedd y gwrthryfelwyr wedi ei amgylchynu ef a'i ddilynwyr yn nhŷ'r esgob yn y ddinas, a sut y bu iddyn nhw roi'r tŷ ar dân a difa pawb.

'Mae'r hanes yn codi pwys arna i. Ond mae'r hyn a welwn wrth i ni deithio ymhellach i'r gogledd yn gwneud i mi amau fy ffydd. Mae pobman yn ddu! Mae'r Normaniaid yn dial am farwolaeth de Commines – pob pentref, pob tref, pob stabl ac ysgubor, pob coeden a phob blewyn glas wedi ei losgi. Does dim bywyd i'w weld, dim ond cyrff dynion a gwragedd a phlant, anifeiliaid, a hyd yn oed ieir a gwyddau a hwyaid. Ar y dechrau mae'r myneich yn aros i gladdu'r trueiniaid, ond mae'r dasg yn ormod iddynt, a dim ond gweddi fer dros eu heneidiau gaiff y gweddill. Ac mae'r arogl yn ofnadwy: arogl huddygl, mwg, a chyrff yn pydru. Mae arnom ofn haint.

'Mae ofn y Normaniaid arnom hefyd. Mae un o'r myneich yn rhoi clogyn i mi i'w wisgo i'm cadw'n ddiogel rhagddynt. Rydym yn gweld minteioedd o filwyr yn croesi'r wlad yn tywallt halen dros y tiroedd âr. Dywed un o'r myneich wrthyf na fydd dim yn tyfu ar y tir hwn am ddegawdau i ddod. Mae'r wlad yn anialwch. Beth fydd yn digwydd i'r bobol gyffredin druan, os bydd rhai ohonynt yn goroesi? Rydym yn ddiolchgar o gyrraedd noddfa'r abaty.

'A beth am fy mechgyn yn y fath gyflafan? Sut ar y ddaear fawr y gallaf ddarganfod ymhle a sut maen nhw?

'Gan fod cyn lleied o weithwyr ar gael rydw i'n aros yn yr abaty, yn godro'r geifr, yr ychydig anifeiliaid sydd gan y myneich ar ôl. Rydw i wedi bod yma ers wythnosau. Wrth i mi drin y llaeth i wneud caws, clywaf grafiad wrth y drws. Dyn gwyllt sydd yno, yn crefu am fwyd. Mae golwg ofnadwy arno, ond rwy'n tosturio wrtho ac yn rhoi llond powlen o'r llaeth iddo. Mae'n ei lowcio. Rwy'n gofyn iddo a ŵyr o rywbeth am Gymry yn yr ardal.

'Mae'n edrych yn slei arna i. Mae'n gofyn am ragor o laeth a thamaid o gaws. Rwy'n eu rhoi iddo, er y byddaf yn gorfod wynebu llid y myneich pan welant eu colled.

'Rwy'n deall mai un o'r gwrthryfelwyr ydyw, yn cuddio orau y gall rhag y Normaniaid. Dim ond chwant bwyd sydd wedi gwneud iddo fentro mor agos iddynt. Roedd wedi fy ngweld yn bugeilio'r geifr, ac wedi meddwl bod gennyf wyneb caredig. Rydw i'n ei sicrhau fy mod innau'n casáu'r Normaniaid, ac nad oes raid iddo ofni y gwnaf ei fradychu.

'Mae o ar ei ffordd i ynys Elái, meddai, lle mae'r gwrthryfelwyr yn ymgasglu ar gyfer ymgyrch arall. Ond mae'r Cymry wedi dychwelyd i'w gwlad, dywed wrthyf – o leiaf y rhai sy'n dal yn fyw.

'Rwy'n gadael yr abaty yn fuan ar ôl hynny. Ymhen rhai misoedd rydw i'n cyrraedd Gwynedd, ond mae'r newyddion a glywaf yn fy nychryn eto. Mae rhyfel yng Ngwynedd! Mae Maredudd ac Idwal ap Gruffudd wedi codi mewn gwrthryfel yn erbyn eu hewythredd, Bleddyn a Rhiwallon! Maen nhw am geisio cipio coron eu tad yn ôl. Oes dim diwedd i'r tywallt gwaed ym mhob cwr o ynysoedd Prydain?

'Rydw i'n gwrando ar bob si a siffrwd, gan chwilio am unrhyw olwg o'm teulu. Rydw i'n cyrraedd Mechain. Rydw i'n dringo'r bryn gan fy mod i'n clywed lleisiau dynion yn gweiddi ac yn sgrechian, a chleddyfau'n taro. Clywaf y cyrn rhyfel ac mae ofn yn fy nghalon! Cyrhaeddaf y copa a gweld dyffryn eang o'm blaen. Yn y pellter gwelaf faes y gad. Ni allaf symud gam ymhellach. Gwelaf ddynion yn ymladd, dynion yn cwympo, dynion yn sathru ei gilydd. Mae bloeddiadau buddugoliaethus yn diasbedain drwy'r dyffryn, yn boddi lleisiau'r clwyfedig yn eu poen. Ond pwy gafodd y fuddugoliaeth?

'Mae'n dechrau nosi. Mae'r buddugwyr yn cilio gan adael y maes i'r cigfrain. Clywaf sŵn galaru wrth i'r dilynwyr chwilio am eu ceraint. Ymunaf â hwy, a'm calon yn llawn gofid. Crwydraf ymysg y celanedd. Gwelaf wynebau cyfarwydd. Arswydaf rhag gweld cyrff fy meibion hoff.

'Ond beth sydd draw fan acw? Rwy'n adnabod y brethyn! Myfi a'i gwehyddodd! Rwy'n cofio Gwern yn chwerthin am fy mhen pan welodd ef y tro cyntaf. Roeddwn wedi rhoi gormod o liw ar yr edafedd, a'r lliwiau'n rhy lachar. Ond daeth yn symbol i'n teulu. Beth mae o'n ei wneud ar lawr fan draw? Mae'r awel yn ei gipio, yn ei godi o'r llawr fel pêl, ond nid yw'n codi i'r awyr gan fod pwysau corff ... NA!'

Dychrynwyd Dyfrig gan nerth y sgrechiadau a ddeuai o enau Angharad. Ceisiodd afael yn dynn amdani ond roedd ei chorff cyfan yn cwffio yn ei erbyn. Llwyddodd i roi ei freichiau o'i hamgylch, ond ni wyddai am ba hyd y gallai ei dal i lawr.

'Gwydion, gwna rywbeth!' galwodd, ond roedd hwnnw eisoes ar ei draed yn ceisio gafael yn ei dwylo.

'Beth ar y ddaear fawr sy'n mynd ymlaen fan hyn?' torrodd llais Doctor Eurgain ar draws y sgrechian. 'Gwydion, gad lonydd iddi. Dyfrig, ceisia'i chadw'n llonydd tra bydda i'n rhoi pigiad iddi.'

Tynnodd chwistrell yn llawn hylif o'r bag yn ei llaw. 'Alli di afael yn ei braich hi, Dyfrig? Da iawn. Ceisia'i chadw'n llonydd. Dyna ni. Mi dawelith 'nawr.'

Gallai Dyfrig deimlo'r tyndra'n lleihau yn yr ystafell wrth i gorff Angharad ymlacio ac iddi syrthio i drwmgwsg. Gosododd hi'n ofalus ar ei hochr ar y soffa a rhoi'r dwfe'n dyner drosti.

'Wel, all rhywun egluro pam roedd Angharad yn y fath gyflwr?'

Roedd llais Doctor Eurgain yn llym, a'i geiriau wedi eu hanelu at Gwydion. Roedd ei wyneb yntau'n wyn fel y galchen, ond gallai Dyfrig weld rhyw oleuni rhyfedd yn ei lygaid. Pan na chafodd ateb, aeth Eurgain ymlaen.

'Cefais yr hanes i gyd gan Seimon, felly roedd popeth yn barod gennyf. Mi fydd o yma unrhyw funud i'm helpu i'w chario i'r feddygfa. Mi edrychaf i ar ei hôl hi nes bydd hi'n ddigon da i deithio adref.'

Roedd ei geiriau'n ddigon i dynnu Gwydion ac Anna o'u gwewyr.

'Rhaid iddi aros,' mynnodd Gwydion.

'Nac oes,' oedd yr ateb chwyrn. 'Y fi sy'n gyfrifol am ei hiechyd, ac mae hi'n mynd adref.'

Roedd pendantrwydd y doctor yn gysur i Dyfrig. Beth bynnag fyddai eu hanes yn y gystadleuaeth, doedd o ddim am weld Angharad yn cael ei gorfodi i aros. Mi fyddai'r peth yn annynol.

Cyrhaeddodd Seimon a Dewi'r technegydd, a rhyngddynt rhoddwyd Angharad i orwedd ar wely symudol, ac wedi i'r ochrau gael eu codi aethpwyd â hi o'r bwthyn. Gydag un edrychiad buddugoliaethus ar Gwydion, dilynodd Eurgain hwy. Roedd yn hawdd gweld y gynddaredd ar wyneb y cyfarwyddwr.

Pennod 9

'Be sy'n mynd i ddigwydd i ni, 'ta?'

Daliai Gwydion i syllu ar y drws a gaewyd mor bendant gan Doctor Eurgain. Wrth glywed llais Anna, trodd ati'n ddiamynedd.

'Be?'

'Be sy'n mynd i ddigwydd i Dyfrig a finna? Dydan ni ddim yn dîm rŵan, os ydi Angharad yn cael mynd adra. Ydan ni'n gorfod mynd adra hefyd?'

Ysgydwodd Gwydion ei ben fel petai'n ceisio'i glirio o'r atgof am lais Eurgain.

'Na, dim o gwbl. Peidiwch â phoeni. Os medrwch chi'ch dau wneud y gwaith, yna mi fyddwch chi'n cael eich beirniadu fel tîm.'

'Ia, ond dim ond dau ohonon ni sydd 'na rŵan, yntê? Efo'r holl waith ymchwil sydd angen ei wneud. Mi fydd gan y lleill well siawns na ni ...'

'Gwrandwch, Anna, mae gen innau lawer o bethau ar fy meddwl y funud yma. Gadewch i mi gael gair efo'r beirniaid eraill. Ond gallaf eich sicrhau y cewch chi bob cefnogaeth.'

Gadawodd y bwthyn. Syllodd Dyfrig ac Anna ar ei gilydd.

'Wel,' meddai Anna ar ôl ychydig. ''Dan ni'n dal yn y gystadleuaeth, felly.'

'Ydan,' cytunodd Dyfrig, er mai'r peth diwethaf ar ei feddwl oedd eu rhan yn y rhaglen. Roedd o wedi cael ei ysgwyd gan y profiad o wrando ar Angharad. Oedd y fath beth yn wirioneddol bosib? Oedd gan bawb atgofion o fywydau blaenorol yn ddwfn yn eu hisymwybod, a'r rheini'n gallu effeithio ar eu bywydau presennol? Beth oedd ei orffennol ef? Roedd hi'n amhosib credu mai rhyw dric clyfar gan Gwydion oedd y cyfan. Roedd o, Dyfrig, wedi bod yn gafael am Angharad drwy gydol y profiad, ac wedi teimlo'i chorff yn ymateb i bob dim roedd hi'n ei ddweud.

'Reit 'ta,' torrodd Anna ar draws ei feddyliau, 'rydan ni'n mynd i gael gwledd! Dos di i gael cawod, neu i wneud beth bynnag arall ti isio, ac mi alwa i arnat ti pan mae brecwast yn barod.'

Prin y gallai Dyfrig gredu ei glustiau.

'Wyt ti ddim yn poeni am Angharad?' gofynnodd.

'Poeni? Pam ddyliwn i?' Roedd ei llais yn llawn syndod. 'Mae hi'n saff rŵan, yn tydi? Mae hi'n cael be mae hi isio, sef mynd adra at yr hogia, a rydan ninna'n cael aros yn y gystadleuaeth, felly mae pawb yn hapus, yn tydi?' Trodd tuag at y gegin a thynnu padell ffrio o'r cwpwrdd. 'Rydan ni'n mynd i ddechrau ar stumog lawn. Mi fydd 'na andros o lot o waith i'w wneud.'

Teimlai Dyfrig fel petai mewn breuddwyd. Roedd popeth yn afreal, rywsut. Sut allai'r ddynes hon anwybyddu profiad oedd yn ddigon i godi amheuon ynglŷn â bywyd a marwolaeth, profiad oedd yn gwrthbrofi holl syniadaeth Cristnogaeth am nefoedd ac uffern? Ac eto, cofiodd yn sydyn, roedd ei nain, dynes capel i'r carn, yn credu mewn ailymgnawdoliad. Oedd modd cysoni'r ddau beth, felly? Aeth i eistedd ar y soffa a syllu ar y wal nes i Anna ei alw at y bwrdd brecwast.

Roedd anferth o blataid yn ei ddisgwyl. Roedd popeth yno: cig moch, wyau, selsig, tomatos a thatws wedi'u ffrio, madarch, bara saim a ffa pob. Roedd ar fin dweud na allai wynebu'r fath bentwr, ond yna edrychodd ar wyneb Anna, a gweld golwg mor hapus a bodlon arni fel nad oedd ganddo'r galon i wrthod ei hymdrechion. Dechreuodd fwyta'n araf, ac er mawr syndod iddo'i hun, ar ôl y brathiad cyntaf sylweddolodd ei fod ar ei gythlwng. Aeth ati i fwynhau pob tamaid o'r wledd, gan hyd yn oed gymryd tafell o dost i sychu'r melynwy oddi ar y plât.

'Teimlo'n well rŵan?' holodd Anna'n fodlon. Aeth yn ei blaen heb aros am ateb. 'Rydw i wedi bod yn meddwl. Nos fory, mi fyddwn ni'n cael gwybod beth fydd pwnc ein drama, ac ar hwnnw y bydd raid i ni ganolbwyntio. Yn y cyfamser, mae'n rhaid i ni gael syniad go dda o'r cyfnod. Elli di ymchwilio i mewn i'r chwyldro amaethyddol, trafnidiaeth a chau'r tiroedd comin? Mi wna inna edrych ar dwf y diwydiannau trwm, addysg a chrefydd. Ydi hynny'n iawn gen ti? Da iawn. Bant â ni, 'ta, fel basa Angharad yn ddeud.'

* * *

Câi Dyfrig hi'n anodd canolbwyntio, ond gwnaeth ymdrech deg i ddal ati, gan ddarllen dogfen ar ôl dogfen oedd yn ymwneud â'r pynciau roedd Anna wedi'u rhoi iddo. Erbyn canol y pnawn, fodd bynnag, roedd wedi cael digon, a'i ben yn hollti. Pan edrychodd drwy'r ffenest, gwelodd nad oedd storm neithiwr wedi clirio'r awyr wedi'r cyfan, a bod y cymylau'n drwm o isel ac yn gwlychu'r wlad â glaw mân. Doedd ganddo ddim awydd mynd am dro yn y gwlybaniaeth. Meddyliodd unwaith yn rhagor am Angharad, a phenderfynodd fynd draw i'r feddygfa i weld sut oedd hi.

Roedd Doctor Eurgain yno'i hun yn y dderbynfa, a gofynnodd Dyfrig iddi a gâi fynd i weld Angharad.

'Ddim heddiw, Dyfrig. Mae hi'n dal dan ddylanwad y cyffuriau. Dewch draw bore fory. Mae'n siŵr y bydd hi'n barod i sgwrsio bryd hynny.'

'Fydd hi ddim yn mynd adra heddiw, 'ta?' holodd Dyfrig, braidd yn syn.

'Na fydd. Mae ganddi wres uchel ar ôl ei phrofiadau yn ystod y storm neithiwr, felly rwy'n ei chadw fan hyn nes y bydda i'n sicr ei bod hi'n ffit i deithio. Ond rwy'n ffyddiog y bydd hi'n ddigon da erbyn pnawn fory.'

Doedd dim amdani, felly, ond dychwelyd at ei waith. Roedd wedi hen flino ar ei ystafell, fodd bynnag, felly aeth i nôl ei lyfr nodiadau a chychwyn am y llyfrgell. Pan gyrhaeddodd y fan honno, gwelodd fod Anna yno'n barod, a chriw o'u cyd-gystadleuwyr o'i chwmpas, pawb yn gwrando'n astud ac yn rhyfeddu at ei disgrifiad o ddigwyddiadau'r noson cynt.

'Dyfrig,' galwodd Huw arno, 'ydi hyn i gyd yn wir? Mae'r peth yn ffantastig!'

'Ydi,' oedd ei unig ateb cyn troi ar ei sawdl a mynd yn ôl i'r bwthyn. Doedd ganddo ddim stumog i drafod y peth o gwbl. Aeth yn ôl i'w ystafell a meddwl am Angharad. Cofiodd eu taith at yr afon, ac yn sydyn cofiodd am y rhosyn sipsi a wnaethai â'r brigyn ysgawen. Chwiliodd amdano yn y drôr a'i dynnu allan. Roedd yn dal yn weddol lipa, er ei fod wedi dechrau sychu. A fyddai ei roi yn y popty ar wres isel yn ddigon i wneud y tric? Doedd 'na ddim ond un ffordd o weld.

Erbyn amser swper roedd wedi syrffedu, a ffeithiau dirifedi'n chwyrlïo yn ei ben. Ond doedd arno ddim awydd wynebu'i gyd-gystadleuwyr, a'r holl holi a rhyfeddu fyddai'n sicr o ddilyn. Beth petai o'n hwyr yn mynd i'r neuadd? Aros yn y bwthyn nes byddai pawb wedi dechrau bwyta, a Gwydion yn ei le? Yna, dim ond gyda'r rhai wrth ei ochr y byddai'n gorfod delio. Aeth i edrych ar y rhosyn pren yn y popty. Roedd wedi dechrau cyrlio, ond roedd ambell stribedyn yn dywyllach nag y dylai fod. Penderfynodd ddiffodd y gwres a gadael y rhosyn yn yr awyr poeth i barhau i sychu. Efallai y byddai'n syniad iddo roi'r popty ymlaen am ryw awr cyn mynd i'w wely, a gobeithio y byddai'r rhosyn yn barod erbyn y bore.

Pan gerddodd i mewn i'r neuadd, dim ond Seimon a Meira oedd yn eistedd wrth y bwrdd uchel, ac roedd y lle yn gymharol ddistaw wrth i bawb fwyta'u caserol cyw iâr a reis. Roedd pawb wedi eu gosod wrth ddau fwrdd o chwech, ac roedd yr unig sedd wag – neu'n hytrach y ddwy sedd wag – ar fwrdd Heledd, Llinos, Rhys ac Iwan. Gyda'i ysbryd yn disgyn yn is fyth, ymunodd â hwy.

'Rydych chi wedi cael profiad diddorol dros ben,' dechreuodd Rhys ar unwaith.

Nodiodd Dyfrig, gan helpu ei hun i'r bwyd. Daeth gwas heibio i symud y gadair wag oddi wrth y bwrdd, yn ogystal â'r gyllell a'r fforc a'r gwydr. Cafodd hyn yr effaith ryfeddaf ar Dyfrig. Teimlodd ei wddf yn cau, ac roedd yn rhaid iddo frwydro yn erbyn y dagrau oedd yn bygwth crynhoi yn ei lygaid. Beth oedd yn bod arno fo? Doedd o ddim mewn cariad ag Angharad na dim byd felly! Pam roedd o'n malio cymaint os byddai hi'n gadael y gystadleuaeth? Canolbwyntiodd ar gadw'i ben i lawr a bwyta'i fwyd.

'Ydych chi'n meddwl mai rhyw fath o autosuggestion oedd y cyfan?' holodd Iwan. 'Chi'n gwybod, fod dychymyg Angharad yn ei harwain i greu ffantasi oedd yn cyd-fynd â'i phryderon? A hynny am fod Gwydion yn bwydo cwestiynau iddi, yn ôl beth glywais i.'

Nid atebodd Dyfrig, ond roedd gan bawb arall ar y bwrdd gymaint o feddwl o'u syniadau eu hunain fel na sylwodd neb ar ei ddistawrwydd. Cododd dadl frwd rhyngddynt a suddodd Dyfrig yn ddiolchgar i'r cefndir. Roedd y modrwyau yn ôl ar wyneb Heledd, sylwodd. A gwelodd rywbeth nad oedd o wedi sylwi arno o'r blaen. Roedd ganddi belen arian yng nghanol ei thafod. Ei thafod? Dyma'r tro cyntaf, sylweddolodd, iddo eistedd mor agos ati, ei gwylio'n bwyta ac yn siarad. Oedd y belen ddim yn brifo wrth iddi gnoi? Sut allai neb wneud twll yn ei dafod a rhoi pelen fetel yn sownd ynddo? Fe'i cafodd ei hun yn gwylio'r geg yn agor a chau wrth hanner gwrando ar eu sgwrs nes i'r sgwrs honno droi ei stumog cymaint â'r belen arian. Roedden nhw mor hunan-bwysig, mor llawn o bendantrwydd deallusol. Roedd Iwan a Rhys benben â'i gilydd, yn taflu enwau fel Coué, Jung, Freud a Shultz i'r drafodaeth ac yn defnyddio termau seiciatryddol fel pe baent yn arbenigwyr.

Cofiodd eiriau Mair yn holi pam oedd hi yno ynghanol yr holl wybodusion. Teimlai yntau fel hithau bellach. Nid na allai yntau ymuno â'r sgwrs pe dymunai wneud hynny, ond bod y pedwar arall mor gyfoglyd o sicr a rhodresgar eu barn. Sylweddolodd mai dyna pam y byddai'n colli Angharad. Roedd y ddau wedi dod i sgwrsio'n braf gyda'i gilydd fel cyfeillion. Yn awr byddai'n gaeth i ddylanwad Anna a'i hysfa ddiflino i ennill. Tybed a allai ef ysgrifennu mor wael fel eu bod hwythau'n cael mynd adref ddiwedd yr wythnos? Ond na, roedd hynny yn erbyn ei natur. Roedd bob amser wedi gwneud ei orau ym mha waith bynnag a wnâi. Dyna un peth na ddeallodd Sonia. Doedd dim cymhariaeth rhwng yr oriau o lafur a roddai yn adeiladu dodrefnyn a'r tâl a gâi amdano, ond dyna broblem pob crefftwr cyfoes. Roedd Sonia am iddo dorri corneli, gwneud y gwaith yn llawer cynt gan ddefnyddio offer trydanol er mwyn cynhyrchu mwy o ddarnau, ond roedd hynny yn erbyn ei anian. Cymerai bleser a balchder yn safon ei waith ac anelai at gael pob asiad yn berffaith, pob toriad yn bendant ac i bwrpas. Fe ddylai Sonia fod wedi sylweddoli hynny cyn ei briodi.

Roeddynt wedi cyfarfod ar ôl i Dyfrig adael ei swydd fel athro a sefydlu ei fusnes ei hun yn gwneud ei ddodrefn traddodiadol. Ychydig flynyddoedd yn ddiweddarach, a phethau'n anodd iawn arnynt yn ariannol, roeddynt wedi cyfarfod ei hen brifathro ar y stryd, a hwnnw wedi ceisio perswadio Dyfrig i ddychwelyd i'r ysgol. Roedd Sonia wedi neidio at y syniad, ac ni allai ddeall pam yr oedd Dyfrig yn ei wrthod mor bendant. Ni allai ddeall y rhwystredigaeth a deimlai fel athro, y gofynion biwrocrataidd cynyddol a'i rhwystrai rhag canolbwyntio gant y cant ar bwrpas swydd athro: helpu'r plant. Roedd yr ymdeimlad nad oedd o byth yn cyrraedd y nod mewn unrhyw faes gan fod gormod o ofynion ar ei amser yn llethu ei ysbryd, yn ei wneud yn anfodlon ei fyd fel y byddai'n casáu codi yn y bore a mynd i'w waith. Doedd dim cymhariaeth rhwng hynny a'r teimlad o wynebu darn newydd o goedyn, y wefr o edrych arno a'i astudio nes y câi weledigaeth, ac y byddai'n gallu gweld yn ei feddwl pa fath o ddodrefnyn neu gelf y gallai ei lunio ohono. Ac yna'r rhyddid i gyflawni'r weledigaeth honno, gweld y pren yn cael ei drawsffurfio dan ei ddwylo i greu rhywbeth oedd yn deilwng o'r coedyn a'i elfennau.

Gallai weld yn awr mai'r sgwrs â'r prifathro oedd dechrau'r diwedd i'w briodas. Neu'n hytrach, y sgwrs honno ddaeth â'r gwahaniaethau rhwng Sonia ac yntau i'r wyneb, meddyliodd yn drist, er iddi gymryd tair blynedd ddiflas arall cyn i'r rhwyg eu gwahanu. Ochneidiodd, a hynny mor uchel nes iddo dynnu sylw'r pedwar arall ato'i hun. Teimlodd yn ffŵl wrth weld y pedwar pâr o lygaid yn syllu arno'n ddisgwylgar, ond arbedwyd ef gan Seimon a Meira'n codi o'r bwrdd uchel ac yn dymuno noswaith dda i bawb. Dihangodd yntau yn eu sgil a chyrraedd noddfa'i ystafell wely.

*   *   *

Tynnodd y rhosyn sipsi allan o'r popty a'i archwilio'n fanwl. Fe wnâi'r tro, er bod ambell smotyn tywyll ar y pren lliw hufen lle roedd gwres gormodol y noson cynt wedi dechrau deifio'r petalau. Ond roedd yr effaith yn ddigon deniadol i'r llygad. Aeth ag ef i'w ystafell wely nes y byddai'n amser iddo fynd i weld Angharad. Yna 'mlaen gyda'r gwaith ymchwil.

Pan dybiodd ei bod hi o gwmpas un ar ddeg y bore, aeth i nôl y rhosyn a chychwyn am y feddygfa. N'tia oedd yn y dderbynfa'r tro hwn, a phan ofynnodd iddi am gael gweld Angharad, cytunodd ar unwaith. Syllodd am eiliad ar y rhosyn yn ei law cyn ei arwain ar hyd coridor â drysau bob ochr iddo, a churo'n ysgafn ar y trydydd drws ar y chwith. Clywodd lais Angharad yn dweud 'Dewch i mewn'.

Roedd hi wedi gwisgo amdani ac yn sefyll ger y ffenest. Trodd at Dyfrig a rhoi gwên hapus iddo. Caeodd N'tia y drws yn dawel o'i hôl.

'Wy'n cael mynd sha thre heddi,' meddai wrtho.

Edrychai'n well nag y gwelsai Dyfrig hi o'r blaen. Roedd lliw naturiol ar ei bochau, roedd ei llygaid yn fywiog ac nid oedd yn cnoi ei gwefusau.

'Rydw i'n falch.'

'Fe fyddan nhw'n casglu fy nillad o'r bwthyn amser cinio, ac yna bydd car yn dod i fynd â fi adre. Mi wela i'r bechgyn heno.'

'Wyt ti wedi cael gair efo nhw?'

'Ydw. Mae Doctor Eurgain wedi bod yn hynod o ffein. Gefes i

siarad â nhw ryw awr yn ôl. O, Dyfrig, alla i ddim gweud pa mor hapus wy'n teimlo.' Cerddodd at Dyfrig a gafael yn ei law. 'Mae'n ddrwg 'da fi, Dyfrig.'

'Am be, dŵad?' atebodd mewn syndod.

'Roedd Anna'n iawn yn gweud y dylwn i fod wedi rhag-weld hyn – y bydde hiraeth ofnadwy gen i am y bechgyn. Roeddwn i'n hollol dwp yn meddwl y gallwn i fod yn rhan o'r gystadleuaeth. Ond ti'n gwybod fel mae hi – cael cyfle i sgrifennu yw'r peth pwysica yn fy mywyd i heblaw am y bechgyn. Feddylies i y byddwn i'n gallu cael y ddau beth – ond dyna fe. Wy'n deall dy fod ti ac Anna'n cael aros fel tîm.' Ochneidiodd. 'Mae'n siŵr ei bod hi'n galw pob enw dan haul arna i!'

'Mae Anna'n berffaith hapus, dim ond iddi gael aros yn y gystadleuaeth, wsti. Paid â phoeni am ddim arall.' Yna cofiodd am y rhosyn yn ei law, a'i roi i Angharad. 'Meddwl y basat ti'n hoffi hwn fel rhyw fath o swfenîr,' ychwanegodd yn chwithig.

'O Dyfrig, ma' fe'n bert!' ebychodd hithau wrth ei dderbyn. 'Ma' fe'n edrych mor wahanol wedi'i sychu. Diolch i ti. Ond does dim 'da fi i ti,' meddai'n siomedig. Yna siriolodd ei hwyneb. 'Aros funed.' Aeth i chwilota yn y cwpwrdd wrth ochr y gwely a thynnu allan bapur a phensil. Sgriblodd rywbeth ar y papur cyn ei gynnig i Dyfrig. 'Dyna ti, fy rhif ffôn gartre, a fy ffôn symudol. Rho ganiad i mi pan fyddi di wedi gadel y lle hyn. Mi hoffwn i gadw mewn cysylltiad. Ti wedi bod mor garedig. Ti'n addo?'

'Ydw, siŵr. Mi hoffwn innau gyfarfod Maredudd ac Idwal – a dy ŵr, wrth gwrs.'

Daeth cnoc ar y drws drachefn.

'Mae'r doctor yma,' meddai N'tia wrth Angharad, 'am gael eich gweld un tro olaf cyn i chi fynd.'

'Gwell i minnau fynd, felly,' meddai Dyfrig.

Daeth Angharad ato a rhoi cusan ar ei foch.

'Diolch yn fawr i ti, Dyfrig.'

Wrth i N'tia ac yntau gerdded i lawr y coridor, agorwyd y drws i'r dderbynfa a daeth lleisiau Eurgain a Gwydion i'w clustiau. Petrusodd N'tia a sylwodd Dyfrig ar y rhych rhwng ei haeliau. Daeth Eurgain i'r golwg, a phan welodd N'tia safodd yn llonydd fel na allai Gwydion ei dilyn drwy'r drws, ac amneidio arni. Ar amrantiad roedd N'tia wedi llithro o'r golwg drwy'r drws agosaf. Gan na wyddai beth arall i'w wneud, dilynodd Dyfrig hi. Roeddynt mewn storfa fechan yn llawn offer glanhau. Cododd N'tia ei bys at ei cheg ac arwyddo iddo gadw'n berffaith dawel. Caeodd y drws, heb ei glicio rhag i'r sŵn eu bradychu.

'Ond chawn ni ddim cyfle fel hyn eto!' Roedd llais Gwydion i'w glywed yn glir.

'Na,' atebodd Eurgain.

'Ond wyt ti wedi sylweddoli beth mae hyn yn ei olygu? Gad i mi drio unwaith eto. Meddylia am y peth! Cael llygad-dyst i'r gorffennol, cael gwybod yn union beth oedd yn digwydd yn llys Gruffudd ap Llywelyn a hyd yn oed newid ...'

'Cadw dy lais i lawr,' hisiodd Eurgain arno, 'neu mi fydd hi'n ein clywed. Dos i ffwrdd, Gwydion. Mi allai beryglu popeth, felly dos.'

Gwrandawodd y ddau'n astud ar gerddediad Gwydion yn pellhau wrth i ddrws y dderbynfa gau y tu ôl iddo, a drws ystafell Angharad hefyd yn agor ac yn cau. Llithrodd N'tia allan o'u cuddfan a throi oddi wrth y dderbynfa. Amneidiodd ar i Dyfrig ei dilyn. Cyraeddasant ddrws allanfa dân ac aeth y ddau drwyddo, a chafodd Dyfrig ei hun yng ngardd y plas lle roeddynt wedi cael y barbeciw. Brasgamodd N'tia tuag at y drws i'r llyfrgell, ond nid oedd Dyfrig am golli ei gyfle. Brysiodd ar ei hôl a gafael yn ei braich i'w hatal.

'Be sy'n mynd ymlaen, N'tia? Rydw i isio gwybod.'

Am eiliad edrychai fel petai'n mynd i'w wrthod, yna newidiodd ei meddwl.

'Rydych chi'n iawn, Dyfrig,' meddai, gan amneidio'n araf. 'Mae'n fy mhoeni innau hefyd. Ond allwn ni ddim siarad fan hyn.'

'Ddowch chi am dro efo fi? Mi wn i am le tawel. Fydd 'na neb i wrando arnon ni yn fan'no.' Arweiniodd y ffordd tuag at y llwybr roedd wedi ei droedio gydag Angharad, i lawr at yr afon. Ar ôl cyrraedd yno, trodd i'w hwynebu a dechrau holi'n syth.

'Pwy ydi'r bòs? Gwydion neu Eurgain?'

'Gwydion, rwy'n credu,' atebodd N'tia, ond nid oedd unrhyw bendantrwydd yn ei llais. 'Ond y doctor sy'n rhoi gorchmynion i mi. Prin 'mod i'n gweld Gwydion o gwbl. Pam ydych chi'n holi?'

Petrusodd Dyfrig cyn ateb. Oedd o'n mynd i gyfaddef iddo glywed y sgwrs wrth i Eurgain ddisgwyl am yr hofrennydd? Oedd o'n mynd i ddweud wrthi beth roedd Gwydion wedi'i ddweud amdani? Dewisodd ei eiriau'n ofalus.

'Roeddwn i'n digwydd cerdded drwy'r coed dydd Sul pan glywais i'r ddau'n sgwrsio. Cefais y teimlad fod Gwydion yn gorfod gwneud beth bynnag roedd hi'n ei ddweud.'

'Oedd hynny ar faterion meddygol?' holodd N'tia. 'Wrth gwrs

mai'r doctor sydd â chyfrifoldeb mewn materion o'r fath. Ond Gwydion sy'n gyfrifol am y ffilmio ar gyfer y rhaglen.'

Edrychodd Dyfrig ar y cerrig ger yr afon lle roedd o ac Angharad wedi eistedd ddydd Gwener. Er bod glaw'r diwrnod cynt wedi peidio, roedd pobman yn rhy laith iddynt allu eistedd. Awgrymodd eu bod yn dal i gerdded, a chytunodd N'tia. Wrth iddynt ailgychwyn, ceisiodd feddwl am ffordd ddiplomataidd o'i holi.

'Roeddwn i wrth fy modd yn clywed am hanes eich teulu y noson o'r blaen, a sut rydych chi'n siarad Cymraeg. Ond ches i ddim amser i holi sut y daethoch chi yma i weithio. Oeddech chi yng Nghaernarfon, neu'n ôl yn yr Unol Daleithiau? Ai ateb hysbyseb wnaethoch chi?'

'Ie, mewn ffordd. Roeddwn i newydd hedfan adref i weld y teulu, a daeth Eurgain i'n tŷ ni efo'r llythyr oedd i fynd i'r papurau newydd. Roedd hi'n meddwl y byddai'r swydd yn rhoi profiad gwerthfawr i mi, a minnau efo diddordeb yng Nghymru a'i chwedlau a'i hanes. Gan mai dim ond am chwech wythnos mae'r swydd, awgrymodd y buaswn i'n gallu ei gwneud cyn dechrau ym Mangor.'

'Roeddech chi'n adnabod Doctor Eurgain yn barod, felly?'

'Oeddwn, siŵr! Mae hi a Mam yn hen ffrindiau, wedi bod yn y coleg efo'i gilydd, er bod Mam ychydig flynyddoedd yn hŷn nag Eurgain. Roedd yn rhaid i Mam aros nes roeddwn i wedi tyfu cyn gallu mynd i'r coleg,' eglurodd. 'Doctor ydi mam hefyd, ond mai meddyg teulu ydi hi.'

'Nid dyna be ydi Doctor Eurgain?'

'Nage,' atebodd N'tia gan wenu. 'Mae hi'n ddoctor meddygol, wrth gwrs, ond aeth hi ymlaen i wneud gwaith ymchwil. Mae hi'n fyd-enwog yn ei maes.'

'A pha faes ydi hwnnw?'

'Cryoneg.'

'*Cryoneg?*'

'Ie, chi'n gwybod, rhewi cyrff ac ati, ar gyfer y dyfodol.'

Roedd Dyfrig yn fud. Ymhen hir a hwyr, llwyddodd i ofyn,

'Be mae hi'n ei wneud fan hyn, 'ta?'

'Mae hi wedi bod yn gweithio mor galed nes bod angen seibiant arni. Roedd hi'n adnabod Gwydion ers rhai blynyddoedd, fel rydw i'n deall, a phan glywodd hi ei fod angen doctor ar ei raglen, cynigiodd ei hun i'r swydd. Roedd hi'n meddwl y byddai'r newid yn lles iddi.'

'Goelia i. Mae'n andros o newid.'

Disgynnodd distawrwydd rhyngddynt wrth iddynt barhau i

gerdded ar hyd y llwybr. Aethant heibio'r goeden ysgaw, ac ar fympwy torrodd Dyfrig frigyn arall ohoni. Pan holodd N'tia beth oedd ei fwriad, eglurodd am y rhosyn sipsi, a sut roedd cael naddu pren yn tawelu ei ysbryd.

'Oes angen tawelu ar eich ysbryd chi felly, Dyfrig?' holodd N'tia.

'Oes,' atebodd gan wenu, er nad oedd am drafod hynny'n awr. Yn hytrach, dywedodd wrthi, 'Mae Anna'n fy ngyrru fel cath i gythraul, rŵan fod Angharad yn mynd. Mae hi mor benderfynol o ennill fel 'mod i'n gorfod cadw 'nhrwyn at y maen drwy'r amser.'

'Dyfrig druan,' cydymdeimlodd ag ef. 'Ond fy nhro i ydi hi i ofyn cwestiwn. Beth ddigwyddodd i Angharad?'

'Ydach chi ddim yn gwybod?' Roedd Dyfrig wedi ei synnu. 'Roeddwn i'n meddwl bod pawb yn trafod y peth.'

Ysgwyd ei phen wnaeth N'tia, felly dywedodd Dyfrig wrthi am Gwydion yn hypnoteiddio Angharad, a chanlyniadau hynny.

'Ydi hi'n cofio hyn i gyd?' holodd N'tia wedi iddo orffen.

'Wn i ddim. Chefais i ddim cyfle i ofyn gynna fach – y doctor wedi cyrraedd.'

Cerddodd N'tia yn ei blaen.

'Mae'r peth yn anhygoel!' meddai wedyn. 'Mae'r dyn yn f'atgoffa o'r shamans yn nhylwythau'r Bantŵ. Y nhw ydi meddygon y tylwyth ac offeiriaid eu crefydd, yn ogystal ag adroddwyr eu hen chwedlau.'

Crychodd Dyfrig ei dalcen.

'Ia, erbyn meddwl, mae gan y Cymry hefyd enw ar ddynion o'r fath: y cyfarwydd. Dyn pwysig iawn yn y llysoedd. Y storïwr – ond roedd o'n enw hefyd ar ddewin: cyfarwydd, neu gyfarwyddai.' Roedd yn dechrau cynhesu at y syniad. 'Ac mae'r enw modern, y cyfarwyddwr ym myd y teledu a'r theatr, yn addas ar gyfer Gwydion hefyd. Y fo sy'n ein cyfarwyddo ni oll yn y busnes ffilmio 'ma.'

'Efallai fod ein gwreiddiau'n agosach at ein gilydd nag y tybiodd neb erioed,' chwarddodd N'tia. 'Mae tebygrwydd rhyngoch chithau a'r Bantŵ hefyd, Dyfrig. Rydych chi'n naddu ac yn cerfio pren, ac yn creu storïau. Dyna ddwy grefft bwysicaf y Bantŵ.'

'Ew, o ddifri?'

'Ie. Mi gewch chi'ch gwneud yn aelod anrhydeddus o'n tylwyth ni! Mi ofynna i i Tada.'

Roedd yn amlwg mai cellwair roedd N'tia, ond teimlai Dyfrig ryw bleser rhyfedd wrth feddwl am y syniad. Cyrhaeddodd y ddau ben y llwybr, a chael eu hunain nid nepell oddi wrth giatiau mawr y stad.

Roedd y giatiau ar agor, ond cyn i Dyfrig allu eu cyrraedd, daeth car o gyfeiriad y tŷ a gyrru heibio iddynt, car â ffenestri duon. Angharad yn mynd adref, tybed? Diflannodd y tacsi drwy'r giatiau, a chaewyd hwy'n syth gan y porthor.

Edrychodd Dyfrig ar ei arddwrn a damio eto. A fyddai o byth yn cyfarwyddo â'r ffaith nad oedd o'n gwisgo oriawr bellach? Ochneidiodd. Gwenodd N'tia arno.

'Gwaith yn galw?' gofynnodd.

'Rhywbeth felly,' atebodd yntau. 'Does dim heddwch i'w gael gydag Anna.'

'Peidiwch â phoeni. Mi gewch chi ymlacio heno. Rydw i'n credu bod gan Gwydion stori arall i chi.'

'Fyddwch chi yno?'

'Mi fydda i'n gwrando arno, byddaf. Rydw i'n ceisio casglu cymaint o chwedlau Cymreig ag y galla i. A gwybodaeth am hanes Cymru, hefyd.'

'Ond dydw i ddim wedi'ch gweld chi yn y neuadd ers y noson gyntaf – heblaw pan gawson ni'r stori yn yr ardd.'

Plygodd N'tia ei phen. Roedd ei llais, pan siaradodd, yn drist.

'Awgrymodd Eurgain y dylwn i gadw o ffordd Gwydion, felly mi fydda i'n mynd i lawr uchaf y llyfrgell i wrando arno. Gan mai dim ond hanner pared sydd rhyngddo a'r neuadd, mi alla i glywed pob gair, ond all Gwydion ddim fy ngweld i. Mae Eurgain yn dweud ei fod o'n hiliol dros ben.'

'Mae hynny'n ffiaidd, ac yn dwp!' ymatebodd Dyfrig yn ffyrnig.

Cododd N'tia ei hysgwyddau.

'Fel yna mae llawer o bobl,' atebodd. 'Mi fasech chi'n meddwl y byddem ni'n arfer â'r peth, ond mae bob amser yn brifo – meddwl nad ydi pobol yn eich gweld chi fel chi eich hun, ond fel aelod o gymdeithas israddol.'

'Gas gen i hiliaeth, ac unrhyw ragfarn ar sail crefydd neu wleidyddiaeth.'

'Trueni na fyddai rhagor fel chi, Dyfrig.' Swniai N'tia yn hŷn o lawer na'i hoedran wrth ddweud hynny, a theimlodd Dyfrig yn warchodol iawn tuag ati.

'Pam na wnewch chi safiad? Dewch i lawr i'r neuadd heno, i wrando ar y stori. Dewch i eistedd efo mi.'

'Na, Dyfrig,' atebodd, gan ysgwyd ei phen. 'Nid dyma'r lle na'r amser i wneud unrhyw safiad. Mae 'na ddigon o densiynau yma'n barod, heb i mi ychwanegu atyn nhw.'

'Be dach chi'n feddwl?' gofynnodd Dyfrig, ond roedden nhw bron â chyrraedd yn ôl at y plas, ac nid atebodd N'tia. Ffarweliodd ag ef yn dawel, a cherdded i mewn i'r feddygfa. Cerddodd yntau'n ôl i'r bwthyn.

'Lle ddiawl wyt ti 'di bod?' oedd cyfarchiad Anna.

'Allan.'

'Dwi'n gwybod hynny, diolch yn fawr! Yli, Dyfrig, does dim amser i ti grwydro'r wlad rŵan. Mae'n rhaid bwrw ati.'

'Paid â phoeni. Dwi wedi gwneud y rhan fwyaf o'r gwaith yn barod – a dwi'n mynd i'w orffen o rŵan.'

Aeth i'w lofft a chau'r drws arni.

Pennod 10

'Ac yn awr, cewch wybod testun eich dramâu,' cyhoeddodd Gwydion ar ôl i bawb orffen bwyta. 'Gawn ni'r timau mewn pedwar grŵp fan hyn? Yn nhrefn rhifau'r bythynnod.'

Pwyntiodd at y lle gwag rhwng y bwrdd uchel a'r byrddau eraill. Ufuddhaodd pawb, ac roedd Con ac Owi wrthi'n brysur yn ffilmio. Daeth Seimon ymlaen â het sidan uchel yn ei law, wyneb i waered, fel het consuriwr. Cymerodd Gwydion yr het a mynd â hi at Dyfrig ac Anna. Roedd y camerâu'n cofnodi popeth.

'Bwthyn Un, dewiswch,' gorchmynnodd.

Rhoddodd Anna ei llaw yn yr het a thynnu allan stribed o bapur oedd wedi ei blygu.

'Peidiwch ag edrych arno nes bydd pawb wedi cael papur,' meddai Gwydion wedyn, gan symud ymlaen i dimau bythynnod dau, tri a phedwar. Wrth i Gwydion roi'r het yn ôl i Seimon, sylwodd Dyfrig fod pentwr o bapurau yn dal ynddi.

'Yn awr, darllenwch eich papurau.'

Edrychodd Dyfrig ar y papur yn nwylo Anna. Dim ond ychydig eiriau oedd arno: *Lewsyn yr Heliwr a/neu Dic Penderyn.* Wel wir, fyddai ei holl waith ymchwil fawr o gymorth iddynt, felly. Lwc mwnci, fel arfer.

'Does dim raid trafod ymhellach heno,' meddai Gwydion wrthynt. 'Eisteddwch, ac mi gawn ni stori.'

'Gwydion, gawn ni air yn gyntaf?'

Rhys oedd yn siarad. Roedd o, Heledd, Llinos ac Iwan wedi aros ar eu traed.

'Rydyn ni,' amneidiodd Rhys at y tri arall, 'wedi bod yn trafod yr hyn wnaethoch chi efo Angharad. Rydyn ni'n llawn chwilfrydedd. Allwch chi wneud yr un peth eto? Hynny yw, yn gyhoeddus, fan hyn? Rydyn ni wedi clywed am berfformwyr sy'n cynnal sioeau drwy hypnoteiddio person. Mae pob un ohonom yn fodlon bod yn wrthrych.'

Syllodd Gwydion yn hir arnynt, yn amlwg yn ceisio penderfynu beth i'w wneud. Roedd yr ystafell yn hollol ddistaw.

'O'r gorau,' cytunodd yn y diwedd. Gwenodd y pedwar ar ei gilydd. 'Pwy sydd am fynd gyntaf? Na,' meddai, pan gamodd Heledd ac Iwan ymlaen, 'gwell i ni ddewis yn deg. Seimon, cymer bedwar darn o bapur a rhoi croes ar un ohonynt cyn eu plygu.'

Ufuddhaodd Seimon. Ar ôl iddynt agor y papurau, gwelwyd mai Rhys oedd â'r papur a'r groes arno.

'O'r gorau,' meddai Gwydion. 'Mi gawn ni stori Rhys yn hytrach na'r stori roeddwn am ei hadrodd i chi. Mi gawn ni honno ryw noson arall. Rhys, dewch yma. Seimon, tyrd â chadair iddo.'

Aeth y tri arall yn ôl i'w seddau. Trodd Gwydion at ei gynulleidfa. 'Rwy'n siŵr eich bod yn deall nad oes sicrwydd y byddwn ni'n llwyddo. Nid pawb sy'n addas ar gyfer ei hypnoteiddio. Ac alla i ddim gwarantu beth fydd yn ddigwydd. Ydych chi'n sicr am hyn, Rhys?'

Nodiodd Rhys ei ben, a golwg hunanbwysig ar ei wyneb.

A fyddai Rhys yn gwrthsefyll neu'n ildio? meddyliodd Dyfrig. Buasai'n hoffi bod yn 'wahanol', yn annibynnol ei feddwl ac yn gallu gwrthsefyll yr hypnotydd. Ar y llaw arall, roedd o'n awyddus iawn i allu ymffrostio yn ei orffennol. O'r ychydig a wyddai Dyfrig amdano, roedd o'r math o berson fyddai'n sicr ei fod wedi profi bywyd blaenorol fel Llywelyn Fawr neu Owain Glyndŵr, yn hytrach na'r boi bach oedd yn glanhau'r ceudai.

'Nawr 'te, mi ddechreuwn ni. Rhys, gwranda arna i. Rwyt ti'n teimlo'n gysglyd. Mae dy lygaid yn drwm, yn cau ...'

Syllodd Dyfrig mewn rhyfeddod ar Gwydion yn anfon Rhys, fel Angharad o'i flaen, i drwmgwsg. Rhoddodd orchmynion i Rhys wneud gwahanol symudiadau â'i gorff, ac ufuddhaodd Rhys bob tro. Yna, dechreuodd Gwydion ar ei holi.

'Beth yw dy enw di?'

'John Elias.'

'Ble rwyt ti'n byw, John?'

'Yn Mortlake, ger Llundain.'

'A beth yw dy waith?'

Cymerodd Rhys/John anadl ddofn nes bod ei frest yn chwyddo.

'Fi ydi prif gynorthwywr a llyfrgellydd y Doctor John Dee,' meddai'n rhodresgar.

'Yr alcemydd a'r astrolegwr?'

'Ymysg pethau eraill, ie, ond rydych chi'n canolbwyntio ar yr agweddau mwyaf di-nod o'i waith, ac yn anwybyddu'r pethau pwysig.'

'A beth yw'r rheini, John?'

'Mathemateg, wrth gwrs, a morlywio a seryddiaeth. Wyddech chi ddim ei fod yn un o fathemategwyr mwyaf blaenllaw ei oes? Mae ei waith o'n wych ar theoremau Euclid, ac mi fu'n darlithio arnynt ym Mhrifysgol Paris pan oedd yn ei ugeiniau cynnar. Mae pawb yn cydnabod mai ef yw un o feddylwyr gorau'r oes hon.'

'A sut doist ti i fod yn gweithio iddo?'

'Cymro ydi o, ei deulu o Faesyfed, a phan ysgrifennais ato ynglŷn â'm meddyliau ar *lemma* Euclid, gwahoddodd fi i ddod i'w gartref, ac ar sail hynny dechreuais edrych ar ôl ei lyfrgell – y fwyaf yn Lloegr, chi'n gwybod.' Ochneidiodd Rhys/John. 'Mi gyflwynodd gynllun i'r Frenhines Mari i sefydlu llyfrgell genedlaethol, ond roedd hi yn erbyn y cynllun ar sawl cyfrif, ac fe'i carcharwyd ganddi unwaith. Ond gwellodd pethau pan ddaeth ei chwaer Elisabeth i deyrnasu.' Bywiogodd ei lais. 'Mae casgliad fy meistr o offer mathemategol yr un mor wych â'i lyfrgell. Edrychwch ar y rhain.' Estynnodd ei law fel pe bai'n gafael mewn darn o offer a'i ddal o flaen Gwydion. 'Doctor Dee wnaeth y glôb hwn ei hun. Roedd ym mhrifysgol Leuven pan oedd Mercator a Gemma Frisius yn adeiladu eu glôb o'r ddaear, a daeth yn ffrindiau mawr â Mercator. A dyma i chi astrolab,' cyflwynodd declyn anweledig arall i Gwydion, 'a ffon Iago. Fy meistr oedd y cyntaf i ddod â'r ffon Iago i Loegr. Rydych chi'n ei ddefnyddio fel hyn, i fesur onglau'r sêr wrth forlywio,' a chododd ei freichiau fel petai'n dal ffon yn erbyn ei foch ag un llaw a phen y ffon yn ei law arall. Crychodd ei lygaid i giledrych drwy dwll dychmygol.

'Diddorol iawn, John. Diolch am ddangos y rhain i mi.' Cogiodd Gwydion eu rhoi yn ôl i Rhys/John. 'Ydi'r doctor yn gweithio ar rywbeth arbennig ar hyn o bryd?'

'Mae ganddo rywbeth ar y gweill bob amser,' atebodd Rhys/John, ond gellid gweld o'i wyneb fod rhywbeth yn ei boeni. Yna goleuodd ei wyneb, a dechreuodd ymffrostio. 'Wyddech chi fy mod i newydd orffen ei gynorthwyo i ymchwilio i fordaith Madog ab Owain Gwynedd i America? Fo oedd y cyntaf i ddarganfod America. Rydyn ni newydd gyflwyno'r gwaith i'r Frenhines Elisabeth. Mae fy meistr yn grediniol mai Prydeinwyr ddarganfu'r gwledydd hynny gyntaf, a'u bod yn perthyn i Loegr. Onid ydi Sieffre o Fynwy yn dweud bod Arthur wedi sefydlu gwladfa yn Iwerddon? Ac, yn bendant, dau Brydeiniwr ddarganfu'r Tir Newydd, tua 1494.' Gwyrodd Rhys/John ymlaen a sibrwd yn gyfrinachol wrth Gwydion. 'Mae fy meistr am i'r frenhines fod yn ymerodres ar diroedd ledled y byd. Mae wedi bathu'r enw "Yr Ymerodraeth Brydeinig" ar ei freuddwyd. Dyna i chi uchelgais! Dyna pam mae o mor fodlon hyfforddi capteiniaid llongau, ac am i'r frenhines gryfhau ei llynges.'

Crychodd Gwydion ei dalcen cyn gofyn ei gwestiwn nesaf.

'Ond sut nad ydw i'n gwybod dim am hyn, John? Pam mai fel astrolegwr ac alcemydd rydw i'n gwybod amdano?'

Gwgodd Rhys/John.

'Ar y dyn 'na mae'r bai!'

'Dyn? Pa ddyn?'

'Yr Edward Talbot 'na, neu Edward Kelley, fel mae'n galw'i hun nawr. Hy!'

'Pam, beth sy'n bod, John?'

Chwifiodd Rhys/John ei freichiau.

'Roeddwn i'n gallu gwneud cystal â fo bob tamaid! Pam na fyddai'r meistr wedi gadael i mi ddal ati? Gwrandewch! Beth ydych chi'n ei feddwl o hyn?'

Dychrynodd Dyfrig pan agorodd Rhys ei lygaid, gan ddangos dim ond y gwyn: roedd yr irisau wedi diflannu i gefn ei ben. Yna dechreuodd suo 'nôl a mlaen, a dechrau llefaru mewn llais dwfn, undonog.

'*Gwrw diabi hodwrche ffibi, naswert bi dwyp angdobim Uriel ecrobw ffas hibiret tam turi toloparcogen ...*'

'John? Wyt ti'n iawn?' torrodd Gwydion ar ei draws yn dawel.

'*Fforantwes bi amacaport cinto oloswed cu allcir pwelram co ...*'

'John?' yn uwch y tro hwn. 'John, beth sy'n bod?'

Caeodd Rhys/John ei amrannau a sythu yn ei gadair.

'Glywsoch chi?' gofynnodd yn ei lais arferol. 'Glywsoch chi fi'n siarad â'r angylion? Mi alla i wneud cystal â'r Kelley yna!' Daeth chwerwder i'w lais. 'Ond y fo mae fy meistr wedi'i ddewis i fynd gydag ef i wlad Pwyl!'

'Maddeuwch i mi, John, ond dydw i ddim yn deall. Siarad ag angylion?'

'Ie, siŵr. Dyna'r unig ffordd i ddeall Natur, ac ennill y grym i'w rheoli. Mae'r angylion rhyngom a Duw, ac yn deall sut y creodd Ef y byd. Pe bydden ni'n gallu cyfathrebu â nhw, mi fyddai dyn yn dod i ddeall sut i reoli'r gwyntoedd a'r moroedd, y ddaear a thân!'

'A chreu aur?'

'Ie, ond nid hynny'n unig. Mae alcemeg yn ymchwilio i'r ffordd mae mater yn newid o dan wahanol amgylchiadau, a chyfrinion bywyd a marwolaeth. Chi'n gweld, mae ...'

Rhedodd cryndod annisgwyl drwy'i gorff, ac agorodd ei lygaid eto gan ddangos y rhannau gwyn.

'*Poprafficro ti nasbwrinia su gwgwbamffri ho lefedra ...*' Agorodd ei siaced a'i thynnu. '*... epropina cerdi la swtbo ...*' Dechreuodd agor botymau ei grys.

'John? John?' Gafaelodd Gwydion yn ei law a'i thynnu oddi wrth y botymau. 'Beth sy'n digwydd, John?'

Caeodd yr amrannau ac ymlaciodd y corff.

'Beth ddigwyddodd?' meddai. 'Fues i'n siarad â'r angylion eto? Mae'n digwydd yn amlach 'nawr fod fy meistr i ffwrdd. Gwell i mi chwilio am Edmwnd.'

'Edmwnd?'

'Ie. Y bachgen. Yr angel bach daearol. Hebddo fo, dydw i ddim mor llwyddiannus. A, dyma fo! Tyrd i gyfarfod y gŵr caredig hwn, Edmwnd. Ydyn ni'n mynd i ddangos iddo fo?' Roedd Rhys/John fel petai'n siarad â bachgen bach wrth ei ochr. Yna trodd i siarad â Gwydion. 'Mae o'n fy helpu gyda'r angylion,' eglurodd. 'On'd ydi o'n edrych fel angel bach ei hun, â'r tresi cyrliog, euraid a'r llygaid glas?' Mwythodd Rhys/John y pen anweledig. 'Tyrd, Edmwnd, diosg dy ddillad i ni gael dechrau.'

Unwaith eto, gwelodd Dyfrig rannau gwynion ei lygaid, a'r tro hwn cododd Rhys/John o'i gadair a chwifio'i freichiau uwch ei ben.

'*Hdinobwtra feramineslo pebus throso ...*' meddai gan daflu ei grys i ffwrdd. Yna edrychai fel petai'n tynnu dillad y plentyn ac yn ei fwytho. '*Misacu shrwnda llestrogro bim ...*' Dechreuodd agor sip ei drowsus ei hun.

'Na, John! Paid!' gwaeddodd Gwydion, ond daliodd Rhys/John ati. Cododd ei lais.

'*Grymar ffecot bwlesi uriel! Nendalwc tra cormonditariac gerisa dwlin mi ...*' Disgynnodd y trowsus o amgylch ei draed, a gallai pawb weld ei chwydd.

'Stopiwch o!'

Rhuthrodd Seimon a Meirion, un o'r technegwyr sain, ymlaen a cheisio gafael ym mreichiau Rhys/John. Cododd hwnnw ei lais a sgrechian wrth iddo geisio gorffen dadwisgo. Daeth un arall o'r criw i'w cynorthwyo a rhwng y tri ohonynt llwyddwyd i dynnu dwylo Rhys/John oddi wrth ei ddillad. Ac er ei fod yn dal i floeddio, llwyddodd Seimon i godi trowsus Rhys/John yn ei ôl a'i orfodi i eistedd yn ei gadair. Arhosodd Seimon a Meirion yno'n ei ddal i lawr. Newidiodd y parablu disynnwyr yn wylofain ac udo.

'Rydw i'n mynd i orffen hyn 'nawr,' torrodd Gwydion ar draws yr anhrefn. 'Rhys, gwranda arna i. Rwyt ti i orffen gwisgo, a cherdded at fwrdd dy dîm. Fe fyddi di'n eistedd gyda hwy, ac yn anghofio'r cyfan o'r hyn sydd newydd ddigwydd. Fyddi di ddim hyd yn oed yn cofio dy fod wedi gofyn am gael dy hypnoteiddio. Pan glywi di fi'n cyfrif un, dau, tri, fe fyddi di'n deffro fel petai dim wedi digwydd. Deall?'

Nodiodd Rhys ei ben. Ufuddhaodd i holl orchmynion Gwydion, ac aeth yn ôl at ei dîm, ei lygaid yn dal ynghau. Roedd yn rhyddhad i bawb pan beidiodd ei synau echrydus. Trodd Gwydion at y gweddill ohonynt.

'Dydych chithau ddim i drafod hyn o gwbl,' rhybuddiodd hwy. 'Ddim hyd yn oed ymysg eich gilydd. Mi fydd pob recordiad o'r hyn rydyn ni wedi ei glywed heno'n cael ei ddinistrio.' Cymerodd anadl ddofn. 'Dydi'r hyn sydd wedi digwydd yn y gorffennol ddim bob amser yn arwyddocaol ar gyfer yr hyn sy'n digwydd yn y presennol na'r dyfodol. Beth bynnag oedd profiadau Rhys yn ei fywyd blaenorol, does dim tystiolaeth i awgrymu bod yr un profiadau – na'r un chwantau – yn cael eu hailadrodd yn ei fywyd presennol. Felly, dydw i ddim am i neb ffieiddio at Rhys, na'i sarhau, nac ymddwyn yn wahanol i'r ffordd roeddech chi'n ymddwyn tuag ato cyn heno. Ydi pawb yn deall?' Edrychodd arnynt o un i un i sicrhau bod pawb yn cytuno. 'O'r gorau,' aeth ymlaen. 'Rydw i'n mynd i'w ddeffro nawr. Un ... dau ... tri ...'

Ceisiodd pob un ohonynt ymddwyn yn naturiol ar ôl i Rhys ddeffro, ond nid oedd yn hawdd. Yn fuan wedyn, gadawodd pawb yr ystafell a throi am eu bythynnod. Sylwodd Dyfrig fod Bleddyn a Llinos yn gwneud ati i siarad â'i gilydd, gan adael i Rhys gerdded ar ei ben ei hun. Er gwaethaf geiriau Gwydion, meddyliodd, fyddai hi ddim yn hawdd cydweithio â Rhys ar y dasg hollbwysig oedd o'u blaenau. Yna, cofiodd am N'tia. Oedd hi wedi clywed hyn i gyd? Oedd hi'n dioddef o sioc? Rhuthrodd allan o'r neuadd ac i fyny grisiau'r llyfrgell i'r oriel uwchben. Doedd hi ddim yno, ond roedd ei phersawr yn yr awyr fel atgof ysgafn o'i phresenoldeb.

* * *

'Be ti'n wybod am y ddau yma, Lewsyn yr Heliwr a Dic Penderyn?' holodd Anna fore trannoeth.

Roedd Dyfrig ac Anna'n wynebu'i gilydd ar draws bwrdd y gegin, eu gliniaduron o'u blaenau, a phentyrrau o bapurau nodiadau wrth ochr Anna. Cododd Dyfrig ei ysgwyddau.

'Rydw i'n cofio bod 'na lyfr plant yn yr ysgol efo'r teitl *Lewsyn yr Heliwr*, ond does gen i ddim cof o'i ddarllen, chwaith.' Crychodd ei dalcen wrth ymdrechu i gofio. 'Mae gen i ryw syniad fod Dic Penderyn yn enwog am ennill rasys rhedeg – ond falla 'mod i'n ei gymysgu efo rhywun arall. Chafodd o ddim o'i grogi?'

'Do, ti'n iawn. Wrth lwc, mi ddois i ar draws hanes y ddau wrth ymchwilio i ddiwydiannau'r de. Mi rodda i'r cefndir yn fras.

'Merthyr Tudful, blynyddoedd cyntaf y bedwaredd ganrif ar bymtheg. Roedd y lle'n fwrlwm o fywyd, meddan nhw – pobol o'r wlad yn tyrru i gael gwaith yn y pyllau glo a'r diwydiant haearn. Roedd pobol ym mhobman, tai yn brin, pawb yn byw ar bennau'i gilydd, dim dŵr glân, dim carthffosiaeth. Rhai o'r meistri'n adeiladu tai gweddol ar gyfer eu gweithwyr gorau, ond pob mathau o gowbois yn taflu tai gwael i fyny dros nos i'r rhelyw o'r bobol, codi prisiau gwarthus am lety, dim rheolaeth ar y datblygiadau ac yn y blaen. Rhaid i ti gofio mai cyfalafwyr o'r math gwaethaf oedd llawer o'r meistri mawrion, wedi gwneud eu ffortiwn allan o siwgwr a chaethwasiaeth yn India'r Gorllewin cyn dod i Gymru. Wedyn yn disgwyl gwneud yr un peth fan hyn, a thrin y bobol fel roeddan nhw'n trin y caethweision. Elw, elw, elw oedd y cwbwl iddyn nhw.'

'Does dim wedi newid, 'ta,' ychwanegodd Dyfrig yn sychlyd.

'Paid â thorri ar draws! Roedd bywyd yn galed, y gwaith yn drwm ac yn beryglus, llawer iawn o ddamweiniau, ac am nad oedd dŵr glân ar gael ac ati, roedd heintiau fel colera a teiffoid yn torri allan yn aml. Maen nhw'n deud fod tri chwarter y marwolaethau bob blwyddyn yn blant dan bump oed.'

'Diolch byth nad ydi Angharad yma i glywed hynny,' ebychodd Dyfrig.

'Ia, ac eto, rhaid i ti sylweddoli bod Merthyr a chymoedd y de'n arwain y byd mewn technoleg. Roedd injan stêm Trevithick wedi rhedeg o Benydarren i Abercynon yn 1804, ymhell cyn Stephens a'i Rocket – ond 'i bod hi wedi methu dringo'r allt yn ôl. Roeddan nhw'n adeiladu ffyrdd, tramffyrdd a chamlesi dros y lle i gyd. Wyddet ti fod peirianwyr o'r cymoedd wedi mynd â'u sgiliau i America a Rwsia, ac mai un ohonyn nhw sefydlodd y cwmni rheilffordd cyntaf yn America? Ac mai haearn Cymru adeiladodd y rhan fwyaf o reilffyrdd y byd yn y ganrif honno? Meddylia am Anna Karenina druan yn mynd i'w thranc ar draciau rheilffyrdd o Gymru!'

Ni allai Dyfrig feddwl am ateb priodol, felly mwmialodd eiriau ystrydebol. 'Ew, ti 'di gwneud peth wmbrath o ymchwil mewn dau ddiwrnod, Anna fach.'

Gwenodd hithau'n fodlon cyn mynd ati i ymhelaethu.

'Rhaid i ni geisio dychmygu sut roedd Merthyr yn edrych i weithwyr fferm diniwed, yr ag-labs – fel nefoedd 'ta uffern, dŵad? Ond roeddan nhw i gyd yn heidio yno, achos er gwaetha'r ansicrwydd ynglŷn â chael gwaith, roedd cyflogau mewn diwydiant yn well na chyflogau ar ffermydd. Ac mae 'na sôn 'i fod o'n lle hwyliog dros ben, rwbath yn digwydd yno drwy'r amser. Wyddet ti fod tafarndai'n arfer cynnal eu heisteddfoda'u hunain yn rheolaidd? Ac mi roedd 'na un ardal ...' edrychodd drwy'r pentwr nodiadau, '... ia, 'na ni, ardal Tsieina ym Merthyr – mi roedd ganddyn nhw'u hymerawdwr a'u hymerodres eu hunain, fel y Pearly King a Queen yn Llundain mae'n siŵr – honno oedd un o'r ardaloedd gwaetha yn y dref, yn llawn tafarndai, puteindai, lladron a thwyllwyr ac ati. Ond roedd yr ardal yn llawn baledwyr hefyd, a mynd mawr ar y canu yno. Maen nhw'n deud bod Lady Charlotte Guest yn arfer mynd i lawr yno i wrando arnyn nhw'n canu – wedi'i gwisgo mewn camouflage, wrth gwrs.'

'Ia, ond beth am Dic Penderyn a Lewsyn?' torrodd Dyfrig ar ei thraws. Mi allai Anna fod wrthi'n adrodd ffrwyth ei hymchwil drwy'r dydd.

'Dwi'n dŵad atyn nhw,' atebodd yn biwis. 'Mi ddaeth 'na ostyngiad yn y galw am haearn – a thrwy hynny am lo – ac ar ben hynny mi gafwyd cynaeafau gwael a dirwasgiad ym myd amaethyddiaeth hefyd.'

'Dwi'n gwybod am y rheini,' meddai Dyfrig. 'Roedd prisiau grawn wedi bod yn annaturiol o uchel dros gyfnod y rhyfel gyda Napoleon, ac fe ddisgynnon nhw fel carreg ar ôl 1815. Roedd 'na dwn i ddim faint o fethdalwyr ...'

'Ia, gawn ni fynd yn ôl at Dic a Lewsyn, plis?'

Brathodd Dyfrig ei dafod. Duw annwyl, on'd oedd eisiau gras? 'Yli, cyn i ni fynd air ymhellach, beth am baned o goffi?' cynigiodd.

'Gwych o syniad,' cytunodd Anna.

Ar ôl y toriad, aethpwyd ymlaen i olrhain hanes dau arwr Terfysgoedd Merthyr. Gwrandawodd Dyfrig yn astud wrth i Anna egluro bod cyflogau'n gostwng a phrisiau bara'n cynyddu o tua 1829 ymlaen, a bod pethau wedi dod i'r pen erbyn haf 1831. Bu'r glowyr ac eraill yn protestio drwy gydol Mai, ac yn ôl un ffynhonnell, meddai Anna, chwifiwyd y faner goch dros iawnderau'r gweithwyr am y tro cyntaf yn y byd. Apeliodd hyn yn fawr at Dyfrig.

Erbyn Mehefin y cyntaf, roedd tyrfaoedd yn cerdded ar hyd strydoedd Merthyr yn gweiddi 'Caws a bara!' ac 'I lawr â'r Brenin!' Galwodd yr awdurdodau am gefnogaeth y lluoedd arfog, ac anfonwyd milwyr yr Argyll and Sutherland Highlanders o Aberhonddu.

Ar yr ail o Fehefin, dan arweiniad Lewsyn yr Heliwr, ymosododd y dorf ar gartref Joseph Coffin, clerc Llys y Ceisiadau, gan falurio'i ddodrefn. Y llys hwn oedd yn gyfrifol am hawlio taliadau gan fethdalwyr, ac roedd ei swyddogion yn amhoblogaidd iawn gyda'r tlodion. Dinistriwyd y llyfrau oedd yn rhestru'r methdalwyr a'u cyfeiriadau, a'r symiau oedd yn ddyledus ganddynt.

Fore trannoeth, roedd yr ustusiaid a phwysigion eraill mewn cyfarfod brys yn y Castle Inn, gyda milwyr o'r 93rd Highlanders y tu mewn a'r tu allan i'r gwesty. Eto, dan arweiniad Lewsyn, ymwthiodd y dorf yn erbyn y milwyr oedd y tu allan a cheisio dwyn eu harfau. Anafwyd nifer ar y ddwy ochr. Byddai pethau wedi mynd yn ddrwg ar y milwyr oni bai fod y rhai oedd i mewn yn y dafarn wedi dechrau tanio ar y dorf drwy'r ffenestri. Lladdwyd dau ddwsin ac anafwyd dros saith deg ohonynt, ond daeth buddugoliaeth o fath i'w rhan pan ildiodd y milwyr gan adael y dref i'r terfysgwyr, eu clustiau'n merwino dan grochlefain y dorf: 'Cofiwch Baris! Cofiwch y Pwyliaid!', a'r baneri cochion (wedi eu llifo gan waed, meddai rhai) â'u symbol o dorth o fara yn chwifio uwch eu pennau.

Roedd y terfysgwyr yn rhyfeddol o drefnus. Caewyd y ffyrdd allan o'r dref a'u gwarchod gan ddynion arfog, ac aeth y rhai oedd â phrofiad milwrol ati i hyfforddi'r dynion ifainc sut i drin arfau. Roedd ganddyn nhw ffordd effeithiol o gyfathrebu â'i gilydd, ac anfonwyd negeseuon i Flaenau Gwent a dyffrynnoedd Nedd a Thawe yn annog y gweithwyr yno i wrthryfela. Ar ffordd Aberhonddu ymosodwyd ar gludwyr oedd yn cario deunydd tanio i'r milwyr, a dwyn eu harfau; ymosodwyd yn annisgwyl ar ddynion y Swansea Yeomanry, dwyn eu harfau a'u gyrru'n ôl am Gastell-nedd. Cafwyd gwrthdystiadau yn erbyn yr awdurdodau yn eu cadarnle yn Nhŷ Penydarren, ac yna trefnwyd i gael cyfarfod mawr ar y Waun uwchben Dowlais ar ddydd Sul, y chweched o Fehefin.

Bu'r cyfarfod hwnnw yn un tyngedfennol i'r protestwyr. Wedi prin wythnos o annibyniaeth, amgylchynwyd hwy gan 450 o filwyr ar y Waun, eu gynnau'n barod i danio. Gwasgarodd pawb mewn ofn. Y diwrnod canlynol, arestiwyd 26 o'r terfysgwyr a'u hanfon i garchar Caerdydd, ac yn eu plith yr oedd Lewsyn yr Heliwr a Dic Penderyn.

'Ia, ond beth yn union roedd Dic Penderyn wedi'i wneud?' holodd Dyfrig.

'Cafodd ei gyhuddo o gymryd bidog ac anafu un o'r milwyr – dyn o'r enw Donald Black.'

'Wnaeth o ei ladd o?'

'Naddo, ond cafodd ei grogi yng ngharchar Caerdydd 'run fath, ar Sadwrn, y trydydd ar ddeg o fis Awst, 1831.'

'Nefi wen! A beth am lofruddwyr y fyddin a laddodd ddau ddwsin o bobol gyffredin, ddiamddiffyn? Gafodd unrhyw un o'r rheini ei gosbi, neu ei grogi?'

'Be *ti'n* feddwl? Dim ffiars o beryg. Nefar in Iwrop. Ond dyna fo. Gwnaeth pawb eu gorau i achub Dic druan. Codwyd petisiwn gydag un mil ar ddeg o enwau arno fo, mi wnaeth sawl gweinidog ymdrech i ddylanwadu ar y llywodraeth, ac fe geisiodd un dyn o Gastell-nedd, Joseph Tregelles Price, gael gair efo'r Arglwydd Melbourne i ofyn iddo liniaru'r ddedfryd. Ond roedd angen bwch dihangol ar y llywodraeth, a Dic druan oedd hwnnw. Ond yn waeth na hynny, flynyddoedd yn ddiweddarach, cyffesodd y dyn oedd wedi tystio yn erbyn Dic ei fod wedi dweud celwydd yn y llys, a hynny ar orchymyn yr Arglwydd Melbourne ei hunan. Ac yn 1874 cyffesodd y dyn oedd yn euog o'r weithred ar ei wely angau yn America. Roedd o wedi dianc yno ar ôl y ffrwgwd rhag cael ei ddal a'i gosbi.'

'A beth am Lewsyn yr Heliwr?'

'Fo oedd y llall gafodd ei ddedfrydu i'w grogi, ond newidiwyd y ddedfryd i garchar am oes yn Awstralia.'

'Pam? Pam y cafodd tosturi ei ddangos tuag at Lewsyn ond nid Dic?'

Cododd Anna'i hysgwyddau.

'Sut gwn i?'

Ochneidiodd Dyfrig.

'Be 'dan ni'n neud rŵan, 'ta?'

'Beth am ddewis pa ran o'r stori fyddai'n dda i wneud drama? Cofia, fedran ni ddim deud y stori i gyd, achos dim ond ugain munud ydi hyd y ddrama i fod.'

'Oedd Lewsyn a Dic yn nabod ei gilydd?'

'Wn i ddim. Welais i ddim byd yn awgrymu hynny. Falla y dylen ni ddechrau drwy edrych yn fwy manwl ar y ddau. Ti'n gwbod, chwilio am eu henwau yn y mynegeion i bob llyfr, gweld a oes 'na ryw wybodaeth fwy personol amdanyn nhw. Cofia, Lewis Lewis oedd enw iawn Lewsyn, a Richard Lewis oedd Dic – dim perthynas.'

'Mi wnawn ni hynny ar ôl cinio, 'ta. Ond mi fydda i angen 'chydig o awyr iach cyn dechra arni.'

'Finna hefyd,' cytunodd Anna. 'Dwi'n meddwl yr a' i i'r jacwsi.'

*　　*　　*

Pan ddaeth Dyfrig yn ei ôl o'r goedwig, roedd neges yn ei ddisgwyl.

'Rydan ni i wisgo i fyny eto heno,' meddai Anna wrtho. 'Rwbath i'w wneud efo gwneud y rhaglen yn fwy diddorol i'r gwylwyr, yn ôl Seimon. Rydan ni i fynd i nôl ein gwisgoedd ar ôl cloch Nones.'

Aeth Dyfrig i'w ystafell a bwrw ati, a buan iawn y sylweddolodd nad oedd fawr o wybodaeth am yr un o'r ddau cyn y terfysgoedd. Mab i gigydd oedd Lewsyn, o Benderyn, a'i waith oedd cario glo o byllau Llwydcoed i odynau calch Penderyn. Dyna egluro'i lysenw: nid dyn oedd yn hela, ond dyn oedd yn halio. Ond beth oedd o'n ei wneud ynghanol terfysgoedd Merthyr, felly? Doedd o ddim yn ddibynnol ar y gwaith haearn am ei fywoliaeth, nac yn löwr. Oedd o'n radical, yn darllen papurau newydd y wasg Gymreig a Saesneg? Roedd o'n amlwg yn llythrennog, oherwydd roedd sôn amdano'n rhoi gwersi darllen i'r carcharorion eraill ar fwrdd y llong *John* wrth hwylio i Awstralia.

Cofiodd am nodiadau Anna yn crybwyll rhyfelgan y terfysgwyr: 'Cofiwch Baris, cofiwch y Pwyliaid', ac fel roedd hynny wedi hybu ei ddiddordeb. Aeth i chwilio drwy ffynonellau ei gyfrifiadur, a dysgu am wrthryfel Paris lai na blwyddyn ynghynt, yng Ngorffennaf 1830, gwrthryfel llwyddiannus a ddyrchafodd Louis-Philippe, dug Orleans, i'r frenhiniaeth. Yna, gwrthryfel y Belgiaid yn erbyn y Brenin William o'r Iseldiroedd, a hwnnw eto'n llwyddiannus, gan greu brenhiniaeth yng ngwlad Belg am y tro cyntaf. Wedyn gwrthryfel y Pwyliaid (aflwyddiannus, ond hynod o ddewr) yn erbyn Rwsia fawr. A'r cyfan o fewn yr un flwyddyn. Oedd Lewsyn a'i ddilynwyr yn breuddwydio am wladwriaeth rydd i'r Cymry? Ai dyna oedd ofn mawr y llywodraeth yn Llundain? Oeddynt hwythau'n clywed adlais o wrthryfeloedd Ewrop yn nhref Merthyr a chymoedd y de?

Trodd ei sylw at Dic Penderyn. Sylweddolodd yn fuan iawn nad pentref Penderyn oedd yn rhoi'r enw iddo, ond enw ei gartref, bwthyn bychan ger Aberafan. Glöwr priod oedd yn byw ym Merthyr, dim ond tair ar hugain oed pan grogwyd ef. Yr unig reswm y gallai Dyfrig ei ddarganfod dros ei le amlwg yn hanes Cymru oedd iddo fod yn y lle anghywir ar yr amser anghywir. Dic druan. Clywodd glychau'r Nones, a gadawodd ei waith gyda rhyddhad.

* * *

Fel trigolion y wyrcws y cafodd pawb eu gwisgo'r noson honno, gan greu llawer o chwerthin a thynnu coes. Roedd y merched mewn ffrogiau o gotwm â streipiau llwyd a gwyn, ffedogau gwynion drostynt, capiau gwynion a hancesi gleision wedi eu clymu am eu gyddfau. Roedd crysau'r dynion o'r un cotwm â dillad y merched, gyda throwsusau a siacedi a chapiau llwyd. Cerddai'r dynion camera'n agosach nag arfer at y cystadleuwyr, gan ganolbwyntio ar eu hwynebau.

Roedd dau fwrdd wedi eu gosod, un ar gyfer y merched a'r llall i'r dynion, yn unol â'r drefn ers talwm. Yn sefyll wrth fwrdd y merched roedd Meira, wedi ei gwisgo fel y metron, a ladl yn ei llaw. Wrth ben bwrdd y dynion safai Seimon yng ngwisg y bedel yn gafael mewn ffon hir. Edrychai'r ddau yn sur iawn ar eu tlodion wrth eu gorchymyn at y byrddau priodol. Curodd Seimon y llawr â'i ffon, a galw ar i bawb blygu eu pennau cyn iddo offrymu'r fendith. Yna cyrhaeddodd y bwyd.

'Ych a fi! Be 'di hwn?' clywodd Dyfrig lais Anna'n cwyno pan osodwyd dysglau o'u blaenau.

'Distawrwydd!' taranodd Meira, yn mynd i ysbryd y darn. 'Dim siarad wrth y bwrdd bwyd!'

Edrychodd Dyfrig ar gynnwys ei ddysgl yntau. Roedd hi'n llawn dŵr poeth, seimllyd, â thamaid o fraster cig moch llwydaidd yn arnofio ynddo, ac ambell damaid o nionyn a thatws a barlys. O wel, meddyliodd, doedd dim amdani ond ceisio'i flasu. Efallai fod ei flas yn well na'i olwg. Ond doedd dim llwyau na ffyrc ar y byrddau.

'Sgen i'm llwy,' cwynodd wrth Seimon.

'Llwy?' rhuodd hwnnw. 'Wrth gwrs does dim llwyau! Ydych chi'n meddwl bod gwehilion cymdeithas fel chi'n haeddu llwyau? Bwytwch â'ch bysedd.'

Cododd cri o brotestiadau o'r ddau fwrdd.

'Does dim pwrpas cwyno,' aeth Seimon ymlaen yn fawreddog. 'Mae'ch profiad wedi cael ei seilio ar fywyd yn wyrcws Pwllheli. Roedden nhw i gyd yn gorfod bwyta â'u bysedd, hyd yn oed yn 1902. Diolchwch nad ydych chi'n gorfod cysgu ar fatresi o wymon fel roedden nhw.'

Cododd Dyfrig ei ddysgl yn betrusgar at ei wefusau. Dim rhyfedd nad oedd neb wrth y bwrdd uchel heno! Roedd y dŵr yn llugoer, y saim yn glynu yn ei wefusau a'i dafod, yn creu haenen anghynnes dros ei ddannedd a'i fochau. Teimlodd gyfog yn codi i'w wddf a gosododd y ddysgl yn ôl ar y bwrdd. Dyna wnaeth pawb arall hefyd.

'Ôl-reit, Seimon,' meddai Anna, 'jôc drosodd. Lle mae'n bwyd go iawn ni?'

'Dim siarad efo'r dynion, yr hoeden!' sgrechiodd Meira gan godi'r ladl yn fygythiol, 'a Mistar Huws, syr, ydi o i chi.'

Ond anwybyddodd Seimon hi. Cerddodd yn fawreddog at lle roedd Anna'n eistedd a syllu i fyw ei llygaid. Edrychai'n union fel Mr Bumble, meddyliodd Dyfrig. Oedd o wedi gwthio clustogau dan ei ddillad? Un go fain oedd o fel arfer.

'Bwytewch a byddwch ddiolchgar, ddynes!' bloeddiodd Seimon arni.

'Pwy wyt ti?' gwaeddodd Huw'n gellweirus. 'Olivia Twist?'

'Dim ffiars o beryg i mi ofyn am ragor o hwn, beth bynnag,' atebodd Anna.

'Ystyriwch, felly, pa mor llwglyd oedd pobol i fod yn ddiolchgar amdano,' meddai Seimon yn ei lais naturiol. 'Ac roedd yn aml yn well bwyd na hwnnw a gâi'r gweithwyr amaethyddol ar y cyflogau isaf.'

'Ia, ond oes 'na fwyd go iawn yn dŵad?'

'Nag oes.'

Aeth y lle'n ddistaw am rai eiliadau.

'Bacwn ac wy a thomatos wedi'u ffrio,' cyhoeddodd Anna gan dorri'r distawrwydd. 'Yn y bwthyn. Ty'd, Dyfrig.'

'Anna! Dewch yn ôl, Anna. Rhaid i chi chwarae'r gêm!'

'Stwffia dy blydi gêm.'

Pennod 11

'Beth am i ti fod yn Dic Penderyn yn y carchar, ac mi chwaraea inna ran y gweinidog, Gwilym Llŷn, yn ceisio'i gysuro. Gawn ni weld sut mae sgwrs fel'na yn mynd.'

'Ia,' atebodd Dyfrig yn araf, 'ond mae hynny braidd yn amlwg, yn tydi?'

'Wel, be ti'n awgrymu 'ta?' Roedd gwrychyn Anna wedi codi'n syth. 'Deuda di, os oes gen ti rwbath gwell.'

'Wel, meddwl oeddwn i ... Dydan ni ddim yn sôn am Lewsyn, nag ydan? Fyddwn ni'n cael ein cosbi am hynny?'

'A/neu roedd o'n ei ddweud, Dyfrig. Does dim raid i ni gynnwys y ddau.'

'Ia, ond ... meddwl y basan ni'n edrych ar y darlun mwy. Ti'n gwybod, yr elfen ban-Ewropeaidd yn nigwyddiadau'r misoedd hynny. Cael sgwrs rhwng Dic a Lewsyn, mewn tŷ tafarn neu rywle, a nhwythau'n trafod egwyddorion a delfrydau terfysgwyr Ffrainc a gwlad Pwyl ac ati. Cael dadl reit ffyrnig ...'

'Ond does dim tystiolaeth fod y ddau'n adnabod ei gilydd.'

'Nag oes, ond mae 'na le i ychydig o ddychymyg, yn toes? Rhyw fath o faction, ys dywed y Sais ...'

'Ia, ond does dim tystiolaeth i awgrymu mai cwffio dros egwyddorion oeddan nhw. Cyflogau isel a phrisiau bara oedd craidd y cwbwl.'

'Ia, ond ...'

Aeth y ddadl yn ei blaen. Ymhen hir a hwyr fe gafwyd cyfaddawd.

Penderfynwyd ysgrifennu am Lewsyn a Dic yn cyfarfod yn y ddalfa, wedi i'r ddau gael eu harestio gyda dau ddwsin o ddynion eraill. Gwnaethant fel yr awgrymodd Gwydion, gyda Dyfrig yn llais Lewsyn ac Anna'n llais Dic, ac erbyn y min nos roedd Dyfrig yn hynod falch o'r toriad i fynd i'r neuadd am swper ac adloniant – ac am adloniant oedd hwnnw! Yn ôl yn y bwythyn, treuliodd weddill y noson yn ceisio gwthio ymaith o'i ddychymyg y darlun o abades ieuanc yn chwarae efo epa, a'i chael hi'n anodd iawn. Pwy fyddai wedi credu mai lleian yn Llanllŷr oedd Llinos yn ei bywyd blaenorol!

Erbyn amser coffi'r diwrnod canlynol, fodd bynnag, roedd Anna wrthi'n darllen dros eu gwaith cyn printio tri chopi ar gyfer y beirniaid. Doedd hi ddim wedi ildio'n hawdd, wrth gwrs. Er cymaint ymdrechion Dyfrig i gyfrannu at y gwaith syniadau a geiriau Anna oedd y rhan fwyaf o'r ddrama. Roedd hi wedi gwrthwynebu pob brawddeg, bron, o'i eiddo ef, ac o'r rhai roedd hi wedi eu derbyn, mynnodd newid gair yma ac acw. Teimlai Dyfrig nad oedd yn rhan o'r broses, a doedd fawr o ots ganddo bellach a fyddai'n cael ei hel adref ai peidio. Tra oedd Anna'n cywiro'r mân wallau, aeth i'r feddygfa i weld a oedd N'tia yno. Roedd yn dal i bryderu amdani ar ôl clywed stori Rhys nos Fawrth. Doedd neb yn y dderbynfa, ac er iddo gnocio ar y drws yn y cefn a gweiddi 'Helô!', ni chafodd ateb. Aeth yn ôl i'r bwthyn.

Roedd yn falch o weld Huw yn galw heibio, ei dîm yntau wedi gorffen eu drama. Roedd Anna wedi mynd i gyflwyno'u gwaith i Seimon.

'Mae'r cyfan drosodd, felly,' meddai hwnnw gan daflu'i hun ar y soffa. 'Rydw i'n falch, hefyd. Wedi cael llond bol ar yr Heledd 'na!'

'Dwi'n gwybod sut ti'n teimlo,' cytunodd Dyfrig wrth fynd i wneud paned.

'Titha 'di cael dy weithio'n ddidrugaredd? Merchaid, 'de!'

'Sut oeddet ti'n gwneud efo Mair?'

'Mae Mair yn hen hogan iawn,' atebodd Huw. 'Ond braidd yn ddiniwed. Pushover i rywun fel Heledd. Wyddost ti ei bod hi – Heledd, dwi'n feddwl – wedi newid bron pob gair o be sgwennodd Mair druan?'

Gallai Dyfrig gydymdeimlo'n llwyr, ond cyn iddo ddweud hynny, daeth Anna'n ei hôl yn chwifio darn o bapur. Ar ôl cyfarch Huw, eglurodd mai cyfarwyddiadau ar gyfer y noson honno a'r diwrnod canlynol oedd ganddi. Roedd pawb i wisgo i fyny unwaith eto, ond y tro hwn fel pobol o haenau uwch y gymdeithas. Byddai noson o adloniant a dathlu yn dilyn y swper, gan y byddai'n noson olaf i un tîm. Ond y cyfarwyddiadau ar gyfer bore trannoeth oedd bwysicaf. Roedd pawb i bacio'u heiddo erbyn canol dydd, a mynd â phopeth gyda hwy i'r neuadd. Ar ôl cinio ysgafn, byddai'r canlyniadau'n cael eu cyhoeddi, a'r tîm anfuddugol yn cychwyn am adre'n ddisymwth.

'Pam na chawn ni adael pethau fel maen nhw, a'r tîm sy'n colli yn pacio'u pethau a mynd?'

'Mwy dramatig ar gyfer y camerâu, mae'n siŵr,' atebodd Anna. 'W'st ti, fel y rhaglen honno lle mae pawb isio bod yn brentis i'r miliwnydd 'na.'

'Hmm!' oedd ymateb Huw. Yna ychwanegodd, 'Newydd ddeud wrth Dyfrig gynna fach, fydd fawr o ots gen i os ydw i'n un o'r rhai sy'n mynd adra.'

'Wel, mae ots gen i,' atebodd Anna'n chwyrn. 'Ti am aros i gael tamaid i'w fwyta efo ni, Huw? Dydi o'n ddim byd sbesial, cofia, dim ond brechdana a salad.'

'Diolch, Anna, mi fydd unrhyw beth yn well na nos Fercher.'

'Dwi'n meddwl y gallwn ni godi uwchben safon hwnnw heb fawr o drafferth!'

'Ydach chi isio'r coffi 'ma rŵan, 'ta wedyn?' holodd Dyfrig.

'Mi wnaiff efo'r brechdana. Fydda i ddim chwinciad yn 'u paratoi nhw.' Aeth i olchi ei dwylo, ac yna, wrth dafellu'r bara, gofynnodd am farn Huw ar y noson cynt.

'Ro'n i wedi synnu braidd fod Gwydion wedi codi'r busnes hypnoteiddio 'ma eto, ar ôl nos Fawrth.'

'Finna hefyd,' cytunodd Anna. 'A pheidio gofyn am wirfoddolwr. Doedd gan Llinos druan fawr o ddewis, nag oedd?'

'Ia, ond roedd hi'n un o'r pedwar oedd mor awyddus nos Fawrth, yn toedd?' meddai Dyfrig. 'Ac mi wnes i fwynhau gwrando arni'n canu.'

'Finna hefyd. Llais swynol dros ben. Pwy fasa'n meddwl, yntê?'

'Oeddat ti'n gwybod ei bod hi'n gallu canu?'

'Na, ond mi ddeudodd Heledd neithiwr ei bod hi a Llinos wedi arfer canu deuawdau efo'i gilydd – wedi ennill mewn ambell steddfod, medda hi.'

Daeth cnoc ysgafn ar y drws, a bloeddiodd Anna ar i bwy bynnag oedd yno ddod i mewn. Ymddangosodd Mair.

'O'n i'n meddwl mai yma fyddech chi, Huw,' meddai.

'Pam? Oes rhywun yn chwilio amdana i?'

'Nag oes, ond, wel, mae Llinos ac Iwan wedi dod draw at Heledd ac ...'

'Say no more, Mair bach, say no more. Deall i'r dim. Sgennoch chi le i un ffoadur bach arall, Anna?'

'Oes siŵr, mae digon o le yma i bawb. Tyrd yn d'laen, Mair. Ista.'

'Wrthi'n trafod Llinos yn canu oeddan ni,' eglurodd Dyfrig.

'O ie, llais bach hyfryd, yntê. Ond wn i ddim am yr epa. Allwn i weld bod Bleddyn yn anghyfforddus.'

'Mi fasa fo, basa?' meddai Anna gan osod plataid enfawr o frechdanau ar ganol y bwrdd. Aeth Dyfrig i nôl platiau bach i bawb, a gwneud coffi i Mair.

'Mae'n hawdd dychmygu Llinos fel lleian, dach chi'm yn meddwl?' meddai Anna ar ôl ychydig. 'Mi faswn i'n meddwl bod ei hwyneb yn gweddu i wisgo wimpl a fêl. A dydi hi ddim yn hawdd ei gweld hi'n rhedeg ar ôl dynion.'

'Allwch chi ddim gweld bai ar Harri VIII eisie cau'r mynachdai ac ati, dech chi'm yn meddwl?' cytunodd Mair. 'A phriores Llanllŷr yn ceisio'i gore i gael epa fel anifail anwes.'

'Nid oherwydd eu diffyg moesau roedd o am gau'r sefydliadau eglwysig,' meddai Huw, 'ond am ei fod o isio'u cyfoeth nhw.'

'Ia, ac mi roeddan nhw wedi mynd ar i lawr ers canrif neu ddwy,' ychwanegodd Anna. 'Rydw i'n cofio darllen yn rhywle mai dim ond rhyw ddyrnaid o bobol oedd ym mhob un erbyn hynny.'

'Doeddwn i ddim wedi sylweddoli bod pethe wedi digwydd mor gyflym, chwaith,' cyfaddefodd Mair. 'Dim ond deufis rhwng ymweliad dirprwywyr y brenin i asesu'r buddiannau, a tho'r adeilad yn cael ei ddymchwel!'

'Ond roedd hi'n gân hyfryd,' mynnodd Dyfrig. 'Mor ysgafn a hwyliog. Sgwn i ai cân fasweddus oedd hi?'

'Na, na, medde Rhys,' cywirodd Mair ef. 'Carol Nadolig oedd hi, medde fe. "The Boar's Head Carol", rwy'n credu ddwedodd e. Macaronic, medde fe, cymysgedd o Ladin a Saesneg. Mae'n rhaid mai canu'r gytgan oedd Llinos.'

'Mae'r dyn yna'n *Encyclopaedia Britannica* ar draed,' meddai Anna'n sychlyd.

'Ond o leia roedd y stori'n gorffen yn hapus.'

'Be? And they all lived happily ever after? Am fod y ffarmwr oedd yn dal y tir wedi cynnig 'i phriodi hi?' gwawdiodd Huw.

'Ie siŵr,' amddiffynnodd Mair ei hun. 'Beth fydde Llinos fach wedi'i wneud fel arall? Doedd ganddi hi ddim teulu, ac roedd hi'n rhydd o'i llwon.'

'Wyt ti'n credu yn yr hypnoteiddio 'ma, Huw?' gofynnodd Dyfrig. 'Ydi'r storïau hyn yn wir?'

'Ar ôl nos Fawrth, ti'n feddwl?'

'Hisht! Dyden ni ddim i fod i drafod hynny!'

Cododd Huw ei ysgwyddau a chipedrych i gyfeiriad y camera. 'Mae'n anodd credu y byddai rhywun yn breuddwydio am fod yn lleian mewn cwfaint sydd ar fin cael ei ddiddymu, yn tydi? Wedi'r cyfan, go brin y byddai'n uchelgais amlwg i unrhyw un. Tasat ti wedi cael dy alw i fyny heb rybudd, Anna, fasat ti wedi gallu creu'r ffasiwn stori yn y fan a'r lle?'

'Go brin,' atebodd hithau.

Rhedodd ias drwy gorff Mair.

'Ys gwn i beth yw 'ngorffennol i,' meddai. 'Neu unrhyw un ohonon ni. Ydych chi'n meddwl bod Gwydion yn mynd i hypnoteiddio pawb yn ei dro?'

'Gobeithio ddim!' meddai Dyfrig mewn braw.

'Rargian, mae'r sgwrs 'ma'n troi'n rhy ddifrifol o lawer,' protestiodd Huw. 'Sgen ti botel fach o win, Anna? Gwin gwyn fyddai'n neis efo'r brechdana 'ma. "Eat, drink and be merry, for tomorrow we die"!'

'Dech chi ddim yn hollol gywir, Huw. Adnod o'r Beibl ydi hwnna, o Lyfr Eseia,' cywirodd Mair. 'Mae'n dweud ...'

'Arglwydd mawr, dim Rhys arall, plis, Mair,' plediodd Anna. 'Gymeri di wydriad?' Chwarddodd pawb wrth iddi dywallt y gwin.

'Mae gan Huw bwynt hefyd,' meddai Dyfrig ar ôl cymryd llymaid ohono. 'Sgwn i pwy ohonon ni fydd yma nos yfory?'

'Pwy fydd yma nos yfory, Pwy fydd yma i sgwennu 'mlaen?' canodd Huw mewn llais bariton digon dymunol.

'Gwylia di,' rhybuddiodd Anna, 'neu mi fyddi di'n canu deuawda efo Llinos mewn chwinciad chwannan.'

* * *

Roedd pawb mewn hwyliau da yn mynd i ddewis eu gwisgoedd, a thynnwyd coes Anna'n ddidrugaredd pan ymddangosodd o'r ystafell newid yn gwisgo crinolin a wnâi iddi edrych ddwbwl ei maint arferol.

'Ew, hogia, mi fydd raid i ni fwyta yn y cyntedd heno – mi fydd Anna a'i chrinolin wedi llenwi'r neuadd!' gwamalodd Huw.

Cafodd hergwd fu bron â'i lorio, gan dynnu gwên i wyneb N'tia.

'Wyt ti'n dŵad i'r parti heno, N'tia?' holodd Huw. 'Mi fydd 'na le a hannar, siŵr i ti.'

Diflannodd y wên o'i hwyneb wrth iddi ateb yn negyddol. Cipedrychodd ar Dyfrig cyn gostwng ei llygaid a dechrau cadw'r dillad na chafodd eu dewis yn ôl ar y rheiliau.

'Tria ddwyn perswâd arni, Dyfrig,' siarsiodd Huw. 'Ŵyr hi ddim be fydd hi'n golli.'

Arhosodd Dyfrig am ychydig funudau wedi i'r tri arall adael.

'Mae Huw yn iawn, 'chi. Mi gawn ni dipyn o hwyl.'

'Rydych chi'n gwybod pam rydw i'n gwrthod, Dyfrig,' atebodd. 'Does dim wedi newid.'

'Ia, ond siawns na all o wrthwynebu'r parti. Wedi'r cyfan, be all o ei wneud? Dewch yn syth aton ni – Huw a minna – a go brin y gall o godi helynt.'

Petrusodd N'tia am eiliad cyn ateb, 'Gawn ni weld.'

Roedd ar fin holi am ei hymateb i stori Rhys pan alwodd Anna arno i frysio.

'Gwell i chi beidio gwneud iddyn nhw ddisgwyl amdanoch chi, Dyfrig,' gwenodd N'tia arno.

* * *

Disgwyl yn ofer am gael gweld N'tia fu Dyfrig, fodd bynnag, ac amharodd hynny ar ei hwyliau da. Roedd y bwydydd wedi'u gosod allan ar ffurf bwffe a oedd yn wledd i'r llygaid. Roedd yno basteiod o bob math, asen enfawr o gig eidion, coes mochyn gyfan, cyw iâr mewn saws *marengo* (gyda Rhys yn cyhoeddi mai cael ei greu ar gyfer Napoleon yn dilyn y frwydr o'r un enw wnaeth o), eog a brithyll a chrancod a chimychiaid, tatws *rösti*, tatws *dauphinoise*, pys a ffa Ffrengig, pob dim wedi ei addurno'n gain. Roedd dewis o winoedd gwyn, coch a phefriog ar gael. Ar y llwyfan isel lle byddai'r bwrdd uchel fel arfer, roedd triawd, yn cynnwys piano, ffidil a soddgrwth, yn chwarae cerddoriaeth gefndirol ddymunol, a cheisiodd Dyfrig anwybyddu Rhys yn cyhoeddi enw pob darn o fewn tri bar.

Ymddangosodd Gwydion a'i gyd-feirniaid i gael eu gwala o'r wledd, ond gadawodd pob un ohonynt yn fuan wedi iddynt fwyta. Fel yr oedd y cystadleuwyr yn gorffen llowcio'r danteithion melys, gadawodd yr offerynwyr, y ffidil a'r soddgrwth yn nwylo'u chwaraewyr, ond arhosodd y piano ynghanol y llwyfan. Cyhoeddodd Seimon fod gweddill y noson yn rhydd i'r cystadleuwyr greu eu hadloniant eu hunain, gan ychwanegu'n gellweirus ei fod yn gwybod bod doniau cudd yn eu mysg. Tra oedd yn siarad, gosododd rhai o'r gweision gadeiriau mewn hanner cylch yn wynebu'r piano.

'Reit 'ta, bois,' galwodd Huw, 'pwy sy'n mynd i chwara honna?' gan bwyntio at y piano.

Camodd Gwion ymlaen yn ddiymdroi ac eistedd ar y stôl. Bloeddiodd pawb eu cymeradwyaeth pan ddechreuodd chwarae un o ddarnau mwy egnïol Jerry Lee Lewis, ac yna res o ffefrynnau jazz bebop chwaraewyr enwog fel Charlie Parker a Dizzy Gillespie. Erbyn iddo orffen ei berfformiad, roedd y chwys yn tasgu oddi arno. Tynnodd ei siaced drwchus a'i gosod wrth ei ochr. Roedd wedi llwyddo i greu awyrgylch parti, ac roedd pawb mewn hwyliau gwych. Ni adawyd iddo adael y piano, fodd bynnag, gan fod Heledd am iddo gyfeilio iddi hi a Llinos wrth iddynt ganu fersiwn hwyliog o 'Hen Ferchetan'. Ar ôl hynny, doedd dim stop arnyn nhw – pawb am gael gwneud pwt, y merched yn cael hwyl yn ymddwyn fel rhyw fath o geir dodgems yn pwnio pawb â'u sgertiau, ac yn ceisio dygymod â'r angen am deirgwaith maint eu gofod personol arferol. Perswadiwyd hyd yn oed Dyfrig i ddod ymlaen i gymryd rhan mewn ymdrech ddychanol i ddawnsio'r cancan. Ar ddiwedd yr ymdrech honno roedd ef, Huw ac Anna yn glewt ar eu cefnau ar y llawr, ei chrinolin hi wedi claddu'r tri dan fynydd o ddefnyddiau a fframiau ac Anna'n chwerthin cymaint fel na allai'r un o'r ddau arall godi heb lawer o wthio a thynnu ar ran gweddill y dawnswyr. O leiaf, meddyliodd Dyfrig, roedd y digwyddiad yn dangos bod N'tia wedi gwneud ei gwaith yn drylwyr. Roedd hyd yn oed dillad isaf Anna yn cydymffurfio â'r cyfnod.

Pan glywyd y gloch yn canu'r gwasanaeth canol nos, daeth Seimon atynt i'w hatgoffa bod raid i bawb bacio'u bagiau a bod yn ôl yn y neuadd erbyn canol dydd. Gyda hynny, taflwyd dŵr oer ar yr hwyl, ac yn fuan wedyn aeth pawb yn ôl i'w bythynnod.

*   *   *

'O mam bach, dwi'n cachu plancia!' sibrydodd Anna yn ei glust. 'Gafael yn fy llaw i, Dyfrig. Dydw i 'rioed 'di bod mor nerfus.'

Safai pawb yn eu grwpiau ar y llwyfan isel lle roeddynt wedi cael cymaint o hwyl y noson cynt, eu bagiau wrth eu traed. Roedd y camerâu ymhobman, yn cofnodi pob symudiad ac edrychiad dan oruchwyliaeth Seimon. Wrth iddynt ddisgwyl am ddyfodiad y beirniaid, siarsiodd Seimon hwy i dderbyn eu tynged yn dawel.

'Dim dadlau efo'r beirniaid,' meddai, gan edrych i fyw llygaid Anna. 'Mi gewch chi chwerthin neu grio, ond dim codi twrw!'

Buont yn sefyll yno am rai munudau cyn i Gwydion ddod i'r neuadd yng nghwmni Eilir Huws a James Edwards. Y tu ôl iddynt yr oedd Doctor Eurgain a Meira. Unwaith eto, nid oedd hanes o N'tia.

'Gyfeillion,' cyfarchodd Gwydion hwy, 'mae'r awr dyngedfennol wedi cyrraedd, yr awr drist pan fydd un tîm yn ein gadael.' Cymerodd seibiant dramatig, gan edrych ar bob tîm yn ei dro. Yna tynnodd becyn o amlenni o'i boced a'u dal yn ei law. 'Cyn i mi agor y rhain,' eglurodd wrthynt, 'rhaid i mi ddweud wrthych chi nad ydyn ni'n rhoi beirniadaeth ffurfiol ar bob ymgais. Mae hynny oherwydd bydd actorion proffesiynol yn actio pob un o'ch dramâu pan fydd y rhaglen yn cael ei darlledu, a'r gynulleidfa, wedyn, fydd yn pleidleisio pa un yw'r orau. Y cyfan ddweda i yw mai'r testunau oedd: Helyntion Beca, Lewsyn yr Heliwr a Dic Penderyn, Mudiad y Siartwyr, a Thomas Williams, y Brenin Copr. Mi fydd y ddrama fuddugol yn dod â gwobr ychwanegol i'w sgriptwyr, ond cewch wybod mwy am hynny yn nes at yr amser.' Gwenodd arnynt. 'Ac yn awr, y foment hirddisgwyliedig!'

Roedd Dyfrig yn hanner disgwyl clywed drymiau'n chwarae wrth i Gwydion gymryd ei amser yn dewis un o'r amlenni. Daliodd hi i fyny.

'Gwion, Marian ac Iwan, rydych chi'n ...' Agorodd yr amlen a thynnu allan ddarn o bapur. Agorodd hwnnw a syllu arno am o leiaf hanner munud cyn cyhoeddi, '... AROS!'

Ymysg y gymeradwyaeth a ddilynodd ei gyhoeddiad, hebryngwyd y tri i eistedd ar ochr y llwyfan, pob un ohonynt yn wên o glust i glust. Yna aeth Gwydion drwy'r un rigmarôl, yr un oedi poenus, efo'r ail amlen.

'Huw, Heledd a Mair, rydych chi'n ... AROS!'

'Dyfrig bach, dwi bron â gneud yn fy nhrwsus!' sibrydodd Anna'n daer wrtho. Gwasgodd Dyfrig ei llaw. Roedd yntau'n teimlo'n wan yn ei stumog.

Agorodd Gwydion y drydedd amlen.

'Rhys, Llinos a Bleddyn, rydych chi'n ...'

Suddodd calon Dyfrig wrth ddisgwyl y gwaethaf, a chlywodd sŵn bychan fel cath fach yn crio o wddf Anna.

'... MYND ADREF!'

Cymerodd rai eiliadau i arwyddocâd geiriau Gwydion suddo i'w ymennydd. Roedd Anna yr un mor syfrdan, ond ar ôl iddi ddeall, gwnaeth ddawns bach orfoleddus gan stampio'i thraed nes gwneud i'r llwyfan grynu. Daeth Seimon i'w hebrwng i'w seddau gyda gwên. Teimlai Dyfrig ryddhad, ond amharwyd ar ei bleser pan eisteddodd i lawr a gweld wynebau'r tri anfuddugol. Ond nid oedd Gwydion wedi gorffen.

'Peidiwch â gwangalonni,' siarsiodd hwy. 'Doedd dim byd yn bod ar eich gwaith. Roedd y tair ymgais arall fymryn yn well, dyna'r cyfan. Ac mae gen i newydd da i un ohonoch.' Cymerodd dri darn o bren o'i boced a'u dal yn ei law fel bod eu pennau'n ymwthio o'i ddwrn caeedig. 'Fel y gwyddoch,' aeth ymlaen, 'gadawodd Angharad ni yn gynt na'r disgwyl ddechrau'r wythnos hon. Mae clod mawr yn ddyledus i Dyfrig ac Anna am iddynt wneud gwaith mor dda a hwythau heb dîm llawn.' Daeth cymeradwyaeth ysgafn o'r llawr. 'Mae hyn wedi golygu ein bod ni un person yn fyr, ac os bydd y tri ohonoch yn gadael heddiw, mi fydd y sefyllfa yma'n parhau. Felly, ar ôl trafod gyda'm cyd-feirniaid, rydw i'n gallu cynnig cyfle arall i un ohonoch chi'ch tri i aros yn y gystadleuaeth. A'r unig ffordd deg o wneud hynny, yn ein tyb ni, yw ar hap. Felly dewch yn eich blaen: dewiswch un.'

Daliodd ei law allan a chymerodd Llinos, Rhys a Bleddyn ddarn pren yr un.

'Pwy sydd â'r pren a'r groes goch arni?'

Cododd Bleddyn ei law yn araf.

'Campus, Bleddyn,' gwenodd Gwydion. 'Ewch i eistedd gyda'r gweddill. Rydych chi'n cael aros yn y gystadleuaeth.'

Unwaith eto camodd Seimon ymlaen a gafael ym mraich Bleddyn, a edrychai'n hollol hurt, a'i arwain i eistedd wrth ochr Dyfrig. Allai Dyfrig ddim llai na thosturio wrth y ddau oedd yn gorfod gadael. Roedd Llinos yn crio a Rhys yn gandryll, ei geg yn agor a chau fel petai am herio'r beirniaid.

Newidiodd llais Gwydion i fod yn gadarn.

'Llinos, Rhys, ewch gyda Doctor Eurgain, os gwelwch yn dda. Mi fydd hi'n trefnu i chi fynd adref.'

Ceisiodd Heledd godi i gysuro'i ffrind wrth iddynt adael y neuadd mewn distawrwydd, ond rhwystrwyd hi gan Seimon.

Pennod 12

Pam gebyst oedd o wedi teimlo mor awyddus i gael aros?

Ni allai ddeall ei hun wrth orwedd yn effro yn ei wely'r noson honno. Gorfoledd un munud, diflastod y nesaf. Ceisiodd ddadansoddi'i deimladau dros gyfnod cyntaf y gystadleuaeth. Pam y daeth o mor hoff o Angharad? Pam fod Anna wedi mynd ar ei nerfau mor aml? Y gwir amdani bellach oedd y buasai'n rhoi'r byd am gael bod yn ôl efo'r ddwy unwaith eto. Pan anfonwyd Bleddyn i eistedd wrth ei ochr, roedd o mor hapus yn meddwl y byddai'r ddau ohonyn nhw ac Anna'n gwneud tîm bach dedwydd, hwyliog. Ffŵl!

Ar Gwydion a'i syniadau gwirion roedd y bai, wrth gwrs. Ar ôl i Rhys a Llinos eu gadael, roedd Gwydion wedi troi atynt ac egluro'r trefniadau am y pythefnos nesaf. Roedd pawb i newid bwthyn, newid tîm. Galwodd ar Eilir i ddod ymlaen, ac yn llaw hwnnw roedd dysgl wydr fawr, gron yn llawn tywod. Roedd naw darn pren, fel preniau lolipop, wedi'u rhoi yn y ddysgl, eu chwarter uchaf uwchben y tywod. Ar y darnau pren, eglurodd Gwydion, roedd y rhifau Un, Dau a Thri. Roedd pob cystadleuydd i ddewis un ohonynt, ac ar ôl gweld ei rif, symud i safle un, dau neu dri ar y llwyfan.

A dyma fo rŵan yn rhannu bwthyn efo'r person diwetha y byddai'n ddewis yn y byd: Heledd! Sut ar y ddaear fawr oedd o'n mynd i gyd-fyw â hon am bythefnos? Roedd eisoes yn teimlo fel ei thagu! Diolchodd i'r nefoedd mai Marian oedd aelod arall y tîm. Beth petai o wedi gorfod rhannu efo Heledd ac *Iwan*?

A syniad gwirion arall gan Gwydion oedd fod pawb i aros yn eu bythynnod newydd y noson gyntaf hon, i ddod i adnabod ei gilydd yn well! Anfonwyd llond dysgl o reis a chyrri a dysglaid arall o salad ffrwythau i'w bwthyn ar yr amser y byddent fel arfer wedi mynd i'r neuadd. A phryd digon diflas oedd o hefyd. Chafodd Marian ac yntau ddim byd ond cwynion am yr annhegwch o anfon Llinos a Rhys adref, a gadael i ryw hen weinidog diflas aros – a hwnnw'r person gwannaf yn y tîm, y rheswm pam roeddent wedi colli yn y lle cyntaf. A phan atgoffodd Marian hi mai drwy hap y dewiswyd Bleddyn i aros, a Dyfrig yn ategu nad oedd unrhyw dystiolaeth mai Bleddyn oedd yr aelod gwannaf, aeth Heledd yn wyllt a stampio'r grisiau i fyny i'w hystafell. Wnaeth pethau ddim gwella pan ddaeth Iwan i gnocio ar y drws, a Heledd yn ailymddangos. Roedd y ddau am waed Bleddyn a Mair bellach: Iwan yn honni bod Mair yn ffysian o gwmpas Bleddyn fel hen iâr, a bod Bleddyn yn mwynhau pob eiliad. Chwarter awr ar ôl i Iwan gyrraedd, roedd Marian a Dyfrig wedi cael llond bol ar y cwyno a'r lladd ar bobl, ac wedi mynd i ymweld ag Anna, Huw a Gwion yn eu bwthyn hwy. O leiaf roedd y cwmni yn y fan honno wedi bod yn ddedwydd.

Ond roedd o wedi yfed gormod o lawer dan ddylanwad drwg Huw. Griddfanodd wrth droi a throsi. Dwy noson o yfed trwm, un ar ôl y llall! Byddai'n rhaid iddo gadw at ddŵr am sbel go lew. Yna rhedodd ei feddwl dros y rhan olaf o berfformiad Gwydion. Roedd hwnnw wedi gosod y dasg nesaf iddynt yn barod, sef tasg i'r unigolion, fel yn ystod y cyfnod cyntaf. Y tro hwn, roeddynt i baratoi braslun o sgript ar gyfer cyfres o raglenni dogfen. Nid oedd y beirniaid am osod teitl nac unrhyw gyfarwyddiadau, gan adael i bawb ddewis ei bwnc neu ei thema ei hun. Roeddynt i feddwl dros eu hymchwil blaenorol, meddai, a gweld a oedd rhyw thema arbennig wedi eu taro. Gallai'r sgript bontio ystod o gyfnodau, ychwanegodd, gan roi enghreifftiau megis hanes ffyrdd neu gamlesi yng Nghymru, neu fudiad crefyddol, hyd yn oed. Y prif nod fyddai rhoi braslun o'r thema, ac yna canolbwyntio ar un agwedd neu berson arbennig.

Beth fyddai ei ddewis ef? Doedd dim yn ei daro'n syth fel pwnc diddorol. Ochneidiodd wrth feddwl y byddai'n rhaid iddo wneud ymchwil cyn dechrau ar ei ymchwil! Ceisiodd feddwl am ochr gadarnhaol y dasg: ni fyddai raid iddo gydweithio â Heledd am o leiaf wythnos!

Daeth yn ymwybodol fod ei ystafell wely fymryn yn oleuach nag yr oedd hi ychydig ynghynt. Doedd bosib fod y wawr ar dorri? Faint o'r gloch oedd hi, tybed? Dechreuodd godi ei arddwrn at ei lygaid cyn cofio a melltithio. Aeth at y ffenest. Roedd ei ystafell newydd yn wynebu'r gorllewin, yn edrych allan dros y goedwig enfawr. Ar ôl iddo agor y llenni, gwelodd fod un rhan o'r goedwig yn fwy amlwg na'r gweddill. Roedd golau yno, rhyw fath o leugylch oedd yn dangos copaon y coed, ond ni allai weld ei darddiad oherwydd trwch y boncyffion.

Ceisiodd leoli'r golau. Onid llecyn glanio'r hofrennydd oedd o? Ai'r goleuadau oedd yn marcio'r safle roedd o'n eu gweld? Ond pam fyddai'r hofrennydd yn glanio'r amser hwn o'r nos? Onid oedden nhw'n osgoi hedfan yn y tywyllwch? Faint o'r gloch oedd hi? Ceisiodd ddyfalu. Rhwng dau a thri y bore, mae'n siŵr. Doedd y peth ddim yn gwneud synnwyr. Yna gwelodd belydryn o olau yn uchel yn yr awyr, yn pwyntio i lawr ar y ddaear. Ni allai glywed unrhyw sŵn, ond roedd digon o adlewyrchiad o'r pelydryn iddo allu gweld amlinelliad o'r hofrennydd wrth iddo ddisgyn yn araf a diflannu heibio'r coed. Penderfynodd Dyfrig aros i wylio, ac ymhen amser byr gwelodd yr hofrennydd yn codi unwaith eto ac yn hedfan i ffwrdd. Aeth yn ôl i'w wely yn llawn chwilfrydedd.

*   *   *

Erbyn y bore, roedd wedi cael ysbrydoliaeth. Roedd ganddo frith gof o ddarllen ysgrif ar Guto'r Glyn yn y coleg, a chofiodd iddo ryfeddu at fywyd y bardd. Byddai'n teithio 'nôl a 'mlaen rhwng Cymru, Llundain a Normandi, yn un o ddynion y Diwc of Iorc ym mlynyddoedd olaf y Rhyfel Can Mlynedd. Ar y pryd, roedd wedi synnu bod pobol y cyfnod hwnnw – a chynt – yn teithio cymaint. Am ryw reswm, roedd wedi cymryd yn ganiataol mai plwyfol iawn oedd y Cymry yn y gorffennol. Efallai y gallai lunio rhywbeth ar sail hynny. Sawl Cymro arall oedd wedi crwydro ymhell o'i wlad ar adeg pan oedd crwydro mor anodd a pheryglus?

Treuliodd y bore yn y llyfrgell yn darllen drwy'r *Bywgraffiadur*, yn chwilio am bobl, o'r Oesoedd Canol Cynnar hyd at gyfnod y Tuduriaid, oedd wedi croesi'r moroedd. Erbyn iddo gyrraedd diwedd y llythyren C, roedd wedi casglu rhyw ddwsin o enwau, ac wedi diflasu'n llwyr. Ni allai roi heibio'r cof am yr hyn a welsai yn ystod y nos. Gan ei fod yn ddiwrnod gweddol braf, penderfynodd fynd am dro cyn cinio.

Dilynodd y llwybr nes cyrraedd man glanio'r hofrennydd. Edrychodd o'i gwmpas ond doedd dim byd i ddangos fod hwnnw wedi glanio yno'r noson cynt. Aeth i chwilota ymysg y prysglwyni lle gwelsai Eurgain yn estyn y goleuadau glanio a darganfod blwch metel a'r pedwar golau'n gorwedd yn glyd y tu mewn iddo. Dim byd arall. Cerddodd yn araf ar draws y llecyn nes cyrraedd ei ganol. Erbyn hyn roedd yr haul wedi dod allan, ac wrth iddo gychwyn oddi yno tynnwyd ei sylw gan fflach fach o'r gwellt. Plygodd i edrych yn fanylach. Roedd broits aur yn gorwedd yno, broits ar ffurf y llythyren E, a gemau bychain gwyn a glas yn ei haddurno. Cododd y froits a'i hastudio. Edrychai'n henffasiwn, yr aur yn felyngoch. Pwy oedd wedi ei cholli, tybed? E am Eurgain? Rhoddodd hi'n ofalus yn ei boced gyda'r bwriad o'i dychwelyd i'w pherchennog.

Pan gyrhaeddodd yn ôl i'r bwthyn, ar ôl galw'n gyntaf yn y feddygfa a chael y lle yn wag, roedd Marian yn pwyso ar gownter y gegin ac wrthi'n gwneud rhestr.

'Wyt ti eisiau rhywbeth, Dyfrig?' gofynnodd. 'Wy'n gwneud rhestr i Meira fan hyn.'

Meddyliodd Dyfrig am eiliad cyn cofio nad oedd ganddo lawer o bast dannedd a siampŵ ar ôl.

'A pha fath o fwydydd wyt ti'n eu hoffi? Mae cawl llysie 'da fi ar gyfer cinio heddiw, gyda chydig o fara garlleg. Own i'n meddwl gwneud *risotto* fory efo eog a hadog coch – math o *kedgeree*, mewn gwirionedd.'

'Ew, dydach chi 'rioed yn mynd i goginio i ni bob dydd? Does dim raid i chi drafferthu, wir. Rhyw frechdan bach fydda i'n arfer ei chymryd ...'

'Dim trafferth o gwbl. Mae'n bleser pur i mi, Dyfrig. Rwy'n dwlu ar goginio, ac wrth fy modd yn cael bwydo pobl. *Chef manqué*, fel maen nhw'n dweud. Does dim yn well gen i pan fydda i gartre na chael llond tŷ o bobol i swper.'

'Mi fyddwch chi wedi'n sbwylio ni'n lân,' ildiodd Dyfrig. Gwenodd Marian arno.

'Mi fydd yn barod mewn rhyw hanner awr, iawn?'

Aeth Dyfrig i'w ystafell a thanio'i liniadur. Bwydodd rhai o'r enwau roedd wedi eu casglu yn y llyfrgell i'r rhaglen chwilio, a dechrau gwneud nodiadau.

*   *   *

Ar ôl cinio, aeth i'r feddygfa unwaith eto. Y tro hwn roedd N'tia yno, a gwenodd arno. Roedd hi'n gwenu mor anaml fel y teimlodd Dyfrig bleser rhyfeddol o'i gweld yn gwneud hynny.

'Ydych chi'n teimlo'n sâl, Dyfrig? Mae arna i ofn nad ydi Doctor Eurgain yma heddiw.'

'Na, na, dim byd felly. Ond eisiau gweld y doctor oeddwn i, hefyd.'

'Alla i eich helpu?'

Ymbalfalodd yn ei boced am y froits a'i thynnu allan.

'Dod o hyd i hon wnes i, ar un o lwybrau'r goedwig. Meddwl efallai mai broits Doctor Eurgain ydi hi.'

Cymerodd N'tia'r froits o'i law a'i hastudio'n fanwl.

'Mae'n brydferth iawn, ac yn hen hefyd, dybiwn i. Welwch chi'r ffordd mae'r gemau wedi'u gosod? Tua oes Fictoria, ddwedwn i.'

'Ydach chi'n arbenigwraig, felly?' holodd Dyfrig gan wenu.

'Na, ond rydw i'n hoff iawn o dlysau.' Craffodd unwaith eto ar y froits, yna'i dal ymhell oddi wrthi. Crychodd ei thalcen. 'Efallai fod hon yn werthfawr iawn, Dyfrig. Rydw i bron yn sicr mai diemwntiau a saffirau ydi'r gemau 'ma.'

'Ga' i weld?' Cymerodd y froits yn ôl ac edrych arni eto, ond roedd yn rhaid iddo gyfaddef na allai ddweud y gwahaniaeth. 'Dach chi'n meddwl mai Doctor Eurgain sydd piau hi?'

'Dydw i ddim yn meddwl,' atebodd N'tia gan ysgwyd ei phen yn araf. 'Welais i 'rioed mo honna o'r blaen. Mi faswn i'n siŵr o gofio petawn i wedi gweld Anti Eurg... sori, Doctor Eurgain yn ei gwisgo hi.'

'Ydi hi'n anti i chi, felly?' holodd Dyfrig gan neidio ar y gair.

'Nac ydi, wrth gwrs, ond dyna beth oeddwn i'n arfer ei galw pan oeddwn i'n fach. Mi ddwedais i wrthoch chi ei bod yn un o ffrindiau gorau Mam, yn do? Ond mae hi'n ceisio fy stopio rhag ei galw hi'n "anti" rŵan, yn cwyno'i fod yn gwneud iddi deimlo'n hen! Weithiau mae'r gair yn llithro allan heb i mi feddwl. Wnewch chi ddim dweud wrthi hi – na neb arall – na wnewch?'

'Na wnaf, siŵr,' cysurodd Dyfrig. 'Be wnawn ni efo hon, 'ta?'

'Cadwch hi'n ddiogel, ac mi wnawn ni holi.'

Hoffai'r gair 'ni' a ddefnyddiodd N'tia. Gadawodd hi'n fodlon, y froits ym mhoced ei siaced, a dychwelyd at ei ymchwil.

* * *

Y noson honno, roedd y tri beirniad wrth y bwrdd uchel. Roedd Anna wedi rhag-weld y bydden nhw'n siŵr o roi rhagor o fanylion am dasgau'r cystadleuwyr, ac efallai y byddai stori gan Gwydion.

Gan mai naw ohonynt oedd ar ôl bellach, roedd un bwrdd wedi ei osod ar gyfer pump, a'r llall ar gyfer pedwar. Pan gerddodd Marian a Dyfrig i'r neuadd, suddodd ei galon wrth weld bod Huw, Anna a Gwion eisoes yn eistedd gyda Bleddyn a Mair. Gwgodd ar Huw, oedd yn ei wynebu. Cododd hwnnw'i ysgwyddau'r mymryn lleiaf, fel petai'n dweud 'sori', ond roedd ei lygaid yn chwerthin. Trodd Dyfrig ei gefn arno.

Ond roedd Iwan a Heledd yn gleniach na'r disgwyl, ac roedd Dyfrig yn dechrau cynefino â'r belen yn nhafod Heledd. Cafwyd sgyrsiau cyffredinol digon difyr, er bod gan Iwan dueddiad i or-draethu. Ni phoenai Dyfrig am hynny, oherwydd roedd yn rhoi'r cyfle iddo gilio i'w feddyliau a breuddwydio am N'tia. Daeth yn ôl i'r presennol pan glywodd Iwan yn canmol coginio Marian.

'Rydw i'n hollol genfigennus ohonoch chi'ch dau,' meddai. 'Mi gefais i fy sbwylio'n llwyr yr wythnos diwethaf. Y fath fwydydd! Ydych chi'n cofio'r *bouchées à la reine* wnaethoch chi, Marian? Y crwst yn toddi yn y geg – a dim rhyw sothach o'r rhewgell oedd o chwaith, nage Marian? Chi wnaeth y cyfan eich hunan. A'r llenwad – bendigedig!' Ysgydwodd ei ben yn drist. 'Wn i ddim beth wna i nawr.'

'Coginio dy hunan, twpsyn!' meddai Heledd yn ysgafn.

'Heledd annwyl,' atebodd Iwan, 'alla i ddim hyd yn oed berwi wy!'

'Gei di ddysgu rŵan ta, cei?' meddai Dyfrig yn sychlyd.

'Efo Mair yn y gegin?' atebodd Iwan yn goeglyd. Yna gostyngodd ei lais. 'Wyddoch chi, mae hi yna o fore gwyn tan nos, yn gwneud paned, yn gwneud cacennau, yn gwneud siocled poeth cyn mynd i'r gwely – a'r cyfan ar gyfer Bleddyn!'

'Be? Nag yw hi'n cynnig peth i ti, Iwan?' holodd Marian yn syn.

'O ydi, ond nid dyna'r math o fwyd rydw i'n ei hoffi. Gormod o stodge. Wyddoch chi, mae hi'n bwriadu gwneud cinio rhost i ni fory, efo pwdin sbwng a chwstard – ac wedyn mi fyddwn ni'n cael swper fan hyn!'

'Mae Marian am wneud *risotto* eog a hadog i ni, on'd wyt ti, Marian?' cyhoeddodd Heledd yn hunanfodlon. Griddfanodd Iwan.

'O Marian, mi rown i'r byd crwn yn gyfan i gael bwyta hwnnw!'

'Dewch draw, 'te,' gwahoddodd Marian ef yn fodlon. 'Mi fydd e'n barod erbyn rhyw hanner awr wedi deuddeg.'

Tro Dyfrig ydoedd hi i riddfan, ond gwnaeth hynny'n fewnol.

'Gyfeillion,' cyhoeddodd Seimon wrth godi ar ei draed. 'Gawn ni sylw pawb, os gwelwch yn dda. Rydyn ni am gael gair bach yn gyntaf gan ein hanesydd, Dr James Edwards, yna fe fydd Eilir yn rhoi gair bach o gyngor i chi, cyn i Gwydion ein difyrru gydag un o'i storïau. Dr Edwards, pan ydych chi'n barod.' Eisteddodd Seimon drachefn, a chododd yr hanesydd.

'Gyfeillion,' cyhoeddodd yntau, 'mae'r cyfnod rydyn ni'n mynd i'w astudio dros y pythefnos nesaf yn gyfnod eithaf maith, a dyna paham mae'r drefn yn mynd i fod yn wahanol y tro hwn.

'Rydyn ni'n mynd i edrych ar y blynyddoedd – a dim ond dyddiadau bras ydi'r rhain, cofiwch – o tua 800 OC ymlaen tan ddiwedd cyfnod Glyndŵr. Os gwnewch chi'ch symiau'n gyflym, fe sylweddolwch fod hyn yn rhyw chwe chan mlynedd a throsodd. Peidiwch â dychryn! Yn wahanol iawn i'r cyfnodau Sioraidd a Fictoraidd, ychydig iawn o dystiolaeth sydd gennym ni am y cyfnodau cynnar hyn, ac felly mae eich ffynonellau'n mynd i fod yn gyfyngedig. Maen nhw'n feysydd mor arbenigol fel y bydd raid i chi ddibynnu i raddau helaeth ar ffrwyth ymchwil eraill, hynny yw, llyfrau cyhoeddedig. Gall y ffynonellau hyn anghytuno â'i gilydd wrth i'r gwahanol arbenigwyr ddehongli'r ychydig ffeithiau sydd ar gael. Dydyn ni, fel beirniaid, ddim yn mynd i feirniadu'ch dehongliadau chi o'r ffeithiau, ond yn hytrach eich gallu i ddefnyddio'r wybodaeth a gesglir i ffurfio darlun byw o fywyd y cyfnod dan sylw.

'Y cyfan rydyn ni am i chi ei wneud yr wythnos gyntaf hon yw gwneud gwaith ymchwil – mae hyn ar wahân i'ch prosiectau personol, wrth gwrs – ar ran gyntaf ein cyfnod. Edrychwch ar y blynyddoedd rhwng tua 800 a 1170, blwyddyn marwolaeth Owain Gwynedd.

'Pam dewis y cyfnod hwn, meddech chi? Wel, fel roedd diwedd y ddeunawfed ganrif a dechrau'r bedwaredd ganrif ar bymtheg yn allweddol i lunio'r Gymru fodern, mae'r cyfnod sydd gennym dan sylw nawr yr un mor bwysig. Dyma'r cyfnod pan oedd poblogaethau Ewrop gyfan yn diffinio'u tiroedd, yn creu terfynau, ac yn adeiladu fframweithiau gwleidyddol. Creu unedau, mewn geiriau eraill, a ddatblygodd i fod yn wladwriaethau fel rydyn ni'n eu hadnabod heddiw. Siarlymaen yn creu'r ymerodraeth Ewropeaidd gyntaf ers y Rhufeiniaid; Alfred Fawr o Wessex yn ceisio adennill tiroedd Prydain o ddwylo'r Daniaid. Hyn oll yn y nawfed ganrif.

'Ganrif ynghynt, roedd Offa, brenin Mersia, mewn rhyw ffordd wedi gwneud cymwynas â'r Cymry drwy adeiladu ei glawdd enwog. Y bwriad, wrth gwrs, oedd cadw'r Cymry allan o'i diroedd ef, ond mewn gwirionedd rhoddodd ffin bendant i'r Cymry. Yn y cyfnod y byddwch chi'n ei ymchwilio, gwnaethpwyd sawl ymdrech i greu undod o Gymru ond ...' gwenodd ar ei gynulleidfa, '... eich tasg chi yw darganfod y gweddill.'

Eisteddodd James Edwards i lawr a chododd Eilir Huws.

'Rydych chi'n siŵr o fod yn gwegian dan bwysau'r holl ymchwil,' gwenodd arnynt, 'ond coeliwch chi fi, mi fydd o fudd mawr i chi yn nes ymlaen. Bydd enillwyr ein cystadleuaeth yn diolch i ni ar eu gliniau am osod y tasgau hyn. Sgwennu yw'r gwaith sy'n cymryd yr amser byrraf pan ydych chi'n awdur hanesyddol. Mae'r rhan helaethaf o'r amser yn cael ei dreulio'n darllen, yn darllen ac yn darllen, yn gwneud nodiadau, yn chwilota ym mhob mathau o ffynonellau, o gelfyddyd i gerddoriaeth i fwydydd a chelfi tai; ffasiwn, pensaernïaeth, geiriau cyfoes mewn llyfrau neu ar bapur a felwm; ac yn bennaf oll, gan mai ysgrifennu am bobol rydyn ni, rhaid ymchwilio i hanes cymdeithasol. Y broblem gyda'r cyfnod hwn, wrth gwrs, yw nad oes fawr o wybodaeth gennym am fywyd beunyddiol trwch y boblogaeth. Gallwn ddehongli rhywfaint am fywyd y llysoedd, ond mae'n gwybodaeth am haenau isaf cymdeithas yn brin iawn. Dyna lle mae'n dychymyg ni fel ysgrifenwyr yn ddefnyddiol, a'n gallu i greu byd credadwy i'r werin bobol – gallwch fentro dweud mai caled iawn oedd hi arnyn nhw fel ym mhob cyfnod, wrth gwrs.

'Beth bynnag, llai o bregethu gen i. Beth sydd raid i chi ei gofio yw na fyddwch chi'n gallu defnyddio chwarter yr wybodaeth fyddwch chi'n ei chasglu. Os bydd gormod o ffeithiau'n cael eu rhestru, mi fyddwch chi'n troi'ch stori yn wers hanes, felly cadwch at yr hyn sydd yn berthnasol i'r cymeriadau, ceisio disgrifio beth maen *nhw'n* ei weld, ei ddweud neu ei deimlo. *Ond* mae'n rhaid i chi ymchwilio'n drwyadl os ydych chi am lwyddo i argyhoeddi'ch cynulleidfa. Os gwnewch chi gamgymeriad, mi alla i eich sicrhau y bydd rhywun yn rhywle'n sicr o bwyntio bys – a gwneud hynny'n gyhoeddus! Dyna fo, 'ta. Gwnewch eich gorau a mwynhewch.'

Gwydion oedd y nesaf ar ei draed.

'Llwyth o gynghorion i chi gnoi cil arnyn nhw,' meddai wrthynt. 'Ac yn awr, gawn ni ymlacio.' Amneidiodd ar i un o'r gweision ddod â'i gadair o gefn y bwrdd uchel a'i gosod o'i flaen. Daeth un arall â'i delyn ddeg tant. Rhedodd ei fysedd yn ysgafn dros y tannau, a syrthiodd alaw fwyn ar eu clustiau.

Teimlodd Dyfrig ias yn rhedeg lawr ei gefn. Caeodd ei lygaid a gadael i'w gorff ymlacio wrth i lais y cyfarwydd ei swyno a'i gario'n ôl i Ynys Enlli yn Oes y Seintiau. Unwaith eto, consuriodd geiriau Gwydion ddarlun ar ôl darlun yn ei feddwl, sain ar ôl sain, arogl ar ôl arogl. Pan ddistawodd seiniau'r delyn, cymerodd rai eiliadau iddo sylweddoli bod y stori wedi dod i'w therfyn. Agorodd ei lygaid a gweld Gwydion yn derbyn cymeradwyaeth ei gynulleidfa. Ymunodd Dyfrig â hwy, cyn i Gwydion godi ar ei draed a gadael y neuadd.

Prysurodd Dyfrig at lawr uchaf y llyfrgell. Roedd yr ystafell yn wag ac, fel o'r blaen, dim ond arogl ei phersawr oedd yn tystio i N'tia fod yno'n gwrando. Safodd yno am rai munudau'n dod i delerau â'i siom. Gallai glywed lleisiau'r lleill yn chwyddo a gostwng oddi tano, y geiriau'n hollol eglur. Doedd ganddo ddim calon i ailymuno â nhw. Llithrodd o'r adeilad a mynd i'w ystafell.

Pennod 13

'Bendigedig!' Cododd Iwan ei napcyn at ei wefusau a'u sychu'n ysgafn.

Syllodd Dyfrig arno. Atgoffwyd ef o'i hoff athrawes yn yr ysgol gynradd yn darllen un o nofelau Roald Dahl i'w ddosbarth. Cofiodd fel roedd pawb wedi pwffian chwerthin wrth iddi ddarllen y darn lle roedd George yn disgrifio ceg ei nain – ceg fel tin ci. Dyna'r union fath o geg oedd gan hwn, yn grwn a chrebachlyd, fel petai'n barod ar amrantiad i ffieiddio at y byd. Ceg sws fyddai ei nain ei hun wedi ei ddweud, geiriau mwy llednais i ddisgrifio'r un peth.

'Blas unigryw!' aeth Iwan ymlaen. 'Sut gawsoch chi o?'

'Ychydig o hyn ac ychydig o'r llall,' atebodd Marian. 'Lemon a ffenigl a phersli a dil. Mae'r risêt yn newid bob tro – dibynnu beth sydd ar gael.'

'Wyt ti'n gogyddes broffesiynol?' holodd Heledd.

Ysgydwodd Marian ei phen. 'Pleser yn unig,' meddai.

'Mae'n rhyfeddol cynifer o wahanol broffesiynau sydd yn ein mysg,' meddai Iwan wedyn, 'pensaer, gweinidog, darlithydd coleg, darpar ddoctor, cogyddes ysgol ...'

'Cogyddes ysgol?' torrodd Marian ar ei draws.

'Ie, wyddoch chi ddim? Dyna oedd gwaith Mair nes i'w mam fynd yn wael.'

'Wy'n deall mai saer coed wyt tithe, Dyfrig,' ychwanegodd Heledd gan wenu, ond nid oedd yn wên gyfeillgar.

Brathodd Dyfrig ei dafod. Nid oedd am wneud y camgymeriad o geisio amddiffyn ei hun, o'u darbwyllo ei fod yntau wedi cael addysg coleg a gradd ddigon parchus, mai ei ddewis ef oedd troi ei gefn ar hynny i gyd.

'Nid rhyw saer coed cyffredin, Heledd,' ychwanegodd Iwan ar ei ran, 'ond crefftwr sy'n creu dodrefn unigryw, costus.'

'Coffi i bawb?' gofynnodd Dyfrig wrth godi ar ei draed. Byddai'n well ganddo gael ei wawdio'n agored na chael ei ffugamddiffyn gan dwll tin fel Iwan.

'Mae gen i bwdin ...' dechreuodd Marian, ond torrodd Dyfrig ar ei thraws.

'Dim i mi, diolch. Rydw i wedi cael fy ngwala.' Trodd ei gefn ar y cwmni a gafael yn y *cafetière*. Rhoddodd y tegell i ferwi ac estyn y coffi. Aeth y sgwrs yn ei blaen hebddo.

'Smo fi'n deall y beirniaid,' clywodd Heledd yn dweud, 'yn gadael i'r timau gael eu ffurfio ar hap a damwain.'

'Ie,' cytunodd Iwan. 'Sut maen nhw'n gallu dweud eu bod nhw am gael yr ysgrifenwyr gorau ac yna anfon Rhys a Llinos adre? Ac wedyn yn bwrw coelbren i ffurfio timau newydd! Beth ydw i'n mynd i'w wneud efo tîm fel Mair a Bleddyn? Fydda i'n cael fy nghosbi oherwydd eu diffygion nhw?'

'Ie,' cytunodd Heledd. 'Pam na allen ni'n dau fod yn yr un tîm – efo ti, Marian?'

Cerddodd Dyfrig allan o'r bwthyn, y coffi wedi mynd yn angof. Y cachgwn bach anghysurus! Gadawodd i'w draed ei arwain ar hyd pa lwybr bynnag y mynnent. Roedd coed bob amser yn codi ei ysbryd. Serch hynny, cymerodd gryn awr o gerdded cyflym cyn iddo ddod ato'i hun. Cafodd ei hun yn ôl o flaen y bythynnod, ond ni allai wynebu'r tri unwaith eto. Aeth i'r llyfrgell ac at y drws oedd yn arwain i'r ardd. Nid oedd ar glo.

Roedd llwyni'r trilliw ar ddeg yn dechrau dangos eu gogoniant, y lawnt yn llyfn a difrycheulyd, a'r borderi bach yn denu pryfetach o bob math. Arafodd i fwynhau'r heddwch. Nid oedd wedi gwneud cyfiawnder â'r ardd y troeon y bu yno o'r blaen. Pan aeth heibio i lwyn o eurinllys, gwelodd Mair yn eistedd ar fainc, papur a phensil yn gorwedd ar ei glin. Fel arfer, byddai wedi gwenu arni a cherdded heibio, ond oherwydd ymosodiad y ddau gachgi arni hi a Bleddyn, teimlai'n warchodol tuag ati, yn amddiffynol ohoni.

'Chwilio am awen?' gofynnodd iddi dan wenu.

Gwenodd hithau'n ôl a gwneud lle iddo eistedd wrth ei hochr.

'Nage, synfyfyrio,' atebodd. 'Edmygu'r ardd ydych chi, Dyfrig?'

'Ia, am wn i, er bod yn well gen i weld pethau'n fwy naturiol, rywsut. Ddim mor daclus.'

'Wn i beth rydych chi'n feddwl. Bron yn rhy berffaith, tydi?'

'Lle mae Bleddyn arni? Roeddech chi'n lwcus o'i gael o ar eich tîm.'

'Lwcus iawn,' ategodd hithau, a chynhesrwydd yn ei llais, 'er nad ydi pawb yn gwerthfawrogi hynny.'

'Hidiwch befo. Alla i ddim ond diolch nad oeddwn i mewn tîm efo'r ddau: Heledd *ac* Iwan.'

Chwarddodd Mair.

'Mi fydde hynny'n hunlle go iawn,' cytunodd. 'Ond dyna fe, fel 'na mae pethe. Mae gan bawb ei groes, on'd oes?'

'Oes, a Heledd ydi'n un i.'

'Dydi hi ddim yn ddrwg i gyd, y gradures.'

Trodd Dyfrig i syllu ar Mair. Gwenodd hithau arno ac egluro.

'Ar ei phen ei hun mae hi'n ferch ddigon dymunol. Wir i chi, Dyfrig, gewch chi weld 'mod i'n dweud y gwir. Dim ond gydag Iwan mae hi'n troi'n ...'

'Hen ast fach?'

'Dyfrig! Peidiwch â bod mor gas.' Ond roedd hi'n chwerthin unwaith eto. 'Na, chware teg iddi hi, rwy'n cael y teimlad mai rhyw blentyndod digon rhyfedd gafodd hi.'

'O? Be di'r hanes, felly?'

'Roedd ei rhieni wedi ysgaru pan oedd hi'n ifanc iawn, rhyw chwech neu saith oed, a hithau'n unig blentyn. Mae'n siŵr iddo effeithio arni.'

'Un o Gaerdydd ydi hi, yntê?' holodd i guddio'i deimladau.

'Ie, ond o'r Fenni'n wreiddiol. Ei thad yn arbenigwr yn yr ysbyty yno. Wn i ddim am hanes y fam – dyw hi'n sôn dim amdani. Yna pan ddechreuodd Heledd yn y brifysgol, prynodd ei thad fflat iddi yng Nghaerdydd.'

'Dyna'r esgus am yr olwg sydd arni, felly,' rhesymodd Dyfrig. 'Poor little rich kid, ia?' Syllodd Mair arno, a sylweddolodd fod ei lais yn rhy chwerw.

'Ie, ond dyw arian ddim yn prynu hapusrwydd.' Oedd cerydd yn ei llais?

Syllodd Dyfrig i'r pellter coediog er mwyn osgoi rhoi ateb brathog, yna cofiodd yr hyn roedd Huw wedi'i ddweud.

'Ond roedd hi'n uffernol efo chi pan oeddech chi'n sgwennu'r sgriptiau, meddai Huw. Yn newid pob gair. Doedd Llinos nac Iwan efo hi bryd hynny.'

'Na, ond roedd hi'n iawn yn newid pethe. Roedd y sgript yn darllen yn well wedyn.'

'Wn i ddim sut allwch chi fod mor garedig.'

'O leiaf mae Heledd yn fwy agored.'

'Yn gwthio'r gyllell i mewn i'ch bron chi yn hytrach nag i'ch cefn?'

'Yn hollol,' cytunodd Mair dan wenu. 'Nawr mae pethe'n fwy, wn i ddim, yn fwy ystrywgar ...'

'Dan din ydi'r geiriau cywir, dwi'n meddwl, Mair. Dyna'r geiriau sy'n disgrifio Iwan orau. Ydi o cyn waethed â hynny?'

Cododd Mair ei hysgwyddau.

'Ifanc ydi o, yntê? Mi ddysgith mewn amser mai gwaith peryglus yw labelu pobol – mi gaiff ei siomi dro ar ôl tro. Ond mae Bleddyn yn teimlo'r peth yn fwy na fi. Roedd o'n teimlo'n ddigon drwg cyn i Iwan ddechre rhygnu am y peth.'

'Be dach chi'n feddwl?'

'Ei fod e wedi cael aros, a'r lleill wedi eu hanfon adref. Teimlo'n euog, er i mi geisio'i berswadio nad oes angen iddo fod.'

'Nag oes, siŵr iawn. Deudwch wrtho fo 'mod i'n cytuno efo chi.'

'Diolch, Dyfrig. Rwy'n ceisio gwneud pob dim i'w gysuro fe, ond ...'

'Roeddwn i'n clywed eich bod chi'n ei sbwylio fo ...' Brathodd ei dafod, ond roedd hi'n rhy hwyr. Doedd o ddim am i Mair feddwl bod pawb yn trafod Bleddyn a hithau y tu ôl i'w cefnau, hyd yn oed os mai dyna'r gwirionedd.

'Dyna Iwan, yntê?' Doedd dim raid iddi ddweud 'yr hen sinach bach'. Roedd ei llais yn dweud y cyfan.

'Hidiwch befo, Mair bach. Hen sinach bach ydi o. Mae ganddo fo geg fel ...' ac aeth ymlaen i egluro am stori Roald Dahl. Chwarddodd hithau. Bu distawrwydd rhyngddynt am rai munudau wedyn, cyn i Dyfrig holi, 'Sut mae'r gwaith yn mynd?'

Ochneidiodd Mair. 'Mi ddois i allan i'r ardd gan obeithio cael ysbrydoliaeth, ond does dim wedi fy nharo i hyd yn hyn. Pan soniodd Gwydion am ddewis pwnc, mi gofies fel roeddwn i wedi rhyfeddu at faint o ddynion dysgedig oedd wedi ymddiddori mewn pethe Cymreig yn y ddeunawfed ganrif. Wyddoch chi, Goronwy Owen, Morrisiaid Môn, Iolo Morganwg, Gwallter Mechain, Dafydd Ddu Eryri ac yn y blaen. Sefydlwyr Cymdeithas y Cymmrodorion a'r Gwyneddigion. Cymaint o fwrlwm, cymaint o lythyru a chyhoeddi. Mae'n siŵr ei fod o'n amser cyffrous iawn, pawb yn dylanwadu ar ei gilydd. Chi'n deall be sydd gen i?' Nodiodd Dyfrig ei ben. Roedd yntau wedi teimlo rhywbeth tebyg. Ochneidiodd Mair eto. 'Yna mi feddylies am Griffith Jones, Llanddowror, a'i ysgolion cylchynol. A bod Cymru bryd hynny ymysg y gwledydd â'r cyfartaledd uchaf yn Ewrop o bobol lythrennog. Ond sut i gyfleu hynny mewn sgript o ychydig funudau? Dyna'r dasg!'

'Dwi'n dallt i'r dim. Dydi o ddim yn hawdd, nag ydi? Er mai rhaglen ddogfen maen nhw am i ni ei pharatoi'r tro hwn, yn hytrach na drama.'

'Ie.' Ysgydwodd Mair ei phen. 'Dyna sydd wedi fy mhoeni i o'r dechre. Sut ar y ddaear fawr mae cyfleu hanes Cymru ar ffilm? Wn i fod rhaglenni teledu wedi bod ar y pwnc, ond mae'r rheini'n wahanol, rywsut. Rhaglen ar gyfer pob cyfnod, toriad o wythnos rhwng bob un. Ond *ffilm*? Mewn *sinema*? Am ddwy awr a hanner?'

'Ia, mae'n anodd meddwl pwy fasa'n mynd i'w gweld, yn tydi? Pwy fasa'n gwrando,' cytunodd Dyfrig. 'Dw inna wedi meddwl rhywbeth tebyg, ond mae rhywun yn anghofio hynny, yn tydi, ym mwrlwm y gystadleuaeth.'

'Rydech chi'n iawn, Dyfrig. Ond maddeuwch i mi. Dydw i'n gwneud dim ond sôn am fy mhrobleme fy hun. Sut mae pethe'n mynd efo chithe?'

'Yn yr un twll yn union. Ambell syniad, ond dim byd pendant. Wel, ddaw hi ddim fel hyn,' meddai wedyn gan godi. 'Wela i chi heno.'

'Ie, hwyl, Dyfrig.'

*   *   *

Cerddodd i mewn i'r bwthyn ac edrych o'i gwmpas yn wyliadwrus. Roedd Marian yn eistedd wrth fwrdd y gegin, ei gliniadur a phentwr o lyfrau o'i blaen, sbectol ar ei thrwyn.

'Ydi o wedi mynd?'

'Pwy, Iwan? Ydi. Drychwch, Dyfrig, mae'n ddrwg gen i am y ffordd roedden nhw'n ymddwyn ...'

'Does dim raid i chi ymddiheuro, nag oes? Wnaethoch chi ddim byd o'i le, a dydach chi ddim yn gyfrifol amdanyn nhw.'

'Ie, ond fi wahoddodd e 'ma. Wy'n addo i chi na wna i hynny eto.'

'Ylwch, Marian, waeth i mi siarad yn blaen, ddim. Mi wnes i fwynhau'r bwyd heddiw yn arw. Peidiwch â nghamddallt i. Ond wir, well gen i rywbeth syml fel brechdan amser cinio. Rhywbeth sydyn cyn mynd yn ôl i weithio. Fasach chi'n meindio taswn i ddim yn ymuno efo chi o hyn ymlaen?'

'Dim o gwbl, Dyfrig. Na, fy mai i oedd meddwl y gallwn i fwydo pawb! Roedd Gwion ac Iwan mor ddi-glem yn y gegin fel 'mod i wedi mynd i feddwl bod pawb yr un fath. Na, chi sy'n iawn.' Tynnodd ei sbectol a'i chadw yn ei chas. Caeodd ei llyfrau a chodi o'r bwrdd. 'Fydd y rhain ar eich ffordd chi, Dyfrig?' holodd gan bwyntio at y pentwr. ''Wy am fynd i'r llyfrgell i gael llyfr weles i yno 'chydig ddyddie'n ôl. Fydda i ddim yn hir.'

'Dim problem,' atebodd yntau. 'Meddwl mynd i weithio yn fy stafell wely p'run bynnag.'

Oedodd Marian ar ei ffordd at y drws.

'Alla i ddim peidio â choginio,' cyfaddefodd dan wenu, 'mae e yn fy ngwaed i. Ond mae rhyddid i chi ymuno â ni neu beidio, mae e lan i chi. Fydda i ddim dicach os ydi hi'n well 'da chi fwyta brechdan.'

Agorodd y drws ond petrusodd wrth weld Seimon yn sefyll yno. Gwenodd Seimon arni a dweud mai angen gair efo Dyfrig oedd o. Aeth Marian allan.

'Dyfrig, mae gen i gŵyn fach,' cyfarchodd Seimon ef. 'Dwyt ti ddim wedi bod yn y gyffesgell o gwbl.'

'Dwi wedi bod yna sawl gwaith, ond roedd y golau coch ymlaen bob tro,' amddiffynnodd ei hun yn gelwyddog. Do, roedd wedi bod yno, ond unwaith yn unig.

'Wel, gwell i ti fynd cyn chwech heno, neu mi fydd yn cyfri yn dy erbyn di,' rhybuddiodd Seimon.

'Iawn.'

Ar ôl i Seimon fynd, penderfynodd nad oedd pwrpas mewn gohirio rhagor. Gwell cael y peth drosodd.

Pan gyrhaeddodd y gyffesgell suddodd ei galon wrth weld bod y golau coch ymlaen eto. Beth ddylai o wneud? Syllodd ar y cyfarwyddiadau printiedig wrth ddrws y stiwdio fach. Golau gwyrdd: y stiwdio'n wag; golau gwyrdd a coch: rhywun yn y stiwdio ond heb ddechrau recordio eto; golau coch: y stiwdio'n cael ei defnyddio. Roedd ar fin cerdded oddi yno pan ddiffoddodd y golau coch, a daeth y golau gwyrdd ymlaen. Cerddodd Iwan o'r stiwdio a phasio Dyfrig gyda nòd fach.

Cymerodd Dyfrig anadl ddofn a cherdded i mewn. Doedd y stiwdio ddim llawer mwy na chwpwrdd dillad. Roedd y tu mewn fel un o'r blychau tynnu lluniau pasbort hynny mewn siopau. Roedd sgrîn yn ei wynebu â chylch yn ei chanol. Edrychodd ar y ddesg fechan oedd o dan y sgrîn. 'Pwyswch y botwm coch pan ydych chi'n barod i siarad,' meddai'r cyfarwyddyd o dan un botwm, a 'Pwyswch y botwm gwyrdd pan ydych chi wedi gorffen siarad,' dan y llall. Pwysodd y botwm coch a daeth neges ar y sgrin. 'Arhoswch nes y bydd golau coch i'w weld o'ch blaen. Pan welwch y golau coch, dechreuwch siarad.'

'Wel, ym, Dyfrig ydw i. Does gen i fawr ddim i'w ddweud, mewn gwirionedd, ond fod raid i mi ddod yma. Alla i ddim ond dweud diolch yn fawr am y cyfle dwi wedi'i gael hyd yma. Mae'r trefniadau wedi bod yn dda iawn ac ... ym ...' Doedd Dyfrig ddim yn mynd i ddatgelu ei wir deimladau ar chwarae bach, a chaeodd ei geg.

'Oes 'na ddim byd yn eich poeni chi, Dyfrig?'

Daeth y llais o seinydd wrth ei ochr. Bu bron iddo ddisgyn oddi ar ei stôl. Am ryw reswm roedd wedi cymryd yn ganiataol mai recordiad mecanyddol fyddai yn y gyffesgell. Roedd sylweddoli bod rhywun yn gwrando arno ac yn ymateb iddo'n ei daflu oddi ar ei echel. Adnabu'r llais fel un Eilir, y sgriptiwr.

'Wel ... ym ... ia ... wel ...' Yna cofiodd am ei sgwrs yn yr ardd gyda Mair, a'r ffaith fod Iwan newydd fod yn deud ei ddeud o'i flaen. 'Wel, mi faswn i'n hoffi deud cymaint dwi'n edmygu gwaith Bleddyn. Rydw i wedi cael cyfle i ddarllen sawl darn o'i waith, ac wedi'u cael yn fywiog, i'r pwrpas ac ati. Mi wn i mai drwy fwrw coelbren y cafodd o aros, ond wir, fasa dim modd cael dewis gwell.'

'Diolch, Dyfrig. Rwy'n siŵr y byddai Bleddyn yn ddiolchgar iawn am eich cefnogaeth.'

Tybiodd Dyfrig iddo glywed y llais yn gwenu, a bod y geiriau'n cael eu dweud mewn ffordd nawddoglyd nes codi ei wrychyn. Cafodd fflach o ysbrydoliaeth.

'Ylwch, waeth i mi siarad yn blaen, ddim. Mi wn i fod Iwan â'i gyllell yn Bleddyn a Mair, a'i fod o'n cwyno'n ddiddiwedd am orfod bod yn yr un tîm â nhw. Ga' i awgrymu 'mod i'n newid lle efo Iwan? Ei fod o'n gweithio efo Heledd a Marian, a finna efo Bleddyn a Mair? Wedyn mi fydd pawb yn hapus. Wedi'r cyfan, dydan ni ddim wedi dechrau gweithio fel tîm eto, felly fyddai dim problem o ran hynny.'

Bu distawrwydd am rai eiliadau, yna daeth llais Gwydion drwy'r seinydd.

'Dydi hynny ddim yn opsiwn, Dyfrig. Rhaid i bethau aros fel y maen nhw. Unwaith mae'r dewisiadau wedi eu ...'

Clywodd lais arall yn siarad yn y cefndir, yn torri ar draws Gwydion. Ni allai ddeall y geiriau, ond roedd taerineb yn y llais. Yna clywodd Gwydion yn melltithio cyn i'r seinydd dawelu. Arhosodd yn y stiwdio yn disgwyl clywed Eilir neu Gwydion unwaith eto, ond ni ddaeth yr un smic o'r seinydd. Gwthiodd y botwm gwyrdd a cherdded allan o'r stiwdio.

*   *   *

Nid oedd Gwydion yn y neuadd y noson honno. Eglurodd Seimon ei fod wedi cael ei alw i ffwrdd ar frys, fod lladrad wedi bod yn swyddfeydd cwmni teledu Janus, a bod Gwydion yn cynorthwyo'r heddlu i geisio darganfod beth oedd wedi diflannu.

Pennod 14

Treuliodd Dyfrig y bore yn ei ystafell yn pori drwy'r gwefannau oedd ar gael ar ei liniadur. Y diwrnod cynt roedd wedi dod ar draws enw Robin Ddu ap Siencyn Bledrydd, bardd o'r bymthegfed ganrif, ac roedd yr enw, am ryw reswm anesboniadwy, wedi cydio yn ei ddychymyg. Honnai rhai mai un o sir Fôn oedd o, ond roedd eraill yn dweud mai un o'r Felinheli ydoedd. Mae'n debyg ei fod yn byw mewn tŷ ar stad y Faenol, a bod ganddo swydd yn y gadeirlan ym Mangor. Doedd dim esgob yno ar y pryd – roedd dynion Glyndŵr wedi llosgi'r gadeirlan (medd rhai) neu ei difrodi (medd eraill), ac roedd gan Robin Ddu ryw fath o gyfrifoldeb dros godi arian i'w hatgyweirio. Prin iawn oedd yr wybodaeth am ei fywyd personol. Y peth pwysig ym marn Dyfrig oedd fod Robin Ddu wedi pererindota i Rufain yn 1450. Crwydrwr arall o Gymru, wedi teithio ar long ac wedi canu cywydd iddi.

Ar fympwy, dechreuodd chwarae â'r blwch chwilio ar ei gyfrifiadur, gan neidio o un pwnc i'r nesaf fel roedd rhyw ffaith neu'i gilydd yn cymryd ei sylw. Datblygodd darlun yn ei feddwl a achosodd iddo fywiogi drwyddo. Oedd o wedi darganfod y ffordd ymlaen gyda'i dasg? Dechreuodd sgwennu braslun.

Er mwyn dathlu diwedd rhwyg oedd wedi gwahanu dwy garfan o'r Catholigion (ond yn bennaf i godi arian, meddai'r sinigiaid) roedd y Pab Nicholas V wedi cyhoeddi y byddai 1450 yn Flwyddyn Jiwbilî yn Rhufain, gan alw ar y ffyddloniaid ledled Ewrop i bererindota yno a dathlu. Roedd abwyd ychwanegol: byddai'r bobol hynny fyddai'n ymweld â phedair prif eglwys y ddinas bob dydd am dridiau, a chyffesu eu pechodau ac edifarhau ym mhob un, yn derbyn tystysgrif maddeuant, a gollyngdod o gosbau tragwyddol Uffern. Y canlyniad oedd fod miloedd ar filoedd o ymwelwyr yn y ddinas drwy'r flwyddyn gron.

Atebodd Robin Ddu ap Siencyn Bledrydd yr alwad. Doedd dim tystiolaeth i ddangos pryd yn ystod Blwyddyn y Jiwbilî yr ymwelodd â'r ddinas. Oedd o yno dros y Nadolig yn 1449 pan ddechreuodd y Jiwbilî? Neu'r Sulgwyn canlynol pan ganoneiddiwyd Bernardin o Sienna fel rhan o'r dathliadau? Neu yn yr haf, pan oedd epidemig arall o'r pla, a'r Pab yn ffoi o'r ddinas, a miloedd ar filoedd yn marw? O leiaf doedd Robin ddim yn un ohonynt, oherwydd cyrhaeddodd yn ddiogel yn ôl i Gymru.

Gwyddai Dyfrig nad oedd stori'r pla yn addas ar gyfer ei sgript, felly darllenodd ymhellach. Lladdwyd dau gant o bobol ar bont San Angelo. A fyddai modd ail-greu hynny ar gyfer y sgrîn? Y tyrfaoedd yn tyrru i groesi'r afon, ond yn methu pasio'i gilydd gan fod y bont wedi ei chulhau gan stondinau'r marsiandïwyr. Ceffylau a mulod yn rhisio ynghanol yr holl wthio a gweiddi, a phwysau o'r tu ôl i'r ddwy ochr wrth i fwy a mwy o bobol geisio croesi. Erbyn i gastellwr Caer San Angelo orchymyn cau'r bont, roedd y trueiniaid wedi eu gwasgu i farwolaeth – dau gant a mwy, heb gynnwys y rhai a daflwyd dros waliau'r bont i'r afon islaw. Beth fyddai teimladau creadur bach o Gymro o weld y fath alanas? Ac a gafodd Robin ei dystysgrif? A welodd o'r Pab? Ac ai dyn sanctaidd neu ddiafol oedd y pab hwnnw? Dysgodd mai Nicholas V oedd wedi rhoi'r hawl i'r concwerwyr Ewropeaidd wneud caethweision o bobol Affrica a de America, i chwalu eu crefyddau a'u diwylliannau ac i gyflawni hil-laddiad erchyll yn enw Cristnogaeth.

Dyna ddigon, penderfynodd, gan roi ei liniadur i gysgu. Pwysodd yn ôl a sythu'i gefn. Roedd ei lygaid wedi blino a'i feddwl wedi syrffedu. Daeth amheuon i lenwi ei feddwl. Oedd hwn yn syniad da ai peidio? A ddylai chwilio am drywydd arall? Edrychodd allan drwy'r ffenest. Roedd yr haul allan a'r coed yn ei ddenu. Codai arogl hyfryd o'r gegin i'w atgoffa ei bod hi'n amser cinio. Aeth i lawr y grisiau gyda'r bwriad o wneud brechdan a'i bwyta yn yr awyr agored. Byddai cerdded yn gwneud lles iddo.

Safai Marian wrth y stof, yn coginio'r hyn edrychai fel crempogau. Roedd pentwr ohonynt eisoes wedi eu coginio mewn lliain cotwm wrth ei hochr. Deuai'r arogl hyfryd o gynnwys powlen ger y sinc oedd yn stemio'n ysgafn.

'Ogla da,' meddai Dyfrig wrth fynd i chwilota yn yr oergell.

'Fasech chi'n hoffi ...? Na, mae'n ddrwg gen i. Mae'n well 'da chi frechdane.'

'Ydi,' atebodd Dyfrig, yn difaru braidd iddo fod mor annibynnol. 'Meddwl gwneud picnic bach am 'i bod hi mor braf. Oes 'na ham yma, wyddoch chi?'

'Sai'n credu, Dyfrig. Wnaethoch chi ei roi ar y rhestr ddoe?'

'Naddo. Wel, bydd raid i mi fyw ar frechdan salad, 'ta.'

'Gymerwch chi ychydig o'r *dhal* dwi'n ei wneud?' Pwyntiodd at y bowlen. 'Fydd o ddim yn hir yn oeri.'

'Fyddai'r bara ddim yn meddalu gormod?' Dychmygodd Dyfrig ei frechdan yn llanast soeglyd yn ei boced.

'Rwy'n gwneud *parathas* fan hyn. Alla i eu llenwi a'u plygu mewn chwinciad. Beth am i chi roi ham ar y rhestr erbyn fory, ac unrhyw beth arall ry'ch chi'n moyn, tra bydda i'n gwneud y rhain i chi.' Gwenodd arno. 'Wy'n addo peidio'ch bwydo ar ôl heddiw!'

Tra oedd Dyfrig yn rhoi ei anghenion ar y rhestr siopa, trawodd Huw ei ben i mewn i'r bwthyn.

'Parti heno – tŷ ni,' cyhoeddodd. 'Croeso i bawb. Gwydion yn dal i ffwrdd, felly fydd 'na ddim byd ar ôl swper. Iawn?' Diflannodd y pen heb ddisgwyl am ateb.

Gorffennodd Dyfrig sgwennu ei restr, ac yna estynnodd botel o ddŵr o'r oergell. Rhoddodd Marian becyn mewn ffoil iddo, a chychwynnodd yntau ar ei daith.

Ar ôl cerdded allan o'r buarth, oedodd am ennyd. Roedd wedi cerdded ar hyd bron pob llwybr ar y stad bellach. Pa ffordd yr âi heddiw? Edrychodd i'r awyr. Roedd hi'n fendigedig o braf. Teimlodd ei boced. Roedd ei gyllell yno'n ddiogel, yn ogystal â'i lyfr nodiadau bach, felly beth am fentro i ganol tywyll y goedwig? Dilyn trywydd gorllewinol, gan ddefnyddio'r haul i lywio'i ffordd tra gallai, a gweld pa mor bell y gallai fynd. Roedd angen oriau o heddwch arno i feddwl.

Teimlodd ryddhad yn y distawrwydd. Doedd o byth yn teimlo'n hollol gartrefol yng nghwmni eraill, ac roedd rhyw elfen o dyndra'n bodoli yn ei feddwl bob amser. Dyna pam roedd ei gyfnod fel athro ysgol wedi bod yn gymaint o hunllef. Dyna pam fod raid iddo ddianc i fod ar ei ben ei hun ryw ben bob dydd.

Er bod daear y goedwig yn anwastad a charegog ar brydiau, cyn bo hir roedd ei goesau wedi darganfod eu rhythmau eu hunain. Bu raid iddo aros ambell dro er mwyn torri drwy lwyn o ddrain neu bentwr o ddanadl poethion rhwng y coed â'i gyllell, ond ar y cyfan doedd y daith ddim yn anodd. Roedd y tir yn codi ac yn disgyn fel plygiadau mewn defnydd trwchus, ac yn y man gadawodd y coed mawrion o'i ôl. Criafol a helyg a chyll oedd o'i amgylch bellach, ac ambell ddraenen wen. Byddai bob amser yn meddwl am y coed hyn fel menywod, yn ysgafn a gosgeiddig, yn plygu ac yn dawnsio yn y gwynt yn hytrach na sefyll yn gadarn fel y gwnâi'r dderwen a'r onnen a'r ffawydden, y coed gwrywaidd. Doedd dim trydar adar i'w ddiddanu, ond, meddyliodd, roedd hi o gwmpas hanner dydd a'r haul yn taro'n boeth, a'r adar bach siŵr o fod yn gorffwys. Tynnodd yntau ei siaced a chlymu'r breichiau am ei ganol fel nad oedd raid iddo'i chario yn ei freichiau.

Sylwodd fod y tir o'i flaen yn codi'n serth, a thrwch o goed llarwydd ar y llethr. Cipedrychodd i gyfeiriad yr haul i sicrhau ei fod yn mynd tua'r gorllewin cyn mentro i wyll canghennau isel y llarwydd, ac yna dechreuodd ddringo. Erbyn iddo gyrraedd tir gwastad unwaith eto roedd ei gluniau'n flinedig. Tybiodd ei fod wedi dringo o leiaf gan troedfedd. Cymerodd seibiant i gael ei wynt ato, ac edrych o'i gwmpas. Doedd o erioed wedi bod yma o'r blaen, yn sicr. O'i flaen tyfai coedwig o fedw arian, eu boncyffion tenau'n ymestyn i'r awyr las uwchben. Roedd yr haul yn amlwg fan yma, a thrwy'r coed ysgafn gallai weld rhywbeth glas. Wrth iddo gerdded tuag at y glesni, roedd y ddaear yn meddalu. Teneuodd y coed, a daeth hesg i gymryd eu lle. Cyrhaeddodd lan llyn, y llyn bach hyfrytaf a welsai Dyfrig erioed. Roedd yn nythu yng nghesail mynydd, ac am y tro cyntaf gallai Dyfrig weld copa'r mynydd. Roedd ffurf y copa yn ddieithr iddo. Ar wyneb y llyn tyfai lili'r dŵr, a'r blodau melyn fel cwpanau enfawr ar agor i'r heulwen. Chwythai awel ysgafn gan grychu wyneb y dŵr a chreu fflachiadau fel diemwntiau. Roedd yn rhaid i Dyfrig droi ei wyneb i ffwrdd rhag cael ei ddallu. Sylwodd fod tir sychach ychydig i'r dde o'r llyn, a thraeth bach o raean mân. Cerddodd yn ofalus tuag ato, gan gamu o un tusw o wair garw i'r nesaf. Wrth agosáu, gwelodd fod afon yn rhedeg o'r llyn, ei gwely'n fas a charegog. Roedd y duwiau'n gwenu arno, oherwydd ar ymyl y traeth bach roedd carreg fawr, lefn, yn berffaith i eistedd arni ac yn wynebu'r llyn. Gwnaeth ei hun yn gyfforddus arni, ac agor ei becyn bwyd.

Bwytaodd yn hamddenol, gan wylio mursennod gleision yn gwibio'n isel yma a thraw dros wyneb y dŵr a'r glannau. Estynnodd ei botel ddŵr ac yfed ohoni. Wrth ei chadw drachefn, gwelodd was y neidr, yr un mwyaf a welodd erioed, ei gorff yn batrymau melyn a du, yn hofran dros glwstwr o glafrllys. Rhyfeddodd at y creadur. Sut allai corff mor fawr a thrwsgwl gael ei godi a'i gario drwy'r awyr gan adenydd mor ysgafn, mor fregus? A'r coesau! Os byddai'r creadur yn penderfynu dod tuag ato, a fyddai'n gallu ei atal ei hun rhag ei daro a'i anafu? Roedd yn gyfareddol ac yn ffiaidd ganddo yr un pryd. Gyda pheth rhyddhad, gwelodd y creadur yn hedfan i ffwrdd i ganol gweiriau melynwyrdd y mynydd-dir.

Caeodd ei lygaid a mwynhau gwres yr haul ar ei wyneb a chân yr ehedydd ar ei glyw. Teimlai'n hyfryd o ddioglyd. Roedd yn un o'r eiliadau prin hynny mewn bywyd pan mae'r enaid a'r corff yn un â natur o'i gwmpas. Gwyddai y byddai'r cof am ei hapusrwydd yn y fan yma yn aros gydag ef am byth. Gorweddodd yn ôl, gan wneud clustog o'i siaced ar gyfer ei ben. Syllodd i'r awyr las a gadael i'w feddwl grwydro. Byddai'n hawdd iddo syrthio i gysgu, ond byddai hynny'n wastraff o'r heddwch perffaith oedd yn ei amgylchynu. Roedd am werthfawrogi pob eiliad ohono. Daliodd symudiad fry yn yr entrychion ei sylw. Roedd hebog yno, boncath yn troelli'n hamddenol wrth chwilio am ysglyfaeth. Ond daeth dwy frân ar ei warthaf (cigfrain o bosib – ni allai Dyfrig weld siâp eu cynffonnau o'r pellter hwn) a'i erlid o'r awyr. Daeth ei gri, fel mewian cath, i glustiau Dyfrig wrth iddo lithro dros y gorwel.

Cododd Dyfrig yn ddisymwth. Roedd yr awen wedi ei gyffwrdd! Gwyddai'n union beth fyddai ei raglen ddogfen ar gyfer y gystadleuaeth, ond roedd yn rhaid iddo wirio ffaith neu ddwy. Trodd ei gefn ar y llyn a'r haul. Roedd yr afon i'w gweld yn llifo tua'r dwyrain, felly penderfynodd ei dilyn. Heblaw am ambell ffos y bu'n rhaid iddo'i chroesi, ar ôl cerdded am hanner awr a mwy cyrhaeddodd fan cyfarwydd yn weddol ddidrafferth. Roedd yn ymyl y llain o dir ar lan yr afon lle roedd ef ac Angharad wedi eistedd bron i bythefnos yn ôl, a lle bu'n sgwrsio â N'tia. Ac roedd hi yno'n awr, yn eistedd ar y garreg dros y dŵr, ei chefn ato a llyfr yn ei dwylo. Petrusodd am eiliad. A ddylai darfu arni? Gwyddai un mor breifat ydoedd ef ei hun. A fyddai o wedi gwerthfawrogi cael cwmni yn ei loches ger y llyn? Na, yn bendant.

Cymerwyd y penderfyniad o'i ddwylo pan drodd N'tia ei phen a'i weld. Daeth gwên fach i gorneli ei cheg ac amneidiodd yn osgeiddig arno.

'Dyfrig,' cyfarchodd ef. 'Sut mae'r hwyl? Wedi bod yn crwydro?'

Cerddodd ati'n araf. Caeodd hithau ei llyfr a chodi i'w gyfarfod.

'Ia,' cyfaddefodd, ond ni allai feddwl am ddim arall i'w ddweud. Teimlai'n chwithig. 'Cael seibiant bach?' meddai o'r diwedd wrth iddynt gydgerdded ar y llwybr yn ôl at y plas.

'Ia. Does gen i fawr i'w wneud tra mae Gwydion ac Eurgain i ffwrdd.'

'Ydi hithau i ffwrdd hefyd?'

'Ydi. Mae'n gorfod mynd un diwrnod bob wythnos i sicrhau nad oes problemau gyda'i hymchwil.'

'O.' Melltithiodd Dyfrig ei hun. Pam na allai o siarad yn rhwydd efo'r ferch? Pam roedd o'n gymaint o fwbach? Pam na allai o ei ddiddanu, gwneud iddi chwerthin gyda'i ymgom ffraeth a chlyfar? Pam na allai fod yn debycach i Huw, neu Gwion, neu hyd yn oed Iwan, â'i hunanhyder diwyro?

'Ond rydw i'n cael amser i ddarllen a chrwydro,' meddai N'tia, gan bwyntio at ei llyfr, yn anymwybodol o'i hartaith feddyliol.

'Be ydach chi'n ddarllen, felly?'

'Hanes mytholeg y Celtiaid. Dyna fydd fy mhwnc ym Mangor: cymharu chwedloniaeth y Bantŵ a'r Celtiaid.'

'Ew, oes 'na debygrwydd, felly?'

Chwarddodd N'tia'n ysgafn.

'Rydw i'n gobeithio, wir. Rwy'n teimlo bod 'na, ond rhaid i mi allu dyfynnu o ffynonellau sy'n cytuno â mi. Mae'n braf cael defnyddio'r llyfrgell yma tra mae Gwydion i ffwrdd.'

Sylweddolodd Dyfrig pa mor gyfyng yr oedd bywyd y ferch a hithau'n gorfod cadw allan o ffordd Gwydion. Mae'n siŵr ei bod hi'n unig iawn, gydag Eurgain i ffwrdd hefyd.

'Ylwch,' trodd ati'n eiddgar. 'Mae pawb yn cael parti heno ym mwthyn Huw a Gwion ac Anna – ac mae croeso i chithau. Dydi o'n ddim byd mawr, dim ond cyfle i sgwrsio a rhannu potel neu ddwy o win. Ddowch chi? Ar ôl swper. Mi wna i'ch cyfarfod, fel na fyddwch chi'n gorfod wynebu pawb ar eich pen eich hun. Yn llofft y llyfrgell?'

Petrusodd N'tia.

'Fydd Gwydion ddim yna i wrthwynebu,' ceisiodd Dyfrig ei pherswadio. 'Siawns na fydd neb yn grwgnach, ac mae pawb eisiau dod i'ch nabod chi'n well. Mae Huw wedi dweud hynny droeon. Deudwch y dowch chi.'

'O'r gorau,' cytunodd y ferch. 'Yn llofft y llyfrgell, ar ôl swper.'

* * *

Roedd calon Dyfrig yn ei wddf wrth geisio bwyta'i fwyd. Fyddai N'tia'n cadw at y trefniant? Ni allai rwystro'i hun rhag cipedrych i fyny at y galeri o dro i dro, er na fyddai hi yno mor fuan â hyn. Ffŵl, cystwyodd ei hun, yn ymddwyn fel rhyw laslanc ar drothwy cyfarfod â'i gariad cyntaf. Roedd yn rhyddhad pan gliriwyd y llestri pwdin, a phawb yn paratoi i godi. Ond roedd Seimon ar ei draed o'u blaenau.

'Gyfeillion,' cyfarchodd hwy, 'er bod Gwydion i ffwrdd, mae o wedi trefnu i Eilir ddweud gair bach wrthych chi ar y grefft o sgriptio rhaglen ddogfen. Eilir, ddowch chi ymlaen, os gwelwch chi'n dda?'

Suddodd calon Dyfrig. Trodd i edrych i'r galeri unwaith eto. Oedd hi yno? Fyddai hi'n aros?

'Cyn i chi ddechrau,' clywodd Anna'n siarad, 'ga' i fynd i nôl fy llyfr nodiadau? Doeddwn i'm yn disgwyl bod ei angen heno.'

'Ie,' cytunodd dau neu dri arall.

Gyda chytundeb Eilir, aeth sawl un allan o'r neuadd. Rhoddodd hyn gyfle perffaith i Dyfrig. Rhuthrodd i fyny grisiau'r llyfrgell a gweld N'tia yn sefyll wrth y camera otomatig. Edrychai'n hynod o drawiadol mewn top a throwsus du syml oedd yn gefndir perffaith i'r tlws a wisgai: cloc dant y llew mawr, crwn, â phob coesyn yn wifren arian, yr hadau o fetel melyn fel aur neu efydd, a'r cyfan fel petai'n tyfu allan o gadwyn o ddisgiau arian oedd yn gorgyffwrdd â'i gilydd.

'Mae'n ddrwg gen i,' sibrydodd Dyfrig, 'wyddwn i ddim ...'

'Peidiwch â phoeni,' sibrydodd N'tia'n ôl. 'Roeddwn i'n gwybod. Soniwyd am y peth wrth ein bwrdd bwyd ni. Mi ddois i yma i wrando fy hunan.'

'Ydach chi am ddal i ddod, felly?'

'Ydw. Gwrdda' i â chi yma wedyn.'

'Grêt.'

*   *   *

Chwarae teg iddo, fu Eilir fawr o dro yn rhoi ei ddarlith. Rhyw dri chwarter awr gymerodd y cyfan, y darlithio a'r sesiwn cwestiwn ac ateb. Dymunodd noswaith dda i'w gynulleidfa a gadawodd y neuadd.

'Ti'n dŵad, Dyfrig?' holodd Huw.

'Mi ddo' i ar d'ôl di mewn eiliad,' atebodd. 'Jyst isio picio i'r llyfrgell.'

'Iawn, ond paid â bod yn hir. Rydan ni 'di colli digon o amser yn barod.'

Roedd N'tia'n disgwyl amdano, a chychwynnodd y ddau i lawr y grisiau heb oedi.

'Ddyliwn i fod wedi dod â photel o win?' holodd N'tia. 'Wnes i ddim meddwl tan rŵan.'

'Na, mae digon yno'n barod. Mi rois i gyfraniad cyn mynd i gael swper. Peidiwch â disgwyl gormod o rialtwch,' ychwanegodd wrth i amheuon ei daro. 'Sgwrsio fydd pawb; fydd dim canu a dawnsio a phethau felly.'

'Rwy'n deall i chi gael digon o hynny nos Wener dwetha!' Roedd ei llais yn llawn direidi. Daeth darlun dychrynllyd i ben Dyfrig.

'Oeddech chi ...? Doeddech chi ddim yn ein gwylio, oeddech chi?'

Chwarddodd N'tia'n agored y tro hwn.

'Na, ond mi glywais i am eich cancan!'

'Ia, wel ...'

Roedd yn falch o gyrraedd drws y bwthyn.

'Dew, N'tia! Dewch i mewn, 'ngenath i!' Rhoddodd Huw y gorau i drefnu'r gwydrau a'r poteli ar fwrdd y gegin a chroesi tuag atynt. Cofleidiodd N'tia a rhoi cusan ar ei boch. Roedd ei lais yn dadol wrth ei chyfarch. 'Croeso i'n plith, o Dduwies y Sgriptiau.' Anwybyddodd Dyfrig yn llwyr. 'Dewch i eistedd fan yma.' Arweiniodd hi at un o'r ddwy gadair esmwyth ger y lle tân. Roedd Anna'n eistedd yn y llall, a dim golwg symud arni. 'Gwion, tyrd â gwydraid o win i'r ferch harddaf i groesi trothwy ein bwthyn 'rioed. Coch neu wyn neu binc, 'ngenath i?'

'Coch, os gwelwch chi'n dda.'

'Gwion, glywist ti?'

Daeth Gwion ati dan wenu a rhoi'r gwin coch yn ei llaw, yna eisteddodd ar fraich y gadair a dechrau sgwrsio'n dawel. Roedd N'tia'n ymddangos yn berffaith hapus yn ei gwmni.

Wel, dyna fi wedi'i cholli hi'n barod, meddyliodd Dyfrig. Edrychodd o'i gwmpas. Roedd Marian yn eistedd ar y soffa gyda Mair, a Huw'n brysur yn cynnig diod i bawb. Derbyniodd Dyfrig wydraid arall o'r gwin coch cyn mynd i nôl cadair o'r gegin ac eistedd wrth ymyl y soffa.

'Ydi Bleddyn yn dod?' gofynnodd i Mair.

'Mi ddeudodd y byddai draw yn nes ymlaen,' atebodd hithau.

'Dim hanes o Heledd ac Iwan, felly?'

'Fasan nhw'm yn cyfeillachu efo rafins fel ni,' atebodd Anna'n chwyrn.

'Rŵan, rŵan, Anna,' dwrdiodd Huw'n chwareus, 'dim sbeit na thempar heno, os gwelwch chi'n dda. Mae gwestai arbennig yn ein plith.' Cododd ei wydr mewn llwncdestun mud i N'tia. 'A sut mae bywyd yr ochr arall i'r ffens, fel petai?' gofynnodd iddi.

'Digon tawel ar hyn o bryd,' atebodd hithau.

'Beth yn union ydi'ch gwaith chi?' holodd Marian. 'Rydych chi wedi bod yn rhoi gwersi sgriptio i ni, yn edrych ar ôl y gwisgoedd ffansi ac yn helpu'r doctor.'

'Wel, rydych chi wedi ateb eich cwestiwn eich hun,' atebodd N'tia. 'Dyna'r union dri pheth y cefais fy nghyflogi i'w gwneud – er mai eich dysgu chi sut i sgriptio efo'r rhaglen gyfrifiadurol oeddwn i, nid sut i sgriptio.'

'Ia, mae'n wahaniaeth pwysig, yn tydi?' cytunodd Huw. 'Ac mi wnaethoch chi waith ardderchog, hefyd. Rydw i'n teimlo fy hun yn rêl giamstar ar ddefnyddio'r Gair Olaf bellach.'

'Rwyt ti'n teimlo dy hun yn giamstar ar bob dim,' atebodd Anna'n hy, a chwarddodd pawb.

'Na, o ddifrif rŵan. Beth sy'n digwydd tu ôl i'r llenni?'

Cododd N'tia ei hysgwyddau.

'Mae'n gallu bod yn ddigon diflas,' atebodd. 'Mae'r gwersi ar ben, dydw i ddim yn gorfod trafod y gwisgoedd bob dydd, ac rydych chi i gyd yn griw go iach. Mae gan y technegwyr ddigon i'w wneud, wrth gwrs, a'r golygyddion. Maen nhw'n mynd drwy'r recordiadau bob dydd, yn chwynnu ambell beth ac yn storio pethau eraill ar gyfer y rhaglen, yn ôl beth bynnag mae Gwydion neu Seimon yn ei ddweud.'

Plygodd Marian ymlaen o'r soffa.

'Faint yn union maen nhw'n ei recordio? Ydi'r camerâu yn y bythynnod yn ffilmio drwy'r amser?'

'Wn i ddim am bethau felly,' atebodd N'tia.

'Ac mi roedd Rhys yn grediniol ein bod ni'n cael ein recordio yn ein hystafelloedd gwely hefyd,' meddai Mair, 'er inni gael addewid na fyddai hynny'n digwydd. Ydi hynny'n wir?'

Ysgydwodd N'tia ei phen. 'Wn i ddim. Does a wnelo fi ddim â'r ochr yna o bethau. Dim ond ar y funud olaf y dois i i weithio ar y rhaglen.'

'O? Pam hynny, felly?' holodd Huw.

'Aeth y dyn oedd i fod i roi gwersi i chi yn sâl ychydig ddyddiau cyn dechrau recordio, ac mi gefais innau gynnig y swydd.'

'Rydan ni'n hynod o lwcus, 'ta,' meddai Gwion, gan godi ei wydr a rhoi winc fawr arni.

Y cachgi bach hyll, meddyliodd Dyfrig. Efo fi ddaeth hi yma, cofia.

'Ond deudwch i mi,' holodd Mair wedyn, 'sut ddaru chi ddysgu Cymraeg? Wedi'ch magu yng Nghymru ydych chi? Mae Bleddyn a minnau wedi dotio. Biti na fase fo yma i'ch cyfarfod chi ... ond mae'n siŵr y bydd o yma cyn pen dim ... mi fyddai wrth ei fodd yn cael sgwrs efo chi. Mae o'n adnabod nifer o bobol ifanc croe... o dras ...'

'O Affrica?' meddai Dyfrig, yn achub Mair o'r twll roedd wedi ei greu iddi ei hun drwy geisio peidio tramgwyddo.

Gwrandawodd pawb yn astud wrth i N'tia egluro'i chefndir a hanes ei theulu. Gorffennodd drwy ddweud ei bod ar fin dechrau ar gwrs gradd MA ym Mhrifysgol Bangor yn yr hydref, yn cymharu mytholeg y Bantŵ a'r Celtiaid.

'Ac mae enw mor bert 'da chi,' meddai Marian ar ôl iddi orffen. 'Oes ystyr iddo fe?'

'Y gair Bantŵ am dywysoges ydi o,' eglurodd N'tia.

Roedd hyn yn ormod o demtasiwn i Huw. Dechreuodd baldaruo'n syth am addasrwydd yr enw i'w ddeiliad, am ei hurddas a'i phrydferthwch, am bob dim dan haul nes i Anna dorri ar ei draws.

'Nefoedd yr adar! Gwion, dos i lenwi gwydr y lembo, i weld neith hynny gau'i geg o, neu mi fydd pawb wedi cyfogi – yn arbennig N'tia druan.'

Ufuddhaodd Gwion, a mynd gam ymhellach a llenwi gwydrau pawb arall hefyd. Cododd Dyfrig i'w helpu, a thra oedd Gwion yn cario'r poteli'n ôl at fwrdd y gegin, llithrodd Dyfrig i'w le ar fraich cadair N'tia. Gwenodd Gwion yn gam pan welodd beth oedd wedi digwydd, ond wnaeth o ddim protestio. Yn lle hynny, dechreuodd holi drachefn.

'Sut un ydi Gwydion i weithio iddo fo?'

'Dydw i ddim yn gwneud llawer efo fo,' atebodd N'tia'n dawel.

'Na, ar yr ochr gyfarwyddo mae o, yntê?' ceisiodd Dyfrig guddio anniddigrwydd y ferch.

'O, biti na fase Bleddyn yma,' ebychodd Mair ar ei draws, ei hwyneb yn ofidus. 'Ble ar y ddaear fawr mae e? Gwell i mi fynd i'w nôl ... fydda i ddim yn hir ...' Cododd a gadael y bwthyn, a chymerodd Gwion ei lle ar y soffa.

'Mae gan Gwydion enw da fel cyfarwyddwr, on'd oes?' meddai Marian. 'Ydych chi wedi gweld rhai o'i raglenni?'

'Mi edryches i am ei CV cyn dod yma,' cyfaddefodd Gwion.

'Finna hefyd,' cyhoeddodd Dyfrig.

'Doedd 'na ddim llawer o wybodaeth am y cyfnod cyn iddo sefydlu Cwmni Janus,' aeth Gwion ymlaen, 'ond dwi'n credu iddo fo ddechrau'i yrfa yn y byd ffilmio yn ystod y chwe degau.'

'Ia,' cytunodd N'tia. 'Dywedodd Eurgain ei fod wedi gweithio gyda Stanley Kubrick ar *2001: A Space Odyssey* a *Dr Strangelove*, ond cyn hynny roedd gyda Tony Richardson. Y fo gyfarwyddodd *Look Back in Anger* a *The Loneliness of the Long Distance Runner*.'

'Ew,' ebychodd Huw dan ryfeddu. 'Pwy fasa'n meddwl, 'te? A rŵan mae o yma'n ein cyfarwyddo ni. Dipyn o newid byd.'

'Ond mae'n rhedeg ei gwmni ei hunan nawr,' meddai Marian. 'Mae hynny'n siŵr o fod yn dipyn gwell.'

'Ond mae cyfnod go hir rhwng y ffilmiau – be, diwedd y chwe degau a dechrau'r saith degau? – a sefydlu S4C a'r cwmnïau teledu Cymraeg,' meddai Dyfrig. 'Sgwn i beth fuodd o'n ei wneud yn y cyfamser?'

Ni allai neb gynnig ateb.

'Pwy s'isio bwyd?' meddai Anna i dorri'r distawrwydd. 'Mae Marian wedi gwneud titbits bach i ni.'

Aeth y ddwy i nôl dau blât o'r oergell a'u gosod ar y bwrdd. Cododd y gweddill hefyd.

'Mae'n ddrwg gen i am y third degree,' sibrydodd Dyfrig yng nghlust N'tia. 'Doeddwn i ddim wedi rhag-weld hynny.'

'Popeth yn iawn, Dyfrig,' atebodd hithau. 'Rydw i'n mwynhau'r cwmni. Mae'n dipyn o newid o eistedd yn f'ystafell yn darllen neu wylio DVDs.'

Daeth Marian atynt yn cynnig danteithion bach, y *bouchées à la reine* roedd Iwan wedi eu clodfori, eglurodd wrth Dyfrig. Edrychent fel *vol au vents* iddo fo, ond pwy oedd o i ddadlau? Beth bynnag, roedden nhw'n blasu'n odidog, a gallai faddau i Iwan am frolio cymaint arnyn nhw. Canmolodd yntau a N'tia ddawn coginio Marian.

''Wy wedi bod yn edmygu'ch cadwyn chi,' meddai hithau wrth N'tia. 'Ai un o Gabon ydi hi?'

'Ia,' atebodd N'tia. 'Mae gen i gefnder sy'n eu creu nhw. Mae o'n curo'r arian a'r efydd ei hun ac yn gweithio'r ddau i'w gilydd fel hyn ...'

Trodd y sgwrs yn dechnegol, y ddwy'n edmygu tlysau'i gilydd, nes i N'tia gofio'n sydyn.

'Dyfrig, gawsoch chi hyd i'r person sydd biau'r froets?'

'Daria, naddo! Mi anghofiais i'r cyfan amdani.'

'Pa froits yw hon?' holodd Marian.

'Cafodd Dyfrig hyd i froets ar un o lwybrau'r goedwig,' eglurodd N'tia. 'Mae hi'n beth bach hyfryd, Fictoraidd ddwedwn i. Ydi hi gennych chi, Dyfrig?'

'Na. Mi gadwais hi yn y drôr yn fy ystafell. Mi a'i i'w nôl hi rŵan, i weld a fydd rhywun yn ei nabod.'

Brysiodd i'w fwthyn, gan dorri ar draws Heledd ac Iwan yn caru ar y soffa. Neidiodd y ddau oddi wrth ei gilydd pan gerddodd i mewn.

'Sori,' meddai, a rhedeg i fyny'r grisiau. O leiaf roedd y ddau'n weddus, diolch i'r nefoedd. Brysiodd allan drachefn, y froits yn ei boced. Nid edrychodd i gyfeiriad y soffa.

Dangosodd y froits i bawb o'r cwmni. Byseddodd Anna a Marian hi, gan ddotio at yr 'E' gywrain, ond nid oedd yr un ohonynt yn ei hadnabod.

'Biti na fasa Mair yn ei hôl i'w gweld hi,' meddai Anna. 'Ti isio mynd draw i'w bwthyn nhw i'w dangos hi iddi hi, Dyfrig?'

Ysgwyd ei ben wnaeth Dyfrig. Ar ôl ei brofiad yn ei fwthyn ei hun, nid oedd am darfu ar neb arall. Rhoddodd y froits yn ôl yn ei boced ac anghofio amdani.

Pennod 15

Roedd Dyfrig wedi deffro'n gynnar, er bod y wawr wedi torri oriau
ynghynt. Rhedai ei feddwl ar garlam wrth iddo geisio rhoi trefn ar ei
syniadau. Roedd y parti neithiwr wedi gorffen yn ddisymwth pan
gyhoeddodd N'tia, ychydig ar ôl iddynt orffen danteithion Marian, ei
bod angen mynd yn ôl i'w hystafell gan nad oedd hi'n gwybod a oedd
drysau'r plas yn cael eu cloi dros nos ai peidio. Gwnaeth Gwion
symudiad fel pe bai'n bwriadu ei hebrwng hi allan, ond deallodd neges
gorfforol Dyfrig yn syth, a thynnodd yn ôl. Nid fod dim wedi digwydd,
cofiodd Dyfrig yn siomedig. Ni allai benderfynu beth oedd ei
obeithion: rhyw sws fach annwyl ar drothwy ei drws, efallai? Neu, yn ei
freuddwydion, gusan lawer mwy nwydus, gwahoddiad i mewn am
baned o goffi a rhywbeth mwy? Beth oedd o ei eisiau ganddi? Oedd o
mewn gwirionedd eisiau perthynas? Roedd hi'n llawer iau nag ef;
roedd o leiaf ddeng mlynedd rhyngddynt, ac roedd hi'n agosach o
lawer at oed Gwion. Dim rhyfedd fod y llanc wedi anelu'n syth amdani.
Byddai'n well o lawer iddo ef ei hun fodloni ar y sws fach ddiniwed a
gafodd ar ei foch a'r gair bach o ddiolch cyn iddi ddiflannu i'r plas. O
leiaf roedd ei geiriau o ddiolch am y gwahoddiad yn hollol ddiffuant a
chynnes.

Ond doedd wiw iddo wastraffu amser yn hel meddyliau dibwrpas.
Y peth pwysicaf oedd ei waith ar gyfer y gystadleuaeth. Byddai'n rhaid
iddo geisio'i orffen heddiw er mwyn cael amser i wneud y gwaith
ymchwil i'r Oesoedd Canol Cynnar. Ond pa un oedd y ffordd orau i
fynd o'i chwmpas hi, tybed? Cael pererinion ar y llong i Rufain i gyd o'r

un cyfnod, neu a fuasai'n dderbyniol cael rhyw fath o long ffantasïol, lle roedd y pererinion o wahanol gyfnodau yn hanes Cymru? Roedd yn dibynnu faint o enwau diddorol y gallai eu darganfod o ganol y bymthegfed ganrif.

Clywodd symudiad ar y grisiau, ac yna ddrws y bwthyn yn agor a chau. Roedd un o'r merched wedi codi'n gynnar, meddyliodd. Yna, eiliadau'n ddiweddarach, clywodd y clychau'n canu: roedd hi'n chwech o'r gloch. Gallai godi heb deimlo'i fod yn afresymol o gynnar ac yn deffro'r ddwy arall. Gorau po gyntaf iddo fynd drwy'i nodiadau ymchwil i chwilio am enwau.

Rhyw awr yn ddiweddarach, penderfynodd fod raid iddo gael brecwast. Roedd Marian yn bwyta tost wrth fwrdd y gegin, a'r lle'n llawn arogl coffi. Cynigiodd baned iddo, a derbyniodd yntau. Torrodd dafelli o fara a'u tostio cyn eistedd gyda hi wrth y bwrdd.

'Aeth Heledd allan yn gynnar bore 'ma,' meddai.

'Heledd? Ond ...'

Daeth sŵn dŵr yn rhedeg yn y gawod uwch eu pennau, ac edrychodd y ddau i fyny.

'Pwy ...?'

Plygodd Marian ymlaen, â gwên lydan ar ei hwyneb.

'Nid Heledd aeth allan yn gynnar,' sibrydodd, 'ond Iwan.'

'Dach chi'n ...?' meddai Dyfrig yn gegrwth.

Nodiodd Marian ei phen gan ddal i wenu.

'Oedden nhw ...?'

Nodiodd Marian eto, yn ceisio'i gorau glas i beidio â chwerthin wrth weld yr olwg ar wyneb Dyfrig.

'O,' a darlun anghynnes o fetel yn cordeddu mewn cnawd yn llenwi ei feddwl.

* * *

Yn ôl yn ei stafell unwaith eto, parhaodd Dyfrig â'i chwilota. Roedd y gwaith wedi dechrau mynd yn drech nag ef. O leiaf, diolchodd, gallai anwybyddu enwau'r rhai oedd yn byw ar ôl oes Iago I, gan ei bod yn annhebygol y byddai unrhyw un pwysig ar ôl hynny'n Gatholigion. Efallai mai syniad gwirion oedd y cyfan wedi'r cwbl. Efallai y byddai'n well iddo ganolbwyntio ar y Cymry yn y Rhyfel Can Mlynedd, gan gofio'i sbardun cyntaf, Guto'r Glyn. Onid oedd wedi dod ar draws enwau eraill oedd yn llawn rhamant – enwau fel Mathau Goch a Syr Hywel y

Fwyall? Neu beth am yr holl seintiau oedd yn enedigol o Gymru ac wedi crwydro'r Cyfandir i ddysgu a chael eu dysgu yn y mynachdai enwog yno? Taflodd ei feiro ar y ddesg. Roedd angen paned arall o goffi arno.

Heledd oedd yn y gegin y tro hwn, a'r bwrdd wedi ei orchuddio â'i llyfrau, ei phapurau a'i gliniadur.

'Sut ma' hi'n mynd?' holodd Dyfrig.

Cododd Heledd ei hysgwyddau ac ysgwyd ei phen.

'Isio coffi?'

'Grêt. Diolch, Dyfrig.'

Synnwyd ef braidd gan ei hateb, ond cofiodd eiriau Mair, a cheisiodd dynnu sgwrs â hi. Pan osododd y mẁg o'i blaen, gafaelodd hi ynddo a'i gario at un o'r cadeiriau esmwyth.

'Whiw! Fi angen brêc,' meddai, gan suddo'n ôl i'r clustogau.

'Dyna'n union sut rydw inna'n teimlo,' cydymdeimlodd Dyfrig ac eistedd yn y gadair gyferbyn. 'Gormod o ffeithiau dagith fi,' meddai gan geisio bod yn ffraeth. Cododd ei phen a chipedrych arno'n hollol ddifrifol cyn cario 'mlaen i sipian ei choffi.

'Wyt ti 'di dewis pwnc bellach?'

'Wrthi'n meddwl am hynny ydw i nawr,' atebodd Heledd. ''Wy wedi gwneud y gwaith ymchwil ar gyfer cyfnod yr wythnos hon i ddechre. A 'wy wedi cael ambell syniad o ganlyniad i hynny. A tithe?'

'Wel, ti'n gwybod, un munud mae gen i syniad sy'n swnio'n dda, y munud nesa mae'n teimlo fel rwtsh llwyr.' Petrusodd Dyfrig cyn mentro gofyn ffafr, ond gan na allai benderfynu drosto'i hun, byddai'n rhaid iddo ofyn i rywun. 'Fasa wahaniaeth gen ti taswn i'n taflu'r ddau syniad atat ti? Fasat ti'n fodlon deud be ti'n feddwl ohonyn nhw?'

'Iawn,' cytunodd hithau gan edrych dros ei hysgwydd at ei gwaith ei hun. 'Cyn belled na fyddi di'n hir iawn.'

Brathodd Dyfrig ei dafod cyn dechrau egluro'i syniad am y llong yn teithio i Rufain un ai gyda theithwyr o'r un cyfnod, neu o wahanol gyfnodau yn hanes Cymru.

'Meddwl gwneud rhyw fath o *Canterbury Tales* ohoni, 'sti, gydag un rhaglen ar gyfer pob cymeriad,' gorffennodd. 'Ond mae cael yr enwau'n ddiawl o waith caled.'

'Pam trafferthu?' atebodd Heledd. 'Dim ond un enw sydd ei eisiau arnat ti. Dyna beth ddwedon nhw. Canolbwyntio ar un agwedd. Gall y gweddill fod yn fraslun. Dim ond cystadleuaeth i'n cadw ni'n brysur yw hi, wedi'r cyfan. Dyw e ddim fel taset ti'n anfon syniad i gwmni teledu iawn, nag yw? Chaiff y rhaglen fyth ei chynhyrchu, a sdim angen i ti roi gormod o stwff iddyn nhw. Wyddost ti ddim pwy wnaiff ei ddwgyd e. Dyna sy'n fy mecso i, 'ta p'un, ar ôl yr holl waith wnes i ar y Fenni.'

Doedd Dyfrig ddim wedi ystyried yr agwedd hon o'r blaen.

'Ti'n meddwl?' meddai'n bryderus. 'A dyna be wyt ti am ei wneud?'

'Ie. Wy'n meddwl cynnig syniad am raglen ar ferched yn yr Oesoedd Canol, ond cynnig un agwedd yn unig gyda 'chydig o ffeithie.'

Daeth Marian i mewn i'r bwthyn, â llyfrau dan ei braich.

'Helô, bawb, wedi bod yn y llyfrgell yn gwneud rhagor o waith darllen,' gwenodd arnynt.

'Alla i ddim gwastraffu rhagor o amser arnat ti, Dyfrig,' trodd Heledd yn ffyrnig ar Dyfrig, y newid agwedd dirybudd yn ei lorio'n llwyr. 'Mae probleme fy hunan gen i.' Cododd yn ddisymwth a dychwelyd at fwrdd y gegin, ei chorff yn datgan yn amlwg nad oedd hi am gyfathrebu rhagor gyda'r un ohonyn nhw. Daliodd Dyfrig lygaid Marian, a chododd hithau ei haeliau fel petai'n dweud 'Be ti'n ddisgwyl?' Anelodd Marian yn syth am y grisiau, a dilynodd Dyfrig hi.

Yn ôl yn ei ystafell, meddyliodd dros yr hyn roedd Heledd wedi ei ddweud. Mewn un ffordd, roedd yn llygad ei lle. Doedd dim angen mynd i'r holl drafferth. Efallai fod angen mwy nag un enw arno, ond byddai dau neu dri'n hen ddigon – a dim manylion heblaw am eu henwau. Byddai'n dewis y llong ffantasïol, gyda theithwyr o wahanol gyfnodau arni, i gyd yn teithio i Rufain. Roedd Caradog, wrth gwrs, yn garcharor i'r Rhufeiniaid – ond ddim yn bererin. Pwy arall allai eu henwi heb ragor o waith ymchwil? Aeth drwy ei nodiadau'n gyflym. Roedd nifer yr enwau'n ei synnu, ond dewisodd y canlynol: Cadwaladr Fendigaid, oddeutu 687, a adawodd ei deyrnas yng Nghymru (adeg y Pla Melyn, dyfalodd Dyfrig) a sefydlu hosbis yn Rhufain ar gyfer crefyddwyr a phererinion o Gymru, hosbis oedd yn dal i fodoli, medden nhw, tan oes Elisabeth I; Morys Clynnog a deithiodd yno yn 1561, a dod yn rheithor y coleg Seisnig yn 1567, coleg oedd wedi ei sefydlu ychydig flynyddoedd ynghynt yn adeilad yr hen hosbis Cymreig; ac yna, wrth gwrs, roedd Hywel Dda, a aethai ar bererindod i Rufain yn 928, ac a oedd yno pan dagwyd y Pab Ioan X – am stori fyddai honno! A Gerallt Gymro, a deithiodd deirgwaith i Rufain, a chael ei siomi bob tro. Ond ei ffefryn o hyd oedd Robin Ddu ap Siencyn Bledrydd. Gallai greu pwt o stori amdano, ei fywyd a'i daith i Rufain, a hanes jiwbilî 1450, a gadael y gweddill. Ar ôl gwneud y penderfyniad, teimlai fod pwysau mawr wedi codi oddi ar ei feddwl. Dechreuodd ysgrifennu.

Gorffennodd ei waith ganol y pnawn a mynd am dro. Roedd hi mor llethol o boeth fel iddo ddewis mynd at yr afon. Os byddai'n onest ag ef ei hun, byddai'n cyfaddef ei fod yn hanner gobeithio gweld N'tia yno unwaith eto, ond fe'i siomwyd. Eisteddodd ar y garreg fawr a mwynhau'r tawelwch a gwres yr haul yn taro ar ei war, cyn i chwilen fach ddechrau cynhyrfu yn ei feddwl. Gadawodd ei sedd a cherdded i fyny'r afon. Os cofiai'n iawn, roedd pwll bach naturiol ynddi ryw ganllath i ffwrdd. Fyddai modd iddo ymdrochi yno?

Pan gyrhaeddodd y llecyn tynnodd ei grys a'i drowsus a chamu i'r dŵr. Rhedodd iasau i fyny ac i lawr ei asgwrn cefn. Roedd y gwahaniaeth rhwng tymheredd ei gorff a'r afon yn ddigon i wneud i'w gymalau gloi. Ond doedd o ddim am ildio. Bwriodd ymlaen, y cerrig yn slic dan ei draed, ac er iddo gamu'n ofalus llithrodd ei droed a thaflwyd ef i'r afon. Wedi iddo dorri'r ias, dechreuodd nofio, ond ar ôl tua dau neu dri metr roedd ei draed a'i freichiau'n taro gwely'r afon. Cyrcydodd yn y dŵr ac edrych o'i gwmpas. Roedd digon o gerrig o faint gweddol i'w cael ar hyd y glannau. Gallai symud rhai ohonynt a gwneud argae bach, lle roedd yr afon yn culhau'n naturiol rhwng dwy graig. Byddai hynny'n gwneud pwll sylweddol, digon iddo allu nofio go iawn. Dechreuodd ar unwaith, gan bentyrru carreg ar ben carreg nes ffurfio wal oedd dros hanner metr uwchben lefel yr afon. Pan orffennodd y gwaith roedd wedi fferru. Dringodd allan o'r dŵr ac edrych ar y wal. Ni fyddai'n gallu gwrthsefyll llif cryf yr afon ar ôl dyddiau o law, ond siawns na fyddai'n sefyll tra byddai'r tywydd yn boeth. Faint fyddai'n ei gymryd i'r dŵr godi, tybed? Penderfynodd ddod yn ôl drannoeth i gadw golwg arni. Aeth yn ei ôl at y garreg fawr a gorwedd yno'n gadael i'r haul ei sychu.

*　*　*

Roedd Gwydion yn ei ôl amser swper, a diddanwyd hwy ag un o'i storïau.

'Ar dywydd mor boeth â hyn,' dechreuodd gan redeg ei fysedd dros dannau'i delyn, 'mae'n braf breuddwydio am nofio mewn llyn yng nghesail y mynydd.' Roedd yn edrych ar Dyfrig ac yn hanner gwenu. 'Felly, meddyliais am yr holl chwedlau sydd gennym yng Nghymru sy'n ymwneud â llynnoedd. Roedd y dewis yn eang, er bod llawer ohonynt yn debyg iawn i'w gilydd. Y rhai mwyaf niferus yw chwedlau'r tylwyth teg, wrth gwrs. Sawl bugail, sawl ffermwr a hudwyd gan eu miwsig ac a syrthiodd yn farw neu i gysgu am saith mlynedd, alla i ddim dweud, er mai'r storïau am fab yn syrthio mewn cariad â merch o blith y tylwyth teg yw'r rhai mwyaf poblogaidd. Maen nhw'n byw yn hapus nes iddo'i tharo – yn fwriadol neu ar ddamwain – â darn o haearn, ac yna mae hithau'n diflannu gyda'i chyfoeth. Yr enwocaf o'r rhain, wrth gwrs, yw chwedl Llyn y Fan yn y de, a chwedl Llyn Barfog ym Meirionnydd. Dim ond un enghraifft sy'n dod i'm cof o ddiwedd gwahanol i'r math yma o stori, a hynny yn un o lynnoedd Eryri. Yn honno, mae mab a merch ar fin priodi, ond mae'r mab yn syrthio mewn cariad â môr-forwyn o'r llyn. Mae'r briodferch ddyfeisgar yn galw ar ei ffrindiau i ddod gyda hi at y llyn. Yno, maen nhw'n dal y fôr-forwyn ac yn ei rhwygo'n ddarnau, a thaflu'r darnau yn ôl i'r dŵr.'

'Ych a fi!' torrodd llais Anna ar draws y stori.

'Ie wir, Anna, ych a fi. Wnawn ni ddim sôn rhagor am y stori yna. Yn lle hynny, mae gen i ddwy stori i chi, un am lyn yn y gogledd, a'r llall yn y de.'

Dechreuodd Gwydion dynnu ar y tannau unwaith eto, a'r nodau fel tincial afonig fechan yn byrlymu dros y cerrig. Unwaith eto, caeodd Dyfrig ei lygaid a gwrando a chael ei gyfareddu. Newidiai naws y delyn gyda phob newid yn y stori, a chafodd Dyfrig ei hun yn gwrando'n fwy astud arni hi nag ar eiriau Gwydion. Roedd wedi ymgolli cymaint mewn un alaw arbennig fel na sylweddolodd yn syth fod llais Gwydion wedi tewi, ond yna agorodd ei lygaid. Daliai Gwydion i chwarae'r alaw oedd yn llawn hiraeth melys, alaw oedd yn gweddu i'r dim i'w stori am y tywysog Gruffudd ap Rhys ap Tewdwr yn hudo'r adar ar lyn Syfaddan. Atgoffwyd Dyfrig o fiwsig yr arferai ei hen ffrind coleg wrando arno, bachgen oedd yn astudio cerddoriaeth ac yn canolbwyntio ar gerddoriaeth gynnar yr Canoloesoedd. Edrychodd ar wynebau ei gyd-gystadleuwyr, a daliwyd ei sylw gan wyneb Heledd. Roedd ei llygaid yn pefrio a'i gwefusau'n ffurfio gwên fechan. Edrychai fel petai mewn gwynfyd arallfydol. Ni allai Dyfrig dynnu ei lygaid oddi arni: edrychai'n fwy dedwydd nag y gwelsai Dyfrig hi erioed o'r blaen, ond wrth i'r delyn dawelu o'r diwedd, gwyliodd ei hwyneb yn syrthio'n ôl i'w guwch arferol. Biti, meddyliodd. Edrychai Heledd mor hardd pan oedd hi'n hapus.

Erbyn i bawb ddod yn rhydd o hud y delyn, roedd hi'n rhy hwyr iddo fynd i chwilio am N'tia yn oriel y llyfrgell. Digon tawedog oedd pawb arall, hefyd; doedd dim sôn am baned na pharti, a phawb yn fodlon ar fynd i glwydo.

Gwaith, gwaith, gwaith oedd y drefn y diwrnod canlynol, er gwaethaf y tywydd bendigedig, tywydd fyddai fel arfer wedi denu pawb i dorheulo'n braf. Roedd hi'n ddydd Iau, a phawb â'u bryd ar gyflawni eu tasgau. Yn ystod y pnawn, cofiodd Dyfrig am ei argae ac roedd yn falch o'r cyfle i ddianc i'r awyr iach. Y tro hwn, aeth â thywel a dillad nofio gydag ef. Roedd y wal yn dal i sefyll, a'r dŵr wedi cronni cymaint nes gwneud pwll digon taclus. Bu Dyfrig yn nofio am rai munudau cyn penderfynu codi'r wal yn uwch fyth. Roedd digon o godiad tir o amgylch yr afon yn y fan honno fel nad oedd perygl i'r dŵr lifo drosodd i'r tir cyfagos. Ar ôl iddo orffen y gwaith, roedd y wal gryn dipyn yn uwch. Bron na fuasai'r pwll yn ddigon dwfn yn y fan honno i allu plymio i'r dŵr o'r creigiau, meddyliodd. Aeth ati i osod dau gwrs arall o gerrig, ac wedi bodloni ei hunan, meddyliodd ei bod hi'n bryd iddo sôn am y pwll wrth y lleill, i bawb gael ei fwynhau.

Ychydig ar ôl brecwast fore Gwener, a'r tywydd yn dal yn grasboeth, aeth Dyfrig o'i wirfodd i'r gyffesgell. Roedd y cof am yr edrychiad a roesai Gwydion iddo nos Fercher wedi bod yn ei boeni.

'Seimon, chi sy 'na?' holodd, ar ôl gwthio'r botymau priodol.

'Ia,' atebodd llais petrusgar.

'Dach chi'n gwbod 'mod i wedi gwneud pwll nofio yn yr afon.' Datganiad, nid cwestiwn, ydoedd.

'Pwll nofio?' Roedd y syndod yn llais Seimon yn swnio'n ddidwyll.

'Ia. Yn yr afon. Am ei bod hi mor boeth.'

'Na, wyddwn i ddim.'

'Ia, wel.' Ni allai Dyfrig gadw'r amheuaeth o'i lais. 'Ta waeth, meddwl y byddai pawb isio ymlacio ar ôl rhoi'u gwaith i mewn amser cinio oeddwn i, ac yn bwriadu cynnig i bawb ddod i'r pwll pnawn 'ma. Fyddai modd cael swper – rhyw fath o bicnic – wrth yr afon heno?'

Oedodd Seimon cyn ateb.

'Wn i ddim, Dyfrig. Mi fyddai'n rhaid i mi gael gair efo Gwydion a'r cogyddion. Falle y galla i drefnu i chi gael basgedi te pnawn – brechdanau a chacennau ac ati – picnic mwy traddodiadol?'

'O.'

'Ond fyddai hi ddim yn mynd yn amser hir wrth yr afon?' meddai Seimon wedyn. 'O amser cinio tan amser swper? Fyddai pobol ddim wedi syrffedu? Ac os bydd swper wrth yr afon, mae hynny'n golygu bod raid i bawb dderbyn eich syniad. Beth petai rhai ddim eisiau nofio? Sut fydden ni'n trefnu swper iddyn nhw? Alla i ddim gofyn i'r cogyddion drefnu dau swper ar wahân.'

Nid oedd Dyfrig wedi ystyried yr agwedd hon ar bethau. Teimlai'n siomedig.

'O wel, dyna fo, 'ta. Dim ots.' Cododd i adael y gyffesgell.

'Na, 'rhoswch funud,' galwodd Seimon. 'Mae'n syniad hyfryd. Faswn i'n hoffi mynd i 'drochi fy hunan. Mi drefna i fasgedi picnic os gwnewch chi adael i bawb wybod. Ond bydd swper yn y neuadd fel arfer.'

Trefnodd Dyfrig fod pawb yn ymgynnull yn y buarth am ddau o'r gloch, ac yna byddai'n arwain y ffordd i lawr at yr afon. Awgrymodd y dylai pawb wisgo'u dillad nofio dan eu dillad arferol. Roedden nhw i gyd wedi ymddangos yn frwdfrydig pan gyflwynodd ei wahoddiad. Aeth Dyfrig i'r feddygfa hefyd, ond roedd y lle'n wag, felly ysgrifennodd bwt o lythyr yn sôn am y trefniadau. Roedd geiriau Seimon wedi awgrymu y byddai ef yn falch o ddod, felly ni welai Dyfrig unrhyw wrthwynebiad i wahodd N'tia, a Doctor Eurgain os dymunai.

Bleddyn oedd yr unig un o'r cystadleuwyr na ddaeth i'r buarth ar yr amser penodedig.

'Dydi e ddim yn gallu eistedd yn yr haul,' eglurodd Mair wrth Dyfrig. 'Mae'i groen e mor ole.'

'Ond mae digon o gysgod i'w gael o dan y coed. Fasa'n well i mi fynd i egluro iddo fo?'

'Na, gadwch e, Dyfrig. Mae e am fynd i orffwyso, medde fe. Mae e wedi bod yn gweithio'n galed.'

'Ty'd 'laen, Dyfrig,' galwodd llais Anna o ben arall y buarth. ''Dan ni'n ysu am gael gweld dy bwll di. Mae'n rhy ddiawledig o boeth fan hyn.'

Unwaith eto roedd teimlad o ryddhad ymysg y grŵp: gorchwyl arall drosodd, heb y tyndra o boeni pwy fyddai'n gorfod gadael. Siaradai pawb yn llawn afiaith wrth iddyn nhw ddilyn Dyfrig, pawb heblaw Mair. Roedd hi wedi glynu wrth ei ochr, yn ddistaw ar y dechrau, ond cyn iddyn nhw gyrraedd y pwll plyciodd yn llawes ei grys.

'Dyfrig, rwy'n poeni am Bleddyn,' meddai wrtho'n dawel. Cipedrychodd dros ei hysgwydd i sicrhau nad oedd neb arall yn ddigon agos i glywed eu sgwrs. 'Mae e'n isel iawn ei ysbryd, ac yn poeni drwy'r amser. Ydych chi wedi sylwi?'

Meddyliodd Dyfrig cyn ateb. Teimlai'n euog. Ddyddiau'n ôl roedd Mair wedi crybwyll ei gofidiau, a doedd yntau ddim wedi cymryd unrhyw sylw ohonynt. Dim ond amser swper roedd o wedi gweld Bleddyn, erbyn meddwl, a hyd yn oed ar yr adegau hynny doedd o ddim wedi gwneud ymdrech i sgwrsio â'r gweinidog.

'Wel, mae o wedi bod yn dawel iawn,' cytunodd.

'Ydi, ac mae e'n gwrthod cymdeithasu â phawb arall. Esgus oedd y cyfan heddiw. Ddim am wynebu pobol mae e,' gostyngodd ei llais cyn ychwanegu, 'yn enwedig y ddau yna.'

'Mi geisiais i newid lle efo Iwan,' cyfaddefodd Dyfrig, 'iddo fo fod efo Heledd a Marian ac i mi ddod atoch chi'ch dau, ond ces fy ngwrthod.'

'Do wir? Rydych chi'n ddyn ffein, Dyfrig.' Roedd ei llais yn gynnes ddagreuol. Plyciodd yn ei grys unwaith eto. 'Fase wahaniaeth ganddoch chi taswn i'n dweud hynny wrth Bleddyn? Mi fydde hynny'n siŵr o godi'i galon.'

'Iawn.'

Roedden nhw bellach yn agos iawn at yr afon pan deimlodd Dyfrig drydydd plwc yn ei grys.

'Fasech chi'n cael gair efo Bleddyn?' plediodd Mair. ''Falle y bydde fe'n gwrando mwy arnoch chi.'

Nodiodd Dyfrig ei ben. 'Mi dria i.'

Rhoddodd Anna wich o bleser o weld y pwll. Tynnodd ei throwsus a'i blows heb oedi a chamu i'r dŵr. Yna sgrechiodd, gan wneud i bawb arall chwerthin.

'Ti 'di anghofio plymio dŵr poeth iddo fo, Dyfrig, y lembo,' cwynodd, ond cyn iddi allu dweud rhagor roedd Huw yn yr afon wrth ei hochr ac yn tasgu dŵr drosti, gan wneud iddi sgrechian eto. Trodd yn frwydr lawn chwerthin rhwng y ddau, a denwyd Gwion, Marian, Heledd ac Iwan i ymuno â hwy. Roedd yr ias wedi ei dorri, yn gorfforol ac yn gymdeithasol. Petrusodd Mair, ond yn dilyn ychydig anogaeth gan Dyfrig, mentrodd hithau i'r afon. Arhosodd Dyfrig ar y lan yn eu gwylio, fel tad bodlon yn gwylio'i blant hapus ar ôl iddo greu tegan ar eu cyfer.

Toc, dringodd Huw allan o'r dŵr.

'Ti 'di gwneud joban dda, Dyfrig,' llongyfarchodd ef gan afael yn ei dywel a dechrau rhwbio'i hun yn sych. 'Er, mae Anna'n iawn, 'sti. Ti angen rhedeg pibell ddŵr poeth iddo fo.'

Gwenodd Dyfrig, a pharhau i wylio'r nofio a'r chwarae. Biti nad oedd N'tia wedi dod. Ond dyna fo, efallai ei bod hi'n gorfod gweithio.

Efallai y byddai'n gallu dod yn nes ymlaen. Roedd Seimon wedi dweud wrtho, pan roddodd ei waith cartref i mewn, y byddai ef, Seimon, yn dod â'r basgedi picnic erbyn amser te.

Roedd Huw yn ymbalfalu yn y bag roedd wedi'i gario o'r bwthyn. O ran hynny, roedd pawb wedi dod â bag, i gario tywelion a'r dillad nofio gwlyb yn ôl, tybiodd Dyfrig. Ond tynnu tair potel win allan wnaeth Huw, a mynd i chwilio am dwll diogel yn yr afon i'w gosod i oeri. Pan ddaeth yn ei ôl, aeth at fag Gwion lle roedd cymysgedd rhyfedd o wydrau a mygiau.

'Be prepared, fydda i'n ddeud bob amser,' meddai gan daenu ei dywel ar y glaswellt byr cyn gorwedd wrth ochr Dyfrig. 'Mi fydd pawb yn falch o lymaid bach cyn bo hir.'

'Mae Seimon yn dod â phicnic,' protestiodd Dyfrig, ond dim ond wfftio wnaeth Huw.

'Fydd y crinc ddim wedi meddwl am win!' Ochneidiodd yn uchel a chau ei lygaid. 'Dyma'r bywyd! Ti 'di gneud strôc go dda fan hyn, mêt.'

Yn raddol, daeth Anna, Mair a Marian i'r lan, gan adael y rhai iau i barhau i chwarae. Gwyliodd Dyfrig wrth i Gwion ddringo ar y graig isel yn rhan ddyfnaf y pwll, a phlymio i mewn. Cyn pen dim roedd Heledd ac Iwan yn gwneud yr un peth.

'Maen nhw'n gwneud i mi deimlo fel hen gant,' ebychodd Anna. 'Sbïwch arnyn nhw! Sut mae ganddyn nhw gymaint o egni?'

Yna llithrodd N'tia i'w mysg. Nodiodd ei phen ar y rhai oedd yn eistedd, ond roedd Gwion wedi ei gweld ac yn galw arni i ddod i ymuno â nhw. Tynnodd hithau ei dillad yn gyflym a mynd at y graig. Heb betruso dim, cododd ei breichiau uwch ei phen, a chan wneud bwa gosgeiddig o'i chorff, plymiodd i'r pwll a diflannu dan y dŵr cyn i'w phen ailymddangos gerllaw.

'Nefi wen!' ebychodd Huw, yn rhannu edmygedd pawb arall.

Teimlodd Dyfrig reidrwydd i fynd i mewn i'r afon. Teimlai hefyd fod yn rhaid iddo yntau wneud sioe reit dda ohoni, felly, er gwaethaf y llais yn ei ben oedd yn erfyn arno i beidio â bod yn ffŵl, dringodd ar y graig a phlymio'n union fel y gwnaethai N'tia. Pan gododd i'r wyneb, clywodd Huw ac Anna'n bonllefain eu cymeradwyaeth. Roedd y pedwar ifanc hefyd yn curo'u dwylo ac yn chwerthin. Ar ôl nofio mewn cylchoedd am sbel, awgrymodd Gwion y dylent gael rasys, ond tynnodd Iwan eu sylw at y ffaith fod y pwll braidd yn fyr i hynny.

'Beth am godi'r wal yn uwch?' awgrymodd Gwion, ond erbyn hyn roedd Iwan a Heledd wedi cael digon.

'Mae 'nghroen i'n slwts,' meddai Heledd gan godi ei throed uwchben y dŵr. Roedd gwawr las i'w chroen, ac roedd wedi crebachu fel afal goraeddfed.

Gadawyd Gwion, N'tia a Dyfrig yn yr afon nes cyrhaeddodd Seimon a Meira, yn cario tair basged rhyngddynt. Cododd Seimon ei aeliau o weld N'tia, ond ddywedodd o 'run gair.

'Rhowch y gorau i'r dŵr, blantos,' galwodd Huw arnynt. 'Mae'r jeli a'r blymonj wedi cyrraedd.'

Aeth Seimon a Meira i ymdrochi tra gosodai Marian a Mair y bwydydd ar y llieiniau patrymog oedd wedi eu rhoi ar ben y dysglau yn y basgedi. Roedd yno amrywiaeth o frechdanau gorlawn o gynhwysion, tafelli o basteiod cig moch a tharten lysieuol, powlenni o greision, moron, pupur coch a seleri wedi eu torri gyda *hummus*, *tzatziki* a *guacamole* mewn dysglau bychain. Chwarddodd Huw'n uchel pan ddaeth o hyd i ddysglau unigol llawn jeli a ffrwythau, ac un ddysglaid fawr o beth dybiai pawb oedd yn *blancmange*. Yn olaf, roedd poteli lemonêd ar waelod un o'r basgedi.

'Ti'n gweld?' heriodd Huw. 'Roeddwn i'n iawn, yn doeddwn? Does 'na ddim gwin.' Aeth draw at ei seler yn fodlon.

Pan gyrhaeddon nhw'n ôl i'r bythynnod, roedd hi bron yn amser swper.

'Mae amser i ni gyd gael cawod,' awgrymodd Marian, 'os ydyn ni i gyd yn brysio.'

Roedd pawb wedi bwyta gormod yn y picnic i fod eisiau llawer o swper, ond bwyd digon syml oedd ar eu cyfer: cawl ysgafn o giwcymbr a bara Ffrengig, a dysglau o ffrwythau'n bwdin. Fel arfer, roedd digon o win gyda'r bwyd, gan fodloni Huw.

Nid oedd yr un o'r beirniaid yn eu mysg, ond roedd hynny, hefyd, yn arferol ar nos Wener. Ar ôl i bawb orffen bwyta, cododd Seimon.

'Mae gen i gyhoeddiad,' dechreuodd. 'Bore fory, mi fyddwch chi'n cael mynd ar drip bach i gastell o'r Oesoedd Canol, er mwyn i chi gael blas ar fywyd y cyfnod hwnnw. Ond bydd yn rhaid cychwyn yn fore iawn. Mi fydd cloch ychwanegol yn cael ei chanu ben bore, awr cyn y caniad chwech. Wedyn, pan fydd hi'n chwech o'r gloch, rhaid i bawb ddod i'r bws fydd yn eich disgwyl. Does dim raid i chi ddod â dim gyda chi. Iawn?'

Nodiodd pawb eu pennau.

'Reit. Ac yn awr, rydan ni'n mynd i gael cwis bach ar y cyfnod rhwng 800 a 1170, yr un rydych chi i fod wedi ei astudio. Ewch i'ch timau, os gwelwch yn dda.'

Pennod 16

'*Cwis?*' Roedd llais Anna'n anghrediniol.

'Ia. Dim byd mawr. Mwy o hwyl na dim arall. Chi'n gwybod, fel cwis tŷ tafarn.'

'Ond pam na fasach chi 'di deud wrthan ni cyn hyn? Mi fasan ni wedi gallu mynd dros ein nodiadau ...'

'Dyna'n union beth roedden ni am ei osgoi,' atebodd Seimon yn amyneddgar. '*Hwyl* ydi o. Ond mi fydd yn eich helpu chi i roi eich gwybodaeth mewn trefn, a gweld beth yw'ch mannau gwan, fel petai.'

'Ond ...'

'Duw, ty'd 'laen, Anna,' dwrdiodd Huw. 'Cymera air y dyn. Hwyl fydd o.'

Ildiodd Anna'n anfoddog, a bu cryn dwrw a bustachu wrth wahanu'r byrddau a'r cadeiriau fel bod tri person wrth dri bwrdd, â phentwr o bapurau sgwennu a phensiliau o'u blaenau. Roedd pob bwrdd yn ddigon pell oddi wrth ei gilydd fel nad oedd yn hawdd clustfeinio ar y timau eraill. Ar yr uchel fwrdd eisteddai Seimon a Meira, ag awrwydr anferth o'u blaenau. Yna cyhoeddodd Seimon fod diodydd ar gael gan y gweinyddion. Ymhen hir a hwyr, roedd gwydr o flaen pob cystadleuydd, a phawb yn dawel a disgwylgar.

'Reit. Dewiswch un aelod i fod yn ysgrifennydd, ac mae croeso i chi ymgynghori â'ch gilydd. Gweithio fel tîm, mewn geiriau eraill. Mi fydda i'n darllen y cwestiynau, yna bydd Meira'n troi'r awrwydr. Mae'n cymryd pum munud i'r tywod lithro o'r top i'r gwaelod, a dyna faint o amser fydd gennych chi i ateb. Iawn?' Cliriodd ei wddf cyn dechrau.

'Enwch brif arweinwyr y Cymry yn ystod cyfnod eich ymchwil, gan eu gosod yn nhrefn amser. Marciau ychwanegol am ddyddiadau.'

Penderfynwyd yn frysiog mai Heledd fyddai'r ysgrifennydd.

'Rhodri Mawr i ddechrau,' sibrydodd Marian, ac ysgrifennodd Heledd.

'Dyddiadau?' holodd.

Syllodd Marian a Dyfrig ar ei gilydd yn fud.

'Dydw i ddim yn cofio.'

'Na finne chwaith. Mae 844 yn canu cloch, ond dwi ddim yn bendant. Awn ni 'mlaen.'

'Ei ŵyr o oedd Hywel Dda,' meddai Dyfrig, 'a bu hwnnw farw yn 950. Mi aeth o i Rufain yn 928,' ychwanegodd.

'Gruffudd ap Llywelyn? Marw 1063?' cynigiodd Heledd, a nodiodd y ddau arall eu pennau.

'Roedd llawer o frwydro a mwrdro am ddegawdau wedyn,' meddai Marian, 'tan frwydr Mynydd Carn yn 1081, a dau arweinydd yn dod i'r amlwg: Gruffudd ap Cynan a Rhys ap Tewdwr.'

'Cafodd Rhys ap Tewdwr ei ladd gan y Normaniaid yn 1093,' ychwanegodd Dyfrig.

'A bu Gruffudd ap Cynan fyw tan 1137, er gwaetha'i fywyd cythryblus,' meddai Marian wedyn. Roedd Heledd wrthi fel lladd nadroedd yn ysgrifennu'r cyfan. Arhosodd y ddau arall nes iddi orffen ac edrych yn ddisgwylgar arnynt.

'Owain Gwynedd yn fab i Gruffudd ap Cynan,' meddai Dyfrig, 'felly mi fyddai ei deyrnasiad wedi cychwyn yn 1137.'

'Beth am Gwenllïan?' holodd Heledd. 'Fyddai hi'n cyfrif fel un o'r arweinwyr?'

Edrychodd Dyfrig yn ddrwgdybus arni.

'Go brin,' meddai'n araf. 'Gwraig Gruffudd ap Rhys oedd hi, yntê? A merch Gruffudd ap Cynan.'

'Ond fe arweiniodd hi'r Cymry yn erbyn y Normaniaid mewn brwydr.' Roedd llais Heledd yn danbaid.

'Mae gennych chi ryw funud i fynd,' torrodd llais Seimon ar eu traws.

'Rhowch hi i lawr,' cynigiodd Marian. 'Does dim i'w golli am wybodaeth ychwanegol.' Gwnaeth Heledd hynny, gan ychwanegu'r dyddiad 1135 – marw.

'Roedd Gruffudd ap Rhys wedi dilyn ei dad yn y Deheubarth, ond doedd 'na ddim blynyddoedd o gwffio cyn iddo etifeddu tiroedd Rhys ap Tewdwr?' holodd Dyfrig.

'Ti'n iawn, Dyfrig,' cytunodd Marian, 'ond sai'n gallu cofio'r dyddiad. Ond bu e farw'r un flwyddyn â Gruffudd ap Cynan: 1137.'

'Ac fe lofruddiwyd ei fab Anarawd gan ddynion Cadwaladr, brawd Owain Gwynedd.'

'Rho enw'r Arglwydd Rhys i lawr nesaf,' meddai Marian yn daer. 'Mae'r amser bron ar ben.'

'Owain Gwynedd yng Ngwynedd – marw 1170, a'r Arglwydd Rhys yn Deheubarth. Dyna ddiwedd ein cyfnod, yntê?'

'Beth am Bowys? Roedd Madog ap Maredudd ...'

'Amser ar ben,' cyhoeddodd Seimon. 'Y cwestiwn nesaf: pam y cafodd Rhodri'r ansoddair Mawr ar ôl ei enw?'

'Fe oedd y cyntaf i reoli Cymru gyfan, bron iawn,' sibrydodd Marian.

'Ia, a hynny heb fawr o dywallt gwaed. Etifeddiaeth a phriodas ddaeth â Gwynedd, y Deheubarth a Phowys o dan ei reolaeth. Roedd hynny'n dipyn o gamp,' meddai Dyfrig, 'o feddwl am yr oes.'

'Ond nid dyna'r rheswm,' mynnodd Heledd. 'Roedd e'n enwog yn ei amser ei hun am drechu'r Sgandinafiaid. Roedd Lloegr gyfan, heblaw am rimyn Wessex, wedi ei threchu gan y Daniaid a'r Llychlynwyr eraill.'

'Ie, ti'n iawn. Roedd Iwerddon hefyd wedi'i gorchfygu gan y Llychlynwyr, a theyrnasoedd eraill Ewrop yn dioddef ymosodiadau. Roedd y dyn a'u trechodd yn arwr, ac yn ysbrydoliaeth i Alfred Fawr frwydro i ennill Lloegr yn ôl o afael y Daniaid.'

'Ie,' cytunodd Heledd, 'ac wy'n sicr i mi ddarllen hefyd fod ei enw ar ddogfennau yn un o lysoedd Ewrop – yn yr Almaen, efallai? Neu'n llysoedd disgynyddion Siarlymhen?'

'Dyna ni, 'ta,' meddai Dyfrig. 'Alli di roi hynny i lawr yn daclus, Heledd?'

Rhoddodd edrychiad chwyrn arno cyn bwrw iddi. Roedd wedi gorffen ymhell cyn i Seimon alw fod yr amser ar ben.

'Mae Hywel Dda yn enwog am ei gyfreithiau,' darllenodd Seimon. 'Ond pa ffurf gymerodd y cyfreithiau hynny?

'Be mae hynny'n ei feddwl?' galwodd Anna.

Cododd Seimon ei ysgwyddau. 'Dim fi sy wedi gosod y cwestiynau, ond yr arbenigwyr. Pa ffurf ffisiolegol, faswn i'n cymryd.'

'Mi wnes i astudio'r cyfreithiau,' meddai Anna'n bwdlyd, 'ond wnes i ddim meddwl astudio sut roeddan nhw wedi sgwennu'r blydi petha.'

'Wy'n gwybod,' sibrydodd Heledd, ei llais yn llawn cyffro. 'Sgrifennes i am safle menywod yn y cyfreithiau. Roedden nhw wedi eu trefnu mewn tair cyfrol: cyfrol o gyfreithiau'r llys, cyfrol o gyfreithiau'r wlad, a chyfrol am arfer pob un ohonynt. Copïwyd pob cyfrol dair gwaith: un i bob llys – Gwynedd, Powys a Deheubarth.' Aeth ati i ysgrifennu'r cyfan i lawr. Unwaith eto, roedd wedi gorffen ymhell cyn i Seimon alw'r amser.

'Cwestiwn pedwar,' meddai wedyn. 'Pwy oedd Nest, a phwy o bosib oedd ei hŵyr enwocaf? Rhowch ddisgrifiadau byr.'

'Merch Rhys ap Tewdwr,' atebodd Dyfrig, ei lygaid ynghau mewn ymdrech i gofio'n daclus. 'Cafodd ei chadw yn Llundain pan oedd yn ferch ifanc, a chymerodd Harri I hi fel meistres cyn iddo ddod yn frenin. Ganwyd mab iddynt.' Roedd yn siarad fel petai'n adrodd o lyfr. 'Yna, oddeutu 1100, priodwyd hi â Gerald de Windsor o Benfro. Norman oedd yn un o ddeiliaid y brenin. Roedd hi'n arbennig o brydferth, a chipiwyd hi gan Owain ap Cadwgan i fyw gydag ef ym Mhowys cyn i Gerald ei hennill yn ôl. Roedd ganddyn nhw nifer dda o blant.'

'Campus, Dyfrig,' canmolodd Heledd gan ysgrifennu'n wyllt. 'Nawr 'te, beth am yr ŵyr?' Rhoddodd ei phensil i lawr ac edrych ar y ddau arall.

'Gerallt Gymro,' atebodd Marian yn syth. Gafaelodd Heledd yn ei phensil unwaith eto. Edrychodd i fyny pan na ddywedodd Marian air yn rhagor.

'Ti'n gwybod rhywbeth amdano fe?' holodd.

Ysgwyd ei phen yn araf wnaeth Marian.

'Wnes i ddechre darllen ei hanes ond pan weles i na ddychwelodd o Baris i Gymru tan 1172, fe roies i'r gore iddi. Roeddwn i'n meddwl mai perthyn i'r cyfod nesa fydde fe,' eglurodd.

'Oes rhywun arall enwog oedd yn ŵyr i Nest?' holodd Dyfrig.

'Roedd teulu mawr 'da nhw,' meddai Marian yn araf, cyn troi at Dyfrig. 'Wedest ti fod ganddi fab gyda Harri I, Dyfrig. Oedd e'n enwog?'

Rhwbiodd Dyfrig ei dalcen.

'Dydw i ddim yn cofio. Mi ddarllenais i rywbeth amdano fo'n rhan o lynges Harri II a ymosododd ar Fôn.' Ceisiodd gofio. 'Roedd un llyfr yn dweud iddo gael ei ladd yn y frwydr honno yn ymyl Moelfre, ond roedd un arall yn dweud iddo ddianc.'

'Ti'n gwybod ei enw e?'

'Dydw i ddim yn cofio – Fitz rhywbeth.'

'Ie,' cytunodd Marian. 'Roedd pob plentyn gordderch yn cael Fitz fel enw blaen. Dyna ystyr y gair.'

'Munud i fynd,' cyhoeddodd Seimon.

''Wy newydd gofio am rai eraill, ond fi'n pallu cofio'u henwe ...' sibrydodd Heledd yn wyllt. 'Gwnaeth yr Arglwydd Rhys gynghrair â nhw, a'u hanfon i'r Iwerddon i gynorthwyo brenin Leinster – roedd Rhys moyn eu gweld ymhell o'i diroedd e – ac yno, maes o law, daeth un ohonyn nhw'n frenin Leinster ei hunan, a chythruddo Harri II ...'

'Ie,' torrodd Marian ar ei thraws, 'ond oedd hynny o fewn ein cyfnod ni?'

'Sai'n siŵr ...'

'Ylwch, mae'r amser bron ar ben,' mynnodd Dyfrig.

'Beth sgrifenna i?' gofynnodd Heledd yn daer.

'Rho Gerallt Gymro i lawr,' penderfynodd Marian, 'ond gwed na ddaeth e'n ôl i ddechre'i yrfa yng Nghymru tan 1172, ac felly ei fod e tu allan i'n cyfnod.'

Gorffennodd Heledd ysgrifennu ychydig eiliadau wedi i Seimon gyhoeddi bod yr amser ar ben.

'Cwestiwn pump: wyth oed oedd Gruffudd ap Cynan pan laddwyd ei dad ym mrwydr olaf Gruffudd ap Llywelyn yn 1063, ond sut y daeth o'n frenin ar Wynedd, a sawl gwaith fu'n rhaid iddo adennill ei deyrnas?'

'Roedd o'n wyth oed ar y pryd, ac yn byw yn Iwerddon,' ceisiodd Dyfrig gofio. 'Gwyddeles oedd ei fam o.'

'Ie,' cytunodd Marian. 'Merch i'r brenin, a disgynyddes i'r arwr mawr Brian Boru.'

'Ond roedd o o linach Rhodri Mawr, a fo, ar ôl hanner brodyr Gruffudd ap Llywelyn, oedd â'r hawl gryfaf i Wynedd.'

'Pryd ddaeth e'n frenin Gwynedd, 'de?' holodd Heledd.

'Wedi brwydr Mynydd Carn yn 1081,' atebodd Marian yn syth.

'Na,' anghytunodd Dyfrig. 'Roedd o'n frenin am gyfnod cyn hynny. Glaniodd yn Nefyn o Iwerddon yn 1075, a chipio coron Gwynedd. Rydw i'n cofio hynny o 'ngwaith ar Nefyn. Ond wedyn cafodd ei drechu mewn brwydr ger Clynnog Fawr – Bryn Beddau, os ydw i'n cofio'n iawn – o gwmpas 1078. Bu raid iddo ddianc i Iwerddon, a daeth yn ei ôl i Gymru wedyn gyda'i Lychlynwyr, mewn cynghrair â Rhys ap Tewdwr, a dyna pryd y bu brwydr Mynydd Carn, a'i sefydlu fel brenin Gwynedd unwaith eto.'

'Ond cafodd ei gipio'n fuan iawn wedyn gan y Normaniaid – iarll Caer – a'i ddal yno am ddeuddeg mlynedd.'

'Ie, a Normaniaid oedd yn rheoli Gwynedd yn ystod y cyfnod hwnnw, nes iddo ddianc ...'

'Fe'i gwelwyd gan Gymro yn cael ei symud o fan i fan mewn cadwynau, a thra oedd ei warchodwyr yn yfed mewn tafarn, fe wnaeth hwnnw ei gario i ffwrdd ar ei ysgwydd, yn dal yn ei gadwynau!' Chwarddodd Heledd. 'Dyna stori werth ei ffilmio fyddai honno!'

'Felly mi fyddai hynny yn 1093?'

'Byddai, ond doedd pethau ddim yn sefydlog iawn. Rwy'n credu iddo fynd i Iwerddon eto, a dod yn ôl gyda mwy o filwyr Llychlynaidd.'

'Ti'n iawn,' cytunodd Dyfrig. 'Roedd brwydr yn 1098 ar lan y Fenai, ac roedd brenin Norwy yn un o griw Gruffudd ap Cynan. Fo laddodd iarll Amwythig.'

'Felly sawl gwaith wnaeth e adennill Gwynedd?'

'Pedair gwaith, os wy'n cyfrif yn iawn,' atebodd Marian. Cytunodd Dyfrig, a chofnododd Heledd hynny.

Wedi i'r tywod orffen llifo i'r awrwydr, cyhoeddodd Seimon y byddai seibiant, er mwyn i bawb gael ail-lenwi ei wydr.

'Fe fu Gruffudd ap Cynan fyw am amser maith, yndofe?' rhyfeddodd Heledd wrth daro'i phensil i lawr. 'Rown i'n meddwl mai dim ond am ryw ddeugain mlynedd fyddai pobol yn byw bryd hynny.'

'Ti'n iawn,' cytunodd Marian, 'yn arbennig o ystyried yr oes ryfelgar. Faint oedd ei oed e'n marw, felly?'

Gwnaeth y tri symiau yn sydyn, a phenderfynu mai'r ateb oedd wyth deg dau.

'Whiw!' ebychodd Huw, gan gerdded at eu bwrdd. 'Am gythraul o gwestiynau. Sut hwyl dach chi'n gael?'

Gyda symudiad bwriadol, trodd Heledd y papur atebion wyneb i waered cyn codi heb ddweud gair a mynd at Iwan. Syllodd Huw ar ei hôl.

'Be sy'n bod arni hi?'

'Pwy â ŵyr?' chwarddodd Marian.

Bu pawb yn cerdded o gwmpas yn mân siarad, a'r gweinyddion yn cario gwydrau llawn iddynt, nes i Seimon eu galw'n ôl at eu byrddau.

'Cwestiwn chwech. Pa lyfr enwog a ysgrifennwyd oddeutu 1136, a phwy oedd yr awdur?'

'Sgin i'm clem,' meddai Dyfrig.

'Finne chwaith,' meddai Marian.

'Nid *Brut y Tywysogyon* oedd e?' cynigiodd Heledd.

'Na, sai'n credu,' atebodd Marian. 'Roedd hwnnw'n ddiweddarach. A doedd Gerallt Gymro ddim wedi dechre ysgrifennu.'

'Oedd o'n un o fucheddau'r seintiau?' gofynnodd Dyfrig.

''Rhoswch funed,' meddai Heledd, 'mae rhywbeth yn dod 'nôl ata i.' Trawodd ei thalcen yn ysgafn. 'Wrth gwrs! Hanes brenhinoedd Prydain! Dyna yw e.'

'Ie, wrth gwrs! Sieffre o Fynwy, a'i lyfr *Historia Regum Britanniae.*'

'Da iawn,' edmygodd Dyfrig.

Daeth tri chwestiwn cyflym arall.

'Yn ôl *Brut y Tywysogyon,* sawl tywysog neu arweinydd gafodd ei lofruddio rhwng 950 a 1050?'

Dyfaliad oedd eu hateb: deg ar hugain.

'Pa bryd y sefydlwyd mynachlog Ystrad-fflur, a chan ba urdd?'

1164 gan y Sistersiaid oedd eu hateb, gyda Dyfrig yn ychwanegu, ei gof yn gweithio'n arbennig o lwyddiannus, mai'r ŵyr hwnnw i Nest, mab Harri I, yr un oedd ym mrwydr Moelfre, roddodd y tir iddyn nhw.

'Pa ddigwyddiad yn hanes Lloegr roddodd gyfle i'r Cymry adennill tiroedd oddi ar y Normaniaid, a pha bryd?'

'Y rhyfel cartre rhwng y Brenin Stephen a'r Ymerodres Mathilda,' atebodd Marian.

'Ddim Maude oedd ei henw?' heriodd Dyfrig.

'Mae cyfeiriadau at y ddau enw,' cytunodd Marian. 'Dechreuodd y rhyfel yn 1135, pan fu farw Harri I, a phara tan 1154, pan fu farw Stephen.'

'A mab Maude yn cael ei goroni – Harri II,' ychwanegodd Heledd.

'Roedd llofruddiaeth Beckett wedi helpu'r Cymry hefyd,' atgoffodd Dyfrig y ddwy arall. 'Collodd Harri II lawer o'i awdurdod wedi hynny.'

'Do, ond wy'n credu mai'r rhyfel cartref yw'r ateb fan hyn,' meddai Heledd, gan ysgrifennu.

Yna cyhoeddodd Seimon y cwestiwn olaf.

'Pa frwydr ddigwyddodd yn 1165, a beth oedd ei harwyddocâd?'

'Anfonodd Harri II fyddinoedd yn erbyn y Cymry dan Owain Gwynedd,' atebodd Dyfrig yn syth. 'I fyny dyffryn Ceiriog am y Berwyn.'

'Ie,' cytunodd Marian. 'Roedd e am dorri cwys drwy Gymru, ei rhannu'n ddau yn ddaearyddol, fel na allai'r de a'r gogledd ymuno'n ei erbyn.'

'Ia, ond lwyddodd o ddim,' aeth Dyfrig ymlaen. 'Roedd Owain wedi anfon ei filwyr gorau o Gorwen i fyny'r Berwyn i atal y Saeson. Roeddan nhw'n ymosod mor ffyrnig nes iddyn nhw yrru'r Saeson yn eu holau ym mrwydr Crogen. Bu bron i'r brenin golli ei fywyd, a galwodd ei filwyr yn ôl.'

'Ac yna daeth storm enbyd,' parhaodd Marian â'r stori, 'a'r milwyr yn cael eu dal yn y corsydd a'r afonydd. Gyrrwyd y Saeson yn ôl dros y ffin. Dyna'r tro olaf i Harri II geisio ymosod ar Gymru.'

Rhoddodd y tri ochenaid o ryddhad a thaflodd Heledd y pensil ar y bwrdd.

'Reit,' meddai Seimon wedi i'r tywod ddynodi bod eu hamser wedi dod i ben. 'Cyfnewidiwch bapurau ac mi awn ni drwy'r atebion.'

Bu cryn ddadlau, oedd yn ymylu ar ffraeo ar adegau, wrth farcio'r papurau. Yna, wedi i'r atebion i gyd gael eu rhoi, casglwyd y papurau gan Meira a'u cyflwyno i Seimon. Edrychodd hwnnw drostynt yn gyflym cyn cyhoeddi'r enillwyr.

'Yn gyntaf, Heledd, Dyfrig a Marian.'

Cododd gwaedd fuddugoliaethus o'r tîm, a Heledd yn dyrnu'r awyr.

'Yn ail, Iwan, Bleddyn a Mair, ac yn drydydd, wrth gwrs, Huw, Anna a Gwion. Ond mi fyddwch yn falch o glywed mai dim ond tri marc sy rhwng pawb. Da iawn chi. Nawr, ga' i awgrymu eich bod chi'n clwydo'n fuan? Cofiwch fod yn rhaid i chi godi mewn ...' edrychodd ar ei oriawr, 'mewn rhyw chwe awr.'

'Sut ddiawl mae gen ti oriawr, Seimon, a ninnau heb 'run?' heriodd Anna.

'Dydw i ddim yn cystadlu, nag ydw? Nos da, bawb.' Aeth allan drwy'r drws yng nghefn y neuadd, a Meira'n dynn wrth ei sodlau.

Dylyfodd Dyfrig ei ên, ei freichiau'n ymestyn yn araf a dioglyd uwch ei ben.

'Wn i ddim amdanoch chi,' meddai, 'ond dwi'n mynd yn syth i'r gwely.'

* * *

Llwyddodd Dyfrig i gysgu drwy gydol y daith fws, oedd unwaith yn rhagor yn un hirfaith. Pam nad oedd unman yn agos i leoliad y gystadleuaeth? Er ei fod wedi blino cymaint y noson cynt ac wedi syrthio i gysgu ar ei union, roedd rhywbeth wedi ei ddeffro'n fuan wedyn, ac ni lwyddodd i ailafael yn ei gwsg. Bu'n troi a throsi am oriau yn ceisio dyfalu beth oedd wedi aflonyddu arno. Tybiodd iddo gael yr eglurhad pan gerddodd Iwan i lawr y grisiau yng nghwmni Heledd.

Pan ddisgynnodd o'r bws ymhen hir a hwyr, ymunodd yn y rhyfeddu cyffredinol wrth i bawb edrych o'u cwmpas. Roeddynt y tu allan i gastell enfawr a ymddangosai mewn cyflwr strwythurol da iawn. Roedd fel petai ar ynys, a'r ffos o'i amgylch o leiaf ddeng troedfedd ar hugain o led. Mor glir oedd yr awyr, mor danbaid yr haul, nes bod adlewyrchiadau perffaith o'r muriau yn nŵr y ffos.

Ond mwy trawiadol fyth oedd y llecyn eang y safent ynddo, y glaswellt yn fyr a thrwchus fel carped moethus dan eu traed. Roedd pebyll lliwgar, crwn ymhobman, ac ar eu pennau roedd baneri'n chwifio'n ddiog yn yr awel ysgafn. Prysurai pobol 'nôl a mlaen fel morgrug rhwng y pebyll – pobol wedi eu gwisgo mewn dillad canoloesol. Y tu allan i sawl pabell roedd ceffylau wedi eu clymu wrth byst, ac roedd dau was wrthi'n brysur yn gosod arfwisg ar gefn ceffyl mawr gwyn. Stampiai hwnnw'i draed yn anniddig a thaflu'i ben i'r awyr. Yn y cefndir gallent weld pentref o dai cyntefig. Roedd twrw morthwylio a llifio, cyfarwyddiadau a dadleuon a chwerthin yn llenwi'r awyr.

'Mae e fel set ffilm,' meddai Marian mewn syndod.

'Dyna'n union ydi o,' meddai Seimon, gan gerdded atynt o'r ochr draw i'r bws, a Con y dyn camera'n dynn wrth ei sodlau. 'Maen nhw'n ffilmio stori sy'n gymysgedd o hanes Harri II, ychydig bach o Robin Hood a stori *Pillars of the Earth*, ac rydyn ni wedi cael caniatâd i chi dreulio'r diwrnod yma. Ond, yn well na hynny, mi gewch chi fod yn rhai o'r extras. Dewch i gael eich gwisgoedd.'

Arweiniodd y ffordd ar hyd ymyl y ffos, a'r cystadleuwyr yn syllu'n gegrwth o'u cwmpas wrth ei ddilyn. Aethant drwy farchnad, a gwelsant y marsiandïwyr yn mynd i ysbryd y cyfnod drwy frolio'u nwyddau ac annog y criw bach i'w prynu. Yn y pellter, gallai Dyfrig weld rhesi ar resi o faniau gwynion, rhai â cheblau trydan yn corddeddu ohonynt i gysylltu â rhywbeth oedd allan o'i olwg. Fyddai modd holi'r holl bobol hyn i gael gwybod lle roedd o? Neu a fyddai hynny'n swnio'n od, yn awgrymu nad oedd yn llawn llathen? A ph'run bynnag, sylweddolodd wedyn, doedd cael gwybod lle roedd o heddiw fawr o help i ddarganfod lleoliad y bythynnod, nag oedd? Felly pa ddiben gwneud iddo'i hun edrych yn ffŵl?

Yna gwelodd bont â thyrau uchel yn ei gwarchod yr ochr draw i'r ffos. Ar ben pob tŵr roedd baner yn chwifio: cefndir coch a thri llewpart aur ag ewinedd glas, a phawen flaen i fyny. Roedd yr un arfbais i'w gweld ar y baneri oedd ar bolion yma ac acw ar hyd ymylon y ffos.

'Baner lle yw honna?' holodd Mair, gan bwyntio at y castell, ond ni allai neb ei hateb.

Ar ôl cyrraedd y bont, roedd yn rhaid iddyn nhw aros. Roedd criw wrthi'n ffilmio llu o farchogion yn dod allan o'r castell ar garlam gwyllt. Un anodd ei blesio oedd y cyfarwyddwr, mae'n rhaid. Gwyliodd Dyfrig yr un olygfa chwe gwaith cyn i ofalwyr y ceffylau gwyno y bydden nhw wedi blino, a mynnu eu bod yn gorffwys cyn gwneud yr olygfa eto, a rhoddodd hynny gyfle i'r Cymry groesi i mewn i'r castell.

Roedd cwrt y castell yn byrlymu o bobl, rhai mewn gwisgoedd modern ond y rhan fwyaf mewn dillad o'r ddeuddegfed ganrif. Anelodd Seimon yn syth at ddrws ar y chwith, ac ar ôl ei gyrraedd, anfonodd y merched i fyny'r grisiau cerrig serth yng ngofal Meira, tra gorchmynnodd i'r dynion fynd i ystafell oedd ar y llawr isaf. Yn yr ystafell honno roedd N'tia a dwy ddynes arall.

'Dew, N'tia! Sut wyt ti yma o'n blaenau ni?' holodd Huw, yn wên o glust i glust. Cytunai Dyfrig ag ef ei bod hi'n braf cael wyneb cyfarwydd ynghanol yr holl fwrlwm.

'Roedden ni'n cychwyn pan oeddech chi'n codi,' atebodd N'tia. 'Nawr, pan gewch chi'ch dillad, ewch i'r ciwbiclau acw i newid. Mae bagiau fan hyn i chi roi'ch dillad eich hunain ynddyn nhw. Rhowch eich bag i mi ac mi ofala i y byddan nhw'n ddiogel nes byddwn ni wedi gorffen yma.' Yna, aeth i drafod gyda'r ddwy wraig arall, y tair ohonynt yn edrych ar y dynion o'u corun i'w sawdl. Yna dechreuon nhw durio mewn basgedi gwiail enfawr.

Gosododd N'tia becyn o frethyn llwyd o flaen Bleddyn, yn ogystal â sandalau lledr syml, ac o flaen Huw rhoddodd un o'r lleill diwnig o frethyn brown â ffedog fudr o liain garw, sanau hir llwyd ac esgidiau meddal oedd yn debycach i sliperi nag esgidiau mewn gwirionedd'.

'Winkle-pickers, myn coblyn!' chwarddodd hwnnw, gan eu codi.

'Gwisg tafarnwr i chi,' eglurodd N'tia, 'a gwisg y Brodyr Llwydion i Bleddyn.'

'Hold on, Defi John,' cwynodd Huw. 'Typecasting ydi hyn! Dydi o ddim yn deg. Mae Bleddyn wedi cael bod yn offeiriad o'r blaen, hefyd.'

'O leia does dim raid iddo siafio'i ben,' meddai Iwan yn finiog. 'Mae'i ben moel yn gwneud yn lle tonsur. Does dim rhaid cael clustog i'w wneud fel Friar Tuck, chwaith.'

Edrychodd pawb ar Bleddyn a theimlai Dyfrig drosto. Roedd wyneb y creadur yn dangos ei fod wedi ei frifo, ond cadwodd ei urddas. Cymerodd y bwndel dillad a mynd i'w gwisgo heb ddweud gair.

'Doedd dim angen dweud peth fel'na,' meddai Huw'n dawel wrth Iwan, ond unig ymateb hwnnw oedd codi ei ysgwyddau.

Drwy drugaredd, cyrhaeddodd mwy o ddillad.

'Dyma chi, Dyfrig,' meddai N'tia, gan wenu'n ddireidus ar Huw. 'Dillad coediwr i chi. Tiwnig werdd, sanau hir, gwyrdd, a chap *chaperon*. Ac mae bwyell i fynd ar eich gwregys.'

Cymerodd Dyfrig ei fwndel a diflannu'r tu ôl i'r llenni oedd yn gwahanu'r ciwbiclau newid oddi wrth weddill yr ystafell. Tynnodd ei ddillad ei hun cyn astudio'i wisg. Roedd pen y ddwy hosan ynghlwm wrth stribed o ddefnydd fyddai'n cau am ei ganol. Roedd y diwnig yn llac ac yn arw, ac yn disgyn bron at ei bengliniau. Roedd ambell ddolen wedi ei gweithio i'r gwregys lledr oedd am ei ganol, a chymerodd y fwyell i'w rhoi yn un ohonyn nhw. Yn reddfol, teimlodd ei min â'i fawd. Roedd mwy o fin ar lwy de. Yna gwisgodd ei esgidiau, oedd yn feddal fel rhai Huw ond eu bod yn cyrraedd at ei fferau. Yn olaf, tynnodd y *chaperon* dros ei ben. Rhyw fath o hwd oedd hwn, wedi ei bwytho wrth glogyn byr a gyrhaeddai at ei ysgwyddau. Gwthiodd ei eiddo i'r bag a chamu allan o'r ciwbicl.

Roedd Bleddyn, Huw ac Iwan eisoes yn barod, Iwan yn gwisgo dillad y ddeallodd Dyfrig yn ddiweddarach oedd yn addas i was uchelwr. Safai Bleddyn ychydig oddi wrth y ddau arall, yn brysur yn astudio gwneuthuriad rhyw wisgoedd oedd yn crogi ar fachau ar y wal. Yna ymddangosodd Gwion, a dechreuodd pawb chwibanu. Gwnaeth yntau ffugystumiau, yn troi'r ffordd yma a'r ffordd acw, a chwyrlïo mewn cylchoedd i ddangos ei hun. Edrychai'n hynod o smart yn ei ddillad uchelwr: crys isaf o liain gwyn a llewys culion at yr arddwrn, tiwnig gwyrdd tywyll yn cyrraedd ei bengliniau â brocêd o sidan gwyrdd goleuach ar yr ymylon, y llewys yn lletach na'r crys, a'r gwddf yn grwn â'r un brocêd o'i amgylch. Dros hwn gwisgai glogyn sidan gwyrdd, a broits euraid ar yr ysgwydd dde. Ond ei goesau oedd wedi mynd â sylw pawb: edrychent yn siapus iawn mewn sanau hirion streipiog, porffor a gwyrdd.

Ar ôl i'r hwyl dawelu, aeth Gwion â'i fag dillad at N'tia.

'Wyt ti'n rhydd i ddod gyda ni nawr?' gofynnodd wrth ei drosglwyddo iddi.

'Mae gen i un neu ddau o bethau i'w gwneud,' atebodd, 'ond byddaf yn siŵr o'ch gweld o gwmpas y maes.'

Roedd Seimon yn disgwyl amdanynt. Astudiodd bob un ohonynt o'i gorun i'w sawdl. 'Dyna welliant ar y gwreiddiol,' meddai'n sarhaus.

Yna cyrhaeddodd y merched, dwy fel gwragedd tlawd a dwy fel arglwyddesau. Edrychai Heledd fel petai'n ferch i Marian, yr ieuengaf mewn sidan lliw melyn a glas golau, a'r hynaf mewn bwrgwndi a gwyrdd. Roedd eu llewys yn dynn wrth yr ysgwyddau ond yn lledu fel trwmpedau anferth, a'r ymylon isaf yn cyffwrdd y llawr.

'Gwraig briod ydw i,' eglurodd Marian, 'felly rwy'n gorchuddio 'ngwallt. *Barbette* maen nhw'n galw hwn am fy ngwddf, a fêl dros fy mhen.' Disgynnai'r fêl dros ei hysgwyddau hyd at ei chanol. Pwyntiodd at y cylch o aur oedd ar ei thalcen. 'A *chaplet* yw hwn, i'w gadw yn ei le.'

'A beth y'ch chi'n ei feddwl o'r rhain?' meddai Heledd yn llawn balchder. Y 'rhain' oedd wig o wallt du'n disgyn yn ddwy blethen drwchus bob ochr i'w hwyneb. Roeddynt yn cyrraedd hanner ffordd i lawr ei chefn, ac roedd rhubanau melyn wedi eu gwau drwyddynt.

'Faswn i byth wedi d'adnabod di,' cyfaddefodd Gwion, a chytunodd pawb arall. Doedd dim sôn am ei thlysau metel, roedd Dyfrig yn falch o sylwi. Am wahaniaeth roedd hynny'n ei wneud. Hebddyn nhw, gellid gweld llyfnder ei chroen a phrydferthwch ei hwyneb. Roedd ei llygaid yn llawn cyffro, ac atgoffwyd Dyfrig o'r olwg ar ei hwyneb wrth iddi wrando ar Gwydion yn chwarae'r alaw ganoloesol ar ei delyn.

Digon llwm oedd gwisgoedd Anna a Mair mewn cymhariaeth. Roedden nhw'n amlwg yn daeogion, â thiwnigau hir o wlân naturiol heb ei liwio, gwregys syml am eu canol a llieiniau cras am eu pennau fel nad oedd blewyn o'u gwalltiau yn y golwg. Gwisgai Anna ffedog o liain cras tra cariai Mair fwndel o frigau mân ar ei chefn mewn siôl oedd wedi ei chlymu am ei chanol.

'Wyt ti'n mynd i orfod cario hwnna drwy'r dydd?' holodd Huw yn syn.

'Nag ydw, gobeithio,' atebodd hithau. 'Ond maen nhw am i ni fod mewn golygfeydd yn y farchnad cyn bo hir, ac eisiau i mi gario'r bwndel yn y rheini.'

'Ac rydyn ninnau'n cael bod ymysg y bonedd yn gwylio'r twrnameint yn y pnawn,' meddai Marian.

'Iawn, 'ta,' meddai Seimon. 'Un neu ddau o bwyntiau cyn i ni wahanu.' Estynnodd amlen o'r bag dan ei fraich a thynnu ohoni docyn i bawb. 'Cymerwch y rhain fel y gallwch gael cinio o'r faniau bwyd,' eglurodd. 'Gewch chi fynd yno pryd fynnwch chi. Dewiswch eich bwyd a rhoi'r tocyn i un o'r staff. Fydd dim raid i chi dalu am ddim. Rydych chi'n rhydd i grwydro, ond os bydd un o'r trefnwyr ffilmio yn galw arnoch chi i gymryd rhan mewn golygfa, yna mae'n rhaid i chi wneud hynny. Mi fyddan nhw'n ffilmio pytiau yma ac acw weddill y bore, ond yn y prynhawn mi fyddan nhw'n dechrau ffilmio'r twrnameint. Mi fydd hwnnw'n hwyl i'w wylio. Wedyn, mi fyddwch chi'n cael swper yn y castell cyn i ni fynd adref. Bydd Gwydion a'r beirniaid yn y swper, a bydd enillydd y gystadleuaeth rhaglen ddogfen yn cael ei gyhoeddi. Iawn? Pawb yn deall y drefn? Reit, i ffwrdd â chi.'

Crwydrodd Gwion yng nghwmni Heledd, Marian ac Iwan, oedd yn amlwg yn gyfforddus yn eu rôl fel uchelwyr. Penderfynodd Con, y dyn camera, ddilyn y peunod bonheddig.

Pennod 17

'Reit 'ta,' meddai Huw, 'dowch, gyd-daeogion, mi awn ni am sgowt fach tua'r pentref.'

Cerddodd y pump yn ôl drwy'r pebyll lliwgar tuag at y pentref a welsent o'r bws. Erbyn hyn roedd y lle'n dawelach, a llawer llai o bobol i'w gweld o gwmpas.

'Pawb wedi mynd i ffilmio golygfa'r farchnad,' awgrymodd Bleddyn.

Roedd Dyfrig yn falch o'i weld wedi sirioli ychydig yng nghwmni Mair, Anna, Huw ac yntau – neu'n hytrach heb gwmni Iwan.

'Mae'r ceffylau wedi mynd hefyd,' sylwodd Anna. 'Falla'u bod nhw'n ymarfer ar gyfer y twrnameint.'

Ar y gair, daeth marchog mewn arfwisg i'r golwg a thuthian tuag atynt ar gefn march godidog o wyn. Roedd y ddau ohonynt mewn lifrai lliwgar ac arwyddion herodrol arnynt: swrcot y marchog wedi ei chwarteru'n goch a glas â lili aur ar bob rhan, a chefn y march wedi ei orchuddio â'r un defnydd a'r un patrwm. Cariai'r marchog waywffon yn ei law chwith, a honno'n pwyntio tua'r ffurfafen. Roedd tair pluen wen yn chwifio o gorun ei helmed, ond ni allent weld ei wyneb gan fod y miswrn ynghau. Tuthiodd y march heibio iddynt, ac aeth y pump yn eu blaenau tua'r pentref.

'Hey, you!' bloeddiodd llais y tu ôl iddynt. Trodd y pump. Roedd y marchog wedi aros wrth babell â tho glas ac yn edrych arnynt. Roedd wedi codi'r miswrn, er nad oedd hi'n hawdd gweld ei wyneb.

'Us?' holodd Huw gan bwyntio ato'i hun. Doedd neb arall i'w weld ar gyfyl y lle.

'Him, the forester,' meddai'r marchog, gan bwyntio blaen y waywffon at Dyfrig. 'Come here, will you? I need some assistance.'
Edrychodd Dyfrig ar ei ffrindiau, codi ei ysgwyddau'n ymddiheurol a symud tuag at y marchog.

'Ewch chi 'mlaen. Mi ddalia i fyny efo chi ar ôl gweld be mae hwn isio.'

'Hold my horse, will you? My damned squire isn't around, as usual!'

Doedd ceffylau ddim yn bethau dieithr i Dyfrig. Roedd ei ewythr yn magu cobiau Cymreig, a phan oedd yn fachgen doedd dim yn well ganddo na chael teithio i'r sioeau gyda'i ewythr a mwytho'r anifeiliaid tra oeddynt yn cael eu paratoi cyn mynd i'r cylch beirniadu. Cerddodd yn dawel at yr anifail ac ymestyn ei fraich yn araf.

''Na ti, geffyl da,' sibrydodd wrtho gan afael yn yr awenau'n agos at y ffrwyn â'i law chwith ac anwesu'r ysgwydd gyhyrog â'r llall. Brathai'r anifail ar yr haearn a cheisio taflu'i ben, ond cadwodd Dyfrig o'n gadarn, dawel. Llithrodd y marchog oddi ar ei gefn.

'Used to horses, are you?'

'A bit,' atebodd Dyfrig.

'Good man. Shan't be long.' Diflannodd i mewn i'r babell, gan osod y waywffon i orwedd yn erbyn ei fframwaith.

Arhosodd Dyfrig yno'n gwneud ffrindiau â'r ceffyl a mwytho'i glustiau. Aeth munudau heibio. Doedd dehongliad y marchog o'r gair 'hir' ddim cweit yr un fath ag un Dyfrig. Plygodd y ceffyl ei ben a symud y pwysau oddi ar un goes ôl, yn amlwg wedi penderfynu fod amser ganddo i gael cwsg bach.

'Dyfrig,' daeth llais o'r tu ôl iddo, 'mi faswn i wedi rhoi dillad macwy i ti pe gwyddwn i dy fod ti'n dda gyda cheffylau.'

'N'tia!' Mae'n rhaid ei fod wedi plycio'r ffrwyn oherwydd tynnodd y ceffyl ei ben yn ôl mewn braw. Prysurodd Dyfrig i'w dawelu. Wyddai o ddim pwy gafodd y sioc fwyaf, fo ynteu'r ceffyl.

Gwyliodd N'tia ef yn trin yr anifail, a chafodd Dyfrig amser i'w hastudio hithau drwy gil ei lygaid. Edrychai'n drawiadol yn ei gwisg goch, lachar, oedd wedi ei thynnu'n dynn am ei gwasg fain. Roedd y llewys anferth wedi eu leinio â brocêd aur, a'r un defnydd yn addurno gwddf a gwaelod ei gwisg. Roedd ganddi hithau ddwy blethen hir â rhubanau aur, a fêl o les aur mân dros ei phen, â chylch o aur yn ei dal yn ei lle. Roedd gwregys wedi ei lapio ddwywaith am ei chanol, a thaselau aur yn disgyn yn isel a hances enfawr o'r un defnydd â'i fêl yn hongian oddi wrtho.

'Mae'n ddrwg gen i! Fi ddaru'i ddychryn o?'

'Mi ddychrynaist ti finnau hefyd,' chwarddodd Dyfrig. 'Roedd y ddau ohonan ni'n dechrau syrthio i gysgu.'

'Ond pam wyt ti fan hyn efo'r ceffyl, yn hytrach nag yn ffilmio gyda'r gweddill?'

'Y fo,' eglurodd Dyfrig, gan nodio'i ben tuag at y babell. 'Y marchog sydd i mewn fan'na. Fo ofynnodd i mi ddal ei geffyl am funud. Ond mae o wedi bod yn andros o hir.'

Ar y gair, cerddodd y marchog allan yn cario tarian. Arhosodd yn stond a syllu ar N'tia.

'My lady!' Roedd ei lais yn llawn edmygedd. Yna moesymgrymodd iddi, ei helmed bellach dan ei fraich. Sylwodd Dyfrig fod ganddo fop o wallt cyrliog, melyn, a llygaid glas, direidus. Roedd hefyd yn olygus tu hwnt.

Roedd yr effaith ar N'tia yn rhyfeddol. Gwnaeth sioe o roi cyrtsi yn ôl i'r marchog. Roedd hi'n gwenu ac yn edrych yn swil yr un pryd. Cyffyrddodd yn y plethi, yna'i hances, ac yna esmwythodd sgert ei gwisg.

'Such beauty, such grace! How has such a divine creature appeared at my humble pavilion?'

'I ... I saw my friend ... he's holding your horse ...'

Trodd y marchog i syllu'n ddrwgdybus ar Dyfrig.

'Him?' Roedd ei lais yn anghrediniol. 'He's nothing but a villein, a mere forester.'

'Oh, but he's in disguise,' rhoddodd N'tia chwerthiniad bach, yn amlwg yn dod ati ei hun ac yn mynd i ysbryd y darn. 'He's my brother, come to save me from the attentions of the hideous Black Knight.'

Gwrandawodd Dyfrig yn gegrwth ar y sgwrs. O leiaf roedd hi'n achub ei gam.

Edrychodd y marchog yn amheus arnyn nhw, ond roedd ei lygaid yn dawnsio.

'Different fathers, were they?'

Sylweddolodd N'tia ei chamgymeriad, a gwridodd ei chroen tywyll.

'I'm not really her brother,' ymunodd Dyfrig yn y ffantasi, 'but the young, penniless troubadour who has fallen madly in love with her, much to her father's wrath. We're thinking of eloping.'

Tro N'tia oedd hi i edrych yn syfrdan. Chwarddodd y marchog.

'By my troth, then I'll not tell of your venture!' Rhoddodd yr helmed yn ôl ar ei ben. 'Here, give me a hand, will you?' Roedd ei lais wedi newid, wedi dychwelyd i'r oes hon. 'There's a mounting block at the back of the tent. Lead my horse round and hold him while I get on. This armour is damned heavy.'

Ufuddhaodd Dyfrig, a daeth N'tia gyda hwy.

'Aros yn ddigon pell i ffwrdd,' rhybuddiodd Dyfrig, 'rhag i'r ceffyl aflonyddu.'

Unwaith roedd y marchog yn ddiogel ar ei farch, gofynnodd i Dyfrig basio'i waywffon iddo.

'What language are you speaking?' holodd.

'Welsh,' atebodd Dyfrig.

'Welsh, hey? I'll have to tell old Robert. He's Welsh.'

'Is that Robert Llywelyn?' gofynnodd N'tia'n eiddgar.

'That's right. I'm sure he'd love to meet you. He's always going on about some word he calls hir... hir...'

'Hiraeth?'

'That's it. I'll tell him to look out for you, and you do the same. He's acting an over-indulgent abbot, the walking epitome of the seven deadly sins. You can't miss him.'

'Thank you.'

Cymerodd y marchog yr awenau o ddwylo Dyfrig, a throi at N'tia. 'May I know your name, fair damsel?' Roedd y llais theatrig yn ei ôl.

'N'tia.'

'Then, Princess Natia, may I be your champion this afternoon? Give me a favour that I may show the world where my heart lies.'

Edrychodd N'tia'n syn arno am eiliad, yna deallodd ei eiriau. Gafaelodd yn yr hances aur a'i thynnu'n rhydd o'r gwregys. Roedd y marchog wrth ei fodd yn ei derbyn. Clymodd hi i'r waywffon, yn agos i'w law.

'And now, fair friends, I must farewell. Off to the lists.' Gyrrodd ei geffyl ymlaen a throi i gyfeiriad y pentref. Dechreuodd y ceffyl garlamu, ac wrth ei wylio'n diflannu, clywsant ei lais yn galw, 'See you this afternoon!'

'Pwy oedd hwnna?' ebychodd Dyfrig wrth iddynt ei ddilyn. Arhosodd N'tia yn ei hunfan yn syfrdan.

'Wyddost ti ddim? Wnest ti ddim o'i adnabod o?' gofynnodd yn anghrediniol.

'Na,' dechreuodd ateb yn ansicr. 'Ond mi roedd 'na rywbeth

cyfarwydd ...'

'Edward Ellmann, yr actor enwog! Ti'n gwybod! Ti'n siŵr o fod wedi'i weld o mewn ffilmiau ac ar y teledu?'

'O, ia, siŵr.'

'Rhaid i mi ddweud wrth Mam! Mae hi'n ffan mawr. Wyddost ti ei fod o'n gwneud ei stynts marchogaeth i gyd ei hun? Mae o'n wych am drin ceffylau, medden nhw. A meddylia fod Robert Llywelyn yma hefyd!' Parablodd ymlaen yn hapus, ac ymddangosai'n llawer iau na chynt. Doedd dim yn ddirgel ynglŷn â hi yn awr. Nid bod hynny'n poeni Dyfrig. Roedd wedi sylweddoli rhywbeth pwysig: roedd hi'n ei alw'n 'ti'. Roedden nhw'n dweud 'ti' wrth ei gilydd! A hynny yn y ffordd fwyaf naturiol posib.

'Dyfrig, wyt ti'n gwrando?'

'Be? Ydw, siŵr.'

Cerddodd y ddau ymlaen mewn tawelwch am ysbaid, cyn i N'tia gwyno'i bod ar ei chythlwng.

'Fedrwn i ddim bwyta dim cyn cychwyn bore 'ma,' eglurodd. 'Roedd hi'n llawer rhy gynnar.'

'Awn ni i chwilio am fwyd, 'ta,' awgrymodd Dyfrig. 'Mae gen ti docyn bwyd, yn toes? Wyt ti'n gwybod lle mae'r faniau arlwyo?'

'Rhaid i ni gerdded yn ôl tuag at bont y castell. Maen nhw rywle tu draw i fanno.'

Roedd yr haul yn grasboeth wrth iddynt ddychwelyd tuag at y castell. Er gwaethaf ei benderfyniad blaenorol, ni allai Dyfrig ei atal ei hun rhag gofyn iddi,

'Sut ddoist ti yma? Oedd hi'n ffordd bell? Wyt ti'n gwybod lle rydan ni?'

'Mewn bws mini, i ateb dy gwestiwn cynta di,' atebodd N'tia â gwên. 'Am y gweddill, wn i ddim. Mi syrthiais i gysgu yn fuan ar ôl i ni gychwyn – wedi codi'n rhy gynnar, mae'n debyg – ac roedd yn rhaid i Con fy neffro ar ôl i ni gyrraedd yma.'

Tynnodd Dyfrig ei chaperon a'i gario dan ei fraich. Doedd o ddim haws, felly.

'Wyt ti ddim yn rhy boeth yn y wig 'na?' gofynnodd.

'Dydi o ddim yn wig llawn fel un Heledd,' eglurodd. 'Plethi'n unig ydyn nhw, yn cael eu cadw yn eu lle gan gylch am fy mhen i. Dyna pam fod raid i mi wisgo'r fêl, i guddio'r cylch – a 'ngwallt innau, wrth gwrs. Ond mae'n siŵr fod Heledd druan yn dioddef, os nad ydi hi yn y cysgod.'

Toc daeth arogl coginio i'w ffroenau, ac ymhen dim roedden nhw wrth y faniau bwyd. Roedd byrddau hirion a meinciau wedi eu gosod ar gyfer y rhai fyddai'n bwyta a nifer helaeth yno'n barod, rhai yng ngwisg y cyfnod, eraill ddim. Safodd y ddau yn edrych o'u cwmpas, yna rhoddodd N'tia bwniad ysgafn i Dyfrig.

'Wyt ti'n ei weld o?'

'Pwy?'

'Robert Llywelyn. Yn fan'cw. Y dyn mawr 'na efo gwallt gwyn. Weli di'r wisg ddrudfawr? Mae'n rhaid ei fod yntau'n boeth.'

Cerddodd rhwng y byrddau at yr hen ŵr, a sefyll wrth ei ochr. Doedd gan Dyfrig ddim dewis ond dilyn.

'Esgusodwch fi. Robert Llywelyn?'

Cododd y dyn ei ben mewn syndod. Yn amlwg, nid oedd wedi disgwyl cael ei gyfarch yn Gymraeg. Trodd y syndod yn bleser, o weld y ferch ifanc hardd oedd yn sefyll wrth ei ochr.

'Ie, 'merch i. A phwy ydych chi?' Taflodd gipolwg ar Dyfrig, ond N'tia oedd yn mynd â'i fryd.

'Maddeuwch i ni am dorri ar draws eich cinio,' ymddiheurodd N'tia. 'Edward Ellmann ddwedodd wrthyn ni am ddod i siarad â chi, eich bod chi'n hoffi cyfarfod pobol o Gymru.'

'Digon gwir, digon gwir. Ddowch chi i eistedd fan hyn? Oes gennych chi docynnau bwyd? Mi alla i drefnu i chi gael rhai os ...'

'Na, mae'n iawn, diolch,' meddai Dyfrig.

'Yna, beth am i chi fynd i ddewis eich bwyd a dod yn ôl ataf? Mi gawn ni sgwrs fach wedyn.'

Ar ôl iddynt ddychwelyd at y bwrdd hefo'u platiau, bu'r tri yn sgwrsio. Eglurodd Dyfrig a N'tia pam a sut roedden nhw yno, a dangosodd Robert Llywelyn ddiddordeb mawr yn y gystadleuaeth, gan holi sut roedd hi'n cael ei chynnal.

'Eisiau bod yn sgriptiwr oeddwn i ers talwm,' cyfaddefodd, 'ond roeddwn i bob amser, rywsut, yn cael fy hun ar y llwyfan yn hytrach na'r tu ôl iddo. Rhyw ysfa gref i ddangos fy hun,' ychwanegodd â gwên. 'Pwy sy'n rhedeg y sioe, felly?'

'Cwmni Teledu Janus,' atebodd Dyfrig, 'efo Gwydion ap Dôn.'

'Gwydion? Duwcs, dydw i ddim wedi clywed ganddo fo ers blynyddoedd! Ydi o'n dal i fynd, felly? Mae'n siŵr ei fod o yn ei saith degau bellach – fel finnau.'

'Oeddech chi'n ei adnabod?' holodd N'tia.

'Oeddwn, tad. Fe ddechreuon ni'n gyrfaoedd gyda'n gilydd, mwy neu lai. Dau laslanc o gefn gwlad Cymru'n cyrraedd y brifddinas. Llundain yn y chwe degau!' Ochneidiodd yn hiraethus. 'Dyna le. Mi roedd o â'i fryd bob amser ar gyfarwyddo, a finnau'n troi fwyfwy tuag at actio. Ac yn eitha llwyddiannus hefyd, er mai fi fy hun sy'n dweud. Mi gefais i bwt o ran yn y ffilm *Look Back in Anger*, ac mi gafodd Gwydion waith gan Tony Richardson hefyd. Doedd dim dal arno fo wedyn. Dyna pryd y dechreuodd ein llwybrau wahanu. Fi'n mynd i'r 'Mericia i weithio, yntau'n aros yma ym Mhrydain. Mi gafodd o waith gan Stanley Kubrick, ac mi greda i mai dyna oedd uchafbwynt ei yrfa.'

'Roeddwn i wedi bod yn chwilio am ei enw ar y we,' meddai Dyfrig, 'ond allwn i ddim darganfod fawr ddim amdano o ddechrau'r saith degau tan i S4C ddechrau darlledu.'

Ysgydwodd Robert Llywelyn ei ben ac ochneidio.

'Na, mi aeth hi'n ddyddiau du arno fo. Mi gollodd ei frawd,' crychodd ei dalcen. 'Rydw i'n credu eu bod nhw'n efeilliaid – a fuodd o byth yr un fath wedyn.'

'O? Beth ddigwyddodd?' Roedd N'tia'n eiddgar i gael gwybod. Petrusodd Robert Llywelyn cyn ateb.

'Wel, does dim dirgelwch ynghylch y peth, am wn i. Dydw i'n bradychu cyfrinach neb.' Yna dechreuodd ar ei stori. 'Roedd Gwydion wedi cael addewid o waith yn Hollywood, a chontract gwerthfawr iawn. Dach chi'n gweld, roedd Hollywood wedi mynd i rigol, ac roedden nhw'n poeni bod y cyfarwyddwyr Ewropeaidd yn dwyn eu cynulleidfaoedd – a'r rheini'n crebachu, p'run bynnag, oherwydd y teledu. Pawb yn aros adref i wylio hwnnw yn hytrach na mynd i'r sinema. Ta waeth, cafodd Gwydion y contract hwn, ac i ddathlu, penderfynodd fynd am wyliau i'r Caribî efo'i frawd. Roedd y ddau'n glòs iawn, chi'n deall, er na chwrddais i â'r brawd erioed. Beth bynnag, fe logodd y ddau gwch hwylio yn y Caribî, a mynd i grwydro'r ynysoedd. Ond fe gawson nhw ddamwain – storm sydyn, rwy'n credu – ac fe olchwyd y brawd oddi ar fwrdd y llong a boddi. Fu Gwydion byth yr un fath wedyn. Aeth rhyw ddwy flynedd heibio cyn i mi ddod ar ei draws o yn Hollywood, a doedd o ddim yr un boi o gwbl.' Plygodd ymlaen a gostwng ei lais. 'Rhyngoch chi a mi – ac mi rydw i'n dweud cyfrinach rŵan – mi gafodd o nervous breakdown ar ôl y ddamwain, yn ôl pob sôn.' Sythodd ei gefn drwy wthio yn erbyn y bwrdd bwyd ac ysgydwodd ei ben eto. 'Doedd o ddim yr un boi o gwbl,' ailadroddodd. 'Roedd yr hen Gwydion yn llawn sbri, life and soul of the party, fel maen nhw'n dweud. Ond pan welais i o yn Hollywood roedd yn dawel ac yn fewnblyg. Mi wrthododd ddod allan am noson efo'r hen griw – a dyna'r tro olaf i mi ei weld, rwy'n credu.'

'Pa bryd ddaeth o'n ôl i Gymru, 'ta?' holodd Dyfrig.

'Wn i ddim. Wnaeth o fawr o'i ôl yn Hollywood, beth bynnag. Ond, a bod yn deg, roedd amgylchiadau yn ei erbyn. Roedd y stiwdios mawr yn troi fwyfwy at raglenni teledu. Mi gafodd o waith ar *Dallas*, os ydw i'n cofio'n iawn, ar ddiwedd y saith degau, ond wedyn ...'

'Ac mi gychwynnodd S4C yn 1982,' meddai N'tia.

'Ew, oedd hi mor bell yn ôl â hynny, oedd hi?' meddai Robert Llywelyn mewn syndod. 'Mae'n ddychryn sut mae amser yn carlamu ... a sôn am amser,' meddai, gan ymbalfalu rywle yn ei wisg a thynnu ei oriawr allan, 'mae gen i shot i'w ffilmio cyn bo hir.' Edrychodd ar yr oriawr, a chael braw. 'Rŵan, fel mae'n digwydd bod. Esgusodwch fi. Mae'n rhaid i mi frysio. Neis eich cyfarfod chi.' Cododd yn frysiog. 'Cofiwch fi ato fo ...'

*   *   *

Treuliodd Dyfrig a N'tia weddill y dydd yn crwydro ac yn gwylio. Pan aethon nhw i faes y twrnameint, galwyd ar N'tia i fynd i bafiliwn y bonedd. Ceisiodd Dyfrig ei dilyn, ond trowyd ef i ffwrdd a'i anfon i eistedd ar y ddaear gyda'r taeogion eraill. Ond o leiaf roedd gan N'tia gwmni, achos roedd Heledd, Gwion a Marian yno eisoes. Chwifiodd Gwion ei fraich i dynnu ei sylw, ac aeth N'tia atynt. Aeth Dyfrig i chwilio am Huw a'r merched, a'u cael yn gorweddian ar y glaswellt ac yn rhannu potyn mawr pridd o gwrw. Roedd o'n gwrw go iawn, hefyd.

'Sut cest ti hwnna?' holodd Dyfrig mewn syndod. Taro'i drwyn â'i fys wnaeth Huw.

'Taw piau hi,' atebodd. 'Ond mae 'na ragor i'w gael.'

Canodd dau drwmped ynghanol y maes arfau, i dynnu sylw pawb at ddyfodiad y 'brenin'. Wedi i bawb dawelu cyhoeddodd hwnnw y byddai tri ymryson yn cael eu cynnal fel adloniant i'r gwylwr, yna byddai'r ffilmio'n dechrau – a allai fod yn ddiflas, ond gofynnodd i bawb gydweithredu â'r cyfarwyddwr.

Daeth dau geffyl i'r cylch, un gwyn ac un gwinau, eu marchogion yn eu lifrai lliwgar. Adnabu Dyfrig Edward Ellmann fel un ohonynt, a sibrydodd ei enw wrth y gweddill. Achosodd hynny gryn gynnwrf ymhlith y merched. Tuthiodd y ddau farchog o amgylch y maes ymryson, yn cydnabod cymeradwyaeth y dorf, cyn mynd at y pafiliwn a chyfarch y brenin. Arhosodd y march gwyn yn hirach na'r llall, a'r marchog yn archwilio'r pafiliwn nes iddo weld ei 'arglwyddes'. Cyfarchodd hi drwy godi ei waywffon a dangos y defnydd aur i bawb, ac yna aeth ar garlam at ddechrau'r ornest.

'Cyfarch N'tia oedd o'n fan'na,' meddai Dyfrig.

'Be? N'tia ni?'

'Ia. Ddweda i'r hanes wedyn.' Roedd yr ornest gyntaf ar fin dechrau.

Safai'r ddau farch yn aflonydd, un bob pen i balis pren isel. Safodd y brenin, a gostyngodd y ddau farchog eu misyrnau cyn anelu eu gwaywffyn, y naill tuag at y llall. Cododd y brenin ei fraich uwch ei ben, â hances goch yn ei law, a phan ollyngodd yr hances, carlamodd y marchogion at ei gilydd.

Methiant oedd y rhediad cyntaf, a'r gwaywffyn yn methu eu marc, ond pan drodd y marchogion i roi cynnig arall arni, aneliad marchog y ceffyl gwyn oedd y gorau. Trawodd darian y marchog gwinau â'r fath glec nes ei fwrw oddi ar ei geffyl. Cododd bonllefau gwyllt o'r dorf. Derbyniodd y marchog buddugol eu cymeradwyaeth ac yna, wedi cyfarch y brenin unwaith yn rhagor – a'i arglwyddes – gadawodd y maes.

Ceffyl du a cheffyl coch oedd y nesaf i ymrafael, a'r marchog du oedd yn fuddugol y tro hwn. Wedyn daeth y ddau enillydd, marchog y ceffyl gwyn a marchog y ceffyl du, wyneb yn wyneb. Yn y rhediad cyntaf trawodd y ddau darianau ei gilydd, ond arhosodd y ddau'n gadarn yn eu cyfrwyon. Dyna oedd canlyniad yr ail rediad hefyd. Roedd tensiwn yn y dorf pan ddechreuon nhw garlamu ar y rhediad olaf, pawb yn bloeddio o blaid ei ffefryn. Croesodd Dyfrig ei fysedd, a gallai glywed ei ffrindiau'n bloeddio cefnogaeth i'r marchog gwyn. Unwaith eto daeth clec oedd yn ddigon i ddeffro'r meirw, a disgwyliai pawb weld un marchog yn disgyn. Roedd y ddau yn dal yn eu cyfrwyon, fodd bynnag, ond wedyn gwelwyd bod gwaywffon marchog y ceffyl du wedi ei thorri yn ei hanner. Roedd yn rhaid iddo ildio i'r gwyn.

Pan gyflwynwyd torch aur i'r enillydd, roedd y Cymry'n bloeddio nerth eu pennau. Yna disgynnodd y marchog oddi ar gefn ei geffyl, un macwy yn cymryd y ceffyl a'r darian, un arall yn derbyn y waywffon a'r helmed. Datododd Edward Ellmann yr hances aur o'r waywffon a galw ar ei arglwyddes i ddod ymlaen. Cerddodd N'tia'n araf at flaen y pafiliwn, a hyd yn oed o'r pellter hwnnw, gallai Dyfrig weld ei bod wedi ei llethu gan swildod. Yna, ymddangosodd Heledd a Marian wrth ei hochr, ac ymwrolodd. Cymerodd y marchog ei llaw a'i chusanu, cyn cyflwyno'i hances yn ôl iddi. Dechreuodd y brenin guro'i ddwylo, a dilynodd pawb ei esiampl. Cusanodd y marchog ei arglwyddes ar y ddwy foch, neidio ar gefn ei geffyl a charlamu i ffwrdd.

*   *   *

Ym mhrysurdeb diflas y ffilmio ni lwyddodd Dyfrig i siarad â N'tia, ond pan alwodd y swyddogion bod y ffilmio ar ben ddiwedd y prynhawn, anelodd gyda'i gyd-daeogion am y pafiliwn; yna cydgerddodd pawb yn ôl at y castell, y merched yn clystyru o amgylch N'tia, yn awyddus i gael clywed ei hanes gyda'r eilun poblogaidd. Roedd Seimon yn disgwyl amdanynt ger y bont.

'Dilynwch fi,' gorchmynnodd, gan arwain y ffordd ar draws cwrt y castell a thrwy ddrws mewn tŵr ar yr ochr bellaf. Dringodd i fyny'r grisiau serth nes cyrraedd ystafell gron oedd yn lled y tŵr. Clywsant fiwsig tawel wrth iddynt gerdded i mewn, miwsig hen offerynnau, meddyliodd Dyfrig, yn dod drwy uchelseinyddion cudd. Ar y wal allanol roedd lle tân enfawr o gerrig, ac er mor boeth oedd hi'r diwrnod hwnnw, roedd coed yn llosgi'n braf ynddo. Holltau cul oedd y ffenestri, a'r rheini heb wydr, ond roedd tapestrïau'n crogi o'r waliau, a siandelïer anferth fel olwyn trol yn crogi o'r to. Roedd canhwyllau hwnnw hefyd wedi eu goleuo, gan y byddai'r ystafell yn eithaf tywyll hebddynt. Yng nghanol yr ystafell roedd bwrdd crwn â deuddeg cadair o'i amgylch, a dau fwrdd hirsgwar, llai, gyferbyn â'i gilydd yn erbyn y waliau. Ar y byrddau hyn gosodwyd gwydrau o win coch a gwyn. Gwahoddodd Seimon hwy i gymryd gwydraid.

'Mi fydd y beirniaid yma cyn bo hir, yna mi gawn ni'n gwledd,' meddai wrthynt. Yna edrychodd i fyw llygaid N'tia, a throdd hithau i ffwrdd heb ddweud yr un gair a gadael yr ystafell. Dechreuodd Huw a Gwion brotestio nes i Seimon ddweud wrthynt yn siort mai dim ond y cystadleuwyr a'r beirniaid oedd yn aros i'r wledd.

Pan ymddangosodd Gwydion mewn gwisg ganoloesol ddu â thrimins aur, a chylch aur am ei dalcen, tybiai Dyfrig ei fod yn edrych yn fwy o hen ŵr, neu efallai'n fwy blinedig nag arfer. Roedd yn siŵr fod y rhigolau ar ei wyneb yn ddyfnach na chynt. Heblaw am y noson pan adroddodd hanes Gruffudd ap Rhys, nid oedd Gwydion wedi dangos ei wyneb i'r cystadleuwyr ers y diwrnod cyn y lladrad, bron i wythnos ynghynt. Ond cyfarchodd hwy'n gynnes, ac ymuno yn y sgwrsio wrth i bawb gymdeithasu â'u gwydrau, yn disgwyl i'r bwyd gyrraedd. Digwyddai Dyfrig fod yn siarad â Marian a Heledd, a phawb yn cymharu profiadau'r diwrnod, pan ddaeth Gwydion atynt.

'Llongyfarchiadau,' meddai wrthynt. 'Rwy'n deall mai chi'ch tri enillodd y gystadleuaeth neithiwr. Da iawn, wir.'

'Dy'n ni ddim wedi cael gwobr, chwaith,' cwynodd Heledd. 'Oes poteli siampên i ni'n tri? Mi gafodd Anna botel pan enillodd hi.'

'Ti'n iawn, Heledd,' cytunodd Gwydion. 'Gawsoch chi gam.'

Newidiodd Marian y pwnc.

'Lwyddoch chi i gael trefn ar y lladrad y diwrnod o'r blaen?' holodd.

'Am wn i,' atebodd Gwydion gyda gwên fach chwithig. 'Chi'n gwybod fel mae hi. Dydw i ddim yn disgwyl gweld pethe'n cael eu dychwelyd. Ond dyna fe, bydd yr heddlu'n gwneud eu gorau, siŵr o fod.'

'Oedd 'na lawer wedi ei ddwyn?' holodd Dyfrig.

'Dim cymaint â hynny. Drwy drugaredd, roedd y rhan fwyaf o'r offer drudfawr yn ein cartref yn y plas – y camerâu arbenigol, er enghraifft, tebyg i 'nacw fan acw.' Pwyntiodd at Con oedd wrthi'n brysur yn cofnodi popeth. 'Y camera yna sy'n gadael i ni ffilmio mewn golau cannwyll ac ati. Ond yr annibendod oedd waethaf, papurau ymhobman, y ffeiliau wedi eu gwasgaru dros y llawr.'

'Oedd rhywbeth ar goll o blith y rheini, 'de?' gofynnodd Marian wedyn.

'Anodd iawn dweud. Gadewais yr ysgrifenyddesau'n ceisio rhoi trefn arnyn nhw. Efallai, wedyn, y gallwn ni weld a gafodd rhai eu dwyn.'

'Oedd papurau cyfrinachol yn eu plith?' gofynnodd Dyfrig, gan gofio'r ffurflenni llawn manylion personol a lanwyd gan yr holl ymgeiswyr ar gyfer y gystadleuaeth. Byddai'r rheini'n sicr o fod yn y swyddfeydd. Ond trodd Gwydion at Heledd heb ateb y cwestiwn.

'Rydych chi'n edrych yn arbennig o hyfryd heno, Heledd,' meddai wrthi. 'Ydych chi wedi mwynhau'r diwrnod?'

'Mas draw,' atebodd Heledd, ei gwên yn lletach a chynhesach nag y gwelsai Dyfrig o'r blaen. 'Mae wedi bod yn ddiwrnod bythgofiadwy – yn arbennig i N'tia, wrth gwrs!' Chwarddodd yn ysgafn, ond distawodd o weld yr olwg ar wyneb Gwydion.

'N'tia? Ydi hi yma?' Roedd ei lais mor oeraidd nes gwneud i Heledd betruso. Atebodd Dyfrig drosti.

'Mae hi wedi mynd bellach. Roedd hi'n ein cynorthwyo gyda'n dillad.'

Gallai weld wyneb Gwydion yn ymlacio wrth glywed yr ateb. Trodd yn ôl at Heledd gan wenu unwaith eto.

'Ydych chi'n hoffi'r gwisgoedd 'ma, felly?'

'O, ydw.' Rhedodd ei bysedd dros y bodis a'r sgert, a throi mewn cylch bach hunanfoddhaus. 'Wy'n teimlo mor gartrefol ynddyn nhw, mae'n rhyfeddol. A'r miwsig!' Cododd ei phen i wrando gan gau ei llygaid. 'Doeddwn i 'rioed wedi clywed cerddoriaeth o'r Oesoedd Canol o'r blaen. Mae o mor hyfryd! Hoffwn i gael CD o'r darnau – ac mi hoffwn i gael dawnsio!' Gwnaeth gylch bach unwaith eto i rythm y gerddoriaeth.

'Diddorol,' meddai Gwydion. 'Chi'n teimlo fel eich bod chi'n perthyn i'r cyfnod, felly?'

'Ydw, dyna fe'n gwmws. Roeddwn i'n teimlo'r un fath pan adroddoch chi hanes Gruffudd ap Rhys, a chwarae'r diwn ar y delyn.'

'Diddorol dros ben,' gwenodd Gwydion. Trodd oddi wrthynt yn ddisymwth a cherdded at grŵp arall.

'Ydach chi yn ei weld o wedi heneiddio'n sydyn?' gofynnodd Dyfrig wedi i Gwydion fynd o glyw.

'Ti'n iawn,' cytunodd Marian. 'Wyt ti'n cytuno, Heledd?'

Ond roedd Heledd ar goll yn ei byd bach ei hun, yn gwrando ar y gerddoriaeth ac yn mwmial canu.

Cyrhaeddodd dau drwmpedwr mewn lifrai a chyhoeddi gyda ffanffer fod y wledd ar fin dechrau. Cerddodd pawb at y bwrdd crwn, a gweld bod eu henwau wedi eu gosod wrth gadeiriau arbennig. Cymerodd Dyfrig ei le rhwng Eilir a Mair. Cyn i'r bwyd gyrraedd, daeth pedwar cerddor i mewn yn cario offerynnau oedd yn ddieithr i Dyfrig. Yr unig beth oedd yn hawdd ei adnabod oedd drwm tebyg i'r rhai a welsai'n cael eu taro gan fandiau Celtaidd. Pan ddechreuon nhw chwarae, edrychodd draw at Heledd, oedd yn eistedd gyferbyn ag ef. Roedd hi'n edrych yn hapusach nag y gwelsai hi erioed.

Daeth morynion heibio a gosod tafelli trwchus o fara o flaen pob un ohonynt, ac eglurwyd mai'r rhain fyddai eu platiau, a bod croeso iddynt eu bwyta os mynnent. Rhoddwyd cyllell finiog i bawb, ond dim fforc, gan nad oedd ffyrc ar gael yn y cyfnod hwnnw. Yna cyrhaeddodd y platiau anferth, ac fe'u gosodwyd ar y bwrdd fel bod pawb yn gallu ymestyn atynt a chymryd eu gwala. Roedd yno gig oen mewn saws mêl, tafelli o gig eidion mewn saws gwin coch, pasteiod o gig adar hela, ac yn y canol roedd porchell bychan wedi ei rostio'n gyfan ar gigwain, ac afal wedi ei osod yn ei geg. Roedd dysglau yn llawn llysiau o bob math, yn boeth ac yn oer, a gosodwyd fflasgiau o winoedd rhwng pob person.

Cyn i bawb ddechrau bwyta, cododd Gwydion a gofyn am dawelwch.

'Dyma ni, gyfeillion, wedi cyrraedd hanner ffordd. Tair wythnos wedi mynd, a thair wythnos ar ôl. Wrth gwrs, buaswn wrth fy modd pe byddai modd i bawb sydd yma heno aros hyd y diwedd, ond mae'n anorfod y byddwn yn colli tri ohonoch. Er, mae wythnos arall cyn hynny, wythnos fydd unwaith eto yn llawn llafur caled, ac yn llawn hwyl hefyd. Felly, am heno, mwynhewch, a byddwch lawen.'

Eisteddodd, a dechreuodd pawb fwyta. Wrth iddynt dorri'r cigoedd, a llyfu pen eu bysedd o'r sawsiau blasus, chwaraeai'r cerddorion yn dawel, ddiffwdan yn y cefndir. Ymhen hir a hwyr roedd pawb wedi cael eu digoni, y platiau wedi gwagio'n foddhaus, a'r gwin yn rhyddhau eu tafodau fel bod y sgwrsio a'r chwerthin yn ffrydio'n rhydd. Wrth i'r morynion gario'r dysglau gweigion oddi yno, daeth Seimon yn ôl i'r ystafell. Pwysodd pawb yn ôl yn eu cadeiriau i wrando arno.

'Ac yn awr, gyfeillion, cawn glywed canlyniadau'r gystadleuaeth. Dr James, wnewch chi draddodi'r feirniadaeth?'

Gwnaeth hwnnw ychydig sylwadau ar ansawdd cyffredinol y gwaith a gyflwynwyd, cyn cyhoeddi fod dau ymgais yn sefyll allan. 'Mae un yn dilyn trywydd sy'n fythol agos at galonnau'r Cymry,' meddai, 'a'r llall yn dangos dychymyg arbennig, ac yn cyplysu hanes Cymru â hanes y byd oddi allan, a allai fod o ddiddordeb arbennig i'n gwylwyr teledu. Fe fuon ni'n trafod yn ddwys, a dod i'r casgliad nad oedd un yn rhagori ar y llall. 'Felly,' aeth ymlaen, 'yr wythnos hon mae gennym ni ddau enillydd.'

Cafwyd yr oedi arferol wrth i Con gerdded gyda'i gamera o amgylch y bwrdd yn ffilmio wynebau pawb.

'Gwion, ddewch chi ymlaen, os gwelwch yn dda?'

Torrodd cymeradwyaeth allan wrth i Gwion fynd ato a sefyll.

'Ac yn ail, Dyfrig, wnewch chi ddod ymlaen?'

Prin y gallai Dyfrig goelio'i glustiau, ond cododd serch hynny, a cherdded at y beirniaid. Ysgydwodd Gwion ei law, a chlapiodd yntau'r gŵr ifanc ar ei gefn. Cyflwynwyd potel o siampên yr un iddynt.

'Roedd gan y ddau ohonyn nhw bynciau diddorol,' meddai James Edwards wrth ei gynulleidfa, 'ond rydw i am adael iddyn nhw sôn wrthych chi am eu syniadau yn eu geiriau eu hunain. Dyfrig?'

Eglurodd Dyfrig am ei long ddychmygol yn llawn pererinion o wahanol gyfnodau yn hwylio'n ôl o Rufain i Gymru. Eglurodd pwy oedd y teithwyr, a'i syniad fod pob rhaglen yn adrodd stori un o'r teithwyr gyda hanes yr hyn oedd yn digwydd yn Rhufain ar y pryd, fel math o *Canterbury Tales*. Yna rhoddodd ddarlun bras o Robin Ddu ap Siencyn Bledrydd. Wedi iddo orffen, cymeradwyodd pawb, yna tro Gwion oedd hi.

'Fy thema i oedd sut mae'r Cymry dros y canrifoedd wedi colli tir. Wrth gwrs, collwyd tiroedd i'r Normaniaid a'r Saeson yn yr Oesoedd Canol a chynt drwy rym arfau. Ond parhaodd y broses ar ôl hynny. Pan oeddwn i'n ymchwilio i hanes cyfnod yr wythnos diwethaf, sylweddolais pa mor eithriadol o greulon oedd cau'r tiroedd comin, a phobol oedd yn dlawd ar y gorau yn colli popeth: eu cartrefi, eu pwt o dir i gynhyrchu bwyd, yr hawl i bori, yr hawl i dorri rhedyn neu i ladd mawn ar gyfer gwres a choginio ac yn y blaen. Colli tir, colli cynhaliaeth, ac yn y pen draw, i nifer fawr ohonynt, colli iaith a cholli diwylliant wrth orfod troi cefn ar ffordd eu cyndeidiau o fyw. Wedyn sylweddolais nad dyna'i diwedd hi.

'Collwyd nifer o'n dyffrynnoedd harddaf yn ystod y bedwaredd ganrif ar bymtheg: cymoedd Elan, Claerwen ac Efyrnwy, er enghraifft, a'r trigolion Cymreig yn ddi-rym i allu gwrthsefyll haerllugrwydd y dinasoedd Seisnig. Wedyn mae Tryweryn, wrth gwrs, yn nes at ein hamser ni. Ond y stori a aeth â'm sylw fwyaf, yn bennaf gan ei bod yn stori ddieithr i mi, oedd hanes mynydd Epynt ym mil naw pedwar deg, a'r ffordd roedd yr Adran Ryfel wedi taflu o'u cartrefi deuluoedd pum deg pedwar o ffermydd a thyddynod, a hynny, mewn rhai achosion, ar rybudd o dair wythnos yn unig. Eu troi allan o'u cartrefi heb wneud unrhyw ddarpariaeth am lety newydd iddynt, na gofal i'w hanifeiliaid, ac os nad oeddynt yn berchen ar eu tir, heb iawndal.

'Meddyliwch am gymuned glòs, er yn wasgaredig, bron yn uniaith Gymraeg, eu cyndeidiau wedi magu merlod ar y mynydd ers yr Oes Efydd, ac enw'r mynydd, o bosib, yn dyst i hynny, gan mai'r dduwies Geltaidd Epona oedd duwies y ceffylau. Ac unwaith eto, roedd cymuned Gymreig yn ddi-rym. Colli 600,000 erw o dir, er gwaethaf holl ymdrechion ein harwyr glew, megis Gwynfor Evans a Saunders Lewis.' Tawodd am ennyd, a gwenu ar ei gynulleidfa. 'Maddeuwch i mi am fynd i ysbryd y darn! Rydw i'n dal i gorddi am y peth, er iddo ddigwydd dros saith deg mlynedd yn ôl. Fe wnaeth yr Adran Ryfel ddwyn saith deg mil o aceri oddi ar y Cymry, a dim ond pum deg chwe mil oddi ar y Saeson. Mae hynny'n dweud y cyfan, yn tydi? A dyna fo, am wn i. Diolch yn fawr i chi am wrando.'

Aeth Dyfrig a Gwion yn ôl i'w seddau. Yn fuan wedyn, dywedwyd bod y bws wedi cyrraedd i'w cludo'n ôl i'w bythynnod. Aeth pawb i newid eu dillad cyn dringo i'w seddi, ac roeddynt mor flinedig fel nad oedd sgwrs o unrhyw fath i'w chlywed yr holl ffordd yn ôl.

Pennod 18

'Beth y'ch chi'n mynd i'w wneud pnawn 'ma, 'te, ar ddiwrnod arall mor fendigedig?' holodd Marian gan wthio'i phlât cinio oddi wrthi a dylyfu gên.

Roedd pawb wedi cysgu'n hwyr ar ôl y diwrnod hir yn y castell, a newydd orffen pryd o fwyd oedd yn gyfuniad o frecwast a chinio. Roedd y bws wedi dychwelyd i'r bythynnod yn ystod oriau mân y bore, a chyn i bawb ddisgyn ohono daeth Seimon i gyhoeddi y byddai ganddynt 'ddiwrnod i'r brenin' drannoeth, ac y byddai eu tasgau newydd yn cael eu cyhoeddi ar ôl swper. Ni fyddai Dyfrig byth wedi cyfaddef yn gyhoeddus ei fod yn cytuno ag Anna, ac yn teimlo'r rhyddid fel caethiwed, ond dyna'r gwir amdani. Mi fyddai'n well ganddo wynebu tasg newydd yn syth, rhywbeth i lenwi'r amser, yn hytrach na chrwydro'n ddibwrpas i geisio'i ladd. Roedd wedi dechrau 'laru ar droedio llwybrau'r goedwig heb unrhyw nod arbennig.

'Ry'n ni'n mynd i dorheulo yn yr ardd,' atebodd Heledd, y 'ni' yn cynnwys Iwan, dyfalodd Dyfrig.

Roedd y stydiau a'r modrwyau yn ôl yn ei hwyneb, a'u hailymddangosiad yn codi chwilfrydedd o'r newydd yn ei feddwl. Pam roedd hi'n mynnu eu gwisgo? Mentrodd ofyn iddi'n blwmp ac yn blaen. Cododd hithau ei hysgwyddau.

'Ond ydyn nhw ddim yn brifo?' Doedd o ddim am adael iddi osgoi rhoi ateb.

'Nag ydyn,' atebodd, gan godi ei hysgwyddau eto.

'Ddim hyd yn oed os wyt ti'n cnoi?'

'Nag ydyn.'

'Hyd yn oed yr un yn dy dafod?

'Roedd hi'n boenus i'w rhoi i mewn, 'na i gyd, ac yn teimlo 'chydig yn od ar y dechre, ond smo fi'n ei theimlo nawr.'

Syllodd Dyfrig arni am rai eiliadau. Fedrai o ddim gofyn y cwestiwn pwysicaf: pam ei bod hi eisiau eu gwisgo. Yn lle hynny, dywedodd yn ffwr-bwt,

'Mae'n well gen i dy wyneb di hebddyn nhw.'

Gwenodd Heledd yn faleisus a phlygu 'mlaen ato, ei thafod allan ac yn gwneud ystumiau llyfu awgrymog. Yna chwarddodd o weld ei wyneb. Trodd at Marian.

'Be wyt ti'n mynd i'w wneud, 'te?' gofynnodd iddi.

'Diogi, wy'n meddwl, a gwneud ychydig o fân bethe. Twtio f'ystafell, golchi dillad. Ti'n gwybod.'

'A ti, Dyfrig?'

'Crwydro, fel arfer.'

Ond doedd ganddo fawr o awydd. Un peth oedd crwydro er mwyn cael amser i feddwl neu i osgoi gweithio, peth arall oedd crwydro am nad oedd dim arall ganddo i'w wneud. Ar ôl helpu gyda'r clirio, gadawodd y bwthyn a cherdded yn hamddenol allan o'r buarth. Arhosodd i syllu ar wyneb ffrynt y plasty. Doedd o ddim agosach at gael gwybod lle roedd ystafell N'tia. Go brin fod neb ohonynt yn cysgu ar y llawr isaf. Y llawr cyntaf, o bosib? Neu a oedd y gweithwyr, fel yn yr hen amser, yn gorfod cysgu yn yr atig? Ai Gwydion a'i gyd-feirniaid oedd yn rhannu'r llawr cyntaf? A Doctor Eurgain, wrth gwrs? Sylweddolodd nad oedd o'n gwybod fawr ddim am fywyd yr ochr arall i'r drws pellaf yn y neuadd. A doedd o ddim wedi gweld N'tia ar ôl y swper yn y castell: hithau wedi gorfod dychwelyd gyda'r technegwyr eraill, mwy na thebyg. Mi fyddai'n rhaid iddo gofio'i holi y tro nesaf.

Cerddodd Seimon a chriw o'r technegwyr allan drwy ddrws ffrynt y plasty. Roedd Con yno, a Dafs ac Al a ... beth oedd ei enw ... Owi? Roedd rhai mewn jîns ac eraill mewn trowsusau byrion, pob un yn cario pecyn bach dan ei fraich.

'Dyfrig,' cyfarchodd Seimon, 'rydan ni'n mynd i nofio yn yr afon. Ti isio dod efo ni?'

'Pam lai?' atebodd Dyfrig. 'Ond mi fydd raid i mi nôl fy nhywel. Ewch chi, ac mi wna i ddal i fyny efo chi.'

'Iawn,' cytunodd Seimon, a chychwynnodd y criw i lawr y llwybr. Ni theimlai Dyfrig fel brysio. Roedd hi'n rhy boeth. Pan gerddodd i mewn i'r bwthyn roedd Marian wrthi'n gosod pot jam llawn dŵr ar fwrdd y gegin. Roedd papur arlunio eisoes arno, a thiwbiau o ddyfrlliw a brwshys paent wedi eu gosod allan yn ddestlus o'i gwmpas.

'Dach chi'n artist hefyd?' holodd Dyfrig gyda diddordeb.

Roedd golwg euog ar ei hwyneb, fel petai wedi cael ei dal yn gwneud rhywbeth o'i le.

'Na, ddim o ddifrif,' atebodd. 'Rhyw chwarae peintio, dyna i gyd.' Wrth siarad, roedd wedi troi tudalen uchaf y papur arlunio wyneb i waered.

Derbyniodd Dyfrig ei hanfodlonrwydd i rannu, ac aeth i'w ystafell heb holi ymhellach. Gadawodd y bwthyn gan weiddi 'Hwyl' dros ei ysgwydd.

Gallai glywed lleisiau dynion yn gweiddi ac yn chwerthin cyn iddo gyrraedd y troad diwethaf yn y llwybr i'r pwll, a sŵn dŵr yn tasgu. Roedd Seimon a Dafs yn y dŵr, Al ac Owi ar y lan, a Con ar fin plymio i'r afon. Ond roedd o'n plymio oddi ar y graig anghywir! Doedd dim digon o ddyfnder wrth y graig honno.

'Na, paid!' bloeddiodd nerth ei ben, ond roedd o'n rhy hwyr. Plymiodd Con a diflannu o dan yr wyneb. Rhedodd Dyfrig at y lan gan dynnu ei grys a thaflu ei sandalau i ffwrdd. Roedd Seimon a Dafs wedi deall ei bryder, ac yn nofio'n wyllt at y fan lle diflannodd Con cyn plymio dan y dŵr. O weld hyn, arhosodd Dyfrig ar y lan. Aeth eiliadau brawychus heibio heb unrhyw arwydd o'r tri. Yna torrodd pen Seimon drwy'r dŵr, ac yna Dafs, a rhyngddyn nhw roedden nhw'n dal pen Con i fyny. Hyd yn oed o'r lan, gallai Dyfrig weld y gwaed yn llifo.

'Al, rhed i ffonio am ambiwlans, a galw ar Doctor Eurgain,' bloeddiodd Seimon yn fyr ei wynt. 'Owi, dos i chwilio am Gwydion. Mi ddylai fod yn y tŷ.'

Rhedodd y ddau mewn braw i gyflawni eu dyletswyddau. Trodd Seimon ar ei gefn, â chefn Con yn erbyn ei frest, a nofio am y lan yn null achubwyr bywyd. Gyda help Dyfrig, gosodwyd Con i orwedd ar ei fol yn y glaswellt, ei freichiau wedi eu plygu yn glustog i'w ben. Roedd yn anymwybodol. Gwasgodd Seimon ar ei ysgyfaint, i fyny ac i lawr, tra gwyliai Dyfrig lliw ei groen a'r dŵr yn glafoerio o'i geg. Roedd Dafs wrthi'n chwilota drwy becynnau pawb ac yn gosod tywelion dros Con mewn ymdrech i'w gadw'n gynnes. Rhoddodd corff y dyn camera herc bach sydyn cyn pesychu, ac yna dechreuodd anadlu'n fwy rheolaidd. Peidiodd Seimon â phwnio, gan osod Con yn yr ystum cydnabyddedig ar gyfer rhai sydd wedi cael damwain.

'Fasa'n well i ni ei gario fo'n ôl?' awgrymodd Dafs, ond ysgwyd eu pennau wnaeth Dyfrig a Seimon.

'Wyddon ni ddim pa mor ddrwg ydi ei anafiadau,' meddai Seimon. 'Oerfel ydi'r peth gwaethaf rŵan. Diolch byth ei bod hi mor boeth.'

Ond ar ôl iddo ddweud hynny, dechreuodd Con grynu.

'Dyfrig, rhwbia'i draed o. Dafs, rhwbia'i ddwylo fo, ac mi wna inna 'i gefn o.'

Wrthi felly roedd y tri pan redodd Doctor Eurgain yno, ei bag doctor yn ei llaw. Gwnaeth archwiliad cyflym o Con a chyhoeddi nad oedd hi'n credu ei fod wedi torri ei wddf. Ond, rhag ofn, tynnodd goler feddygol o'i bag, a chyda help Seimon, gosododd hi'n ofalus am wddf Con. Aeth ymlaen i archwilio gweddill ei gorff. Cyrhaeddodd Al gyda blancedi, a'u lapio am Con.

'Mae'r ambiwlans ar ei ffordd,' meddai wrthynt. 'Roedd un yn digwydd bod yn agos, wrth lwc, felly fydd hi ddim yn hir rŵan.'

Tra oeddynt yn disgwyl, eglurodd Seimon iddi beth oedd wedi digwydd ac aeth Doctor Eurgain ati i lanhau'r briw ar ben Con. Edrychai'n waeth, os rhywbeth, wedi iddi wneud hynny. Tybiodd Dyfrig iddo weld rhywbeth gwyn ynghanol y coch. Asgwrn y benglog?

Roedd yn rhyddhad i bawb pan gyrhaeddodd y dynion ambiwlans – yn siarad Saesneg, sylwodd Dyfrig, er nad oedd hynny'n arwyddocaol o ddim y dyddiau hyn, meddyliodd. Ar ôl iddynt gael y ffeithiau moel gan Doctor Eurgain, gosodwyd helmed feddal am ben Con, a chodwyd ei gorff yn ofalus ar fwrdd caled i'w drosglwyddo i wely cludo. Roedd cryn bryder ynglŷn â sut i'w gario ar hyd y llwybr, ond gan fod cynifer o ddynion i gynorthwyo, teimlwyd ei bod yn ddiogel i gychwyn ar yr orymdaith. Dyna pryd y cyrhaeddodd Gwydion.

'Beth sydd wedi digwydd?' holodd yn wyllt. 'Con? Ydi o'n fyw?'

'Ydi, siŵr iawn,' atebodd Eurgain heb geisio cuddio'i diffyg amynedd. 'Wedi taro'i ben wrth neidio i'r dŵr mae o. Dydw i ddim yn meddwl ei fod o wedi torri asgwrn, ond gwell cael archwiliad manwl yn yr ysbyty. Esgusoda fi. Rhaid i mi fynd hefo fo.'

Dechreuodd ddilyn y gwely cludo, ond gafaelodd Gwydion yn ei braich.

'Rhaid i'r ferch 'na fynd!' bloeddiodd yn ei hwyneb. 'Alla i ddim dioddef mwy o hyn. Mae pob dim yn mynd ar chwâl ers i ti ddod â hi yma! Ei bai hi yw hyn i gyd.'

'Paid â bod yn dwp!' Roedd Eurgain wedi gostwng ei llais, ond gallai Dyfrig glywed ei geiriau yn ogystal â'r tôn llawn dicter. 'Dim fan hyn yw'r lle i drafod y fath ffwlbri. Mi wela i di wedi i mi wneud yn siŵr fod Con yn iawn.'

Tynnodd ei braich yn rhydd a diflannu ar hyd y llwybr. Dim ond Dyfrig oedd ar ôl bellach, a theimlai'n annifyr wrth wylio Gwydion. Ni wyddai beth i'w ddweud. Er bod geiriau Gwydion yn atgas, roedd yr olwg ar wyneb y dyn yn ddigon i ennyn cydymdeimlad. Edrychai mor hen, mor ddrylliedig, mor ofnus.

Sylwodd Gwydion arno'n ei wylio, a llwyddodd i lusgo gwên i'w wefusau.

'Dos ar eu holau, Dyfrig, rhag ofn bod angen help arnyn nhw. Rhaid i minnau fynd i drefnu cael dyn camera yn lle Con.'

Lledaenodd y newyddion am y ddamwain mewn amrantiad, ac roedd pawb wedi ymgynnull yn y buarth i wylio'r ambiwlans yn diflannu, Doctor Eurgain yn y cefn gyda Con.

'Roeddwn i wedi meddwl awgrymu parti bach yn y jacwsi heno ar ôl swper,' meddai Huw wrth Dyfrig a Gwion, 'i chi'ch dau gael rhannu'ch poteli siampên. Ond wn i ddim rŵan. Dydi o ddim i'w weld yn iawn, rywsut.' Cytunodd y ddau arall a phenderfynwyd gohirio'r parti tan y noson wedyn.

Dafs oedd yn gwisgo'r steadicam pan gerddodd pawb i'r neuadd amser swper, gyda Seimon, Meira, Eilir a James wrth y bwrdd uchel. Ar ôl iddyn nhw eistedd, cyhoeddodd Seimon fod newyddion eithaf calonogol o'r ysbyty. Roedd Con wedi dod ato'i hun, er bod ei benglog wedi cracio fymryn. Doedd dim perygl i'w fywyd, a dim nam i'w wddf na'i gefn, felly roedd gobaith y byddai'n gwella'n llwyr. Roedd yn rhaid iddo aros yn yr ysbyty am y tro i gael profion pellach, fodd bynnag, felly roedd Gwydion wrthi'n trefnu i gael dyn camera arall i gynorthwyo Dafs. Ysgafnhaodd yr awyrgylch yn syth. Ysgafnhaodd ymhellach pan estynnodd Seimon dair potel siampên a'u gosod o flaen Marian, Heledd a Dyfrig.

'Gydag ymddiheuriadau oddi wrth Gwydion a minnau,' meddai â gwên. 'Rhowch gymeradwyaeth unwaith eto i fuddugwyr nos Wener,' meddai wedyn, ac ufuddhaodd pawb.

'Does dim osgoi parti rŵan,' galwodd Huw. 'Pawb i'r jacwsi ar ôl swper!'

Roedd y swper yn fwy hwyliog na'r disgwyl, a Dyfrig bellach wedi ymgyfarwyddo â rhannu bwrdd gyda Heledd ac Iwan. Roedd wedi teimlo'n euog am nad oedd wedi llwyddo i gael gair efo Bleddyn y diwrnod cynt, yn dilyn cais Mair, ond o leiaf drwy dderbyn Iwan yn ddirwgnach bob pnawn – ac amser brecwast – roedd yn ei gadw o ffordd Mair a Bleddyn.

'Ac yn awr, eich tasgau newydd,' meddai Seimon ar ôl i bawb orffen bwyta. 'Dr James?'

'Gyfeillion. Fel y soniais wythnos yn ôl, rydym am i chi astudio'r cyfnod o farwolaeth Owain Gwynedd hyd farwolaeth Owain Glyndŵr, hynny yw, o 1170 hyd at 1416. Cyfnod maith, meddech, i'w astudio a chael amser i lunio drama. Felly rydyn ni wedi ceisio hwyluso pethau i chi.' Cymerodd anadl ddofn. 'Yn ei hanfod, hanes tywysogaeth Gwynedd fyddwch chi'n ei astudio. Yn anffodus, wedi marwolaeth yr Arglwydd Rhys yn 1197, dirywiodd y Deheubarth gan i'w feibion a'u disgynyddion ymgecru'n ddiddiwedd ymysg ei gilydd am oruchafiaeth. Doedd dim digon o gryfder na gallu gan unrhyw un ohonynt i greu undod fyddai o gymorth i wrthsefyll y Saeson. Digon tebyg oedd y sefyllfa ym Mhowys. Yn dilyn marwolaeth Madog ap Maredudd yn 1160, ni fu un dyn yn frenin, nag yn dywysog, ar y wlad. O fewn cenhedlaeth i'w farwolaeth, rhannwyd ei deyrnas yn ddwy, a hynny'n derfynol: Powys Fadog oedd y rhan ogleddol, a Phowys Gwenwynwyn y rhan ddeheuol. Teulu arbennig o gecrus – a ffiaidd o greulon – oedden nhw, un o nodweddion y teulu ers amser Bleddyn ap Cynfyn. Mae'n rhaid eu bod nhw'n destun siarad yn eu hoes, oherwydd mae Gerallt Gymro'n cyfeirio atynt fel rhai anarferol o greulon, a hynny mewn oes o greulondeb. Peth digon cyffredin oedd dallu a sbaddu gelynion, ond fel mae Gerallt Gymro'n dweud, doedd dynion ddim yn arfer gwneud hynny i'w ceraint, aelodau o'u teuluoedd eu hunain, ond roedd hynny'n arferiad gan y teulu arbennig hwn. Yr unig beth y gallaf ei ddweud yw mai o'r cyff hwn y cododd Owain ap Gruffudd Fychan, neu Owain Glyndŵr fel rydyn ni'n ei alw heddiw.

'Ond dyna fi'n crwydro eto, mae'n ddrwg gen i. Ddylwn i ddim datgelu gormod, eich gwaith chi fydd ymchwilio i'r hanes. I fynd yn ôl at fy nhestun, Gwynedd yw craidd eich ymchwil yr wythnos hon. A dyma sut rydyn ni wedi penderfynu y dylech fynd o'i chwmpas hi.

'Mae tri enw yn y tair amlen yma,' meddai, gan eu codi oddi ar y bwrdd o'i flaen a'u chwifio o flaen ei gynulleidfa, 'Llywelyn Fawr, Llywelyn ein Llyw Olaf, ac Owain Glyndŵr. Mi fydd aelod o bob tîm yn derbyn amlen. Pa enw bynnag fydd yn amlen eich tîm chi, dyna'r un fyddwch chi'n ymchwilio iddo. Dydi hynny ddim yn golygu mai ymchwilio i'r person hwnnw'n unig fyddwch chi – er bod croeso i chi wneud hynny, wrth gwrs – ond edrychwch ar ei gefndir a'i oes. Gosodwch bob un yng nghyd-destun ei gyfnod. Edrychwch yn arbennig ar hanes Lloegr yn yr un cyfnod, oherwydd dyna darddiad nemesis pob ymdrech Gymreig i greu gwladwriaeth annibynnol. Edrychwch tuag at Ewrop, os oes gennych amser, a gweld dylanwadau'r Cyfandir ar ddigwyddiadau yng Nghymru ac yn Lloegr. Cofiwch mai yn ystod teyrnasiad y Brenin John y collodd Lloegr y rhan helaethaf o'i thiroedd yn Ffrainc, yn arbennig colli Normandi. Mab John, sef Harri III, oedd y brenin cyntaf i siarad Saesneg yn ei lys. Cyn hynny, Ffrangeg a Lladin oedd ieithoedd swyddogol a chyfreithiol Lloegr.

'Ond rwy'n crwydro eto! Gair bach am eich tasgau ysgrifennu i orffen. Ar ôl i chi wneud eich ymchwil, rydym am i chi ysgrifennu sgript o ryw chwarter awr, ugain munud, ar unrhyw bwnc sy'n apelio atoch allan o ffrwyth eich llafur. Gall fod yn berson neu'n ddigwyddiad, chi fydd yn dewis eich testun. Fel arfer, gofynnwn i chi roi eich gwaith i mewn erbyn amser cinio dydd Gwener. A dyna ni. Pob lwc i chi.'

Wrth i James eistedd, cymerodd Seimon yr amlenni oddi arno a'u cymysgu fel pecyn o gardiau chwarae. Yna gosododd amlen yr un o flaen Mair, Marian ac Anna. Gadawodd Iwan ei fwrdd i fynd i weld pa enw oedd yn amlen Mair. Rhwygodd Marian ei hamlen ar agor, a'r ddau arall yn rhythu dros ei hysgwydd. Eu henw hwy oedd: Llywelyn Fawr.

* * *

'Rhaid i ni roi llyffethair ar Dyfrig 'ma,' pryfociodd Huw yn ddiweddarach yn y jacwsi. 'Mae o'n ennill pob dim. Sbïwch arno fo: dwy botel siampên! Mae'r peth yn anfoesol!'

'Ie, tair potel rhwng saith ohonon ni,' ategodd Mair yn bryderus. 'Mae hynny ychydig llai na hanner potel yr un. Fyddwn ni'n feddw, chi'n meddwl?'

Roedd Dyfrig yn falch pan gytunodd Bleddyn a Mair i ymuno yn y parti wedi iddyn nhw orffen yn y neuadd. Gwrthod wnaeth Iwan a Heledd, ac roedd Dyfrig yn falch o hynny, hefyd. Aeth Heledd â'i photel hi gydag Iwan yn ôl i'r bwthyn, i ddathlu'n 'breifat', chwedl Heledd.

'Dwyt ti 'rioed yn credu dy fod ti'n mynd i gael dy siâr deg o'r poteli, wyt ti, Mair?' gwawdiodd Anna'n chwareus. 'Efo Huw o gwmpas? A Dyfrig?'

'Un da wyt ti i siarad,' brathodd Huw yn ôl. 'Mi alli di yfed pawb dan y bwrdd, fel rydan ni wedi tystio cyn heddiw!'

'Blantos bach, dim cecru,' rhybuddiodd Marian. 'Brysia, Dyfrig. Agor y botel yma i mi. Alla i ddim gwneud fy hunan. Gawn ni rannu hon yn gyntaf.'

Wedi i Dyfrig wneud ei waith, y botel yn wag a phawb â gwydriad yn ei law, cynigiodd Marian lwncdestun.

'Pob lwc i bawb yn y dasg o'n blaenau.'

'Be 'di'ch enw chi?' gofynnodd Anna iddi.

'Llywelyn Fawr. A'ch tîm chi?'

'Hei, ferched, dim siarad siop. Dyna'r rheol,' torrodd Huw ar eu traws. Anwybyddodd Anna ef.

'Owain Glyndŵr,' atebodd.

'Felly Llywelyn ap Gruffudd sydd gennych chi, Mair.'

'Ie ...'

Ond trodd y pedwar dyn arnyn nhw a'u gwahardd rhag trafod ymhellach.

Wrth sgwrsio'n hwyliog, buan iawn roedd y gwydrau'n wag. Agorodd Dyfrig botel arall a'i rhannu.

'Rhaid i mi gyfaddef,' meddai Marian ar ôl cymryd y sip cyntaf o'i gwin, ''mod i'n mwynhau'r dysgu am hanes Cymru.'

'Finne hefyd,' cytunodd Mair. 'Mae'n gywilydd gen i gyfaddef cyn lleied wyddwn i am hanes fy ngwlad. Mi wn i na fues i yn y coleg na dim byd felly, ond rydw i'n teimlo cywilydd nad ydw i'n gwybod mwy.'

'Nid arnat ti mae'r bai, Mair fach,' cysurodd Bleddyn hi, 'ond ar ein cyfundrefn addysg. Wn i ddim amdanoch chi'r to iau,' aeth ymlaen gan wenu ar y lleill, 'ond pan oeddwn i yn yr ysgol, doedd dim sôn am hanes Cymru.'

'Chi'n iawn, Bleddyn,' cytunodd Marian, 'chlywes innau'r un gair chwaith. Mae pawb yn gyfarwydd â'r tri enw gawson ni heno, wrth gwrs, ond fawr ddim am eu bywydau. Ac mae'r cyfan mor ddifyr! Rwy'n ysu 'nawr i wybod rhagor.'

'Dysgu am Lywelyn Fawr drwy astudio drama Saunders wnes innau,' cyfaddefodd Dyfrig. 'Wyddwn i ddim cyn hynny mai merch y Brenin John oedd Siwan.'

'Pam na wnawn nhw ddysgu'n plant ni am hanes eu gwlad?' cwynodd Mair.

'Mae'r ateb yn syml, Mair,' atebodd Huw. 'Meddyliwch am y peth. Pwy oedd yn gosod y maes llafur? Saeson. Beth oedden nhw'n ei wybod am hanes Cymru? Dim. Oedden nhw *am* gael gwybod rhagor? Nag oedden.'

'Mae'n batrwm cyffredin pan fydd un genedl neu ddiwylliant yn cael ei rheoli gan genedl gryfach,' cytunodd Bleddyn. 'Mae'n ffordd gydnabyddedig – ac anweledig – o danseilio cenedlaetholdeb. Mae o i gyd yn rhan o'r broses seicolegol o fychanu cenedl er mwyn iddi dderbyn iaith a diwylliant ei gorchfygwyr, a throi cefn ar eu treftadaeth eu hunain.'

'Ac mae pob ymdrech i newid petha'n cael ei labelu fel rhywbeth "Welsh Nash" neu "Cymdeithas yr Iaith" – yr eithafwyr gwallgo y dylai pawb call eu hanwybyddu,' ychwanegodd Huw.

'Ie, ry'ch chi'n iawn, Huw, gwaetha'r modd,' cytunodd Bleddyn. 'Rwy'n cofio'n iawn fel roedd rhai rhieni, pan oeddwn i'n blentyn, yn siarad dim ond Saesneg gyda'u plant, er bod y ddau ohonyn nhw'n Gymry Cymraeg eu hunain. Yn gweld dim gwerth na dyfodol i'n hiaith, ac yn meddwl y byddai'r plantos yn well allan yn siarad Saesneg yn unig.' Ysgydwodd ei ben yn drist. 'Siawns fod yr agwedd honno wedi diflannu bellach.'

'Beth oeddwn i'n ei weld yn yr ysgol oedd un rhiant Cymraeg a'r llall yn siarad Saesneg,' meddai Mair, 'a'r plant bron yn ddieithriad yn siarad Saesneg.'

'Ond siawns fod hynny'n newid hefyd?' holodd Marian. 'Lle rwy i'n byw, mae nifer o rieni uniaith Saesneg yn anfon eu plant i'r ysgolion Cymraeg ac yn mynd ati i ddysgu Cymraeg eu hunain.'

'Mi fetia i mai rhieni dosbarth canol ydyn nhw,' meddai Anna.

'Ond un ffordd o geisio newid pethau ydi drwy fagu mwy o falchder mewn Cymreictod yn ein pobol ifanc,' awgrymodd Bleddyn. 'Ac un ffordd o wneud hynny ydi drwy ddysgu am hanes Cymru. Ydi pethau wedi gwella rhywfaint erbyn hyn, Gwion? Ti yw'r ieuengaf o ddigon yma heno.'

'Wel, alla i ddim dweud. Pynciau gwyddonol oeddwn i'n eu hastudio. Roedd ffrind i mi'n astudio hanes, ond ar hanes Natsïaeth ac ati roedd o'n canolbwyntio. Rydw i'n cofio cael mynd ar dripiau ysgol i wahanol lefydd pan oeddwn i yn yr ysgol gynradd – chi'n gwybod, cestyll, hen geiri ac ati.'

'Ie, mae plant fy nith wastad yn mynd ar dripiau,' cytunodd Marian. 'Maen nhw newydd fod yn gweld Dowlais am eu bod nhw'n dysgu am y gweithfeydd haearn yn eu hardal.'

'Fel 'na maen nhw'n dysgu hanes y dyddiau hyn,' cytunodd Mair. 'Os oeddwn i angen mynd i weld y brifathrawes neu un o'r athrawon, mi fyddwn i bob amser yn cael sbec ar waliau'r dosbarthiadau. Mae'r plant yn dysgu am y pethe sydd o'u cwmpas, 'sdim ots o ba gyfnod.'

'Iesgob Dafydd,' torrodd Anna i mewn i'r sgwrs yn ddiamynedd, 'parti 'di hwn i fod, nid te c'nhebrwng yr iaith a Chymreictod! Agor y botel arall 'na, Dyfrig, wir Dduw!'

'Be 'dan ni ei angen ydi miwsig,' cyhoeddodd Huw, gan adael y pwll a thaflu tywel am ei ysgwyddau. 'Mi reda i i nôl fy chwaraewr CDs a 'chydig o ddisgiau.'

O fewn dim roedd Huw yn ei ôl a cherddoriaeth band Glenn Miller yn diasbedain drwy'r lle. Cododd hwyliau pawb gyda'r trydydd gwydraid o siampên, ac roedd Huw wedi gofalu dod â dwy botel arall o win gydag ef – jest rhag ofn, eglurodd.

Roedd hi ymhell wedi hanner nos pan benderfynodd Bleddyn a Mair ei bod hi'n amser gwely. Cytunodd Dyfrig, ac aeth y tri i sychu a newid.

'Am noson fendigedig,' ebychodd Bleddyn wedi iddynt gamu i'r awyr agored. 'Edrychwch ar y sêr! Mae'n drueni troi cefn arnyn nhw ar noson fel hon. Beth am fynd am dro bach yn yr ardd, neu ar hyd un o'r llwybrau, cyn noswylio?'

'Wel, gwnewch chi fel mynnwch chi,' cyhoeddodd Mair, 'rydw i'n mynd i ngwely. Nos da.'

Roedd drws y neuadd ar agor, yn ogystal â'r drws o'r llyfrgell i'r ardd, felly camodd Dyfrig a Bleddyn allan ar y lawnt esmwyth. Roedd pobman yn dawel, dim smic yn unman, a dim golau heblaw am olau'r lloer a'r sêr.

'Does dim llygredd golau fan hyn, beth bynnag,' meddai Bleddyn. 'Fel hyn y byddai hi ar ein cyndeidiau. On'd ydi o'n hyfryd?'

Cytunodd Dyfrig, a gresynu nad oedd yn gwybod enwau patrymau'r sêr.

'Na finnau chwaith, gwaetha'r modd,' cyfaddefodd Bleddyn. Anadlodd yn ddwfn. 'Y'ch chi'n ogleuo'r blodau, Dyfrig? Mae'n siŵr fod gwyddfid yma yn rhywle, a blodau siriol pêr y nos.'

Cerddodd y ddau drwy'r ardd mewn cytgord tawel nes iddynt ddod at fainc. Roedd yr arogl gwyddfid yn arbennig o gryf yn y llecyn hwnnw.

'Fyddai ots gen ti tasen ni'n eistedd fan hyn am ychydig?' gofynnodd Bleddyn.

'Syniad da,' cytunodd Dyfrig.

'Am gymeriad ydi'r Huw 'na, yntê?' meddai Bleddyn wedyn. 'A does dim dal arno fe ac Anna pan mae'r ddau gyda'i gilydd. Mae'n siŵr fod rhialtwch nos a dydd yn eu bwthyn nhw.'

'Ia, druan o Gwion!'

'Druan?'

'Ia. Mi faswn i'n blino arnyn nhw os ydyn nhw'n tynnu ar ei gilydd drwy'r amser. Mae'n anodd bod yn drydydd person.'

Bu distawrwydd am beth amser nes i Bleddyn siarad.

'Efallai mai dyna sut mae Iwan yn teimlo,' meddai'n dawel. 'Allan ohoni gyda Mair a finnau.'

'Peidiwch â theimlo'n euog dros y diawl bach yna,' atebodd Dyfrig yn ffyrnig. 'Welais i neb mor hunanol a hunanfodlon yn fy mywyd.'

'Wel, ifanc ydi o, yntê?'

'Wyddoch chi mai dyna'r union eiriau ddefnyddiodd Mair amdano?'

'Rydych chi wedi bod yn ei drafod gyda Mair?' Roedd syndod yn llais Bleddyn.

'Dim ond wrth i mi holi sut roedd pethau'n mynd. Roeddan ni'n cydymdeimlo â'n gilydd, chi mewn tîm hefo Iwan, a minnau â Heledd.'

'Ie, siŵr, rwy'n cofio 'nawr. Ddwedodd Mair eich bod chi wedi cynnig newid lle efo fe, a dod ar ein tîm ni, ond i chi gael eich gwrthod. Diolch i chi, Dyfrig, am fod mor feddylgar.'

Bu ysbaid arall o dawelwch cyn i Dyfrig fentro gofyn,

'Sut mae pethau erbyn hyn?'

Chwarddodd Bleddyn yn isel cyn ateb.

'Prin ein bod ni wedi gweld Iwan o fore gwyn tan nos yn ystod y dyddiau diwethaf. Chi sydd wedi gorfod goddef y ddau, wedi'r cyfan.' Yna ochneidiodd. 'Ond dydyn ni ddim yn edrych ymlaen at yr wythnos nesaf 'ma. Gorfod gweithio gyda fe.'

'Na, alla i ddychmygu.'

Distawrwydd eto.

'Fues i 'rioed yn un da gyda phobol ifanc, gwaetha'r modd. Dyna fy ngwendid mwyaf yn fy ngweinidogaeth,' cyffesodd Bleddyn. 'Byth yn gallu taro'r nodyn cywir. Un ai'n eu trin fel plant bach, neu'n teimlo fy hunan yn mynd yn nawddoglyd o ffals a hwyliog.'

Gallai Dyfrig deimlo rhyw dristwch mawr yn llais ei gydymaith. Ni wyddai beth i'w ddweud, felly arhosodd yn dawel. Yn y man, ailafaelodd Bleddyn yn y sgwrs.

'Oes gennych chi blant, Dyfrig? O, mae'n ddrwg gen i, nag oes, siŵr. Rydych chi wedi dweud hynny'n barod.' Oedodd Bleddyn cyn parhau.

'Mae gen i blentyn ... mab ...' Roedd ei lais mor dawel, prin y gallai Dyfrig ei glywed. 'Mi ddwedais i gelwydd ar ffurflenni'r gystadleuaeth.'

Ni fentrodd Dyfrig ddweud gair. Ai sôn am blentyn wedi marw oedd Bleddyn? Ond na, roedd wedi defnyddio'r ffurf bresennol. Oedd o'n sôn am blentyn siawns? Mi fyddai hynny'n ddigon i ddinistrio gyrfa unrhyw weinidog capel.

'Mae e'n byw yn y gogledd erbyn hyn,' aeth Bleddyn ymlaen, 'nid nepell oddi wrthych chi, Dyfrig.'

'O?'

'Mae e yn yr un maes â Gwydion, yn gweithio i'r cyfryngau. Mae'n siŵr eich bod chi wedi'i weld e ar y teledu – mae e arno bron bob nos. Y fe ydi gohebydd y gogledd ar raglenni newyddion a materion y dydd.'

Rhewodd gwaed Dyfrig.

'Iolo Dinefwr?'

'Ie, y'ch chi'n ei nabod o?'

'Ydw,' atebodd Dyfrig yn araf. Oedd o am fentro dweud rhagor?

'Ydi e'n un o'ch ffrindiau?'

Roedd llais Bleddyn mor eiddgar nes i Dyfrig betruso cyn ateb.

'Dydw i ddim yn ei adnabod yn dda,' cyfaddefodd. 'Un o ffrindiau'r wraig ydi o – fy nghyn-wraig.' Sut allai o ddweud mai'r diawl Iolo Dinefwr oedd wedi dwyn Sonia oddi arno? Bod yn gas ganddo'r cachgi dan din? Y byddai'n falch pe byddai'r bastard yn cael ei ddagu gan ei dafod melfedaidd ei hun? Ac y byddai Dyfrig yn fodlon gwasgu ei wddf er mwyn sicrhau hynny? Yn hytrach, dywedodd, 'Ond ydach chi ddim mewn cysylltiad ag o?'

Daeth y tristwch yn ôl i lais Bleddyn.

'Na. Mae e wedi troi ei gefn arna i'n llwyr. Byth ers marwolaeth ei fam. Roedd e'n gweld bai arna i. Gweld bai am nad oeddwn i wedi sylwi ar ei chyflwr ynghynt, a mynnu ei bod yn cael triniaeth. Gweld bai nad oeddwn i byth adref iddi, fod gen i amser i ruthro o un pwyllgor i'r llall, i ymweld â chleifion yn eu cartrefi ac yn yr ysbytai, ond byth amser i ymgeleddu fy ngwraig fy hunan.

'Ond doedd hi byth yn cwyno. Roeddwn i adref yn ystod y boreau, ac roedd hi'n ymddangos fel hi ei hunan bryd hynny. Wyddwn i ddim ei bod hi mewn cymaint o boen nes ei bod yn rhy hwyr. Iolo oedd yn ei gweld hi yn ei dyblau, yn welw a diegni, yn methu cerdded adref o'r ysgol heb gymryd seibiant. Ac erbyn i mi ddod adref gyda'r nos, roedd swper ar y bwrdd fel arfer. Wedyn, yn amlach na pheidio, roeddwn i allan mewn pwyllgorau, a hithau wedi mynd i'r gwely erbyn i mi gyrraedd adref.'

'Cancr oedd arni?'

'Ie, cancr y fron. Mi fu hi farw pan oedd Iolo'n un ar ddeg oed.'

'Amser anodd.'

'Ie. Roedd e'n gweld eisiau ei fam yn arw. Newidiais innau fy ffordd o fyw, aros adref fwy er mwyn edrych ar ei ôl, ond fe ddaeth hynny'n arf iddo'i ddefnyddio yn fy erbyn. Allen i wneud dim yn iawn. Fy mai i oedd popeth.

'Gwaith diddiolch ydi magu plant.' Oedodd Bleddyn. 'Efallai 'mod i wedi ceisio gwneud gormod iddo, am ei fod wedi colli ei fam, ac yntau wedyn yn teimlo'i fod e'n cael ei fygu. Ond mi fyddai'n cwyno am bob dim. Pam na châi'r peth a'r peth, fel ei ffriniau? Pam na fasen i'n gwneud hyn a hyn, fel rhieni eraill? Byth yn cydnabod yr hyn roeddwn i *yn* ei wneud.'

'Doedd hi ddim yn hawdd arnoch chithau, chwaith, wedi colli'ch gwraig,' cydymdeimlodd Dyfrig.

'Fyddai Iolo byth yn cydnabod hynny. Fy mai i oedd ei bod hi wedi marw yn y lle cyntaf. Aeth pethau o ddrwg i waeth. Roedd e'n mynd allan bob awr o'r dydd a'r nos. Dechreuodd yfed dan oed. Wn i ddim sawl gwaith y daeth yr heddlu ag e adref. Fe fuon nhw'n ddigon caredig tuag ata i, mae'n wir, i beidio dod ag achos yn ei erbyn.' Ochneidiodd. 'Efallai y byddai wedi bod yn well petai'r gyfraith wedi ei gosbi. Efallai y byddwn innau wedyn wedi derbyn na allwn ei reoli.'

'Ond doedd hi ddim yn hawdd i chi, siŵr o fod, a chitha'n weinidog.'

'Na. Roedd digon o siarad tu ôl i 'ngefn i. Roeddwn i'n hollol ymwybodol o hynny. Ond fe ddaeth pethau i'r pen pan oedd o'n un ar bymtheg oed. Roedd e wedi bod yn yfed eto – roedd yn ffrindiau â bechgyn drwg oedd yn hŷn nag e, ac yn fodlon prynu diod iddo – a phan ddaeth e adref, mi benderfynais i mai digon oedd digon. Rhoddais rybudd iddo na fyddai'n cael mynd allan am fis, na fyddai'n cael pres poced, a dweud y byddai'n cael ei gloi yn ei ystafell am naw bob nos.'

'Beth oedd ei ymateb o?'

'Aeth yn hollol wallgo. Dechreuodd daflu a malu llestri, yna'r dodrefn. Taflodd gadair drwy ffenest y gegin. Dyna pryd y galwodd ein cymdogion ar yr heddlu. Yna dechreuodd ymosod arna i.'

'Gafodd o ei yrru i garchar?' holodd Dyfrig ar ôl i Bleddyn fod yn ddistaw am rai munudau.

'Na. Sut allwn i ddod ag achos yn erbyn fy mab fy hun? Ond symudodd Iolo allan o'r tŷ y noson honno. Wrth lwc, roedd ei fodryb – chwaer ei fam – wedi cynnig iddo fyw gyda hi a'i gŵr o hynny 'mlaen, a derbyniodd yntau. Y noson honno oedd y tro olaf i mi ei weld wyneb yn wyneb. Mae wedi gwrthod pob ymdrech wnaeth Megan – ei fodryb – i ddod â ni at ein gilydd. Newidiodd ei enw. Roedden ni'n byw ar gyrion Llandeilo, felly cymerodd Dinefwr fel cyfenw. Aeth i'r coleg, ac yna cafodd swydd gyda'r BBC. Gwnes innau gais i gael newid eglwys, ac fe'i derbyniwyd. Roedd fy mlaenoriaid yn falch o weld fy nghefn i, rwy'n credu.'

'A dydach chi ddim wedi ei gyfarfod wedyn?'

'Naddo. O, rwy wedi ysgrifennu sawl llythyr yn gofyn iddo gymodi, ond chefais i erioed ateb. Yna, pan gefais i gyfrifiadur, a dechrau arfer gydag e-bost ac ati, anfonais neges ato eto. Cefais ateb y tro hwnnw, ond alla i ddim dweud wrthych chi ateb mor ffiaidd, mor greulon oedd e.' Plygodd ymlaen a rhoi ei ben yn ei ddwylo. Roedd dagrau yn ei lais wrth iddo barhau â'i stori. 'Pam na allai e fyth ddeall cymaint ro'n i'n ei garu e? Mai gwneud y cyfan – yn gam neu'n gymwys – er ei fudd e oeddwn i? Efallai, o edrych yn ôl, 'mod i wedi gwneud y dewisiadau anghywir, ond ar y pryd, roeddwn i'n wirioneddol grediniol 'mod i'n gwneud y peth iawn, y peth gorau iddo fe. Pam na all e faddau i mi?'

Ni wyddai Dyfrig sut i ateb.

Cododd Bleddyn a dechrau cerdded yn ôl. Dilynodd Dyfrig.

'Diolch i chi am wrando, Dyfrig,' meddai Bleddyn, ei lais yn gryfach, 'ond ga' i ofyn i chi beidio dweud dim wrth neb?'

'Cewch, siŵr. Does dim rhaid i chi boeni am hynny.'

'Mae hi'n dal yn noson fendigedig, er i mi darfu arni.'

'Efallai mai noson i gyffesu ydi hi.'

'Ie. Rhaid cyfaddef 'mod i'n teimlo'n well.'

Roedden nhw wedi cyrraedd y drws i'r llyfrgell fyddai'n eu harwain i'w bythynnod. Petrusodd Dyfrig am eiliad, cyn gofyn,

'Ydi Mair yn gwybod?'

'Nag ydi.' Meddyliodd Bleddyn am ennyd cyn ychwanegu, 'Efallai y dylai hi.'

Pennod 19

'Sut yden ni am ddechrau, 'te?' gofynnodd Marian am naw o'r gloch y bore wedyn.

'Wy'n meddwl bydd raid i ni i gyd wneud gwaith ymchwil ar wahân,' atebodd Heledd, 'a dod yn ôl at ein gilydd wedyn.'

'Ia, cytuno,' meddai Dyfrig. 'Beth am gael diwrnod neu ddau i chwilota, yna cyfarfod eto i benderfynu ar bwnc ein drama?'

'Iawn,' atebodd Marian. 'Beth am i ni roi deuddydd i ddarllen, wedyn bydd deuddydd a hanner i ni sgrifennu. Beth am gyfarfod eto am naw fore Mercher?'

Cytunodd pawb, a mynd ati i weithio.

* * *

'Hei,' rhedodd Heledd i'r bwthyn ychydig cyn amser swper, 'gredwch chi byth pwy rwy i newydd weld!'

'Pwy?' meddai Dyfrig a Marian fel un llais.

'Y dyn camera newydd! Mae e yn y neuadd gyda Gwydion.'

'O, ia?' meddai Dyfrig. Ni allai weld dim cyffrous yn y newydd. Roedd pawb yn gwybod bod dyn camera newydd i gymryd lle Con.

'Dyn croenddu yw e!' meddai Heledd wedyn.

'Rargian fawr!' ebychodd Dyfrig. 'Ac mae Gwydion efo fo?'

'Ydi.'

'Ond roedd N'tia'n dweud bod Gwydion yn berson hiliol iawn,' protestiodd Marian.

'Wel, ma' fe'n siarad a chwerthin 'da hwn, 'ta p'un,' atebodd Heledd.

Aeth Marian a Dyfrig draw i weld drostynt eu hunain.

'A, Marian a Dyfrig,' cyfarchodd Gwydion hwy. 'Dewch i gyfarfod ein dyn camera newydd. Bob, dyma Marian a Dyfrig, dau o'n cystadleuwyr.'

Ysgydwodd pawb ddwylo'i gilydd.

'Rydyn ni'n hynod ffodus o gael gwasanaeth Bob,' meddai wrthynt. 'Mae o wedi cymryd tair wythnos o wyliau i ddod atom. Mae o'n brofiadol dros ben, wedi gweithio gyda mi ar sawl prosiect o'r blaen. Dydi o ddim yn siarad Cymraeg, ond mae o'n deall pob gair. Nawr, os gwnewch chi'n esgusodi ni, mae gan Bob a minnau gryn dipyn o waith i'w drafod cyn i Bob ddechrau ffilmio amser swper heno. Ond ewch i eistedd ar bob cyfrif. Rydych chi ychydig yn gynnar heno.'

'Doeddwn i ddim wedi sylweddoli faint o'r gloch ydi hi,' ymddiheurodd Marian.

'Na finnau chwaith,' ychwanegodd Dyfrig. 'Dydan ni ddim yn cael defnyddio oriawr, chi'n gweld,' eglurodd wrth Bob.

'Mi awn ni i'r llyfrgell,' meddai Marian wedyn. 'Mae angen llyfrau arnon ni.'

Gosododd Dyfrig ei hun wrth ymyl y camera otomatig yn oriel y llyfrgell. Felly, gallai sgwrsio â Marian a gwylio Gwydion yr un pryd. Roedd ei fryd yn fwy ar wylio Gwydion na gwrando ar Marian, mewn gwirionedd. Ni allai ddeall y peth. On'd oedd o wedi gweld â'i lygaid ei hun yr atgasedd ar wyneb Gwydion wrth iddo gwyno am N'tia? A hithau a Doctor Eurgain wedi ei sicrhau fod y dyn yn hiliol? Ond roedd ei ymddygiad gyda Bob yn ymddangos yn hollol naturiol. Os oedd y dyn mor hiliol ag yr honnai N'tia ac Eurgain, yna fyddai o byth yn gallu bod mor gyfeillgar â hynny gyda dyn croenddu.

'Tyrd oddi yna, Dyfrig,' hisiodd Marian arno. 'Edrych ar y rhain, a dewis beth ti angen. Ti'n gwrando dim arna i, nagwyt ti?'

Erbyn i Dyfrig wneud ei ddewis, roedd cloch y weddi hwyrol yn canu, a lleisiau eraill i'w clywed yn y neuadd islaw.

'Gawn ni fynd i lawr rŵan, Miss?' gofynnodd yn ffug-wylaidd.

Rhoddodd Marian bwniad ysgafn iddo, a gwenu.

'Iawn. Tyrd.'

Roedd y saith arall wedi cyrraedd, yn ogystal â Seimon a Meira. Roedd Dafs ac Al wedi ymuno â Bob a Gwydion, ac roedd Bob erbyn hyn yn gwisgo harnais y steadicam. Mynnodd Seimon sylw pawb yn syth.

'Ga' i wneud y cyflwyniadau cyn i ni ddechrau ffilmio,' meddai. 'Dyma'n dyn camera newydd ni, Bob. Deudwch helô wrtho fo rŵan, achos dydyn ni ddim eisiau pobol yn syllu arno fo na'i gamera yn ystod swper. Cofiwch, mae popeth i fod yn naturiol.'

Ar ôl i bawb orffen bwyta, cododd Gwydion a cherdded draw at fwrdd Dyfrig. Safodd yn wynebu Heledd, a gwenu arni. Gallai Dyfrig synhwyro rhyw gynnwrf disgwylgar ynddo, fel plentyn ar fin rhuthro i agor y pentwr o anrhegion Nadolig mae wedi bod yn eu llygadu'n eiddgar.

'Wyt ti'n cofio dweud nos Sadwrn dy fod ti'n teimlo'n gartrefol mewn gwisg o'r Oesoedd Canol, dy fod yn hoffi eu cerddoriaeth ac ati?'

'Ydw,' atebodd Heledd.

'Fyddet ti'n fodlon ceisio mynd yn ôl mewn amser i weld sut fath o fywyd oedd gen ti bryd hynny? Ti'n gweld, fe ges i'r teimlad rhyfeddaf nos Sadwrn dy fod ti wedi byw bywyd arall bryd hynny.'

Roedd Heledd wedi gwirioni gyda'r syniad, a heb oedi rhagor, aildrefnwyd y byrddau a'r cadeiriau i ffurfio hanner cylch o flaen dwy gadair fawr y bwrdd uchel, a'r byrddau wedi eu gwthio at y waliau. Gosododd Gwydion Heledd i eistedd yn ei orsedd ef, ac eisteddodd yntau yn y gadair arall. Yna eglurodd ei fwriad wrth weddill y criw.

'Unwaith eto,' meddai, 'rhaid i mi bwysleisio nad oes sicrwydd beth ddigwyddith. Gofynnaf am ddistawrwydd a llonydd perffaith gennych chi'r gynulleidfa.'

Rhoddodd Seimon y delyn yn ei ddwylo, a dechreuodd Gwydion ei chwarae – yr un alaw ag a chwaraeodd wrth adrodd hanes Gruffudd ap Rhys, sylweddolodd Dyfrig.

'Heledd,' meddai Gwydion mewn islais, 'rwyt ti'n ymlacio; rwyt ti'n cau dy lygaid; rwyt ti'n teimlo'n gysglyd; rwyt ti'n teithio i mewn i ti dy hunan, i dy orffennol ...' Peidiodd â siarad ond roedd ei fysedd yn dal i chwarae'r delyn, ac ymhen munud neu ddwy ychwanegodd, '... yn bell, bell yn ôl, mor bell yn ôl fel dy fod ti'n adnabod yr alaw hon. Cana'r gân i ni.'

Dechreuodd Heledd fwmial canu, yna daeth y geiriau'n fwy eglur. Roeddynt yn swnio'n Ffrengig i Dyfrig, er na allai eu deall. Edrychai Gwydion yn fuddugoliaethus.

'Rwyt ti wedi cyrraedd. Lle rwyt ti?'

'Yn y neuadd, siŵr iawn,' atebodd Heledd, ei llais yn syn.

'A beth yw dy enw di?'

'Gwenllïan.'

'A phwy yw dy ŵr?'

'Gruffudd ap Rhys, ond dydi o ddim yma ar hyn o bryd. Mae o wedi mynd i lys fy nhad yn Aberffraw, i ofyn am ei gymorth a chymorth fy mrodyr yn erbyn y Normaniaid.'

Rhedodd ias o gyffro drwy Dyfrig a'r gweddill, ond edrychodd Gwydion yn ffyrnig arnynt cyn mynd ymlaen.

'Fydd o'n llwyddo?'

Ochneidiodd Heledd – neu'n hytrach Gwenllïan.

'Wn i ddim. Mae 'Nhad yn hen ac yn ddall.' Oedodd, a daeth golwg drist i'w hwyneb. 'Roedd o wedi rhoi adduned i frenin Lloegr y byddai'n anfon Gruffudd ato, yn fyw neu'n farw, er mwyn ceisio cadw'r Normaniaid rhag bygwth Gwynedd unwaith eto. Ond roedd hi'n anodd iawn iddo wneud y fath addewid.'

'Ydi Gruffudd yn peryglu ei fywyd, felly, drwy fynd i Wynedd?'

'Na, fyddai fy mrodyr Owain a Cadwaladr byth yn caniatáu iddo gael ei niweidio.' Daeth balchder i'w llais. 'Maen nhw eisoes yn galw Owain yn Owain Gwynedd, er bod fy nhad, Gruffudd ap Cynan, yn dal ar dir y byw. Ond esgusodwch fi, mae Morgan a Maelgwn yn disgwyl amdanaf. Rwyf wedi addo rhoi gwers arall ar drin y cleddyf mawr iddyn nhw.'

'Chi sy'n eu dysgu?'

'Ie. Fel arfer, maen nhw'n cael gwersi gyda Rhys dan arweiniad Anarawd, fy mab hynaf, ond mae ef a Rhys wedi mynd gyda'u tad i Wynedd.'

'Gawn ni sgwrsio ymhellach wedyn?'

'Cawn.'

Bu distawrwydd am eiliadau cyn i gryndod redeg drwy gorff Heledd.

'Beth sy'n bod, Gwenllïan?'

'Rydyn ni newydd gael gwybodaeth gan un o'n ysbïwyr, Gruffudd ap Llywelyn, y bydd mintai fawr o filwyr y Normaniaid yn glanio ar draethau Morgannwg ac yn teithio i atgyfnerthu'r garsiwn yng nghastell Cydweli. Mae hyn yn fygythiad pendant yn ein herbyn!'

'Wn i ddim beth i'w wneud!' Roedd ei llais yn llawn cyffro. 'Ddylwn i anfon i alw Gruffudd yn ôl? Ond na, efallai y byddai'n rhy hwyr erbyn iddo gyrraedd! Rhaid i mi siarad efo'r teulu.'

'Beth mae'r teulu'n ei feddwl, Gwenllïan?'

'Rydyn ni'n cychwyn ar unwaith i ymladd,' atebodd hithau'n falch. 'Maen nhw'n fodlon derbyn fy awdurdod i, fy nerbyn i arwain y fintai.'

'A chithau'n ferch?'

'Ie, a beth am hynny? Rydw i bob amser wedi ymladd ochr yn ochr â'm gŵr, ac mae'r dynion yn gwybod 'mod i cystal ag yntau am drin y cledd. Ond rhaid i mi frysio. Mae gennym dridiau, meddai Gruffudd ap Llywelyn, cyn i'r milwyr lanio. Mae hynny'n rhoi cyfle i ni symud i lawr i Gydweli i'w cyfarfod – ac ymosod ar y castell cyn i'r milwyr newydd gyrraedd. Mae'r garsiwn yno'n wan, meddai Gruffudd ap Llywelyn, a dyna pam mae'r Norman Maurice de Londres wedi gofyn i'r brenin am gymorth.

'Rydyn ni'n teithio liw nos, a gorffwys yng ngolau dydd. Rhaid cripian heibio Llandeilo a Chaerfyrddin – mae ysbïwyr ymhobman! Rydyn ni'n penderfynu gwahanu unwaith rydym wedi mynd heibio Caerfyrddin – y penteulu'n arwain un fintai tua'r arfordir ac yn ymosod ar y milwyr wrth iddyn nhw lanio o'r llong. Rydw innau'n arwain y gweddill at y castell. Rhaid i ni fod yn barod cyn i'r wawr dorri, a chael awr neu ddwy o orffwys cyn rhyfela. Mae pawb yn eiddgar, y cynnwrf yn berwi. Rydw i'n arwain fy mintai at droed Mynydd y Garreg – lle da i orffwys cyn ymosod ar Gydweli, gyda'r mynydd tu ôl i ni. Ond mae'n anodd gorffwys. Mae Morgan a Maelgwn wrth f'ochr, yn holi'n ddi-baid. Dyma'u brwydr fawr gyntaf. Rwy'n gweddïo ar i Dduw eu cadw'n ddiogel.

'Mae'r oriau'n faith. Byddai'n well gen i gychwyn ar unwaith. Mae'r disgwyl yn lladd yr ysbryd, yn gadael i'r amheuon suddo'u crafangau i'm meddwl. Does neb wedi tynnu eu harfwisgoedd, ac mae pawb yn gorwedd â'i gledd wrth ei ochr. O'r diwedd llwyddaf i hepian cysgu, ond mae rhyw gynnwrf pell yn peri i mi godi yn syth. Mae'n dod o'r tu ôl i ni!

'Morgan! Maelgwn! Deffrwch! Mae'r gelyn yn ymosod! ... Ond mae'n rhy hwyr. Mae'r saethau fel cawod o law yn bwrw arnom ... Dewch yn nes, bawb! Ffurfiwch eich rhengoedd! Peidiwch â dychryn! Peidiwch ag ildio ... Brwydrwn ymlaen! Ffurfiwch gylch! Amddiffynnwch eich cefnau! ... I'r dde, Maelgwn, gwylia i'r dde! Da, fachgen! ... Un arall! Gwylia! Morgan, amddiffynna dy frawd! Da, fechgyn! ... Maen nhw'n dal i lifo fel y môr! Doeddwn i ddim yn disgwyl cymaint o elynion! ... Ond pwy sydd ar y ceffyl fan draw? Pwy ydi o, ymysg y gelyn? Allwch chi weld? Gruffudd? Gruffudd ap Llywelyn? Y bradwr felltigedig! ... Brwydrwch ymlaen, fechgyn! Brwydrwch hyd y diwedd! Brwydrwch dros y Deheubarth, dros eich tad, dros Gymru! *Gwenllïan! Gwenllïan! Gwenllïan!*

'Maelgwn! Rwy'n methu gweld Maelgwn! Mae o ar lawr! Rwy'n ceisio mynd ato. Mae'n waed i gyd, picell wedi ei drywanu yn ei galon! Dduw Mawr, derbyn enaid fy mab! ... Ond mae un o'r Normaniaid yn dod ataf. Mae fy mraich yn blino. Rwy'n methu codi fy nharian yn ddigon cyflym. Mae ei gleddyf yn fy nharo yn fy ysgwydd. Rwy'n syrthio ar fy ngliniau. Na! Paid â'm hamddiffyn, Morgan! Na, rwyt tithau wedi dy glwyfo! O, fy mab, fy mab!

'Mae dwylo brwnt yn fy rhwygo ymaith, yn fy llusgo at y barwn ar gefn ei geffyl anferth. Saif Gruffudd ap Llywelyn o 'mlaen. Rwy'n poeri yn ei wyneb. Mae'n fy nharo, ac yna'n ymfalchïo o weld fy ngwendid.

' "Ti'n gweld, y Gymraes hurt, gan y Normaniaid mae'r grym. Y nhw ydi'r dyfodol, nid ti a'th dylwyth. Mi gaiff y rheini eu sathru dan draed fel baw. Baw at faw!"

' "Bradwr!" bloeddiaf arno.

' "Mi syrthiaist ti'n ddel i'r fagl, yn do? Credu bob gair ddwedes i. Ond roedd y milwyr eisoes wedi glanio pan roddais i'r neges i ti, ac rydyn ni wedi bod yn eich disgwyl fan hyn ers hynny."

' "Melltith arnat ti a'th debyg!" Rwyf eisiau dweud rhagor, ond mae'r gŵr Normanaidd yn siarad. Mae'n cyhoeddi fy mod i i'm dienyddio yn y fan a'r lle, gan fy mod i'n euog o deyrnfradwriaeth yn erbyn brenhiniaeth Lloegr. Rwy'n teimlo fy milwyr yn cynhyrfu, ond rwy'n galw arnynt i ymdawelu. Dydw i ddim am i'w gwaed gael ei dywallt o'm hachos i.

'Ond maen nhw'n gwneud i mi sefyll yno, yn eu gwylio'n torri bawd oddi ar law un Cymro ym mhob deg. Mae Morgan yn garcharor ganddynt. Gweddïaf drosto. Yna mae de Londres yn galw fy enw. Rwy'n troi i'w wynebu.

'Does arna i ddim ofn marwolaeth. Cefais faddeuant am fy holl bechodau gan yr offeiriad cyn cychwyn ar y daith hon, fel pawb arall yn fy myddin. Rwy'n cael fy ngwthio ar fy ngliniau, ac mae fy mhenwisg ddur yn cael ei rhwygo i ffwrdd.

'Rwy'n meddwl am Gruffudd, am fy nhad a'm mam, am fy nheulu yng Ngwynedd. Ni chaf byth eu gweld eto yn y byd hwn. Anarawd a Rhys, cofiwch amdanaf!

'Mae rhywun yn gafael yn fy mhlethi, yn eu tynnu'n dynn gan halio fy mhen ymlaen, yn noethi fy ngwddf. Maelgwn, rwy'n dod atat! *Ave Maria, gratia plena, ora pro nobis ...*'

' "Oes gen ti eiriau olaf?" Mae llais y bradwr yn fy ngwatwar.

' "Bydd Duw a Gruffudd ap Rhys yn dial am anfadwaith y dydd

hwn!" gwaeddaf. "Brwydrwn ymlaen! Cymru a'r Deheubarth am byth!"

'Teimlaf gusan ysgafn min y cledd wrth i'r dienyddwr wneud ei farc. Rwy'n tynhau fy nghyhyrau, yn rheoli'r cryndod sy'n rhedeg drwof. Rwy'n barod am frath y llafn, ond mae ofn yn rhedeg drwy fy nghalon. Fy mechgyn! Fy ngŵr!

'*Cofiwch fi!*'

* * *

Roedd distawrwydd llethol yn y neuadd, pawb yn syfrdan, Gwydion yn wyn fel y galchen. Gorweddai corff Heledd yn swp diymadferth yn ei chadair, y breichiau'n ei chynnal rhag syrthio i'r llawr. Yr unig un nad oedd wedi ei effeithio gan y digwyddiad oedd Bob. Daeth Dyfrig yn ymwybodol ohono'n cerdded o gwmpas pawb, yn ffilmio'u wynebau. Wrth iddo agosáu at Heledd, amneidiodd Gwydion arno i gadw draw. Plygodd Gwydion ymlaen a gafael yn llaw Heledd, a'i rhwbio'n ysgafn.

'Heledd,' dywedodd ei henw'n ysgafn, 'Heledd, deffro 'nawr. Rwyt ti'n iawn. Does dim byd wedi digwydd i ti. Tyrd, mae'n amser deffro.'

Agorodd Heledd ei llygaid yn araf, a syllu o'i chwmpas mewn syndod.

'Rwyt ti wedi cofio dy orffennol,' eglurodd Gwydion. 'Rwyt ti wedi cofio mai ti oedd y Dywysoges Gwenllïan.' Gafaelodd yn ei llaw arall. 'Paid â rhuthro i geisio deall pethau'n syth. Mae'n well i ti orffwys.' Trodd at Dyfrig a Marian. 'Allwch chi ei chynorthwyo i fynd i'r gwely? Efallai y bydd hi braidd yn simsan.'

Cododd y ddau ar unwaith ac arwain y ferch allan o'r ystafell. Ceisiodd Iwan eu dilyn, ond rhwystrwyd ef gan Seimon. Rhoddodd Marian hi yn ei gwely, a chynnig diod gynnes iddi, ond gwrthododd Heledd. Daeth Iwan heibio'n ddiweddarach, ond gyrrodd Dyfrig ef yn ôl i'w fwthyn ei hun.

Yn y bore, aeth Marian â brecwast ysgafn ar hambwrdd i'w hystafell, a phan ddaeth yn ôl i'r gegin dywedodd wrth Dyfrig fod Heledd yn ymddangos yn berffaith iawn, ei bod hi eisoes wrthi'n gweithio ar ei gliniadur, a'i bod hi mor surbwch ag erioed.

'Eisiau llonydd i weithio, medde hi. Mae hi am aros yn ei stafell.'

Yno'r arhosodd hi hefyd weddill y dydd, gan wrthod gweld Iwan na neb arall. Gwrthododd hyd yn oed weld Doctor Eurgain pan ddaeth honno draw ddiwedd y bore. Penderfynodd Marian a Dyfrig nad oedd dim i'w wneud ond mynd ati i weithio. Yn ystod y prynhawn aeth Dyfrig i chwilio am N'tia. Roedd ganddo gymaint i'w drafod â hi – ac roedd eisiau gwybod beth oedd ei theimladau am Bob. Ei fwriad, pan welodd y dyn camera gyntaf, oedd chwilio amdani ar ôl swper, ond roedd helyntion Heledd wedi drysu ei gynlluniau. Ni chafodd gyfle i fynd i chwilio amdani nes ei bod yn rhy hwyr. A dyna beth arall roedd o eisiau ei drafod efo hi – oedd hi wedi bod yn yr oriel pan hypnoteiddiwyd Heledd? Beth oedd ei hadwaith? Ond pan gurodd ar ddrws y feddygfa a cherdded i mewn, roedd yr adeilad yn wag. Aeth yn ôl at ei waith.

* * *

Rhedodd Heledd i lawr y grisiau fore trannoeth, ei gliniadur dan ei braich.

'Iawn, 'te, y'n ni'n barod i weithio?'

Syllodd Dyfrig yn syn arni. Roedd o a Marian newydd orffen bwyta'u brecwast ac wrthi'n twtio'r bwrdd.

'Wyt ti'n siŵr dy fod ti'n barod am hyn, Heledd?' gofynnodd iddi.

'Barod? Pam lai? Smo fi'n wael!'

'Wyt ti am siarad am y peth?' holodd Marian, ond roedd ymateb Heledd yn bendant.

'Na. Ddim eto. Gawn ni ddechrau?'

'Ti'n moyn brecwast? Mae coffi ffres ar gael.'

Cymerodd Heledd lond mẁg o goffi, a thorri tafell o fara iddi ei hun. Cymerodd afal o'r bowlen ffrwythau a dechrau'i fwyta. Wrth iddi wneud hyn, edrychai Dyfrig arni. Roedd yr holl fetel wedi diflannu. Roedd y colur du wedi diflannu. Gwisgai dop gwyn a jîns, nid y dillad du arferol. Ond, yn fwy na hynny, roedd rhyw egni newydd o'i chwmpas, ac yn fwy syfrdanol fyth, roedd hi'n gwenu arnyn nhw. Aeth y tri ati i weithio.

'Oes gan bawb syniad?' holodd Marian. Nodiodd Dyfrig a Heledd eu pennau. 'Iawn. Pwy sydd am fynd gyntaf?'

'Beth am i ti fynd gynta, Marian,' awgrymodd Heledd.

'Beth am i ni'n tri gynnig syniadau, a thrafod wedyn? Gerallt Gymro sydd gen i.'

'Siwan sydd gen i,' meddai Heledd.

'Dafydd ap Llywelyn sydd gen innau,' meddai Dyfrig.

'Wel, 'na fe, 'te. Sut mae dewis?'

'Gaiff pawb gyflwyno'i gymeriad ei hun?' awgrymodd Dyfrig. 'Heledd?'

'Wy'n teimlo bod Siwan wedi cael cam. Mae pawb yn cofio'i godineb gyda Gwilym Brewys, yn bennaf oherwydd drama Saunders Lewis, ond beth arall wyddon ni amdani? Oedd, roedd yn ferch ordderch i'r Brenin John, ond mae'n rhaid fod mwy iddi na hynny. Mae'n sicr ei bod yn ferch arbennig o alluog, oherwydd roedd yn gennad dros ei gŵr mewn sawl cyfarfod gyda'i thad, ac yna'i hanner brawd, Harri III. Roedd hi'n fodlon ac yn abl i ddadlau dros ei gŵr a thros Wynedd yn y cyfarfodydd hynny, ac yn ennill y dydd ambell waith. Roedd ei hanner brawd yn amlwg yn hoff ohoni, ac roedd Llywelyn yn dotio arni, achos mi gymerodd hi'n ôl o fewn blwyddyn i helynt Gwilym Brewys. A sut fywyd oedd ganddi yn llysoedd Gwynedd, gyda phawb yn amheus ohoni fel Normanes, a Gruffudd, mab hynaf Llywelyn, byth a beunydd yn codi helynt? Na, 'wy am gael cyfiawnder i Siwan.'

'Marian?'

'Rwy'n credu mai Gerallt oedd un o ddynion mawr ein cenedl. Nid yn unig oherwydd ei lyfrau a'r wybodaeth o'i gyfnod mae'r rhain yn ei rhoi i ni heddiw, ond hefyd oherwydd ei ymdrechion dros yr eglwys Gatholig yng Nghymru. Fel ry'n ni'n gwybod, Nest, ferch Rhys ap Tewdwr, oedd ei nain, a thrwyddi hi y cafodd ei waed Cymreig. Ond roedd yn ei gyfrif ei hunan yn Gymro, serch hynny. Dyn addysgedig, deallus, ac, yn ôl pob sôn, dyn hawddgar hefyd. A dyn oedd wedi profi bywyd y tu allan i Gymru. Bu'n astudio ym Mharis yn fachgen ifanc, a dychwelyd yno am dair blynedd yn 1177 fel darlithydd. Teithiodd drwy Iwerddon gyda'r Tywysog John, a sgrifennu dau lyfr yn disgrifio'r wlad a'i phobl. Cafodd gynnig bod yn esgob yno, a hefyd yn esgobaethau Bangor a Llandaf yn ddiweddarach. Ond uchelgais bywyd Gerallt oedd bod yn esgob Tyddewi, ac fe'i hetholwyd i'r swydd honno o leiaf ddwywaith gan lys yr eglwys. Ond gwrthwynebai Harri II – a Harri III ar ei ôl – ac Archesgob Caergaint iddo gael ei ethol, er i'r Pab ei hunan gefnogi'r Cymro. Fel soniaist ti, Dyfrig, bu yn Rhufain o leiaf deirgwaith, yn dadlau ei achos o flaen y Pab Innocent III. A'r rheswm dros hynny sydd o ddiddordeb i mi, y rheswm dros wrthwynebiad y brenin ac Archesgob Caergaint i'w benodiad. Roedd Gerallt yn Gymro cadarn, ac am weld Tyddewi yn archesgobaeth ar Gymru, yn annibynnol ar Gaergaint. Mi fyddai hynny wedi gwanhau gafael brenhiniaeth Lloegr, drwy'r archesgobaeth yng Nghaergaint, ar

Gymru, ac wedi cryfhau cenedlaetholdeb y Cymry. Meddyliwch beth fyddai hynny wedi ei olygu i'n hanes ni. Dyna pam y dewisais i Gerallt Gymro.' Cymerodd anadl ddofn. 'A Dyfrig, beth sydd gen ti i'w ddweud am y Tywysog Dafydd?'

'Wel, rhywbeth reit debyg i ti, Marian,' atebodd. 'Rhyw "beth petai ..." sydd gen innau hefyd. Fel rydach chi'n gwybod, ail fab i Lywelyn Fawr oedd Dafydd, ond ei unig fab cyfreithlon. Nid fod cyfreithlondeb mor bwysig yng nghyfreithiau'r Cymry: roedd gan fab anghyfreithlon lawn cymaint o hawliau ag un cyfreithlon, os oedd y tad yn ei gydnabod felly. Aeth Llywelyn i gryn drafferth i sicrhau'r olyniaeth i Dafydd, yn enwedig gan fod Gruffudd, fel dwedaist ti, Heledd, yn un mor wyllt a chwerylgar. Galwodd gynhadledd fawr yn Ystrad-fflur rai blynyddoedd cyn ei farwolaeth a chael llw o deyrngarwch i Dafydd gan bob un o fân dywysogion Cymru, heblaw am rai Powys.

'Beth bynnag, Dafydd ddaeth yn dywysog ar ôl Llywelyn yn 1240. Carcharodd ei frawd yng nghastell Cricieth, gan greu drwgdeimlad mawr ymysg pobol Gwynedd. Roedd o wedi defnyddio tactegau Normanaidd i arestio'i frawd, wedi trefnu cyfarfod rhyngddyn nhw ac esgob Bangor i geisio cymodi. Ond yn lle hynny arestiwyd Gruffudd a'i fab Owain yn y fan a'r lle. Roedd yr esgob mor gandryll ei fod wedi cael ei ddefnyddio yn y fath fodd bradwrus gan Dafydd fel y bu iddo ymddiswyddo'n syth. Ond ta waeth am hynny – rhyw feddwl y buasai'r stori honno'n gallu creu drama oeddwn i. Fy mhrif reswm dros gynnig Dafydd yw iddo'i gael ei alw'n Darian Cymru a hynny, yn fy marn i, am ei fod o wedi ceisio gosod Cymru ar fap Ewrop. Yn ei helyntion efo Harri III, roedd o wedi anfon llatai at frenin Ffrainc, Louis IX, yn gofyn am gefnogaeth. Gwrthod wnaeth hwnnw, wrth gwrs. Yn ddiweddarach, eto mewn ymgais i gyfyngu ar Harri, anfonodd at y Pab, Innocent IV, i ofyn iddo wneud Cymru'n Ddominiwn Pabyddol. Byddai hynny wedi gosod Cymru dan warchodaeth Rhufain a'r eglwys Gatholig, ac wedi rhoi stop ar bob ymdrech gan frenhiniaeth Lloegr i ymosod ar y wlad.

'Roedd pethau'n edrych yn ffafriol ar y dechrau, y Pab yn anfon llythyr yn gofyn i abadau Aberconwy a Chymer edrych i mewn i'r sefyllfa, ac yn gwysio Harri III ei hunan i ddod o flaen cyfarfod yn eglwys Caerwys ac egluro'i hun. Ddaeth o ddim, wrth gwrs. Yn lle hynny, llwgrwobrwyodd y Pab nes i hwnnw droi ei gefn ar Dafydd druan. Ond meddyliwch, beth pe byddai wedi llwyddo? Beth fyddai hanes Cymru wedyn?' Gwenodd ar y merched. 'A dyna fi 'di deud fy 'neud!'

'Wel, be nesa?' gofynnodd Marian. 'Oes un ohonon ni'n fodlon ildio?'

Bu distawrwydd anghyfforddus nes i Heledd awgrymu,

'Fydden nhw wedi cyfarfod o gwbl? Fydde modd creu drama o'r tri gyda'i gilydd, am ba reswm bynnag?'

'Go brin,' atebodd Marian yn araf, gan ysgwyd ei phen. 'Roedd Gerallt wedi mynd ar bererindod arall i Rufain yn 1205, blwyddyn priodas Siwan a Llywelyn, ac roedd e wedi marw yn 1223. Roedd e wedi troi ei gefn ar y byd erbyn hynny, 'ta p'un.'

Bu distawrwydd pellach. Yna cafodd Dyfrig syniad.

'Wn i ddim be dach chi'n feddwl o hyn,' dechreuodd. 'Mae newydd fy nharo i fod 'na un ddolen gyswllt rhwng y tri.'

Edrychodd Heledd a Marian arno'n ddisgwylgar.

'Y brenin, Harri III.'

'Be? Wyt ti am i ni sgrifennu drama am hwnnw?'

'Ia. Meddyliwch am y peth! Pwy oedd yn ddraenen yn ystlys pawb? Harri. Pwy oedd yn rhwystr i freuddwydion pawb? Harri. OK, doedd ganddo fawr o gŵyn yn erbyn Siwan, ond roedd o'n boen i bawb arall – ac i Lywelyn ein Llyw Olaf flynyddoedd yn ddiweddarach.'

'Chi'n iawn, Dyfrig,' cytunodd Marian, yn dechrau deall ei ddadl. 'Mae'r llyfrau hanes yn dilorni Harri III ar y cyfan, yn ei alw'n frenin gwan ac anwadal, yn newid ei feddwl yn aml, yn tynnu pobol i'w ben drwy'r amser.'

'Ie,' meddai Heledd, wrth ddechrau gweld y golau. 'Fe roddodd e faenorau'n anrheg i Siwan, ond eu cymryd yn ôl wedyn pan oedd e'n ddig.'

'Ond roedd o â'i gyllell yn y Cymry. Ac fe gychwynnodd fwy o ymgyrchoedd milwrol yn erbyn y Cymry nag unrhyw frenin arall – deg i gyd, os ydw i'n cofio'n iawn.'

'Wy'n meddwl dy fod ti wedi cael syniad campus, Dyfrig,' ebychodd Marian. 'Nawr 'te, sut y'n ni'n mynd o'i chwmpas hi? Beth fydd ein drama?'

Pennod 20

Erbyn amser te, roedd y tri wedi cael llond bol. Roedd y penderfyniad i greu drama am un o helyntion Harri III wedi arwain at fwy o waith ymchwil, a thrafodaeth arall ynglŷn â pha ddigwyddiad fyddai'n addas i'w ddramateiddio. Unwaith eto, roedd gan bawb ei syniad ei hun, a phob un yn anfodlon ildio i awgrymiadau'r lleill.

'Chi'n moyn dishgled o de?' cynigiodd Heledd, gan daflu ei beiro ar y bwrdd. Derbyniodd y ddau arall y cynnig yn ddiolchgar.

Wrth sipian yr hylif poeth oedd fel gwin y duwiau i Dyfrig, awgrymodd Marian y dylent gael toriad, pawb i wahanu a chael amser i feddwl. Doedden nhw'n mynd i unman fel hyn. Byddai awr neu ddwy o ymlacio'n gwneud byd o les iddynt, meddai. Cafwyd neges yn gynharach eu bod i wisgo i fyny heno eto, ac i fynd i nôl eu gwisgoedd ryw awr cyn swper.

'Beth am ailddechrau bore fory, gyda chloch y Ters?'

'Campus,' cytunodd Heledd, gan gychwyn am y grisiau. 'Wy'n mynd i'r jacwsi.' Ac i ffwrdd â hi.

'Reit,' meddai Dyfrig gan roi ei gwpan i lawr, 'mi a' inna i grwydro.'

'Fyddi di'n hir?'

'Wn i ddim, ond mae'n debyg y bydda i allan tan y bydd hi'n amser nôl ein gwisgoedd.'

Beth a olygai, mewn gwirionedd, oedd ei fod am fynd i chwilio am N'tia unwaith eto. Doedd bosib ei bod wedi diflannu oddi ar wyneb y ddaear, beth bynnag oedd bygythiadau Gwydion. Ond lle roedd hi? Pan ddaeth y neges am y gwisgoedd, roedd rhan ohono wedi teimlo rhyddhad. Byddai'n siŵr o'i gweld yn dosbarthu'r dillad fel arfer. Ac eto, ar ôl poeni cymaint amdani, ni allai fod yn dawel ei feddwl. Aeth i'r feddygfa am y trydydd tro, gan ddisgwyl cael ei siomi. Ond roedd Doctor Eurgain yn y dderbynfa, yn edrych drwy ffeil ddu oedd ar y ddesg o'i blaen.

'Pnawn da, Dyfrig,' cyfarchodd ef. 'Chi'n dost?'

'Na. Chwilio am N'tia oeddwn i. Meddwl cael gair bach sydyn.'

'Mae hi'n brysur.'

Roedd ei hateb mor swta a therfynol nes y bu bron i Dyfrig droi i ffwrdd a gadael. Yna ystyfnigodd.

'Lle mae hi? Dydi hi ddim wedi bod o gwmpas ers dydd Sul.'

'Anghywir. Dydych *chi* ddim wedi ei gweld hi ers dydd Sul. Mae hi wedi bod o gwmpas, yn gwneud ei gwaith gyda mi.'

Teimlodd Dyfrig fod yn rhaid iddo ddethol ei eiriau'n fwy gofalus. Gwenodd ar y doctor. 'Poeni amdani braidd,' cyfaddefodd yn swil. 'Dydi hi ddim yn sâl na dim byd felly, ydi hi?'

Edrychodd y doctor yn fanwl ar ei wyneb, a daeth rhyw hanner gwên i'w hwyneb hithau.

'Wrth gwrs,' meddai'n araf, 'roeddech chi yno.' Gwyddai'r ddau mai cyfeirio at ddamwain Con oedd hi, a bytheirio Gwydion. Caeodd y ffeil a'i chadw mewn drôr yn y ddesg. 'Chi'n hoff ohoni?'

Roedd y cwestiwn yn annisgwyl.

'Wel, ydw. Dwi'n gobeithio'n bod ni'n ffrindiau.'

'Mae hi wedi siarad cryn dipyn amdanoch chi. Wrth gwrs, rydych chi'n dipyn hŷn na hi. Mae cyfrifoldeb arnoch chi i beidio â'i chamarwain.'

'Does dim byd fel'na yn mynd ymlaen!' Teimlai Dyfrig ei wrid yn codi. Beth oedd hon yn ei feddwl ohono?

'Nag oes, mi wn i. Mae N'tia'n rhy agored i gelu dim. Mae'n ddiniwed ac yn ddibrofiad, er ei bod yn edrych yn soffistigedig a hyderus. Dydw i ddim am iddi gael ei brifo.' Dechreuodd Dyfrig brotestio nad oedd ganddo unrhyw fwriad i wneud y fath beth, ond daliodd y doctor ei llaw i fyny. 'Na, gadewch i mi orffen. Gan ein bod ni'n cael sgwrs bersonol, mae gen i un mater bach arall i'w drafod. Rhaid i chi gofio bod pob person croenddu yn yr Unol Daleithiau yn debygol o ddioddef sarhad hiliol rywbryd yn ystod ei fywyd. Mae N'tia'n ddigon ffodus i ddod o gefndir lle mae hynny'n llai tebygol. Serch hynny, mae hi'n hollol ymwybodol o'r broblem. Mae bod yn darged i'r fath hiliaeth yn boenus a niweidiol. Dyna pam rwy'n ceisio'i gwarchod. Chi'n gwybod rhag pwy.'

Dyna fo. Roedd y peth allan yn yr awyr agored. Roedd hi'n cydnabod bod Gwydion yn fygythiad i N'tia. Ond faint o fygythiad?

'Fyddai hi ddim yn well iddi fynd adref, felly,' holodd, 'os ydi pethau cynddrwg â hynny?'

'Beth, ac ildio i'r bygythiad?' Roedd hi'n gwenu arno. 'Nid dyna ffordd N'tia, na minnau chwaith. Ond, am y tro, nes y bydda i'n sicr fod pethau wedi tawelu, rwy'n ei chadw'n brysur ac o ffordd pawb. Chi'n deall?'

'Ydw,' cytunodd Dyfrig. Roedd ar fin ffarwelio ag Eurgain pan gofiodd am yr anghysondeb yr oedd wedi bod pendroni yn ei gylch. 'Ond ... dach chi 'di gweld Bob, yn do? Mae ei groen o'n dywyllach o lawer na chroen N'tia. Eto i gyd, mae Gwydion yn ddigon cyfeillgar efo fo. Dydw i ddim yn deall.'

'Na finnau chwaith,' cyfaddefodd Doctor Eurgain. 'Roeddwn innau'n synnu. Efallai mai merched croenddu mae o'n eu casáu.'

Ni allai Dyfrig dderbyn hyn fel esboniad boddhaol, ond ddywedodd o ddim byd. Meddyliodd am ddadl arall.

'Os nad ydi Gwydion yn poeni am Bob, oni all N'tia ddod allan o'i chuddfan?'

'Dydi hi ddim yn cuddio!' Roedd ffyrnigrwydd ei hymateb yn ei synnu. 'Mi fydd N'tia'n gwneud ei dyletswyddau fel arfer. Dim ond chi sy'n mynnu ei thynnu i gwmni'r cystadleuwyr, a'i dwyn i sylw Gwydion. Gadewch lonydd iddi!'

Cerddodd Dyfrig allan, ei waed yn berwi. Ni sylwodd ar Anna'n chwifio'i braich arno nes iddi weiddi ei enw a sefyll o'i flaen.

'Be sy'n bod arnat ti? Ti'n fyddar? Dyna pam est ti i weld y doctor?'

Doedd gan Dyfrig fawr o amynedd gyda'i chellwair, ond ceisiodd fod yn gwrtais.

'Be t'isio, Anna?'

'Hy! Pwy sy wedi dwyn dy bwdin di, 'ta? Tempar, tempar!'

'Sori,' meddai, gan ysgwyd ei ben. 'Be alla i ei wneud i ti?'

'Cofio am dy nodiadau di ar Nefyn wnes i,' atebodd Anna. 'Faswn i'n cael eu benthyg am ychydig? Sbario mwy o waith chwilota. Gei di nhw'n ôl heno.'

'Cei siŵr. Tyrd i'r bwthyn.'

Pan gerddodd y ddau i mewn, roedd Marian wrth fwrdd y gegin gyda'i phaent a'i brwshys.

'Hei, ti'n arlunydd?' holodd Anna'n syth. Cerddodd at y bwrdd a chodi un o ddarluniau Marian a'i astudio. 'Ti'n dda!' canmolodd.

Ceisiodd Marian gael y llun o'i gafael, ond roedd Anna wedi troi ei chefn arni. 'Edrych, Dyfrig. Llun o'r marchogion yn y castell ddydd Sadwrn.'

Edrychodd Dyfrig ar y llun, ac roedd yn rhaid iddo gytuno ag Anna. Dyfrlliw ydoedd, ac un hynod o effeithiol. Yr unig beth a'i trawai'n od oedd mai wynebau bachgennaidd oedd gan y marchogion.

Daeth Heledd yn ôl o'r jacwsi, a dangosodd Anna'r llun iddi hithau.

'Iago'r marchog yw hwnna!' ebychodd Heledd. 'Wy'n ei adnabod e'n iawn! Roedd e'n un o fy hoff lyfrau pan oeddwn i'n groten. Ond sut mae ...?'

'Dewch â fe'n ôl i mi,' torrodd Marian ar ei thraws, gan gipio'r llun o law Anna. Dechreuodd gadw'i hoffer, yn amlwg yn flin. Syllai Heledd arni.

'Miriam Meirion yw'r awdures,' meddai, 'ac ma' fe'n dweud ar gefn pob cyfrol mai hi yw'r arlunydd hefyd.'

'Chdi 'di Miriam Meirion?' Roedd cyhuddiad pendant yn llais Anna. Ni allai Marian wadu'r ffaith.

'Felly rwyt ti'n torri'r rheole,' cwynodd Heledd. 'Mae pawb i fod yn ddibrofiad.'

''Wy *yn* hollol ddibrofiad,' amddiffynnodd Marian ei hunan. ''Wy erioed wedi sgrifennu sgript yn fy mywyd tan i mi ddod fan hyn.'

'Ond mi rwyt ti'n awdures. Ti'n gwneud arian allan o sgwennu,' mynnodd Anna.

'Arian?' chwarddodd Marian yn chwerw. 'Ti'n jocan! Llafur cariad yw sgrifennu i blant! Taset ti'n rhannu'r arian wy'n ei gael â'r oriau rwy'n eu treulio ar y storïau, mi fyddet ti'n gweld mai rhyw ddwy a dime yr awr rwy'n ei ennill.'

'Wel, dydi o ddim yn iawn.' Anelodd Anna am y drws. 'Dwi'n mynd i'r gyffesgell i gwyno.'

'Cwyna di, 'te!' gwaeddodd Marian ar ei hôl, ei hwyneb yn fflamgoch. 'Ond fe gei di weld nad y'n nhw'n becso! Fe roddes i'r cyfan i lawr ar fy ffurflen gais. 'Wy'n twyllo neb!'

Trodd Anna yn ei hôl yn araf. Syllodd y ddwy ar ei gilydd, yr elyniaeth gystadleuol roedd Angharad wedi'i synhwyro wythnosau ynghynt bellach yn amlwg ar eu hwynebau. Teimlodd Dyfrig reidrwydd i ymyrryd.

'Dyna ni, 'ta! Popeth yn iawn, felly, yn tydi? Storm mewn cwpan de, fel mae'r Sais yn dweud. Beth am baned bach i bawb? Heledd, gymri di un?'

'Mi fydde'n well gen i win gwyn.' Roedd hi'n gwenu; yn awyddus, fel Dyfrig, i dawelu'r dyfroedd. 'Marian? Anna? Chi'ch dwy am gael gwydraid?'

Llaciwyd y tyndra wrth i Heledd estyn y gwydrau ac i Dyfrig fynd i'r oergell ac agor potel o win. Erbyn iddo fod yn amser iddynt fynd i nôl eu gwisgoedd ar gyfer swper, roedd heddwch anghysurus wedi ei sefydlu rhwng Anna a Marian. O leiaf roedd yn heddwch o ryw fath; roedd unrhyw heddwch yn well nag anghydfod, yn nhyb Dyfrig. Gadawodd Anna gyda nodiadau Dyfrig.

Gwisgoedd o gyfnod Owain Glyndŵr oedd yn eu disgwyl, ond collodd Dyfrig bob diddordeb ynddynt pan welodd mai Meira, nid N'tia, oedd yn eu didoli. Doedd ganddo ddim bwriad i holi Meira amdani, ond gwnaeth Marian hynny drosto.

'Mae hi'n brysur efo'r doctor,' atebodd Meira.

Doedd neb yn cael bod yn uchelwyr y tro hwn, ond roedd gwisg Dyfrig yn dra gwahanol i'r hyn roedd wedi ei wisgo yn y castell. Bryd hynny, roedd y diwnig yn cyrraedd at ei ben-gliniau. Y tro hwn, roedd y diwnig yn fyrrach o lawer, prin yn cuddio'i ben-ôl, a'r sanau hirion yn ymestyn at dop y goes, ac yn cael eu clymu wrth wasg y diwnig â llinynnau. Roedd y lliwiau'n fwy llachar hefyd, oherwydd bod technegau newydd o liwio wedi cyrraedd Cymru o'r Cyfandir, mae'n debyg. Pan ddaeth Marian a Heledd o'r ystafell newid, sylwodd Dyfrig nad oedd cymaint o newidiadau yn eu gwisgoedd hwy, heblaw eu bod yn dynnach am y corff.

'Roedd y Croesgadwyr wedi dod â botymau i Gymru erbyn hynny,' eglurodd Meira wrth i Marian holi. 'Felly doedd dim angen cael gwisg fyddai'n ddigon llac i lithro dros y pen a'r ysgwyddau.'

Aeth y tri yn syth i'r neuadd, a synnu o weld nad oedd unrhyw fwrdd wedi'i osod ar eu cyfer. Roedd Seimon yn eu disgwyl, a gwên fawr ar ei wyneb.

'Dach chi'n ei slymio hi heno,' meddai. 'A dydw i ddim eisiau unrhyw gwyno fel adeg noson y wyrcws!' Dros ei diwnig a'i sanau gwisgai fantell drwchus, hir, o liw coch rhydlyd.

Cyrhaeddodd y chwech arall, ac ychydig yn ddiweddarach, ei gwynt yn ei dwrn, daeth Meira i'r neuadd, hithau hefyd mewn gwisg o'r cyfnod.

'Iawn, 'ta, mi ddechreuwn ni,' cyhoeddodd Seimon. 'Eisteddwch i lawr, bawb.'

Edrychodd y cystadleuwyr ar ei gilydd. Doedd dim mainc na chadair ar eu cyfer.

'Dewch, steddwch! Ar y llawr!'

Ufuddhaodd Dyfrig, ac yn raddol gwnaeth pawb arall yr un fath.

'Reit,' meddai Seimon. 'Mae'n bwyd ni heno wedi ei ysbrydoli gan yr hyn fyddai'r taeogion – er bod y system honno wedi diflannu bron yn gyfan gwbl erbyn oes Glyndŵr: tenantiaid fyddech chi bellach – wedi ei gael i'w fwyta. Rydych chi'n westeion i Huw ap Einion – y fi – a'i wraig, Non. Saer coed ydw i, ac rydw i am ddangos i chi, weithwyr llai breintiedig, pa mor gyfoethog ydw i. Felly codwch eich calonnau. Mi gewch chi well bwyd na'r hyn fyddech chi'n ei gael i swper yn arferol.' Tynnodd y fantell a'i dal i fyny i bawb ei gweld. 'Rwy'n dangos fy nghyfoeth hefyd drwy wisgo hon,' eglurodd. 'Ffaling ydi hi, ac mae sawl bardd wedi ymbil am un mewn cywydd gofyn. Roedden nhw'n cael eu gwneud yn Iwerddon, ac yn arbennig o gynnes a chlyd, yn ddigon trwchus i gadw'r glaw allan. Dim rhyfedd fod y beirdd crwydrol am gael un i fynd i glera. Ta waeth,' meddai wedyn gan osod y fantell o'r neilltu, 'eich swper.'

Gosodwyd matiau ar y llawr o'u blaenau. Daeth Meira â disgiau o fara tenau fel platiau i bawb, a pherlysiau melys wedi eu taenu drostynt. Yna, daeth Seimon a rhai o'r gweithwyr eraill â phowlenni pren i bawb. Roedd eu cynnwys yn edrych yn fwy blasus na bwyd y wyrcws, sylwodd Dyfrig gyda rhyddhad. Rhyw fath o stiw cig a llysiau ydoedd, ac roedd arogl bendigedig perlysiau arno.

'Rwyf newydd dderbyn comisiwn i adeiladu neuadd newydd i geidwad y castell,' eglurodd Seimon, 'ac i selio'r cytundeb, mae'r arglwydd wedi rhoi ystlys o gig carw i mi. Mi rydw innau'n dangos pa mor bwysig ydw i yng ngolwg yr arglwydd drwy rannu rhywfaint o'r cig gyda'm gwesteion llai ffodus.'

Roedd croeso Seimon a Meira'n ddi-fai, meddyliodd Dyfrig, y ddau'n ddyfal yn eu gofal o'u gwesteion. Os oedd powlen wedi gwagio, roedd Meira yno'n ei hail-lenwi. Os oedd pot cwrw lledr un ohonynt yn wag, roedd Seimon yn tywallt rhagor iddi o'i stên fawr. Doedd gan neb gŵyn am ansawdd y bwyd, er bod peth ohono'n dra dieithr, fel y pwdin pys a'r llysywod afon mewn saws garlleg gwyllt. Ar ôl i bawb gael eu digoni, cyhoeddodd Seimon fod y wledd ar ben. Cariwyd cadeiriau yn ôl i'r neuadd, a symudodd pawb er mwyn eu gosod mewn cylch o amgylch y lle tân gwag ynghanol y llawr. Yna daeth Gwydion atynt. Gosododd un o'r gweision ei gadair yn y cylch.

'Meddwl y byddai'n hwyl darganfod hanes blaenorol un arall ohonoch,' meddai wrthynt. 'Mae enwau pawb yn y ddysgl hon. Meira, wnewch chi ddewis un?'

Darllenodd Meira'r enw ar y papur: Mair.

'Mair!' Gwenodd Gwydion arni. 'Dewch i eistedd fan hyn, wrth f'ochr i. Heledd, wnewch chi ffeirio cadair efo Mair? Diolch.'

Cododd Heledd yn ufudd, a daeth Seimon i droi'r gadair fel ei bod yn wynebu Gwydion. Symudodd Gwydion rywfaint ar ei gadair yntau, fel mai ochrau wynebau'r ddau fyddai'r gweddill yn eu gweld. Ond cyndyn iawn oedd Mair i symud. Edrychai fel petai ar fin cael ei thaflu i ffau'r llewod.

'Bleddyn, dewch chithau gyda Mair,' awgrymodd Gwydion, gan ofyn i Iwan hefyd newid cadair. 'Dewch, Mair, mi gaiff Bleddyn afael yn eich llaw.'

Camodd Mair yn betrus i'r gadair wag, â Bleddyn yn gafael yn ei braich. Ar ôl iddynt eistedd, gafaelodd Bleddyn yn ei llaw.

Syllodd Gwydion yn ddwfn i'w llygaid. Roedd yn cymryd ei amser. Edrychodd Dyfrig ar wynebau'r gweddill. Roedd llygaid pawb yn canolbwyntio ar Mair a Gwydion. Ond doedd dim yn digwydd. Oedd rhywbeth o'i le? Ymddangosodd crych rhwng aeliau Gwydion, ac roedd Mair yn wyn fel y galchen. Rhedodd ias o anniddigrwydd drwy'r gwylwyr. Yna siaradodd Gwydion yn araf, ei lygaid yn dal i syllu ar wyneb Mair druan.

'Nid Mair ydi'ch enw chi. Nid dyna'r enw rwy'n ei deimlo.'

'Be ddiawl ..?' Llais Anna oedd y cyntaf i dorri ar y distawrwydd syfrdan.

'Ond ... ond ...' Ceisiodd Mair siarad, ond doedd y geiriau ddim yn dod.

Plygodd Bleddyn ymlaen, ei afael yn dynn am ei llaw, a chrefu arni i egluro.

'Does gennych chi ddim i'w gelu, Mair fach,' meddai wedyn. 'Rydw i'n dyst o hynny. Rydw i'n gwybod pam y gwnaethoch chi newid eich enw. Mae'n berffaith resymol a diniwed.' Trodd i wynebu Gwydion. 'Rydw i'n dyst mai gwaith Mair – y person rydyn ni'n ei hadnabod fel Mair – yw'r cyfan a anfonwyd i'r gystadleuaeth.' Yna trodd at y cylch o wynebau cegrwth. 'Ei gwaith hi ei hun ydi o, a neb arall, beth bynnag am yr enw. Does dim twyll wedi digwydd. Dydi hi ddim wedi dwyn gwaith rhywun arall er mwyn ennill ei lle fan hyn.'

Roedd geiriau Bleddyn fel petaent yn rhoi nerth i Mair.

'Mi ddefnyddiais i enw Mam,' meddai'n syml. 'Roedd o'n swnio'n well na'm henw fy hun ar gyfer cystadleuaeth Gymraeg. Mi briododd Mam Sais. Doeddwn i ddim yn meddwl y buasai'r enw Joyce Rowbotham wedi rhoi argraff gywir ohona i. Pwy fyddai wedi trafferthu i ddarllen gwaith rhywun ag enw mor Seisnigaidd?'

'Iawn,' meddai Gwydion yn swta, gan droi oddi wrthi ac wynebu'r cylch unwaith eto. 'Mi gawn ni stori yn lle hynny.' Galwodd am ei delyn, a thra oedd yn disgwyl amdani, daeth Seimon at Bleddyn a Mair – neu Joyce – a'u cael i droi eu cadeiriau hwythau i wynebu'r cylch. Nid edrychodd Gwydion arnynt o gwbl.

*　*　*

Cerddodd Dyfrig yn araf y tu ôl i'r gweddill wrth iddynt groesi'r buarth. Cerddai Iwan wrth ochr Heledd, ond trodd y ferch ato ar y trothwy.

'Dim heno,' oedd ei geiriau swta, a cherddodd Iwan ymaith heb ddadl.

Druan o Bleddyn a Mair, meddyliodd Dyfrig. Roedd yn siŵr y bydden nhw am gael bod eu hunain heno o bob noson. Roedden nhw'n dal i eistedd yn y neuadd, Bleddyn yn gafael yn llaw Mair, pan adawodd pawb arall.

Er i Gwydion eu diddanu mor gelfydd ag arfer gyda storïau am Nest, merch Rhys ap Tewdwr, a Myfanwy, o'r gân enwog, y digwyddiad cynharach oedd yn mynd â bryd pawb.

'Beth y'ch chi'n feddwl o heno, 'de?' holodd Heledd wrth daflu ei hun ar y soffa a gosod ei chorff yn gyfforddus ar ei hyd. 'Ma' fe'n gymhleth iawn. Mae Marian yn Miriam, a Mair yn Joyce. Oes enw arall 'da ti, Dyfrig?'

Roedd ei thôn yn gellweirus, ond doedd Dyfrig ddim mewn hwyliau digon da i'w hateb. Ysgydwodd ei ben. Roedd wedi rhuthro i oriel y llyfrgell unwaith eto cyn gadael y neuadd, gyda'r gobaith gwan o weld N'tia. Ond, wrth gwrs, doedd hi ddim yno. Nid oedd hyd yn oed arlliw o'i phersawr ar yr awyr.

'Does dim byd yn anarferol mewn defnyddio enw arall,' atebodd Marian yn amddiffynnol. 'Mae'n hollol gyffredin ymysg awduron, ac mae rhai'n sgrifennu dan fwy nag un enw.'

'Ie, ond ...'

'Dyw e ddim yn anghyfreithlon, Heledd,' mynnodd Marian. 'Does dim bwriad gan Mair o dwyllo – a Mair fydd hi i mi bellach, nid Joyce – na finne chwaith. 'Wy wedi gweud hynny'n barod.'

'Ie,' ildiodd Heledd. 'Alla inne ddeall pam na fydde hi am ddefnyddio'r enw Joyce Rowbotham.'

'Wyt ti'n cofio gweld Nest go iawn?' meddai Dyfrig, yn newid y pwnc. Roedd o wedi cael trafferth credu'r peth pan ofynnodd Gwydion y cwestiwn i Heledd ar ddiwedd ei stori. Un peth oedd derbyn bod person wedi byw bywyd arall mewn oes wahanol, ond roedd sylweddoli y byddai hi wedyn yn adnabod yn bersonol fawrion eraill ei hoes yn codi ias arno, yn rhy ffantastig i'w amgyffred. Sut olwg oedd ar Gruffudd ap Cynan, felly, ac Owain Gwynedd, ei brawd?

Crychodd Heledd ei thalcen.

'Wy'm yn cofio popeth. Ma' fe braidd yn aneglur, a dweud y gwir. Rhyw snapshots wy'n eu cofio, rhyw fflachiade'n ymddangos o niwl. Mae 'da fi ddarlun yn fy mhen o Nest, ond ma' fe mor annelwig, wy'n ffaelu'i ddisgrifio'n iawn.'

Dyma'r tro cyntaf iddi fod yn fodlon siarad am ei phrofiad, ac roedd Marian ac yntau'n awyddus i holi ymhellach. Ond cododd Heledd yn ddisymwth.

'Mae'r holl gwestiyne yma'n codi pen tost arna' i,' cwynodd. 'Wy'n mynd i'r gwely.'

O leiaf, meddyliodd Dyfrig, doedd y stydiau a'r modrwyau yn ei hwyneb ddim wedi ailymddangos ar ôl nos Lun, a diolchodd am hynny.

Pennod 21

Bu'r tri ohonynt wrthi'n ddiwyd drwy gydol dydd Iau. Penderfynwyd mai cyfarfyddiad Siwan â'i hanner brawd, Harri III, yng Nghaerwrangon ym mis Medi 1224, fyddai pwnc eu drama. Roedd hyn, o leiaf, yn plesio Heledd. Bu sawl ymgais i chwarae rôl, sawl anghydfod, sawl newid. Ond, ar y cyfan, cafodd Dyfrig hi'n haws gweithio gyda Heledd nag yr oedd wedi ofni. Erbyn amser swper, doedd yr un ohonynt yn fodlon ar eu sgript, a phenderfynwyd y byddai'n rhaid mynd ati eto ar ôl bwyta. Mynnai Marian y dylid cael drafft gweddol orffenedig cyn iddynt noswylio, er mwyn cael cnoi cil arno dros nos ac ailedrych ar y gwaith fore trannoeth, pan fyddai pawb, gobeithiai, wedi cael ysbrydoliaeth. Yna byddai hi'n fodlon gosod popeth yn daclus a phrintio copïau ar gyfer Seimon amser cinio dydd Gwener.

Roedd y ddau dîm arall yn yr un twll, yn amlwg, oherwydd nid oedd Gwydion yn bresennol amser swper, a chyhoeddodd Seimon na fyddai adloniant y noson honno gan fod pawb mor awyddus i orffen eu gwaith. Ond wrth i Dyfrig adael y bwrdd swper, daeth Bleddyn ato.

'Gaf i air bach 'da chi, Dyfrig?' gofynnodd yn dawel, gan afael yn ysgafn ym mraich Dyfrig. 'Yn breifat.'

Dilynodd Dyfrig ef drwy'r llyfrgell at y drws i'r ardd. Erbyn iddyn nhw gyrraedd y fainc lle roedden nhw wedi eistedd y noson o'r blaen, roedd Dyfrig yn llawn chwilfrydedd.

'Mae Mair a finne wedi bod yn siarad,' dechreuodd Bleddyn egluro. 'Ry'n ni wedi penderfynu nad yw'r gystadleuaeth yn bwysig

243

iawn i ni bellach. Falle'n bod ni'n rhy hen,' meddai â gwên. 'Beth bynnag, ry'n ni wedi penderfynu rhoi'r gorau iddi.'

'Ond allwch chi ... rydach chi wedi sgwennu'ch sgript erbyn hyn, mae'n siŵr? Efo Iwan? Yr holl waith dach chi ...'

'Na, gwrandewch, Dyfrig. Mae Mair a finne wedi penderfynu. Ry'n ni wedi paratoi.' Patiodd ei siaced. 'Mae sgript gen i fan hyn,' eglurodd, 'ond nid y sgript rydyn ni wedi bod yn gweithio arni gydag Iwan. Mae hon yn llawer salach sgript.' Ni allai fygu chwerthiniad bach. 'Beth mae'r Americanwr yn ei ddweud, payback? Talu'r pwyth yn ôl i Iwan am fod mor ffiaidd yn ystod y pythefnos diwethaf. A'ch rhyddhau chithau o boen meddwl ynglŷn â chanlyniadau'r gystadleuaeth. Mi fydd ein hymgais ni mor wan fel na fydd modd i'ch un chi fod yn waeth.'

'Ond pam? Rydach chi a Mair wedi gwneud mor dda hyd yn hyn. Pam rhoi'r gorau iddi rŵan?'

Ysgydwodd Bleddyn ei ben.

'Yma drwy lwc ydw i, Dyfrig. Fe ddyliwn i fod wedi gadael gyda Rhys a Llinos. Rydw i wedi bod yn teimlo mor euog o fod yma o hyd pan oedd y ddau arall wedi gorfod gadael. Ond dyna fe. Mae Rhagluniaeth yn gweithio mewn ffordd mor rhyfedd, ac erbyn hyn rydw i'n falch o fod wedi cael aros. Na,' meddai wedyn gan syllu i'r ffurfafen serog, 'mae pethau pwysicach mewn bywyd, Dyfrig bach. Mae Mair a finne'n teimlo mor ffodus o fod wedi cyfarfod ein gilydd. Ac yn falch o fod wedi'ch cyfarfod chithau hefyd, Dyfrig.' Ysgydwodd ei ben unwaith eto. 'Mae bywyd wedi bod yn unig iawn i'r ddau ohonom, fi wedi colli fy ngwraig, a Mair ei mam. Does 'run ohonom yn ifanc iawn, ac rydyn ni am fwynhau cwmni'n gilydd am ba amser bynnag sy'n weddill i ni.'

Ystyriodd Dyfrig am rai eiliadau.

'Ond mi fydd Iwan yn siŵr o sylwi.'

'Rydyn ni wedi meddwl am hynny.' Roedd Bleddyn yn gwenu eto. 'Mae'r llanc yn fodlon iawn gadael i Mair redeg yma a thraw iddo, yn gwneud paneidiau o de a golchi ei lestri. Mae e hyd yn oed wedi ei chael i olchi ei ddillad. Felly, bore fory, mae hi am gynnig mynd â'n sgript i Seimon. Yna, unwaith y bydd hi wedi mynd drwy'r drws, mi fydd hi'n cyfnewid y ddwy sgript. Mi fydd mor syml â hynny.'

Tro Dyfrig oedd hi i ysgwyd ei ben.

'Roedd Mair a finne am i chi gael gwybod,' aeth Bleddyn ymlaen. 'Doedden ni ddim am i chi boeni, a mynd drwy'r artaith o ddisgwyl cael clywed pa dîm fydd yn gorfod gadael. Rydych chi wedi bod yn garedig iawn wrth Mair a finne, ac rydyn ni'n ddiolchgar am hynny. Efallai,' meddai Bleddyn wedyn gyda winc, 'y cewch chi wahoddiad priodas cyn bo hir. Dyma fy nghyfeiriad.' Rhoddodd ddarn o bapur i Dyfrig, ac yna estynnodd bapur arall a beiro. 'Allwch chi roi'ch cyfeiriad i ni?'

Cytunodd Dyfrig, a'i sgriblo ar y darn papur. Yna cododd Bleddyn a cherdded tuag at ddrws y llyfrgell. Dilynodd Dyfrig, a ffarweliodd y ddau wrth ddrws y neuadd.

'Dweud dim wrth Marian a Heledd fyddai orau,' siarsiodd Bleddyn. 'Rhag ofn.'

*   *   *

Fflat iawn oedd y tri ohonyn nhw ar ôl i Heledd fynd â'u hymgais at Seimon. Teimlai Dyfrig yn euog na allai ddweud wrthynt am gynllwyn Bleddyn a Mair, ond ni allai ymddiried yn Heledd, er ei bod wedi gwrthod gweld Iwan ers nosweithiau bellach. Ymdrechodd Marian i godi eu hysbryd drwy baratoi gwledd ar gyfer eu cinio: salad enfawr, lliwgar, wedi ei osod ar ganol y bwrdd, gyda mwy o gynhwysion iddo na'r un salad a welsai Dyfrig erioed o'r blaen. Gallai weld y pethau arferol: letys, ciwcymbyr a thomatos, ond roedd yno hefyd helogan, afocado, moron a betys wedi'u gratio, afal, oren a grawnffrwyth ac, yn ôl Marian, saith math o berlysiau. Wrth ochr y salad roedd plataid o gigoedd oer ac un arall o bysgod mŵg. I gyd-fynd â'r cyfan roedd torth o fara Ffrengig oedd yn gynnes ac yn arogli o garlleg.

Daeth Iwan draw a llwyddo i gael gwahoddiad i ymuno â nhw. Roedd awyrgylch lletchwith rhwng y ddau ifanc, ac amheuai Dyfrig nad oedd pethau fel yr oedden nhw yn y berthynas. Efallai fod hynny'n beth da, meddyliodd wedyn, o wybod beth oedd cynllun Bleddyn a Mair. Oedden nhw wedi llwyddo? Roedd ymddygiad Iwan yn hollol naturiol, beth bynnag, felly'r tebygolrwydd oedd fod y ddau arall un ai heb lwyddo yn eu bwriad, neu wedi llwyddo'n gampus. Nid oedd Iwan y math o berson fyddai'n cadw'n ddistaw pe byddai wedi darganfod y cynllwyn yn ei erbyn. Pan newidiwyd y sgwrs i drafod gobeithion a dyheadau'r tri arall am y pythefnos olaf, gadawodd Dyfrig y bwrdd gyda'r esgus ei fod am fynd i gerdded. Roedd ganddo ofn na fyddai'n gallu smalio digon a chadw cyfrinach Bleddyn.

Wrth gau'r drws ar ei ôl, penderfynodd y byddai'n rhoi un cynnig olaf ar gael gair efo N'tia. Ei obaith oedd ei gweld hi wrth ddesg y dderbynfa, ond os mai Doctor Eurgain fyddai yno, roedd am sefyll ei dir a mynnu cael gair â N'tia. Serch hynny, suddodd ei galon ar ôl cerdded i mewn i'r feddygfa.

'Y fi neu N'tia chi am ei gweld?' gofynnodd Doctor Eurgain wrtho yn blwmp ac yn blaen. Ond o leiaf roedd hi'n gwenu.

'Alla i gael gair efo N'tia?'

'Arhoswch funud.' Aeth at y drws ac arweiniai i'r ystafelloedd cefn a galw enw'r ferch. Y funud honno, daeth Bleddyn i'r dderbynfa.

'O, mae'n ddrwg gen i,' meddai'n ddryslyd o weld Dyfrig yno o'i flaen. 'Mi ddo' i'n ôl ...'

'Na, mae'n iawn, Bleddyn,' torrodd y doctor ar ei draws. 'Ydych chi am fy ngweld i?'

'Dim ond eisiau gwybod ydi fy nhabledi wedi cyrraedd,' atebodd Bleddyn.

Galwodd Eurgain ar N'tia eto, a phan ymddangosodd honno wrth y drws, gofynnodd iddi am dabledi Bleddyn. Atebodd hithau nad oeddynt wedi cyrraedd, ac addawodd Eurgain i Bleddyn y byddai rhywun yn dod â hwy draw ato cyn gynted â phosib. Trodd Bleddyn at Dyfrig.

'Wn i ddim beth sydd wedi digwydd i'r botel sbâr oedd gen i,' eglurodd. 'Roeddwn i wedi gwneud yn siŵr 'mod i'n cael digon am chwech wythnos gan fy noctor fy hun, ond alla i ddim yn fy myw ddod o hyd i'r ail botel. Mae Mair a finne wedi chwilio ym mhobman. Yr hen galon 'ma, wyddoch chi. Dyw hi ddim cystal ag y dylai fod. Wel, does dim amdani ond disgwyl,' ychwanegodd cyn troi i ffwrdd a'u gadael.

'Hoffet ti ychydig o awyr iach, N'tia?' gofynnodd Eurgain. 'Mae Dyfrig yn cynnig mynd â thi am dro.'

Gwridodd y ferch, a theimlai Dyfrig, yntau, y gwres yn codi i'w wddf. Ond gwenodd N'tia arno, a gofyn iddo aros eiliad iddi gael nôl ei siaced.

'Edrych ar ei hôl hi,' siarsiodd Eurgain wrth iddynt adael y feddygfa.

'Ble hoffet ti fynd?' holodd Dyfrig wrth gerdded allan o'r buarth.

'Wn i ddim. Ti sy'n adnabod y goedwig orau.'

Cafodd Dyfrig syniad: y llyn. Roedd wedi breuddwydio am gael dangos y llecyn i N'tia, ac er gwaethaf datgeliad Bleddyn, roedd rhan ohono'n dal i ofni mai dyma'r cyfle olaf a gâi i wireddu ei freuddwyd. Wedi'r cyfan, beth petai ymdrech ffug Mair a Bleddyn mor wirioneddol wael nes bod Gwydion a'r lleill yn amau, ac yn dechrau holi?

Cytunodd N'tia ar unwaith. Roedd y llwybr yn ddigon llydan i'r ddau gerdded ochr yn ochr, ac roedd Dyfrig yn falch o sylwi eu bod fwy neu lai yn cydgamu. Roedd coesau hirion N'tia, a'i hegni naturiol, yn ei galluogi i gerdded ar yr un cyflymdra ag ef heb ei orfodi i arafu. Cerddodd y ddau mewn distawrwydd cyfforddus am beth amser. Yna, holodd N'tia a oedd wedi gwneud rhagor o rosod sipsi.

'Naddo,' atebodd yntau. 'Hoffet ti gael un?' Roeddynt yn agos at y goeden ysgaw, felly aeth Dyfrig i dorri cangen fechan arall, gan ymddiheuro'n dawel i'r goeden. Er mawr syndod iddo, aeth N'tia at ddraenen wen, a gofyn iddo dorri cangen fechan oddi ar honno iddi. Ufuddhaodd yntau, gan dorri'r mân frigau ochr oddi arni. Cerddodd y ddau yn eu blaenau.

Pan gyrhaeddon nhw'r llyn, roedd ymateb N'tia i'r olygfa cystal bob tamaid â'r hyn a obeithiai Dyfrig. Doedd y tywydd ddim mor ffafriol â'r tro cynt – roedd y gwynt yn feinach a chymylau'n gorchuddio hanner yr awyr – ond arweiniodd Dyfrig hi at ei orsedd ger yr afon.

'Rwy'n falch dy fod ti wedi dod â fi yma,' meddai N'tia'n ddwys wrth eistedd ar y garreg. Gosododd y gangen o'r ddraenen wen wrth ei hochr ac edrych o'i hamgylch. 'Mae o'n lle mor hyfryd.'

Eisteddodd Dyfrig hefyd, a thynnu ei gyllell o'i boced. Dechreuodd ar y gwaith o wneud y rhosyn sipsi. Gwyliodd N'tia ef am rai munudau, yna tynnodd hithau gyllell o boced ei siaced a dechrau naddu rhisgl ei changen hithau. Chwarddodd wrth weld yr olwg ar wyneb Dyfrig.

'Fe ddwedais i y dylet ti fod yn perthyn i'r Bantŵ,' meddai'n chwareus. 'Nid ti yw'r unig un sy'n gallu naddu pren, wsti.'

Anghofiodd Dyfrig am ei rosyn wrth wylio'r ffordd ddeheuig roedd hi'n trin y gyllell. Roedd y llafn yn dawnsio 'nôl a 'mlaen, a phlu o naddion yn disgyn fel cawod wrth iddi weithio'n ddiwyd. Ymhen munudau roedd y pren yn fflat ar y ddwy ochr; yna, aeth ati i gerfio'n fwy manwl. Sylwodd Dyfrig ar ei hwyneb. Roedd y ferch wedi ymgolli'n llwyr yn ei gwaith, a rhimyn bychan o'i thafod i'w weld rhwng ei gwefusau wrth iddi ganolbwyntio. Roedd wedi ei gyfareddu. Onid oedd yn berffaith? Ei gymar ysbrydol delfrydol? Brwydrodd yn erbyn yr ysfa i'w chofleidio, ei gorchuddio â'i gusanau gwyllt, a sibrwd geiriau melys yn ei chlust. Ond daliai geiriau Eurgain i atsain yn ei ben: *paid â'i chamarwain ... diniwed a dibrofiad ... edrych ar ei hôl hi ...* Na, roedd Eurgain yn iawn. Roedd yn rhaid iddo bwyllo. Perthynas nwydwyllt fu ganddo ef a Sonia, y ddau wedi neidio i'r gwely ar eu hail gyfarfyddiad. Rhyw oedd sylfaen eu cariad, a phan giliodd hwnnw, ciliodd y cariad hefyd. Doedd o ddim am wneud yr un camgymeriad yr eilwaith. Pwyll piau hi. Roedd am ffrwyno'i hun, gadael i N'tia arwain eu perthynas i ba le bynnag y mynnai, hyd yn oed os byddai hynny'n golygu cael ei siomi. Yna sylweddolodd yn sydyn mai dyma'r tro cyntaf iddo feddwl am Sonia ers hydoedd. Gwenodd iddo'i hun. Roedd yn gwella.

'Dyna ni,' meddai N'tia o'r diwedd, gan estyn ei llaw i Dyfrig. Arni gorweddai cerflun bychan o grocodeil, pob nodwedd o'r corff garw yn berffaith. Gafaelodd Dyfrig ynddo'n ofalus a'i astudio. Rhedodd ei fys dros y llygaid, y cefn cennog a'r tro yn y gynffon. Gwenodd wrth deimlo'r awgrym o draed crafangog dan y corff. Roedd graen y ddraenen wen mor esmwyth â sidan dan ei fysedd.

'Mae'n llawer haws gweithio â'r pren yma na'r coed caled sydd yn tyfu yn Gabon,' meddai N'tia wedyn. 'Mi fyddai cerfwyr ein gwlad wrth eu boddau'n cael coedyn mor hawdd ei drin.'

'Mae'r coedyn yn hollol wyrdd,' eglurodd Dyfrig, 'yn torri fel menyn. Ond mae hwn yn wych,' meddai wedyn, gan roi'r crocodeil yn ôl iddi.

'F'ewythr sydd wedi 'nysgu i,' eglurodd hithau. 'Bob tro rydyn ni'n mynd yn ôl i Gabon am wyliau, mi fydda i'n mynd ato i gerfio. Mae yntau wrth ei fodd yn fy nysgu. Mae o'n ofni nad ydi'r bobol ifanc am drafferthu gyda'r hen ffyrdd.' Cododd ei hysgwyddau cyn ychwanegu, 'Rydw i wrth fy modd yn cerfio.'

Edrychodd Dyfrig ar ei ddarn ysgawen cyn ei roi o'r neilltu. Peth tila iawn oedd ei rosyn o'i gymharu. Ond erfyniodd N'tia arno i orffen y blodyn. Roedd hi mor daer fel na allai ei gwrthod.

'Fyddet ti'n fodlon ei roi i mi cyn i ni adael?' gofynnodd iddo'n swil. 'Fel y rhoddest ti un i Angharad?'

Cytunodd yntau ar unwaith, ac wrth iddo ddal ati i naddu, sgwrsiodd y ddau am fanion bethau. Erbyn iddo naddu'r caws ysgaw o'r canol, fodd bynnag, roeddynt wedi dechrau oeri. Cadwodd ei gyllell ac addo y byddai'n gadael i'r rhosyn sychu am y pythefnos nesaf cyn ei gyflwyno iddi.

'Wyt ti'n sicr dy fod ti'n aros, felly?' chwarddodd N'tia, a damiodd Dyfrig ei hun am ei ddiofalwch. Ond roedd hi'n edrych yn fodlon gyda'r syniad y byddai'n cael ei gwmni am bythefnos arall, ac roedd hynny'n llonni ei galon. Llithrodd ei braich drwy ei fraich ef wrth iddynt gychwyn yn ôl i lawr y llwybr, gan wneud diwrnod Dyfrig yn berffaith. Ffarweliodd y ddau cyn cyrraedd y buarth, ac aeth Dyfrig i ymolchi cyn amser swper.

* * *

Er mawr syndod i'r cystadleuwyr, roedd Gwydion yn y neuadd yn cael swper gyda hwy. Bob nos Wener cyn hyn, roedd o a'r beirniaid eraill wedi bod yn absennol, a phawb yn tybio mai beirniadu'r sgriptiau oedden nhw. Ar ôl i'r gweision glirio'r byrddau, safodd Seimon ac atgoffa pawb o bwysigrwydd y diwrnod canlynol.

'Pawb i'r neuadd erbyn hanner dydd,' atgoffodd hwy, 'a'ch eiddo gyda chi. Mi fyddwn ni'n dilyn yr un drefn ag o'r blaen, a'r tîm anlwcus yn cael ei anfon adref. Felly byddwch yn brydlon.'

Yna cododd Gwydion.

'Unwaith eto, rydym yn nesáu at yr eiliad pan fyddwn yn colli tri ohonoch.' Roedd ei lais yn weddus drist. 'Bydd yn waith anodd i ni'r beirniaid benderfynu pwy fydd yn gadael, anodd nid yn unig oherwydd safon uchel y gwaith, ond hefyd am nad ydym am weld cefn yr un ohonoch. Ar ôl mis yng nghwmni ein gilydd, teimlwn ein bod ymhlith ffrindiau, ac felly mae'n loes calon gennym orfod dewis y tri anlwcus. Ond rydym am i chi i gyd fwynhau eich noson olaf cyn y penderfyniad, felly bydd bar ar agor yma yn y neuadd nes y bydd pob un ohonoch yn barod am ei wely. Cyn hynny, fodd bynnag, rwyf am ofyn i chi fod yn amyneddgar ac ildio i fympwy hen ŵr.' Gwenodd arnynt, ei law ar ei galon i ddynodi mai amdano'i hun yr oedd yn siarad. Yna gofynnodd am wirfoddolwyr. Roedd mor hapus efo'r llwyddiant a gawsai gyda Heledd, meddai, fel yr hoffai geisio hypnoteiddio rhywun arall. Cynigiodd Iwan ei hun yn syth.

Gosodwyd cadair Gwydion ar ochr y cystadleuwyr i'r bwrdd uchel, a chadair arall ar gyfer y gwrthrych gerllaw. Aeth Iwan i eistedd arni. Yna dechreuodd Gwydion ei hypnoteiddio. Gwyliodd Dyfrig hwy yn fanwl. Roedd rhywbeth o'i le. Edrychai Iwan mor hunanfeddiannol ag arfer. Syllai'n herfeiddiol ar Gwydion, a gwên fechan ar ei wefusau. Yn driw i'w natur, roedd y llanc yn herio dawn Gwydion i'w hypnoteiddio. Roedd am brofi nad oedd hi'n bosib i neb reoli ei ewyllys. Roedd yn amlwg i Dyfrig fod Gwydion yn sylweddoli hynny hefyd, oherwydd roedd ei lais yn dyfnhau, a thyndra'n ymddangos yng nghyhyrau ei ysgwyddau. Yn sydyn, dychrynwyd pawb gan sŵn nadu dolefus, a throdd pawb i gyfeiriad y sŵn. Peidiodd y nadu ar unwaith, ac roedd wyneb Huw yn fflamgoch.

'Sori,' mwmialodd, ond roedd Gwydion yn gandryll.

'Rhaid i mi gael distawrwydd perffaith,' bytheiriodd, 'a rhaid i bawb ganolbwyntio. Wnewch chi gadw'ch ffwlbri i chi eich hunan, Huw?'

Edrychai Huw fel petai ar fin crio, a theimlai Dyfrig drosto. Gwnaeth Gwydion sioe o droi ei gefn ar Huw, ac meddai wrth Iwan,

'Mae'n amhosibl i mi gario 'mlaen ar ôl hyn. Ewch i eistedd gyda'r gweddill, os gwelwch yn dda.'

Allai Dyfrig ddim dweud ai siom ynteu buddugoliaeth oedd ar wyneb Iwan, ond aeth i eistedd wrth ochr Heledd heb gwyno. Yna edrychodd Gwydion o amgylch wynebau ei gynulleidfa.

'Bleddyn,' penderfynodd, 'dewch chi ymlaen.'

Petrusodd Bleddyn, ond ar ôl cael pwniad bach gan Mair, aeth i eistedd yn wynebu Gwydion.

'Peidiwch â phoeni, Bleddyn,' meddai hwnnw wrtho, 'all dim drwg ddigwydd i chi.' Cymerodd ddwy law Bleddyn yn ei ddwylo ei hun, a dyfnhaodd ei lais. 'Bleddyn, rydych chi'n teithio'n ôl i'r gorffennol, allan o'ch bywyd presennol, ymhell bell i fywyd arall ...'

Gwyliodd Dyfrig wrth i lygaid Bleddyn ymbellhau ac i'w gorff ymlacio. Caeodd llygaid y gweinidog pan awgrymodd Gwydion iddo wneud hynny, yna gofynnodd Gwydion iddo beth oedd ei enw.

'Rhisiart,' oedd yr ateb, 'Rhisiart Oldcastle.' Roedd llais Bleddyn wedi newid, wedi troi'n llais hen ŵr cwynfanllyd, piwis.

'Ymhle rydych chi'n byw, Rhisiart?'

'Mae stadau'r teulu yn y Mers. Rydw i'n byw ar bwys Broniarth, ger y Bannau, ond bu fy mab yn warchodwr castell Aberhonddu ar un cyfnod, cyn i'r Owain Glyndŵr 'na a'i ddynion losgi'r lle'n ulw.'

'Owain Glyndŵr?' Roedd llais Gwydion yn llawn cyffro.

'Ie. Mae'r dyn wedi bod yn farn ar y Cymry efo'i syniadau gwirion. Ac yn awr mae o'n farn ar fy mab, yn rhoi pob mathau o syniadau gwirion ym mhen hwnnw.'

'Dydw i ddim yn deall. Beth sydd a wnelo'ch mab ag Owain Glyndŵr?'

'Gelynion oedden nhw yn wreiddiol, a John wedi arwain sawl ymgyrch yn ei erbyn, ond bellach mae'r ddau yn cynllwynio gyda'i gilydd i ddinistrio'r brenin.'

'Pa frenin yw hwnnw, Rhisiart?'

'Wel, Harri V, siŵr iawn,' oedd yr ateb diamynedd.

'Ond dydw i ddim yn deall eto. Allwch chi egluro'n union beth sydd wedi digwydd?'

Ochneidiodd yr hen ŵr, a phan ddechreuodd ar ei esboniad,

siaradai'n araf fel petai'n egluro rhywbeth i blentyn.

'Mae John wedi cyfarfod Owain sawl gwaith yn ddiweddar. Mae'r ddau ohonyn nhw ar ffo yn fforestydd anghysbell gogledd swydd Henffordd, y ddau'n cuddio rhag llid y brenin.'

'Ond pam hynny? Rwy'n gwybod am Owain, ond beth ydi hanes John?'

'Roedd John yn ffrindiau mawr â Harri ers talwm, cyn i'r hen frenin farw. Ond yna, fe ddechreuodd ddilyn syniadau'r Lolardiaid.'

'Y Lolardiaid?'

'Ie, wyddoch chi, dilynwyr Wycliffe.'

'Allwch chi egluro mwy?'

Dechreuodd yr hen ŵr fynd yn ddiamynedd eto.

'Mae pawb yn gwybod pwy ydi'r Lolardiaid! Maen nhw am i bawb allu clywed y Beibl yn eu hiaith eu hunain – hyd yn oed y taeogion! Mae pawb yn gwybod mai dyna graidd gwrthryfel y taeogion yn 1381! Ac maen nhw am roi cydraddoldeb i ferched! Allwch chi ddychmygu'r fath ffwlbri?' Yna dechreuodd sibrwd, fel petai arno ofn fod ysbïwyr yn gwrando arno. 'Maen nhw'n condemnio'r offeiriaid am fod yn llwgr a glwth, ond yn waeth na hynny maen nhw hefyd am i holl eiddo'r Eglwys gael ei roi yn nwylo'r wladwriaeth a diddymu'r mynachlogydd.'

'Ac mae John yn credu hyn?'

'Ydi.' Ysgydwodd ei ben yn drist. 'Mi gafodd ei ddyfarnu'n euog o fod yn heretig yn 1413, yn ôl statud ddechrau'r ganrif hon, y *de heretico comburendo*.' Daeth cryndod i lais yr hen ŵr. 'Wyddoch chi beth mae hynny'n ei olygu? Y bydd fy mab yn cael ei losgi'n fyw! Ond drwy garedigrwydd Harri, cafodd ddeugain niwrnod i fyfyrio.' Yna trodd y llais yn chwerw. 'Ond beth wnaeth y ffŵl? Dianc o'r Tŵr Gwyn a ffoi i'r Mers. Mae yno o hyd, yn cuddio rhag yr awdurdodau ac yn llenwi ei ben â mwy o syniadau gwirion.'

Tawelodd Rhisiart/Bleddyn nes i Gwydion ofyn cwestiwn arall.

'A dyna sut y bu iddo gyfarfod Owain Glyndŵr?'

'Ie, gwaetha'r modd. Er, a bod yn deg, nid bai hwnnw yw'r heresi. Ond y fe sydd wedi llenwi pen John â syniadau o wrthryfel! Ailsefydlu llinach Rhisiart II, wir! O leiaf doedd John ddim yn llyncu hynny. Ond dylanwad Owain Glyndŵr wnaeth iddo ddechrau gwrthryfel yn y Mers ddwy flynedd yn ôl, ac roedd e'n rhan o Gynllwyn Southampton yr un flwyddyn.'

'Cynllwyn Southampton?'

'Ie. Wyddoch chi beth mae e a'i ffrindiau am ei wneud? Am ddal y brenin a'i deulu a'u caethiwo. Fe geisiodd wneud hynny bedair blynedd yn ôl, pan oedd y brenin a'i lys yn mynd i Eltham i weld ffwlbri Nos Ystwyll. Roedd John am wneud ei hun yn rhaglaw, cadw'r brenin a'i lys dan glo, diddymu'r mynachlogydd a rhannu eu cyfoeth.' Ysgydwodd ei ben yn araf. 'John druan!'

'Wnaethon nhw ddim llwyddo, rwy'n cymryd?'

'Naddo. Roedd bradwr yn eu mysg, a rhybuddiodd hwnnw'r brenin. Arhosodd Harri yn Llundain, a phan oedd byddin John wedi ymgynnull ar feysydd Sant Giles, roedd dynion y brenin yno'n eu disgwyl.'

'Gafodd John ei ddal?'

'Naddo. Rhedodd yn ôl i'r coedwigoedd. Ond wnaeth e ddim rhoi'r gorau i wrthryfela. Dyna beth oedd Cynllwyn Southampton hefyd.' Ysgydwodd ei ben unwaith eto. 'Mae plant yn boen meddwl i'w rhieni, yn tydyn? Waeth heb â dweud wrthyn nhw. Wnân nhw ddim ond mynnu cael eu ffordd eu hunain, ac achosi gofid di-ben-draw i bawb.'

'Ydi o'n dal efo Glyndŵr, felly?'

'Alla i ddim dweud. Dydw i ddim wedi'i weld ers dros ddwy flynedd, bellach, er iddo anfon negeseuon yn gofyn am fwyd ac arian ac ati. Ond hen ŵr oedd Glyndŵr flynyddoedd yn ôl. Efallai ei fod wedi marw erbyn hyn. Dyw bywyd ffoadur ddim yn un hawdd.'

Yna sythodd Rhisiart/Bleddyn yn ei gadair, fel petai'n clustfeinio.

'Glywsoch chi hwnna?'

'Beth?'

'Mae marchogion y tu allan! Gallaf glywed sŵn arfau! Maen nhw wedi dod i geisio dal John! Rhaid i mi weld!

'Ieuan a Syr Gruffudd Fychan sydd yma, meibion Gruffudd ap Ieuan. Mae hwnnw wedi bod yn ceisio cymryd tir oddi arna i ers blynyddoedd! Dda gen i mohonyn nhw! Ond maen nhw'n crechwenu arna i. Yn ymffrostio wrth ddweud wrthyf eu bod wedi dal John ym Mhant Mawr. Maen nhw wedi'i roi yn nwylo Edward, barwn Chereton, ac mae hwnnw'n ei hebrwng yn ôl i Lundain. Rhaid i mi gychwyn ar unwaith! Rhaid i mi geisio arbed fy mab!

'Rwy'n crwydro 'nôl a blaen rhwng y Tŵr a phalas Westminster, ond wnaiff y brenin ddim gwrando ar fy erfyniadau. Mae ei weision yn dweud bod John wedi mynd yn rhy bell yn ei wrthwynebiad i'r brenin ac wedi dinistrio'r hen gyfeillgarwch oedd rhyngddynt. Maen nhw'n dweud ei fod yn haeddu pob poen y bydd e'n ei ddioddef. Mae e wedi ei ddedfrydu i gael ei grogi a'i losgi yr un pryd! O, fy mab, fy mab!'

Roedd ing yr hen ŵr yn boenus i'w wylio. Teimlai Dyfrig yn sâl. Oedd angen dal ati efo hyn? Pam na fyddai Gwydion yn deffro Bleddyn o'i atgofion? Ond roedd llais yr hen ŵr yn rhygnu 'mlaen, ei eiriau'n doredig ac aneglur rhwng ei ochneidiau dagreuol. Rhoddai'r byd am i Bleddyn ailymddangos, ac eto, er iddo ffieiddio ato'i hun, roedd rhan ohono'n ysu am glywed y cyfan.

'Mi geisiais i gynnig arian i'r dienyddwr i roi terfyn sydyn ar fywyd fy mab, ond chwerthin yn fy wyneb wnaeth y cythraul. Mae'r dorf yn cynhyrfu! Mae'r carcharor ar fin cyrraedd, yn cael ei arwain at y crocbren! Mae'n edrych mor wan, mor doredig! Mae ôl gwaed a chleisiau dros ei wyneb i gyd! Be maen nhw wedi'i wneud i'm John bach i? Dduw mawr, trugarog, maddau iddo!

'Mae'r dienyddwr yn rhoi'r rhaff am ei wddf, a'i was yn tanio'r ffagodau dan ei draed. Mae'r llawr yn cael ei dynnu oddi tano ac mae'n crogi! Mae'n dawnsio'n wyllt i osgoi'r fflamau sy'n llyfu ei goesau! Mae'n ceisio sgrechian, ond mae'r rhaff yn ei dagu! Mae'r dorf yn chwerthin ac yn curo dwylo fel petai ei artaith yn ddim ond giamocs mewn ffair! Mae'r fflamau'n uwch, yn llarpio'i gluniau ac yn bwyta ei gorff! Try ei wep yn ddu-las, mae ei lygaid yn bochio a'i dafod yn chwyddo! Egyr ei geg mewn bloedd dawel! O, fy mab, fy mab! Jo...!'

Roedd wyneb Bleddyn ei hun wedi troi'n las a'i law yn crafangu'i fron. Ceisiodd godi ar ei draed ond syrthiodd ar ei hyd i'r llawr, yn gwingo a griddfan ac yn brwydro am ei wynt.

'Ei galon!' sgrechiodd Mair. 'Mae o'n cael trawiad!' Rhuthrodd at Bleddyn a phenlinio wrth ei ochr. Gafaelodd yn ei law a galw'i enw nes i Gwion ei symud i'r ochr.

'Stopiwch ffilmio,' bloeddiodd Gwydion wedi i Bob ruthro 'mlaen a dal lens y camera fodfeddi yn unig oddi wrth wyneb Bleddyn. Tynnodd Bob yn ôl yn frysiog.

'Oes ganddo ddannedd gosod?' gofynnodd Gwion i Mair, ei fysedd wrthi'n llacio'r dillad am wddf Bleddyn, ac er iddi ysgwyd ei phen rhedodd Gwion ei fys y tu mewn i'w geg cyn ei roi i orwedd ar ei gefn.

'Dyfrig, tyrd i helpu,' galwodd. 'Dal o'n llonydd, nei di?' Yna aeth ati i anadlu i geg Bleddyn bob yn ail â phwnio'i frest. Dau anadliad, pymtheg pwniad, dau anadliad, pymtheg pwniad ....

Cyfrai Dyfrig bob anadliad, pob pwniad. Dau ... pymtheg, dau ... pymtheg. Roedd corff Bleddyn bellach wedi ymdawelu, ond gallai Dyfrig deimlo cryndod yn rhedeg drwyddo bob hyn a hyn. Yn y cefndir, roedd llais Gwydion yn gweiddi ar i Seimon alw Doctor

Eurgain, tra wylai Mair, druan, wrth ei ochr. Roedd hi'n dal i afael yn llaw Bleddyn. Roedd bywyd mor greulon, meddyliodd yn chwerw. Eiliadau o hapusrwydd, o edrych ymlaen i'r dyfodol, ac yna hyn.

Roedd y chwys yn diferu o dalcen Gwion, ond roedd y llanc yn canolbwyntio'n llwyr ar ei waith, chwarae teg iddo. Wnaeth o ddim arafu nes i Doctor Eurgain gyrraedd a chymryd drosodd. Gosododd hithau fwgwd anadlu dros geg a thrwyn Bleddyn, a hwnnw wedi ei gysylltu i botel ocsigen fechan, ac yna chwistrellodd rhywbeth i'w fraich.

'Al a Dafs, dewch â'r ford yma,' galwodd y doctor, a gwelodd Dyfrig fod y ddau dechnegydd wedi dod gydag Eurgain, a bod gwely symudol ganddynt. Gyda chymorth Gwion, codwyd Bleddyn ar y ford a'i drosglwyddo i'r gwely. Roedd ei lygaid ar agor ac yn llawn braw. Safai Mair fel delw yn gwylio'r cyfan.

'Diolch i ti, Gwion,' meddai'r doctor wedyn. 'Mae diffibriliwr yn y feddygfa. Mi alla i ei drin yn well yn y fan honno, nes bydd yr hofrennydd wedi cyrraedd. Mae Seimon wedi galw amdano eisoes.'

Ceisiodd Gwion ddilyn y claf, ond rhwystrodd Eurgain ef. Daeth Mair ati'i hun. Neidiodd tuag at Gwydion a dyrnu ei fron yn orffwyll, y dagrau'n dal i lifo.

'Llofrudd!' sgrechiodd arno. 'Llofrudd, llofrudd! Ti wedi'i ladd o! Pam na faset ti wedi stopio? Llofrudd! Llofrudd! Llofrudd!' Trawai Gwydion â'i holl nerth wrth ei gyhuddo drosodd a throsodd, a chymaint oedd ei fraw fel na cheisiodd amddiffyn ei hun.

Rhuthrodd Doctor Eurgain a Seimon ati a'i llusgo i ffwrdd. Cyn gynted ag yr oedd hi ym mreichiau'r doctor, diflannodd pob cynddaredd o gorff Mair. Aeth yn swp diymadferth, a gadawodd i'r doctor ei hebrwng at y claf. Gafaelodd Mair yn llaw Bleddyn unwaith eto wrth i'r dynion ei wthio allan o'r neuadd.

Pennod 22

Bu distawrwydd llethol am rai eiliadau, pawb yn syllu ar osgordd y claf, pawb mewn sioc. Gwydion oedd y cyntaf i ddod ato'i hun.

'Seimon, aros di fan hyn.' Yna trodd at y gweddill. 'Wnewch chi aros yma nes bydd Bleddyn ar ei ffordd i'r ysbyty? Helpwch eich hunain i unrhyw beth.' Gadawodd y neuadd.

'Reit,' meddai Seimon. 'Rwy'n credu bod pawb wedi cael cryn ysgytwad, felly dewch i gael brandi bach. Mi fyddwn ni'n teimlo'n well wedyn.'

Agorodd un o'r drysau cefn a thynnu allan droli'n llawn gwydrau a diodydd o bob math. Galwodd ar Iwan a Dyfrig i nôl troli arall oedd ag amrywiaeth o fwyd parti ar un silff a chasgen fach o gwrw ar silff arall.

Derbyniodd pawb wydraid o frandi, ond doedd yr un ohonynt mewn hwyliau parti. Roedd Huw, sylwodd Dyfrig, yn arbennig o dawedog. Yna daeth Meira i'r neuadd a gofyn i Iwan ei helpu i ddidoli ei eiddo ef oddi wrth bethau Bleddyn yn eu bwthyn. Cytunodd Iwan ar unwaith. Ychydig yn ddiweddarach, clywyd sŵn yr hofrennydd. Aeth Anna a Marian at y drws, ond galwodd Seimon hwy'n ôl.

'Gwell i bawb aros fan hyn nes cawn ni wybod yn wahanol,' meddai wrthynt.

Mewn cytgord mud, eisteddodd y chwech oedd yn weddill mewn cylch bychan, eu cefnau at gadeiriau Gwydion a Bleddyn. Arhosodd Seimon yn alltud wrth y bwrdd uchel.

'Druan bach,' meddai Marian yn dawel.

Cytunodd pawb.

'Sut wyt ti'n meddwl mae o, Gwion?' holodd Anna. Cododd hwnnw ei ysgwyddau.

'Mae gobaith,' atebodd, 'yn enwedig gan ein bod ni wedi rhoi triniaeth iddo mor sydyn.'

'Mi wnest ti'n ardderchog,' canmolodd Marian, a chytunodd pawb arall eto.

'Dyna'r tro cyntaf i mi orfod gwneud hynny go iawn,' cyfaddefodd Gwion wedyn. 'Dim ond ymarfer ar ein ffrindiau roedden ni yn yr ysbyty, digon i ni allu ennill ein tystysgrifau.'

'Ydach chi'n meddwl mai helyntion yr hen ŵr, y Rhisiart 'na, achosodd y trawiad?' gofynnodd Anna.

'Wn i ddim,' atebodd Dyfrig, 'ond roedd Bleddyn wedi colli ei botel dabledi – rhai at ei galon. Roedd o'n disgwyl cael rhagor gan Doctor Eurgain. Gafodd o nhw, Seimon?' galwodd dros ei ysgwydd ar hwnnw.

'Wn i ddim,' atebodd Seimon.

'Tyrd i ista fan hyn efo ni, wir Dduw,' meddai Anna wrtho. 'Ti'n gneud i mi deimlo fel petaen ni i gyd yn wahanglwyfion.'

Cododd Seimon, a golwg digon anfoddog arno, ond yr eiliad honno daeth Meira yn ei hôl gyda neges. Roedd pawb yn rhydd i ddychwelyd i'w bythynnod.

Doedd neb yn bwriadu aros eiliad yn hirach yn y neuadd, diodydd a bwydydd neu beidio. Cyn ymadael, gofynnodd Marian i Seimon,

'Ydi'r trefniadau yn dal i fod 'run fath ar gyfer fory?'

'Ydyn, am wn i. Os bydd newid, cewch wybod.'

Petrusodd Dyfrig wrth adael y neuadd, ei feddwl ar N'tia. Fyddai hi wedi mynd efo Eurgain? Go brin, penderfynodd. Felly byddai hi ar ei phen ei hun. Cymerodd gam tuag at y feddygfa cyn teimlo llaw ar ei fraich.

'Gwell peidio,' meddai llais Seimon yn ei glust. 'Digon i'r diwrnod ac ati. Gei di ei gweld hi fory.'

*　*　*

Aeth Dyfrig i'w wely yn disgwyl noson ddi-gwsg, noson o droi a throsi a phoeni am Bleddyn a Mair druan. Ond siomwyd ef o'r ochr orau pan ddeffrodd i olau dydd heulog. Doedd ganddo ddim syniad pa mor hwyr oedd hi, ond wrth orwedd yno'n glyd daeth yn ymwybodol o arogl coffi hyfryd yn codi o'r gegin. Cododd ar unwaith.

Roedd Marian a Heledd yno, eu bagiau'n barod wrth y drws.

'Helô, gysgadur,' cyfarchodd Marian ef. 'Coffi?'

Derbyniodd y mỳg yn ddiolchgar, a synnwyd ef pan gododd Heledd a thostio tafell o fara iddo.

'Unrhyw newydd?' holodd, ond ysgwyd eu pennau wnaeth y ddwy.

'Gwell i ti fynd i hel dy bac,' awgrymodd Heledd.

'Pam, faint o'r gloch ydi hi?'

'Mae cloch y Ters wedi canu oesoedd yn ôl,' atebodd. 'Synnwn i ddim nad yw hi'n hanner dydd bellach.'

Aeth Dyfrig ati ar unwaith i bacio'i bethau.

* * *

Criw digon tawedog a ymgynullodd yn y neuadd wrth i'r gloch canol dydd ganu, pawb â'u bagiau wrth eu traed, eu cotiau glaw ar gefnau eu cadeiriau. Roedd yn bwrw glaw mân, a'r cymylau isel yn darogan na fyddai newid yn y tywydd y diwrnod hwnnw.

'Ble mae Iwan a Mair?' holodd Heledd wrth weld mai dim ond Huw, Gwion ac Anna oedd yno o'u blaenau.

'Fyddai Mair ddim wedi mynd i'r ysbyty gyda Bleddyn?' awgrymodd Dyfrig.

Yna daeth Seimon i'r neuadd, a Gwydion yn dynn wrth ei sodlau. Dim ond y nhw ill dau. Dim Eilir, dim James Edwards. Dim hyd yn oed Bob, y dyn camera, ac Als. Suddodd calon Dyfrig o weld yr olwg ar wynebau'r ddau.

Daeth Gwydion i sefyll o'u blaenau.

'Newyddion drwg sydd gennyf, mae arnaf ofn,' meddai mewn llais trwm. 'Cawsom air gan Doctor Eurgain o'r ysbyty ryw hanner awr yn ôl i ddweud bod Bleddyn wedi dioddef trawiad anferth arall ar ei galon. Doedd dim gobaith iddo.'

Ar ôl munud o ddistawrwydd syfrdan, gofynnodd Heledd,

'Ble mae Iwan a Mair?'

'Roedd Mair yn yr ysbyty gyda Bleddyn tan y diwedd, ac fe allwch ddeall nad oedd hi am ddod yn ôl yma. Mae Eurgain yn trefnu iddi gael mynd adref.'

'Ie, ond Iwan?'

Gwenodd Gwydion arni, ond roedd ôl straen arno.

'Gyda dau aelod o'r tîm allan ohoni, doedd dim dewis gennym ond gofyn i Iwan adael hefyd.'

'Ond smo hynny'n deg ...' dechreuodd Heledd brotestio, ond rhoddodd Gwydion daw arni hi.

'Fel mae'n digwydd bod, Heledd, eu hymgais hwy oedd y wannaf, p'run bynnag. Ond doedden ni, fel trefnwyr y rhaglen, ddim yn ei gweld hi'n weddus i ffilmio sioe yn gyrru un dyn bach i ffwrdd ar ei ben ei hun. Roedd yn well ganddo yntau fynd ar unwaith.'

'Be, ma' fe wedi mynd yn barod?' Roedd ei llais yn anghrediniol.

'Dim ond ni'n chwech sydd ar ôl, felly?' torrodd Anna ar ei thraws. 'Ni ydi'r chwech sy'n mynd drwodd i'r rownd derfynol?'

'Ie,' cytunodd Gwydion. 'Mae'n ddrwg gen i na allwn ni wneud y ffilmio arferol, tynnu enwau o het ac ati, ond ry'ch chi'n deall pam. Cyn gynted ag y cawsom ni'r newydd, doedd gan yr un ohonom galon i wneud sbloets ohoni.'

'Be sy'n digwydd nesa, 'ta?' gofynnodd Anna wedyn.

Tynnodd Gwydion restr o'i boced.

'Dyma'r timau newydd,' cyhoeddodd. Darllenodd yr enwau. 'Tîm un: Heledd, Anna a Marian. Tîm dau: Gwion, Dyfrig a Huw.' Rhoddodd y papur yn ôl yn ei boced. 'Dyna ni, felly. Mi gewch chi symud i'ch bythynnod newydd yn syth. Bwthyn Dau i'r merched a Bwthyn Tri i'r dynion.'

'A beth am ein tasgau?'

'Mi fydd swper yn y neuadd fel arfer. Cewch wybod eich maes newydd bryd hynny.' Cerddodd Gwydion allan ar ôl rhoi nòd fach i bawb, gan adael Seimon i egluro.

'Seimon,' galwodd Marian, 'wy'n gwybod na fydde'r trefniade wedi eu gwneud eto, ond fydde modd i ni fynd i'r angladd?'

Edrychodd Seimon arni'n syfrdan.

'Yr angladd?'

'Ie. Wy'n teimlo yr hoffen ni i gyd,' edrychodd ar y pump arall, 'dalu'r gymwynas olaf i Bleddyn. Fydde hynny ddim ond yn weddus. Fydde modd trefnu hynny?'

'Wn i ddim,' atebodd Seimon yn araf, gan syllu arni. 'Mae gen i f'amheuon.'

'Ond mae'r angladd yn siŵr o fod o fewn y pythefnos nesaf,' dadleuodd hithau. 'Ni wedi gadael y lleoliad yma o'r blaen, i fynd i'r castell ac ati. Siawns na allen ni fynd i angladd Bleddyn.'

'Rhaid i mi ofyn i Gwydion.' Roedd ei lais yn awdurdodol, ond nid oedd Marian am ildio.

'Allen ni anfon torch o flodau, o leiaf?'

Cafodd yr un ateb drachefn, a thynnodd Seimon y cyfarfod i'w derfyn. Ond roedd Marian wedi atgoffa Dyfrig o un peth. Oedd Bleddyn wedi rhannu ei ofid am ei fab gyda Mair? Fyddai hi'n gwybod sut i gysylltu ag o? Wrth i bawb arall adael, aeth at Seimon.

'Seimon, wn i ddim a ydach chi'n gwybod hyn, ond mae gan Bleddyn fab.'

'Be?'

'Oes. Mi ddywedodd Bleddyn wrtha i dro'n ôl ei fod wedi dweud celwydd ar ei ffurflen gais. Wedi dweud nad oedd ganddo blant. Ond mae ganddo fo fab, Iolo. Meddwl y dylech chi gysylltu efo fo, gadael iddo fo wybod. Y fo ddylai gael trefnu c'nebrwng ei dad, wedi'r cyfan.' Teimlai nad ei le fo oedd dweud y cyfan am yr anghydfod rhwng y tad a'r mab.

Syllodd Seimon arno, a golwg syfrdan ar ei wyneb.

'Ond sut ...? Allwn ni ddim ... Wyddoch chi pwy ydi o?'

'Gwn. Mae gen i gyfeiriad iddo fo hefyd. Ga' i ei sgwennu lawr i chi?' Rhoddodd enw Iolo Dinefwr a chyfeiriad Sonia ar bapur, ac wrth ei roi i Seimon, ychwanegodd, 'Sori, sgen i ddim rhif ffôn. Ond dach chi'n nabod Iolo, mae'n siŵr. Gohebydd y BBC. Mae'n sgwennu i gylchgronau a phapurau newydd hefyd.'

Os oedd Seimon wedi ei syfrdanu cynt, edrychai'n hollol ddryslyd yn awr. Cymerodd y cyfeiriad heb ddweud gair a diflannu o'r neuadd.

'Be ddiawl sy'n bod ar hwnna?' mwmialodd Dyfrig iddo'i hun.

Croesodd y buarth yn ôl i'w hen fwthyn, gan nad oedd yn gorfod symud. Penderfynodd y byddai'n mynd i chwilio am N'tia ar ôl iddo orffen dadbacio. Roedd Gwion a Huw eisoes wedi ymgartrefu.

'Rydan ni wedi gadael dy hen stafell wely i ti,' meddai Huw wrtho. 'Rhag i ti deimlo hiraeth.'

Aeth Dyfrig ar ei union i osod popeth yn ôl fel cynt. Meddyliodd y byddai'n rhyfedd rhannu efo dau ddyn ar ôl arfer bod yr unig ddyn ymhlith merched am fis cyfan. Gobeithiodd nad oedd y ddau arall yn slobs. Roedd yn fodlon cadw trefn ar ei lanast ei hun, ond doedd o ddim am fynd ati i glirio a glanhau ar ôl Huw a Gwion. Meddyliodd hefyd y byddai'n rhaid iddo wylio faint roedd o'n ei yfed, a pheidio â gadael i Huw ddylanwadu gormod arno.

Pan aeth yn ôl i'r gegin, roedd Huw yno ar ei ben ei hun.

'Mae Gwion wedi mynd i'r gampfa,' eglurodd hwnnw. Daliai i edrych yn dawedog, a dechreuodd Dyfrig amau mai meddwl am y pythefnos nesaf yng nghwmni Gwion ac yntau oedd yn achosi'r iselder. Gohiriodd ei benderfyniad i fynd i chwilio am N'tia. Edrychai Huw fel bod angen cwmni arno.

'Panad?' cynigiodd.

'Be? Na ... ia, Duw, pam lai?' Syllodd ar y glaw yn llifo i lawr y ffenest. Roedd yn dal i syllu pan roddodd Dyfrig y baned yn ei law. 'Biti 'i bod hi wedi troi mor wlyb,' meddai wedyn, 'neu mi fasan ni'n gallu mynd am dro.'

'Am dro?' Ni allai Dyfrig gadw'r syndod o'i lais. Hyd y gwyddai, un waith yn unig yr oedd Huw wedi camu'r tu allan i'r buarth, a hynny ddiwrnod y parti nofio.

Trodd Huw ato, ag ychydig o'r hen ddireidi yn ei lygaid.

'Wedi dy synnu di, ydw i?' Diflannodd y direidi mewn amrantiad, a daeth y dwyster yn ei ôl.

'Oes rwbath yn bod, Huw?' mentrodd Dyfrig ofyn o'r diwedd. Nid oedd Huw wedi cyffwrdd ei de.

'Wn i ddim,' atebodd Huw gan roi ochenaid ddofn. Yna daeth i benderfyniad. 'Yli, Dyfrig, ga' i siarad yn blaen efo chdi?'

'Cei, siŵr.'

'Ti'n cofio neithiwr, pan oedd Gwydion yn hypnoteiddio Iwan? Wel, roeddwn i'n ei wylio fo'n fanwl. Meddwl y baswn i'n gweld sut roedd o'n gwneud hynny ac ati.' Cymerodd anadl ddofn cyn chwilio am ei eiriau nesaf. Roedd yn dal i syllu tuag at y ffenest. 'Wel, roeddwn i'n gwylio mor fanwl, mae'n rhaid, nes i mi ... wel ... dwi'n meddwl 'mod i wedi cael fy hypnoteiddio fy hun.' Trodd i edrych i fyw llygaid Dyfrig. 'Ti'n cofio beth ddigwyddodd nesa? Y sŵn wnes i?'

'Ydw. Roedd o fel asyn yn nadu.'

'Dim cellwair oeddwn i, Dyfrig. Dim chwarae rhyw lol wirion.' Gostyngodd ei lais a chafodd Dyfrig fraw o weld dagrau'n crynhoi yn ei lygaid. 'Asyn *oeddwn* i. A Dyfrig, dyna'r teimlad mwya dychrynllyd rydw i erioed wedi'i gael yn fy mywyd!'

'*Be*? Asyn?'

Nodiodd Huw ei ben. 'Ia.'

'Ond ...' Roedd y syniad mor anhygoel. Ond wedyn, os oedd pawb wedi cael bywyd blaenorol, pam na allai hynny fod fel anifail?

'Ia,' meddai Huw wedyn, gan ysgwyd ei ben. 'Am rai munudau mi ges i'r profiad o fod yn asyn. A wyddost ti be roeddwn i'n ei deimlo? Ofn. Yr ofn mwya dirdynnol allet ti ei deimlo fyth. Roeddwn i mewn marchnad, a llwyth ar fy nghefn oedd yn fy llethu. Roedd y ffrwyn am fy mhen wedi treulio i'm cnawd, a'r pryfetach yn gloddesta ar fy mriwiau. Roedd gen i ofn yr holl dwrw, ofn yr holl bobol. Ond yn fwyaf oll, roedd gen i ofn y dyn oedd yn gafael yn fy ffrwyn, y ffon yn codi yn ei law, ofn y boen y gwyddwn fyddai'n dod i'm rhan o fewn eiliadau wrth iddo godi'i bastwn, y curo diddiwedd nes y byddwn i ar fy ngliniau, y cicio brwnt ...' Dechreuodd wylo, yr igian yn ei wddf yn gwneud i Dyfrig deimlo'n dorcalonnus.

'Huw, Huw, tyrd 'laen, nei di?' Roedd ar ei draed yn gafael am war ei gyfaill. 'Falla mai breuddwyd oedd o i gyd.'

Trodd Huw arno'n ffyrnig.

'Paid â bod yn dwp, Dyfrig. Os oedd Heledd wedi cael y profiad o fod yn Gwenllïan, a Bleddyn y dyn Rhisiart yna, pam na allwn i fod yn ful? Ti'm yn dallt? Nid poeni mai mul oeddwn i mewn bywyd blaenorol ydw i, ond poeni sut deimlad oedd o! A mwya dwi'n meddwl am y peth, mwya o gwilydd sy gen i.'

'Cwilydd?'

'Ia, siŵr.' Roedd golwg daer ar ei wyneb wrth iddo geisio egluro. 'Ti'm yn dallt?' meddai wedyn. 'Alla i ddim disgrifio'r teimlad o ofn oedd gen i. Roedd o'n llenwi fy meddwl. Ofn a phoen. *Doedd* 'na ddim teimladau eraill. Roeddan nhw'n llethol.' Oedodd. 'Dyfrig,' sibrydodd, 'dyn oedd yn achosi'r ofn a'r boen. Dyn fel fi, Dyfrig,' meddai'n araf, y dagrau'n llifo, 'alla i ddim diodda meddwl 'mod i'n rhan o hiliogaeth sy'n gallu achosi'r fath ofn a phoen i greaduriaid eraill. Na allaf, wir.' Gafaelodd yn llaw Dyfrig a'i gwasgu'n dynn. 'Ti'n dallt?'

Nodiodd Dyfrig yn araf. Beth arall allai o ei wneud?

Yna clywodd leisiau'r tu allan i'r bwthyn. Cododd Huw yn frysiog a mynd i'w ystafell wely. Daeth Gwion yn ôl, a Heledd yn ei ddilyn, y ddau'n chwerthin. Doedd hi ddim yn hiraethu am Iwan, felly, meddyliodd, cyn ailystyried. Roedd hi wedi ymbellhau oddi wrth hwnnw ers dyddiau, bellach, ac onid oedd gan y ferch hawl i chwerthin efo pwy bynnag a fynnai? Ceisiodd fod yn siriol gyda'r ddau, ond gadawodd hwy'n sgwrsio'n gyfforddus cyn gynted ag y gallai.

Aeth at ddrws y feddygfa i ddechrau, ond roedd yn dal ar glo. Ble'n union oedd ystafell N'tia, felly? Fentrai o ofyn i rywun? Edrychodd o'i gwmpas, ond nid oedd yr un enaid byw allan yn y glaw. Fentrai o fynd i'r gyffesgell a gofyn amdani? Byddai Seimon yn sicr o'i wawdio, ond oedd o'n malio am hynny? Nag oedd. Roedd ar fin agor drws y gyffesgell pan glywodd synau'n dod o'r llawr uwchben, yn ystafell y gwisgoedd. Llamodd i fyny'r grisiau mewn gobaith, a gwenodd yn hapus pan welodd N'tia wrthi'n brysur yn rhoi dillad mewn basgedi gwiail.

'Dyfrig!' gwenodd arno. 'Ti'n chwilio amdana i?'

'Pwy arall? Ti'n iawn? Be ti'n neud?'

'Seimon ofynnodd i mi bacio'r dillad i gyd, yn barod i'r cludwyr fynd â nhw.'

'Dydan ni ddim yn cael gwisgo i fyny eto, 'ta?'

'Ddim yn y gwisgoedd hyn, beth bynnag,' atebodd. 'Rydych chi wedi gwisgo'r rhain o'r blaen. Pa gyfnod fydd gennych chi nesa?'

'Wn i ddim eto. Heno fyddan nhw'n deud wrth bawb.' Yna gofynnodd iddi a oedd hi wedi clywed am Bleddyn.

'Do,' atebodd hithau'n ddifrifol. 'Roedd o'n sioc ofnadwy. Roeddwn i mor ffyddiog y byddai Eurgain wedi gallu ei arbed. Edrychai'n llawer iachach erbyn iddyn nhw ei roi yn yr hofrennydd.'

'Cael trawiad arall wnaeth o, medden nhw,' eglurodd Dyfrig. 'Un fawr, fel na allen nhw wneud dim byd i'w achub.'

'Druan bach.'

'Ia. Druan o Mair, hefyd. Wyddost ti a ydi hi wedi mynd adra bellach? Wyt ti wedi clywed rhywbeth gan Eurgain?'

'Na, dim byd.'

'Wyt ti'n iawn? Dwi'n poeni amdanat ti ar ben dy hun bach yn yr adeilad 'na. Wyt ti ddim yn unig?'

Cododd ei hysgwyddau mewn ateb, yna trodd yn ôl at ei gwaith.

'Wyt ti isio help?' cynigiodd Dyfrig.

'Na, dim diolch i ti. Mae'n rhoi rhywbeth i mi ei wneud.'

Yna cafodd Dyfrig syniad.

'Pam na ddoi di draw i'r bwthyn ar ôl i ti orffen yn y fan yma?

Edrychodd N'tia braidd yn amheus arno.

'Yli,' meddai Dyfrig wedyn, 'roedd Eurgain am i ti ddod am dro efo fi dydd Gwener, on'd oedd? Doedd hi ddim yn gwrthwynebu, nag oedd?'

'Ol reit,' cytunodd N'tia. 'Mi ddo' i ar ôl i mi orffen cadw'r rhain.'

'Grêt. Dwi'n dal ym Mwthyn Tri.'

* * *

Roedd y merched gyda Huw a Gwion pan gyrhaeddodd Dyfrig yn ei ôl, a golwg ddigon diflas ar bob un ohonyn nhw.

'Elli di ddeud jôc neu rwbath, Dyfrig?' plediodd Anna. 'Mae hi fel stafall aros y deintydd fan hyn.'

'Pam mae pawb mor fflat, chi'n meddwl?' holodd Marian. 'Dylen ni i gyd fod mor hapus. Ry'n ni drwodd i'r rownd ola, beth bynnag.'

'Ia, ond mi ddigwyddodd petha mewn ffordd mor drist,' meddai Huw. 'Teimlo'n euog ydw i, er na alla i esbonio pam. Fel taswn i ddim wedi haeddu fy lle yn y chwech ola.'

'Fel yna'n union roedd Bleddyn druan yn teimlo,' meddai Dyfrig, 'pan gafodd o aros a'r ddau arall yn gorfod gadael.'

'Ia,' cytunodd Gwion. 'Ac mae'n siŵr fod y ffordd y cawson ni wybod, heb unrhyw ffwdan na chamera hyd yn oed, wedi gwneud pethau'n waeth. Roedd rhyw elfen o hwyl mewn mynd drwy'r rigmarôl o gyhoeddi pwy oedd wedi colli.'

'A dim hyd yn oed elfen o siawns wrth gael ein gosod yn ein timau newydd,' ychwanegodd Heledd.

'Allwn i ddeall pam nad oedd Gwydion am ffilmio Iwan yn gorfod gadael ar ei ben ei hunan bach, ond rwyt ti'n iawn, Gwion,' meddai Marian. 'Roedd y cyfan yn fflat iawn. Tipyn o siom, a dweud y gwir.'

'Wel, dydi ennill y gystadleuaeth ddim yn teimlo mor bwysig pan rydach chi'n meddwl beth ddigwyddodd i Bleddyn,' meddai Dyfrig, ac roedd ei eiriau'n ddigon i ddistewi pawb.

'Duw, Duw, gwrandwch arnan ni!' ebychodd Anna. 'Ty'd, Huw, lle mae dy botal di? Doeddwn i ddim yn disgwl bod yn dy gwmni di cyhyd heb gael cynnig drinc bach.'

'Sori,' gwenodd Huw ar Anna wrth godi o'i sedd. Aeth at yr oergell a thynnu potel o win pefriog ohoni. 'Roeddwn i wedi cadw hon rhag ofn,' eglurodd. 'Neu'n hytrach, yn y gobaith y byddwn i drwodd i'r rownd derfynol. Felly mae'n iawn i mi ei hagor hi, yn tydi? Dyfrig, nei di estyn y gwydrau?'

Wrth i Dyfrig ufuddhau daeth cnoc ysgafn ar y drws. Aeth Gwion i'w ateb, a cherddodd N'tia i mewn, yn swil i gyd.

'Sori,' meddai, 'ydw i'n torri ar draws rhywbeth?'

'Rargian fawr, nag wyt siŵr,' sicrhaodd Huw hi. 'Croeso, ferch annwyl. Dyfrig, estyn wydr arall, nei di? Mae gen i botal arall fan hyn. Mi fydd 'na ddigon i bawb.'

'Eistedd fan hyn, N'tia,' gwahoddodd Marian, gan wneud lle ar y soffa rhyngddi hi a Heledd.

'Ti 'di gorffan pacio?' gofynnodd Dyfrig iddi, cyn egluro wrth y lleill dasg N'tia. Atebodd hithau fod popeth yn barod i'r cludwyr.

'Ti'n gwybod pa gyfnod fyddwn ni'n ei archwilio nesa?' holodd Heledd. 'Oes gwisgoedd newydd i ni?'

'Na, dydw i'n gwybod dim,' atebodd N'tia. 'Fydda i byth, bron, yn siarad efo'r criw cynhyrchu, a dydi'r technegwyr yn cael gwybod fawr ddim ymlaen llaw chwaith.'

'Mae N'tia'n unig pan mae Eurgain i ffwrdd,' eglurodd Dyfrig wedyn, gan edrych ar Huw a Gwion. 'Rydw i wedi dweud bod croeso iddi ddod i'n gweld ni unrhyw bryd mae hi angen cwmni. Gobeithio nad oes ots ganddoch chi?'

'Nag oes, siŵr,' atebodd Huw ar unwaith, cyn troi at N'tia. 'Mi fyddwn ni'n falch o dy weld di unrhyw adeg, ddydd neu nos, 'ngenath i.'

'Lle y'ch chi'n cysgu, N'tia?' gofynnodd Marian y cwestiwn na feiddiai Dyfrig ei ofyn rhag ofn cael ei gamddeall. 'Yn y plas?'

'Nage. Mae gen i ac Eurgain ystafelloedd bach ym mhen draw'r feddygfa, ar wahân i'r lleill. Ond mi fydda i'n cael fy mhrydau bwyd efo'r technegwyr.'

'Ti ar ben d'hunan 'nawr te?' meddai Heledd. Nodiodd N'tia.

'Dim rhyfedd dy fod yn unig,' meddai Marian, ei llais yn llawn pryder. 'Fyddwn i ofan ceisio cysgu ar fy mhen f'hunan fel'na.'

'Does gen i ddim dewis, nag oes?'

'Duw, ty'd atan ni, hogan, os wyt ti'm yn meindio cysgu ar y soffa,' cynigiodd Anna, er mawr syndod i Dyfrig. 'Fyddai hynny'n iawn efo chi, genod?'

'Bydde siŵr,' atebodd Marian ar unwaith, ac ategodd Heledd. 'Mae croeso i ti, N'tia.'

'Diolch yn fawr. Mae'n braf cael gwybod hynny. Ond mae'n bosib y bydd Eurgain yn ei hôl erbyn heno.'

'Wel, ty'd draw os nad ydi hi. Dydan ni ddim yn cloi drws y bwthyn, nag ydan, genod?'

Edrychodd Marian braidd yn amheus, ond cytunodd. Aeth Huw i agor ei ail botel, ac aeth Marian a Dyfrig i chwilota am damaid i'w fwyta a fyddai'n eu cadw'n sobor cyn swper. Erbyn iddyn nhw orffen yfed honno, roedd yn amser bwyd.

'Os wyt ti'n moyn,' meddai Marian wrth N'tia fel roedden nhw'n gadael y bwthyn, 'allet ti fynd i wneud pryd bach i ti dy hunan yn ein bwthyn ni, ac aros nes byddwn ni'n ôl.'

Diolchodd N'tia iddi a dweud y byddai'n meddwl am y cynnig caredig, ac yna cerddodd i ffwrdd tua'r feddygfa.

Erbyn iddyn nhw gyrraedd y neuadd roedd pawb arall yno: Eilir, Meira a James Edwards wrth y bwrdd uchel, a Gwydion a Seimon yn siarad efo Bob. Nid oedd hanes o Doctor Eurgain, felly roedd hi'n bosib nad oedd hi wedi dychwelyd o fod gyda Mair. Roedd un bwrdd wedi ei osod ar gyfer y cystadleuwyr, ond rhwng y bwrdd hwnnw a'r bwrdd uchel, roedd chwe chadair wedi eu gosod mewn rhes.

'A, dyma chi,' cyfarchodd Gwydion hwy. 'Wnewch chi eistedd cyn i ni gael ein swper?' Pwyntiodd at y rhes cadeiriau, ac aeth pawb i eistedd. 'Gair bach cyn i ni ddechrau ffilmio,' aeth Gwydion ymlaen. 'Yn gyntaf, rhaid i mi ymddiheuro am y ffordd y cawsoch chi wybod y canlyniadau'r bore 'ma. O dan yr amgylchiadau, doedd dim modd gwneud yn wahanol – roedd y cyfan yn gymaint o sioc – ond rwy'n siŵr eich bod chi'n teimlo'n siomedig.'

Roedd fel petai Gwydion wedi bod yn gwrando ar eu sgwrs yn y bwthyn, meddyliodd Dyfrig, cyn sylweddoli'n sydyn efallai mai dyna beth wnaeth o!

'Mi fyddai'r gwylwyr yn siomedig hefyd, wrth reswm, heb ryw fath o gyhoeddiad swyddogol, felly rydyn ni am ofyn i chi chwarae gêm fach o flaen y camera, er mwyn gwylwyr ein rhaglen. Wrth gwrs, allwn ni ddim ffilmio'r tri arall yn gadael, ond mae'n rhyfeddol beth all ein golygyddion ei gyflawni gyda phytiau bychain o olygfeydd.'

Aeth ymlaen i egluro ac i gyfarwyddo pawb. Symudwyd y beirniaid oddi wrth y bwrdd uchel, a'u gosod y naill ochr iddo. Yna cafwyd y chwech i sefyll yn eu timau blaenorol, Dyfrig gyda Marian a Heledd unwaith eto. Dechreuodd Bob ffilmio wrth i Gwydion fynd ati i agor yr amlenni a chyhoeddi enwau'r rhai oedd am gael aros. Agorodd drydedd amlen hefyd, yr un ag enwau Bleddyn, Iwan a Mair, a chyhoeddi y bydden nhw'n cael eu hanfon adref.

'Ac yn awr, ga' i egluro un peth arall,' meddai Gwydion ar ôl gorffen y ddefod honno. 'Rydyn ni am fynd drwy sioe o'ch dewis yn dimau hefyd, ond sioe fyddai hynny, pr'un bynnag. Chi'n gweld, roedd y beirniaid eraill a minnau'n teimlo y byddai'n fwy o hwyl cael elfen o ragfarn rywiol yn y rownd derfynol. Y merched yn erbyn y bechgyn fel petai, rhywbeth ychwanegol i'r gynulleidfa gael uniaethu ag o. Dyna pam y cawsoch eich rhoi yn eich timau presennol. Ond rydyn ni am ffilmio'r peth fel petai'n digwydd ar hap a damwain. Felly, Seimon? Ddoi di â'r enwau yma?'

Daeth Seimon ato'n cario'r ddysgl fawr wydr gyda chwe thamaid o bren a baneri bach arnynt.

'Fydd dim enwau ar y preniau,' eglurodd Gwydion, 'ond rydw i am i chi ymddwyn fel petai'r geiriau Tîm Un neu Tîm Dau arnyn nhw, ac i chi, ferched, fynd i sefyll fan hyn,' pwyntiodd i'r chwith o'r bwrdd uchel, 'a chithau i'r ochr acw.' Yna gwahoddodd dîm Anna, Huw a Gwion i ddewis gyntaf, wedyn Dyfrig a'i griw.

Wedi iddynt orffen y pantomeim, daeth Meira draw gyda photel anferth, magnum o siampên, ac aeth Gwydion ati i'w hagor a llenwi'r gwydrau. Erbyn iddyn nhw fynd i eistedd wrth y bwrdd bwyd, roedd hwyliau da ar bawb, ac er mai'r siampên o bosib oedd yn gyfrifol am hynny, yn enwedig gan eu bod eisoes wedi yfed gwinoedd Huw, teimlai Dyfrig fod Gwydion wedi llwyddo i aildanio brwdfrydedd y cystadleuwyr. Pan osodwyd y bwyd o'u blaenau, fodd bynnag, sylwodd fod golwg wael ar Huw wrth iddo edrych ar ei blât. Mewn fflach o ddeallltwriaeth, fforchiodd Dyfrig y cig oddi ar ei blât a'i roi ar ei blât ei hun.

'Hei, barus!' ebychodd Anna, ond gwenodd Huw'n ddiolchgar arno. Dechreuodd pawb fwyta, ac wedi iddynt gael eu bodloni gofynnodd Seimon am ddistawrwydd er mwyn i James Edwards gael egluro'r dasg nesaf.

'Gyfeillion,' dechreuodd James, 'dyma ni wedi cyrraedd rhan olaf ein cystadleuaeth, a chithau'r goreuon yn ysu, rwy'n siŵr, i gychwyn ar eich tasgau olaf. Eich llwyddiant yn y tasgau hyn fydd yn penderfynu'ch llwyddiant yn y gystadleuaeth, felly pob lwc i bawb, a gweithiwch yn galed. Nawr 'te, beth yw'r dasg?' Cymerodd anadl ddofn, yna llwnc o'i wydr gwin. Eisteddodd Dyfrig yn ôl yn ei gadair a gwneud ei hun yn gyfforddus i wrando.

Byrdwn neges James oedd hyn: pa bryd y dechreuodd hanes Cymru? Neu'n hytrach, pa bryd y daeth Cymru i fodolaeth? Ac yn dilyn o hynny, ar ba ddyddiad y dylai'r ffilm ddechrau? O gofio hanes Caradog, a'i fod yn fab i frenin ardal oedd yn cyfateb i ddwyrain Lloegr bellach – ond eto'i gyd wedi troi at lwythau'r Silwriaid a'r Ordoficiaid (de a gogledd Cymru heddiw) am gymorth i frwydro'n erbyn y

Rhufeiniaid – a ddylid dechrau gyda'r Brythoniaid oedd yn frodorion Prydain gyfan, heblaw am y gogledd pell? A ddylid cynnwys hanes yr Hen Ogledd? A ddylid mynd ymhellach i'r gorffennol at y llwythau oedd yn byw ar y tir cyn dyfodiad y Brythoniaid rhyw chwe chan mlynedd cyn Crist?

Clywyd llais Anna'n ebychu 'Nefi bliw!', ac roedd Dyfrig yn cytuno â hi. Gwenodd James Edwards arni.

'Yn union, Anna. Nefi bliw yn wir. Dyna pam na roddir tasg arall i chi o gwbl. Ond edrychwch arni fel hyn. Mae'n gyfle gwych i chi ddefnyddio'ch dychymyg yn ogystal â'ch dirnadaeth hanesyddol. Gellir dweud nad oes modd i chi fod yn anghywir, gan na ŵyr neb arall chwaith. Mater o farn yw'r cyfan, o ddehongli'r ychydig dystiolaeth sydd gennym. Felly'r cyfan alla i ei ddweud yw: pob lwc!'

Eisteddodd, a golwg o ryddhad ar ei wyneb. Roedd Seimon ar fin codi i siarad â nhw pan gododd Marian ei braich.

'Gaf fi ofyn cwestiwn?' holodd. Nodiodd Seimon ei ben. 'Ydyn ni ddim yn mynd i edrych ar y cyfnod rhwng Owain Glyndŵr a chanol y ddeunawfed ganrif? Mae hwnnw'n fwlch o dri chan mlynedd a hanner, mwy neu lai.'

Gwydion atebodd y cwestiwn.

'Pam astudio cyfnod pan oedd arweinwyr y Cymry, yr uchelwyr, yn brysur yn ceisio gwneud eu hunain yn gymaint o Saeson â phosib? Yn troi eu cefnau ar eu pobl, y werin, i geisio ennill cyfoeth a dylanwad iddyn nhw'u hunain? Dwyn hawliau a thiroedd y bobol gyffredin, a'u gadael yn dlotach a mwy newynog nag erioed o'r blaen! Dydych chi ddim yn cofio'n sylw ar ddechrau'r gystadleuaeth? Yr hyn ddywedodd yr hanesydd A. H. Dodd? Na fu unrhyw newid yn ffordd y werin Gymraeg o fyw a thiroedd Cymru rhwng y bymthegfed a'r ddeunawfed ganrif? Pam clodfori'r fath gyfnod?'

'Beth am y Tuduriaid?' gofynnodd Gwion yn dawel.

'Hy!' oedd ateb chwyrn Gwydion, ond eglurodd James Edwards y byddai sgript y ffilm, wrth gwrs, yn trafod y cyfnod hwnnw hefyd. Teimlad y beirniaid, meddai, oedd fod y cyfnodau eraill yn fwy perthnasol i'r gystadleuaeth. Yna daeth Seimon â'r cyfarfod i ben.

Oedd N'tia yn un o'r bythynnod bellach, meddyliodd Dyfrig wrth adael y neuadd. I ba un fuasai hi'n mynd, tybed? Cerddodd gyda'r merched tuag at ddrws eu bwthyn, ac aros i sgwrsio ar y trothwy. Pan agorodd Anna'r drws, gallai weld N'tia yn lled-orwedd ar y soffa, llyfr yn ei llaw a mỳg ar y bwrdd bach wrth ei hochr. Edrychai'n gartrefol, a sach gysgu wedi ei phlygu'n daclus wrth ei thraed.

'Ti am ddod mewn, Dyfrig?' cynigiodd Marian, ond cyn iddo allu derbyn, dywedodd Anna,

'Na, rydan ni i gyd isio noson gynnar heno. Chysgais i ddim winc neithiwr yn poeni am y canlyniadau.'

Derbyniodd Dyfrig y dyfarniad, ac ar ôl dymuno noswaith dda iddyn nhw aeth yn ôl i Fwthyn Tri.

Pennod 23

Deffrowyd ef gan Gwion, oedd â phaned o goffi yn ei law.

'Dyfrig, well i ti feddwl am godi,' meddai'r llanc. 'Dyma i ti baned.'

Wel, wel, meddyliodd Dyfrig wrth eistedd i fyny a derbyn y gwpan, roedd pethau'n gwella. Doedd yr un o'r merched wedi cynnig paned yn ei wely iddo. Ar ôl iddo godi, agorodd lenni'r ystafell a gweld bod y cymylau'n isel a glaw mân yn disgyn. Yn fuan wedyn, roedd yn eistedd wrth fwrdd y gegin gyda Gwion a Huw, tost ar blât o'i flaen, a'r *cafetière* yn llawn coffi. Dylyfodd ei ên. Roedd yn anodd magu brwdfrydedd am y trydydd tro wrth wynebu cyfnod a thasg newydd. Tybiodd fod y ddau arall yn rhannu'r un teimlad.

'Reit 'ta,' dechreuodd Huw. 'Dilyn yr un drefn, ia? Rhannu'r ymchwil, yna dod at ein gilydd eto i drafod?'

Cytunodd Dyfrig a Gwion, ac aethant ati i benderfynu pwy oedd am astudio beth. Yna aeth Dyfrig i'r llyfrgell i ddechrau ar ei waith, ond nid heb alw gyntaf ym Mwthyn Dau. Roedd N'tia wedi gadael eisoes, meddai Heledd wrtho, ac wedi mynd yn ôl at ei gwaith. Ymhen awr neu ddwy, daeth Meira ato.

'Wnewch chi ddod i'r neuadd pan fydd y gloch yn canu amser cinio, Dyfrig?' gofynnodd iddo. 'Mae gan Gwydion newyddion i bawb.'

Ar ôl hynny cafodd drafferth canolbwyntio. Beth oedd wedi digwydd rŵan, tybed? Mwy o newyddion drwg? Aeth yn ôl at ei lyfrau, ond ymhen dim roedd Dafs a Malc yno, a bocsys cardfwrdd yn eu breichiau. Pan ddechreuodd y ddau dynnu llyfrau oddi ar y silffoedd a'u rhoi yn y bocsys, penderfynodd Dyfrig ei bod hi'n amser iddo adael.

Beth ddiawl oedd yn mynd ymlaen? Cadwodd ei liniadur yn ei ystafell wely cyn mynd i drafod gyda Huw a Gwion. Roedd y ddau mor chwilfrydig ag yntau, yn enwedig ar ôl clywed am y llyfrau'n cael eu pacio. Rhedodd y tri drwy'r glaw tua'r neuadd ar drawiad cyntaf y gloch canol dydd, ond roedd y merched yno o'u blaenau, a Bob ac Als yn paratoi eu hoffer. Roedd Seimon yn rhoi cyfarwyddiadau iddynt.

Roedd eu dyfalu'n amrywio o'r cymedrol i'r gwyllt: manylion am angladd Bleddyn, marwolaeth arall ymysg y trefnwyr, taith addysgiadol, diwrnod o wyliau – hyd yn oed fod y cwmni teledu'n fethdalwyr, a'r gystadleuaeth yn cael ei dirwyn i ben heb ei chwblhau.

Ffrwydrodd Gwydion drwy'r drws yn y cefn, ei lygaid yn pefrio a gwên ar ei wyneb. Synhwyrodd Dyfrig fod ei gorff yn dynn o gynnwrf. Roedd y dyn dan gryn deimlad. Estynnodd ei freichiau atynt.

'Gyfeillion,' cyfarchodd hwy, 'mae gen i newyddion da! Mae'r cyfan wedi ei drefnu.' Edrychodd ar yr wynebau diddeall o'i flaen, a chwarddodd yn dawel. 'Gwell i mi egluro,' meddai wedyn.

'Dach chi'n gweld, ein bwriad, fel cynhyrchwyr y rhaglen, oedd eich symud chi, y ddau dîm buddugol, i leoliad gwahanol ar gyfer wythnos olaf y gystadleuaeth. Ond yn ffodus rydyn ni wedi gallu trefnu hynny ynghynt na'r disgwyl. Roedden ni'n meddwl,' cipedrychodd ar Seimon, 'y byddai newid lleoliad yn gymorth i bawb ddod dros y sioc a'r siom o golli Bleddyn druan.' Llwyddodd i edrych yn brudd am rai eiliadau cyn i'r cynnwrf ailafael ynddo. 'Rydw i wedi bod wrthi drwy'r bore yn trefnu pethau, a gallaf gadarnhau bellach y bydd pawb yn gadael y fan hon am chwech o'r gloch heno.'

Roedd y newydd yn sioc i bob un ohonynt, ond Anna oedd y gyntaf i ddod at ei hun.

'I ble 'dan ni'n mynd, felly?' gofynnodd i Gwydion.

'Cewch wybod ar ôl i chi gyrraedd,' atebodd Gwydion gan wenu arni, 'ond gallaf ddatgelu mai ar ynys fyddwn ni, ac mae rhywbeth arbennig iawn ynglŷn â'r ynys honno. Mi fydd hi'n gweddu i'r dim i'r cyfnod rydych chi'n mynd i ymchwilio iddo nesaf. Seimon, wnei di egluro'r trefniadau?'

'Bydd hofrennydd yn cyrraedd am chwech heno, i'ch cludo i'r ynys. Felly, mae arna i ofn y bydd yn rhaid i chi bacio eto. Bydd yr hofrennydd yn glanio mewn llecyn agored yn y goedwig, ac er mwyn hwyluso pethau bydd tractor bychan a threlar yn cario'ch eiddo ato. Felly, rhaid i bopeth fod yn barod ac ar gefn y trelar erbyn hanner awr wedi pump – bydd cloch ychwanegol yn canu i roi'r amser i chi. Rhwng nawr a'r amser hwnnw bydd gofyn i chi lawrlwytho popeth y gallwch chi ei ddarganfod am oes y seintiau a'r Celtiaid ac ati o'r prif gyfrifiadur i'ch gliniaduron eich hunain. Mae trydan ar yr ynys, ond does dim rhyngrwyd, nac unrhyw fodd i ni allu cysylltu â'r prif gyfrifiadur. Mae'r llyfrgell eisoes yn cael ei gwagio o'r llyfrau perthnasol, ac fe fydd y rheini ar gael i chi ar yr ynys. Unrhyw gwestiynau?' Roedd pawb yn rhy syfrdan i ddweud gair. 'Nag oes? Da iawn. Gwell i chi fynd am ginio cyflym, felly. Mae 'na lawer i'w wneud.'

*   *   *

'Lle 'dan ni'n mynd, felly?' gofynnodd Anna'r cwestiwn oedd ar feddyliau pawb. Roedd y chwech yn eistedd gyda'i gilydd yn lolfa Bwthyn Tri.

'Ynys sy'n ymwneud â'r seintiau?' awgrymodd Marian.

'Ynys Enlli?' awgrymodd Gwion. Cytunodd pawb fod hynny'n eithaf posib.

'Mae tai haf ar osod arni,' meddai Dyfrig, oedd wedi treulio penwythnos yno gyda Sonia un haf yn gwylio'r adar a'r morloi. 'Digon o le i ni i gyd aros.'

'Ac efo'r ugain mil o seintiau i gadw cwmni i ni, lle well?' awgrymodd Huw, oedd yn edrych fymryn tebycach i'r hen Huw.

'Mae ynysoedd eraill, 'fyd,' meddai Heledd, 'Iona, Lindisfarne, Arran yn Iwerddon ...'

'Ynys Lawd, ynys Wair, mae'r rhestr yn ddiddiwedd,' ychwanegodd Marian. 'Roedd yr hen seintiau'n hoff iawn o'u hynysoedd.'

'Fydd N'tia'n dod hefyd, tybed?' meddai Gwion.

'Siawns y bydd hi,' atebodd Huw. 'Mi faswn i'n meddwl bod pawb ar yr ochr dechnegol yn dod. Sut maen nhw'n mynd i ymdopi fel arall?'

'Gobeithio, wir,' meddai Marian. 'Sdim amser i ni allu ffarwelio â phawb fel hyn.'

'Wel, wn i ddim amdanoch chi,' meddai Anna wedyn wrth godi, 'ond rydw i'n mynd i ddechra chwilota i weld be sydd ar gael ar y cyfrifiadur mawr. Fel deudodd Seimon, sgynnon ni'm llawer o amser.'

Dilynodd Heledd a Marian hi'n fuan wedyn, ac aeth y dynion ati i wneud yr un peth.

*　*　*

Pan ganodd y gloch ychwanegol am hanner awr wedi pump, roedd y tri dyn yn barod i adael, eu cotiau amdanynt gan fod y glaw mân yn dal i ddisgyn. Doedd hi ddim yn mynd i fod yn hwyl cerdded yn hwn, meddyliodd Dyfrig, ond o leiaf roedd golwg well ar Huw.

Roedd y merched allan yn y buarth, wrthi'n rhoi eu bagiau yn y trelar dan oruchwyliaeth Meira. Eglurodd fod Seimon a nifer o'r technegwyr eisoes wedi gadael er mwyn gorffen cael pethau'n barod ar eu cyfer ar yr ynys. Byddai hithau'n aros ar ôl i orffen tacluso. Dilynodd pawb hi drwy'r goedwig nes cyrraedd y llecyn, ac yna sefyll yn fud a gwlyb dan gysgod y coed nes iddynt glywed twrw'r hofrennydd. Roedd y blychau golau eisoes yn eu lle.

'Waw!' ebychodd Anna pan ddaeth y bwystfil hedegog i'r golwg. Roedd yn rhaid i Dyfrig gytuno â hi. Dyma'r hofrennydd mwyaf iddo'i weld yn agos. Yn fuan wedyn, roedd y chwech yn eu seddau, eu gwregysau diogelwch wedi eu cau, a'r bwystfil yn esgyn yn drwsgwl i'r entrychion. Hwn oedd y tro cyntaf i 'run ohonynt fod mewn hofrennydd, ac roedd pawb yn clebran fel mwncïod. Ond cael eu siomi wnaethon nhw wrth sylweddoli bod y cymylau'n rhy isel iddyn nhw allu gweld dim o'r ddaear oddi tanynt.

Ni pharhaodd y siwrnai'n hir iawn. Syllai pawb yn eiddgar drwy'r ffenestri wedi i'r peilot egluro eu bod yn paratoi i lanio. Yn raddol drwy'r niwl a'r glaw gallai Dyfrig weld llethrau serth, coediog rhyw fynydd, a rhimyn o fôr wrth ei odre. Daeth nifer o gaeau bychain i'r golwg, a thraeth tywodlyd. Ar y traeth roedd hen Land Rover, ac wrth i'r hofrennydd ddod i orffwys ar y tywod caled, daeth dyn allan ohoni gan chwifio'i fraich arnyn nhw. Seimon, yn gwisgo côt law a het, a'r dŵr yn diferu oddi ar ei chantal. Caeodd y chwech eu cotiau'n dynn cyn neidio allan, casglu eu bagiau a rhedeg oddi wrth yr hofrennydd.

'Croeso i'r ynys,' cyfarchodd Seimon hwy. 'Allwn ni i gyd stwffio i mewn i gefn hwn, tybed? Dydw i ddim eisiau gofyn i neb sefyll allan yn y glaw tra 'mod i'n gwneud ail siwrnai.'

Roedd hynny'n ddigon o ysgogiad i bawb gytuno, a gwasgodd Heledd, Gwion, Marian a Dyfrig i'r cefn, y bagiau'n bentwr wrth eu traed, ac aeth Anna a Huw i rannu'r sedd flaen gyda Seimon. Roedd yr hen injan yn gwegian wrth gychwyn, y metel yn gwichian yn gwynfanllyd.

'Sori am hwn,' meddai Seimon dros ei ysgwydd, 'ond dyma'r unig gerbyd ar yr ynys. Hon ydi'r unig ffordd, hefyd.'

Os mai hon oedd y ffordd, sut gyflwr fyddai ar y llwybrau, meddyliodd Dyfrig wrth gael ei sgytian dros y cerrig geirwon a ffurfiai'r wyneb. Byddai trol yn cael trafferth mynd ar hyd-ddi. Roedd ambell dwll mor ddwfn a llawn dŵr fel bod y trochion budr yn llifo dros y ffenest flaen.

'Lle ydan ni, felly?' gofynnodd Anna dros dwrw'r cerbyd.

'Yn yr Hen Ogledd,' atebodd Seimon.

'Be?'

'Yr Hen Ogledd. Wyddoch chi, Llywarch Hen, Cunedda Wledig ac ati,' eglurodd Seimon.

'Be, yn yr Alban?' meddai Huw.

'Ia, siŵr. Neu yn yr hyn sy'n cael ei alw'n Alban heddiw. Mae'n well gennym ni gadw at yr Hen Ogledd. Un o'r ynysoedd ar yr arfordir ydi hon.'

'Teyrnas Strathclyde,' meddai Marian mewn rhyfeddod.

'Ystrad Clud,' cywirodd Seimon hi. 'Gwell i mi egluro,' meddai wedyn. 'Mae hon bellach yn ynys breifat, fel llawer o'r ynysoedd eraill. Rydyn ni wedi gallu ei llogi dros gyfnod y gystadleuaeth. Mae'n glamp o ynys, fel y gwelwch chi os codith y niwl 'ma rywbryd a'r glaw yn stopio. Digon o le i ti grwydro, Dyfrig. Ond dyma ni. Mi eglura i ymhellach wedi i ni fynd i'r tŷ.'

Roedd y Land Rover wedi aros wrth giât mewn wal gerrig. Wrth ddringo'n boenus o'r cerbyd cafodd Dyfrig gipolwg ar adeilad a edrychai'n debyg iawn i gapel – adeilad uchel, sgwarog, a dwy adain is o boptu iddo. Ond roedd y glaw yn rhy drwm iddo loetran ac edrych o'i gwmpas. Roedd pawb am y cyntaf i gyrraedd cysgod y tŷ, eu pennau'n isel a'u cefnau'n crymu. Ar ôl rhedeg drwy'r drws llydan, gwelodd Dyfrig ei fod mewn cyntedd, a grisiau pren i'r dde yn arwain i'r llawr uwch. Diosgodd pawb eu cotiau a'u gosod i hongian ar y bachau i sychu. Wrth lwc, llawr carreg oedd i'r cyntedd. Yna arweiniodd Seimon hwy drwy ddrws mewnol.

Edrychodd Dyfrig o'i gwmpas a gweld ystafell eang, gynllun agored a lenwai'r llawr isaf. Roedd yn hawdd dirnad hen gynllun y capel o leoliad y ffenestri, a'r rheini wedi eu rhannu'n ddwy ran gan y llawr uwch. Doedd hwnnw ddim yn rhan o'r cynllun gwreiddiol, yn amlwg – ychwanegiad pan wnaethpwyd y capel yn dŷ, mwy na thebyg. Llosgai tanllwyth o dân mewn stof goed oedd wedi ei gosod yn erbyn y mur ar y dde, ac yn reddfol symudodd pawb tuag ati i gynhesu a sychu. Roedd pentwr o goed sych mewn basged wiail wrth ei hymyl. Sylwodd Dyfrig yr un pryd fod nifer o wresogyddion trydan yn yr ystafell hefyd. Edrychai'r ddwy soffa a'r cadeiriau oedd wedi eu gorchuddio â defnydd *chintz* o batrwm blodeuog, traddodiadol yn rhai dwfn ac esmwyth. Pren oedd y llawr, ac roedd rygiau a fu unwaith yn drwchus a moethus ond a edrychai braidd yn dreuliedig bellach, wedi eu gwasgaru yma ac acw. Rhwng pob un o'r ffenestri roedd rhesi o silffoedd llyfrau, eu hanner yn wag. Yna gwelodd Dyfrig fod bocsys cardfwrdd, tebyg iawn i'r rhai a welsai gan Dafs a Malc yn y llyfrgell y bore hwnnw, ar y llawr wrth y drws.

'Rydych chi'n aros mewn adeilad hanesyddol,' eglurodd Seimon. 'Mae hwn yn un o'r capeli y comisiynwyd Thomas Telford i'w hadeiladu ar ynysoedd gorllewinol yr Alban. Roedd o wedi cynllunio'r lle ar gyfer tua tri chant o bobol, sef poblogaeth yr ynys ar y pryd. Yn anffodus, rhyw ugain mlynedd yn ddiweddarach, daeth y Clirio mawr, a'r trigolion i gyd yn cael eu hel oddi ar yr ynys, heb unrhyw ddarpariaeth ar eu cyfer, a'u bythynnod yn cael eu llosgi fel nad oedd modd iddyn nhw ddod yn ôl.'

'Rargian fawr!' ebychodd Anna. 'Tri chant ohonyn nhw?'

'Rhywbeth felly,' cytunodd Seimon.

'Pryd oedd hyn?' gofynnodd Marian.

'O gwmpas pum degau'r bedwaredd ganrif ar bymtheg. Cafodd y capel hwn ei adeiladu yn niwedd yr ugeiniau. Ond dowch, mi ddangosa i bopeth i chi.'

Yng nghefn yr ystafell, lle bu'r pulpud unwaith, tybiai Dyfrig, roedd y gegin a pheth offer syml. Roedd Seimon yno'n disgwyl yn amyneddgar am ei sylw.

'Mae trydan ar yr ynys,' eglurodd, 'ond dydi'r cyflenwad ddim yn ddibynadwy iawn. Dyna pam mae generadur mewn cwt yn y cefn, gan fod toriadau'n digwydd yn weddol reolaidd.' Addawodd ddangos iddynt wedyn sut i'w gychwyn. Bob ochr i'r gegin roedd dwy ystafell fechan wedi eu dodrefnu â bwrdd a chadeiriau.

'Yn yr ystafelloedd hyn y byddwch chi'n gweithio fel timau,' eglurodd wrthynt, 'ac allan yn yr ystafell fawr bydd y llyfrau o'n llyfrgell ar y silffoedd. Chawson ni ddim cyfle i'w gosod allan, ond rwy'n siŵr y gallwch chi wneud hynny pan fyddwch chi wedi dadbacio. Rŵan, mi ddangosa i'r ystafelloedd gwely i chi.'

'Be, ydan ni i gyd yn aros yn yr un adeilad?' gofynnodd Anna.

'Ydych. Dyma'r unig adeilad cyfan ar yr ynys. Mi gafodd ei addasu'n dŷ haf rywdro yn y chwe degau. Rydyn ni'n aros yn adfail yr hen blasty – a choeliwch fi, dydi o fawr gwell nag adfail! Mae hwn yn balas o'i gymharu. Ond gadewch i mi egluro'r trefniadau.'

Roedd coridor cul yn rhedeg ar hyd canol y llawr cyntaf, ei nenfwd yn ddigon isel i wneud i Dyfrig deimlo fel plygu'i ben. Roedd Gwion, bachgen tal arall, yn gwneud yr un fath.

'Ar y chwith bydd y merched,' eglurodd Seimon. 'Mae dwy stafell wely yno, a stafell molchi fechan rhyngddyn nhw. Mae drws o'r ddwy stafell yn arwain iddi, felly cofiwch agor pob drws pan fyddwch chi wedi gorffen. Mae dau wely sengl ym mhob stafell, felly bydd yn rhaid i ddwy ohonoch chi rannu. Mae'r trefniant yr un fath yn union i'r dynion ar yr ochr dde.'

Yna aeth ati i ddangos y generadur mewn cwt bychan yng nghefn yr adeilad, a rhoi gwers iddyn nhw sut i'w drin a'i gychwyn. 'Mae digon o olew yn y tanc i'w redeg am y pythefnos y byddwch chi yma,' meddai wrth orffen. 'Fydd dim pryd bwyd wedi ei baratoi i chi heno, mae arna i ofn, ond mae digon o fwydydd tun yn y cypyrddau, a bwydydd ffres yn yr oergell. Rŵan, rydw i am fynd a'ch gadael chi er mwyn i chi gael cyfle i ymgartrefu.'

'Allwn ni gysylltu 'da chi os oes rhywbeth o'i le?' gofynnodd Marian.

'Ddim heno. Dydi popeth ddim mewn trefn eto. Ond fory mi fydda i yma i'ch tywys chi o amgylch rhan, beth bynnag, o'r ynys. Gobeithio bydd y glaw wedi 'rafu erbyn hynny.' Rhoddodd ei het am ei ben a chychwyn at y drws. Trodd ac edrych arnynt dros ei ysgwydd cyn mynd allan. 'Gyda llaw, mi fydd yr hogia yma ben bore i osod y camerâu a'r meicroffons yn eu lle.'

'Ydi hynny'n golygu nad oes neb yn ffilmio nac yn gwrando heno?' gofynnodd Dyfrig.

'Ydi, Dyfrig,' atebodd Seimon cyn diflannu.

Edrychodd pawb ar ei gilydd.

'Dwi am dynnu'r dillad gwlyb 'ma,' cyhoeddodd Anna. 'Gwell i ni sortio pwy sy'n mynd i rannu efo pwy. Sut wnawn ni hynny?'

'Beth am daflu ceiniog?' awgrymodd Marian. 'Oes darn o arian i'w gael gan rywun?'

Aeth Huw i'w boced a thynnu darn deg ceiniog ohoni. 'Wnaiff hwn y tro?'

Cymerodd Marian y darn a'i fflicio â'i bawd cyn ei ddal drachefn. Wyneb pen y frenhines oedd ar i fyny.

''Na chi,' meddai. 'Heledd, dos di nesaf.'

Ochr y gynffon a gafodd Heledd, a rhoddodd y darn i Anna. Cafodd hithau ochr y pen.

''Na fe, 'te,' meddai Marian wedyn. 'Anna, rwyt ti'n rhannu gyda mi, a Heledd ar ei phen ei hunan. Digon teg?'

Cytunodd Anna, er mai hawdd oedd gweld o'i hwyneb nad oedd hi'n fodlon iawn.

'Beth amdanoch chi, fechgyn? Chi'n moyn gwneud yr un fath?' cynigiodd Marian wedyn.

'Os oes ganddoch chi rywfaint o synnwyr cyffredin,' meddai Anna'n goeglyd, 'mi rowch chi Huw i gysgu ar ei ben ei hun. Mae o'n chwyrnu fel mochyn. Yn tydi, Gwion?'

Roedd golwg glwyfedig ar wyneb Huw, a dechreuodd brotestio, ond roedd Gwion yn chwerthin ac yn cytuno, a phan ategodd Heledd mai dyna ei phrofiad hithau o rannu tŷ gyda Huw, roedd y mater wedi ei benderfynu: Huw ar ei ben ei hun, Gwion a Dyfrig yn rhannu.

Dyfrig oedd y cyntaf i ddod yn ôl i lawr y grisiau, ei eiddo wedi ei ddosbarthu'n daclus. Rhoddodd fwy o goed ar y tân, a chan ei bod hi'n nosi'n gyflym oherwydd y glaw trwm, tynnodd y llenni ar draws pob ffenest. Cyn pen dim roedd Marian ac Anna wedi ymuno ag ef.

'Wel, wn i ddim amdanach chi, ond dwi bron â marw isio panad,' ebychodd Anna. 'Mi ro i'r teciall ymlaen.'

'Mi ddof inne i dy helpu,' meddai Marian.

Erbyn i'r te fod yn barod, roedd pawb yn eistedd o amgylch y tân, y lampau ar y waliau wedi eu goleuo ac yn taflu cysgodion meddal dros yr ystafell. Roedd Marian wedi darganfod pecyn o deisennau cri yn un o'r cypyrddau, ac wedi taenu menyn drostynt. Cynigiodd un i bawb gyda'r baned.

'Tydi hyn yn gyfforddus,' ochneidiodd Huw gan led-orwedd yn foethus yn ei gadair.

'Faint o'r gloch ydi hi?' holodd Anna.

Edrychodd pawb ar ei gilydd.

'Dydan ni ddim wedi cael ein watsys yn ôl.'

'Wel, mae 'mol i'n deud ei bod hi'n amser bwyd,' meddai Anna wedyn. 'Chawson ni fawr o ginio, naddo, genod? Ac os oedd hi'n chwech o'r gloch arnon ni'n gadael, mae hi'n siŵr o fod yn wyth erbyn hyn.'

'Mi weles i garton o gawl yn y cwpwrdd,' cynigiodd Marian. 'Allen ni gynhesu hwnnw a gwneud ychydig o frechdanau.'

Wedi cytuno bod hwnnw'n syniad derbyniol, rhoddodd Marian bawb ar waith: Huw i gynhesu'r cawl, Heledd i dafellu'r bara, Gwion i daenu menyn, Dyfrig i olchi letys a thorri tomatos, Anna i gratio ychydig o gaws ac estyn yr ham a hithau i baratoi wyau yn y meicrodon. Cyn pen dim, roedd pawb yn eu holau o amgylch y tân, powlenni o gawl ar eu gliniau a'r bwrdd coffi o'u blaenau'n dal plateidiau o frechdanau ham, caws, wy a salad. Roedd bwrdd bwyta mawr ar gael, ond roedd cael mwynhau'r gwres a'r fflamau yn llawer mwy apelgar. Wedi i Huw roi ei bowlen wag i lawr, cynigiodd Marian frechdan ham iddo.

'Dim diolch, Marian fach,' atebodd. 'Rydw i 'di troi'n llysieuwr.'

'Rargian fawr, ers pa bryd? Roeddat ti'n bwyta cig moch fel llew ar ei gythlwng wythnos dwytha!' ebychodd Anna.

Yn betrusgar i ddechrau, yna'n fwy hyderus, eglurodd Huw am ei brofiad fel asyn. Wnaeth yr un ohonynt chwerthin.

'Peth rhyfedd yw'r hypnoteiddio 'ma,' meddai Marian ar ôl i Huw orffen. 'Sai'n siŵr a fyddwn i'n moyn cael y profiad: Rhys yn gorfod anghofio popeth, yn awr Huw, ac am Bleddyn druan ...'

'Heledd,' meddai Dyfrig i geisio ysgafnu'r awyrgylch, 'mae gen ti brofiad mwy cadarnhaol, yn does?'

'Oes,' cytunodd hithau.

'Alli di ddweud sut brofiad oedd o?' holodd Gwion.

'Wel, ma' fe'n anodd i'w esbonio. A fi'n ffaelu cofio popeth erbyn hyn. Ma fe fel llun sy'n gwanio'n raddol. Chi'n gwbod, fi'n ffaelu cofio wynebau ac ati. Ma' fe'n teimlo fwy fel breuddwyd, bellach.'

'Ond wnaeth o ddim dy ddychryn di, ail-fyw dy farwolaeth?' gofynnodd Anna.

'Naddo, dyna beth sy'n od. Wnaeth e ddim. Os rywbeth, mae wedi rhyddhau rhyw deimlad ynddo i.'

'Mi sylwais i nad wyt ti'n gwisgo'r styds ac ati bellach,' meddai Gwion.

'Smo fi'n teimlo'r angen.' Ysgydwodd ei phen. 'Wy'n ffaelu egluro'r peth. Roedd e fel bo' fi wedi colli'r angen i wthio dur i'm cnawd. Ac rwy'n teimlo'n llawer mwy hyderus o wybod 'mod i unwaith wedi bod mor ddewr. Alla i fod yn ddewr eto, wy'n gwybod 'ny. Roedd e fel rhyw fath o gatharsis.'

Roedd pawb yn dawel wedyn, nes i Gwion fynd i wneud paned ffres. Aeth Dyfrig i nôl ei siaced. Y fo oedd yn eistedd bellaf oddi wrth y tân, a gallai deimlo gwynt oer o amgylch ei war.

'Gobeithio y bydd 'na well tywydd fory,' meddai, ar ôl dod 'nôl i lawr y grisiau. 'I ni gael gweld pa fath o ynys ydi hon.'

'Mi fyddi di wrth dy fodd yn cael crwydro lle newydd,' meddai Huw gyda gwên.

'Digon gwir,' cytunodd. 'Oes rhywun am ddod efo fi?'

'Mae gan bawb waith, Dyfrig,' atgoffodd Anna ef yn llym.

'Ia, ond dim bob awr o'r dydd, siawns.'

'Mi fydd hi'n anodd edrych ar ein gilydd fel gelynion a ninnau'n rhannu tŷ fel hyn,' meddai Huw.

'Pam fod raid i ni fod yn elynion?' anghytunodd Dyfrig. 'Allwn ni ddim cydweithio?'

'Siarada di drostat ti dy hun, 'rhen goes. Yma i ennill ydw i.' Wrth ddweud y geiriau, syllodd Anna'n herfeiddiol ar ei chyd-aelodau. Nodiodd Heledd ei phen, ond ceisiodd Marian gymodi.

'O leiaf mae stafelloedd gweithio ar wahân 'da ni,' meddai. 'Rhaid i ni gydweithio i rannu llyfrau ac ati. Ond roedd hynny'n wir cynt, hefyd.'

Ymestynnodd Dyfrig ei goesau o'i flaen a gwthio'i ddwylo'n ddwfn i'w bocedi. Cyffyrddodd bysedd ei law chwith â rhywbeth caled, a theimlodd bigiad o bin yn gwthio'i ffordd i'w fys.

'Aw!' meddai, a thynnu'r gwrthrych o'i boced. 'Roeddwn i wedi anghofio am hon,' meddai wedyn, gan ddal y froits ar ffurf y llythyren 'E' allan ar gledr ei law. 'Wn i ddim beth i'w wneud efo hi.'

'Ble gefaist ti honna?' Roedd llais Heledd yn galed.

'Cael hyd iddi hi yn y goedwig wnes i,' atebodd Dyfrig, wedi ei synnu.

'Sut allet ti? Pa bryd oedd hynny?'

'Ti'n ei nabod hi?'

'Ble cefest ti hi?' Roedd ei llais bellach yn gyhuddgar.

'Dwi'n deud wrthat ti. Yn y goedwig.'

'Dyw hynny ddim yn bosib! Doedd Llinos byth yn mynd i'r goedwig. A ph'run bynnag, roedd hi'n ei gwisgo'r diwrnod olaf hwnnw, pan gafodd hi a Rhys eu hanfon adref.'

'Llinos biau hi? Ond roeddwn i'n meddwl ... y llythyren "E" ...'

'Ei mam-gu, Elen. Mae Llinos yn meddwl y byd o'r froits yna. Fydde hi byth wedi bod mor ddiofal. Gwed y gwir wrtho i, Dyfrig. Ble cefest ti hi?'

'Wir yr, yn y goedwig,' ac aeth ymlaen i egluro fel roedd wedi clywed a gweld yr hofrennydd yn glanio yn y goedwig yn ystod oriau mân y bore, ac iddo archwilio'r llecyn y diwrnod canlynol.

'Ond sut fydde Llinos wedi ei cholli yn y fan honno?' Roedd llais Heledd wedi troi'n ddagreuol.

Teimlai Dyfrig ei fod yn dal dan amheuaeth. Dywedodd ei fod wedi holi'r merched eraill yn ei chylch, ac ategodd Marian ac Anna hynny. Cofiodd Marian nad oedd Heledd yn bresennol ar y pryd.

'Mi gawson ni adael y bythynnod mewn hofrennydd,' awgrymodd Huw wedyn. 'Falla fod pawb arall wedi mynd yr un ffordd.'

'Mewn car aeth Angharad,' cofiodd Dyfrig; yna dechreuodd amau ei hun. 'O leiaf, dyna roeddwn i'n ei gredu ar y pryd. Mi welais i gar yn mynd o'r plas.'

'Ond dy'n ni ddim wedi gweld neb arall yn gadael,' ychwanegodd Marian.

'Digon gwir,' cytunodd Huw. 'Peth rhyfadd na wnaethon nhw sbloets o hynny, hefyd.'

'Efallai'u bod nhw, ond nad oeddan ni yno i weld,' awgrymodd Dyfrig.

'Wnaethon nhw ddim ein ffilmio ni'n gadael, chwaith,' atgoffodd Gwion nhw.

'Ond ddwedest ti dy fod ti wedi gweld yr hofrennydd ynghanol y nos,' meddai Heledd wedyn wrth Dyfrig. 'Fe anfonwyd Rhys a Llinos adre ganol dydd. Os oedden nhw'n gadael mewn hofrennydd, pam disgwyl tan ganol y nos? Beth oedden nhw'n ei wneud am gymaint o amser? Smo fi'n deall.'

Doedd gan neb ateb iddi. Disgynnodd distawrwydd anesmwyth dros y cwmni. Cynigiodd Huw fynd i chwilio am botel fach o win, ond doedd neb awydd gwydraid, medden nhw, ac felly eisteddodd yn ei ôl.

'Sgwn i ydi Doctor Eurgain a N'tia wedi cyrraedd bellach,' meddai, i dorri ar y distawrwydd.

'Fydde hi ddim yn dal gyda Mair, siawns,' awgrymodd Marian.

'Efallai ei bod hi wedi mynd yn ôl at ei gwaith ymchwil,' awgrymodd Dyfrig. 'Mae hi wedi bod yn mynd o bryd i'w gilydd. Dyna sut ddois i ar draws man glanio'r hofrennydd y tro cynta. Mi aeth hi i ffwrdd am rai dyddiau.'

'Oes rhywun yn gwybod beth yw ei maes?' gofynnodd Marian.

'Cryoneg,' atebodd Dyfrig.

'Cryoneg?'

'Ia. Mi ddwedodd N'tia wrtha i. Mae hi'n adnabyddus yn fyd-eang, meddai N'tia. Yn dipyn o arloeswraig.'

'Dydw i'n gwybod dim am y pwnc,' cyffesodd Huw gan ysgwyd ei ben.

'Rhewi pobol iddyn nhw gael eu dadmer rywbryd yn y dyfodol,' meddai Anna.

'Ia, mi wn i gymaint â hynny,' atebodd Huw, 'ond dim manylion.'

'Finne chwaith,' cyfaddefodd Marian. 'Gwion, wyt ti'n gwybod mwy?'

'Wel, roedden nhw'n cyffwrdd y pwnc ar y cwrs, ond dim byd o ddifrif. Ond rydw i wedi darllen ychydig am y peth.'

'Elli di egluro?' gofynnodd Anna.

'Wel, fel dwedodd Anna, ffordd o gadw corff wedi'i rewi ar gyfer y dyfodol ydi o. Y broblem ydi nad ydyn nhw wedi darganfod ffordd lwyddiannus o ddadrewi eto. Mae'n faes lle mae llawer o fuddsoddi wedi digwydd, yn arbennig yn America.'

'Dyna lle mae gwaith Eurgain, yn ôl N'tia,' meddai Dyfrig. Nodiodd Gwion ei ben.

'Ia, maen nhw'n arwain y maes mewn nanofeddygaeth a biobeirianneg.'

'Be?' Roedd yn amlwg o wyneb Anna nad oedd yn deall dim am y pynciau.

'Mi geisia i egluro'n fras. Y syniad ydi fod pobol yn cael eu rhewi ar gyfer y dyfodol. Er enghraifft, gallai pobol sy'n dioddef o afiechyd angheuol gael eu rhewi yn y gobaith y daw amser yn y dyfodol pan fydd gwyddoniaeth wedi datblygu ffordd o iacháu'r afiechyd hwnnw. Mae rhai'n credu hefyd y dylai pobol â galluoedd arbennig gael eu rhewi.'

'Be, fel rhyw fath o ymennydd mewn jar efo tiwbiau, fel Davos yn *Doctor Who*? Efo corff mecanyddol?' gofynnodd Anna.

'Pwy fydda isio cael ei rewi?' meddai Huw. 'Nid fi, beth bynnag.'

'Mae llawer wedi'u rhewi'n barod,' meddai Gwion wrtho. 'Rhai cannoedd, medden nhw, ac anifeiliaid anwes hefyd.'

'Beth fyddai cost peth felly?' dyfalodd Marian. 'Mae'n siŵr o fod yn anhygoel.'

'Rhywbeth fel chwarter miliwn o bunnau i rewi'r corff, yna costau blynyddol yn cael eu talu gan stad y person nes y bydd wedi'i ddadmer – os mai dyna'r term cywir,' atebodd Gwion. 'Mae o'n fusnes mawr gan rai cwmnïau.'

'Ac am ba hyd maen nhw'n gallu cadw pobol?' holodd Dyfrig.

'Wel, does neb yn siŵr iawn,' meddai Gwion. 'Y broblem fawr ydi nad oes modd gwrth-droi'r broses ar hyn o bryd.'

'Be, mae pobol isio cael eu rhewi heb wybod allan nhw gael eu dadrewi?' gofynnodd Anna cyn ychwanegu, 'Blydi ffyliaid!'

'Dyma'r maes ymchwil mwyaf, wrth gwrs,' aeth Gwion ymlaen. 'Maen nhw wedi darganfod bod yr ymennydd yn gallu goroesi'r broses heb ddioddef llawer o nam wrth gael ei rewi, ond mae'r ymchwil yn dangos ...'

'Ymchwil ar bobol neu ar anifeiliaid diniwed?' holodd Huw, ei lais wedi troi'n ffyrnig.

Deallodd Gwion deimladau Huw ar unwaith, a cheisiodd osgoi'r ffrwgwd oedd yn sicr o ddilyn.

'Wel,' meddai, 'mae 'na bobol sy'n gadael eu cyrff ar gyfer ymchwil meddygol yn eu hewyllys ...'

'Mae'r peth yn warthus!' ffrwydrodd Huw. 'Sut all dyn gyfiawnhau'r holl farwolaethau, yr holl ddioddefaint sy'n cael ei achosi i anifeiliaid diniwed, dim ond er mwyn parhau eu bywydau *hollbwysig* eu hunain?' Roedd y fath chwerwder yn ei lais wrth iddo ynganu'r gair 'hollbwysig' fel na allai neb ei ateb.

'Meddyliwch am fynd at un o'r cwmnïau 'ny a gofyn am gael eich rhewi,' meddai Marian gan dorri ar y distawrwydd anghysurus. 'Pa bryd fyddech chi'n penderfynu gadael pawb? Sut allech chi gymryd y fath gam os nad ydych chi'n meddwl yn nhermau hunanladdiad?'

'Dydyn nhw ddim yn rhewi pobol fyw,' meddai Gwion wrthi. 'Rhaid i chi fod wedi marw'n gyntaf – neu o leiaf fod yn farw yn ôl diffiniadau meddygol a chyfreithiol. Ond, dach chi'n gweld, mae ymchwil wedi dangos fod rhannau o'r ymennydd yn gallu storio pethau fel gwybodaeth dymor hir, personoliaeth ac ati, yn annibynnol ar unrhyw weithgaredd ymenyddol arall. Hynny ydi, mae'r rhannau hynny'n gallu byw pan mae gweddill y corff wedi marw – beth maen nhw'n alw'n farwolaeth information-theoretic – a hynny am oriau'n ychwanegol at y pum i chwe munud sy'n cael ei dderbyn ar gyfer y diffiniad cyfreithiol o farwolaeth. Felly mae bwlch, fel petai, rhwng y ddau ddiffiniad o farwolaeth sy'n rhoi cyfle i'r corff gael ei rewi'n llwyddiannus, cyn i'r ymennydd golli ei effeithiolrwydd.'

'Felly,' dechreuodd Dyfrig yn araf, cyn i gnoc annisgwyl ar y drws allanol eu dychryn. Arhosodd pawb yn syfrdan nes clywed cnoc arall, un fwy herfeiddiol y tro hwn. Yna clywsant lais Gwydion.

'Helô, ydych chi yna?'

Cododd Dyfrig yn frysiog i agor y drws i'r cyntedd. Wrth ochr Gwydion, a golwg ddryslyd ar ei hwyneb, safai N'tia.

'Noswaith dda, bawb,' cyfarchodd Gwydion hwy gan wenu'n rhadlon. 'Rydw i wedi dod â N'tia gyda mi i ofyn cymwynas i chi. Does dim lle addas iddi yn yr hen blasty, felly gaiff hi aros yma efo chi? Mae Seimon yn dweud bod un gwely sbâr ganddoch chi, ferched.' Roedd Marian yn ceisio ateb, ond aeth Gwydion yn ei flaen. 'Ardderchog! Diolch yn fawr.' Trodd ar ei sawdl a dychwelyd i'r tywyllwch.

Pennod 24

Edrychai N'tia fel petai wedi cael sioc. Rhoddodd Marian hi i eistedd ger y tân tra aeth Dyfrig a Gwion i baratoi mwy o frechdanau a the iddi. Yn raddol, daeth ati ei hun.

'Sori,' ymddiheurodd wrthynt, 'wn i ddim beth sy'n bod arna i. Wedi blino, o bosib.'

'Newydd gyrraedd wyt ti?' gofynnodd Dyfrig.

'Ia. Mi ddois i yn yr hofrennydd efo Gwydion a Bob a'r gweddill – er bod Meira druan wedi gorfod aros i drefnu gweddill y clirio.'

'Pam, oedd 'na lot o waith clirio ar ein holau ni, felly?' holodd Anna. 'Roedd y lle'n edrych yn ddigon glân i mi.'

'Dim glanhau oeddwn i'n feddwl' atebodd N'tia, 'ond pacio pethau. Yr holl offer recordio a ffilmio ac ati. Roedd yn rhaid gwagio pobman cyn trosglwyddo'r goriadau i'r perchnogion.'

Ond roedd Dyfrig eisiau cadarnhad o'r hyn a glywsai.

'Efo Gwydion ddoist ti?'

Gwenodd N'tia arno cyn codi ei hysgwyddau. 'Ia, ac roedd o'n glên iawn hefyd.'

'Peth od.'

'Ia. Dyna roeddwn i'n ei feddwl. Efallai fod Eurgain wedi ei gamddeall wedi'r cyfan. Roedd o'n llawn hwyl wrth sgwrsio efo Bob a minnau.'

Gwyddai Dyfrig nad oedd Eurgain yn bell o'i lle, ond cadwodd yn dawel.

'Wyt ti wedi gweld Doctor Eurgain neu wedi clywed ganddi?'

gofynnodd Marian. 'Roeddwn i am gael gwybod beth oedd trefniadau angladd Bleddyn.'

Ysgydwodd N'tia ei phen. 'Naddo. Ond pan es i i'r feddygfa'r bore 'ma, roedd nodyn oddi wrthi'n disgwyl amdanaf. Mae'n rhaid ei fod wedi cyrraedd efo negesydd neu rywbeth. Mae 'na un i ti hefyd, Dyfrig.' Ymbalfalodd yn ei bag a thynnu amlen fechan allan. Rhoddodd hi i Dyfrig, a rhoddodd yntau hi yn ei boced. Roedd yn well ganddo ddarllen y llythyr yn hwyrach, ar ei ben ei hun, er yr olwg chwilfrydig ar wynebau'r lleill.

'A sôn am Doctor Eurgain,' meddai Anna, 'roeddan ni'n siarad amdani pan ddoist ti i mewn. Yn toeddan, Gwion? Wnei di gario 'mlaen i egluro am y cryoneg 'ma wrthyn ni?'

'Roeddan ni'n sôn am faes ymchwil Eurgain,' eglurodd Dyfrig yn frysiog. 'Doedd 'run ohonan ni'n gwybod fawr am y peth, heblaw am Gwion.'

'Wel, dydw inna'm yn deall rhyw lawer, chwaith,' ymddiheurodd hwnnw. 'Dim ond beth dwi 'di ei ddarllen ar y we.'

'Wel, rhanna dy wybodaeth 'ta'r crinc,' mynnodd Anna.

'Y broblem fwya, o be dwi'n ddeall,' aeth Gwion ymlaen, 'ydi'r anafiadau sy'n gallu digwydd i'r cnawd a'r celloedd o gael eu rhewi, be maen nhw'n ei alw'n *ischemia*. Rhyw fath o golli teimlad neu winthraw, os leiciwch chi. Felly maen nhw wedi datblygu rhewgelloedd arbennig sy'n defnyddio cymysgedd o gemegau yn hytrach na dim ond rhewi cyffredin. Mae hyn wedi bod yn llwyddiannus efo'r ymennydd ...'

'Sut maen nhw'n gwybod hynny?' mynnodd Huw gael gwybod.

'Wel, maen nhw wedi arbrofi ...'

'Ia, ar anifeiliaid, yntê? Lladd creaduriaid holliach, diniwed, er mwyn rhewi'u pennau nhw! Dach chi'n fy ngwneud i'n sâl!'

'Hei, aros funud, Huw! Does yr un ohonon ni'n gwneud y fath beth nac yn ...'

'Dwi'n mynd i 'ngwely!'

Diflannodd i'r cyntedd a chlywyd ei draed yn drwm ar y grisiau.

Doedd fawr o hwyl ar neb ar ôl hynny, ac aeth pawb arall i glwydo'n fuan wedyn, Heledd yn arwain N'tia i'w hystafell. Arhosodd Dyfrig i lawr y grisiau, gan symud yn agosach at y tân. Roedd wedi blino'n lân, ac eto gwyddai fod ei feddwl yn chwyrlïo'n rhy gyflym iddo allu cysgu am beth amser. Mwynhaodd y tawelwch, a thynnodd yr amlen o'i boced.

Nodyn oddi wrth Doctor Eurgain ydoedd.

Annwyl Dyfrig,

Gair brysiog i egluro na fyddaf yn fy ôl am beth amser. Mae fy ngwaith ymchwil yn galw, gwaetha'r modd, ac rydw i'n gorfod gadael N'tia gyda'r criw ffilmio. Rydw i'n bryderus yn ei chylch, fodd bynnag, ac am ofyn i ti gadw llygad arni. Mi wyddost ti pam. Deallaf ei bod wedi aros gyda'r merched heno, ac roedd gwybod hynny'n gysur i mi. A fyddai modd iddi aros gyda chi ar yr ynys? Beth bynnag, rwy'n erfyn arnat ti i edrych ar ei hôl.

Cofion, Eurgain

Syllodd Dyfrig ar y fflamau. Pa bryd roedd Eurgain wedi ysgrifennu'r nodyn? Sut oedd hi'n gwybod fod N'tia'n aros efo'r merched os oedd hi wedi anfon yr amlen gyda chludydd? Neu a oedd hi ei hun wedi bod yn y plas ym mherfedd y nos, ac wedi gadael eto cyn toriad gwawr? A sut oedd cysoni ei hofnau ynglŷn â Gwydion efo'r ffordd roedd o wedi bod mor glên efo N'tia yn yr hofrennydd?

Clywodd wich ar y grisiau, ac eiliadau wedyn daeth N'tia i'r ystafell. Croesodd yn gyflym at Dyfrig a'i gusanu ar ei foch. Cododd yntau a'i chofleidio. Ymgollodd ym mhersawr ei gwallt a'i chroen, a chynhesrwydd meddal ei chorff yn gwasgu yn ei erbyn. Sylweddolodd ei fod yn cusanu ei phen, ei chlust a'i gwddf. Llaciodd ei afael ynddi, yn anfoddog iawn, a'i gwthio'n dyner oddi wrtho.

'Methu cysgu?' holodd, ei lais fawr uwch na siffrwd y fflamau.

'Eisiau gweld sut oeddet ti – ar dy ben dy hun. Ac eisiau gwybod,' ychwanegodd gyda gwên fach ddireidus, 'beth mae Eurgain yn ei ddweud.'

Arweiniodd hi at y soffa.

'Mae'n siŵr fod gwin yma yn rhywle. Gymri di beth?'

'Pam lai? Efallai y bydd o'n helpu'r ddau ohonan ni i gysgu.'

Aeth Dyfrig i chwilota, a daeth yn ei ôl gyda photelaid o win coch â chap sgriw, a dau wydr. Llanwodd hwy ac eistedd wrth ei hochr.

'Dos di gyntaf,' meddai wrthi.

'Be?'

'Deuda di gynta beth ddwedodd Eurgain wrthat ti.'

'O. Wel, egluro'i bod hi'n gorfod mynd yn ôl at ei hymchwil ar fyr rybudd, ac na wyddai hi pryd y byddai'n ei hôl. Dweud wrtha i am fynd atat ti os oes gen i unrhyw broblem. Mae hi wedi cymryd atat ti, mae'n rhaid.'

'Deud mwy neu lai yr un peth wnaeth hi yn y nodyn ges i,' meddai Dyfrig, gan ddewis peidio â rhannu pryderon Eurgain ac yntau ynglŷn â Gwydion. Doedd dim pwrpas ei dychryn. Gadawyd y pwnc, ac aeth y ddau ati i sgwrsio a dyfalu beth oedd natur yr ynys.

'Gawn ni weld fory,' meddai Dyfrig. 'Hoffet ti ddod am dro efo fi yn y pnawn? Mi fydd yn rhaid i mi wneud ymdrech i weithio yn y bore.'

'Mi faswn i wrth fy modd,' atebodd N'tia. Cododd o'r soffa gan ddylyfu gên. 'Mae'r gwin wedi gwneud ei waith. Rydw i'n barod am fy ngwely.'

Cododd Dyfrig hefyd, ac am y tro cyntaf, cusanodd hi ar ei gwefusau. Ymatebodd hithau'n frwdfrydig, ac oni bai iddynt glywed twrw dŵr y toiled uwch eu pennau, a sŵn traed trwm, roedd Dyfrig yn sicr y byddai'r gusan wedi eu harwain ymhellach.

Gwahanodd y ddau drachefn, a chyda chwerthiniad bach euog, dymuno nos da i'w gilydd. Diflannodd N'tia am yr eilwaith i fyny'r grisiau, ond dal i eistedd wnaeth Dyfrig, a syllu i galon y tân. Bu yno'n pendroni am oriau maith.

* * *

Deffrodd yn boenau i gyd. Roedd wedi syrthio i gysgu yn ei gadair, ac yn awr roedd ei wddf a'i gefn yn glymau chwithig. Rhwbiodd ei lygaid cyn ceisio codi'n araf a phoenus a 'stwytho ychydig ar ei gefn. Gallai glywed symudiadau o'r llawr uwch ei ben, a sŵn dŵr yn rhedeg drwy bibellau. Yna clywodd leisiau. Croesodd yn araf i agor y llenni, gan ddal i fwytho'i gefn a'i wddf. Roedd hi'n olau dydd, er mai diwrnod digon mwll ydoedd. Roedd niwl tamp yn gwasgu ar y ddaear, a'r ychydig lwyni y gallai eu gweld drwy'r ffenest yn wlyb diferol. Ochneidiodd.

Deuai mwy o sŵn symud o'r llofftydd, felly penderfynodd roi'r tegell ymlaen. Aeth ati i osod y bwrdd brecwast, gwaith oedd yn rhoi cyfle iddo ymgynefino â threfn cypyrddau'r gegin. Roedd popeth yno – wyth o bob dim – a dewis rhyfeddol o dda o rawnfwydydd. Gwelodd fod paced enfawr o gig moch yn y rhewgell hefyd, ond os oedd Anna am gael brecwast wedi'i ffrio, meddyliodd, byddai'n rhaid iddi ei baratoi ei hun. Roedd y syniad o arogl saim yn ddigon i godi cyfog arno.

Erbyn i Gwion a Heledd ymddangos i lawr y grisiau, roedd gan Dyfrig debotaid o de yn eu disgwyl, llond *cafetière* o goffi a thafelli o fara'n tostio yn y peiriant. Cyrhaeddodd y pedwar arall yn fuan wedyn.

'Mae golwg y diawl arnat ti,' cyfarchodd Anna.

'Methu cysgu,' oedd ei ateb swta, ond roedd yn ddiolchgar na fynnodd hi ddechrau ffrio.

Digon tawedog oedd pob un ohonynt, a phawb yn gresynu o weld y niwl.

'Ddylen ni fwyta uwd i frecwast, os y'n ni yn yr Alban,' meddai Marian yn ysgafn, 'yn arbennig gan fod y tywydd mor wael.'

'Wy'n fodlon ar dost a marmaled,' atebodd Heledd, a chytunodd y gweddill â hi.

Wrthi'n gwneud ail debotaid o de yr oedd Gwion pan glywyd injan y Land Rover yn cyrraedd. Yna, daeth cnoc ar y drws, a cherddodd Seimon i mewn, a Dafs ac Als yn dynn ar ei sodlau. Roedd y tri mewn dillad gwrth-ddŵr, a breichiau'r ddau dechnegydd yn llawn offer.

'Bore da, bawb! Iawn i ni gario 'mlaen efo'n gwaith? Fyddwn ni ddim yn amharu ar eich ystafelloedd gwely, ond mae angen gorffen weirio'r camerâu ac ati. Peidiwch â gadael i ni amharu arnoch chi.'

Ond roedd gweld y tri yn ddigon o sbardun i yrru pawb at eu gwaith.

Wrth iddyn nhw adael y bwrdd brecwast, aeth N'tia at Seimon.

'Beth ydw i i fod i'w wneud heddiw?' gofynnodd iddo.

'Dim byd ar hyn o bryd,' atebodd. 'Gei di aros yma'n ymlacio.' Trodd ei sylw at Dafs, a rhoi cyfarwyddiadau iddo, tra oedd Als yn cwblhau'r gwaith roedd o'n amlwg wedi ei ddechrau y diwrnod cynt.

Aeth N'tia yn ôl at y bwrdd, a phan welodd fod Dyfrig a Marian wedi aros ar ôl i'w glirio, mynnodd eu bod yn gadael y cyfan iddi hi ac yn mynd at eu timau.

'Does dim arall gen i i'w wneud,' meddai wrthynt. 'O leiaf bydd yn helpu i basio'r amser.'

Ymunodd Dyfrig â Huw a Gwion, oedd eisoes â'u gliniaduron ar agor. Doedd neb wedi gorffen ei waith ymchwil, felly aeth y tri ati'n ddistaw i weithio ar eu liwt eu hunain. Daeth Als i mewn un waith, gan ymddiheuro. Gosododd gamera ar fachyn bach oedd yn crogi o'r nenfwd, a'i gysylltu i soced gymhleth yr olwg. Yna daeth Dafs i'r golwg, gliniadur ar agor yn ei freichiau. Bu'r ddau wrthi am rai munudau'n cael ongl y camera'n gywir, Als yn symud lens y camera nes roedd Dafs, oedd yn astudio sgrîn ei liniadur, yn fodlon ar y llun roedd o'n ei dderbyn. Yna aeth y ddau oddi yno.

Ychydig yn ddiweddarach, trawodd N'tia ei phen heibio'r drws.

'Coffi?'

Derbyniodd y tri ei chynnig yn ddiolchgar.

'Fan hyn?'

'Duw, na,' atebodd Huw. ''Dan ni'n haeddu brêc bach. Ddown ni drwodd.'

'Iesgob, ti 'di bod yn brysur,' meddai wedyn pan welodd y gegin yn dwt ac yn lân, y silffoedd yn llawn llyfrau, bocsys gweigion wrth y drws, a thân braf yn y stof. Roedd hyd yn oed y fasged goed wedi ei haillenwi. Safai Seimon a'r ddau arall ger y stof, mygiau coffi yn eu dwylo, eu hoffer wedi ei gadw. Roedd y merched wedi aros yn eu hystafell i weithio.

'Reit 'ta,' meddai Seimon pan welodd y dynion, 'mi gewch chi lonydd rŵan. Rydyn ni wedi gorffen.' Rhoddodd ei fŵg i lawr ar fwrdd bach. 'Ond mi fydda i'n ôl pnawn 'ma, i'ch arwain chi am dro bach rownd rhan o'r ynys.'

'Beth am y tywydd?' gofynnodd Huw.

'Maen nhw'n deud y bydd o'n gwella,' atebodd Seimon. 'Mae'r niwl i fod i godi erbyn canol dydd. Maen nhw'n addo tywydd braf wedyn. Ond mi welwch chi fod cotiau glaw da ar gyfer pawb. Maen nhw mewn bocs yn y cyntedd. Roedd Gwydion yn sylweddoli na fyddai pawb, o angenrheidrwydd, wedi dod â dillad tywydd garw efo nhw i'r gystadleuaeth.'

'Faint o'r gloch – pa bryd fyddi di'n dod yn ôl?' holodd Dyfrig. 'Chawson ni 'mo'n watsys yn ôl ddoe.'

'Paid â phoeni, maen nhw'n ddiogel gan Meira,' atebodd Seimon. 'Ond rwyt ti'n iawn, mi anghofiais i un peth.' Aeth allan i'r cyntedd a chario cloc teithio bychan yn ôl i'r stafell. 'Mi gewch chi ddefnyddio hwn. Mae o'n dangos yr amser cywir. Mi fydda i yma erbyn dau.' Rhoddodd y cloc bach ar y bwrdd ger ei fŵg gwag. 'Iawn, mi awn ni rŵan. Hwyl.'

Syllodd Dyfrig ar y cloc. Roedd yn dangos pum munud ar hugain wedi un ar ddeg. Sylweddolodd cymaint o gysur oedd cael gweld rhywbeth bach mor syml â chloc. Roedden nhw fel petaent yn cael mwy o reolaeth dros eu bywydau eu hunain.

'Rydw i'n mynd yn ôl at y gwaith,' meddai Gwion, a rhoi ei fŵg yn y sinc.

'Peidiwch â phoeni am ginio,' meddai N'tia wrthynt. 'Mi wna i ei baratoi, a'ch galw chi pan mae o'n barod. Tua un o'r gloch yn iawn?'

* * *

Cyrhaeddodd Seimon yn brydlon am ddau, a daeth â'r heulwen gydag ef. Roedd pawb yn barod amdano, pawb wedi gwisgo'u cotiau glaw, rhag ofn, gan sylweddoli fod cotiau newydd o'r maint cywir ar gyfer pob un ohonynt yn y cyntedd. Cyfaddefodd N'tia mai hi oedd yn gyfrifol am hynny. Arhosodd yn y drws yn eu gwylio'n mynd, gan fod Seimon wedi gwneud yn amlwg nad oedd o am iddi ymuno â nhw. Teimlai Dyfrig fod yn rhaid iddo ymddiheuro iddi.

'Gawn ni fynd i gerdded heno neu fory,' addawodd.

Ar ôl camu allan o'r hen gapel rhyfeddodd Dyfrig at yr olygfa o'i flaen. Safai'r adeilad ar godiad tir, y llethrau o'i amgylch yn goediog, ond yn ddigon isel o'i flaen i roi golygfa o'r môr. Gallai weld yr ehangder glas yn ymestyn yn ddi-dor i'r gorwel, a dim ond un ynys fechan, filltiroedd i ffwrdd, yn codi o'r glesni. Ond roedd Seimon eisoes wedi troi ei gefn ar y môr, ac yn arwain y ffordd i fyny'r llethr. Prysurodd Dyfrig ar ei ôl.

Roedd rhan gyntaf y daith yn dilyn llwybr drwy goed deri enfawr, ag ambell onnen a ffawydden yma a thraw. Ond gan nad oeddynt yn tyfu'n rhy agos at ei gilydd roedd carped o laswellt byr yn ymestyn i bob cyfeiriad. Roedd anifeiliaid yn pori hwnnw, meddyliodd Dyfrig, i'w gadw mor isel: defaid, neu gwningod. Defaid, penderfynodd wedyn, gan nad oedd drain yn unman. Gwyddai fod rhywbeth yng ngwlân y ddafad oedd yn gwenwyno drain.

'Rwyt ti'n gartrefol fan hyn eto,' meddai Gwion wrtho. Roedd y llanc a Heledd wedi dechrau cydgerdded ag ef.

Gwenodd Dyfrig arno, ond nid atebodd. Parhaodd y tri i gerdded mewn distawrwydd, gan edrych yn eiddgar o'u cwmpas. Ambell dro caent gip o'r môr yn y pellter. Roedd y tawelwch yn llwyr heblaw am synau byd natur, a'r heulwen yn taflu patrymau cysgodion caleidosgopig o'u cwmpas. Sylwodd ar adfeilion adeiladau cerrig mewn un llecyn. Ai'r rhain oedd cartrefi cymuned yr ynys ers talwm? Roedd y llwybr bellach yn fwy gwastad, ond roeddynt yn dal yn cerdded ar lethr, oedd yn flinedig i'w coesau. Sylwodd Dyfrig fod Anna a Huw wedi syrthio'n ôl gryn ugain llath oddi wrthynt, a Seimon a Marian ryw ddegllath ar y blaen. Yna daeth yn ymwybodol o Heledd yn plycio ar ei lawes.

'Dyfrig, nagw i'n dy gyhuddo di na dim, ond 'wy wedi bod yn becso drwy'r nos am Llinos a'i broits. Smo fi'n gallu credu iddi golli'r froits yn y goedwig. Wy'n ofan beth sy wedi digwydd iddi.'

Oedodd Dyfrig cyn ateb.

'Wir yr, mi ddwedais i'r gwir. Ei ffeindio hi ynghanol maes glanio'r hofrennydd wnes i. Wyt ti'm yn meddwl bod Huw yn iawn? Mai wedi colli'r froits wrth ddringo i'r hofrennydd roedd hi?'

'Ond hofrennydd ynghanol y nos? Pam? Smo fe'n gwneud synnwyr i mi, Dyfrig. Pam mynd i'r gost o gael hofrennydd? Pam na fydden nhw wedi llogi car? Dim ond dau ohonyn nhw oedd yn mynd, wedi'r cyfan, ac unwaith roedden nhw wedi gadael, doedd dim diben cadw'r lleoliad yn ddirgel.'

'Beth ti'n feddwl sy wedi digwydd, 'ta?' gofynnodd Gwion.

'Smo fi'n gwybod,' atebodd y ferch yn araf gan ysgwyd ei phen, 'ond rwy'n ofan.' Cerddodd y tri ymlaen, pob un wedi ymgolli yn ei feddyliau, cyn i Heledd siarad eto. 'Rwy'n becso,' meddai wedyn. ''Wy wedi dychmygu pob math o bethe.' Petrusodd eto. 'Dyfrig, wyt ti...?' Ond ni allai orffen ei brawddeg.

Peidiodd Dyfrig â cherdded, a throi ati. Arhosodd Gwion hefyd.

'Be sy, Heledd?'

'Alla i ddim pwysleisio digon wrthot ti pa mor bwysig oedd y froits 'na i Llinos. Roedd hi'n ei gwisgo rywle ar ei dillad bob dydd. Roedd hi'n ei gwisgo pan gawson nhw eu gyrru gartref. No way fydde hi wedi ei cholli, a no way fydde hi wedi mynd mas i'r goedwig ar ei phen ei hunan.'

'Ia, mi ddwedaist ti hynny neithiwr.'

'Wy'n ofan, Dyfrig!' Llowciodd Heledd ei phoer cyn mentro dweud, 'Wy'n ofan fod Rhys a Llinos – a falle Iwan – wedi cael eu cipio!'

'Be?'

'Meddwl am y peth, Dyfrig. Gwion, ddwedest ti dy hunan fod gwaith ymchwil yn cael ei wneud ar sut i ddadmer cyrff yn llwyddiannus. Beth os yw'r Eurgain 'na wedi'u cipio er mwyn arbrofi ar bobol yn lle anifeiliaid?'

Roedd y syniad mor ffantasïol fel na allai Dyfrig ei hateb. Syllodd arni'n gegrwth. Rhedai pob mathau o feddyliau drwy ei ben, ond y pennaf un oedd nad oedd wiw i N'tia glywed y fath gyhuddiad.

'Alla i ddim credu hynny, Heledd,' meddai o'r diwedd.

Trodd Heledd at Gwion, ond codi ei ysgwyddau oedd ei unig ymateb. Trodd y llanc oddi wrthi ac edrych i fyny'r llwybr.

'Hei, well i ni symud,' meddai'n frysiog. 'Mae Seimon ar ei ffordd 'nôl aton ni! Yn meddwl fod rhywbeth o'i le, mae'n siŵr.'

'Ond Dyfrig ...' meddai Heledd wedyn, â thaerineb yn ei llais.

'Yli, gawn ni drafod hyn eto,' atebodd Dyfrig yn frysiog, 'ond paid â sôn wrth neb arall am y peth nes byddwn ni wedi cael amser i feddwl.'

Treuliodd Dyfrig y deng munud nesaf yn ceisio delio â syniad gwallgof Heledd. Doedd bosib fod y peth yn wir! Roedd yn rhy anhygoel o annhebygol! Beth oedd wedi rhoi'r syniad ym mhen y ferch, tybed? Torri cyfrinach neu beidio, mi fyddai'n rhaid iddo gael gair pellach efo hi, a datgelu'r berthynas rhwng Eurgain a N'tia. Doedd wiw i Heledd ddatgan y fath gyhuddiadau o flaen y ferch. Yna gwthiwyd y cyfan i gefn ei feddwl pan ddaethant allan o'r coed a gweld caeau destlus â waliau cerrig i'w hamddiffyn rhag gwyntoedd y môr. Tyfai cnydau grawn ynddynt, gwenith neu haidd neu geirch, a chnydau gwair a llysiau hefyd. Yn y pellter, unwaith eto, roedd y môr. Safodd Seimon i gymryd seibiant a gadael i Huw ac Anna ddal i fyny â nhw.

'Rydyn ni bron â chyrraedd ochr arall yr ynys,' meddai wrthynt, 'a bron iawn ym mhen ein taith. Dim ond mynd dros hwnna,' pwyntiodd at fryncyn i'w dde, 'ac mi fyddwn ni yno.'

Cyrhaeddodd Huw ac Anna o'r diwedd, y ddau yn anadlu'n drwm. Roedd Seimon am ailgychwyn yn syth, ond erfyniodd Anna arno i aros er mwyn iddynt hwythau gael seibiant.

'Nefi bliw,' ebychodd, 'dim blydi gafr ydw i! Cym bwyll, nei di?'

Ychydig funudau'n ddiweddarach, ac Anna'n dal i rwgnach, dechreuodd y saith ymlwybro ar hyd y llethr. Rhan o fynydd uwch oedd y bryncyn, a thybiai Dyfrig fod y mynydd hwnnw'n ymestyn i wahanu gorllewin yr ynys oddi wrth y dwyrain. Tybiai eu bod wedi dilyn llethr oedd yn croesi arfordir deheuol yr ynys, a barnu oddi wrth leoliad yr haul. Erbyn hyn roedd y llwybr yn un hawdd, er bod Anna'n cwyno gyda phob cam. Ond tawodd yn ddigon sydyn pan gyrhaeddodd y brig a syllu i lawr yr ochr draw. Roedd yn olygfa anhygoel.

Oddi tanynt i'r gogledd-ddwyrain ymestynnai dyffryn oedd wedi ei amgylchynu â mynyddoedd. Roedd arno dyfiant o rug, eithin mân a rhedyn oedd eisoes yn dechrau melynu, a defaid fel smotiau gwynion yn ei fritho. Ar y llethrau pellaf roedd rhagor o goedwigoedd. Ond yr hyn a ddaliai sylw pawb oedd y pentref o dai to gwellt crwn oedd yn llochesu mewn pant ryw ganllath oddi tanynt. Roedd mur pren yn ei amgylchynu, a gellid gweld pobol wrth eu gwaith oddi mewn i'r mur a'r tu allan iddo. Roedd moch, geifr, ieir a chŵn yn crwydro'n rhydd rhwng yr adeiladau. Yn agos at y muriau roedd stribedi o dir yn llawn llysiau a llwyni ffrwythau.

'Ai amgueddfa fyw yw hi?' gofynnodd Marian yn syn.

'Nage,' atebodd Seimon. 'Mae'r trigolion wedi dewis y ffordd yma o fyw yn hytrach na'r byd modern. Yma o'u gwirfodd maen nhw.'

'Be?' meddai Anna. 'Maen nhw wedi dewis gwisgo fel'na?'

'Dros yr haf yn unig, debyg,' ychwanegodd Huw.

'Na,' meddai Seimon eto. 'Maen nhw'n byw yma drwy gydol y flwyddyn.'

'Nefi bliw!' ebychodd Anna.

Syllodd Dyfrig â diddordeb ar y pentref islaw. Gallai weld saith adeilad crwn, gweddol fawr, ac un llawer mwy. Roedd nifer o adeiladau bychain yma ac acw rhyngddynt, ond ni allai Dyfrig weld beth oedd pwrpas yr adeiladau o'r pellter hwn. Dim ond un adeilad hirsgwar oedd yno, a hwnnw wedi ei adeiladu yn erbyn y mur yng nghongl bella'r pentref. Roedd criw o ddynion wrthi'n gosod hesg neu frwyn ar do adeilad crwn arall, heb fod ymhell o'r adeilad hirsgwar, gan orchuddio'r fframwaith o goed oedd fel esgyll ambarél. Roedd bonion y coed wedi eu gosod mewn wal gerrig isel oedd yn creu sylfaen i'r cwt; uwchben honno roedd haen o fwd neu glai dros y cerrig. Mewn un man roedd y wal yn amlwg wedi cael difrod, a gallai Dyfrig weld merched wrthi'n ei hatgyweirio. Syllodd â diddordeb. Roedd fframwaith o wiail wedi ei osod rhwng y cerrig, fel angor i'r mwd. Taflai'r merched lond dyrnau o'r mwd yn erbyn y gwiail, ac yna'i lyfnhau a'i wthio i mewn rhwng y gwiail. Tybiai fod merched eraill oddi mewn, yn gwneud yr un modd. Roedd ganddynt gryn dipyn o waith i'w wneud i gau'r twll, meddyliodd, gan fod trwch eithriadol i'r waliau gorffenedig. Edrychodd y tu draw i ffiniau'r pentref, yn chwilio am bolion a gwifrau trydan, ond doedd dim i'w weld. Felly, oedd y bobol hyn o ddifri'n ceisio byw bywyd cyntefig?

'Dewch yn eich blaenau,' hysiodd Seimon hwy ymlaen. 'Mi gewch chi weld pob dim yn agosach, a chael cyfle i holi wedyn.'

Wrth iddynt agosáu at y pentref, gwelsant griw o ddynion yn eu gwylio o ddorau dwbwl yn y mur. Daeth un ohonynt i'w cyfarfod. Roedd ei wallt cringoch yn hir, yn disgyn dros ei war ac i lawr ei gefn. Roedd ganddo farf yr un mor hir, ond bod honno wedi ei rhannu yn ei hanner ac yn ffurfio dwy bleth. Gwisgai diwnig o frethyn melyn a gwyrdd oedd yn cyrraedd bron at ei ben-gliniau, ac am ei goesau roedd cadachau wedi eu rhwymo yn eu lle gan stribedi o ledr. Roedd gwregys o ledr am ei ganol, a chyllell beryglus yr olwg yn crogi ohono. Roedd ganddo hefyd dorch aur am ei wddf, arwydd o'i bwysigrwydd. Tybiai

Dyfrig ei fod yn ei ddeugeiniau.

'Croeso i Gaer Nudd,' cyfarchodd hwy, er nad oedd ei eiriau'n ategu'r olwg yn ei lygaid. Edrychai'n ffyrnig a drwgdybus.

'Sut ma'i, Cadell,' atebodd Seimon. 'Ydi Gwydion wedi cyrraedd?'

Nodiodd Cadell ei ben. Taflodd un edrychiad drwgdybus arall ar ei ymwelwyr cyn arwain y ffordd yn ôl i'r pentref. Symudodd y dynion oedd wrth y porth a chreu llwybr iddynt.

Cerddasant mewn distawrwydd drwy'r pentref. Roedd rhai o'r trigolion yn sefyll yn syllu arnyn nhw, heb wên nac unrhyw gyfarchiad. Syllodd Dyfrig yn ôl a gweld dynion wedi eu gwisgo yn debyg i Cadell, rhai a'u gwalltiau wedi eu plethu, eraill eu barfau. Roedd gan y merched sgertiau llaes at eu fferau a siolau o frethyn lliwgar, ac isbeisiau o ddefnydd meddalach. Roedd rhai â'u gwalltiau'n rhydd, eraill â dwy blethen drwchus i lawr eu cefnau. Cyfarthodd ambell gi, a daeth un neu ddau ohonynt at y dieithriaid a'u hogleuo.

Wrth iddynt gyrraedd canol y pentref daeth Bob ac Als allan o gefn un o'r tai crwn a dechrau ffilmio'r cyfan. Roedd cerdded heibio'r pentrefwyr anghroesawgar yn brofiad digon annymunol, meddyliodd Dyfrig, heb orfod cael eu ffilmio'n gwneud hynny hefyd. Ond roedd Cadell a Seimon wedi aros y tu allan i'r tŷ crwn mwyaf. Daeth Gwydion allan i'w cyfarch. Roedd torch drwchus o aur am ei wddf, ac arni addurniadau ar ffurf pennau cŵn. Gwisgai ŵn laes, wen oedd yn cyrraedd at ei sodlau, a throsti swrcot o ddarnau ffelt ar ffurf dail y dderwen ac yn lliwiau'r hydref. Roedd llewys hir, llydan y swrcot hefyd wedi eu haddurno â phatrwm dail y dderwen, a'r effaith yn gwneud i Gwydion edrych fel pe bai'n llwyn symudol.

'Croeso, ffrindiau,' gwenodd arnynt. 'Beth feddyliwch chi o hyn, felly?'

Ni wyddai Dyfrig ai cyfeirio at ei wisg neu at y pentref yr oedd o, ond cyn i'r un ohonynt allu ateb, trodd wysg ei ochr ac amneidio arnynt i gerdded heibio iddo ac i mewn i'r adeilad.

Roedd y tu mewn i'r adeilad mor hynod â'r tu allan, er iddi gymryd rhai munudau i'w llygaid gynefino â'r gwyll. Dim ond dau agoriad bychan, crwn oedd yn y waliau trwchus, heblaw am agoriad y drws, ac roedd y golau'n rhy egwan i dreiddio i bob cwr. Roedd llen o groen wedi ei fachu'n ôl o'r agoriad, a drws pren yn agor tuag allan. Crwydrodd y chwech i ganol y llawr, pob un ohonynt yn edrych o'i gwmpas mewn syndod ac yn llawn chwilfrydedd.

'Steddwch,' meddai Gwydion, 'gwnewch eich hunain yn

gyfforddus.' Gwelodd Dyfrig fod i'r wal gron, ar ei hochr fewnol, dri gris, fel petai. Roedd y gris isaf yn amlwg ar gyfer eistedd, a chysgu hefyd efallai, gyda chlustogau lliwgar yma a thraw. Y tu ôl i'r cyntaf yr oedd yr ail ris, ac ar y gris hwnnw a'r trydydd roedd y storfeydd. Eisteddodd Dyfrig yn wynebu'r drws, a daeth Gwion a Heledd i eistedd gydag ef. Dewisodd Anna, Huw a Marian eistedd ychydig i'r dde ohonynt, yn agosach at Gwydion. Ynghanol y llawr roedd y twll tân, ac ynddo roedd coed wedi eu gosod yn barod i'w cynnau.

'Y tŷ cyfarfod ydi hwn,' eglurodd Gwydion, 'yn hytrach na thŷ byw. Mae'r pentrefwyr yn rhannu'r tai eraill, pedwar cwpwl i bob tŷ. Dyna pam nad ydyn nhw'n coginio yma.'

Wrth iddo siarad, daeth Seimon a Cadell i'r adeilad ac eistedd ger y drws. Daliai Dyfrig i astudio gwneuthuriad y to. Roedd y cyfan mor gywrain. Rhwng pob polyn mawr oedd yn ymestyn o'r waliau i'r brig ynghanol y to roedd plethwaith o ganghennau llai, fel basged wiail henffasiwn. Helyg neu wiail, tybiodd, coed oedd yn taflu ohonynt ffyn unionsyth, hawdd eu trin. Ar y rhain roedd y gorchudd allanol o wellt wedi ei osod.

'Wel, dyma ni, yng Nghaer Nudd!' meddai Gwydion. 'On'd ydi o'n lle anhygoel? Mae Cadell a'i ffrindiau wedi bod yn byw yma ers yn agos i flwyddyn, bellach, ac wedi cael trefn arbennig ar bethau mewn amser mor fyr. Maen nhw wedi cyflawni gwyrthiau!' Trodd i gydnabod campwaith Cadell, a phlygodd hwnnw ei ben a syllu ar y llawr. Aeth Gwydion ymlaen. 'Rydych chi'n deall pwysigrwydd y lle hwn, on'd ydych chi? Dyma'ch cyfle i weld â'ch llygaid eich hunain sut fywyd oedd gan ein cyndeidiau. Ydw, rydw i'n gwybod bod pentrefi cyffelyb yng Nghymru, mannau i ymwelwyr gael diwrnod diddorol, ond pobl sy'n mynd adref i'w cartrefi modern, clyd yw'r gwarchodwyr yno. Sioe yw'r cyfan. Yma, mae'r bobol wedi troi eu cefnau ar y byd modern, ac yn byw'r freuddwyd, fel petai.'

Cododd Marian ei braich.

'Ga' i ofyn cwestiwn?'

'Cewch, siŵr.'

'O ble maen nhw wedi dod? Y pentrefwyr, wy'n feddwl. Sut maen nhw wedi dod at ei gilydd?'

'Cadell, hoffet ti egluro?'

Cododd Cadell yn anfoddog.

'Rydych chi wedi clywed am gymdeithasau sy'n cyfarfod i ail-fyw cyfnodau arbennig mewn hanes?' Nodiodd pawb eu pennau. 'Felly y dechreuodd pethau. Mae safleoedd ar y we sy'n ymwneud â'r Celtiaid, ac Oes yr Haearn. Daeth nifer ohonon ni i adnabod ein gilydd drwy'r gwefannau, a gweld ein bod o'r un anian. Roedd pob un ohonon ni eisiau "byw'r freuddwyd" fel dwedodd Gwydion. Pan gawson ni gynnig yr ynys hon, roedd yn gyfle na ellid ei wrthod.'

'Faint ohonoch chi sy 'ma, felly?' gofynnodd Huw.

'Rhyw ychydig dros ddeugain,' atebodd Cadell. 'Mae rhagor eisiau dod, wrth gwrs, ond mae'n rhaid i ni ddewis yn ofalus. Nid pawb sy'n gallu dod i delerau â'r gwahaniaethau rhwng eu hen fywydau a'r bywyd newydd hwn.'

'Sut ydych chi'n dewis?' gofynnodd Dyfrig.

'Mae gennym ni brofion seicolegol, yn un peth, yn ogystal â'r ideoleg, wrth gwrs.'

'Ac mae un amod arall, yn toes, Cadell?' ychwanegodd Gwydion.

'Oes. Rhaid i bawb sy'n dod i fyw yma un ai allu siarad Cymraeg, neu fod yn fodlon mynd ar gwrs dwys i'w ddysgu. Does dim iaith arall yn cael ei siarad ar yr ynys.'

'Y Gymraeg yw'r agosaf y gallwn ei chael i'r hen Frythoneg,' eglurodd Gwydion.

'Oes llawer o ddysgwyr yma, felly?' gofynnodd Marian.

'Y rhan fwyaf,' cyfaddefodd Cadell. 'Rhaid i chi gofio bod y we yn fyd-eang. Mae pobol yma o bedwar ban byd.'

'Ac i gyd yn siarad Cymraeg yn rhugl,' ymfalchïodd Gwydion. 'Arhoswch i mi gael dangos rhywbeth i chi.' Aeth at storfa'r gris uchaf a thynnu allan, gyda help Seimon, becyn gweddol fawr oedd dan orchudd trwm, du. Cariodd y ddau ef i ganol y llawr a'i roi ar stôl. Dychwelodd Seimon i'w sedd.

'Gwaith arian sydd fan hyn,' eglurodd Gwydion, gan bwyntio at y pecyn, 'wedi ei lunio gan ein gof, Dunwallt. Un o Ddenmarc ydi Dunwallt, er y bydd yn anodd i chi gredu hynny pan wnewch chi ei gyfarfod – mae ei Gymraeg mor dda. Pan oedd Dunwallt yn fachgen, aeth ei dad ag ef i amgueddfa i weld creiriau o oes y Celtiaid, a Phair Gundestrup yn arbennig. Cyfareddwyd Dunwallt gan y pair, a phenderfynodd yn y fan a'r lle mai gweithiwr metel oedd yntau am fod. A'i fwriad, ar ôl meistroli ei grefft, oedd creu model arall o'r pair, gan ddefnyddio'r un metelau: arian, edafedd aur, a thun i asio popeth at ei gilydd. A dyma'i waith.' Tynnodd Gwydion y gorchudd, a rhyfeddodd pawb. 'Dewch ymlaen i chi ei weld yn well.'

Cerddodd pawb yn araf o amgylch y pair, ac roedd Dyfrig wedi ei gyfareddu ganddo.

'Mae wedi ei lunio fel copi perffaith o'r gwreiddiol,' eglurodd Gwydion ymhellach. 'Yr un maint, a phopeth. Fel y gwelwch, mae'n ychydig dros ddwy droedfedd ar draws, a thros droedfedd o uchder. Mae Dunwallt hyd yn oed wedi copïo'r marciau lle cafodd ei drwsio dros y canrifoedd!'

Sylweddolodd Dyfrig mai nifer o ddarnau, neu blatiau, wedi eu hasio at ei gilydd oedd y pair, ond, yn fwy rhyfeddol fyth, roedd ochr fewnol yn ogystal ag ochr allanol iddo, a gwahanol addurniadau ar bob plat. Cyfrodd y platiau: saith ar yr ochr allanol, a phump y tu mewn. Tybed oedd rhai ar goll? Gallai weld lle roedd llinyn arian ac aur wedi ei weithio i glymu'r cyfan at ei gilydd. Ond yr addurniadau oedd yn rhyfeddod i bawb. Roedd y ffigurau o anifeiliaid a phobol mor eglur, hyd yn oed gwalltiau'r bobol a chylchoedd ar gyrn y ceirw. Roedd hyd yn oed un wraig fach yn cribo gwallt gwraig lawer mwy, sylwodd Dyfrig.

'Beth yw pwrpas peth fel hyn?' holodd Heledd. 'Smo fi'n gallu gweld gwraig yn berwi cawl ynddo fe! Ac ma' fe'n rhy fawr i yfed ohono.'

'Ry'ch chi'n iawn, Heledd,' atebodd Gwydion. 'Cael ei ddefnyddio ar gyfer defodau crefyddol fyddai o, mwy na thebyg. Mae'r arbenigwyr heddiw yn tybio mai portreadu'r pantheon Celtaidd mae o. Welwch chi'r pen fan hyn?' Pwyntiodd at un o'r paneli allanol, yr un lle roedd y wraig yn cribo gwallt. 'Y gred yw mai Rhiannon yw hon, gyda'i hadar, oedd yn gallu hudo'r byw i gysgu, a deffro'r meirw. Wrth gwrs, mae ganddi sawl enw mewn ieithoedd Celtaidd eraill. Ac yma,' pwyntiodd at banel arall, oedd yn dangos dyn yn gafael mewn creadur tebyg i ddraig, neu fôr-ddraig, ym mhob llaw. 'Y gred yw mai Manawydan fab Llŷr ydi hwn, duw'r moroedd.

'Ond roeddwn i'n meddwl mai brawd Branwen a Brân oedd Manawydan,' torrodd Marian ar ei draws.

'Chi'n iawn,' cytunodd Gwydion, 'yn y Mabinogi. Ond cofiwch na chafodd y storïau hynny eu hysgrifennu tan yn gymharol ddiweddar – mae'r gwybodusion yn dadlau ynghylch dyddiadau rhwng yr unfed ganrif ar ddeg a'r drydedd ganrif ar ddeg, er nad ysgrifennwyd Llyfr Gwyn Rhydderch na Llyfr Coch Hergest tan tua canol y bedwaredd ganrif ar ddeg.' Gwenodd arnynt. 'Maddeuwch i mi am fod mor hirwyntog, ond y pwynt rydw i'n ceisio'i wneud yw hyn: cawsant eu rhoi ar bapur ar adeg pan oedd Cristnogaeth yn gryf, a hynny, mae'n debyg, gan glerigwyr y mynachdai. Felly, doedd hi ddim yn dderbyniol i'r dynion hynny gydnabod cymeriadau'r storïau fel duwiau, a throwyd Rhiannon, Manawydan, Pwyll, Gwydion, Lleu ac yn y blaen o fod yn dduwiau i fod yn fodau dynol, er eu bod yn ymwneud â hud a lledrith.'

'Beth ydi hwnna?' gofynnodd Dyfrig, gan bwyntio at un o'r paneli mewnol. Ar waelod un plat roedd rhes o filwyr troed, gyda thri gŵr yn chwythu cyrn rhyfel yn eu dilyn, ac uwch eu pennau, yn teithio i'r cyfeiriad arall, roedd marchogion. Yn wynebu'r milwyr troed roedd ffigwr anferth yn gafael mewn crochan neu bair ag un llaw, ac yn y llall yn dal dyn gerfydd un goes, fel petai un ai'n mynd i roi'r dyn yn y pair, neu newydd ei dynnu allan.

'Diddorol, yn tydi?' cytunodd Gwydion. 'Ŵyr neb yn iawn. Dywed rhai mai'r pair dadeni ydi o, fel hwnnw yn stori Branwen, ond ar y cyfan mae'n debycach mai dangos aberth i'r duwiau y mae'r panel hwn.'

'Aberthu dynion? Ych a fi!' ebychodd Anna.

'Roedd yn beth digon cyffredin yn oes y Celtiaid, Anna. Roedd yn cyd-fynd â'u syniadaeth. Ac nid y Celtiaid oedd yr unig rai. Onid oedd Abraham yn fodlon aberthu Isaac, ei fab?'

'Ie, ond rhwystrodd Duw ef,' meddai Marian.

'Yn ôl y Beibl, yntê? Ond fy mhwynt i yw hyn: doedd y syniad ddim yn hollol ddieithr i Abraham, nag oedd? Nac i'r rhai a ysgrifennodd y Beibl.'

'Rydw i'n cofio gweld hen ffilm ddu a gwyn, *The Wicker Man*, lle mae Edward Woodward yn actio plismon ac yn cael ei losgi'n fyw mewn dyn gwiail,' meddai Gwion. 'Oedd honno i fod yn ddefod Geltaidd?'

'O bosib,' atebodd Gwydion, heb dalu fawr o sylw i'r cwestiwn. 'Ond, a mynd yn ôl at gwestiwn gwreiddiol Heledd, ac ateb un Dyfrig hefyd, mae'n bosib mai pair crefyddol ydoedd, yn cael ei ddefnyddio mewn seremonïau tebyg i'r un ar banel y milwyr.'

Aeth pawb yn ôl i eistedd, eu wynebau'n ddifrifol. Wrth edrych unwaith eto ar y pair bendigedig, meddyliodd Dyfrig pa mor anodd oedd cysylltu'r fath brydferthwch â gweithredoedd mor ffiaidd. Oedd y gof – beth oedd ei enw, Dunwallt? – yn ymwybodol o hynny pan luniodd ei bair? Ond roedd Gwydion yn dal i siarad.

'Rydych chi'n ffodus dros ben,' meddai, 'y byddwch chi yma i ddathlu gŵyl un o dduwiau eraill y Celtiaid: Lleu, duw'r goleuni a duw'r crefftwyr. Bydd dathlu mawr yn y pentref, ac mi fyddaf yn cynnal seremoni arbennig y noson honno.'

'Chi?' holodd Anna.

'Ie, fi. Chi'n gweld, Anna, fi yw derwydd y pentref.'

'Ydi'r bobol fan hyn wedi derbyn crefydd y Celtiaid hefyd?' holodd Huw yn anghrediniol.

'Wrth gwrs. Pam lai? Neu o leiaf, maen nhw'n addoli natur, pethau sy'n effeithio ar eu bywydau beunyddiol, megis yr haul a'r lloer a'r tywydd. Does ryfedd mai dyma dduwiau pobloedd cyntefig, nag oes?' Doedd gan neb ateb i hynny, felly aeth Gwydion ymlaen. 'Unrhyw gwestiwn arall? Wrth gwrs, nid dyma'ch unig gyfle i weld y lle. Ar ôl i ni orffen ein sgwrs, cewch gyfle i grwydro o amgylch y pentref. Ydi hynny'n iawn, Cadell?'

Nodiodd hwnnw ei ben. 'Ond i chi beidio mynd mewn i'r tai heb wahoddiad,' ychwanegodd. 'Cartrefi preifat ydyn nhw, nid amgueddfa.'

'Wrth gwrs,' meddai Gwydion. 'Ac wedyn, mae gwahoddiad i chi i gyd ddod yn ôl am wledd a noson o adloniant nos Fercher. Mi ddaw Seimon i'ch hebrwng unwaith eto. A dyna'r cyfan, am wn i. Rydych chi'n rhydd i ... o ie, un peth bach arall. Rydyn ni am i chithau gyfrannu at ein hadloniant. Rydyn ni am gael rhyw gystadleuaeth fach. Rydych chi'n ymchwilio i oes y seintiau, yn ogystal â phethau eraill, felly rwy'n gofyn i chi ddewis sant, a chwilio am y gwyrthiau a briodolir iddo. Roedd cryn gystadleuaeth rhwng y seintiau hyn, neu o leiaf rhwng eu cefnogwyr −a'r rheini am i'w sant hwy gyflawni gwyrth oedd yn fwy trawiadol nag unrhyw sant arall. Os byddai rhywun yn sinig, gellid dweud mai cystadleuaeth rhwng dewiniaid ydoedd: pwy allai gyflawni'r hud gorau. Ond dyna fo. Pwrpas hyn fydd creu diddanwch, dim byd o ddifrif. Os ydych chi'n gallu gwneud i bobol chwerthin, gorau oll.'

'Reit,' meddai Seimon gan godi. 'Mi awn ni gyda'n gilydd i weld y pentref, yna mi gychwynnwn ni'n ôl am yr hen gapel. Barod?'

Pennod 25

Aeth pawb i grwydro wedi iddynt ddod allan o'r tŷ cyfarfod. Diflannodd Huw ac Anna yn ddiymdroi heb ddisgwyl am y lleill, ac roedd Marian wedi mynd i sgwrsio gyda Gwydion. Doedd Seimon a Cadell ddim am gael cwmni 'run ohonynt chwaith, ac fe anelon nhw'n syth am safle'r gwaith adeiladu. Gadawyd Dyfrig, Gwion a Heledd i bendroni pa ffordd i'w dewis.

'Beth am ddilyn Seimon a Cadell?' awgrymodd Dyfrig. 'Mi faswn i'n hoffi cael golwg manylach ar y gwaith.'

Cytunodd y ddau arall, a chychwyn ar eu holau. O'u gweld yn agosach, sylweddolodd Dyfrig mai stordai oedd llawer o'r adeiladau llai – cytiau anifeiliaid, ac un cwt ar bolion uchel oedd yn noddfa i ieir rhag ymosodiadau llwynogod. Roedd gofyn bod yn ofalus rhag camu yn eu baw, a baw pob anifail arall oedd yn crwydro'n rhydd. Ychydig cyn cyrraedd y tŷ newydd, gwelodd yr adeilad coginio, a phedair o'r merched wrthi'n paratoi bwyd. Cegin gymunedol ydoedd, tybiodd, yn paratoi bwydydd ar gyfer y pentref i gyd.

Gofynnodd Dyfrig am ganiatâd gan un o'r merched i fynd mewn i'r adeilad anorffenedig, a nodiodd ei phen. Roedd nenfwd yr adeilad hwn ychydig yn wahanol i'r tŷ cyfarfod, gan fod blodau'r grug i'w gweld yn tyfu o'r tu mewn i'r adeilad. Arbrofi gyda dulliau gwahanol o insiwleiddio oedden nhw, eglurodd y ferch, gan ychwanegu bod y dull hwn yn un a ddefnyddid yn yr hen amser. Onid oedd o'n creu effaith hyfryd? Wrth gwrs, byddai'r blodau'n marw maes o law, ond byddai'r tywyrch o amgylch eu gwreiddiau yn asio'r to cyfan fel nad oedd gwynt

299

a glaw yn treiddio drwyddo, na gwres yn dianc yn ystod misoedd y gaeaf.

Pan alwyd y ferch yn ôl at ei gwaith, gadawodd y tri yr adeilad a chrwydro ymhellach. Gwelsant Huw ac Anna yn dod tuag atynt, Huw yn arwain haid o gŵn. Ceisiai fwytho pen pob un ohonyn nhw yn ei dro.

'Mae'r crinc wedi bod yn rhoi bara iddyn nhw,' eglurodd Anna wrth y tri arall. 'Does 'na'm llonydd i'w gael rŵan. Blydi ffŵl.'

'Ty'd laen, Anna,' cwynodd Huw gan sythu ei gefn yn araf a phoenus o'i gwman, 'titha wedi bod yn rhoi mwytha iddyn nhw hefyd.'

'Do, ond ddim fel chdi, naddo? Ddim fel taswn i'n addoli'r blydi petha!'

'Da iawn ti, Huw,' cymeradwyodd llais Gwydion y tu ôl iddynt, gan roi sioc fach i bawb. Doedd neb wedi sylwi arno ef a Marian yn agosáu atynt. 'Mae gan y Celtiaid barch mawr at gŵn,' eglurodd. 'Sylwoch chi faint o gŵn oedd ar baneli'r pair? Y duw Nudd sydd yn eu gwarchod, felly gellid dweud mai Caer y Cŵn yw enw'r pentref. Ond, wrth gwrs, mae Nudd yn dduw ar lawer mwy na hynny. Meddygaeth, er enghraifft. A dyna gysylltiad arall efo cŵn. Maen nhw'n cael eu cysylltu â meddygaeth a gwellhad gan eu bod yn gallu gwella'u briwiau eu hunain drwy eu llyfu. Maen nhw'n dweud y dyddiau hyn fod elfen antiseptig mewn poer ci a dyna sy'n gyfrifol am hynny. Yn tydyn, Gwion?'

Nodiodd y llanc ei ben.

'Ydi pawb wedi gweld digon?' gofynnodd Gwydion wedyn. 'Mae Seimon yn barod i'ch arwain yn ôl bellach. Awn ni at y fynedfa gyda'n gilydd.'

Wrth i'r criw gychwyn, sylwodd Dyfrig fod Anna'n fwriadol yn cadw'i phellter. Arhosodd Huw ac yntau amdani.

'Be sy, Anna?' gofynnodd Dyfrig iddi.

'Mae'r ddau yna'n codi pwys arna i,' cyfaddefodd. 'Sbia arnyn nhw!' Roedd yn cyfeirio at Gwydion a Marian, pennau'r ddau wedi eu plygu at ei gilydd a Marian yn chwerthin am rywbeth roedd Gwydion wedi'i ddweud. 'Mae honna'n rêl llyfwr tin.'

'Pam wyt ti'n poeni?' holodd Huw. 'Dach chi yn yr un tîm, tydach? Felly, mae hi'n dy helpu di hefyd.'

'Ia, ond isio ennill am ein bod ni wedi creu'r gwaith gora ydw i, nid drwy gael ffafriaeth.'

Sylwodd Dyfrig fod y cŵn yn dal i ddilyn Huw, ac yntau'n dal i dynnu briwsion o'i boced.

'Sut oeddat ti'n gwybod lle roeddan ni'n mynd, Huw? Mi fetia i nad oes gan neb arall fara yn ei boced.'

'Mae cerdded efo hwn fel cerdded efo blydi Ffransis o Assisi,' cwynodd Anna. 'Dyna pam roeddan ni gymaint ar ei hôl hi wrth ddod yma. Roedd o'n dotio at bob blydi aderyn roedd o'n ei weld, ac yn taflu briwsion i bob cwr.'

Chwarddodd Dyfrig.

'Ia, iawn i ti chwerthin, Dyfrig. Cerdda di'n ôl efo fo! Gei di weld sut brofiad ydi o: "Gwylia'r falwan 'na!" neu "Paid sathru ar y pry genwair!" neu "*Oooo*, tydi o'n dlws!" yr holl blydi ffordd!'

Roedd golwg glwyfedig ar wyneb Huw drwy gydol y perfformiad.

'Chwara teg, rŵan, doeddwn i ddim cyn waethed â ...'

'Oeddat, wir Dduw!'

'Beth ydi'r hwyl?' holodd Gwydion gan wenu. Roeddynt wedi cyrraedd muriau'r pentref, a gweld bod Seimon yn disgwyl amdanynt.

'O, dim byd,' atebodd Anna'n frysiog. 'Hwyl bach diniwad rhyngddon ni'n tri.'

Roedd hi'n amlwg nad oedd Anna am ddweud rhagor, felly ffarweliodd Gwydion â nhw.

Arhosodd Dyfrig gyda'r ddau arall wrth adael y pentref. Yn raddol a fesul un, peidiodd y cŵn â dilyn Huw, fel petai tenynnau anweledig yn eu clymu wrth y pentref. Sylweddolodd yn fuan iawn fod Anna'n dweud y gwir am y profiad o gerdded gyda Huw. Ceisiodd arafu er mwyn aros efo nhw, ond erbyn iddo gyrraedd ffin y goedwig, roedd wedi blino ar hynny. Dechreuodd gerdded ar ei gyflymdra arferol, ac yn raddol enillodd y blaen arnyn nhw. Roedd ei deimladau'n gymysg, fodd bynnag, pan sylwodd fod Heledd yn disgwyl amdano.

'Wel, gefaist ti amser i feddwl?' oedd ei chyfarchiad.

'Do, ac mae'n ddrwg gen i, Heledd, ond alla i ddim derbyn be ti'n ddeud. Mae'r peth yn rhy ffantasïol.'

Daeth Gwion i ymuno â nhw. Trodd Heledd ato.

'Smo Dyfrig yn fy nghredu fi. Ma' fe'n meddwl 'mod i'n siarad dwli.'

Cododd Gwion ei aeliau, a thybiodd Dyfrig fod y llanc yn cytuno ag ef.

'Rwyt ti'n anghofio un peth, Heledd,' eglurodd Gwion. 'Dydyn nhw ddim yn rhewi pobol fyw.'

Ffrwydrodd Heledd.

'Wy'n anghofio dim! Dyna'r union bwynt sydd gen i! Maen nhw'n llofruddio pawb cyn eu rhewi!'

'Uffarn dân, Heledd,' ebychodd Dyfrig mewn braw. 'Cadw dy lais i lawr, nei di? Fiw i ti wneud cyhuddiadau fel'na! Sgen ti'm sail iddyn nhw, na thystiolaeth.'

'Na, rwyt ti'n mynd rhy bell rŵan, Heledd,' cytunodd Gwion. 'Fyddai rhywun sydd mor amlwg yn ei maes â Doctor Eurgain yn meiddio gwneud y fath beth. Mae gormod o reolaeth ar y math yna o arbrofion, a gorfodaeth i gyfiawnhau pob gwariant, pob techneg sy'n cael ei defnyddio. Mae hi'n rhy enwog i fentro colli ei henw da efo stynt fel'na.'

'Enwog?' heriodd Heledd ef. 'Wyt ti wedi clywed amdani? Wyt ti, Dyfrig? Dim ond gair N'tia sydd ganddon ni ...'

'Paid ti â sarhau N'tia!' torrodd Dyfrig ar ei thraws yn wyllt. 'Mae'r ferch yn hollol ddiniwed. Gwell i ti gau dy geg a challio!'

'Mae pawb yn gwybod dy fod ti'n dwli arni, Dyfrig. Wyt ti ddim yn meddwl mai dyna'r ffordd orau o dy dwyllo di?'

Teimlodd Dyfrig yr ysfa fwyaf ofnadwy i daro'r ferch. Wrth lwc, daeth Gwion i'r adwy.

'Dyna ddigon, Heledd!' meddai wrthi'n gadarn. 'Mae pawb yn deall dy ofid di am Llinos, a dwi'n gwybod na allwn ni gynnig rheswm da dros y froits ac ati, ond rwyt ti'n mynd yn rhy bell rŵan. Gwell i ti ymddiheuro i Dyfrig. Taset ti'n fwy rhesymol, mi faset ti'n cydnabod dy hun nad oes twyll yn perthyn i N'tia.'

Syllodd Heledd yn herfeiddiol ar y ddau am rai eiliadau cyn ildio.

'Sori, Dyfrig,' meddai'n dawel. 'Fi jest yn becso.'

Roedd y boen yn llais Heledd yn hollol ddilys. Rhoddodd Dyfrig ei fraich am ei hysgwyddau a'i gwasgu am eiliad.

'Dwi'n gwybod,' meddai'n dawel. 'Rydan ninnau hefyd yn methu dallt y peth. Ond mae'n siŵr fod rheswm digon syml dros y cyfan – eglurhad Huw, mwy na thebyg – a does dim raid i ti boeni'n ormodol.'

'Na, mae'n siŵr eich bod chi'n iawn.'

'A Heledd,' ychwanegodd Dyfrig, 'nei di ddim sôn am hyn wrth N'tia, nei di? Wnes i ddim cyfeirio at hyn cynt, achos roeddwn i wedi addo peidio. Ond dan yr amgylchiadau, mae'n well i ti gael gwybod. Mae Eurgain yn ffrind agos i deulu N'tia. Fel arfer, mi fyddai N'tia'n ei galw'n "Anti Eurgain", er nad oes perthynas waed rhyngddyn nhw, wrth gwrs. Drwyddi hi y cafodd N'tia'r swydd. Mae hi'n meddwl y byd o'i modryb, ac mi fasat ti'n ei brifo hi'n ofnadwy tasat ti'n gwneud y fath gyhuddiadau o'i blaen hi.'

'Sori, Dyfrig, wyddwn i ddim ...'

'Na wyddet, wrth gwrs. Ac un peth arall drawodd fi wrth grwydro o gwmpas: mi gofiais i am Angharad, a'r ffordd roedd Eurgain wedi bod mor garedig wrthi. Mi welais i hynny â'm llygaid fy hun. Gwrthododd adael i Gwydion gael ei ffordd ei hun ar sawl achlysur. Fyddai Angharad, chwaith, ddim yn cytuno efo chdi.'

Cerddodd y tri ymlaen am ychydig, a Dyfrig yn dal i deimlo'r rheidrwydd i bwysleisio wrth Heledd y dylai gadw'i syniadau twp iddi ei hun. Ychwanegodd, 'Dwi'n gwybod eich bod chi'n rhannu stafell ac ati, ac mi fyddai'n annioddefol i chi'ch dwy tasat ti'n ...'

'Wy'n gwybod, Dyfrig. Fi'n addo peidio. Ond ...' petrusodd cyn ychwanegu mewn llais tawel, 'rwy'n mynd i gadw 'nghlustie ar agor. Y'ch chi wedi meddwl beth allai ddigwydd i'r tri nesaf fydd yn gadael y gystadleuaeth?'

'Be ti'n feddwl?'

'Bydd tri enillydd yn aros i dderbyn clod pawb, ond beth am y tri arall? Y rhai fydd yn cael eu gyrru adref. Wyt ti'n credu eu bod nhw'n *cael* mynd adref? Smo fi yn. Rwy'n credu y bydd arbrofion yn cael eu gwneud arnyn nhw!'

Gyda'r syniad anghysurus hwnnw, aeth pawb yn dawel a pharhaodd y tawelwch nes iddynt ddychwelyd i'r capel. Gadawodd Seimon hwy ryw ganllath o'r adwy a throi i gerdded i'w lety ei hun.

* * *

'Iesgob Dafydd! Be 'di'r rhain?'

Nid Anna oedd yr unig un i ryfeddu. Roedd llond y cyntedd o offer o bob math wedi eu pentyrru blith draphlith fel mai dim ond llwybr cul oedd bellach rhwng y drws allanol, y grisiau a'r drws i'r ystafell fyw. Ar ôl clywed y llais, daeth N'tia i'w cyfarfod a rhoi eglurhad.

'Offer y cwmni ydyn nhw, ar gyfer y ffilmio ac ati. Maen nhw'n meddwl troi'r cwt yn y cefn yn rhyw fath o swyddfa fach i olygu ac ati. Yn y cyfamser, maen nhw wedi gadael popeth yma – yr unig le i'w storio, medden nhw.'

Brwydrodd y merched heibio'r bocsys ac i fyny'r grisiau i dwtio cyn amser swper, ond arhosodd y dynion i lawr y grisiau. Roedd arogl hyfryd yn eu cyfarch wrth iddynt gerdded i mewn i'r lolfa.

'Be sgen ti yn y popty 'na?' holodd Huw. 'Mae o'n ogleuo'n fendigedig.'

'Cymysgedd o ffenigl, pupur coch, tomatos a nionod – a garlleg, wrth gwrs,' atebodd N'tia. 'Gobeithio y bydd o'n eich plesio i swper – pryd llysieuol fydd o – efo *couscous* a salad. Gyda llaw, rydw i wedi cael gwybod yn swyddogol mai edrych ar eich holau chi fydd fy ngwaith i o hyn ymlaen. Y fi fydd yn paratoi'r bwyd ac yn cadw tŷ er mwyn i chi gael canolbwyntio ar eich gwaith.'

'Ardderchog, hogan. Chdi sy'n edrych ar ôl y gwinoedd hefyd?'

Chwarddodd N'tia.

'Mi adawa i hynny i chi, Huw.'

'Reit. Ti'n gwybod be sy 'na? A faint?'

'Mae dwsin o boteli gwyn a dwsin o rai coch, dwi'n meddwl. Mae'r cyfan yn y cwpwrdd fan'cw.'

'Dau ddwsin rhwng saith am bythefnos ...' gwnaeth Huw sym gyflym yn ei ben '... go brin y bydd hynny'n ddigon. 'Chydig dros wydraid yr un bob nos ydi hynny!'

'Mi allwn ni gael mwy y tro nesa mae'r cwch yn dod,' cysurodd N'tia ef.

'Cwch?'

'Ia. Mae llong yn galw yma unwaith yr wythnos, ar ddydd Gwener. Mae'n rhaid i mi roi fy rhestr siopa i Seimon erbyn nos Fercher.'

'Wel, ordra o leia ddau ddwsin arall o boteli gwin, nei di? Ac un neu ddwy o rai pefriog, hefyd.'

'Iawn, Huw. Mi gaiff fynd ar ben fy rhestr.'

Daeth y merched yn eu holau, a galwodd N'tia hwy at y bwrdd swper. Gofynnodd i Huw fynd i ddewis potel a'i hagor, a daeth yntau'n ei ôl gyda dwy. Cafodd N'tia hanes y prynhawn a'r ymweliad â'r pentref, disgrifiadau o'r tai a'r trigolion, ac fe wnaeth Anna i bawb chwerthin wrth wneud hwyl am ben Huw a'i gŵn.

'Mi faswn i wrth fy modd yn cael gweld y lle,' meddai N'tia wedyn. 'Mae'n swnio'n wych.'

'Rwy'n siŵr yr aiff Dyfrig â thi yno,' meddai Heledd.

'Wrth gwrs, unrhyw bryd,' atebodd yntau, gan anwybyddu'r grechwen ar wynebau'r lleill.

'Gyda llaw,' aeth Heledd ymlaen, 'rwy'n deall bod Eurgain yn perthyn i ti?'

Damia'r bitsh, meddyliodd Dyfrig, all hi ddim cadw'i cheg ar gau! Cipedrychodd N'tia arno cyn ateb.

'Wel, ddim yn hollol. Mae hi a Mam yn ffrindiau mawr ers dyddiau coleg. Mae Mam yn ddoctor hefyd.'

Pe byddai'n ddigon agos ati, mi fyddai Dyfrig wedi cicio Heledd dan y bwrdd. Damia hi i'r cymylau! Ac yn awr roedd Marian a Huw wedi moeli'u clustiau.

'Ydi hi wir?' meddai Marian mewn syndod. 'Go brin fod Eurgain yn ddigon hen i fod yn fodryb i ti, dybiwn i.'

'Maen nhw'n priodi'n ifanc yn Gabon,' eglurodd N'tia, ond gallai Dyfrig weld nad oedd hi'n hapus iawn gydag ef. Damia, damia, damia! Pam roedd o wedi dweud wrth yr hogan hurt? Rŵan roedd hi'n amlwg ei fod o wedi torri'i air i N'tia. Sut oedd modd egluro hynny heb orfod egluro'r cyhuddiadau gwirion wnaeth Heledd yn erbyn Eurgain?

'Wyt ti'n gwybod am ei hymchwil hi?' gofynnodd Marian wedyn. 'Roedden ni'n sôn am y peth neithiwr, os wyt ti'n cofio. Ti'n gwybod pa faes yn union mae hi'n gweithio ynddo?'

O leiaf roedd cwestiynau Marian yn hollol ddidwyll, diolchodd Dyfrig. Doedd hi ddim yn dyst i gyhuddiadau Heledd, nac yn ymwybodol ohonynt.

'Dydi hi ddim yn sôn llawer am ei gwaith pan mae hi'n dod i'n tŷ ni,' eglurodd N'tia. 'Dim siarad siop – dyna fydd 'Nhad yn ddweud, pan mae Mam a hithau'n dechrau trafod pethau meddygol.'

'Call iawn,' meddai Huw. 'Ond wyddost ti rywbeth am ei gwaith?'

'Wel, ceisio darganfod ffordd o ddadebru cyrff sydd wedi'u rhewi mae hi, dwi'n credu.' Taflodd Heledd olwg fuddugoliaethus ar Dyfrig. 'Mi dderbyniodd grant anferth y llynedd,' aeth N'tia ymlaen, 'i barhau â'i hymchwil, a dwi'n cael y teimlad ei bod hi ar drothwy darganfyddiad pwysig iawn.'

'Un o lle ydi hi?' holodd Anna.

'O'r Unol Daleithiau.'

'Un arall wedi dysgu Cymraeg?' ebychodd Anna mewn syndod. 'Mae'r blydi byd 'ma'n llawn ohonyn nhw!'

'Wel, ddim yn union,' gwenodd N'tia arni. 'Cymro ydi – neu oedd, dydw i ddim yn siŵr iawn a ydi o'n dal yn fyw – tad Eurgain, a'i mam yn Americanes. Dyna sut y daeth hi a Mam yn gymaint o ffrindiau yn y coleg – anfonwyd Mam i goleg meddygaeth yn yr Unol Daleithiau – y ddwy ohonyn nhw'n gallu siarad Cymraeg gyda'i gilydd. Roedd yn ffordd berffaith i ddwy ferch ifanc gyfathrebu a rhannu cyfrinachau'i gilydd. Yn ôl Mam, roedden nhw'n cael eu galw'n "Fire and Ice" ar y campws.'

'Be ydi'i henw llawn hi, felly,' gofynnodd Gwion, 'rhag ofn fy mod wedi clywed amdani?'

'Eurgain Lorrimer. Mae hi'n enwog yn ei maes ei hun, ond wn i ddim am y byd meddygol yn gyffredinol. Ydi'r enw'n gyfarwydd i ti?'

'Nag ydi,' cyfaddefodd Gwion gan ysgwyd ei ben. 'Ond fel rwyt ti'n deud, maes cyfyng iawn ydi o, a finnau'n gwybod y nesa peth i ddim am y pwnc.'

Cododd N'tia a dechrau clirio'r bwrdd. Aeth Dyfrig i'w helpu ond chafodd o fawr o groeso.

'Mae gen i asgwrn i'w grafu efo ti,' sibrydodd N'tia dan ei hanadl.

'Dwi'n gwybod, sori,' ymddiheurodd Dyfrig. 'Alla i egluro?'

'Wedyn. Rhaid i mi orffen fy ngwaith gyntaf.'

Gan fod pawb arall wedi bwrw ati i helpu hefyd, buan iawn y tacluswyd y bwrdd, y llestri wedi eu golchi a'u cadw, ac Anna'n awgrymu gêm o gardiau i dreulio'r noson. Roedd hi wedi dod o hyd i ddau bac o gardiau mewn cwpwrdd.

'Ydach chi'n gwybod sut i chwarae gin rummy? Mae hi'n gêm grêt pan mae criw o bobol,' meddai. Ffromodd Marian.

'Nid gêm i ddau yw hi?'

'Naci siŵr! Mae angen criw da i'w chwarae – mwy o hwyl felly.'

'Ond rwy wedi bod mewn twrnameintiau gin rummy, a dim ond cyplau oedd yn chwarae.'

Gosododd Anna'r ddau bac i lawr gyda chlep.

'A dw inna wedi bod yn chwarae'r gêm ers pan oeddwn i'n blentyn bach efo 'nheulu – o leia saith ohonan ni ar y tro, felly dw inna'n gwybod be 'di be! Mae hi'n gêm i griw!'

'Gei di ddangos i ni sut mae chwarae, Anna fach,' meddai Huw er mwyn atal ffrae rhwng y ddwy. 'Mi faswn i'n falch o gael 'chydig o hwyl. Mi agora i botal arall.'

Bu mymryn o gecru ychwanegol pan ddadleuodd Marian mai chwarae â dim ond un pac oedd yn arferol, ac Anna'n gofyn, yn ffug-wylaidd, a oedd hi'n cytuno mai deg cerdyn oedd i bob chwaraewr? Nodiodd Marian ei phen, a neidiodd Anna arni'n fuddugoliaethus.

'Felly, os oes saith yn chwarae, sut mae un pac yn ddigon, 'ta? A digon o gardiau dros ben i roi pentwr yn y canol?'

'Wel, dyna pam rwy'n gweud mai gêm i ddau yw hi ...'

'Nefi wen!'

'Genod bach, dewch yn eich blaenau,' ymbiliodd Huw wrth osod gwydrau ar y bwrddo. 'Ydi pawb isio chwarae?' gofynnodd i'r lleill. 'Dowch at y bwrdd, 'ta.'

Aeth pethau'n weddol rwydd wedyn, er y bu dadlau ynglŷn â'r cardiau rhifau dau duon a'r joceriaid fel cardiau 'gwyllt', a chafodd

Gwion y gwaith o gadw sgôr. Fel yr addawodd Anna, roedd hi'n hawdd ei dysgu, a'r cymhlethdod cynyddol wrth i'r gêm ddatblygu yn ychwanegu at yr hwyl. Tua hanner ffordd drwy'r gêm, aeth Huw i agor potel arall eto. Roedd y gystadleuaeth rhwng Marian ac Anna'n amlwg, a phob tro byddai Marian yn galw 'Buy!', byddai Anna, oedd yn eistedd yr ochr dde iddi, a hwythau'n cymryd eu tro yr un ffordd â'r cloc, yn hawlio'r cerdyn hwnnw iddi ei hun. Erbyn y gêm olaf roedd y ddwy ar bigau'r drain, a phan gyhoeddodd Gwion, ar ôl cyfri'r marciau i gyd, mai ef oedd yr enillydd, gyda Marian yn ail ac Anna'n drydydd, gadawodd Anna'r bwrdd a cherdded at y grisiau.

'Beginner's luck, mêt,' galwodd dros ei hysgwydd ar Gwion. 'Aros di tan tro nesa!'

'Fydd 'na ddim tro nesa, os ca' i fy ffordd,' mwmialodd Marian, ond wrth lwc chlywodd Anna ddim o'i geiriau.

Yn fuan wedyn aeth pawb arall i glwydo, a sibrydodd Huw yng nghlust Dyfrig wrth i'r ddau glirio'r gwydrau,

'Gobeithio na fydd 'na 'styrbans heno efo'r ddwy yna! Ti'n meddwl ei bod hi'n saff gadael i'r ddwy rannu stafall?'

Chwarddodd Dyfrig.

'Wn i ddim, ond matar o raid ydi o, yntê? Os nad wyt ti'n gwirfoddoli i newid lle efo un ohonyn nhw!'

'Nefoedd yr adar!' ebychodd Huw cyn diflannu i'w lofft.

*   *   *

Daeth Dyfrig i lawr y grisiau fore trannoeth i arogl cig moch yn ffrio, ac Anna'n eistedd yn ddisgwylgar wrth y bwrdd tra oedd N'tia'n coginio brecwast poeth iddi. Bodlonodd Dyfrig, a phawb arall, ar dost a jam neu farmaled. Gallai glywed sŵn morthwylio o'r tu allan, ac eglurodd N'tia mai'r dynion oedd wrthi'n atgyweirio'r cwt ar gyfer y swyddfa ffilmio.

Ar ôl i'r tri dyn fynd i'w hystafell waith, penderfynwyd y bydden nhw'n parhau i weithio ar eu pennau eu hunain, gan fod Gwydion wedi gosod tasg ychwanegol iddyn nhw o ddarganfod gwyrthiau'r seintiau. Tua chanol y bore, daeth N'tia â mygiau o goffi i bawb, a phlataid bychan o fisgedi. Cododd Huw.

'Dwi'n mynd i eistedd yn y lolfa, am newid bach,' cyhoeddodd. Aeth Dyfrig a Gwion gydag ef. Dechreuodd y tri drafod ffrwyth eu hymchwil, ond yn sydyn clywyd lleisiau'n codi o stafell y merched. Roedd yn hawdd adnabod lleisiau Anna a Marian.

'Nefoedd yr adar, be sy'n digwydd rŵan?' gofynnodd Huw.

Yn fuan wedyn daeth Heledd allan ac ymuno efo'r dynion, a chafodd Huw gyfle i ofyn ei gwestiwn eto iddi hi.

'Smo fi'n gwybod!' ebychodd Heledd. 'Mae hi wedi mynd yn ffradach rhwng y ddwy ers sbel. Smo ni'n gallu cytuno ar ddim. Wy'n ffaelu gweithio 'da nhw.'

'Pam, be 'di'r broblem rŵan?' holodd Gwion.

'Mae'r ddwy'n dadlau'n ddiddiwedd am y seintiau. Rwy'n mynd i weithio yn f'ystafell, i gael llonydd.'

Erbyn amser cinio, roedd pethau wedi tawelu, a rhyw fath o gyfaddawd rhwng Anna a Marian. O leiaf roedd y ddwy yn ymddangos yn sifil gyda'i gilydd, ac fe gafodd pawb fwyta'u bwyd heb gythrwfwl.

Mynnodd Huw a Gwion glirio'r llestri, gan ryddhau N'tia yn gynt na'r disgwyl i fynd am dro efo Dyfrig. Erbyn hyn roedd yr haul wedi dangos ei wyneb unwaith eto. Roedd y bore wedi bod fel y diwrnod cynt, yn niwlog a llawn o law mân. Diflannodd N'tia i'w llofft a dod yn ôl yn cario côt law a sach gefn.

'Be sgen ti'n fan yna?' holodd Dyfrig.

'O, un neu ddau o bethau,' oedd yr ateb amwys.

Cymerodd y sach gefn oddi arni.

'Un neu ddau o bethau trwm iawn,' grwgnachodd wrth ei rhoi dros ei ysgwyddau.

'Ffordd awn ni?' gofynnodd N'tia wrth glwyd yr ardd. 'Mi hoffwn i weld y pentref o Oes yr Haearn.'

Petrusodd Dyfrig.

'Efallai y byddwn ni'n mynd yno fory,' meddai wedyn.

'Fydda i'n cael dod?' gofynnodd N'tia mewn syndod.

'Wela i ddim pam lai,' atebodd Dyfrig, er nad oedd ganddo unrhyw sail dros gredu hynny. 'Siŵr o fod iti. Beth am grwydro rhannau eraill o'r ynys heddiw? Wedyn, mi fyddwn ni ill dau'n gweld pethau am y tro cyntaf – efo'n gilydd.'

Cytunodd N'tia ar unwaith, ac i ffwrdd â nhw i'r dwyrain o'r hen gapel. Roedd llwybr cul yn arwain yn raddol i lawr yr allt, ac ymhen dim roeddynt yn cerdded ar draeth bach caregog oedd yn nythu rhwng dau benrhyn bychan o greigiau duon. Roedd y lle yn y cysgod, gan fod yr ynys y tu ôl iddynt yn ddigon uchel i guddio pelydrau'r haul. Allan yn y môr, y tu draw i'r bae, gellid gweld y tonnau'n disgleirio yn yr heulwen.

'Edrych, Dyfrig! Fan acw! Ychydig i'r chwith o'r graig sydd ar y dde. Weli di nhw?'

Craffodd Dyfrig allan i'r môr, yn dyfalu beth roedd N'tia wedi'i weld. Ond yn sydyn, gwelodd dri smotyn bach du yn arnofio ar wyneb y tonnau.

'Morloi!' Gwelodd gorff tywyll yn neidio allan o'r dŵr cyn diflannu o'r golwg. Arhosodd y ddau ben bach arall ar yr wyneb am rai eiliadau'n hwy, cyn nofio ymaith yn araf heibio'r penrhyn ac allan o olwg Dyfrig a N'tia.

'Awn ni 'mlaen? Dwi'n meddwl bod 'na lwybr yn y pen draw acw.' Pwyntiodd at ben pella'r traeth, lle roedd bwlch yn y tyfiant. Ond ychydig cyn iddynt gyrraedd y bwlch, roedd N'tia wedi sylwi bod modd dringo i ben y clogwyn gogleddol.

'Gawn ni fynd i fyny'r ffordd yna?'

Roedd y clogwyn yn uwch na'r disgwyl, ac er nad oedd yn anodd ei ddringo, bu'n rhaid iddynt ddefnyddio'u dwylo i dynnu eu hunain dros ambell graig. Tyfai glaswellt ar ei gopa, a chlustogau Mair yn batrwm hyfryd ynddo. O'u safle uchel, roedd modd iddynt weld ymhellach i fyny arfordir gogledd-ddwyreiniol yr ynys. Roedd yn greigiog, heb unrhyw le amlwg i ddisgyn o'r clogwyni i'r traethau caregog islaw. Efallai fod dyffrynnoedd neu hafnau allan o'u golwg, dyfalodd Dyfrig, gan rag-weld teithiau eraill gyda N'tia i grwydro rhagor o'r ynys.

'Wyt ti'n meddwl mai ogofâu yw'r holltau tywyll yna?' holodd N'tia, gan bwyntio'i bys at y creigiau yn y bae wrth eu traed.

'Gawn ni weld,' atebodd Dyfrig. 'Mae'n edrych yn weddol rwydd i fynd lawr fan yma. Tyrd, rho dy law i mi.'

Fel y tybiodd Dyfrig, doedd hi ddim yn anodd disgyn i'r traeth islaw. Ymhen dim roedden nhw'n wynebu'r hollt.

'Ti'n iawn,' cadarnhaodd Dyfrig. 'Edrych, mae'r hollt yn agor allan ychydig lathenni i mewn.'

Nid oedd golau dydd yn treiddio ymhell iawn i'r ogof. Serch hynny, mentrodd Dyfrig ymlaen gan deimlo'i ffordd â'i law ar y graig, a phrofi pob cam yn ofalus â'i droed cyn mentro rhoi ei bwysau arni. Teimlai'r graig yn oer a thamp dan ei law, ac ambell dro roedd yn ymwybodol o lysnafedd tyfiant mwsoglyd dan ei fysedd. Roedd ei law arall yn dal i afael yn N'tia. Roedd hi'n oer iawn, a theimlodd gryndod drwy'i chorff.

'Ti'n iawn?' holodd.

'Ydw, ond mae hi'n oer.'

Teimlodd y wal yn gogwyddo oddi wrth ei law, ac oedodd.

'Gwell i ni droi'n ôl,' awgrymodd. 'Mae'n rhaid cael golau i weld y lle'n iawn.'

'Waw, Dyfrig, mae dy lais di'n atsain o gwmpas y lle i gyd! A f'un innau hefyd!' ebychodd, wrth oedi i wrando ar yr atseiniau yn graddol ddistewi.

'Mae'n siŵr gen i fod yr ogof yn agor allan yn enfawr,' sibrydodd Dyfrig, ond chwyddodd ei lais a chael ei daflu o un graig i'r llall cyn distewi. Dechreuodd N'tia chwerthin, ond caeodd ei cheg gyda chlep wrth i'r ogof ffrwydro â sŵn ei llais, gan ddychryn y ddau.

'Tyrd o'ma,' meddai wedyn yn frysiog, ac nid oedd angen iddi ofyn ddwywaith.

Roedd golau dydd y tu allan yn fendith.

'Does dim modd inni fynd ymhellach ar hyd y traeth yma,' meddai Dyfrig. 'Mae godre'r creigiau fan acw ymhell allan yn y môr.'

'Awn ni'n ôl, 'ta,' awgrymodd N'tia, 'a cherdded ymhellach ar ben y bryn.'

Wrth ddringo'n ôl dros y clogwyn i'r traeth cyntaf, penderfynodd Dyfrig na fyddai modd cyrraedd yr ogof pan fyddai'r llanw i mewn. Roedd gormod o olion gwymon a chregyn môr wrth droed y creigiau.

Roedd hi'n braf cerdded ar y glaswellt byr ar ben allt y môr. Dim ond ambell ddraenen wen gordeddog oedd yn llwyddo i wrthsefyll gwyntoedd creulon y gaeaf. Ar ôl cerdded rhyw hanner milltir ymhellach, daethant at geunant ag afon ryfeddol o gref yn pistyllio drwyddi. Cerddodd y ddau ar hyd ei glannau i gyfeiriad y môr, ac aros ar erchwyn y clogwyn.

'Waw!' meddai N'tia wedyn. 'Edrych ar y rhaeadr!'

Roedd yr afon yn llamu dros ymyl y graig ac yn rhaeadru i'r traeth islaw, pellter o gan troedfedd a mwy, tybiai Dyfrig. Teimlai ei ben yn troi wrth syllu i lawr ar y dŵr yn chwyrnellu oddi tano, a chamodd yn ôl oddi wrth y dibyn.

'Beth am ddilyn yr afon yn ôl i'r mynydd?' awgrymodd N'tia. 'Efallai y cawn ni fymryn o haul ar y copa. Mae hi'n ddigon oer fan hyn. Rwy'n falch fod gen i gôt!'

Bob tro roedd y ddau yn cyrraedd pen un copa, yn ffyddiog eu bod wedi cyrraedd pen eu taith, caent eu siomi o weld bryn arall yn codi o'u blaenau. Ond o'r diwedd cyraeddasant eu nod, a chael yr haul i gynhesu eu hwynebau. Oddi tanynt roedd y dyffryn a welsai Dyfrig y diwrnod cynt o'r pen arall i'r ynys.

'Waw! Ai dyna'r pentref Oes yr Haearn? Fan acw?'

Edrychai'r pentref fel tegan plentyn o'r pellter hwn, a mwg yn troelli'n araf o dân rywle yn ei ganol. Ceisiodd Dyfrig enwi'r gwahanol adeiladau a'u disgrifio, ond nid oedd modd iddynt allu gweld na phobol nac anifeiliaid oherwydd y pellter. Rhyngddyn nhw a gwaelod y dyffryn tyfai coedwig eang o goed collddail.

'Gawn ni aros fan hyn am sbel?' gofynnodd N'tia.

'Cawn siŵr.'

Tynnodd Dyfrig y sach oddi ar ei gefn a'i rhoi i N'tia. Agorodd hithau'r sach a thynnu ohoni flanced bicnic oedd ag un ochr blastig.

'Lle cest ti honna?' holodd Dyfrig mewn syndod.

'Dwi wedi dod ar draws pob math o ryfeddodau yn y tŷ 'na,' atebodd hithau. 'Mi faset ti'n synnu.'

A synnu wnaeth o wrth iddi barhau i dynnu pethau allan: fflasg fetel, cwpanau a phlatiau plastig, bocs plastig llawn brechdanau, a dau focs arall.

'Picnic,' cyhoeddodd wrth daenu'r flanced ar y glaswellt. 'Tyrd, Dyfrig, eistedd wrth f'ochr. Mae hi'n gynnes yma.'

Ufuddhaodd yntau ar unwaith.

'Ydw i wedi cario'r pethau yna i gyd i fyny'r mynydd ar fy nghefn?' Ffugiodd fod yn flin, ond chafodd hi ddim o'i thwyllo.

'Dyna dy gosb di,' atebodd.

'Am beth, dywed?'

'Ti'n cofio bod gen i asgwrn i'w grafu efo ti?'

Suddodd ei galon. Roedd wedi bod yn poeni ynghylch y sgwrs hon drwy'r nos, ond roedd sirioldeb a thawelwch N'tia wrth grwydro'r ynys wedi gyrru ei ofnau i gefn ei feddwl, a rhan ohono'n ddigon ffôl i gredu na fyddai'r pwnc yn cael ei grybwyll o gwbl.

'Yli, N'tia, mae'n wir ddrwg gen i am ddeud wrth y lleill, ond ...'

'Ond pam ddeudist ti? Dydi'r peth ddim yn bwysig ynddo'i hun, ond mi wnest ti addo.'

'Do, wn i.' Roedd pob mathau o esgusodion dros ddatgelu ei chyfrinach wedi rhedeg drwy ei feddwl y noson cynt, ond yma, yng ngolau dydd, ymddangosai pob un ohonynt yn rhy dila i drafferthu ei adrodd. Roedd un peth yn sicr, fodd bynnag: ni allai fyth ddweud y gwir wrthi am gyhuddiadau Heledd yn erbyn Eurgain. 'Ti'n gweld,' dechreuodd yn gloff, 'mi roedd Heledd a Gwion yn siarad am Eurgain, yn trafod ei gwaith, a hynny ddim yn y modd mwyaf caredig, fel 'mod i'n ofni y bydden nhw'n dweud pethau o'r fath o dy flaen di, a brifo dy deimladau di. Felly, mi ddeudis i dy fod ti'n perthyn iddi.'

'Ai dyna'r cyfan? Ond pa fath o bethau cas roedden nhw'n eu dweud?'

'Ti am dywallt panad i mi ai peidio? Dwi ar fy nghythlwng, fy nhafod i'n dew o eisiau diod.'

'Sori,' atebodd hithau ar unwaith, a mynd ati i agor y fflasg. Gweddïodd Dyfrig y byddai'n gallu cadw ei feddwl oddi ar y pwnc am weddill y prynhawn.

'Ydw i'n mynd i gael un o'r brechdanau 'na efo'r banad?' gofynnodd wedyn wrth iddi estyn cwpan iddo.

'Siŵr iawn.'

Wrth iddo gnoi brechdanau a llyncu te, amneidiodd Dyfrig at nifer o'r coed agosaf atynt.

'Weli di honna'n fan'na?' gan bwyntio at sycamorwydden. 'Weli di'r ffordd mae'r gangen fawr 'na'n plygu drosodd? Edrych ar y rhisgl oddi tani. Weli di'r ffordd mae o'n pletio fel consertina? Mae hynny'n dangos bod y goeden yn teimlo pwysau'r gangen, ac mi all ollwng y gangen honno rywbryd yn y dyfodol.' Edrychodd o'i gwmpas am goeden arall. 'Weli di 'nacw? Weli di ryw fath o goler am y twll yn ei boncyff? Dyna sydd wedi digwydd i honna. Mi roedd hi'n penderfynu gollwng un gangen, ac wedi adeiladu'r goler yna o amgylch y gangen er mwyn i'r toriad, neu'r briw, os leici di, gau'n gyflym. Mae gwybod y pethau hyn yn bwysig pan fydda i'n chwilio am goed addas ar gyfer fy ngwaith,' eglurodd wedyn.

'Dydw i'n gwybod fawr ddim am ddewis coed,' cyfaddefodd N'tia. 'Mae gan f'ewythr bob amser ddigon o goed yn barod pan fydda i'n mynd yno. Dydi o erioed wedi mynd â fi efo fo pan mae'n torri.'

'Rhywbeth arall i chwilio amdano,' dechreuodd Dyfrig eto, 'ydi coed fel honna, yr onnen 'na. Weli di fel mae pigyn, neu drwyn bach, yn gwthio allan o'r boncyff o'i thop i'r gwaelod?'

'Gwelaf.'

'Mae hynny'n arwydd fod dau fonyn wedi tyfu'n un,' eglurodd. 'Problem arall os wyt ti isio'i defnyddio i wneud gwaith coed. Mi fydd dwy galon iddi, a'r graen yn rhedeg yn groes i'w gilydd, mwy na thebyg, felly gall gracio'n ddrwg wrth iddo sychu.'

Parhaodd y sgwrs am goed a'u defnydd nes iddyn nhw orffen bwyta. Yna gorweddodd N'tia'n ôl ar ei chefn i fwynhau'r haul, ei llygaid ar gau. Parhaodd Dyfrig i led-orwedd, ei bwysau ar un benelin, yn rhannu ei sylw rhwng wyneb a chorff N'tia a'r pentref ym mhen draw'r dyffryn.

'Dyfrig,' meddai N'tia yn y man, 'wnei di fy nghusanu?'

Roedd hi wedi rhoi mynegiant i'w ddyhead dyfnaf. Plygodd

ymlaen yn araf a chyffwrdd ei cheg â'i wefusau. Chwaraeodd â nhw, fel glöyn byw yn cyffwrdd petalau'r blodyn cyn tynnu'n ôl, glanio drachefn, a thynnu'n ôl mewn dawns ddireidus. Teimlodd ei chorff yn tynhau, yna daeth ei breichiau i afael am ei wddf a'i dynnu i lawr i'w gusanu'n wyllt. Llusgodd ei gorff yn agosach ati nes eu bod yn cydorwedd goes wrth goes, corff wrth gorff, un fraich am ei chanol a'r llall yn codi ei phen i'w gwasgu yn erbyn ei wefusau, a'i dwylo hithau'n rhedeg dros ei gefn a'i gluniau.

'N'tia,' griddfanodd, 'ti'n fy ngyrru i o 'ngho! Rydw i wedi bod yn breuddwydio am hyn ers y diwrnod cynta hwnnw y gwelais i di yn Aberystwyth.'

'Finna hefyd,' atebodd hithau. 'Ond roeddwn i'n dechrau anobeithio dy gael di i wneud dim am y peth!' Roedd tinc chwareus yn ei llais. 'Mi feddyliais i 'mod i wedi llwyddo pan est ti â fi at y llyn, ond wedyn fe wnest ti ymddwyn fel gŵr bonheddig parchus!' Chwarddodd yn isel. 'Roeddwn i bron â thynnu 'nillad i weld beth fyddai dy ymateb di!'

Tynnodd yn ôl mewn syndod.

'Nag oeddet ddim! Y sguthan fach!' Ond chwerthin roedd yntau, a'r hapusrwydd yn byrlymu drwy ei wythiennau. Yna cofiodd pam y bu iddo ddal yn ôl. 'Rwyt ti gymaint iau na mi,' eglurodd, 'roedd arna i ofn gwthio fy hun arnat ti a dy ddychryn.'

'Lembo,' meddai hi wedyn gan ei dynnu'n ôl ati.

Rhedodd ei law dros ei bron yn araf. Roedd ei ofn o gymryd mantais arni yn dal i'w rwystro. Roedd hithau fel petai'n synhwyro hyn. Tynnodd ei chrys-T a rowlio ar ei bol.

'Wnei di agor hwn?' gofynnodd, gan amneidio at ei bronglwm.

Gyda dwylo crynedig, derbyniodd ei gwahoddiad. Rholiodd hithau'n ôl, a chafodd ei olwg gyntaf ar ei bronnau godidog. Plygodd i'w cusanu, ac yna gwthiodd ei ben rhyngddynt i anadlu ei phersawr cynhenid. Griddfanodd hithau mewn pleser.

'N'tia,' galwodd ei henw'n floesg, 'N'tia, wyt ti'n siŵr o hyn?'

'Ydw, 'nghariad i,' atebodd yn dawel ond yn gadarn.

'Ond dydw i ddim wedi paratoi! Sgen i ddim byd i ... Oes gen ti?'

'Nag oes, feddyliais innau ddim chwaith. Ond does dim ots am hynny.'

'Ond beth ...'

'Yli, Dyfrig, ga' i ddweud rhywbeth am y Bantŵ wrthyt ti? Yn fy ngwlad i, mae merched yn mynnu cael cyfathrach rywiol cyn priodi *er mwyn* iddyn nhw gael plentyn! Dyna sut ges i fy ngeni. Roedd Mam am gael plentyn efo Dad cyn iddyn nhw briodi oherwydd os bydden nhw byth yn ysgaru, yna mi fyddwn i'n perthyn i Mam. Ti'n gweld, mae unrhyw blentyn sy'n cael ei eni y tu allan i briodas yn perthyn i'r fam, tra mae plant o fewn priodas yn perthyn i'r tad. Haen ddigon arwynebol dros arferion y tylwythau yw Cristnogaeth, y Gristnogaeth sy'n creu sagrafen o briodas yn hytrach na chytundeb. Mae deddfau'r Bantŵ yn cydnabod y gall gŵr a gwraig dyfu ar wahân fel nad ydynt yn hapus gyda'i gilydd bellach, a bod angen torri'r cytundeb priodas.'

'Ia,' sylweddolodd Dyfrig, 'felly oedd deddfau'r hen Gymry hefyd. Cytundeb, nid sagrafen, oedd priodas.'

'Mi ddwedes i droeon dy fod ti'n agosach i'r Bantŵ nag wyt ti 'rioed wedi'i freuddwydio,' meddai N'tia yn gellweirus.

Ailddechreuodd y ddau gusanu ac agorodd N'tia fotwm ei drywsus.

'Dyfrig,' sibrydodd wrth frathu ei glust yn ysgafn, 'rydw i am gael dy blentyn di, doed a ddêl.'

Pennod 26

'Ti wedi dal yr haul, Dyfrig,' meddai Huw wrth y bwrdd swper. 'Fuoch chi'n torheulo?'

'Do, mae'n siŵr,' atebodd. 'Roedd N'tia wedi gwneud picnic, ac mae'n rhaid 'mod i wedi syrthio i gysgu wedyn.'

'Welsoch chi lefydd braf?' gofynnodd Marian.

'Mae hi'n reit anial ar ochor ddwyreiniol yr ynys, a fawr o draethau i'w gweld. Mae'r clogwyni'n uchel ac yn plymio'n syth i'r môr mewn mannau, er mai dim ond ardal fach o'r ynys welson ni mewn gwirionedd.'

'Aethon ni i fyny'r bryn wedyn,' ychwanegodd N'tia, 'achos roeddwn i'n oer ac am gael gweld yr haul. Welson ni'r pentref hefyd, o bell.'

'Mi es i'n ôl yno heddiw,' meddai Marian wrthynt, 'ac fe ddwedodd Gwydion ei fod yn dod draw ar ôl amser swper.'

Daeth sŵn tebyg iawn i chwyrniad o enau Anna, ac aeth Huw ymlaen yn frysiog,

'Diogi fues i, mae arna i ofn. Aethoch chi am dro efo'ch gilydd hefyd, yn do, blantos?' meddai wrth Gwion a Heledd.

'Do,' atebodd Gwion, 'i lawr at y traeth lle glaniodd yr hofrennydd. Wyddoch chi fod yna bentref bach o'r golwg yr ochr arall i'r llwyni yno? Yn adfeilion i gyd, wrth gwrs.'

'Mae'n siŵr mai bywyd digon caled oedd gan y tyddynwyr druan,' meddai Marian. 'Pa waith oedd yma iddyn nhw?'

'Ddim hannar mor galed â bywyd y ffyliaid yn y pentra 'na,' saethodd Anna.

'Ie, ond nag yw hynny 'run peth yn hollol, Anna, nag yw e?' eglurodd Marian yn ffug amyneddgar, fel petai'n siarad â phlentyn. 'Yma o ddewis maen nhw, nid fel yr hen bobl.'

'Mwy o'r caserol, rhywun?' cynigiodd N'tia.

Ond roedd pawb wedi cael eu gwala, a daeth N'tia â'r pwdin at y bwrdd.

'Mi welais i lwyni'n llawn o lus ar y ffordd yn ôl,' eglurodd wedyn, 'felly mi wnaethon ni hel hynny fedren ni. Doedd dim amser i ni hel digon i wneud tarten, ond rydw i wedi ychwanegu afal atyn nhw i wneud y crymbl yma. Oes rhywun eisiau hufen?'

'Rydw i'n cofio gweld teclyn i hel llus yn rhywle,' meddai Dyfrig, 'mewn amgueddfa, dwi'n meddwl. Rhaid i mi drio gwneud un. Sbïwch ar ein bysedd ni!'

Daliodd ei ddwylo i fyny i ddangos staen y llus ar ben pob bys.

'Dydw i ddim wedi cael llus ers cantoedd,' meddai Anna. 'Mi roedd Nain yn arfar gwneud tartan lus bob haf – dim ond unwaith, cofiwch – ac mi roedd o'n treat go iawn i ni'r plant.'

'Smo fi 'rioed wedi blasu llus o'r blaen,' meddai Heledd, 'er rwy'n hoffi blueberries o'r siop. Ond dyw'r rheini ddim yr un fath, chi'm yn meddwl? Mae blas unigryw ar y llus 'ma, on'd oes?'

Cytunodd pawb.

'Be 'di'r teclyn 'ma sgen ti mewn golwg, Dyfrig?' holodd Huw.

'Wel, mae o'n edrych fel crib gwallt reit fawr, o be dwi'n gofio. Rydach chi'n dal y ddysgl o dan y planhigyn ac yn tynnu'r grib drwy'r dail, am wn i, ac mae'r llus yn disgyn i ffwrdd.'

'Rhaid i ti wneud un yn go handi,' siarsiodd Anna. 'Mi faswn i'n gallu bwyta hwn drwy'r dydd.'

'Gwaith pnawn fory i N'tia a finna, 'ta,' atebodd, gan wenu ar N'tia. 'Mae hithau'n gallu cerfio pren hefyd,' eglurodd wrth y lleill. 'Mi awn ni ati efo'n gilydd i ddyfeisio rhywbeth.'

* * *

Roedd y merched wedi gorffen clirio a golchi'r llestri, a Dyfrig wedi gosod a chynnau tân yn y stof erbyn i Gwydion gyrraedd.

'Rydych chi wedi gwneud y lle'n gysurus iawn,' oedd ei sylw cyntaf. Daliai i wisgo'i gôt ddail. Eisteddodd yn gyfforddus yn y gadair freichiau, a chynigiodd Huw wydraid o win iddo. Derbyniodd Gwydion.

'Rwy'n clywed dy fod ti wedi cael profiad anffodus y noson roeddwn i'n ceisio hypnoteiddio Iwan,' meddai wedyn wrth dderbyn y gwydr o law Huw.

'Fi ddwedodd wrth Gwydion,' prysurodd Marian i egluro wrth weld yr olwg ofnus ar wyneb Huw. 'Meddwl sut roedd e wedi effeithio arnat ti, Huw. A meddwl, o gofio sut y disgrifiodd Heledd yr effaith gathartig gafodd yr hypnoteiddio arni hi, y base fe'n help i tithe.'

'Blydi hel!' ffrwydrodd Anna. 'Am uffar o cheek! Os ydi Huw isio ...'

'Na, arhoswch funud bach, Anna,' torrodd Gwydion ar ei thraws. 'Gwell i mi egluro. Chi'n gweld, mae modd i unigolyn gael mwy nag un bywyd blaenorol. Mae rhai profiadau o'r gorffennol yn aros yn haws eu cyrraedd, dyna i gyd. Mae'n debygol iawn fod Huw wedi mynd drwy nifer o fywydau gwahanol, ond bod angen arweiniad i'w dywys i'r un allweddol. Rhaid i mi ymddiheuro am y noson honno, Huw, fy ffrind. Pe bawn i wedi sylweddoli beth oedd yn digwydd i ti, mi fyddwn i wedi rhoi'r gorau iddi ar unwaith. Ond gad i mi wneud iawn am hynny heno. Gad i mi dy hypnoteiddio di yn y ffordd gywir, y tro hwn. Mae Marian yn llygad ei lle, wsti. Mi fydd o'n gwneud lles i ti.'

'Ylwch, dydw i ddim yn sicr o hyn o gwbl ...' dechreuodd Huw, gan gamu'n ôl oddi wrth Gwydion.

'Ond does dim i'w ofni, nag oes, Heledd?' meddai Marian gan droi at Heledd am gefnogaeth.

'Roeddwn i'n iawn,' atebodd Heledd yn onest, 'ond beth am Bleddyn?'

'Doedd a wnelo'r hypnoteiddio ddim â beth ddigwyddodd i Bleddyn,' meddai Gwydion yn frysiog.

'Deud ti,' meddai Anna'n sychlyd.

'Nag oedd, Anna,' dadleuodd Marian. 'Roedd gan Bleddyn galon wan, ti'n gwybod hynny, a doedd e ddim wedi cymryd ei dabledi.'

'Mae Marian yn iawn, Anna,' ategodd Gwydion cyn i neb arall fedru rhoi ei big i mewn i'r ddadl. 'Ond nid dyna beth sy'n bwysig heno. Ceisio helpu Huw ydw i. Ac wyt ti'n cofio, Huw, fel roeddwn i'n gallu blocio atgofion Rhys o'i fywyd blaenorol? Mi wna i 'run peth i ti, os bydd raid.'

'Ond mae hynny'n waeth byth,' protestiodd Huw. 'Os ydw i'n dod ataf fy hun heb gofio dim byd, mi fydda i'n gwybod bod rhywbeth ofnadwy yn fy ngorffennol i, a finna ddim yn gwybod beth. Mi faswn i'n teimlo'n waeth byth wedyn, yn enwedig am y basach chi i gyd yn gwybod rhywbeth amdana i nad ydw i'n ei wybod fy hun!'

'Gwranda, Huw,' meddai Marian wedyn. 'Fe gaiff Gwydion fy hypnoteiddio i yn gyntaf, i ddangos i ti nad oes dim i'w ofni. Yna, mi gei di ...'

'Paid â'n trin ni fel plant bach, nei di?' cwynodd Anna. 'Os nad ydi Huw isio, dydi o ddim isio, a dyna ddiwedd arni.'

'Syniad campus, Marian,' ebychodd Gwydion, gan anwybyddu geiriau Anna. 'Tyrd i eistedd yma, gyferbyn â mi. Rŵan, ydi pawb yn barod? Cau di dy lygaid a dy glustiau, Huw, rhag ofn i'r un peth ddigwydd eto. Caiff Gwion roi pwniad i ti pan mae'n ddiogel i ti wrando.'

'Beth yw dy enw di?' gofynnodd Gwydion yn gyntaf.

'Gwladys,' atebodd Marian.

'Ble rwyt ti'n byw?'

'Yn Nhegeingl. Mae 'Nhad o linach Selyf, brenin Powys. Llanc ifanc oedd o pan laddwyd Selyf gan Aethelfrith, a finnau'n ddim ond baban.'

'Aethelfrith o Northumbria?'

'Ie, y pagan esgymun! Nid yn unig roedd o wedi lladd fy nhaid, un o deulu Selyf, ond fe laddodd nifer fawr o'm tylwyth, dynion diamddiffyn oedd yn aelodau o fynachlog Bangor Is-coed.'

'Lladdfa'r seintiau?' holodd Gwydion wedyn. Ni allai gadw'r cynnwrf o'i lais.

'Ie. Deuddeg cant o wŷr Duw, ar eu gliniau'n gweddïo dros Selyf, a'r Anghrist yn anfon ei luoedd i'w torri i lawr yn ddidrugaredd! Allwn i byth faddau'r weithred honno. Gobeithio bod Aethelfrith yn dioddef holl boenau uffern am ei waith!'

'Ydi o wedi marw, felly?'

'Ydi, melltith Duw arno. Bu farw'r un flwyddyn â'r frwydr.'

'Brwydr Caer?'

'Ie. Ond mae 'Nhad am gael dial ar ei dylwyth o'r diwedd!' Roedd Gwladys/Marian yn cynhyrfu'n awr. 'Bydd o'n ymuno â Cadwallon o fewn yr wythnos, ac fe fyddan nhw'n mynd ar ymgyrch i Northumbria,' cododd ei llais yn fuddugoliaethus, 'ac rydw i'n cael mynd gydag ef!'

'Cadwallon o Wynedd?'

'Ie. Mae gan yntau asgwrn i'w grafu ag Edwin, olynydd Aethelfrith. Ddwy flynedd yn ôl daeth gwŷr Northumbria eto ac ysbeilio gogledd

Cymru a meddiannu ynys Môn. Cafodd Cadwallon ei wthio'n ôl i ynys Seiriol, a'i gadw dan warchae yno gan Edwin, ond yn awr mae'r rhod yn troi, ac mi enillwn ni'r dydd. Mae popeth yn barod gennym ar gyfer dyfodiad Cadwallon, ac mae'r Mersiaid dan arweiniad Penda, eu brenin, yn dod i ymuno â ni hefyd.'

'Ond beth mae merch fel ti'n ei wneud mewn byddin? Aros adref efo'i mam y dylai merch.'

'Pam?' heriodd Gwladys. 'Rydw i cystal ymladdwr â'm brodyr! Pam ddyliwn i aros adref? Dydw i ddim yn briod, a does gen i ddim plant.'

'Ond mae siwrnai faith yn eich wynebu.'

'Oes, mae 'Nhad wedi ein rhybuddio am hynny. Ond mae cael Penda ar ein hochr yn ein cadw'n ddiogel nes inni gyrraedd tiroedd ein cyd-Frythoniaid yn Rheged. Felly gallwn gyrraedd gwŷr Northumbria un ai o'r de drwy Elfed neu drwy fynd ymhellach i'r gogledd ac ymosod arnynt o'r gorllewin. Mae Cadwallon yn ffyddiog y bydd pob Brython ar ein ffordd yn sicr o ymuno â'n byddin, cymaint yw'r atgasedd tuag at y Saeson.'

Tawodd Gwladys/Marian, ei chorff yn siglo'n araf. Gadawodd Gwydion lonydd iddi am rai munudau, yna gofynnodd gwestiwn arall iddi.

'Ble rwyt ti rŵan, Gwladys?'

'Mae'n noson cyn y frwydr,' sibrydodd, 'ac rydw i'n ceisio cysgu. Ond mae hi'n anodd. Rwy'n gwybod bod fy mrodyr ar ddi-hun hefyd. Mae Rhydderch yn sibrwd wrth Ifor, a Meurig yn troi a throsi. All neb droi ei feddwl oddi wrth ddigwyddiadau'r bore. Ond mae'r offeiriaid yn ffyddiog. Mae Duw o'n plaid, medden nhw, wrth inni frwydro yn erbyn y paganiaid.' Trodd ei llais yn chwyrn. 'Maen nhw'n dweud bod Edwin wedi troi'n Gristion, ond mae'n anodd gennym ni gredu hynny. Paganiaid annuwiol yw'r Saeson i gyd.

'Ond mae'r wawr wedi torri, ac rydyn ni'n barod. Rydw i ar gefn fy ngheffyl yng nghatrawd fy nhad, a'm brodyr o'm cwmpas. Mae hi'n fore gwyntog, ac mae ein baneri'n chwifio'n wyllt. A dyna sŵn y cyrn rhyfel! Mae eu clywed bob amser yn gyrru iasau i lawr fy nghefn. Rwy'n dal fy nharian yn dynnach o'm blaen ac yn gostwng fy ngwaywffon. Teimlaf fy nghleddyf byr yn ddiogel wrth f'ystlys. Gwnaf yn sicr ei fod yn ddigon rhydd i'w dynnu allan ar frys pan ddaw'r amser. Mae fy ngheffyl oddi tanaf yn teimlo fy nghynnwrf ac yn anniddigo. Gwaith caled yw rheoli popeth – fy ngheffyl, fy arfau, fy nharian. Diolch byth fod fy ngwallt wedi ei blethu'n dynn tu ôl i mi, neu mi fyddai'r gwynt yn siŵr o'i chwipio ar draws fy wyneb a'm dallu. Ond rydym yn cychwyn! I'r gad! I'R GAD!'

Daeth y synau rhyfeddaf o geg Marian/Gwladys dros y munudau nesaf. Gwyliai Gwydion hi'n ofalus. Ni theimlai Dyfrig lai nag ofn o glywed y synau. Gallai ddychmygu gwaywffon a chleddyf y ferch yn torri ei gelynion i lawr. Ond a fyddai hi'n marw'r diwrnod hwnnw, fel yn hanes Heledd?

'Mae'r cyfan drosodd!' bloeddiodd Gwladys yn fuddugoliaethus. 'Mae'r Cymry wedi ennill y dydd, ac Edwin yn gelain! Gogoniant i Dduw! Dyma'r fuddugoliaeth orau ers Mynydd Baddon! Bydd yr enw Meicen yn cael ei ychwanegu at hanes Ynys Prydain fel un o'i brwydrau pwysicaf!'

'Ydi'r gelyn ar ffo?'

'Ydi! Mae'r march yn carlamu'n wyllt wrth eu herlid! Rwy'n eu torri i lawr fel haidd dan heulwen haf! Mae hyn yn iawn am yr holl dywallt gwaed achoson nhw yng Nghymru! Rwy'n teimlo mor gryf â chawr! Mae Rhydderch yn carlamu wrth f'ochr, y ddau ohonom am y gorau'n lladd ein gelynion!

'Mae'r cyfan drosodd! Rwyf yn rhyfeddol o luddedig. Mae fy ngwas yn cymryd fy arfau a'm march, ac mae fy nghaethforwyn yn dod i'm cynorthwyo i ymolchi ac ailwisgo. Mae cyhyrau f'ysgwyddau a'm breichiau ar dân wedi'r holl ymladd, ac mae'r gaethforwyn yn eu pwyo ag olew i'w llacio. Ond er mor luddedig ydw i, rydw i'n benderfynol o fod yn bresennol yng ngwledd Cadwallon. Mae 'Nhad a minnau wedi derbyn gwahoddiad i eistedd gyda Cadwallon a Penda ac arwyr eraill y frwydr. Ysgwn i a fydd y beirdd yn cynnwys ein henwau wrth ganu clodydd Cadwallon? Cawn weld yn y man.

'Mae'r chwerthin yn uchel a'r cwrw a'r gwin yn llifo! Nid fod angen yr holl ddiodydd arnom. Mae'r fuddugoliaeth wedi meddwi pawb yn barod!' Disgynnodd goslef llais Gwladys, ac roedd tinc o swildod i'w glywed. 'Rwy'n sylwi bod Cadwallon yn syllu arna i o bryd i'w gilydd. Mae golwg od yn ei lygaid. Mae fy nhad wedi sylwi hefyd. Mae'r ddau'n siarad – na, yn sibrwd – â'i gilydd. Beth sy'n mynd ymlaen? Rydw i'n gwrido pan mae Cadwallon yn galw arnaf, a 'Nhad yn gwenu ei gymeradwyaeth. Rydw i'n adnabod yr olwg yn llygaid Cadwallon. Mae'n fy chwenychu. Mae ganddo eisoes wraig yng Nghymru, mi wn, ond dydi bod yn gariad i frenin mor gryf a llwyddiannus yn ddim sarhad arna i na'm teulu. Pe byddwn yn esgor ar blentyn, byddai ganddo'r un hawliau â phlant ei wraig.

'Rwy'n cerdded ato'n araf; mae pob un o'r dynion eraill yn sylweddoli bwriad Cadwallon ac yn crechwenu arnaf. Mae rhai hyd yn oed yn gweiddi ensyniadau hyll, ond rydw i'n eu hanwybyddu. Mae'n werth dioddef y cellwair i gael y fraint o rannu gwely Cadwallon, a gallaf sicrhau ffafriaeth i 'Nhad a'm brodyr pan fydd holl gyfoeth Northumbria yn cael ei rannu. Gwna Cadwallon le i mi eistedd wrth ei ochr, ac mae'n galw ar y telynorion i ddechrau ein diddanu. Cyn bo hir bydd y beirdd yn gwneud eu rhan hwythau yn y moliant – a minnau wedi cael fy newis gan wrthrych eu mawl!'

'Sut ddyn ydi o, Gwladys?'

'Mae o'n gryf fel cawr ac yn ddewr fel llew. Mae ei wallt yn dywyll a'i lygaid yn las. Mae o'n chwerthin yn hawdd, ond hefyd yn gwgu yr un mor rhwydd. Ceisia pawb gadw'r ochr orau iddo, yn arbennig Penda. Mae hwnnw'n cydnabod hawl Cadwallon i arwain eu byddin unedig, ac yn falch o wneud hynny. Ond mae'r dynion yn syrthio i gysgu fesul un, ac mae Cadwallon yn gafael yn fy llaw. Mae'n fy arwain at ei wely moethus, croen arth oddi tanom a chrwyn bleiddiaid a charw i'n cadw'n gynnes. Mae o'n datod fy mhlethi, yn rhedeg ei fysedd drwy'r tresi i'w rhyddhau. Mae ei wynt yn arogli o win a garlleg gwyllt wrth iddo blygu 'mlaen a'm cusanu. Mae o flynyddoedd lawer yn hŷn na mi, ond does wahaniaeth gen i am hynny. Mae o'n gryf a phrofiadol, yn siŵr o barchu fy ngwyryfdod. Does gen i ddim ofn.

'Mae'n datod fy ngwregys ac yn llithro fy ngŵn oddi ar f'ysgwyddau. Rhed ias drwy fy nghorff, ias o ddisgwylgarwch a chynnwrf wrth i'w fysedd lithro drwy agoriad fy isbais ...'

'Gwladys, gwranda arna i,' torrodd Gwydion ar ei thraws. 'Rydw i am dy alw di'n ôl rŵan. Nid Gwladys wyt ti mwyach, ond Marian. Marian, rydw i'n mynd i gyfrif i dri, ac ar rif tri mi fyddi di'n deffro. Mi fyddi di'n hapus o fod wedi cofio dy orffennol, ac ni fydd ofn arnat. Un ... dau ... tri.'

Agorodd Marian ei llygaid a gwenu ar Gwydion.

'Wnes i'n dda?' gofynnodd iddo.

'Ardderchog! Ffantastig! Mae gen i gymaint o gwestiynau yr hoffwn eu gofyn i ti! Mae Cadwallon o ddiddordeb arbennig i mi.' Trodd at weddill y cwmni i egluro. 'Digwyddodd Brwydr Meicen oddeutu'r flwyddyn 632. Yn y cyfnod hwnnw, mae'n bur debyg mai teyrnasoedd Gwynedd a Northumbria oedd rhai o'r cryfaf ar Ynys Prydain: Gwynedd o blith y Brythoniaid, a Northumbria o blith yr Ellmyn. Roedd yn rhaid i'r ddwy deyrnas geisio am oruchafiaeth, y naill dros y llall. Efallai y caf fi'r fraint o dy hypnoteiddio di eto, Marian, i gael gwybod rhagor?'

'Wrth gwrs,' atebodd hithau'n falch. 'Ond beth am Huw?' Trodd ato. 'Wyt ti'n barod nawr?'

'Wel, nag ydw, a deud y gwir.'

'Huw, Huw! Be sy'n bod arnat ti?' Roedd llais Anna yn llawn gwawd. 'Y cena anniolchgar! Mae Marian wedi dangos y ffordd i ti! Pam na nei di ei dilyn, fel un o dy blydi gŵn hoff?'

Trodd Marian at Anna â'i hwyneb yn gandryll, ond Gwydion oedd y cyntaf i siarad.

'Mae'n ddrwg gen i, Anna, ond rydw i wedi dy anwybyddu di. Hoffet ti gael dy hypnoteiddio nesaf?'

Tynnwyd y gwynt o hwyliau Anna. Edrychodd o un wyneb i'r llall, heb ddarganfod unrhyw arweiniad na dihangfa ynddynt.

'Wel ...'

'Tyrd, newid lle efo Marian.'

Cerddodd y ddwy heibio'i gilydd yn anfoddog, ac eisteddodd Anna i lawr yn wynebu Gwydion. Aeth yntau drwy'r un defodau â'r tro cynt.

'Beth yw dy enw di?'

'Margiad.'

'A ble rwyt ti'n byw, Margiad?'

'Yn y llys.'

'Pa lys yw hwnnw?'

'Llys y Tywysog Dafydd.'

'Dafydd? Pa Ddafydd yw hwn, Margiad?'

'Mab Llywelyn Fawr a'r Frenhines Siwan, heddwch i lwch y ddau.' Gwnaeth Margiad/Anna arwydd y groes o flaen ei hwyneb.

'Ydi'r llys yn ymweld ag unrhywle arbennig heddiw, Margiad?'

'Rydyn ni yn y prif lys, Garth Celyn.' Daeth tinc o bryder i'r llais. 'Ond dydi pethau ddim yn dda.'

'O? Beth sy'n bod, felly?'

'Mae'r Tywysog yn ddifrifol wael. Mae pawb yn pryderu yn ei gylch. All hyn ddim digwydd ar adeg gwaeth.'

'Beth wyt ti'n feddwl, Margiad?'

'Rydyn ni ynghanol rhyfel arall yn erbyn Harri'r Trydydd.' Y tro hwn, daeth balchder i'w llais. 'Mae'r Tywysog wedi dal holl fyddin y Saeson yn ôl, ac wedi eu cadw yr ochr arall i'r afon.'

'Pa afon?'

'Conwy, siŵr iawn. Ydych chi ddim wedi clywed yr hanes?'

Gwingodd Margiad/Anna yn ei sedd, a gallai Dyfrig ddychmygu'r ddynes yn rhag-weld cyfle pleserus i hel clecs o'i blaen.

'Wnaeth y Tywysog erioed faddau iddo'i hun am golli'r frwydr yng Ngwern Eigron, a'r amodau heddwch y bu raid iddo'u derbyn ddeuddydd yn ddiweddarach yn Rhuddlan.'

'Beth oedd dyddiad Gwern Eigron?'

'Awst y nawfed ar hugain, 1241.'

'Ti'n cofio'n dda, Margiad.'

'Sut allwn i anghofio? Roedd fy meistres yn galaru cymaint yn dilyn y diwrnod hwnnw. Ceisiais ei chysuro, a'i hatgoffa bod ei gŵr ganddi o hyd, yn fyw ac yn iach.'

'Pwy yw dy feistres di, felly?'

'Y Dywysoges Isabella.' Roedd balchder yn y llais. 'Y fi yw ei phrif forwyn.' Plygodd ymlaen a gostwng ei llais. 'Ond yna, penderfynodd y tywysog na allai dderbyn telerau'r heddwch. Fyddech chi ddim yn credu faint o negeswyr oedd yn cyrraedd a gadael y llys yn y blynyddoedd hynny! 'Nôl a blaen, 'nôl a blaen fydden nhw'n mynd.'

'Pwy oedden nhw, Margiad?'

Crychodd ei thalcen.

'Gadewch i mi feddwl ... roedd negeswyr o Bowys, dynion Hywel ap Cadwallon a Maredudd ap Maelgwn. Yna o'r de, negeswyr Rhys ap Gruffudd o Senghennydd, Hywel ap Maredudd o Feisgyn, a meibion Morgan Gam o Afan. Yna, o'r gorllewin daeth dynion Maredudd ap Owain o Geredigion, Maredudd ap Rhys o Ddryslwyn, Rhys Fychan o Ddinefwr a Maelgwn Fychan o ogledd Ceredigion. Pawb, mewn gwirionedd, ond Gruffudd ap Gwenwynwyn o Bowys Wenwynwyn, a Gruffudd ap Madog o Bowys Fadog.'

'Ac roedden nhw i gyd yn cytuno?'

'O, oedden. Llwyddodd y tywysog i gael pob un ohonynt i'w gefnogi – ac roedd hynny'n dipyn o orchest, coeliwch fi! Nid ar chwarae bach yr oedd cael y dynion balch hynny i gytuno. Mae'r tywysog yn ddiplomydd heb ei ail – er, cofiwch chi, roedd ei dad, Llywelyn, wedi paratoi'r ffordd iddo pan fynnodd fod pob un o dywysogion Cymru yn cymryd llw o ffyddlondeb i Ddafydd.'

'Pa bryd oedd hynny, Margiad?'

'Yng nghyngrair fawr Strata Florida, yn 1238.'

'Mae'n ddrwg gen i dorri ar draws. Ewch ymlaen efo'r stori.'

'Rhaid i chi gofio i rai o'r diawliaid hynny droi cefn arno ar ôl marwolaeth ei dad, ac ar ôl iddo orfod arwyddo Cytundeb Caerloyw efo'i ewythr, y brenin Harri, teimlai rhai ohonyn nhw nad oedd ganddo'r grym i'w gwrthsefyll. Roedd hynny'n dân ar ei groen o hefyd.'

'Cytundeb Caerloyw?'

'Ie. Wyddoch chi, pan fu raid iddo fynd ar ei liniau yn Llundain bell a thyngu llw i Harri. Colli'r holl diroedd roedd o'n eu dal ledled Cymru, a'i gyfyngu i Wynedd yn unig. Ac, wrth gwrs, roedd o i ryddhau ei hanner brawd, Gruffudd ap Llywelyn.'

'Onid oedd rhai o dywysogion Cymru hefyd wedi digio efo Dafydd am garcharu Gruffudd?'

Sythodd Margiad/Anna yn ei chadair a chaledodd ei llais.

'Beth wyddoch chi am hynny? Doedd dim dewis ganddo, nag oedd? Mi roedd ei dad wedi gwneud yr un peth! Draenen yn ystlys ei dad a'i hanner brawd fu Gruffudd erioed, heddwch i'w lwch!' Gwnaeth arwydd y groes eto. 'Beth bynnag ddywed Esgob Bangor, doedd dim dewis ganddo.'

'Esgob Bangor? Beth oedd gan hwnnw i'w ddweud?'

Edrychodd Margiad/Anna braidd yn anghysurus.

'Wel, roedd yn rhaid iddo, yn doedd? Dyna'r unig ffordd.'

'Yr unig ffordd i beth, Margiad?'

'Yr unig ffordd o ddal Gruffudd, a'i gadw dan reolaeth.'

'Dydw i ddim yn deall. Allwch chi egluro, Margiad?'

'Roedd Gruffudd a'i feibion yn gwrthryfela eto, yn ôl eu harfer, a Dafydd wedi hen flino ar ymladd yn eu herbyn. Anfonodd neges at Gruffudd yn gofyn am gynghrair gydag ef ac Esgob Bangor, i geisio cymod. Cytunodd Gruffudd a daeth i Fangor. Ond arestiwyd ef a'i fab yn syth gan ddynion Dafydd, a charcharwyd hwy yng nghastell Cricieth.

'Roedd sefydlu heddwch yng Nghymru, a chadw'r Saeson draw, yn amhosib tra oedd Gruffudd yn rhydd,' meddai'n amddiffynnol. 'Roedd o'n tanseilio popeth!' Ymlaciodd y wraig, a meddalodd ei llais. 'Stori arall ydi Llywelyn, ei fab. Llanc annwyl iawn, a phawb yn hoff ohono. Dydi o ddim yn gweld bai ar ei ewythr am farwolaeth ei dad.'

'Sut digwyddodd hynny?'

'Wyddoch chi ddim? Yn Llundain, yn y Tŵr Gwyn. Roedd Dafydd wedi anwybyddu gorchymyn Harri i ryddhau Gruffudd yn ôl telerau Caerloyw, felly aeth Senana, gwraig Gruffudd, at Harri i ofyn am ei gymorth. Roedd anufudd-dod Dafydd wedi cythruddo'r brenin, ond, yn waeth na hynny, roedd Dafydd wedi bod mor hy â throi at frenin Ffrainc, Louis IX, am gymorth. Gwrthod wnaeth hwnnw, ond roedd y ffaith fod Dafydd wedi gwneud y cais yn ddigon i wylltio Harri'n gacwn. Dyna pam yr ymosododd ar Wynedd eto yn 1241, a chwalu holl freuddwydion Dafydd. Roedd yn rhaid iddo dderbyn amodau Gwern Eigron, ac yna'r hydref hwnnw fe gafodd ei alw i Lundain i blygu glin i Harri ac arwyddo cytundeb y byddai Harri a'i ddisgynyddion yn etifeddu holl diroedd Dafydd pe bai'n marw heb etifedd. Ac, wrth gwrs, roedd yn rhaid iddo ryddhau Gruffudd. Nid fod hynny wedi gwneud unrhyw les i Gruffudd druan. Cafodd ei yrru'n syth i'r Tŵr Gwyn yn Llundain.'

Meddalodd ei llais wrth iddi ysgwyd ei phen.

'Druan bach, roedd o'n ceisio dianc. Fe gofiwch iddi fod yn aeaf arbennig o oer ddwy flynedd yn ôl, yn 1244, a Chwefror wedi troi'n arteithiol o oer. Gofynnodd Gruffudd druan am ragor o flancedi i'w wely, a chaniatawyd ei gais. Clymodd ei ddillad gwely at ei gilydd i wneud rhaff, er mwyn dianc drwy'r ffenest. Ond doedd y rhaff ddim yn ddigon hir, ac fe ddisgynnodd ar y cerrig islaw. Trawodd ei ben â'r fath ergyd nes bod esgyrn ei wddf wedi'u chwalu'n llwyr!' Ochneidiodd. 'Ond dyna fo, fel'na mae hi yn yr hen fyd 'ma. Poen a thrafferthion, ac yna angau!'

'Ie wir,' cytunodd Gwydion yn ddwys. 'Ond yn ôl at Dafydd, Margiad. Be ddigwyddodd nesa?'

'Wel, ia. Roedd marwolaeth Gruffudd wedi rhyddhau Dafydd o un o'i ofnau mawr: y byddai'r Brenin Harri yn defnyddio Gruffudd – yn ei ryddhau, o bosib – i achosi helynt i Dafydd. Ond ar ôl marwolaeth Gruffudd, diflannodd y bygythiad hwnnw. Felly, roedd o'n rhydd i geisio adennill ei diroedd. A dyna gychwyn ar ymgyrchoedd 1244, naw wythnos ar ôl marwolaeth Gruffudd.

'I ddechrau, ymosodiadau cyflym, dirybudd ar stadau arglwyddi'r Mers oedden nhw. Wedyn, rhoddodd Dafydd gastell Tafolwern, lle roedd Gruffudd ap Gwenwynwyn, dan warchae. Anfonodd hwnnw am gymorth brenin Lloegr, ac er bod Dafydd wedi cipio'r castell, llwyddodd Gruffudd i ddianc. A dyna sut roedd pethau am weddill yr haf hwnnw. Ymosod, tynnu'n ôl; ymosod a thynnu'n ôl. Ond ar ddiwedd pob ymosodiad, roedd Dafydd a'i ddilynwyr wedi ennill tiroedd.'

'Wnaeth Harri ymateb i'r alwad am gymorth gan Gruffudd ap Gwenwynwyn?' gofynnodd Gwydion.

'Wel, naddo, ddim yn syth. Un fel yna ydi o, medden nhw. Chwythu'n boeth un munud, ac yn oer y nesa. Ond wyddoch chi beth wnaeth Dafydd?'

Gwrandawodd Dyfrig mewn rhyfeddod wrth i Margiad/Anna adrodd yr hanes y bu ef ei hun yn ymchwilio iddo'r wythnos cynt. Roedd hi'n llygad dyst i'r holl beth, yn ychwanegu darnau bach personol nad oedd i'w cael mewn unrhyw lyfr hanes!

Roedd llais Margiad/Anna yn chwerw bellach. 'Newidiodd y Pab ei feddwl, a chefnogi Harri. Roedd hynny'n ergyd drom i'r tywysog a'r dywysoges. Ond roedd o'n benderfynol o frwydro 'mlaen.'

'Beth ddigwyddodd, felly?'

'Wel, yn un peth, anwybyddodd y cais am gadoediad. Dechreuodd y tywysog a'i gefnogwyr ymosod ar gadarnleoedd y Saeson yng Nghymru: ennill Margam, yr Wyddgrug, a'r rhan fwyaf o'r tiroedd a gollodd dan gytundeb Gwern Eigron.'

'A beth oedd ymateb y brenin?'

'Daeth i Gaer ac anfon ei filwyr i ymosod ar y Cymry. Doedd dim modd eu hatal wrth iddyn nhw reibio gwastatiroedd y Fflint. Ym misoedd yr haf yr oedd hyn, chi'n deall, a'r cynhaeaf yn barod i'w gasglu. Difrodwyd y cyfan.' Ysgydwodd ei phen. 'Alla i ddim disgrifio'r dioddefaint sydd wedi bod ers hynny. Mae pawb yn llwgu, ac yn awr mae Dafydd mor wael. Mae pawb yn ofni ei fod ar ei wely angau.'

'Fe gollodd Dafydd y frwydr, felly?'

'O naddo! Fel deudis i ar y dechrau, mae o wedi cadw byddin Harri allan o Wynedd. Daeth Harri cyn belled â Deganwy, ond roedd amddiffynfeydd Dafydd yng Nghonwy yn ddigon i'w gadw draw. Roedd yna frwydro bob dydd, a chyrff y meirwon yn pentyrru. Anfonodd Harri lynges i Fôn i geisio ymosod ar Wynedd o'r gorllewin, ac er iddyn nhw ddinistrio'r cnydau yn y fan honno hefyd, doedd yr ymgyrch ddim yn llwyddiant, diolch i'r drefn! Ond yna, trodd Duw ei gefn arnom.'

'Beth ydych chi'n ei feddwl, Margiad?'

Syllodd Margiad/Anna arno'n syn am rai eiliadau.

'Ydych chi wedi bod dramor? Ydych chi ddim yn cofio? Y rhew a'r eira ym mis Hydref? Pob llyn ac afon yn solet, a hyd yn oed y môr wedi rhewi yn y glannau. A'r gwyntoedd creulon? Ydych chi ddim yn cofio'r rheini? Mae bywyd yn galed arnon ni, does dim dwywaith am hynny. Ond o leiaf anfonodd y tywydd Harri a'i filwyr yn ôl i Loegr, a chriw digon tila oedden nhw, hefyd! Doedd dim balchder na rhyfyg o'u cwmpas wrth iddyn nhw eu llusgo'u hunain yn ôl i Gaer, melltith arnyn nhw!'

'Mae'r tywydd fymryn gwell erbyn hyn, ond isel iawn yw ysbryd pawb yma yng Ngarth Celyn.'

'Pa fath o salwch sydd ar y tywysog, Margiad?'

Cronnodd dagrau yn ei llygaid wrth iddi ateb.

'Mae o mor wael ac egwan. Ac mae ei wallt yn syrthio allan yn dalpiau. Mae'r dywysoges a'r meddygon yn ceisio'i fwydo, ond mae o'n taflu'r cyfan yn ôl. All o gadw dim i lawr. Mae'n chwys oer drosto drwy'r amser, a phe baech chi'n gweld ei ddwylo a'i draed ...' Dechreuodd wylo'n agored a gwasgu ei dwylo i'w cheg.

'Pam, beth sy'n bod arnyn nhw, Margiad?'

'Maen nhw wedi troi'n ddu, ac yn pydru,' sibrydodd mewn arswyd. 'Maen nhw'n dweud,' edrychodd o'i chwmpas yn wyllt, a gostwng ei llais yn is fyth, 'maen nhw'n dweud mai wedi'i wenwyno'n fwriadol mae'r tywysog. Mai dyna'r unig ffordd y gall brenin Lloegr ei drechu! Mae arna i ofn. Mae ofn ar bob un ohonom! Does gan Dafydd ddim plant, felly gall Harri hawlio ein gwlad i gyd pan fydd Dafydd farw. Dyna'r cytundeb arwyddodd Dafydd efo Harri yn Llundain dros bedair blynedd yn ôl.'

'Wela i,' meddai Gwydion, a'r tro hwn roedd pryder yn ei lais yntau.

'Ond rhaid i mi fynd. Maen nhw'n galw arnaf. Rwy'n ofni bod y cyfan drosodd!'

'Diolch i ti am roi dy amser i ni, Margiad.' Yna daeth llais Gwydion yn gryfach. 'Rydw i'n dy alw di'n ôl, rŵan, Anna. Mi fydda i'n cyfrif i dri ...'

Pennod 27

Gwrthododd Gwydion y cynnig o baned o de neu goffi, a gadawodd y tŷ yn fuan ar ôl iddo ddeffro Anna. Tawedog iawn fu Anna a Marian wedyn, y ddwy wedi ymgolli yn eu meddyliau eu hunain. Anna oedd y gyntaf i droi am ei gwely, gan adael y gweddill yn syllu'n dawel i'r tân. Torrodd N'tia'r distawrwydd pan gynigiodd wneud paned i bawb. Gwrthododd Marian, ac yn fuan wedyn aeth hithau am ei gwely.

'Gaf fi ddefnyddio'ch stafell molchi chi, fechgyn?' gofynnodd wrth godi. 'Wy'n credu bod Anna'n dal yn un y merched.'

Ar ôl derbyn eu caniatâd, diflannodd i fyny'r grisiau, ac aeth Dyfrig at N'tia i baratoi'r te. Cyffyrddai'r ddau ddwylo'i gilydd bob cyfle a gaent, ac ysai Dyfrig am gael cyffwrdd a gafael yn rhannau eraill o'i chorff. Ond roedd yr ymatal yn hwyl hefyd: y ddau'n gwenu'n gyfrinachol ar ei gilydd, eu llygaid yn cyfleu'r cyfan na allai eu cyrff. Roedd y neges yn eglur: 'Aros di nes byddwn ni ar ein pennau ein hunain!'

'Wel, dim ond chi fechgyn sydd ar ôl 'nawr,' meddai Heledd wrth dderbyn ei chwpan. 'Fyddet ti'n gadael i Gwydion dy hypnoteiddio di'n awr, Huw? Ar ôl yr holl honiadau fod y peth yn ddiogel?'

Cododd Huw ei ysgwyddau.

'Wn i ddim,' atebodd. 'Fasa'n well gen i gael llonydd.' Roedd wedi gwrthod paned gan fod ganddo bron hanner potelaid o win ar ôl wrth ei ochr.

'Ydych chi wedi sylwi?' gofynnodd Gwion. 'Mae pob un sydd wedi ei hypnoteiddio hyd yma wedi bod o'r un rhyw â'r *persona* blaenorol. Does 'run ferch wedi bod yn ddyn, na'r un dyn yn ferch.'

'Gwir,' cytunodd Dyfrig, 'heblaw am brofiad Huw fel mul. Sut faset ti'n categoreiddio hynny?'

'Dibynnu ai mul gwrywaidd neu fenywaidd oedd o!' atebodd Gwion gan chwerthin. Ond codi o'i gadair wnaeth Huw a mynd am ei wely, y botel a'i wydryn yn ei ddwylo. Aeth y pedwar arall i'w llofftydd yn fuan wedyn, a llwyddodd Dyfrig i roi cusan fach i N'tia wrth iddi gerdded heibio.

'Be sy'n bod ar Huw, tybed?' gofynnodd Gwion i Dyfrig wrth i'r ddau baratoi i fynd i'w gwelyau.

'Wn i ddim,' atebodd Dyfrig, 'os nad ydi busnés yr asyn 'ma yn ei boeni.'

'Mae'n anodd credu hynny,' meddai Gwion. 'Beth yw'r ots os mai asyn oedd o o'r blaen? Fel dwedodd Gwydion, mae'n debygol fod gan bawb fwy nag un gorffennol.'

'Ia, ond y *teimlad* o fod yn asyn sy'n ei boeni,' meddai Dyfrig, gan ailadroddodd yr hyn roedd Huw wedi ei ddweud wrtho am y profiad. 'Dyna pam na wnaiff o fwyta cig mwyach – ac efallai fod arno ofn cael profiad yr un mor ysgytwol unwaith eto.'

'Sgwn i beth oeddwn i,' meddai Gwion ar ôl ennyd o ddistawrwydd.

'Wyt ti'n awyddus i gael gwybod?'

'Ydw, a nag ydw. Alla i ddeall teimladau Huw, ond mi faswn i wrth fy modd yn cael gwybod oeddwn i'n rhywun dewr neu bwysig, fel Heledd.'

'Pwy fasat ti'n ddweud oedd y dewraf neu'r pwysicaf rhwng Marian ac Anna?' gofynnodd Dyfrig yn ysgafn, ond cyn i Gwion allu ateb, a bron fel petai'r cwestiwn wedi ei sbarduno, daeth bloedd o ystafell y merched.

'Yr ast uffar!' clywsant lais Anna'n bloeddio.

Yna dywedodd Marian rywbeth nad oedd modd ei ddeall. Atebodd Anna gan weiddi, 'Hwran!' Yna daeth twrw cnawd yn taro cnawd, a sgrechian, a rhywbeth yn syrthio i'r llawr ac yn malu'n deilchion.

Rhuthrodd y ddau at y drws ac i mewn i'r ystafell wely gyferbyn. Roedd N'tia a Heledd yno'n barod, Heledd yn ceisio tawelu Marian a N'tia yn ceisio gwthio Anna i ffwrdd. Doedd ganddi ddim gobaith. Y peth cyntaf a welodd Dyfrig oedd N'tia'n cael ei hyrddio yn erbyn gwely ac yn syrthio'n glewt ar y llawr. Mygodd yr ysfa i fynd ati oherwydd roedd golwg filain ar wyneb Anna wrth iddi ymosod ar Marian unwaith eto. Roedd Heledd druan yn gafael yn Marian ag un fraich, a'r llall wedi ei hymestyn mewn ymdrech aflwyddiannus i gadw Anna draw. Camodd Dyfrig rhwng y ddwy, ac aeth Gwion y tu ôl i Anna a dal ei breichiau wrth ei hochr. Prin fod y llanc, hyd yn oed, yn ddigon cryf a thrwm i'w hatal, ac ofnai Dyfrig ei weld yntau'n chwyrlïo drwy'r awyr, a fyddai dim wedyn i rwystro Anna rhag ei golbio ef er mwyn cyrraedd Marian. Yna cerddodd Huw i'r ystafell.

'Be ddiawl sy'n digwydd? Chaiff dyn ddim cysgu mewn heddwch?'

Roedd ei dafod yn dew a'i gamau'n anwastad. Roedd gweld yr olwg arno yn ddigon i sobri Anna. Ymdawelodd yn syth a mynd ato, a sylwodd Dyfrig am y tro cyntaf fod dagrau'n llifo i lawr ei gruddiau.

'Huw bach, tyrd o 'ma, wir Dduw,' wylodd wrth afael yn ei fraich a'i droi. 'Tyrd i dy wely. Mi wnaiff Anna edrych ar d'ôl di! Mi gân' nhw i gyd fynd i'r diawl!'

Ar ôl iddyn nhw adael trodd Marian yn ddagreuol at y lleill, ond anwybyddodd Dyfrig hi. Aeth yn syth at N'tia a'i chodi ar ei heistedd. Yna cododd hithau ar ei thraed. Nid edrychai fymryn gwaeth ar ôl ei phrofiad.

'Ti'n iawn?' sibrydodd Dyfrig yn ei chlust, a nodiodd hithau ei phen.

'Fe roddodd hi glatsien i mi,' llefodd Marian, 'am ddim rheswm yn y byd! Drychwch! Oes marc yna?' Pwyntiodd at ei boch, ond ni allai Dyfrig weld unrhyw olion ei bod wedi ei tharo.

'Dere, Marian,' ceisiodd Heledd ei chysuro, 'ti'n crynu i gyd. Gwion, edrych dros Marian, nei di? Dos â hi i f'ystafell i. Gwna'n siŵr ei bod hi'n iawn.'

Ufuddhaodd Gwion, ac aeth Heledd i siarad efo N'tia.

'Allwn ni ddim gadael i'r ddwy aros yn yr un ystafell heno,' meddai gan siarad yn isel. 'Fyddet ti'n fodlon newid? Gall Marian gysgu yn dy wely di, neu mi ddof fi i gysgu 'dag Anna.'

'Na, ti'n iawn, Heledd,' cytunodd N'tia ar unwaith. 'Cadwa Marian efo ti, a'i rhoi hi yn y gwely.'

Aeth Heledd ar ôl Marian. Edrychodd Dyfrig a N'tia ar ei gilydd.

'Ddylen ni fynd i weld a ydi Anna a Huw yn iawn?' gofynnodd Dyfrig yn ansicr.

Petrusodd N'tia.

'Fydden nhw'n fwy tebygol o dy groesawu di, Dyfrig? Rwyt ti'n eu hadnabod yn well na fi.'

'Ti'n siŵr o fod yn iawn,' ochneidiodd Dyfrig, nad oedd yn awyddus o gwbl i wneud ei ddyletswydd.

'Gwell i mi nôl brwsh i sgubo'r gwydr 'ma, rhag ofn i rywun gael damwain,' meddai N'tia wedyn gan bwyntio at weddillion ornament gwydr oedd yn deilchion wrth y drws i'r ystafell molchi. 'Mi fydda i i lawr y grisiau wedyn os byddi f'angen i.'

Cnociodd Dyfrig yn ysgafn ar ddrws Huw, a phan na chafodd ateb, edrychodd i mewn i'r ystafell. Lled-orweddai Huw ar ei fol ar draws y gwely, yn rhochian cysgu, ac roedd Anna'n ceisio tynnu ei eisgidau. Roedd y gwydr a'r botel wag ar y bwrdd wrth ochr y gwely.

'Helpa fi, Dyfrig,' ymbiliodd Anna. 'Mae'r diawl mor drwm!'

Llwyddwyd i dynnu ei esgidiau a rowlio Huw ar ei gefn. Daliai Anna i snwffian, gan sychu ei thrwyn ar ei llawes bob hyn a hyn. Yna, gan siglo corff Huw 'nôl a 'mlaen, gosodwyd y dillad gwely drosto yn hytrach nag oddi tano. Nid awgrymodd yr un ohonynt y dylent dynnu ei ddillad.

'Wyt ti 'di'i weld o fel hyn o'r blaen, Anna?' gofynnodd Dyfrig. Roedd cyflwr Huw yn ei ddychryn.

'Naddo,' atebodd, gan groesi at y bwrdd gwisgo a thynnu hances bapur allan o focs. Chwythodd ei thrwyn iddo cyn sychu ei llygaid. 'Dwi'n gwbod 'mod i wedi tynnu'i goes o droeon am fod ganddo botel win bob amser, ond doedd o byth yn meddwi.'

'Be sy wedi newid, 'ta?'

'Dwi'n gweld bai ar Gwydion,' atebodd Anna, 'fo a'i blydi hypnoteiddio!'

'Ond wyt *ti*'n iawn ar ôl heno?'

'Ydw, am wn i,' atebodd, gan godi ei hysgwyddau. Cododd y botel a'i rhoi wrth y drws. 'Er, mae o'n deimlad od dros ben.' Syllodd ar gorff Huw. 'Falla fod yr ast yn iawn wedi'r cyfan,' meddai'n dawel. 'Falla basa hi'n well iddo fo gael ei hypnoteiddio go iawn.' Aeth i eistedd ar erchwyn y gwely arall. 'Sori am heno,' mwmialodd gan syllu ar ei dwylo.

'Sdim raid i ti ymddiheuro. Ond ... Anna ... be ddigwyddodd yn union?'

'Mi wnes i golli'n limpin, yn do? Allwn i ddim diodda mwy o'i hen ensyniadau slei hi. Mae hi'n gweld ei hun fel rhyw geffyl rasio ffansi, ac yn fy ngweld inna fel hen gaseg trol afrosgo.' Oedodd cyn cyfaddef, 'Dwi'n gwybod 'mod i'n dew, ac yn hyll, a byth yn gwisgo dillad ffansi, ond mae gen inna fy nheimlada hefyd! Dydi o ddim yn beth braf cael rhywun yn edliw hynny i mi bob munud!'

'Mae'n ddrwg gen i. Wyddwn i ddim.'

'Pam ddylet ti? Ond pan ddechreuodd hi jarffio heno a brolio'i hun am fod yn ddewr fel Heledd, ac yn bwysig, a deud mai dim ond morwyn oeddwn i, wel, allwn i ddim ymatal. Mi floeddiais i mai hwran oedd hi, a dim arall.'

'Do, mi glywais i,' meddai yntau â gwên. 'Yli, mae'r genod wedi bod yn siarad, ac maen nhw'n cynnig newid lle. Mae N'tia am ddod i gysgu efo chdi, a chaiff Marian fynd at Heledd.'

'Mae hi'n hen hogan iawn, N'tia. Dwi'n falch eich bod chi'ch dau yn eitem rŵan.'

'Ydi o mor amlwg â hynny?'

'Dyfrig bach, ti 'di gneud llygaid llo bach arni o'r dechra cynta, ac mae hithau'r un fath. Ond dwêd wrth yr hogan am beidio â thrafferthu heno. Mi arhosa i fan yma.' Pwyntiodd at y corff oedd yn chwyrnu'n swnllyd. 'Gwell i rywun gadw llygad arno fo, rhag ofn.'

'Alla i wneud hynny, Anna. Ddyliwn i fod wedi meddwl am hynny fy hun. Dos di i gael noson o gwsg.'

Ond ysgwyd ei phen wnaeth Anna.

'Na, diolch i ti, Dyfrig. Mae'n well gen i gael rwbath i'w wneud. Go brin y gwna i gysgu am sbel go lew.'

Anelodd Dyfrig tuag at y drws.

'Wyt ti angen rwbath? Fasat ti'n hoffi diod boeth, neu damaid i'w fwyta?'

Siriolodd ei hwyneb.

'Mi fasa llefrith poeth yn neis, 'rhen goes, efo chydig o siwgwr, a nytmeg wedi'i gratio drosto fo, os oes 'na'r fath beth yn y tŷ 'ma. Roedd Mam yn arfer gwneud llond cwpan i mi ers talwm, pan fyddwn i'n teimlo'n isel.'

'Iawn. Mi ddo' i â fo i fyny i ti.'

'O, a Dyfrig? Fasat ti'n edrych i weld ydi'r stafall dros ffor' yn wag? Dwi isio nôl 'chydig o betha, a dydw i ddim isio gweld yr ast 'na eto heno.'

'Iawn.'

*　*　*

N'tia baratôdd y llefrith a mynd ag ef at Anna. Erbyn hynny roedd Heledd a Gwion hefyd yn ôl i lawr y grisiau. Roedd tebotaid o de ar y bwrdd, a mygiau. Wrth i Dyfrig dywallt paned iddo'i hun, dywedodd Heledd fod Marian wedi setlo yng ngwely N'tia, ac yn ymddangos fel petai'n cysgu'n dawel.

'Mae Anna am aros i gadw llygad ar Huw heno,' eglurodd Dyfrig; yna rhoddodd adroddiad am y ffrae. 'Faswn i erioed wedi dychmygu y gallai Marian fod fel'na,' meddai wedyn.

'Dyn wyt ti, Dyfrig,' atebodd Heledd yn sychlyd. ''Wy wedi sylwi shwt mae hi'n ymddwyn mor hoffus efo chi, ddynion. Oedd hi'n fêl i gyd efo ti ac Iwan, Gwion?'

'Wel, roedd hi'n garedig iawn, beth bynnag, ac yn gwneud prydau bwyd ffantastig.'

'Ie, a chithe'n meddwl y byd ohoni, wy'n siŵr! OK, sdim cwyn go iawn 'da fi, chwaith, ond fe gefes i'r teimlad 'i bod hi'n edrych arna i fel rhyw freak, a 'mod i angen fy maldodi fel plentyn wedi'i sbwylio. Ac mae hi'n nawddoglyd gyda N'tia, 'fyd. Chi'n gwbod, yn garedig wrth y nig-nogs am nad yw *hi*'n hiliol, ac am i bawb wybod hynny.'

'Dwi'n cofio rŵan,' meddai Dyfrig. 'Roedd Angharad wedi sylwi ar ryw deimlad anesmwyth rhwng Anna a Marian o'r diwrnod cynta.'

'Ond beth wy'n mynd i'w wneud nawr?' cwynodd Heledd. 'Sdim tîm 'da fi! Smo ni'n mynd i allu gweithio 'da'n gilydd ar ôl hyn.'

'Mi fydd raid i ni gael gair efo Gwydion,' penderfynodd Dyfrig. 'Wedi bod yn gweithio ar ein pennau'n hunain rydan ni hyd yma, felly fyddai fawr o wahaniaeth os ydan ni'n newid timau. Dwi'n berffaith fodlon newid lle efo rhywun.'

'Finnau hefyd,' ategodd Gwion.

'Pawb yn iawn?' gofynnodd N'tia wrth gerdded i mewn i'r ystafell. 'Rhagor o de?'

'Dim diolch,' meddai Gwion a Heledd fel un llais.

'Faint o'r gloch ydi hi?' gofynnodd Gwion wedyn. Edrychodd pawb ar y cloc, a dychryn o sylweddoli ei bod hi'n tynnu am ddau o'r gloch y bore. 'Prin mae hi'n werth mynd i'r gwely,' meddai wedyn, ond dyna wnaeth pawb.

*   *   *

Arhosodd Anna yn ystafell Huw drwy'r bore, y ddau'n gwneud eu gwaith eu hunain. Pan holodd Dyfrig, atebodd Huw ei fod yn iawn, diolch yn fawr, ac nad oedd angen yr holl ffys. Edrychodd Anna a Dyfrig ar ei gilydd, a gwenu. Ceisiodd Marian ennill cefnogaeth y lleill dros y bwrdd brecwast drwy ddisgrifio pa mor ofnadwy roedd Anna wedi ymddwyn tuag ati, ond llugoer a diduedd oedd eu hymateb. Yna gwahanodd pawb i orffen eu storïau am y seintiau, gan anwybyddu orau y gallent y gweithwyr oedd wrthi'n atgyweirio'r cwt ac yn dechrau cario'r bocsys o offer allan o'r cyntedd.

Erbyn amser cinio, roedd pawb yn ôl gyda'i gilydd, a'r awyrgylch yn llawn tyndra. Sut gebyst oedden nhw'n mynd i ddod dros hyn? meddyliodd Dyfrig. Wythnos a hanner eto o gyd-fyw'n anesmwyth, heb sôn am geisio cydweithio. Dim ond hanner ei feddwl oedd wedi bod ar ei waith drwy gydol y bore; roedd yr hanner arall yn ceisio dyfeisio ffyrdd o ddatrys y broblem. Yn sicr, roedd yr awyrgylch anghysurus yn lladd pob awen. Cnewyllyn unrhyw ddatrysiad oedd cael Gwydion i gytuno eu bod yn newid aelodaeth y timau. A fyddai modd trefnu lle gwahanol iddyn nhw fyw ynddo? Yna cofiodd am Seimon yn dweud mai'r capel oedd yr unig adeilad cyfan ar yr ynys.

'Beth y'n ni'n mynd i'w wisgo ar gyfer heno?' torrodd llais Heledd ar draws ei feddyliau. 'Ti wedi cael dillad Celtaidd i ni, N'tia?'

'Na, does dim byd wedi cyrraedd, na dim yma'n barod,' atebodd hithau.

'Allen ni wneud dillad?' awgrymodd Marian. 'N'tia, alli di ...'

'Rydach chi isio cael mwy o gacennau llus, 'tydach?' torrodd Dyfrig yn frysiog ar ei thraws, yn ofni bod ei bnawn o garu'n diflannu dan ei drwyn os oedd y merched yn mynd i botsian efo dillad. 'Felly, rhaid i N'tia a fi fynd i wneud cribin llus pnawn 'ma.'

Gwenodd N'tia arno'n ddiolchgar.

'Wel,' meddai Marian, 'felly bydd raid i mi fynd drwy fy wardrob i chwilio am rywbeth addas.'

'Dwi'n gwybod, heb chwilio drwy fy wardrob, nad oes gen i ddim byd ond trywsusau,' meddai Anna yn chwyrn, 'a rhaid iddyn nhw fodloni ar hynny.'

'Beth amdanat ti, N'tia?' anwybyddodd Marian gyfraniad Anna. 'Oes gen ti rywbeth fyddai'n gwneud y tro?'

'Dydw i ddim yn meddwl 'mod i'n rhan o'r ...'

'Twt lol,' meddai Marian wedyn, 'wrth gwrs dy fod ti i ddod. Beth am y wisg oedd gen ti'r noson gyntaf honno, pan oedden ni newydd gyrraedd y plas? Roedd honno'n hyfryd.'

Crychodd N'tia ei thalcen, yna cofiodd.

'O, y wisg Garibïaidd honno? Na, dyw hi ddim gen i nawr. Gwisg Eurgain oedd hi. Hi ofynnodd i mi ei gwisgo.'

'Rwy'n credu bod Anna'n iawn,' penderfynodd Heledd. 'Pawb i fynd fel maen nhw.' A dyna ddiwedd y drafodaeth.

Cyn cychwyn am dro ar ôl cinio, aeth Dyfrig gyda N'tia i'r cwt coed i chwilio am fwyell. Roedd hi wedi gweld un yno, meddai, a thybiai fod llif fwa yno hefyd. Yna, â phicnic ar ei gefn a'r offer yn ei ddwylo, arweiniodd Dyfrig y ffordd tuag at y pentref.

'Mi welais i ddigon o goed masarn fan honno,' eglurodd wrth N'tia. 'Fydd torri cangen oddi ar un o'r rheini ddim yn gwneud drwg iddi, ac mae o'n goedyn hawdd i'w weithio.'

Ar ôl gweld coeden â changen addas, llifiodd ddarn ohoni i ffwrdd cyn ei hollti'n bedwar â'i fwyell, a defnyddio'r fwyell eto i fras-siapio'r darnau pren. Ar ôl iddo orffen pob darn, roedd N'tia yn dechrau naddu dannedd y cribau â'i chyllell. Erbyn iddi orffen y cyntaf, roedd Dyfrig wedi gorffen gyda'r fwyell, a dechreuodd yntau naddu. Ymhen yr awr, roedd ganddynt bedwar crib llus.

'Maen nhw'n edrych braidd yn flêr,' meddai Dyfrig yn bryderus. 'Mi ddyliwn i eu rhwbio efo papur bras, ond ...'

'Maen nhw'n iawn, Dyfrig. Mi wnân y tro. Beth am fynd i'w trio nhw? Mae gen i fowlen yn y sach gefn.'

'Iawn, ond rydw i am adael y fwyell a'r llif fan yma. Ti 'di codi'r awydd yndda i i wneud rhagor o waith coed. Mi alla i ddod yn ôl fory.'

Gosododd yr offer mewn hen goeden gyfagos oedd â hollt fawr yn ei bonyn, yna dringodd y ddau i fyny'r llethrau at y llwyni llus a chasglu llond powlen mewn llai o amser o lawer na'r diwrnod cynt.

'Gawn ni seibiant rŵan?' gofynnodd Dyfrig yn ffug-flin.

'Tyrd yma,' atebodd N'tia, a gorweddodd y ddau ar y flanced bicnic.

Erbyn iddyn nhw gyrraedd yn ôl i'r tŷ roedd pecyn llawn gwisgoedd yn disgwyl amdanynt: pedair gwisg merch, a thair i'r dynion.

'Rwyt tithau i ddod, felly,' meddai Dyfrig.

'Ydw,' cadarnhaodd, ac roedd hynny'n amlwg wrth ei bodd.

Roedd pawb yn eu gwisgoedd pan gyrhaeddodd Seimon, a heb oedi, arweiniodd hwy ar hyd y llwybr. Roedd yntau mewn gwisg Geltaidd. Cerddai pawb fesul dau, gyda Marian unwaith eto efo Seimon. Cariai N'tia'r ddysgl yn llawn llus, a'r gribin, i'w rhoi fel cyfraniad tuag at eu swper.

'Oes gen ti fara heno, Huw?' galwodd Dyfrig dros ei ysgwydd.

'Wrth gwrs, a chydig o gig oer, hefyd.'

'Be, ti wedi dwyn cig o'r cwpwrdd?' meddai N'tia'n gellweirus. 'Mae'n rhaid i hwnnw bar'a, wsti. Chawn ni ddim rhagor tan ddydd Gwener.'

Cydgerddodd y pedwar, ac eglurodd Dyfrig i Anna eu bwriad i newid aelodau'r timau, ac o bosib i gael llety gwahanol i'r ddau dîm. Roedd Huw yn llawn brwdfrydedd.

'Tasa Anna'n cael dod aton ni,' awgrymodd, 'a Gwion yn mynd at y lleill, mi fyddai hynny'n wych.'

'Y Gwyneddigion yn erbyn y byd!' meddai Anna, ac roedd golwg hapusach o lawer ar ei hwyneb.

'Y Venedoti,' ychwanegodd Huw, 'a rhoi eu henwau Lladin iddyn nhw.'

'Dydi hyn yn rhyfedd,' newidiodd N'tia'r pwnc. Roedd hi'n edrych ar y lleill yn cerdded o'u blaenau, a phwyntiodd o'i hamgylch. 'Does dim arwydd o gwbl o'r unfed ganrif ar hugain, dim tai na ffyrdd na sŵn na gwifrau trydan.' Ysgydwodd ei phen mewn rhyfeddod. 'Mae'n ymddangos fel y peth mwyaf naturiol yn y byd iddyn nhw fod yn y gwisgoedd yna, hyd yn oed gyda'r cyllyll. Y fi ydi'r unig un sydd allan o'i lle. Pwy glywodd am Gelt croenddu?'

'Fasat ti'n synnu,' atebodd Huw yn gyflym. 'Dwi wedi bod yn darllen am y Rhufeiniaid a'u lluoedd. Mae'n sefyll i reswm nad oedd digon o ddynion yn Rhufain na'r Eidal ar gyfer eu holl fyddinoedd, felly roedd yn arferiad ganddyn nhw gyflogi milwyr o'r gwledydd roedden nhw wedi'u concro. Mae digon o dystiolaeth fod dynion o'r Almaen – y nhw, mewn gwirionedd, oedd yn gyfrifol am ddechrau'r llif o Saeson i Brydain – ac ochrau afon Danube ymhlith y garsiynau, a dynion o Affrica hefyd. Felly, doedd gweld person croenddu ddim yn amhosib. Ac os oedd un neu ddau wedi cysgu â merched brodorol, wel ...'

'Does 'na ddim sôn am ddyn du yn y Mabinogi?' meddai Gwion.

'Ti'n iawn hefyd, hogyn,' atebodd Anna. 'Yn chwedl Iarlles y Ffynnon. Mae Owain ab Urien Rheged yn ymladd efo dyn du ac yn rhyddhau dau ddwsin o dywysogesau prydferth.'

'Wel, dyna ni, 'ta,' meddai Huw wedyn gan dynnu ei gyllell o'i wregys a'i chwifio yn yr awyr. 'Pwy a ŵyr?'

Wrth rannu'r dillad, gwelwyd bod cyllell fer ar gyfer pawb, hyd yn oed y merched. Cofiodd Gwion iddo ddarllen yn rhywle fod olion cyllyll byrion fel y rhain wedi eu darganfod gan archaeolegwyr ym meddau dynion a merched, ac felly daethpwyd i'r casgliad fod pawb yn eu gwisgo a'u defnyddio. Ond roedd Dyfrig, o redeg ei fys dros lafn y gyllell oedd ar ei gyfer o, wedi mynnu bod N'tia ac yntau'n gwisgo'u cyllyll eu hunain yn hytrach na'r rhai a ddarparwyd.

Pan gyrhaeddon nhw'r pentref roedd Cadell yno i'w cyfarch. Ceisiodd N'tia gyflwyno'r llus iddo ond galwodd Cadell ar un o'r merched i'w cymryd, ac arweiniodd hwy'n syth i'r tŷ cyfarfod. Gofynnwyd iddynt eistedd ar y wal isel, a chrwyn defaid fel clustogau oddi tanynt. Cerddodd Gwydion i mewn, a'r tro hwn gwisgai swrcot o liw'r nos, a sêr a lleuadau euraid wedi eu brodio arni. Roedd yr un dorch aur am ei wddf. Y tu ôl iddo cerddai merch â blodau yn ei gwallt, a chariai gorn hirlas a chaead arian arno, a'r tu ôl iddi hithau roedd merch arall yn cario llestr efydd llawn cacennau bychain. Yn seremonïol, aeth y ddwy ferch at bob un o'r cystadleuwyr a N'tia yn eu tro, a chynnig iddynt yfed o'r corn a chymryd cacen. Blasodd Dyfrig hylif chwerw, meddwol ar ei wefusau, a thybiodd mai medd oedd yn y corn. Roedd yn falch o felyster y gacen fêl i dynnu'r blas o'i geg.

'Croeso unwaith eto i Gaer Nudd,' meddai Gwydion, ar ôl i'r merched orffen eu gwaith. 'Rydych chi yma heno i rannu swper â ni, i ddiddanu a chael eich diddanu yn null yr hen bobloedd mae gennym gymaint edmygedd ohonynt. Ac yn awr, wedi i chi yfed o'r corn a thrwy hynny gael eich cyfrif yn gyfeillion i'r gaer, awn allan i'r awyr agored i gyfranogi o'r bwydydd.'

Crwydrodd pawb tuag at dân agored, a chrochan enfawr ar ffrâm drithroed yn crogi uwch ei ben. Safai un wraig yn troi'r cymysgedd yn y crochan, tra oedd eraill yn cynnig dysglau pren bach i bawb. Ffurfiwyd rhes i gael llenwi'r dysglau, a derbyniodd pawb wedyn grempogen geirch i'w bwyta gyda'r cawl o gig dafad, llysiau a barlys. Nid oedd llwyau ar gael, ond sylwodd Dyfrig fod y pentrefwyr yn defnyddio'u cyllyll i dynnu'r darnau solet o'r cawl, ac yn yfed yr hylif o'r ddysgl. Gwnaeth yntau'r un fath.

Roedd N'tia'n awyddus i weld y pentref, felly aeth Dyfrig, Huw ac Anna gyda hi i ddangos y cyfan a welsent ddydd Llun. Roedd y tŷ crwn newydd wedi ei gwblhau erbyn hyn, a chawsant gyfle i archwilio'r tu mewn, gan nad oedd eiddo neb i'w weld ynddo. Roedd y pentrefwyr yn ymddangos yn fwy cyfeillgar y tro hwn – pawb yn nodio ac yn gwenu, ac ambell un yn eu cyfarch gyda 'Noswaith dda'. Sylwodd N'tia nad oedd plentyn i'w weld yn unman.

'Ti'n iawn hefyd,' ebychodd Anna mewn syndod. 'Doeddwn i ddim wedi sylwi o'r blaen.'

'A pheth arall,' meddai N'tia wedyn, 'mae pawb yn edrych tua'r un oed, heblaw am Gwydion. Fo ydi'r unig berson mewn oed sydd 'ma.'

Unwaith eto roedd yn rhaid i'r gweddill gytuno â hi.

'Pa mor hir maen nhw wedi bod yma?' dyfalodd Huw. 'Beth ddwedodd Cadell? Blwyddyn, neu ddwy?'

'Efallai nad oedd hen bobol am ddod i fyw i'r pentref,' meddai N'tia.

'Neu nad oedden nhw'n cael eu derbyn,' cynigiodd Dyfrig. 'Wedi'r cyfan, does dim cyfleusterau meddygol yma o gwbl, dybiwn i. A dyna pam nad oes plant, falla.'

'Ond sut maen nhw'n mynd i gadw'r syniad yn fyw os nad ydyn nhw'n magu teuluoedd?'

Gwelodd Dyfrig fod Gwydion yn cerdded tuag atynt gyda Seimon.

'Dwi'n mynd i ofyn iddo fo rŵan am gael newid,' meddai'n gyflym, ac aeth i gyfarfod y ddau.

'Noswaith dda, Dyfrig,' meddai Gwydion. 'Mwynhau'r bwyd?'

'Ardderchog, diolch. Meddwl tybed fyddai modd i mi gael gair bach sydyn, cyn i bethau ddechrau?'

'Wrth gwrs. Beth sy'n dy boeni?'

'Ydach chi wedi clywed beth ddigwyddodd neithiwr?'

'Do,' atebodd, gan nodio'i ben yn araf. 'Anffodus.'

'A dweud y lleiaf,' cytunodd Dyfrig. 'Mae pawb ohonon ni'n teimlo na all y gystadleuaeth weithio pan mae un tîm ar chwâl fel hyn. A gan mai gweithio'n unigol rydan ni wedi bod yn ei wneud hyd yma, roeddan ni'n meddwl na fyddai problem o newid aelodaeth y timau.'

'Wela i. A beth wyt ti'n ei awgrymu?'

'Wel, mae Gwion a finnau'n fodlon newid lle efo Marian neu Anna, ond awgrymodd Huw fod Anna'n dod ato fo a finnau, a bod Gwion yn mynd at Marian a Heledd. Y Gwyneddigion yn erbyn y byd, fel petai,' meddai wedyn, yn ailadrodd dywediad Anna.

Gwenodd Gwydion.

'Y Gwyneddigion? Rwy'n hoffi hynny.' Trodd at Seimon. 'Wyt ti'n meddwl bod hynny'n syniad da?'

'Rwy'n cytuno'i bod hi bron yn amhosib i'r gystadleuaeth barhau fel mae pethau ar hyn o bryd,' atebodd yntau.

'Iawn,' meddai Gwydion wrth Dyfrig. 'Rydyn ni'n fodlon ystyried y peth. Dydw i ddim yn gweld unrhyw anhawster fy hun, ond gad i mi siarad â'r gweddill yn gyntaf, cyn dweud dim wrth neb.' Nodiodd ei ben a cherdded i ffwrdd efo Seimon.

Roedd wynebau eiddgar yn ei ddisgwyl wrth iddo gerdded yn ôl at ei griw.

'Be ddeudodd o, Dyfrig?' gofynnodd Anna.

'Doeddan nhw ddim am roi ateb pendant rŵan, ond mae pethau'n edrych yn obeithiol. O leia doedd ganddyn nhw ddim gwrthwynebiad.'

Roedd y newydd yn ddigon i godi calonnau pawb, ac aethant yn ôl i'r tŷ cyfarfod yn llawen.

Dechreuodd yr adloniant pan ddaeth tri dyn i ganol y llawr gyda chorn efydd yr un. Roedd y rhain yn anferth – y gloch yn gorwedd ar y llawr tra oedd y gwddf yn ymestyn at gegau'r dynion wrth iddynt sefyll o flaen eu cynulleidfa. Atgoffwyd Dyfrig o gyrn *alpenhorn* yr Alpau, ond bod y rhain o fetel, ag ymyl llydan o amgylch pob twll. Dechreuodd y dynion chwythu, nodau dwfn, undonog, a sylweddolodd Dyfrig yn fuan iawn mai dim ond un nodyn oedd i bob corn, er bod traw gwahanol ganddynt. Ofnai y byddai'r perfformiad yn troi'n ddiflas yn fuan iawn, ond yna clywodd y llais, a theimlodd wallt ei war yn codi. Llais merch ydoedd, yn dechrau'n dawel ar nodyn isel, yna'n cryfhau wrth godi'n uwch nes bod y llais yn hedfan yn uchel dros eu pennau ac yn llenwi'r tŷ cyfarfod. Doedd dim geiriau i'r sain, ond cadwai'n berffaith at y traw a osodwyd gan y tri corn, gan godi a gostwng a throelli o amgylch sain y cyrn. Edrychodd o'i amgylch i geisio lleoli tarddiad y llais, ond roedd hi'n anodd ei briodoli i unrhyw fan arbennig o fewn yr adeilad. Yna gwelodd fod gwraig ar ei thraed yng nghysgodion un o'r pileri sylfaen, ac mai hi oedd yn canu. Adnabu hi fel y wraig oedd yn gyfrifol am rannu'r cawl yn gynharach.

Parhaodd y perfformiad am rai munudau wedyn, yna'n raddol tawelodd y llais, a distawodd y cyrn. Wrth i atsain y nodyn olaf ddirgrynu drwy'r muriau a chyn i'w hud ollwng ei afael ar y gynulleidfa, daeth Gwydion i ganol y llawr.

'Ac yn awr, gyfeillion, ein cystadleuaeth.' Eglurodd, er budd y pentrefwyr, beth fyddai'n digwydd cyn troi'n ôl at Dyfrig a'i ffrindiau. 'Ers talwm, ar y teledu, byddai teclynnau megis y clapometer yn mesur maint y gymeradwyaeth i bob cystadleuydd. Does gennym ni ddim o'r fath beth, wrth gwrs, ond mae gan Als ei lefelydd sain, ac rydyn ni'n mynd i ddefnyddio hwnnw i fesur ymateb y gynulleidfa. Felly, ffrindiau,' meddai eto wrth y pentrefwyr, 'os ydych chi'n hoffi stori, gwnewch gymaint o dwrw ag y gallwch. Mae Als a Seimon am gadw cofnod o bob lefel. A dyna ni. Barod i ddechrau? Pwy gawn ni gyntaf? Dyfrig? Ddoi di ymlaen?'

Adroddodd Dyfrig hanes Sant Lleuddad a'r gystadleuaeth wyrthiau a ddigwyddodd ar ynys Enlli. Roedd yn falch o gael eistedd i lawr i gymeradwyaeth ysgafn. Gallai ymlacio bellach, a gadael i'r gweddill gymryd eu tro. Caeodd ei lygaid a chwilio am law N'tia oedd wrth ei ochr. Gwasgodd hithau ei law a sibrwd 'Da iawn'. Teimlai'n fodlon ei fyd, a chollodd bob diddordeb yn storïau'r lleill. Gadawodd iddo'i hun freuddwydio nes i bwniad gan Huw ei dynnu'n ôl i'r presennol.

'Deffra, nei di?' sibrydodd hwnnw. 'Cofia floeddio nerth esgyrn dy ben.'

Anna oedd wrthi'n dweud hanes Sant Beuno, ac roedd hi'n amlwg bron â gorffen. Moesymgrymodd gerbron ei chynulleidfa cyn cerdded yn ôl i'w sedd. Roedd Huw ar ei draed yn bloeddio'i gymeradwyaeth, a chododd Dyfrig a N'tia hefyd. Siawns na fyddai hi'n ennill gyda'r holl fonllefain a chwibanu gan y tri ohonyn nhw. Y hi oedd yr olaf o'r cystadleuwyr.

'Wel, gwledd yn wir,' meddai Gwydion wrth godi a dod i ganol y llawr. 'Gawn ni ddangos ein gwerthfawrogiad unwaith eto i'n chwe chystadleuydd?' Ufuddhaodd y pentrefwyr.

'Da iawn, wir. Ac yn awr, Seimon? Ydi'r canlyniadau'n barod?'

Daeth Seimon ato a rhoi darn o bapur i Gwydion. Darllenodd yntau'r enw arno cyn gwenu a galw allan,

'A'r enillydd heno ydi ...' bu egwyl ddigon hir i bawb allu cyfrif i ugain, '... Anna!'

Cerddodd Anna ymlaen yn wên o glust i glust i dderbyn ei gwobr, sef potel arall o siampên. Roedd Huw yn mynd yn wyllt, ond taflodd Dyfrig gipolwg ar Marian. Roedd ei siom yn amlwg, ond yn fwy na hynny gallai Dyfrig daeru bod casineb hefyd ar ei hwyneb wrth iddi syllu ar yr enillydd buddugoliaethus.

Daeth y noson i ben yn fuan wedyn, a cherddodd pawb allan o'r tŷ cyfarfod. Gwrthodwyd cynnig Seimon i'w hebrwng adref, a dechreuodd chwech ohonynt gerdded y llethr tuag at y llwybr drwy'r goedwig. Sylwodd Dyfrig nad oedd Marian gyda hwy, ac roedd o'n falch o hynny. Noson Anna oedd hon, ac ni ddylai dim amharu ar ei hapusrwydd.

Ar ôl cyrraedd copa'r bryncyn, arhosodd pawb yn stond. Roedd yr awyr i'r gogledd-ddwyrain yn oleuach na'r disgwyl, a rhyw wawl fel machlud haul yn codi o'r ddaear.

'Ai'r Northern Lights ydi'r rheina?' holodd N'tia.

'Na, rydan ni'n rhy bell i'r de,' atebodd Dyfrig. 'A ph'run bynnag, dydyn nhw ddim yn codi o'r ddaear, nac yn lliw oren-felyn fel tân.'

Wrth iddo ddweud y gair, sylweddolodd ei arwyddocâd.

'Tân ydi o!' bloeddiodd. 'Dwi'n meddwl bod y tŷ ar dân!'

Pennod 28

Cysgodd pawb yn y tŷ crwn newydd am yr ychydig oriau oedd yn weddill o'r noson honno. Yn dilyn gwaedd Dyfrig, rhedodd Gwion yn ôl i'r pentref i ofyn am gymorth tra prysurodd y lleill at y tŷ capel. Erbyn iddynt ei gyrraedd, fodd bynnag, doedd dim ar ôl ond lludw a mwg yn troelli'n araf o'r gweddillion. Safodd y pump yn rhes syfrdan, fud. Doedd dim pwrpas gwneud unrhyw ymdrech i achub pethau na diffodd y tân. Roedd popeth wedi ei ddinistrio: eu heiddo personol, eu gliniaduron, eu llyfrau. Cyrhaeddodd Gwion efo Cadell, Seimon a chriw o ddynion eraill, ac aethpwyd ati i astudio'r difrod yn fwy manwl. Nid bod llawer i'w weld yn y tywyllwch. Beth ddaeth yn amlwg, fodd bynnag, oedd fod y cwt cefn hefyd, gyda holl offer y cwmni ffilmio, wedi llosgi'n ulw. Heb wastraffu rhagor o amser, gorchmynnodd Seimon i bawb ddychwelyd i'r pentref, gan y byddai'n haws gweld beth oedd beth yn y bore.

*   *   *

'Be 'dan ni'n mynd i'w wneud rŵan?' oedd cwestiwn cyntaf Anna pan ddaeth Gwydion i'w gweld ychydig wedi i'r wawr dorri. Doedd dim hanes o Marian. Edrychai yntau fel petai heb gysgu rhyw lawer, meddyliodd Dyfrig, wrth sylwi ar y blerwch annaturiol yng ngwisg ac edrychiad yr hen ŵr. A hen ŵr ydoedd bellach, sylweddolodd Dyfrig yn sydyn. Roedd y sioncrwydd corfforol a meddyliol fel petai wedi diflannu dros nos, gan adael dyn blinedig, oedrannus i ddelio â'r problemau diweddaraf.

'Alla i ddim dweud ar hyn o bryd, Anna,' atebodd Gwydion. 'Mae Bob, Als a Seimon wedi mynd i edrych a oes modd ailwefru'r batris yn eu llety nhw, er nad ydyn nhw'n obeithiol. Mae digon o egni iddyn nhw allu ffilmio am ychydig oriau heddiw, ond dyna'r cwbl. Chi'n gweld, fe symudwyd popeth ddoe i'r hen gapel, gan mai yno roedd y ganolfan ffilmio i fod.' Gwenodd yn gam arnynt. 'Rydach chi'n gyfarwydd â'r hen ddywediad am fasged ac wyau? Wel, mae hwnnw wedi cael ei wireddu neithiwr, yn do?'

'Ydach chi'n gwybod beth achosodd y tân?' gofynnodd Gwion.

'Ddim eto,' atebodd Gwydion, gan gipedrych ar N'tia. Dychrynodd Dyfrig o weld yr hen atgasedd ar ei wyneb. 'Adewaist ti rywbeth yn berwi ar y stof, neu rywbeth yn y popty?' gofynnodd iddi. 'Neu wnest ti adael y stof goed heb gau'r drws yn iawn?'

'Doedd dim byd wedi ei adael ymlaen yn y tŷ,' neidiodd Dyfrig i'w hamddiffyn. 'Peidiwch â meddwl rhoi'r bai ar N'tia.'

Trodd Gwydion i syllu ar Dyfrig, ond ni ddywedodd air.

'Ydan ni'n cario 'mlaen efo'r gystadleuaeth, 'ta be?' holodd Huw.

'Wn i ddim sut y gallwn ni ar hyn o bryd,' cyfaddefodd Gwydion. 'Mi fydd y llong yma fory, wrth gwrs, ac efallai y gallwn ni drefnu rhywbeth wedyn. Ond mae cymaint o offer wedi ei golli. Mi fydd yn rhaid i Seimon adael efo'r llong i drefnu gyda'r cwmni yswiriant ac ati, a cheisio cael offer newydd.'

'Ond allech chi ddim archebu pethe heddiw,' awgrymodd Heledd, 'fel y bydd y llong yn dod â nhw fory? Neu gael yr hofrennydd i gario pethe?'

Ysgydwodd Gwydion ei ben yn drist.

'Does dim modd i ni gysylltu â'r tir mawr bellach. Roedd Seimon ac Als wedi symud y teliffon radio i'r cwt ddoe, ac ...' meddai a chodi ei ysgwyddau'n anobeithiol.

'Be! Ydan ni'n styc ar yr ynys 'ma heb unrhyw ffordd o gael help o'r tu allan?' Roedd llais Anna'n anghrediniol.

'Dim ond tan fory,' atebodd Gwydion. 'Ond does dim angen cysylltu â neb, siawns? Does neb wedi ei anafu, ac mae gennym ddigon o fwyd ac ati, a bydd rhagor yn dod ar y llong.'

'Beth am ein dillad?' gofynnodd Heledd.

'Mae'r gwisgoedd Celtaidd sydd amdanoch yn gweddu'n rhyfeddol ichi. Ac mae'r pentrefwyr yn fodlon i chi gael eu benthyca drwy gydol eich arhosiad. A dweud y gwir, fydden nhw ddim yn hapus o gwbl pe baech chi yn eich dillad arferol. Ond a bod o ddifrif, mi fydd y cwmni yn cynnwys eich colledion chithau pan fydd yn hawlio oddi wrth y cwmni yswiriant. Fyddai modd i bob un ohonoch chi feddwl beth yw gwerth yr hyn rydych chi wedi golli? Does dim brys. Gadewch i Seimon wybod cyn iddo adael yfory.'

Daeth cantores y noson cynt i'r cwt yn cario pentwr o fara ceirch, llond cwdyn o afalau a phot o fêl.

'A, dyma Gwenhwyfar gyda'ch brecwast,' cyflwynodd Gwydion y wraig. 'Hi yw cymar Cadell, ac arweinyddes y pentref. Glywsoch chi hi'n canu neithiwr? Perfformiad gwych, on'd oedd?'

Nid edrychai'r wraig yn hapus o gael ei chanmol. Gwgodd ar Gwydion cyn gosod y bwydydd ar y silff isaf. Trodd at y newydd-ddyfodiaid.

'Dyma'r tro olaf y bydda i'n cario bwyd i chi,' cyhoeddodd. 'Cymuned fechan ydan ni, efo llawer gormod o waith i faldodi gwesteion. Bydd yn rhaid i chi i gyd gyfrannu tuag at fywyd y pentref tra byddwch chi yma. Dim gwaith, dim bwyd. Mae o mor syml â hynny. Deall?'

Nodiodd pawb fel plant bach o flaen prifathrawes.

'Mi fyddwn ni draw ar ôl i chi fwyta'ch brecwast i weld beth all pob un ohonoch chi ei wneud, rhag ofn fod sgiliau arbennig gan rai ohonoch chi.' Edrychodd o un i'r llall ag awgrym na allai gredu bod yr un ohonynt o unrhyw werth gwirioneddol, ac yna gadawodd y tŷ.

'Meddyliwch am y cyfle rydych chi'n mynd i'w gael,' llanwodd Gwydion y bwlch a adawyd gan Gwenhwyfar. 'Cael profi bywyd ein cyn-deidiau fel ag yr oedd mewn gwirionedd. Pan ddaw'n amser sgriptio byddwch yn gallu ysgrifennu o brofiad, ac mae hynny, fel dywed pawb, yn werth y byd.'

'Ble mae Marian?' gofynnodd Heledd wrth i Gwydion droi tuag at y drws.

'Fe arhosodd yn fy nhŷ i neithiwr,' eglurodd yntau. 'Waeth iddi aros yno, gan mai dim ond lle i chwech gysgu'n gyfforddus sydd yn y tŷ hwn. Mi fyddwch yn siŵr o'i gweld hi maes o law.'

'Felly, dydan ni ddim yn mynd i sgwennu sgriptiau o hyn ymlaen?' gofynnodd Anna.

'Ddim ar hyn o bryd, beth bynnag.'

'Ond sut fyddwch chi'n dewis yr enillydd? Dydw i ddim ...'

'Anna fach,' torrodd ar ei thraws, ei law yn mwytho'i dalcen, 'rwy'n deall eich pryder, ond mae gen i bryderon llawer mwy ar hyn o bryd, fyddech chi ddim yn cytuno? Wedi colli gwerth miloedd ar filoedd o bunnau o offer ffilmio! Y fi sy'n gorfod aildrefnu popeth, wedi'r cyfan. Rhowch 'chydig ddyddiau i mi gael meddwl. Mwynhewch yr ynys. Mwynhewch y pentref. Ymlaciwch am ddeuddydd neu dri. Cawn weld sut i fynd o'i chwmpas hi wedyn. O, gyda llaw,' ychwanegodd cyn cerdded allan, 'bydd cyfarfod arall heno ar ôl swper. Dewch yno.'

Bu raid iddynt fodloni ar hynny, a bwyta'u brecwast.

* * *

'Pasia'r llif i mi, nei di?' gwaeddodd Dyfrig o'i guddfan yn y goeden. Ufuddhaodd N'tia, a dechreuodd Dyfrig lifio cangen o'r goeden onnen. Teimlai ar ben ei ddigon. Fuasai pethau ddim wedi gallu troi allan yn well. Ar ôl y cyfarfod gyda Cadell, Gwenhwyfar a gwŷr doeth y pentref, rhoddwyd Dyfrig a N'tia ar waith i greu offer pren i'r pentrefwyr. Roedd y llus a'r crib a gawsant yn anrhegion wedi gwneud argraff ar y merched, eglurwyd, ac roeddynt am gael rhagor ohonynt. Roedd cnwd arbennig o dda o lus eleni, meddai Gwenhwyfar, a phwysau ar bawb i'w casglu ar gyfer eu cadw mewn mêl ar gyfer y gaeaf. Roedd prinder dysglau a phlatiau hefyd, felly roedd unrhyw gyfraniad gan y ddau yn werthfawr i'r pentref. Gofynnodd Dyfrig a fyddai modd i of y pentref wneud teclyn iddo, ac anfonwyd ef i gael gair efo Dunwallt, y gof. Eglurodd Dyfrig mai angen twca cam oedd arno, i grafu canol coeden ar gyfer gwneud dysglau, a disgrifiodd y teclyn yn fanwl. Addawodd Dunwallt fynd ati ar unwaith, a phan soniodd Dyfrig ei fod yn poeni pa fath o fetel fyddai'n cael ei ddefnyddio, cafodd winc gan Dunwallt.

'Mae mynwent hen dractorau ar yr ynys,' eglurodd gan wenu. 'Mi fydda i'n siŵr o gael tamaid o ddur carbon i ti gymrith fin fel cyllell.' Ar y ffordd allan roedd Dyfrig a N'tia wedi gweld Marian o bell, yn siarad ag un o ferched ifanc y pentref. Tybiodd Dyfrig mai rhoi gorchmynion i'r ferch yr oedd hi, a barnu o osgo corfforol y ddwy. Gwelodd Marian hwythau hefyd a chododd ei llaw mewn cyfarchiad ffwrdd-â-hi. Cerddodd y ddau ymlaen yn frysiog, a dim ond ar ôl iddynt gyrraedd y goedwig y gwnaethon nhw drafod arwyddocâd y dorch aur drwchus oedd am wddf Marian. Yna aethant ati i weithio.

'Gwylia dy hun,' gwaeddodd Dyfrig o'r goeden. 'Sa'n glir. Mi ddaw hi i lawr unrhyw funud rŵan.'

'Bydd dithau'n ofalus sut wyt ti'n dod i lawr!' gwaeddodd N'tia'n ôl.

'Dim problem!'

Drwy gydweithio, roedd ganddynt wyth cribin erbyn diwedd y bore, a digon o goed i wneud wyth arall.

'Ti'n meddwl y bydd hynny'n ddigon?' gofynnodd i N'tia.

'Mi faswn i'n meddwl. All pawb ddim mynd i hel llus, neu fyddai dim byd arall yn cael ei wneud.'

'Beth wnawn ni efo gweddill y pren?'

'Roeddwn i'n meddwl gwneud cwpanau bach a dysglau,' atebodd Dyfrig. 'Mi welais i fedwen arian sydd wedi disgyn yn reit ddiweddar, yn ôl ei golwg hi. Allwn ni ddefnyddio honno i'w gwneud nhw hefyd, yn arbennig y cwpanau. Roedd hi o drwch fasa'n gwneud i'r dim, yn well na hwn. Tyrd, awn ni ati.'

'Diolch i'r drefn dy fod ti wedi cadw'r llif a'r fwyell allan yn y goedwig ddoe,' meddai N'tia wrth iddynt gydgerdded.

'Ia, pwy fasa 'di meddwl, ynte?'

Treuliasant weddill y siwrne yn trafod beth oedd wedi achosi'r tân, a dod i'r casgliad mai nam trydanol wrth osod yr offer ffilmio yn y cwt oedd yr ateb mwyaf tebygol. Pan ddychweloddd y ddau i'r pentref ar ddiwedd y pnawn, wedi gosod y llif a'r fwyell unwaith eto yn yr hollt a chael ymdrochi mewn afonig, roedd ganddynt un gribin ar bymtheg a sylfaen chwe chwpan a chwe dysgl. Aeth Dyfrig yn syth at Dunwallt, a gweld y byddai ganddo dwca cam erbyn y bore. Yn well fyth, roedd Dunwallt wedi gwneud bwyell gam hefyd.

'Roedd gen i ffrind yn yr hen fywyd,' eglurodd, 'oedd yn arfer gwneud dysglau a llwyau, felly roeddwn i'n meddwl y byddai hon o ddefnydd i chi. Mi fydd y cyfan yn barod erbyn bore fory.'

*   *   *

'Ond sut dwi'n mynd i llnau 'nannedd?' cwynodd Anna. 'Mae 'ngheg i fel gwaelod caets caneris.'

'Defnyddia hwn,' atebodd Dyfrig, gan gynnig darn o gangen helyg ir, denau, iddi. 'Cnoia arno, ac mi fydd yn well na brws dannedd.'

Roedd pawb arall eisiau un wedyn, a thorrodd Dyfrig ei gangen yn ddarnau llai. Roeddynt newydd orffen bwyta'u swper: Anna wedi cario llond crochan bach o gawl o'r crochan mawr, a Heledd wedi dysgu sut i baratoi bara ceirch. Braidd yn friwsionllyd oedd ei hymdrechion cyntaf, ond roedd digon o awydd bwyd ar bawb i'w bwyta'n ddiolchgar. Dim ond Huw oedd yn grwgnach, gan mai ychydig o gaws gafr a bara ceirch a dail gwyllt oedd ei swper llysieuol ef. Cwynai hefyd â phoen yn ei gefn, ar ôl bod yn cloddio ffos ddofn drwy'r dydd a gosod twb o lwch lli wrth ei hochr i wneud toiled cyntefig. Doedd y pentrefwyr ddim am rannu eu cyfleusterau gyda nhw, a rhoddwyd y gwaith tyrchu i Huw, tra aeth Gwion i ddysgu sut i osod maglau i ddal cwningod.

'Os bydda i'n llwyddiannus fory, mi gewch chi gwningen wedi'i rhostio i swper,' addawodd yn llawn balchder.

'Wyt ti'n mynd i'w blingo hi hefyd, a thynnu'i pherfedd hi allan?' gwawdiodd Anna.

'Wrth gwrs! Wyt ti'n meddwl nad yw doctor yn 'tebol i wneud y fath beth?' gwawdiodd yntau'n ôl.

'Welsoch chi Marian o gwbl?' holodd Dyfrig. Wfftiodd Anna.

'Do,' atebodd Heledd. 'Fel cymhares i Gwydion, chi'n deall, does dim gofyn iddi hi godi bys o gwmpas y lle. Mae pawb arall i weini arni hi.'

'Mi welson ni ei bod hi'n gwisgo'i thorch aur,' meddai N'tia.

'Felly, mae Gwydion yn cael ei dderbyn fel dyn pwysig gan y pentrefwyr,' meddai Dyfrig yn feddylgar. 'Ydi o wedi bod yma o'r blaen, tybed?'

'Mae'n rhaid ei fod o,' atebodd Huw. 'Wyt ti ddim yn cofio mai Gwydion ydi'r derwydd? Maen nhw i gyd yn edrych i fyny ato fo, beth bynnag.'

'Ydyn,' cytunodd Gwion. 'Mi glywais i chydig o sgwrs rhwng y dynion oedd yn dangos i mi sut i hela. Efallai mai Cadell a Gwenhwyfar sy'n cael eu henwi fel arweinwyr, ond rydw i'n amau mai Gwydion ydi'r arweinydd mewn gwirionedd.'

'Ia,' meddai Anna, 'mi gefais inna'r argraff 'i fod o wedi bod yma sawl tro o'r blaen, a bod y pentrefwyr yn derbyn ei fod o'n mynd a dŵad.'

'A sôn am Gwydion,' meddai Heledd, 'mae'n amser i ni fynd i'r tŷ cyfarfod.'

*   *   *

O flaen cynulleidfa o'r pentrefwyr a'r cystadleuwyr, a Bob a'i gamera, ni allai Huw wrthod cael ei hypnoteiddio heb achosi ffys ac embaras iddo'i hun a phawb arall. Dyna oedd yr adloniant ar gyfer y noson honno. Gosododd Gwydion ef i eistedd ar gadair deircoes ynghanol y llawr, ac eistedd gyferbyn ag ef ar gadair a edrychai'n debycach i orsedd. Arhosodd Marian yn y cefndir, ymhell oddi wrth ei hen gymdeithion.

'Huw, rwyt ti'n teimlo'n gysglyd,' dechreuodd Gwydion ar ei fformiwla arferol, ac o fewn dim, roedd Huw yn ddiogel dan ei ddylanwad. Ni ddaeth synau asyn ohono o gwbl. 'Beth yw dy enw di?' gofynnodd Gwydion wedyn.

'Gwri,' atebodd Huw, ond roedd ei lais wedi newid – llais uchel, bachgennaidd ydoedd.

'Faint yw dy oed di, Gwri?'

'Dydw i ddim yn ddyn eto,' atebodd Gwri/Huw wedi saib bach, fel pe na bai'n deall y cwestiwn.

'A ble rwyt ti'n byw, Gwri?'

'Dan y goeden eirin.'

Daeth chwerthin o'r gynulleidfa, ond tawodd Gwydion hwy â'i edrychiad llym. Fel petai'n ymwybodol o'r chwerthin, ychwanegodd Gwri,

'Ond cyn hynny roeddwn i'n byw efo mam yn Nhre'r Gwynt.'

'Cyn hynny?'

'Ia, cyn i mi gael fy nal gan y Sacsoniaid a'm gwneud yn gaethwas.'

'A dy fam?'

'Fe wnaethon nhw ei lladd hi.'

'Mae'n ddrwg gen i, Gwri.'

Cododd Gwri/Huw ei ysgwyddau, gan awgrymu nad oedd o'n teimlo'i cholli.

'A phwy yw dy feistr, Gwri?'

'Hengest, y Sais.'

'Hengest? A'i frawd, Horsa?'

'Mae Horsa wedi'i ladd,' atebodd Gwri, a mymryn o falchder yn dod i'w lais.

Oedodd Gwydion am eiliad cyn gofyn ei gwestiwn nesaf.

'A phwy yw brenin y Brythoniaid, Gwri? Gwrtheyrn?'

'Ia! Rydach chi'n gwybod, felly?'

'Ac ydi Gwrtheyrn a Hengest yn ffrindiau?'

Crychodd Gwri/Huw ei dalcen.

'Dydw i ddim yn deall yn iawn. Mae Coll yn dweud mai ar Gwrtheyrn mae'r bai ein bod ni'n gaethweision fan hyn. Ond rydw i'n gwybod bod Gwrtheyrn yn rhyfela yn erbyn Hengest, ac rydw i'n gobeithio y bydd o'n ennill, er mwyn i ni gael bod yn rhydd.'

'Coll?'

'Ia, Coll, fy ffrind. Fo ydi'r hynaf o'r caethweision, ac mae o wedi edrych ar fy ôl i. Ond mae o'n brysur iawn bob dydd rŵan. Mae Hengest wedi gwahodd Gwrtheyrn a'i gynghorwyr i ddod i drafod amodau heddwch ymhen y mis, ac felly mae gwaith paratoi anhygoel. Maen nhw'n ymestyn y neuadd fawr, ac yn adeiladu ceginau ychwanegol. Mae Coll yn dweud y bydd yn rhaid bwydo dros chwe chant o ddynion! Ond dacw fo Coll rŵan. Mae o'n galw arna i. Rhaid i mi fynd i weithio.'

Gadawodd Gwydion i rai eiliadau fynd heibio cyn gofyn ei gwestiwn nesaf.

'Beth wyt ti'n ei wneud erbyn hyn, Gwri?'

'Rydw i'n troi'r cywion ieir ar y gigwain ar gyfer y wledd.'

'Pa bryd mae'r wledd?'

'Heno. Bydd y Brythoniaid yn cyrraedd toc, ac yna fydd dim llonydd i'w gael. Ond o leiaf mi alla i siarad fy iaith fy hun efo nhw, os caf fy newis i weini arnynt. Ond mae Coll yn dweud y bydd popeth yn iawn.'

'Wyt ti'n gwybod enwau'r dynion fydd yn y wledd, Gwri?'

'Hengest, wrth gwrs, a Gwrtheyrn, a gwraig Gwrtheyrn, Rowena, er mai efo'r merched fydd hi, wrth gwrs. Hi ydi merch Hengest. Ac mi fydd Aesc, mab Hengest, yno hefyd ... ond mae Coll yn galw arnaf! Mae rhywbeth yn bod! Mae golwg wyllt yn ei lygaid. Mae'n rhedeg fel pe bai'r diafol ar ei ôl, ac yn ceisio cuddio yn fy nghwt bach i o dan y goeden eirin. Rwy'n rhedeg ato.

'"Gwri," dywed wrthyf, "rhed o 'ma nerth dy goesau! Dos â neges i'r Brythoniaid! Mae brad ar droed! Mae'r Sacsoniaid am ladd pob un ohonyn ..." Rydw i'n gweld Aesc yn rhedeg i'r buarth gyda'i filwyr. Maen nhw'n edrych o'u cwmpas ac yn fy ngweld i. Maen nhw'n dod ataf i'm holi. Clywaf Coll yn sibrwd yn daer. Mae o am i mi redeg at y Brythoniaid heno. Ond mae fy llygaid ar Aesc a'i ddynion, ac ni allaf symud o'r fan. Os oes un dyn yn codi ofn arnaf, Aesc ydi hwnnw!

'Mae'n gafael yn fy ngwar ac yn fy ysgwyd. Mae'n gofyn cwestiwn, ond yr unig air rwy'n ei ddeall yn iawn yw "Coll". Syllaf yn fud ar y dyn sydd yn chwifio'i gleddyf dan fy nhrwyn. Mae'n mynd i 'nhrywanu! Ond na, mae un o'i ddynion yn galw arno, ac mae'n fy nhaflu i'r llawr. Dyna pryd rwy'n gweld eu bod wedi darganfod Coll druan yn ei guddfan!

'Maen nhw'n ei lusgo allan ac yn ei guro. Mae un yn rhwymo'i freichiau ac eraill ei goesau. Maen nhw'n ei fwrw i'r llawr. Mae Aesc yn galw am dân! Mae'n dechrau chwerthin.

'Gafaela dau ddyn ym mhen Coll, ac mae trydydd dyn yn gwthio'i geg ar agor ac yn gafael yn ei dafod a'i dynnu allan. Mae Aesc yn cymryd ei gyllell hir ac yn torri tafod Coll druan o'i ben. Yna, mae'n gafael yn ei glustiau ac yn torri'r rheini i ffwrdd hefyd! Mae gwaed yn llifo i lawr ei wyneb a'i gorff. Daw'r nadau mwyaf dychrynllyd o'i enau!

'Cyrhaedda dyn yn cario basged dân ac mae Aesc yn gwthio blaen ei gyllell i'r tanllwyth eirias. Mae'n chwerthin eto wrth wylio wyneb Coll druan a gwrando ar ei synau ymbiliol.

'Mae Coll yn sgrechian wrth i Aesc yrru'i gyllell drwy un llygad, ac yna'r llall, yn eu llosgi allan. Rydw i'n chwydu! Dydi'r dynion ddim yn sylwi arnaf yn llusgo fy hun i gornel bellaf y buarth. Rydw i'n cuddio yng nghwt y geifr, ond gallaf glywed Coll druan yn ei artaith o hyd. Alla i ddim rhwystro fy hun rhag edrych arno unwaith eto. Mae o'n dal yn fyw, ond maen nhw'n torri ei ddwylo a'i freichiau i ffwrdd â'u cleddyfau ac yn eu taflu i'r cŵn! Rŵan maen nhw'n dechrau ar ei goesau! Rydw i'n sâl eto, ac yn ceisio cau fy nghlustiau. Alla i ddim gwneud fy hun yn ddigon bychan! Beth petaen nhw'n dechrau arna i?

'Clywaf lais Aesc yn bloeddio "Ysbïwr!" Yna, mae pobman yn dawel. Rwy'n aros yn fy nghuddfan nes y bydd yn nosi. Rwy'n clywed Elfryth yn galw fy enw, yn chwilio amdanaf, ond mae gormod o ofn arnaf i ddangos fy hun. Yna rydw i'n clywed milwyr yn cael eu gosod o amgylch y gaer. Alla i ddim dianc! Mi fyddai'r milwyr yn fy nal, ac yn gwneud 'run fath i mi ag y gwnaethon nhw i Coll!

'Rŵan, mae prysurdeb mawr. Mae'r Brythoniaid yn cyrraedd gyda Gwrtheyrn. Maen nhw'n cael croeso cyfeillgar gan Hengest a'r Sacsoniaid. Mae pawb yn mynd i'r neuadd i wledda. Alla i ddim rhoi rhybudd iddyn nhw! Mae arna i ofn! Mam! Beth wna i?'

Powliai'r dagrau i lawr wyneb Gwri/Huw, ac roedd ei gorff yn crynu drosto. Roedd distawrwydd llethol yn y tŷ cyfarfod wrth i bawb ddal ei wynt mewn arswyd.

'Rydw i'n clywed sgrechian a bloeddio! Ond mae'r cyfan drosodd mewn amrantiad! Gwelaf un dyn yn rhedeg i ffwrdd yn ei ddyblau, ond does neb yn trafferthu i'w ddilyn. Yna daw Gwrtheyrn allan o'r neuadd, yr Uchel-frenin ei hun, ond mae o mewn cadwynau! Mae o'n wylo! Mae Hengest yn dod ato ac yn poeri yn ei wyneb. Yna maen nhw'n cario'r cyrff allan ac yn eu gosod mewn pentwr mawr wrth draed Gwrtheyrn. Rydw i'n clywed Gwrtheyrn yn dweud drosodd a throsodd, "Pob un! Pob un yn farw!"

'Mae'r pentwr yn cynyddu, a thybiaf fod tri chant o arweinwyr dewraf y Brythoniaid yn y pentwr celanedd. Rwy'n wylo gyda Gwrtheyrn. Rwy'n wylo drostyn nhw a throsof fy hunan hefyd. Gallaswn fod wedi eu harbed! Rydw i wedi bradychu fy nghenedl drwy fy llwfrdra! Pe bawn i ond wedi ...'

Dechreuodd wylo'n hidl, a phenderfynodd Gwydion ddod â'r cyfan i ben.

'Huw, Huw! Tyrd yn ôl atom! Rwy'n mynd i gyfrif i dri, ac mi fyddi'n deffro. Un, dau, tri ...'

Agorodd Huw ei lygaid, ond ni chiliodd yr ofn a'r cywilydd. Heb ddweud gair, cododd a cherdded at Anna. Plygodd o'i blaen a rhoi ei ben ar ei harffed. Parhaodd i wylo. Mwythodd Anna ei ben, gan fwmial yn dawel yn ei glust.

Ni ddywedwyd gair ymhellach, a rhoddodd Bob ac Als y gorau i'r ffilmio. Gadawodd y gynulleidfa'r tŷ cyfarfod mewn tawelwch, gan adael Huw ac Anna yn eu hynys o boen. Arhosodd Dyfrig a N'tia, Gwion a Heledd gyda nhw. Yn dyner iawn, codwyd Huw ar ei draed, ac Anna hefyd, a hebryngwyd hwy yn ôl i'w tŷ crwn.

* * *

Cyrhaeddodd y llong yn gynnar fore trannoeth, a hwyliodd Seimon i ffwrdd arni gyda Bob a'r holl dechnegwyr eraill. Doedd neb ar ôl ar yr ynys i'w ffilmio bellach, a theimlai Dyfrig yn rhyfeddol o rydd wrth wylio'r llong yn codi angor a chychwyn am y tir mawr. Yna, roedd gwaith cludo'r bwyd i'r pentref. Diflannodd y ddau focs gwin o'u golwg yn fuan iawn, a rhoddwyd popeth arall yng ngofal Gwenhwyfar. Gan nad oedd oergell na rhewgell ganddynt mwyach, penderfynwyd y byddai'n well rhannu'r bwydydd ffres rhwng y pentrefwyr i gyd, er bod nifer o eitemau nad oedd yn gweddu i fwydlen Geltaidd. Penderfynodd Gwenhwyfar ei bod hi'n well aberthu delfrydau am amser byr na gwastraffu bwyd. Yna aeth pawb i weithio, pawb heblaw Huw ac Anna. Daliai Huw i fod mewn gwewyr, a gadawyd Anna i ofalu amdano.

Cychwynnodd Dyfrig a N'tia unwaith eto tua'r coed, ar ôl derbyn eu hoffer newydd gan Dunwallt. Cawsant hefyd galen hogi ganddo, a gofynnodd Dyfrig a wyddai'r gof am ddulliau Celtaidd o lyfnhau pren, fel papur gwydr modern. Addawodd Dunwallt y byddai'n ystyried y broblem.

Gallent fod wedi gwneud y gwaith naddu powlenni yn y pentref mewn gwirionedd, ond roedd yn well gan y ddau fod yn rhydd ac ar eu pennau eu hunain. Aethant yn ôl at y llecyn ger yr afonig a dechrau gweithio yno. Cawsant seibiant byr i fwyta'u cinio cyn parhau â'r gwaith, ond erbyn canol y pnawn roedd N'tia yn cwyno bod ei hysgwyddau a'i garddyrnau'n boenus. Gadawodd Dyfrig ei waith ar unwaith, a mynd ati i dylino cyhyrau blinedig y ferch. Treuliodd y ddau weddill y pnawn yn ymlacio, nofio a gorweddian yn yr haul. Tybiai Dyfrig ei fod mewn nefoedd, neu baradwys, neu shangri-la, mai hon oedd ynys Afallon. Atgyfnerthwyd y teimladau hynny gan y ffaith nad oedd Seimon a'r criw teledu yno'n busnesu. Daethant i adnabod ei gilydd yn well, i ymbleseru yn ei gilydd, eu gwaith, a'u hamgylchfyd. Ond rhaid oedd dychwelyd i'r pentref.

Eisteddai Huw y tu allan i'r tŷ, yn syllu i unman, ac wrth ei ymyl roedd Anna'n torri ei chalon am na allai wneud dim i'w helpu.

'Fedri di siarad efo fo, Dyfrig?' ymbiliodd. 'Falla gwneith o wrando arnat ti.'

Ond troi arno'n chwyrn wnaeth Huw.

'Sut ddiawl fasat ti'n teimlo, Dyfrig, ar ôl deall mai arnat ti roedd y bai am yr holl farwolaethau 'na? Mai dy lwfrdra di achosodd dranc dy genedl, dy iaith, dy wlad? Pe bawn i wedi gallu rhybuddio'r Brythoniaid, mi fasan nhw wedi byw i wrthsefyll y Saeson! Byw i'w concro! Mi fasa hanes Prydain a ninnau'r Cymry wedi bod mor wahanol! Fasat ti'n gallu byw efo'r fath wybodaeth?'

'Ond Huw, stori ydi Brad y Cyllyll Hirion! Does dim tystiolaeth i ...'

'Roeddwn i yno, 'doeddwn? Mi welais i'r peth â'm llygaid fy hun! Wyt ti'n fy ngalw fi'n gelwyddgi?'

'Nag ydw siŵr, ond ...'

'Dos o 'ma, Dyfrig. Gad lonydd i mi.'

'Fyddai modd i Gwydion ei hypnoteiddio eto a dweud wrtho am anghofio'i fywyd blaenorol?' awgrymodd Heledd yn hwyrach y noson honno.

'Be, anghofio'r *ddau* fywyd blaenorol?' meddai Anna'n sychlyd. 'Ceisio'i gael o i anghofio'i fywyd fel mul oeddwn i wrth ei berswadio i gael ei hypnoteiddio eto, a dyma be sy 'di digwydd! Pam wnes i agor fy ngheg, deudwch!'

'Paid ti â gweld bai arnat dy hun,' meddai Gwion. 'Mae cael un yn dinistrio'i hun o euogrwydd yn ddigon drwg. Ond efallai y dylen ni ofyn i Gwydion.'

'Mi geisiais i ddweud mai dim ond stori ydi Brad y Cyllyll Hirion,' meddai Dyfrig.

'Ond mae'r un math o beth wedi digwydd wedyn hefyd,' atgoffodd Heledd nhw. 'Chi'n cofio'r hanes y gwnes i ymchwilio iddo am y Fenni, a de Braose yn gwahodd y Cymry i'w gastell i rannu gwledd y Nadolig? Ac yntau a'i filwyr yn llofruddio pawb? Mae honno'n stori wir, ac mae tystiolaeth hanesyddol yn ategu hynny. Felly, mae'n debyg fod profiad Huw yn wir hefyd.'

Ac ar y nodyn anghysurus hwnnw aeth pawb i orwedd. Fore trannoeth, aeth Dyfrig a N'tia allan fel arfer, ond ni allai Dyfrig gael gwared ar y cwmwl a achoswyd gan Huw a'i gyflwr. Ni allai ymgolli yn ei waith fel o'r blaen, ac ar ôl bwyta cinio cynnar, rhoddodd ei offer o'r neilltu.

'Beth am fynd am dro eto?' awgrymodd wrth N'tia. 'Dydan ni ddim wedi gweld fawr ddim ar yr ochr hon o'r ynys.'

Cytunodd N'tia'n syth, ac ar ôl tacluso popeth a rhoi'r powlenni gorffenedig yn ddiogel yn eu pecyn, cychwynnodd y ddau tuag at lethrau gorllewinol yr ynys.

Ar ôl cyrraedd copa'r bryn, safodd y ddau i edmygu'r olygfa. Yn syth o'u blaenau, roedd yr haul yn cychwyn ar ei daith i'r gweryd, a llwybr pefriog ei belydrau fel cadwyn gyswllt rhyngddo a'r Ddaear. Nid oedd unrhyw dir rhyngddyn nhw a llinell bell y gorwel. Edrychodd Dyfrig i'r dde ac i'r chwith, ac er y gallai weld ynysoedd ymhell i ffwrdd yn y cyfeiriadau hynny, edrychent yn debycach i gefnau creaduriaid chwedlonol na thiroedd lle roedd pobol fel yntau'n byw ac yn gweithio.

Cerddodd y ddau ar hyd y grib i'r gogledd-orllewin, gan ddilyn arfordir yr ynys. I'r dde ohonynt roedd y dirwedd yn arw, yn llawn rhedyn, eithin mân a grug. Meddyliodd Dyfrig pa mor debyg i ucheldiroedd Cymru ydoedd, a pha mor gartrefol fuasai'r wlad honno i Cunedda a'i dylwyth ar ôl iddynt deithio o'r Hen Ogledd. Yn raddol, trodd llwybr y grib tua'r gogledd, ac roedd y dirwedd yn fwy garw yma. Trodd y llethr ar ochr y môr yn ddibyn serth, â chreigiau danheddog yn gwthio'r tonnau. Yna gwelsant eu bod wedi cerdded allan i ben penrhyn, ac roedd yr olygfa o'u blaenau yn gyfareddol.

'Waw!' ebychodd N'tia'n dawel.

Waw yn wir, cytunodd Dyfrig. I'r dde ohonynt roedd bae eang, a'r mynydd yn disgyn yn raddol at ei draethau. Ynghanol y bae, ryw ganllath neu ddau o'r lan, roedd ynys goediog, tuag erw o faint, ei thraethau'n dywod gwyn i gyd, a thu draw iddi, yr ochr arall i'r bae, codai'r tir yn fynydd uchel drachefn.

'Ai afon sydd yn fan'cw?' Pwyntiodd Dyfrig at ben pella'r bae. Edrychai fel petai penrhyn isel arall yno, a bwlch rhyngddo a'r tir uchel y tu draw iddo.

Syllodd N'tia i'r cyfeiriad hwnnw.

'Os mai afon ydi hi, mae hi'n edrych yn llydan iawn i ynys fel hon. Ty'd, awn ni i weld.'

Dechreuodd redeg i lawr y llethr, gan orfodi Dyfrig i'w ddilyn. Erbyn iddyn nhw gyrraedd y gwaelod roedd y ddau'n chwerthin ac allan o wynt. Gan afael yn nwylo'i gilydd, cerddodd y ddau ar hyd y traeth.

'Edrych ar y morloi! Weli di nhw? Ar y talpyn craig yna?'

Arhosodd y ddau i syllu. I'r dde o'r ynys goediog roedd craig lefn, fawr, yn ferw o forloi'n torheulo, yn gwthio'i gilydd gan brotestio'n uchel.

'Am sŵn!' chwarddodd N'tia. Mae'n rhaid bod yr ynys goediog wedi cadw'r sŵn o'u clustiau cynt.

Cerddodd y ddau ymlaen nes cyrraedd y penrhyn bychan, a N'tia'n plygu i lawr bob hyn a hyn wrth ddarganfod cregyn prydferth yn gorwedd wrth ei thraed. Sylweddolodd y ddau nad afon oedd yno, ond culfor. Roedd yr ynys wedi troi'r gornel, fel petai, ac yn ymestyn ymhell i'r dde ohonynt.

'Ynys arall ydi honna!' ebychodd Dyfrig, gan syllu ar y mynydd yr ochr draw. Yna, 'Dos i lawr! Sydyn!'

Tynnodd hi i orwedd wrth ei ochr, ei fraich am ei chanol.
'Be sy 'na?' sibrydodd N'tia.

Llusgodd Dyfrig ei hun ar ei fol nes cyrraedd codiad bychan yn y tir. Edrychodd yn ofalus drwy'r moresg a phwyntio. Daeth N'tia ato ac edrych.

Uwch eu pennau, ryw bum can llath i ffwrdd, codai bryncyn glaswelltog, ac ar ei gopa safai'r anifail prydferthaf a welsai Dyfrig erioed.

'Carw!' ebychodd N'tia.

Safai'r carw coch fel delw, ei gyrn bendigedig yn ddu yn erbyn glesni'r awyr. Roedd rhywbeth ar yr ynys arall yn ei ddenu ac yn cadw ei sylw, gan iddo barhau i syllu i'r cyfeiriad hwnnw am beth amser. Yna, rhwygwyd yr awyr gan ruadau byddarol a rhyfeddol o'i enau, gan ddychryn y ddau oedd yn gorwedd ar y tywod.

Daeth synau llai yn ateb, bron fel defaid yn brefu, ond ni allai Dyfrig weld rhagor o anifeiliaid. Ffroenodd y carw yr awyr fel petai'n chwilio am elynion; yna, wedi ei fodloni, trodd i ffwrdd a diflannu'r ochr draw i'r bryncyn.

'Ty'd,' sibrydodd Dyfrig. 'Awn ni 'mlaen i weld be arall sy 'na.'

Yn hanner cropian, hanner cerdded, aeth y ddau ymlaen yn ofalus gan wylio glannau'r ynys arall. O fewn canllath, roeddent ar eu hyd yn y tywod unwaith eto. Ymhellach i lawr y culfor gallent weld rhes o ewigod a'u hepil yn croesi'r dŵr o'r ynys arall. Cyrhaeddai'r môr at eu fferau, ond roedd hyd yn oed yr elain lleiaf yn croesi heb ofn.

'Mae'n rhaid bod sarn yn fan'cw,' sibrydodd Dyfrig, 'yn cysylltu'r ddwy ynys.'

Arhosodd y ddau yn fud nes i'r ewigod ddiflannu o'u golwg i'r un cyfeiriad â'r carw. Erbyn hynny roedd y môr wedi codi'n uwch, a chafodd yr ewig olaf i groesi drafferth wrth gyrraedd y traeth, y tonnau'n sugno'i choesau ôl oddi tani.

'Ffantastig!' meddai Dyfrig wedyn. 'Mi allwn i aros yma am byth yn eu gwylio.'

'Wel, alla i ddim,' meddai N'tia yn ysgafn. 'Mae'n stumog i'n hollol wag. Ty'd, gwell i ni gychwyn yn ôl neu mi fydd wedi t'wllu cyn i ni gyrraedd y pentref.'

Griddfanodd Dyfrig.

'Allwn ni ddim aros allan heno?'

Ond roedd N'tia yn bendant, a bu raid i Dyfrig ufuddhau. Wedi iddynt gyrraedd y tir uchel unwaith eto, trodd Dyfrig i edrych yn ei ôl.

'Mae'n rhaid mai dim ond ar ddistyll y trai y mae'r sarn i'w gweld,' meddai. 'Edrych, N'tia, mae'r môr yn llawer uwch ar hyd y traeth rŵan.'

Cytunodd hithau, ac aethant yn ôl am y pentref.

Pennod 29

Roedd hi'n nos erbyn iddyn nhw gyrraedd cyrion Caer Nudd, eu camau'n araf wrth iddynt droedio'n ofalus i osgoi tyllau cwningod a chreigiau mân. Doedd dim hanes o 'run enaid byw o fewn muriau Caer Nudd, ond roedd golau'n disgleirio o'r tŷ cyfarfod a sŵn lleisiau. Prysurodd y ddau yno, yn barod â'u hesgusodion.

'Mi welson ni'r carw mwyaf bendigedig,' dechreuodd Dyfrig, 'gyda chyrn anferth, a llwyth o ewigod a'u rhai bach! Roeddan nhw'n croesi o'r ynys arall ... mae ynys arall gyferbyn â hon ...'

Ond torrodd Gwydion ar ei draws, a'u hanfon i eistedd yn y gynulleidfa yn ddiseremoni. Sylwodd Dyfrig nad oedd Anna a Huw yno.

'Rydych chi wedi colli hanes bywyd blaenorol Gwion,' meddai Gwydion wrth eu cefnau, 'a stori Macsen Wledig.' Nid ymhelaethodd, a sylweddolodd Dyfrig ei fod ef a N'tia wedi pechu. Rhoddodd y storïwr ei delyn o'r neilltu a cherdded allan o'r tŷ cyfarfod heb ddymuno noswaith dda i'w gynulleidfa. Llithrodd Marian ar ei ôl.

'Ry'ch chi wedi ei gwneud hi'n awr,' meddai Heledd, gan chwerthin yn isel. 'Hoffwn i ddim bod yn eich tîm chi – dim un ohonoch chi'n bresennol! Ry'n ni'n siŵr o ennill!'

Wrth i bawb gerdded allan daeth Cadell a Dunwallt at Dyfrig.

'Lle'n union y gwelist ti'r carw?' gofynnodd Cadell. Ceisiodd Dyfrig egluro, a nodiodd y ddau bentrefwr eu pennau. Roedden nhw'n gwybod am y llecyn, medden nhw.

Ar ôl cyrraedd y tŷ, ymddiheurodd Dyfrig i Gwion nad oedd o yno i'w weld yn cael ei hypnoteiddo, ond doedd dim ots gan Gwion am hynny.

'Roedd e'n byw yn oes Llywelyn ein Llyw Olaf,' eglurodd Heledd, a thinc rhyfedd yn ei llais.

Edrychai Gwion ei hun yn ddryslyd. Anogodd Heledd ef i ddweud ei hanes, ond roedd yn amharod iawn. Penderfynodd Heledd siarad drosto.

'Roedd e'n un o ddynion llys Llywelyn,' eglurodd, 'ac yn agos iawn at y tywysog.'

'Ddim mor agos â hynny, Heledd,' protestiodd Gwion.

'Gwed ti, 'te, os ti'n moyn.'

'Iesgob annwyl, tyrd 'laen, Gwion,' mynnodd Anna. 'Alla i ddim byw yn fy nghroen. Pwy ddiawl oeddat ti, a be wnest ti?'

Yn anfodlon, dechreuodd Gwion egluro.

'Roeddwn i'n rhan o gynllwyn,' meddai. 'Doedd Llywelyn yn gwybod dim am y peth. Fyddai o byth wedi cytuno.' Oedodd Gwion am ychydig.

'Cytuno i beth, neno'r tad?' anogodd Anna. 'Be di'r blydi gyfrinach?'

'Cynllwyn i ladd Dafydd, brawd Llywelyn, oedd e,' eglurodd Heledd, oedd wedi blino ar dawedogrwydd Gwion. 'Ond lwyddon nhw ddim, naddo Gwion?'

'Naddo,' cytunodd, a'i ben yn isel. Yna cododd ei ben yn gyflym, ac roedd ei lais yn fwy pendant. 'Ond does gen i ddim cywilydd o hynny! Allwn i ddim, dyna'r cyfan. Ar yr eiliad dyngedfennol, allwn i ddim.'

'Fe ffaelodd e wthio'r gyllell i galon Dafydd,' eglurodd Heledd ymhellach, 'er ei fod wedi cytuno i wneud hynny.'

'Mi sylweddolais fy nghamgymeriad! Llywelyn oedd yn iawn. Fyddai o byth wedi cymeradwyo lladd ei frawd, er gwaetha'r cwbl roedd hwnnw wedi'i wneud yn ei erbyn. Pan oeddwn i'n sefyll yno uwchben gwely Dafydd, a hwnnw'n cysgu'n braf, mi sylweddolais i na allwn i ei wneud o. Un peth ydi lladd mewn brwydr, peth arall ydi lladd dyn diamddiffyn.'

'Roedd Gwydion yn anghytuno,' meddai Heledd. 'Roedd e'n mynnu, ar ôl deffro Gwion, y dylai Gwion fod wedi cyflawni'r weithred. Dafydd ddinistriodd Llywelyn, medde fe. Ac fe fydde fe wedi gwneud ffafr â Dafydd, medde Gwydion, achos fe ddioddefodd Dafydd farwolaeth erchyll dan law Edward I: hanner ei grogi, ei ddiberfeddu a'i chwarteru.'

'Ych a fi!' ebychodd Anna. 'Am ffiaidd! Ti'n iawn, Heledd. Dylai Gwion fod wedi gorffen y gwaith.'

Ysgydwodd Gwion ei ben. 'Na,' meddai'n dawel. Yna rhoddodd chwerthiniad bach od. 'Wyddoch chi beth oedd ryfeddaf? Roeddwn i'n gwisgo'r un dillad yn union ag roeddwn i'n eu gwisgo yn y castell. Yr un lliw a phopeth! Beth ydi ystyr hynny, dwedwch?'

Trodd ei gefn arnyn nhw a mynd i orwedd. Roedd hi'n amlwg nad oedd o'n fodlon siarad rhagor.

Bu distawrwydd anghysurus am rai munudau, ac yna aeth Heledd i orwedd hefyd. Gadawyd y pedwar arall yn syllu ar ei gilydd.

'A lle buoch chi, felly?' gofynnodd Anna i Dyfrig a N'tia, i dorri'r distawrwydd.

Yn hapus iawn o gael newid pwnc, disgrifiodd y ddau rhyngddyn nhw eu taith drwy'r ynys, gan sôn am y morloi, ac am yr ynys arall oedd mor agos; y sarn oedd yn cysylltu'r ddwy, yr ewigod yn croesi drosti, a'r rhyfeddod o weld a chlywed y carw.

'Dwi'n falch bod rhywun yn cael amser da,' meddai Anna'n eiddigeddus, gan edrych ar Huw, oedd wedi gwrando ar y cyfan ond heb symud modfedd na dweud gair. 'Wn i ddim be i'w wneud, wir!'

'Does dim raid i ti wneud dim,' agorodd Huw ei geg am y tro cyntaf y noson honno. 'Gadwch lonydd i mi, y diawliaid!'

*　　*　　*

Fore trannoeth, aeth Heledd a N'tia i'r ffynnon i gyrchu dŵr. Roedd Gwion, oedd wedi deffro fel petai dim wedi digwydd iddo'r noson cynt ac yn ymddwyn mor siriol ag erioed, wedi mynd i chwilota am wyau'r ieir, gan fod rhai bob amser yn mynnu dodwy y tu allan i'r nythod.

'Mae hi'n rhyfeddol o dawel yma,' meddai N'tia ar ôl dychwelyd. 'Welais i neb ond Gwenhwyfar.'

'Ydi hynny'n anarferol?' gofynnodd Dyfrig.

'Ydi,' atebodd Heledd. 'Ni'n arfer gweld merched eraill a'r dynion yn dechrau ar eu gwaith.'

Aeth Anna i nôl eu brecwast o uwd yn y crochan bach. Cychwynnodd Huw gyda hi, ond daeth yn ei hôl hebddo, a Gwenhwyfar i'w chanlyn.

'Rydych chi i aros yn y pentref heddiw,' meddai Gwenhwyfar wrthynt. 'Dim crwydro o gwbl,' ychwanegodd gan edrych ar Dyfrig.

'Pam?' holodd yntau.

'Mae'n ddiwrnod hela,' atebodd. 'Mae'r dynion wedi mynd i hela'r carw welsoch chi ddoe. Mi fyddai cig carw'n ychwanegiad bendigedig i ddathlu dydd gŵyl Lleu, a byddai digon ar ôl wedyn i'w halltu a'i fygu, a bwydo'r pentref am amser hir. Ond maen nhw am i chi gadw o'r ffordd, rhag ofn i chi gael damwain. Mae'n gallu bod yn beryglus.'

'Oes gynnau 'da nhw?' gofynnodd Heledd. Edrychodd Gwenhwyfar yn chwyrn.

'Nag oes, siŵr iawn. Bwa a saeth, a gwaywffyn. Rhaid gallu mynd yn agos ato, a dyna pam mae'r gwaith mor beryglus. Gall yr anifail droi a'ch cornio.'

Roedd Dyfrig yn drist wrth feddwl am yr anifail godidog a welsai ddoe yn cael ei erlid a'i ladd. Tybiodd na fuasai'n gallu bwyta'r cig, a gobeithiodd y bydden nhw wedi gadael yr ynys cyn gorfod gwneud hynny. Gallai gydymdeimlo'n llwyr â theimladau Huw. Ond ble roedd Huw?

'Tu allan,' atebodd Anna ei gwestiwn. 'Mae o'n treulio'r rhan fwya o'r dydd efo'i gefn yn erbyn y wal, neu'n cerdded at yr afon. Wir i ti, Dyfrig, dwi'n poeni amdano fo. Be tasa fo'n gwneud niwed iddo'i hun?'

'Be, ti'n meddwl y bydda fo'n ...'

'Ydw a nag ydw. Mi wnes i ei siarsio fo ddoe i beidio gwneud "dim byd gwirion", a dyma fo'n chwerthin yn reit chwerw. "Alla i ddim hyd yn oed gwneud hynny rŵan," medda fo, "achos mae bywyd arall yn disgwyl amdana i, a finna'n debygol o wneud poitsh o hwnnw hefyd." Mi driais i ddal pen rheswm efo fo, ond cerdded i ffwrdd wnaeth o wedyn, a dweud y bydda fo'n rhoi'r byd am gael suddo i dwll dwfn yn y ddaear, ac aros yno mewn heddwch am byth.'

'Rhaid i ni gadw llygad arno fo,' meddai Dyfrig.

'O leia mi fyddi di o gwmpas y lle heddiw i wneud hynny,' atebodd Anna. 'Rydw i wedi gorfod edrych ar ei ôl o ar fy mhen fy hun hyd yn hyn.'

Gan deimlo'n euog, dechreuodd Dyfrig ar ei waith o naddu'r powlenni. Ni ddaeth N'tia ato i weithio, gan fod Heledd ac Anna wedi dweud yn blwmp ac yn blaen nad oedd hithau wedi gwneud ei siâr deg o waith o amgylch y pentref.

Daeth amser cinio yn rhyfeddol o fuan, a galwodd N'tia arno i ddod i'r tŷ.

'Lle mae Huw?' gofynnodd wedyn. Ochneidiodd Anna.

'Wrth yr afon, mwy na thebyg. Mi a' i i'w nôl o.'

Ond roedd hi yn ei hôl o fewn munudau a'i gwynt yn ei dwrn.

'Dydi o ddim yna! A dydi o ddim o gwmpas y pentref, chwaith!'

Gadawodd pawb eu bwyd a mynd i chwilio. Yn y diwedd, bu'n rhaid iddynt fynd at Gwenhwyfar i egluro'r sefyllfa, a dweud y byddent yn chwilio am Huw y tu allan i'r muriau. Cytunodd hithau'n anfoddog.

'Anna a N'tia, ewch chi i lawr at y môr a chwilio'r arfordir,' gorchmynnodd Dyfrig, cyn ychwanegu'n dawel yng nghlust N'tia, 'cadw lygad ar Anna, nei di? Dydi hi ddim yn rhyw ffit iawn i ddringo dros greigiau.' Yna trodd at y gweddill. 'Mi awn ninnau i'r mynydd. Mi gawn ni wahanu wedyn. Mi a' i drwy'r coed, a chwiliwch chithau ar y rhostiroedd.'

Ufuddhaodd pawb, a chychwynnodd y tri tua'r ucheldir.

'Ti'n meddwl o ddifrif y bydde fe'n lladd 'i hunan?' meddai Heledd wrth frasgamu o'r pentref.

'Wn i ddim,' atebodd Dyfrig, 'ond dydi o ddim mewn cyflwr meddyliol da iawn, nag ydi?'

'Pam ddiawl na fyddai Gwydion wedi gwneud iddo anghofio'r cyfan, fel y gwnaeth o efo Rhys?' cwynodd Gwion.

A beth amdanat tithau, meddyliodd Dyfrig, ond heb ddweud gair. O leiaf, cywirodd ei hun, doedd y llanc ddim yn llofrudd, wedi'r cyfan. Doedd ganddo ddim i'w gystwyo'i hun amdano.

'Ti'n cofio beth ddwedodd Huw?' atgoffodd Heledd ef. 'Y bydde fe'n teimlo'n waeth petai e'n deffro o gael ei hypnoteiddio, ac yn cofio dim.'

'Ia, ond doedd Rhys ddim hyd yn oed yn cofio'i fod o wedi'i hypnoteiddio,' protestiodd Gwion.

Safodd Dyfrig yn stond ar ganol y llwybr. Roedd syniad dychrynllyd wedi dod i'w ben.

'Dach chi'n meddwl falla'i fod o wedi clywed Gwenhwyfar yn sôn am yr helfa?'

Syllodd y ddau arno ag wynebau hirion wrth iddynt ddeall arwyddocâd ei eiriau'n syth.

'Ti'n meddwl ...?'

'Fydda fo ddim mor dwp ...!'

'Dowch, brysiwch! Wyddon ni ddim ers faint mae o wedi cychwyn.'

'Ti'n gwybod y ffordd, Dyfrig?' holodd Heledd.

'Ydw – mi ddisgrifiais i'r llecyn i Cadell neithiwr. Dowch!'

'Ond does dim dal lle mae'r helwyr erbyn hyn,' protestiodd Gwion. 'Fasa hi ddim yn well i ni aros am funud a meddwl lle maen nhw'n debygol o fod?'

Roedd synnwyr yn ei eiriau, felly pwyllodd y tri a cheisio dyfalu i ba gyfeiriad y byddai'r helfa wedi mynd.

'Mae 'na gymaint o'r ynys rydan ni heb ei gweld,' meddai Dyfrig yn llawn pryder. Yna clywsant gorn hela yn canu yn y pellter.

'Dowch!'

Clywsant y corn am yr eildro, ychydig yn nes y tro hwn wrth iddynt groesi'r dyffryn tua'r dwyrain, ac yna eto wrth iddynt ddringo'r llethr yr ochr draw.

'Maen nhw'n gyrru'r carw,' eglurodd Gwion. 'Mi fydd dynion yn ei yrru i fan lle mae'r helwyr yn barod i'w ladd. Mi fydd hynny i gyfeiriad y gwynt.'

'Ti'n sicr iawn ohonot dy hunan,' meddai Heledd.

'Mae gen i brofiad, 'toes?' atebodd Gwion yn sychlyd. 'Prif bleser y llys oedd hela.'

Plygodd Heledd ei phen cyn gofyn yn wylaidd, 'I ba gyfeiriad mae'r gwynt yn chwythu?'

Ar ôl cyrraedd y copa, gallent weld fod gwastatir coediog gweddol eang o'u blaenau. Clywsant y corn unwaith eto, yn rhyfeddol o agos y tro hwn.

'Mae'r gwynt o'r gogledd-ddwyrain,' meddai Gwion, 'felly mi fyddan nhw'n mynd y ffordd acw.'

Pwyntiodd i lawr ac i'w chwith, ac i ffwrdd â nhw i'r cyfeiriad hwnnw. Roedd hi'n anoddach mynd i lawr y mynydd nag i fyny.

'Ti'n meddwl y byddai Huw wedi cerdded mor bell?' holodd Heledd, yn fyr o wynt. 'Smo fe erioed wedi nharo i fel dyn ffit.'

Ond gwelodd Dyfrig gip o symudiad yn y coed oddi tano. Roedd y carw yno, ac o'u safle uchel gallai'r tri weld ei fod yn cael ei yrru tuag at lain o dir agored ynghanol y coed.

'Mi fydd yr helwyr yn fan'cw,' sibrydodd Gwion, 'yn disgwyl amdano.'

Roedd y carw wedi aros i ffroeni'r awel, yn amlwg yn ansicr ac yn ofnus, ond gyrrwyd ef yn ei flaen gan chwythiad arall ar y corn hela.

'Allen ni ddim gwneud sŵn i'w hala fe bant?' ymbiliodd Heledd.

'Rydan ni'n rhy bell y tu ôl iddo fo,' atebodd Gwion. 'Ei yrru o ymlaen yn gyflymach fasan ni.'

Gyda chalonnau trymion y gwyliodd y tri yr anifail hardd yn mynd tua'i dranc. Roedd llai na chanllath rhyngddo a'r tir agored erbyn hyn, a symudai ymlaen yn araf ac yn wyliadwrus.

'Mi fydd y saethwyr yn anelu am yr agoriad acw,' sibrydodd Gwion gan bwyntio. 'Cyn gynted ag y bydd y carw'n ymddangos rhwng y coed, mi fyddan nhw'n saethu ato.'

Ni allai Dyfrig oddef gweld y lladdfa. Beth bynnag oedd cyngor Gwion, byddai bloeddio o'u cuddfan yn ddigon i beri i'r creadur ddychryn a rhedeg, a pha gyfeiriad bynnag a gymerai byddai hynny'n well na'i fod yn cerdded yn araf a gofalus fel y gwnâi ar hyn o bryd. Byddai targed symudol yn anoddach o lawer i'r dynion anelu ato, a byddai gobaith iddo ddianc. Heb oedi rhagor, bloeddiodd Dyfrig nerth ei ben, ond roedd y canlyniadau'n annisgwyl.

Cododd y carw ei ben mewn dychryn a charlamu'n syth tuag at y llain agored. Yr un pryd, rhedodd ffigwr trwm allan o'r coed o flaen y carw a chwifio'i freichiau. Daeth cawod o saethau o wahanol guddfannau yn y coed, ond llwyddodd y carw i droi a charlamu ymaith.

'Huw!' gwaeddodd Heledd, a dechrau rhedeg i lawr y llethr i gyfeiriad y corff a orweddai ar ymyl y llain, a saeth wedi'i phlannu yn ei glun. Roedd Dyfrig a Gwion yn dynn ar ei sodlau.

Erbyn iddyn nhw gyrraedd Huw roedd Cadell a rhai o drigolion y pentref yn sefyll uwch ei ben, pob un ohonynt yn gandryll. Trodd Cadell at y criw a rhegi.

'Ewch â fo o 'ngolwg i!' gwaeddodd arnynt. 'Mae'r diawl wedi difetha'r cyfan!'

Yna clywyd sgrech o gyfeiriad y rhai a fu'n ceisio gyrru'r carw at y saethwyr. Cychwynnodd Cadell a'i ddynion ar unwaith i weld beth oedd ar droed, gan adael Gwion, Dyfrig a Heledd yn plygu dros gorff Huw.

'Helpa fi, Dyfrig,' meddai Gwion. 'Elli di ei droi ar ei ochr i mi gael gweld a ydi'r saeth wedi mynd reit drwodd?'

Griddfanodd Huw wrth gael ei symud. Ceisiodd Dyfrig weld dros ysgwydd Gwion, ond doedd dim sôn am flaen y saeth. Rhegodd Gwion.

'Wyt ti'n gwybod pa fath o ben sydd ar eu saethau nhw?' gofynnodd i Dyfrig, ond negyddol oedd ei ateb.

'Ydw i wedi llwyddo?' clywsant lais bloesg Huw yn holi. 'Wnaeth o lwyddo i ddianc?'

'Do, Huw,' cysurodd Dyfrig. 'Mi wnest ti'n ardderchog. Mi redodd y carw i ffwrdd cyn i'r un saeth ei gyffwrdd. Chdi gafodd hi!'

'Diolch byth am hynny,' meddai Huw wedyn, a llewygu.

'Ga' i fenthyg dy gyllell di, Dyfrig?' gofynnodd Gwion, ac ar ôl ei derbyn rhwygodd drywsus Huw i gael gweld y briw yn well. Roedd gweld coes y saeth fel petai'n tyfu o gnawd Huw yn codi cyfog ar Dyfrig, a synnodd fod Gwion yn gallu pwnio a phrocio'r cnawd mor ddihitio. Roedd yn astudio'r croen yn fanwl iawn.

'Cyn belled ag y galla i weld,' meddai Gwion ar ôl gorffen ei archwiliad, 'dydi'r saeth ddim wedi cyffwrdd y prif wythiennau, neu mi faswn i'n disgwyl gweld mwy o gleisio erbyn hyn. A does 'na'm llawer o waedu allanol. Mae'r saeth yn cau'r dolur. Y broblem fydd cael hon allan. Taswn i'n sicr mai pen dur fel bwled sydd iddi, mi faswn i'n mentro'i gwthio ymlaen ac allan. Ond os mai pen trionglog sy 'na, gydag esgyll, mae perygl i mi rwygo'r wythïen fawr ac iddo waedu i farwolaeth.' Pwysodd yn ôl ar ei sodlau a chrafu 'i ben.

'Fyddet ti'n gallu torri o amgylch coes y saeth a'i thynnu hi'n ôl allan?' gofynnodd Heledd, ond ysgwyd ei ben wnaeth Gwion.

'Rhy beryg. A ph'run bynnag, mi fyddwn i angen cyllell a chadachau glân ac edau neilon a nodwydd – a digonedd o ddŵr poeth.'

'Felly, rhaid ei gael e'n ôl i'r pentref?' meddai Heledd wedyn.

'Ond sut?' gofynnodd Gwion yn bryderus. 'Mi fasa'n rhaid ei symud efo'r saeth yn ei lle, felly allwn i ddim ei roi o ar ei gefn ...'

'Allen ni byth ei gario fe!' protestiodd Heledd, gan bwyntio at y mynydd, ac roedd yn rhaid i Dyfrig gytuno â hi. Hyd yn oed pe bai modd llusgo Huw, byddai'r dasg bron yn amhosib.

'Na,' meddai Gwion, 'ac mae peryg i'r symud wneud iddo ddechrau gwaedu, a byddai gwaedu mewnol yn fwy peryglus na gwaedu allanol.' Ystyriodd am eiliad. 'Oes ffordd o gwmpas y gwastatir, Dyfrig?'

'Wn i ddim,' atebodd. 'Dydw i ddim wedi crwydro'r rhan yma o'r ynys. Ond hyd yn oed wedyn, mi fasa'n dal yn broblem i'w symud.'

Syllodd y tri ar gorff Huw. Roedd Gwion wedi ei osod i orwedd yn y dull achub bywyd ac fel nad oedd pwysau ar na blaen na chefn y saeth. Ond beth oedd orau i'w wneud?

'Reit,' meddai Heledd yn bendant. 'Rwy i am fynd yn ôl i'r pentref i gael help. Ry'n ni angen stretcher, a help i'w gario fe.'

'Tyrd ag unrhyw gadachau y gelli di gael gafael arnyn nhw hefyd. Mi fydd angen gwneud *tourniquet*, rhag ofn. A dŵr.'

'Iawn. Ond cymer fy mhais – roedd hi'n lân y bore 'ma.' Ar ôl troi ei chefn atynt, tynnodd Heledd ei gwisg uchaf ac yna'r isbais; yna rhoddodd y wisg uchaf yn ôl dros ei hysgwyddau. 'Defnyddia hwn i'w rwymo fe, os ti'n moyn. Wy'n mynd nawr i gael help. Hwyl.' Diflannodd i'r coed.

Ochneidiodd Gwion ar ôl iddi fynd. 'Mi faswn i'n rhoi'r byd am gael Doctor Eurgain yma: un peth ydi cael gwersi, peth arall ydi'r gwaith ymarferol.'

'Dwyt ti ddim wedi cael profiad, felly?' gofynnodd Dyfrig, braidd yn amheus.

'Na. Ar ôl yr haf yma roeddwn i fod i ddechrau ar y gwaith ymarferol. Ond y diffyg cyfleusterau sy'n fy mhoeni i fwya! Mi rown i'r byd am gael pelydr X i weld pen y saeth, a pha mor agos at yr asgwrn ydi o!'

Aeth Dyfrig i chwilio am afon neu bistyll tra oedd Gwion yn cadw cwmni i Huw, oedd yn rhannol ymwybodol. Roedd yn gysur, fodd bynnag, fod rhywfaint o'r hen asbri wedi dychwelyd i lais a llygaid Huw. Roedd yn falch o'i ymdrechion i achub y carw.

Nid oedd Dyfrig wedi cerdded ymhell cyn iddo weld Heledd yn dod yn ei hôl a Dunwallt y gof wrth ei hochr.

'Mae rhywun wedi mynd i'r pentref i nôl help yn barod,' eglurodd wrth weld y syndod ar wyneb Dyfrig.

'Sut mae o?' holodd Dunwallt, ac eglurodd Dyfrig y sefyllfa.

'Mi fyddan nhw'n cyrraedd maes o law,' meddai Dunwallt wedyn. 'Dim ond i ni gadw Huw'n gyffordus tan hynny.'

Edrychai Gwion yn ddiolchgar o weld y tri.

'Pa fath o saethau ydych chi'n eu defnyddio?' holodd heb oedi.

'Maen nhw'n rhai trwm heddiw,' atebodd Dunwallt. 'Digon trwm i daro carw i'r llawr.'

'Pen fel bwled neu driongl?'

'Triongl, ond bod esgyll miniog arnyn nhw. Wedi'u llunio i greu cymaint o niwed â phosib.'

'Felly, alla i ddim mentro'i gwthio hi allan?'

Ysgydwodd Dunwallt ei ben yn araf.

'Elli di ddweud pa mor bell mae hi wedi mynd i mewn i'r cnawd? Pa mor hir ydi'r goes, fel arfer?'

Astudiodd Dunwallt y plu ar ben y goes.

'Un Cadell ydi hon,' cyhoeddodd. 'Mae o'n hoffi coes weddol hir. Felly,' astudiodd y goes unwaith eto, 'mi faswn i'n dweud bod rhyw dair neu bedair modfedd ohoni i mewn yn y cnawd.'

'Felly, gwell i mi ei gadael yn ei lle. Ond Heledd, roeddwn i'n meddwl ...' Dyna'r tro cyntaf i Gwion sylweddoli beth roedd ei gweld hi'n ôl mor fuan yn ei olygu.

'Sori, dyna pam rydw i yma,' eglurodd Dunwallt, 'i ddweud bod help ar ei ffordd. Mi fyddan nhw yma cyn bo hir gyda pholion a blanced. Rhyngddon ni, gall pawb gymryd ei dro i'w gario. Mae llwybr gweddol wastad ar hyd yr arfordir. Mae o'n hirach, ond yn haws.'

'Mater o aros ydi hi, felly?'

'Ia. Dyna fydd orau. Mae Gwenhwyfar yn dda efo pethau fel hyn. Hi ydi doctor y pentref, fel petai.'

'Oes ganddi hi brofiad meddygol?' gofynnodd Gwion yn obeithiol.

'Oes. Roedd hi'n nyrs, neu rywbeth tebyg.'

Cymerodd Heledd gyllell Dyfrig a dechrau torri ei phais yn stribedi. Tynnodd Dyfrig ei grys isaf yntau er mwyn iddi gael gwneud cadachau o hwnnw, hefyd.

'Ddalioch chi'r carw?' gofynnodd Gwion yn ddiweddarach.

'Naddo.'

'Mi fydd Huw yn falch,' meddai Gwion wedyn.

'Finna hefyd, a bod yn onest' meddai Dyfrig.

'A fi,' cytunodd Heledd.

'Ie, ond rhaid i chi gofio mai hela er mwyn byw ydyn ni. Mae cael cig yn hanfodol i ni. Allwn ni ddim fforddio bod yn wangalon a "neis".'

Roedd pawb yn dawel nes i Dyfrig gofio am y sgrech. Gofynnodd i Dunwallt a wyddai beth oedd yn bod, ond ysgydwodd Dunwallt ei ben.

'Wnes i ddim cyrraedd cyn belled â hynny. Mae rhywun wedi brifo, beth bynnag, achos daeth un o'r dynion, Owain, yn ei ôl ar ras. Roedd o i drefnu cludiant i bwy bynnag oedd wedi'i anafu, a chofiais innau am Huw. Felly, mae help ar ei ffordd.'

Erbyn i Owain gyrraedd gyda dau arall, a pholion wedi eu clymu wrth flanced i wneud gwely symudol syml, roedd Huw wedi deffro. Ceisiodd eistedd i fyny, ond mynnodd Gwion ei fod yn aros yn llonydd ar ei ochr. Trosglwyddwyd ei gorff yn ofalus i'r flanced, a'i gadw ar ei ochr â blanced arall oedd wedi ei rholio fel selsig a'i gwthio yn erbyn ei gefn. Yna dechreuwyd ar y siwrnai adref. Roedd Gwion eisoes wedi rhoi cadachau ar y goes uwchben y saeth, yn barod i'w tynhau pe byddai angen. Ond doedd y cnawd ddim wedi cleisio hyd yn hyn, sylwodd Dyfrig gyda rhyddhad.

'Pwy arall sydd wedi brifo?' gofynnodd Dyfrig i Owain.

'Y ddynes,' atebodd, ac wrth weld yr olwg ddryslyd ar wyneb Dyfrig, ymhelaethodd. 'Y ddynes sydd efo Gwydion.'

'Marian?'

'Ie.'

'Ond ...'

'Roedd hi wedi mynnu bod yn rhan o'r helfa. Milwr oedd hi,

meddai hi, yn ei bywyd blaenorol, ac wedi arfer hela. Doedd Cadell ddim eisiau iddi ddod, ond roedd Gwydion yn gefnogol iddi, felly ildiodd Cadell.'

'Beth ddigwyddodd, felly?'

'Wel, ar ôl i'r diawl yna,' pwyntiodd at gorff Huw, 'ddychryn y carw, rhedodd yn wyllt drwy'r goedwig. Mi fyddai unrhyw un call wedi cadw o'i ffordd, ond roedd yr ast yn meddwl gormod ohoni ei hun, yn meddwl y gallai hi droi'r anifail yn ei ôl, felly neidiodd o'i flaen. Y cyfan wnaeth y carw, wrth gwrs, oedd ei chornio hi o'r ffordd.'

'Ydi hi'n iawn?'

'Wel, nag ydi siŵr!'

'Sori ... pa mor ddrwg ydi hi?'

'Wn i ddim, ond mae Gwydion wedi mynd ati. Roedd 'na waed ymhobman.'

Nid oedd gan Owain ragor i'w ddweud, ac roedd pawb yn dawel wrth fyfyrio dros erchyllterau'r diwrnod.

Erbyn iddyn nhw gyrraedd y pentref, roedd Huw yn chwys i gyd. Er i bawb fod mor ofalus â phosib wrth ei gario, roedd y siwrnai wedi sgytian ei gorff yn ddidrugaredd, a bu'n rhaid i Gwion roi cadachau am y briw, hefyd. Roedd y cadachau hynny bellach yn goch drwyddynt. Wrth byrth y pentref roedd Anna a N'tia yn disgwyl amdanynt, a gwaith cyntaf Anna, wedi iddi ddod dros ei gwewyr o weld Huw yn y fath gyflwr, oedd nôl rhagor o gadachau. Daeth Gwenhwyfar atynt a chyfarwyddo'r cludwyr i gario Huw i'w thŷ hi. Roedd ei ffordd ddigyffro o ddelio â'r sefyllfa yn gysur iddynt, a sylwodd Dyfrig fod Gwion yn falch o blygu i'w hawdurdod. Rhoddwyd gorchymyn i bawb heblaw Huw a Gwion fynd yn ôl at eu gwaith, ond mynd i'w tŷ crwn eu hunain wnaeth Dyfrig a'r merched.

Roedd Anna a N'tia ar bigau'r drain eisiau clywed yr hanes i gyd. Ceisiodd Dyfrig beidio â manylu am anaf Huw, gan sicrhau Anna mai mater bach fyddai cael y saeth allan.

'Ond allwn ni ddim cael hofrennydd i fynd ag o i'r ysbyty?'

'Sut, Anna? Does dim radio na theliffon yma.'

'Ond mae'n rhaid bod! Allan nhw ddim byw heb ddoctoriaid nac ysbyty!'

'Dyna'u dewis nhw,' atebodd Dyfrig. 'Dyna pam nad oes hen bobol a phlant yma.'

'Hyd yma, beth bynnag,' ychwanegodd N'tia. 'Mi sylwais i fod un neu ddwy o'r merched yn feichiog.'

'Iesgob annwyl!' ebychodd Anna. 'Be goblyn sy ar 'u pennau nhw, dŵad?'

Yna soniodd Heledd wrthynt am yr hyn oedd wedi digwydd i Marian, ac roedd Dyfrig yn falch o weld bod y newydd wedi sgytian Anna. Roedd hi'n llawn cydymdeimlad, er gwaethaf y ffraeo fu rhyngddynt.

Daeth Gwion yn ei ôl ar ôl peth amser, yn wên o glust i glust.

'Mae'r saeth allan, ac mi fydd Huw yn iawn,' meddai wrthynt. 'Mae Gwenhwyfar am ei gadw efo hi tan fory, iddi allu cadw llygad arno fo.'

'Ga' i fynd i'w weld o?' gofynnodd Anna'n syth.

'Gad hi am ryw awr neu ddwy,' cynghorodd Gwion, 'iddo fo gael dod ato'i hun. Mae o'n cysgu rŵan, ond roedd y broses yn boenus iawn iddo fo, heb gyffuriau.'

'Wyt ti'n gwybod be ydi hanes Marian?' gofynnodd Dyfrig.

'Dim ond be ddywedodd Owain,' atebodd. 'Dydyn nhw ddim wedi cyrraedd yn ôl eto.'

Noswyliodd pawb yn gynnar y noson honno, wedi ymlâdd ar ôl helyntion y dydd, ond heb dderbyn unrhyw newyddion pellach am Marian.

Pennod 30

'Codwch, y diawliaid!'

Deffrodd Dyfrig wrth deimlo cic egr yn ei goes. Cododd mewn braw a gweld Cadell a dau o'r pentrefwyr o'i flaen. Cydiodd y ddau yn ei freichiau a'u gwasgu'n dynn y tu ôl i'w gefn. Ceisiodd gwffio yn eu herbyn er mwyn amddiffyn N'tia oedd wrth ei ochr, ond roedd yn rhy hwyr: roedd dau arall yn ei lusgo'n ffrwnt ar ei thraed. Edrychodd o'i amgylch yn wyllt a gweld bod y tŷ yn llawn dynion, a bod ei gyfeillion hanner-effro yn cael eu cicio a'u llusgo ar eu traed.

'Be gythraul sy'n digwydd?'

'Mae'ch gwyliau chi ar ben, y diawliaid,' chwyrnodd Cadell yn ei wyneb. 'Mi rydan ni'n mynd i gael chydig o waith allan ohonoch chi rŵan! Owain, cymer y cyllyll oddi arnyn nhw. Dunwallt? Tyrd 'laen.'

Dyna pryd y sylwodd Dyfrig ar Dunwallt yn stelcian wrth y drws. Cerddodd at Cadell yn araf, ei ben i lawr. Roedd cadwynau yn ei freichiau nerthol. Edrychent fel aerwyau i glymu gwartheg mewn beudy ers talwm. 'Gwna dy waith!' gorchmynnodd Cadell.

Heb edrych i wyneb Dyfrig, cerddodd Dunwallt y tu ôl iddo, a theimlodd Dyfrig gadwyn haearn yn cael ei gosod am ei wddf. Cwffiodd unwaith eto, ond roedd y ddau ddyn arall yn rhy gryf iddo. Clywodd Dunwallt yn sibrwd 'Sori' yn ei glust wrth i follt gael ei thynnau. Teimlodd bwysau'n tynnu ei ben yn ôl, a sylweddolodd fod cynffon y gadwyn yn disgyn i'r llawr. Aeth Dunwallt ymlaen i osod cadwynau ar y lleill hefyd. Wedi iddo orffen ei waith, galwodd Cadell arnynt i sefyll mewn rhes o'i flaen.

'O'r gorau!' meddai. 'Rydych chi'n gaethweision i'r pentref. O hyn allan, mi fyddwch chi'n gweithio yn y caeau i gasglu'r cynhaeaf. Mi gewch chi gysgu fan hyn, ond mi fydd dynion arfog yn eich gwylio. Mi fyddwch chi'n gwisgo'r gadwyn drwy'r amser. Mi gewch chi dri phryd o fwyd y dydd, a dŵr i'w yfed.'

'Ond beth am y gystadleuaeth?' gofynnodd Anna'n ddagreuol. Anwybyddodd Cadell hi.

'Ble mae Gwydion?' heriodd Heledd. 'Ydi o'n gwybod am hyn?' Anwybyddwyd hithau, hefyd.

'Dunwallt, cysyllta'r cadwynau â'i gilydd!'

Rhoddwyd Dyfrig ynghlwm wrth Gwion, a'r merched gyda'i gilydd.

'Reit, Owain, dy waith di fydd goruchwylio'r caethion. Cymer hon.' Camodd un o'r pentrefwyr ymlaen a chynnig rhaff ledr, hir i Owain. 'Defnyddia hi i'w chwipio os byddan nhw'n gwrthod gweithio, neu'n camymddwyn mewn unrhyw ffordd.' Trodd at y caethion. 'Mi fyddwch chi'n dechrau yn y caeau gwair. Mi gewch chi'r dynion gryman yr un, a chi fydd yn torri'r gwair. Gwaith y merched fydd chwalu'r gwair i'w sychu cyn ei gario i'r pentref i'w storio. Yna, yn y prynhawn, cewch newid lle, y merched yn torri a'r dynion yn chwalu. Iawn? Reit, Owain, dos â nhw allan.'

'Ond beth am Huw? Ydi o'n iawn?' ceisiodd Dyfrig ofyn wrth gael hergwd i wneud iddo ddechrau cerdded.

'A Marian?' ychwanegodd Heledd.

Safodd Cadell fel dyn pren, yn anwybyddu pob gair. Clywodd Dyfrig hisian y chwip yn yr awyr, a chri o boen gan Anna, ac er bod ei waed yn berwi, doedd ganddo ddim dewis ond ufuddhau i orchmynion Owain.

Yn y cae gwair, rhoddwyd cryman yr un yn nwylo Dyfrig a Gwion, a chyfarwyddiadau i dorri mor agos at y ddaear a phosib. Gofynnodd Dyfrig am fforch i weithio gyda'r cryman, ond gwrthodwyd ei gais. Yna deallodd pam. Roedd coesau'r crymanau'n hirach o lawer na'r rhai roedd o wedi arfer eu defnyddio, a'r llafnau hefyd yn hirach a thrymach, fel bod angen dwy law i'w gweithio. Aeth Gwion ac yntau ar eu gliniau a dechrau torri. Safai'r merched y tu ôl iddyn nhw, ac wylai Anna yn dawel. Ceisiodd ddweud rhywbeth i'w chysuro, ond daeth hisian y chwip unwaith eto, a llais Owain yn bloeddio arnynt i fod yn dawel.

'Dim siarad! Chewch chi ddim siarad wrth weithio!'

Roedd yn waith anhygoel o drwm. O fewn hanner awr roedd

breichiau Dyfrig wedi dechrau blino, ei gefn yn ddolurus a'i ben-gliniau'n ddwy belen o boen. Cipedrychodd ar Gwion, a gweld y chwys yn diferu i lawr wyneb y llanc, a'i geg yn llinell fain. Os oedd o mewn poen, ac yntau wedi arfer, mwy neu lai, â'r fath waith, sut oedd Gwion yn teimlo, y creadur?

Yn raddol, enillai Dyfrig y blaen ar Gwion, gan fod symudiad ei gryman yn lletach a chyflymach, ond yna byddai'r gadwyn oedd rhyngddynt yn ei ddal yn ôl. Wedyn, roedd yn rhaid iddo aros ychydig funudau i'r llanc ddal i fyny ag ef. Bob tro y câi seibiant fel hyn, edrychai Dyfrig ar N'tia. Roedd y tair merch bellach wedi dechrau ar y gwaith o chwalu'r gwair, ac er mor anobeithiol oedd eu sefyllfa, ni allai lai nag edmygu'r ffordd osgeiddig roedd N'tia a Heledd yn plygu a chodi, yn plygu a chodi mewn rhythm esmwyth. Y broblem fawr iddyn nhw oedd Anna, oedd mor drwsgwl â hwyaden ar dir. N'tia druan oedd yn y canol rhwng y ddwy arall, a phob tro y baglai Anna, neu y plygai pan oedd y ddwy arall yn codi, câi N'tia blwc poenus ar ei chadwyn. Un tro, pan faglodd Anna a syrthio, tynnodd y ddwy arall i'r llawr ar ei hôl. Daeth cri o boen gan N'tia, a chododd ei llaw i geisio llacio'r gadwyn. Rhegodd Dyfrig dan ei wynt. Roedd yn rhaid iddyn nhw feddwl am ffordd o ddianc, ac wedyn mi fyddai'n lladd pob un o'r "Celtiaid" bondigrybwyll hyn!

Erbyn i Owain gyhoeddi ei bod hi'n amser cinio, prin y gallai Dyfrig godi. Sythodd ei gefn yn araf ac yn boenus, ond roedd Gwion yn dal ar ei liniau. Helpodd y llanc ar ei draed, ac ymlwybrodd y pump yn ôl i'r pentref. Mynnodd Owain eu bod yn cadw'n dawel nes iddyn nhw gyrraedd drws eu tŷ. Yna datododd y cadwynau oedd yn cysylltu'r caethweision, ar ôl cael allwedd gan Dunwallt.

Roedd Huw yno'n eu disgwyl, yn gorwedd ar y llawr, ei goes dda mewn hualau a chadwyn wedi ei hoelio wrth un o'r pileri derw mawr oedd yn dal pwysau'r to. Edrychai'n welw ac yn wantan, ac roedd haenen o chwys ar ei dalcen. Rhedodd Anna ato'n syth, y dagrau'n llifo, a'i gofleidio.

'Sut wyt ti, Huw bach?'

'Mi fydda i'n iawn, 'sti,' ceisiodd ei chysuro, 'ond be ddiawl sy'n digwydd? Pam dach chi'n gwisgo'r cadwynau 'na?'

'Syniad Dunwallt o ailgylchu,' meddai Dyfrig, yn ceisio gwamalu. 'Mae ganddo fo stôr o hen offer a thractorau ac ati o'r tyddynnod a'r ffermydd oedd yma ers talwm.'

'Fedrwch chi eu hagor?'

'Gad i mi weld.' Aeth Dyfrig at N'tia ac astudio'i chadwyn. Roedd un ddolen ar ffurf llythyren D, a bollt fodern yr olwg yn ffurfio'r darn syth. Gwelodd fod angen allwedd chweonglog i'w hagor. Tynnodd ynddi a'i hysgwyd, ond doedd dim modd ei thynnu'n rhydd heb yr allwedd.

Agorodd y drws a daeth Gwenhwyfar a merch arall atynt gyda chwe dysglaid o gawl, a phot pridd mawr yn llawn dŵr. Gadawodd y ddwy heb ddweud gair. Syllodd Huw yn amheus ar ei ddysgl ef.

'Paid ti â meddwl ei wrthod,' rhybuddiodd Anna.

'Ond mae 'na ...'

'Oes, dwi'n gwybod, ond mae angen cig arnat ti rŵan.'

'Mae Anna'n iawn,' cytunodd Gwion. 'Ti angen protein i gryfhau. Dydi'r dewis llysieuol yn y pentre 'ma ddim yn ddigonol. Plis, bwyta fo.'

Yn anfoddog iawn, ac ar ôl i bawb arall ymbil arno hefyd, ufuddhaodd Huw, ond ar ôl cymryd cegaid neu ddau, chwydodd y cyfan. Ymddiheurodd wrthynt. Cododd Dyfrig gyda'i bowlen, a cherdded at y drws. Rhoddodd gam neu ddau y tu allan, ond roedd un o'r pentrefwyr yn sefyll yno gyda chleddyf i'w atal, a bu'n rhaid iddo droi'n ôl. Wrth fwyta, cafwyd cyfle i drafod eu helbulon, ond o fewn dim roedd Owain yn ei ôl yn clecian ei chwip.

Y tro hwn, dim ond N'tia a Heledd a gadwynwyd wrth ei gilydd.

'Well i honna aros yma i edrych ar ôl hwnna,' oedd geiriau'r pentrefwr, wrth nodio'i ben at Anna a Huw. 'Dydi hi'n da i ddim yn y cae gwair.'

Gwnaeth Heledd a N'tia ymdrech ddewr i ddefnyddio'r crymanau, ond roedd y gwaith yn llethol o drwm iddynt. Gyda phob symudiad roedd eu nerth yn pallu, nes iddi ddod yn amlwg fod codi'r cryman yn ymdrech ynddi'i hun, heb sôn am ei fwrw i lawr i dorri'r gwair. Pan ddechreuodd Owain eu bygwth â'r chwip, camodd Dyfrig a Gwion rhyngddynt.

'Os mai gwaith ti isio, mi fyddai'n gwneud mwy o synnwyr gadael i ni grymanu, a'r genod i chwalu, ti'm yn meddwl?' Ni allai gadw'r gwawd a'r chwerwder o'i lais.

Cytunodd Owain yn anfoddog, a dechreuodd y dynion ar eu gwaith unwaith eto.

'Sori,' sibrydodd Dyfrig pan oedd Gwion yn ddigon agos ato, 'ond allwn i ddim gadael i'r genod ddiodda.'

'Cytuno,' sibrydodd Gwion yn ôl. 'Paid â phoeni.'

'Yli, pan fyddwn ni'n ôl heno ...' Teimlodd frathiad y chwip ar ei gefn eiliad cyn clywed ei hisian.

'Cau dy geg!' bloeddiodd Owain. 'Gweithiwch!'

Cyn cychwyn yn ôl i'r pentref ar ddiwedd y dydd, a'r haul bron â diflannu dros y gorwel, torrodd Dyfrig ei galon wrth weld cyn lleied o'r cae oedd wedi ei dorri. Byddai'n cymryd wythnos i Gwion ac yntau orffen y cae hwnnw, a gallai weld o leiaf ddau gae gwair arall yn barod i'w torri. Yna sylwodd fod nifer o'r dynion wrthi eisoes mewn cae ymhellach o'r pentref. Roedd chwech neu saith ohonynt, cyfrifodd yn chwerw, o'u cymharu â nhw ill dau. Edrychodd ar yr awyr, a sylwi ar y cymylau'n crynhoi ar y gorwel. Siawns na fyddai'n well i'r pentrefwyr ddechrau gweithio gyda nhw na gadael i'r gwair ddifetha os byddai'r tywydd yn troi. Sylwodd wedyn ar y merched, eu hysgwyddau'n grwm gan flinder, eu hwynebau'n welw a'u traed yn llusgo. Dechreuodd gerdded tuag atynt, ond teimlodd flaen y slaes ar ei war unwaith eto, a gorfodwyd ef i gerdded yn ei flaen. Addawodd iddo'i hun, waeth pa mor flinedig y byddai, yr âi ati i geisio tylino cyhyrau poenus y ddwy.

Wrth iddynt agosáu at y tŷ, daeth Anna i'w cyfarfod, a merch ifanc yn gafael ym mhen arall ei chadwyn. Edrychai fel hen wraig, meddyliodd Dyfrig mewn sioc, ei chorff yn camu a rhychau wedi ymddangos dros nos yn ei hwyneb.

'Dwi wedi ymlâdd,' cwynodd wrthynt. 'Maen nhw wedi 'ngorfodi i falu hadau ceirch drwy'r pnawn! Maen nhw wrthi fel lladd nadroedd yn paratoi bara a chacennau ar gyfer eu parti, a fi sy'n gorfod paratoi'r blydi blawd!'

Ymlusgodd pawb drwy'r drws a datododd Owain eu cadwynau. Yna caeodd y drws yn glep a gosod y bariau. Gadawyd hwy mewn tywyllwch, ac am rai munudau safodd pawb yn llonydd er mwyn i'w llygaid gael cynefino.

'Huw?' galwodd Anna'n dawel. 'Huw, wyt ti'n effro?' Ni ddaeth ateb, a theimlodd Anna ei ffordd at lle roedd o'n gorwedd ar lawr. 'Huw?' galwodd eto wrth blygu drosto. 'Gwion! Mae o'n sâl!' gwaeddodd mewn braw. 'Teimla'i dalcen o. Mae o'n chwilboeth!'

Griddfanodd Huw wrth i Gwion agor y rhwymau ar ei goes, a gallai Dyfrig a'r lleill weld ei fod yn crynu ac eto'n diferu o chwys. Daeth arogl anghynnes i'w ffroenau wrth i'r cadach olaf gael ei dynnu i ffwrdd.

'Damia! Mae'r briw wedi troi'n ddrwg! Fedar rhywun nôl dŵr poeth i mi, a chadachau glân?'

Aeth Heledd i guro ar y drws, ac agorwyd ef fymryn gan Einion, y pentrefwr oedd ar ddylestswydd i'w gwarchod.

'Be tisio?'

'Mae Huw yn wael. Wnei di ofyn i Gwenhwyfar ddod yma? Ry'n ni angen dŵr poeth a chadachau glân a ...'

'Dos i grafu!' Caeodd y drws yn glep yn ei hwyneb.

Curodd Heledd arno drachefn, ond i ddim diben. Aeth N'tia a Dyfrig ati, a churodd y tri'r drws yn wyllt. Yna dechreuodd Heledd floeddio 'Gwenhwyfar!' nerth ei phen, drosodd a throsodd. Ymunodd y ddau arall yn y bloeddio, nes i'r drws agor unwaith eto.

'Be ddiawl sy'n digwydd?'

Yn hytrach na'i ateb, parhaodd y tri i floeddio'r enw, eu lleisiau'n cario'n eglur ar draws y pentref. Llwyddodd Einion i gau'r drws arnyn nhw, ond rai munudau'n ddiweddarach agorwyd ef drachefn, a daeth Gwenhwyfar i'r tŷ. Roedd hi'n cario crochan bychan o ddŵr, cadachau, a photel frown tywyll, fodern yr olwg. Bwriodd iddi ar unwaith. Tywalltodd hylif o'r botel i'r dŵr a throchi'r cadach ynddo. Yna dechreuodd lanhau'r briw.

'Gafaelwch yn dynn ynddo,' gorchmynnodd. 'Gall hwn losgi.'

Gwyliodd Dyfrig mewn rhyfeddod. Roedd y cnawd pydredig fel petai'n berwi, yn chwyddo ac yn troi'n ewyn llwydaidd, atgas yr olwg.

'Be 'di hwnna?' gofynnodd.

'Hydrogen peroxide,' atebodd Gwenhwyfar, a rhith o wên ar ei hwyneb. 'Fy unig gonsesiwn i'r unfed ganrif ar hugain! Mynnais ddod â stôr bychan ohono efo fi, er mwyn trin anafiadau i'r anifeiliaid mewn gwirionedd, ond mae'n gweithio ar unrhyw gnawd. Os oes pydredd yna, mae o'n troi'n ewyn, ac os nad oes, dydi o ddim. Felly, mae'n ffordd o wybod a yw'r briw yn lân ai peidio.'

Crafodd yr ewyn i ffwrdd yn ofalus, gan ddefnyddio cadach glân dro ar ôl tro. O'r diwedd, roedd hi'n fodlon. Clymodd gadachau glân am y briw, yna aeth i alw am Owain.

'Tynna'r hualau oddi ar hwn,' meddai wrtho.

'Ond ...'

'Fydd o ddim yn gallu mynd i unman. Mae hynny'n amlwg i unrhyw ffŵl. Rhaid iddo fo gael ei symud i le glân, ac mae angen rhoi brwyn glân oddi tano, a blanced ychwanegol.' Gorffennodd drwy drefnu i Anna gael aros efo Huw drwy'r amser, i ofalu amdano. Roedd Anna yn ei dagrau'n diolch iddi am ei charedigrwydd ymarferol, ond wfftio ati wnaeth Gwenhwyfar, a cherdded allan. Addawodd ddod yn ôl gyda'r hwyr i lanhau'r briw eto.

*   *   *

Cafwyd diwrnod arall o waith llafurus, poenus yn y cae gwair, a'r tymheredd yn uwch na'r diwrnod cynt. Gwelwyd bod rhai o'r pentrefwyr wedi dechrau torri'r gwair yn y caeau eraill. Gyrrwyd Anna allan unwaith eto ganol y bore, y dynion yn amlwg wedi anwybyddu gorchymyn Gwenhwyfar. Erbyn hyn roedd y gwair a dorrwyd cynt wedi dechrau sychu, a gwaith Anna oedd ei gario mewn basgedi at bolion yn y pentref, lle roedd canghennau bychain o brysglwyni wedi eu gosod i greu llawr fyddai'n cadw'r gwair gwerthfawr rhag mwd a llaid y gaeaf i ddod. Merched o'r pentref oedd yn llunio'r das, ar ôl i ymdrechion cyntaf Anna wneud llanast ohoni, a'r gwair yn chwythu i bobman.

Roedd Anna wedi torri'n llwyr, ei chnawd fel petai wedi diflannu dros nos. Roedd Dyfrig wedi treulio oriau'r noson cynt yn gwrando arni'n wylo'n dawel yn y tywyllwch. Teimlai yntau fel wylo neu sgrechian. Cyn ceisio mynd i gysgu, roedd Gwion ac yntau wedi chwilio'n ofer am ffordd i ddianc, ac wedi archwilio cadwynau'i gilydd i weld a oedd modd eu hagor, ond doedd dim ganddynt fyddai'n addas i'r gwaith. Buont hyd yn oed yn trafod ceisio ymosod ar Owain a dwyn ei allwedd cyn ffoi i'r coedwigoedd. O leiaf roedd Huw yn ymddangos yn well, ac wedi syrthio i drwmgwsg naturiol. Roedd Dyfrig wedi cysgu rywbryd, mae'n siŵr, ond ddim heb gofio'n sydyn am Marian, a ffrwd o euogrwydd yn ei lethu am nad oedd yr un ohonynt wedi treulio eiliad yn poeni amdani. Roedd fel petai hi erioed wedi bod yn un ohonyn nhw. Roedd hi'n anodd credu nad oedden nhw byth wedi dod â hi yn ôl i'r pentref. Os oedd Owain yn iawn, roedd hi wedi ei hanafu'n weddol ddrwg. Felly lle roedd hi? A lle roedd Gwydion? Oedd Marian wedi marw, ac wedi ei chladdu yn y goedwig? A Gwydion yn galaru amdani? Roedd ei freuddwydion, pan ddaethant, yn llawn o geirw a merched yn sgrechian, a hyd yn oed hofrenyddion yn troelli uwchben.

Pan alwodd Owain am doriad i ginio roedd ysgwyddau a chefn Dyfrig fel petaent ar dân, a doedd y tri arall fawr gwell. Doedd dim angen i Owain floeddio am dawelwch, oherwydd roedd pawb yn rhy flinedig i yngan gair. Ar ôl cyrraedd y tŷ aeth Anna'n syth at Huw, oedd yn cysgu, a theimlo'i dalcen. Roedd ei dymheredd yn normal. Ochneidiodd mewn rhyddhad.

Cyn iddynt orffen eu cinio roedd Gwenhwyfar wedi cyrraedd ac aeth ati i lanhau briwiau Huw unwaith eto. Dilynwyd hi gan Einion, oedd yn cario carreg drom – hanner melin law – ac Owain yn cario'r hanner arall. Cariai un o'r merched ddysglaid fawr o rawn ceirch, ac roedd un arall yn cario llestr pridd gwag.

'Mae Anna i aros yma efo Huw,' gorchmynnodd Gwenhwyfar. 'Mi gaiff hi falu'r ceirch.'

Ochneidiodd Anna, ond ni phrotestiodd.

Pan ddychwelodd y pedwar o'u gwaith yn y caeau ddiwedd y pnawn, eisteddai Anna ynghanol llawr y tŷ yn malu ceirch â'r felin law, a Huw'n eistedd wrth ei hochr, ei goes ddrwg yn syth o'i flaen. Cyfarchodd hwy'n siriol, ac er bod pawb yn ddiolchgar o'i weld yn gymaint gwell, ni allai'r un ohonynt ei ateb â'r un sirioldeb. Caewyd y drws ar ôl i Owain ddatod y cadwynau oedd yn eu clymu at ei gilydd, ac aeth yn dywyllwch llwyr arnynt. Griddfanodd Gwion, a baglodd ar draws ysgwydd Dyfrig.

'Gan bwyll! Aros eiliad i dy lygaid gael cynefino,' rhybuddiodd Dyfrig.

'Isio gorwedd,' griddfanodd Gwion drachefn, a synhwyrodd Dyfrig ef yn suddo i'r llawr yn y fan a'r lle.

'Dach chi'n iawn, genod?'

'Ydan,' atebodd N'tia, 'ond bod pob cyhyr yn brifo.' Cytunodd Heledd.

'Dowch yma. Mi geisia i wella petha.'

Erbyn hyn, roedd llygaid Dyfrig wedi cynefino digon â'r tywyllwch i weld y ddwy yn dod ato. Aeth i eistedd ar ris isaf y wal, a dweud wrth y merched am eistedd wrth ei draed. Yna, gan roi un llaw ar y ddwy ohonyn nhw, tylinodd eu hysgwyddau orau y gallai, ond roedd yn taro yn erbyn eu cadwynau drosodd a throsodd, oedd yn amharu ar ei waith. Daeth ochneidiau o ryddhad gan y ddwy.

'Be amdana i?' meddai llais cwynfanllyd Anna. 'Dw inna wedi gorfod curo'r blydi ceirch 'ma drwy'r pnawn hefyd. Cyn gynted ag y bydda i'n gorffen un llwyth, maen nhw'n dod â llwyth arall i mi!'

'Mi wna i dy gefn di,' addawodd Gwion, a llusgo ei gorff blinedig ati.

'Diolch, Gwion,' atebodd Anna'n ddiolchgar. 'Mi rwbia i dy gefn ditha wedyn.'

'Mae gen i syniad gwell,' cynigiodd Huw. 'Os ydach chi'n fodlon ista o 'mlaen i fan hyn, mi rwbia i gefn Anna, ac mi gei di, Anna, rwbio cefn Gwion. Iawn?' Ac felly y bu.

Cyrhaeddodd eu swper ychydig yn hwyrach, a llowciodd pawb gynnwys y dysglau.

'Does 'na ddim llai yn rhain heddiw?' holodd Dyfrig, a chytunodd y lleill.

'Rasions caethweision,' meddai Gwion yn sychlyd, gan achosi i Anna ddechrau wylo unwaith eto.

'Pryd gawn ni fynd adra?' llefodd. 'Lle mae Seimon a'r hogia? Lle mae Gwydion? Be sy'n mynd i ddigwydd i ni?'

Gan na allai neb gynnig ateb, bu distawrwydd am sbel. Yna cododd Dyfrig.

'Tyrd, Gwion, well i ni ddechra chwilio am ffordd allan.'

'Beth am y drws?' meddai Heledd, ond fel o'r blaen roedd pwysau trwm, neu far, ar yr ochr allanol, a phan geisiodd ei ysgwyd, clywsant lais dyn yn bloeddio arnynt i roi'r gorau iddi.

'Pa mor gryf ydi'r to 'ma, ti'n meddwl?' meddai Dyfrig wrth Gwion. 'Allen ni wneud twll ynddo fo?'

'Heb ein cyllyll, go brin,' atebodd hwnnw. 'Ti'n cofio pa mor drwchus ydi o?' Ond aeth y ddau ati â'u dwylo, serch hynny, i geisio gwneud twll yn y grug i gyrraedd y brwyn. Dyna sut y darganfuwyd bod mwy fyth o haenau i'r to: brwyn, canghennau mân, mwsogl, gwlân defaid a grug.

'Beth am y waliau?' awgrymodd N'tia. 'Mwd ydyn nhw, yntê?'

Ond, heb offer tyrchu, roedd y dasg yn amhosib. Roedd y cymysgedd o fwd, tywod, graean, gwellt a chlai wedi caledu fel concrid. Yn ei rwystredigaeth, trawodd Dyfrig ei law yn erbyn y wal.

'Damia, damia! Pa ddiwrnod ydi hi rŵan?'

'Dydd Mawrth?' cynigiodd N'tia.

'Ie,' cytunodd Heledd.

'Felly mae tri diwrnod cyn y bydd y llong yn dod yn ôl. Pe baen ni'n gallu dianc o'r pentre, mi allen ni guddio tan ddydd Gwener, neu groesi drosodd i'r ynys nesa.'

'Beth wnaen ni am fwyd?' gofynnodd Heledd.

'Mae hi'n haf,' atebodd Gwion, â gobaith yn ei sirioli. 'Mi allen ni fyw oddi ar y tir am chydig ddyddiau.'

'Be am Huw a fi?' meddai Anna'n dawel.

Syllodd pawb arni, ond Huw roddodd yr ateb.

'Os ydach chi'ch pedwar yn gallu dianc, gorau oll. Ewch, ond dowch i'n hachub ninnau wedyn.'

'Smo fi'n gweld pwynt siarad fel hyn os nag y'n ni'n gallu dianc yn y lle cyntaf,' atgoffodd Heledd nhw.

Cafwyd ambell 'beth am ...?' neu 'Os ydi ...', ond ni chafwyd unrhyw awgrym ymarferol. Roedd pawb ar fin rhoi'r ffidil yn y to a mynd i gysgu pan ofynnodd Heledd gwestiwn i N'tia.

'Ti'n cofio pan adawodd Llinos a Rhys y gystadleuaeth? Ai mewn hofrennydd aethon nhw?'

'Ia, hynny ydi, am wn i ... roeddech chi i gyd yn sôn am yr hofrennydd ganol nos ... a broits Llinos ... dydw i ddim yn gwybod yn iawn ...'

'Ie, ond fe adawon nhw'r gystadleuaeth ganol dydd. Oedd car neu fws wedi dod i'w nôl nhw? Neu oedd raid iddyn nhw ddisgwyl tan oriau mân y bore? Ac os hynny, pam?'

'Wel, wn i ddim. Weles i ddim car na bws, ac roedd yn rhaid iddyn nhw aros i Eurgain a Gwydion siarad â nhw, ac i minnau wneud fy ngwaith.'

'Dy waith?'

'Ia. Gwneud mwgwd o'u hwynebau. Chi'n gwybod, gosod cadachau plastr Paris gwlyb arnyn nhw i gymryd siâp yr wyneb a'r pen, a gadael iddo sychu. Roedd hynny'n cymryd awr neu ddwy.'

'Pam oeddet ti'n gwneud hynny, N'tia? Gwell i ti egluro yn union beth oedd yn digwydd, a pham, os wyt ti'n gwybod,' awgrymodd Dyfrig. 'Cyn belled ag y gwydden ni ar y pryd, roedd Rhys a Llinos yn gadael y neuadd, yn mynd yn syth i gar neu fws, ac yn mynd adref.'

'Na. Roedd Eurgain am eu gweld yn gyntaf, rhoi archwiliad meddygol iddyn nhw ac ati, a chael sgwrs bach efo nhw. Llinos aeth gyntaf, ac ar ôl i Eurgain ei gweld, dechreuais innau wneud y masg plastr Paris.'

'Pam?' holodd Heledd.

'Roedd Eurgain am gael modelau o bennau'r cystadleuwyr i gyd. Roedd gan Gwydion ryw syniad o wneud teitlau agoriadol y rhaglen efo nhw, meddai Eurgain. Beth bynnag, roeddwn i i fod i wneud mowld o bob pen fel roedd y cystadleuwyr yn gadael y gystadleuaeth. Wedyn byddai rhywun arall yn gwneud y cast ac yn lliwio'r pennau.'

'A ddigwyddodd hynny efo'r tri arall wedyn?'

'Wel, naddo. Rydych chi'n cofio beth ddigwyddodd i Bleddyn druan, ac roedd Mair am aros efo fo i fynd i'r ysbyty. Felly dim ond wyneb Iwan wnes i – ac wyneb Angharad, wrth gwrs, cyn hynny.'

'Oeddet ti ddim yn ei weld e'n beth od i'w wneud?' dechreuodd Heledd holi, ond torrodd Dyfrig ar ei thraws.

'Dos yn ôl am funud. Beth ddigwyddodd ar ôl i ti orffen efo Llinos?'

'Wel, mi wnes i wyneb Rhys.'

'Ac wedyn? Faint o amser fyddai wedi mynd heibio erbyn hynny?'

Ystyriodd N'tia cyn ateb.

'Mae'n siŵr ei bod hi'n tynnu am tua chwech o'r gloch. Roeddwn i'n arfer gorffen gwaith y feddygfa am chwech bob dydd, os nad oedd angen dosbarthu a chadw gwisgoedd. Rydw i'n cofio i Eurgain ddweud y cawn i fynd i f'ystafell ar ôl i mi orffen wyneb Rhys.'

'Ond beth ddigwyddodd i Rhys a Llinos wedyn?'

'Roedd Gwydion eisiau gair â nhw. Dyna'r cyfan wn i. Mi es i f'ystafell, ac wedyn i gael swper fel arfer. Welais i ddim ohonyn nhw wedyn.'

'Fuost ti'n ôl yn y feddygfa wedyn?'

'Naddo, ddim tan y bore canlynol.'

'A doedd dim o'i le? Dim byd anarferol?'

'Nag oedd. Pam wyt ti'n holi?'

Erbyn hyn roedd N'tia wedi cynhyrfu, ac yn teimlo dan fygythiad. Rhoddodd Dyfrig ei law y tu ôl i'w chefn a dechrau ei chysuro.

'Wy'n amau Eurgain,' meddai Heledd heb flewyn ar dafod. Roedd Dyfrig yn barod i'w lladd.

'Cau dy geg, Heledd,' meddai wrthi.

'Na, Dyfrig. Allwn ni ddim cwato pethe bellach. Mae'n rhy hwyr. Rhaid i ni ddeall beth sy'n digwydd, a pham.'

'Be sy'n bod?' Trodd N'tia at Dyfrig. 'Be mae hi'n feddwl, Dyfrig?'

'Hen lol sydd ..'

'Nag yw e'n lol, Dyfrig! N'tia, a yw Eurgain yn cynnal arbrofion ar bobl? Ai yma i fod yn gyrff arbrofol ydyn ni?'

'Be?'

'Be ti'n feddwl, Heledd?' ategodd Anna mewn braw. 'Arbofion arnan ni?'

'Ie. Fe ddwedodd Gwion nad ydyn nhw'n gallu dod â phobol yn ôl efo'r cryoneg 'ma, a'u bod nhw'n amlwg yn arbrofi ar anifeiliaid. Beth petai hi am arbrofi ar bobol go iawn? Mi fyddai hynny yn erbyn y gyfraith. Yn llofruddiaeth, hyd yn oed ...'

'Ti'm yn gall, Heledd!' protestiodd N'tia. 'Chlywais i ddim byd mor dwp yn fy mywyd! Fyddai Eurgain byth yn ...'

'Arbrofion arnan ni? Ein lladd ni i wneud arbrofion?' Roedd llais Anna yn codi mewn panig. 'Beth am y gystadleuaeth?'

'Does dim cystadleuaeth, Anna,' mynnodd Heledd. 'Wyt ti ddim yn deall hynny? Twyll yw'r cyfan!'

'Ond ... ond ... dydi hynny ddim yn bosib! Rydw i isio ennill. Mae'n rhaid i mi ennill! Ti sydd ddim yn deall, Heledd. Mae Dad am i mi ennill. Rydw i am wneud un peth yn fy mywyd i'w wneud o'n falch ohona i. Dwi wedi'i siomi fo ar hyd yr holl flynyddoedd yma. Roedd o bob amsar yn 'y ngweld i'n fethiant, yn gwneud sbort am fy mhen i. Rydw i isio dweud wrtho fo, "Sbia'r hen fastad! FI sy wedi ennill! Fi, Anna! Anna dew a hyll!" ' Erbyn hyn roedd ei chorff yn crynu, a'r dagrau'n llifo i lawr ei gruddiau. 'Dyfrig! Dwed di wrthi hi!' Trodd a chropian at y fan lle roedd Huw yn gorwedd. 'Huw! Dydi hyn ddim yn wir, nag ydi?'

Aeth Dyfrig atynt a gafael yn ei llaw.

'Mae rhywbeth o'i le, Anna,' ceisiodd ei chysuro, 'ond dydi hynny ddim yn golygu nad yw'r gystadleuaeth yn bod. Gynta' bydd Seimon yn ei ôl ...'

'Ond dyw e ddim *yn* dod 'nôl, nagyw e?' torrodd Heledd ar ei draws. 'Pam nad ydyn nhw wedi defnyddio hofrennydd fel o'r blaen? Pam disgwyl tan ddydd Gwener am y llong? Chi ddim yn gweld?'

'Gad lonydd, Heledd,' meddai Gwion. 'Wyt ti ddim yn gweld bod pethe'n mynd yn rhy bell? Does dim pwrpas i hyn.'

Gyda'r ymosodiad yn dod o gwr mor annisgwyl, tawodd Heledd, a suddodd pawb arall i'w meddyliau tywyll eu hunain.

Pennod 31

Gwawriodd diwrnod blinderus arall o waith, ond y tro hwn roedd pawb yn y pentref wrthi'n ddiwyd, a bwrlwm o fynd a dod, o weiddi a hyd yn oed chwerthin. Roedd yn ddiwrnod dathlu gŵyl Lleu drannoeth, a'r pentrefwyr yn paratoi ar gyfer y wledd. Gan ei fod yn gymaint gwell, er yn dal i fethu sefyll, gosodwyd Huw i falu'r ceirch ac Anna i gario'r gwair i'w storio yn y pentref, a Gwenhwyfar yn galw ddwywaith y dydd i lanhau ei goes a newid y cadachau. Erbyn hyn roedd Dyfrig a Gwion bron â gorffen torri'r cae gwair, a diolchodd Dyfrig i Ragluniaeth pan welodd fod y pentrefwyr wrthi'n torri'r caeau eraill. Ond, yn dilyn eu sgwrs y noson cynt, roedd Heledd wedi llwyddo i wneud iddo ddrwgdybio bwriadau Gwydion ac Eurgain. Beth fyddai'n digwydd ar ddiwedd y gystadleuaeth? A *fyddai* diwedd i'r gystadleuaeth? Fydden nhw'n cael mynd adref yn dawel, neu ...?

* * *

Erbyn diwedd y dydd edrychai Huw mor flinedig â'r gweddill, a doedd dim nerth gan yr un ohonynt i gysuro'i gilydd. Teimlai Dyfrig fel disgyn i'w wely'n syth. Llwyddodd i ddadebru ychydig pan gyrhaeddodd eu swper, ond yn ddiweddarach daeth Cadell a'i ddynion i'r tŷ. Morthwyliwyd cylchoedd haearn i bob un o'r pyst derw, a chlymwyd pawb heblaw Huw wrthynt, a rhoddwyd Anna wrth ymyl Huw i weini arno.

'Rhag i chi gael syniadau gwirion am ddianc,' meddai Cadell, mewn ymateb i'w protestiadau. 'Fel hyn fydd hi bob nos o hyn ymlaen. Mi fydd pawb yn y pentref yn dathlu drwy'r dydd yfory.'

Roedd eu hysbryd mor doredig fel na chafwyd unrhyw brotest na thrafodaeth ar ôl i'r dynion eu gadael. Roedd cadwyn Dyfrig yn ddigon hir iddo allu gorwedd ar y llawr, a gwnaeth hynny'n ddiolchgar. Caeodd ei lygaid a syrthio i gysgu gan deimlo'n unig a heb y cysur o deimlo N'tia'n gorwedd yn erbyn ei gorff.

Rywbryd yn ddiweddarach cafodd ei ddeffro gan sŵn gweiddi y tu allan i'r tŷ. Agorwyd y drws a llifodd dynion y pentref i mewn gan gario ffaglau tanllyd. Yn eu harwain yr oedd Gwydion yn ei wisg serog. Edrychodd ar y cystadleuwyr cadwynog gyda gwên foddhaus.

'Rwy'n falch o weld fod Cadell wedi gwneud ei waith. Campus!'

'Gwydion, achub ni!' ymbiliodd Anna. 'Allwn ni ddim gorffen y gystadleuaeth fel ... '

'Anna fach,' torrodd Gwydion ar ei thraws, 'dwyt ti ddim yn deall? Mae'r gystadleuaeth eisoes drosodd.'

'Ddwedes i, yn do?' meddai Heledd, ei llais yn galed. 'Ond doedd 'run ohonoch chi am wrando!'

'Aaa, Heledd,' meddai Gwydion wrthi. 'Roeddwn i'n gwybod dy fod ti'n ferch ddeallus. Beth ydw i am ei wneud efo chi, felly?'

'Ein rhoi i Eurgain iddi gael gwneud gwaith ymchwil ar ein cyrff, ein defnyddio i ddarganfod ffordd o ddadmer pobl yn llwyddiannus.'

Cododd Gwydion ei aeliau, ond roedd yn gwenu 'run pryd.

'Rydych chi'n gwybod am waith Eurgain, felly? Ond, wrth gwrs, mae'r ferch yna'n gwybod.' Gwyddai pawb mai cyfeirio at N'tia yr oedd o, ond nid ynganodd ei henw. 'Na, Heledd. Y tro hwn dwyt ti ddim yn gywir. Na, mae gen i waith pwysicach o lawer i chi. Rydych chi i gyd am achub Cymru a'r Gymraeg.'

'Be ti'n feddwl?' gofynnodd Dyfrig, ei geg yn grimp. 'Achub Cymru?'

Anadlodd Gwydion yn ddwfn. 'Ydi dy ben di yn y tywod, Dyfrig? Wyt ti ddim wedi sylweddoli cyflwr ein gwlad erbyn hyn? Saeson ymhobman! Mae'r Cymry yn lleiafrif hyd yn oed yn y "Fro Gymraeg". Wyt ti ddim yn teimlo anobaith bob tro rwyt ti'n cerdded i mewn i siop ac yn siarad Cymraeg? Ti'n lwcus o gael "Sorry, I don't speak Welsh"! Ti'n debycach o gael "What?" A phan gerddi di ar hyd unrhyw stryd, pa iaith glywi di fwyaf? Oes raid gofyn? Dydi hynny ddim yn torri dy galon di?' Cerddodd mewn cylch o gwmpas y llawr cyn troi'n ôl at Dyfrig.

'Fydd dim un ddeddf iaith nag unrhyw ddeddf arall yn newid

pethau yn y bôn. Mae'r mewnlifiad yn llethol, yn anorchfygol, yn ddidroi'n-ôl! A beth allwn ni ei wneud am y peth? Dim. Mae'n rhy hwyr!' Cododd ei ysgwyddau a throi at y gweddill. 'Digon hawdd trefnu gwrthryfel yn erbyn ymosodiad gan fyddin arfog – mae pawb o blaid hynny! Ond ymosodiad gan fyddin o bobol gyffredin? Ymosodiad gan Mr a Mrs Smith, neu Brown, neu Green? Oherwydd dyna beth ydi o, cofiwch, ymosodiad ar ein hiaith a'n ffordd o fyw. A beth yw'n hymateb ninnau? Gwrthryfela? O na, mae Mr a Mrs Green yn hen bobol iawn, a Mrs Brown yn garedig wrth yr hen wreigan, y Gymraes 'na, Elin Huws druan!' Roedd ei lais yn llawn casineb. Ochneidiodd.

'Na, mae pethau wedi mynd yn rhy bell. Mae gofyn am ateb cadarn, neu'n hytrach, nid ateb y broblem sydd ei angen, ond dileu'r broblem cyn iddi gael ei chreu. A dyma'r unig ffordd y galla i feddwl amdani o wneud hynny.'

'Smo fi'n deall. Be ti'n feddwl, Gwydion? Eglura,' gofynnodd Heledd.

Gwenodd Gwydion arni eto.

'Meddyliwch am eich bywydau blaenorol,' meddai wrthynt. 'Ti, Heledd, oedd y Dywysoges Gwenllïan. Meddylia beth fyddai'n digwydd pe byddet ti'n byw'r bywyd hwnnw unwaith eto, ond y tro hwn yn gwybod am frad Gruffudd ap Llywelyn? Oni fyddai cwrs dy fywyd yn wahanol – yn hirach? Wyddon ni ddim, wrth gwrs, a fyddai'r Deheubarth wedi ei hachub, ond mi fyddai gwell gobaith o hynny, chi'm yn meddwl?' Trodd i edrych ar Anna. 'Ac mi fyddet tithau'n gallu rhybuddio'r Tywysog Dafydd o'r perygl o gael ei wenwyno. Mi allet ti fynnu paratoi ei fwyd dy hun, neu wylio eraill yn ei baratoi, er mwyn arbed ei fywyd. Beth pe byddai Dafydd wedi byw'n hirach ac wedi ennill yn erbyn Harri III? Beth fyddai wedi digwydd i Gymru wedyn?'

Roedd y dyn yn hollol wallgof, meddyliodd Dyfrig yn syn, ond daliai Gwydion i egluro.

'Mi fyddai gen ti fwy o gymorth hefyd, Anna. Ti'n cofio bywyd blaenorol Rhys? Roeddwn i'n sicr fod ganddo fywyd arall, pwysicach, cyn hynny, felly ar ôl iddo adael y gystadleuaeth, mi gefais i'r cyfle i'w hypnoteiddio eto, a'r tro hwn, roedd o'n un o gynghorwyr y Pab Innocent IV. Beth pe byddai'n gallu perswadio'r Pab i gefnogi Dafydd, i beidio ildio i demtasiwn a derbyn llwgrwobrwyon Harri? Beth petai Cymru wedi dod yn rhan o eiddo'r eglwys Gatholig? Ac yn dy achos di, Huw, beth pe byddet ti wedi llwyddo i ddianc a rhybuddio Gwrtheyrn? Fyddai'r Saeson ddim wedi cael rhwydd hynt wedyn i goncro Prydain.

A thithau, Gwion, gobeithio y bydd mwy o gythraul ynot ti i ladd Dafydd y tro nesaf. Mi fyddi di'n gwybod yr eildro pa mor bwysig fydd hynny er mwyn achub Llywelyn.' Edrychodd o'i gwmpas. 'Ydych chi'n dechrau deall bellach?'

'Ond beth am y gystadleuaeth?' holodd Anna'n wangalon. 'Ai lol oedd y cyfan? A'r ffilm?'

'Anna, Anna, wyt ti ddim wedi bod yn gwrando? Fydd dim pwrpas gwneud ffilm am hanes Cymru oherwydd bydd yr hanes hwnnw wedi ei newid. A ph'run bynnag, sut mae gwneud ffilm o hanes gwlad? Rydw i'n gwybod eich bod chi i gyd wedi gofyn y cwestiwn hwnnw i chi'ch hunain ac i'ch gilydd, ond doedd neb yn fodlon cydnabod yr hyn oedd yn amlwg. Roedd pob un ohonoch chi mor awyddus i ennill y gystadleuaeth fel bod yr amheuaeth sylfaenol yn cael ei gwthio i gefnau'ch meddyliau.' Gwenodd ar Anna. 'Does neb mor ddall â'r rhai na fyn weld! Mae'n biti mewn un ffordd,' ychwanegodd yn freuddwydiol. 'Fel cyfarwyddwr ffilmiau, mi fyddai'r sialens o godi'r ymwybyddiaeth ymysg y Cymry o'u gorffennol – ymwybyddiaeth y bobol gyffredin, wrth gwrs, nid yr academwyr – wedi bod yn un gyffrous. Ceisio dad-wneud effeithiau addysg negyddol y Saeson. Arf boliticaidd ydi hanes wedi bod erioed, Anna, arf y concwerwyr i ddifrïo'r gorchfygedig, eu bychanu a'u sarhau fel na feiddient godi eu pennau mewn gwrthryfel eto. Mae wedi digwydd dro ar ôl tro, ledled y byd. Mae hynny'n gydnabyddedig gan arbenigwyr y cenhedloedd lleiafrifol. Difrïo'u hiaith a'u diwylliant.' Anadlodd yn drwm a throi at bawb arall. 'Meddyliwch pa mor fendigedig fuasai gallu gwneud y bobol ifanc yn falch o'u gorffennol, yn falch o'u Cymreictod! Ond dyna fo, nid fel yna y bydd hi. Felly ...'

'Ond sut wyt ti'n mynd i gyflawni hyn i gyd?' Roedd llais Heledd yn llawn coegni. 'Sut wyt ti'n mynd i'n hala ni'n ôl i'n bywydau blaenorol?'

Gwenodd drachefn a chodi ei freichiau i'r awyr.

'Y fi ydi'r Cyfarwydd,' ymffrostiodd yn fuddugoliaethus, 'y Cyfarwyddwr, y Cyfarwyddai! Gallaf wneud unrhyw beth a fynnaf!'

Yna pwyntiodd un fraich at N'tia, a gweiddi, 'Cydiwch ynddi hi!'

Rhuthrodd Cadell ac Einion ymlaen i ryddhau cadwyn N'tia o'r ddolen a'i llusgo i sefyll o flaen Gwydion. Syllodd yntau arni, a cherdded yn araf o'i hamgylch. Roedd ei hwyneb yn llawn ofn a dychryn.

'Manali, Manali,' meddai Gwydion yn ddistaw. 'Oeddet ti wirioneddol yn meddwl y gallet ti fy nghoncro i? Oeddet ti'n meddwl y gallet ti lwyddo i'm melltithio? Oeddet ti'n teimlo'n fuddugoliaethus wrth i bethau fynd o chwith i mi yn y gystadleuaeth? Ti oedd y tu ôl i'r cyfan, onidê? Ond edrych, Manali. Rydw i yma o hyd, ar drothwy gwireddu fy mreuddwydion, ac rwyt tithau mewn hualau, fel dy gyndeidiau.' Ysgydwodd ei ben yn araf. 'Manali druan, yn colli am yr eildro.' Yna trodd at Cadell ac Einion, ei lais wedi caledu. 'Ewch â hi!'

Ceisiodd Dyfrig ruthro tuag ati, ond tynnwyd ef i'r llawr gan ei gadwyn. Chwarddodd Gwydion wrth ei wylio'n tynnu'n wyllt yn ei herbyn ac yn galw enw ei gariad drosodd a throsodd wrth iddi ddiflannu drwy'r drws.

'Nos da, bawb,' meddai Gwydion wrthynt. 'Cysgwch yn dawel tan y bore.' Aeth allan gyda gweddill y dynion.

Roedd Anna yn wylo a Dyfrig yn dal i alw enw N'tia, er bod ei lais yn troi'n fwyfwy anobeithiol. Edrychai Gwion a Huw'n syfrdan ar y drws. Ond daliai Heledd i geisio ymresymu.

'Gwrandewch arna i! Nagyw ei eiriau'n golygu dim! Ma' fe'n hollol honco bost! All e ddim gwneud beth ma' fe'n fwriadu. Does dim synnwyr yn y peth!'

'Fyddwn ni byth yn cael gadael yr ynys 'ma'n fyw,' wylodd Anna. 'Mae hi ar ben arnan ni!'

'Ceisio'n dychryn ni ma' fe,' mynnodd Heledd. 'Peidiwch â gadael iddo fe wneud hyn!'

'Manali! Pwy ydi Manali?' gofynnodd Gwion. 'Wyt ti'n gwybod pwy ydi hi, Dyfrig?'

Ysgwyd ei ben wnaeth Dyfrig, ond, wrth gwrs, ni allai'r gweddill weld hynny. Dechreuodd wylo.

'Dyfrig, paid â llefen!' ymbiliodd Heledd. 'Rhaid i ni feddwl am ffordd o ddianc. Huw, ti'n rhydd. Allet ti wneud rhywbeth?'

'Mi geisia i,' atebodd yntau. Clywyd sŵn bustachu, ac ambell gri fach o boen, yna sŵn corff yn disgyn ar ei hyd.

'Huw, Huw! Huw bach, wyt ti'n iawn?' wylai Anna drosto. Daeth sŵn cadwyn wrth i Anna ymlwybro dros y llawr at lle y gorweddai Huw. Atebodd yntau ei fod yn iawn, doedd dim angen ffỳs.

'Sori, Heledd,' meddai wedyn, 'ond dwi'n da i fawr ddim.'

Bu distawrwydd wedyn heblaw am wylo distaw Dyfrig ac Anna'n mwytho Huw ac yn igian crio am yn ail.

Nid oedd modd iddynt ddianc, ac fe wyddai pawb hynny'n iawn. Ceisiodd Heledd ailddechrau'r drafodaeth ar sut i ddod yn rhydd, ond ni lwyddodd. Daeth rhyw ddistawrwydd anobeithiol drostynt i gyd, a llwyddodd ambell un i gysgu. Doedd Dyfrig, fodd bynnag, ddim yn eu mysg. Yn y tywyllwch, ceisiodd dynnu yn erbyn ei goler nes roedd ei wddf yn ddoluriau i gyd, a phan na weithiodd hynny, dechreuodd dynnu ar y ddolen i geisio'i llacio. Bu hyd yn oed yn crafu'r pren â'i ewinedd i geisio'i thynnu'n rhydd, ond roedd y boen ym mlaenau'i fysedd yn annioddefol. A thrwy'r cyfan, ni allai feddwl am ddim ond N'tia. N'tia – neu Manali. Beth oedd Gwydion yn ei olygu? Pam defnyddio'r enw hwnnw? Oedd ganddi ail enw na wyddai ef, Dyfrig, amdano? Neu a oedd Heledd yn iawn, fod Gwydion wedi ei cholli hi'n llwyr? A beth y bwriadai ei wneud efo hi? N'tia fach, roedd o wedi methu ei gwarchod, er gwaethaf cyfarwyddyd Eurgain! A lle roedd hithau drwy hyn i gyd?

Roedd yn rhyddhad pan agorwyd y drws a golau dydd i'w weld unwaith eto. Owain ac Einion ddaeth i mewn, gyda dysglaid o ddŵr i bawb ac ychydig o lymru i frecwast. Yna arweiniwyd pob un ohonynt yn ei dro i'r ceudyllau ar gyrion y pentref, a'u harwain yn ôl wedyn. Ceisiodd Dyfrig holi am N'tia, ond gwrthododd y ddau ddweud dim. Roedd hi'n swnllyd yn y pentref, sŵn brefu defaid a chyfarth cŵn, a phan ddaeth tro Dyfrig, gwelodd fod y defaid yn cael eu corlannu ar ben y llethr.

'Beth maen nhw'n ei wneud efo'r defaid?' holodd ei dywysydd, ond ni chafodd ateb. Sylwodd hefyd fod dynion a merched yn adeiladu coelcerth i lawr yn y dyffryn, ar gyrion y goedwig, yn mynd a dod gyda bwndelau o goed i'w llosgi. Roeddynt yn amlwg am gael coelcerth i ddathlu gŵyl Lleu.

Gadawyd hwy yn nhywyllwch eu carchar am oriau maith wedyn nes i bryd bwyd tila arall gyrraedd, a'r un ddefod ag o'r blaen yn cael ei chynnal. Daeth Gwenhwyfar i edrych ar goes Huw, ond nid oedd raid ei golchi bellach. Roedd hi'n fodlon fod y briw yn gwella'n iach. Anogodd Huw i geisio eistedd ar y ris isaf, ac ymarfer codi ar ei draed, ond daeth Cadell heibio a mynnu rhoi hual am ei goes dda, a'i gadwyno wrth bostyn arall.

'Mi fedri di ddal i wneud yr ymarferiad,' siarsiodd Gwenhwyfar yn dawel cyn gadael. 'Dof yn ôl heno i weld sut wyt ti'n dod ymlaen.'

'Ydach chi wedi gweld N'tia?' galwodd Dyfrig ar ei hôl. 'Ydi hi'n iawn?'

Roedd Gwenhwyfar ar fin ateb pan roddodd Cadell glusten iddo.

'Cau dy geg, y diawl!'

Unwaith eto, roeddynt yn y tywyllwch. Aeth yr oriau heibio'n araf.

'Fyddan nhw'n dod â swper inni heno?' grwgnachodd Huw ymhen

hir a hwyr. 'Mae hi'n siŵr o fod yn amser bwyd bellach.' Roedd wedi dilyn awgrym Gwenhwyfar, ac wedi bod yn ceisio codi ac eistedd yn rheolaidd drwy'r pnawn, er na fentrodd gymryd cam ymlaen ar ôl syrthio ganol nos. Roedd angen iddo bwyso ar y wal i'w ddal ei hun i fyny.

Doedd dim hanes o'u swper. Roedd dysgl ddŵr Dyfrig yn wag, a'i geg yn grimp.

'Dwi isio mynd i'r toiled,' cwynodd Anna, ac adleisiodd y gweddill eu hangen hwythau.

'Fedri di ddefnyddio 'mhot i?' cynigiodd Huw. Ond erbyn hyn roedd Huw ac Anna'n rhy bell oddi wrth ei gilydd iddo allu ei helpu.

Doedd dim hanes o 'run enaid byw, ond ymhen hir a hwyr clywsant sŵn y cyrn Celtaidd.

'Mae'r parti'n dechrau,' meddai Heledd.

'Dwi bron â gwneud yn fy nillad,' wylodd Anna.

Ychydig yn ddiweddarach, clywsant sŵn crafu ysgafn. Moelodd Dyfrig ei glustiau. Dyna fo eto. Roedd yn sŵn rhy bendant i fod yn llygoden, tybiodd, ac yna meddyliodd iddo glywed lleisiau'n sibrwd. Syllodd tuag at y drws, a'i weld yn agor yn araf. Llithrodd dau gysgod i'r tŷ, a chaewyd y drws yr un mor ofalus ar eu hôl.

'Pwy sy 'na?' sibrydodd Dyfrig.

'Dyfrig? Ti'n effro?' Llais Dunwallt, ac yna un Gwenhwyfar.

'Bydd dawel. Rhaid i bawb fod yn dawel. Ydi pawb yn effro?'

Bu bron i Anna ddifetha'r cyfan drwy agor ei cheg a gweiddi eu bod angen mynd i'r toiled, ond roedd Dunwallt yn barod amdani. Clapiodd ei law dros ei cheg a sibrwd wrthi'n ffyrnig.

'Bydd ddistaw, nei di? Yma i'ch helpu ydan ni.'

'Be sy'n digwydd?' gofynnodd Heledd.

'Dunwallt, agor y cadwynau tra bydda inna'n egluro,' gorchmynnodd Gwenhwyfar. 'Unwaith rydych chi'n rhydd dewch yn nes.'

'Ga' i fynd i'r toiled, plis?' ymbiliodd Anna, ac roedd yn rhaid i Dunwallt ei hebrwng hi yno. Cydnabu Gwenhwyfar nad oedd modd dal pen rheswm gyda 'run ohonynt nes byddai'r angen hwnnw wedi ei ddiwallu, felly cytunodd i adael i bawb fynd.

Erbyn iddynt gyrraedd yn ôl, roedd eu coesau wedi ystwytho, a phawb yn eiddgar i wrando ar Gwenhwyfar.

'Rydyn ni yma i'ch helpu i ddianc,' sibrydodd. 'Yr unig obaith ydi eich bod yn gadael tra mae pawb yn dathlu. Mae'r pentref yn wag, fwy neu lai, a does neb yn eich gwylio. Dyna pam roedd Gwydion am i Cadell eich cadwyno wrth goed y tŷ.

'Ond beth am N'tia?' pryderodd Dyfrig.

'Aros i ni egluro. Dydi Dunwallt a minnau ddim yn hoffi'r ffordd mae pethau'n mynd. Dod yma i fyw bywyd syml, naturiol wnaethon ni, ddim i gymryd rhan mewn aberthu dynol.'

'Aberthu?'

'Ia. Dyna fwriad Gwydion. Mae'n bwriadu aberthu N'tia i'r duwiau Celtaidd heno, pan fydd hi'n ganol nos.'

Cymaint oedd syndod Dyfrig fel na allai ddweud gair.

'Ond pam N'tia?' gofynnodd Heledd.

Cododd Gwenhwyfar ei hysgwyddau.

'Sut gwn i? Ond mae hi'n dywyll ei chroen, yn tydi? Efallai ei bod hi'n cynrychioli grymoedd y tywyllwch yn nhyb Gwydion. Felly, mae'n aberth gweddus i'w offrymu i dduw'r goleuni, fel arwydd bod y goleuni'n trechu'r tywyllwch bob amser.'

Roedd y fath resymeg syml yn fferru gwaed pawb.

'All Gwenhwyfar a minnau ddim bod yn rhan o lofruddiaeth fel hon,' ategodd Dunwallt. 'Alla i ddim gweld fy mhair yn cael ei ddefnyddio i ddal gwaed yr offrwm. Nid i hynny y gwnes i ei greu, felly rydyn ni'n eich helpu i ddianc.'

'Ond beth am N'tia?' gofynnodd Dyfrig eto, yn llawer mwy taer y tro hwn. Roedd wedi ei ysgwyd i'r carn.

'Gwrandewch ar Dunwallt. Mae ganddo fo syniad.'

'Oes,' cytunodd Dunwallt. 'Mae'r defaid wedi eu corlannu heddiw – mae'n draddodiad i ddidoli'r ŵyn oddi wrth y defaid ar ddydd gŵyl Lleu – ac mae'r gorlan uwchben y pentref. Mi fyddan nhw'n dod i arwain N'tia o dŷ Gwydion ymhen rhyw awr – mae o wedi mynd yn barod, yn disgwyl amdani ac yn arwain y dathliadau. Mi fyddan nhw'n ei thywys hi o'r pentref ac i lawr y dyffryn tuag at y goelcerth. Ydych chi'n gwybod ble mae honno?'

'Ydw,' atebodd Dyfrig. 'I lawr wrth y goedwig.'

'Iawn,' cytunodd Dunwallt. 'Wel, rydw i am i chi fynd mor dawel â phosib allan o'r pentref a chuddio yn y goedwig. Pan fyddan nhw'n dod â N'tia allan, mi fyddan nhw'n ei harwain ar hyd ffordd hirach na'r arferol, ffordd ddefosiynol fydd yn mynd â nhw yn rhannol drwy'r goedwig. Mi fydda i'n eu gwylio uwchben, wrth y gorlan ddefaid. Pan wela i nhw'n cyrraedd cysgod y coed, mi fydda i'n agor y gorlan ac yn hysio'r defaid i lawr at y goelcerth. Mi fydd hynny'n creu dryswch iddyn nhw; fydd neb yn gwybod beth ddiawl sy'n digwydd. Dyna pryd y byddwch chi'n cipio N'tia oddi ar ei thywyswyr.'

'Yna,' meddai Gwenhwyfar, 'mae'n rhaid i chi fynd i lawr at y môr, lle mae'r cyryglau. Mi fydda i wedi helpu Anna i fynd â Huw i lawr yn syth yno. Mi fyddwn ni yno'n eich disgwyl.'

'Ond sut fyddwn ni'n gwybod pa bryd i ymosod? Allwn ni ddim gweld y defaid o'r goedwig.'

'Mi fyddwch chi'n clywed cŵn yn cyfarth,' atebodd Dunwallt. 'Mi fydd y cŵn gyda mi i hysio'r defaid. Mi wna i'n siŵr eu bod yn cyfarth.'

'Pawb yn deall?' gofynnodd Gwenhwyfar. 'Does dim amser i'w golli.'

'Ond lle'r awn ni yn y cyryglau?' gofynnodd Gwion.

'Mae hynny i fyny i chi,' atebodd Gwenhwyfar.

'I'r ynys drws nesaf,' cynigiodd Dyfrig. 'Mi allwn ni guddio ar honno tan ddydd Gwener.'

'Mi fydd ychydig o fwyd yn disgwyl amdanoch yn y cyryglau,' ychwanegodd Gwenhwyfar.

'Ac fe allwn ni fyw oddi ar y tir am ddiwrnod neu ddau,' meddai Gwion, ei lais yn fwy gobeithiol.

'Un peth arall,' meddai Dunwallt. 'Dydw i ddim am weld tywallt gwaed unrhyw un ohonoch chi, ac rydw i'n gofyn i chithau wneud dim mwy nag sydd raid i achub N'tia. Dydw i ddim am weld fy ffrindiau'n dioddef, chwaith.' Nodiodd pawb eu pennau, a rhoddodd Dunwallt ddarn hir o raff i Dyfrig. 'Mi fydd chwe dyn yn arwain N'tia,' eglurodd ymhellach. 'Efallai y gallech chi osod y rhaff ar draws y llwybr i faglu rhai ohonyn nhw.'

O fewn dim roedd Gwenhwyfar ac Anna wedi cychwyn am y traeth, a Huw yn cael ei gynnal rhyngddynt. Roedd Dunwallt hefyd wedi cychwyn tua'r llethrau a chorlan y defaid. Yna llithrodd Dyfrig, Gwion a Heledd tuag at y dorau yn y waliau. Roedd y pentref yn ymddangos yn hollol wag, ond roedd Dunwallt wedi eu rhybuddio bod N'tia a'i thywyswyr yn dal yn nhŷ Gwydion, felly doedd wiw iddynt fod yn ddiofal. Wedi iddynt gyrraedd y tir agored, roedd mwy o angen fyth i gymryd gofal, rhag ofn i un o'r pentrefwyr ddigwydd crwydro'r ffordd honno. Drwy drugaredd, roedd hi'n noson gymylog, er i'r lleuad lawn ddangos ei hwyneb ambell waith rhwng bylchau yn y cymylau. Pan ddigwyddai hynny, disgynnai'r tri ar eu hwynebau i'r llawr ac aros yno'n chwilota'r dirwedd o'u cwmpas am unrhyw symudiad. Wedi eu bodloni nad oedd neb o drigolion y pentref yn agos, byddent yn codi'n araf ac yn cerdded yn eu blaenau tuag at y goedwig.

Roedd Dunwallt wedi rhoi rhagor o fanylion iddynt am y ffordd y byddai'r osgordd yn teithio at y goelcerth, ac yn fuan iawn gwelodd Dyfrig ôl llwybr.

'Hwn ydi o,' sibrydodd wrth y lleill gan bwyntio i lawr.

Nodiodd Heledd a Gwion eu pennau, a cherddodd y tri ymlaen yn ofalus nes cyrraedd llecyn lle roedd y coed yn tyfu'n agos iawn i'r llwybr. Agorwyd y rhaff hir allan.

'Mi allwn ni ei gosod ar draws y llwybr, ac mewn rhyw hanner cylch bob ochr iddo? Mae digon o fonion coed i'w chadw yn ei lle,' awgrymodd Gwion. 'Mi fyddwn ni'n gwybod ble mae hi, ond os bydd rhywun yn ceisio dod ar ein holau, mi fyddan nhw'n cael eu baglu.'

'Syniad campus,' cytunodd Dyfrig, ac aethpwyd ati i osod y rhaff, uchder pen-glin Dyfrig o'r llawr. Roedd yn falch o sylwi nad oedd y rhaff yn amlwg yng ngwyll y coed.

'Beth am arfau?' sibrydodd Heledd.

'Ydach chi'n cofio beth addawon ni i Dunwallt?' holodd Gwion yn bryderus.

'Gwell i ni gael rhyw fath o arf rhag ofn,' dadleuodd Heledd, a chytunodd Dyfrig â hi.

'Wn i,' meddai Gwion wedyn. 'Beth am chwilio am ffyn? Tameidiau o goed? Rhywbeth na fyddai'n gwneud gormod o ddifrod?'

Meddyliodd Dyfrig am ei fwyell a'i lif, ond doedd dim amser i fynd i'w cyrchu. Doedd dim amdani ond chwilio'r llawr am ddarnau o goed oedd wedi disgyn, gan obeithio na fyddent wedi pydru gormod. Heb grwydro ymhell o'r llwybr, cafodd Dyfrig afael ar goeden fedw arian ifanc oedd wedi ei chwythu o'i gwreiddiau mewn gwynt cryf. Doedd hi ddim yn rhy hir i'w defnyddio fel arf. Yna, cafodd Gwion ddarn o goeden onnen, cangen roedd y goeden wedi ei bwrw i'r llawr ei hun.

'Beth amdanaf fi?' sibrydodd Heledd yn daer.

Edrychodd Dyfrig o'i gwmpas yn wyllt ac yng ngolau egwan y lleuad gwelodd gollen â thyfiant ifanc yn codi o'i bonyn. Gafaelodd mewn un o'r coesau îr. Plygodd hi 'nôl ac ymlaen sawl tro yn y gobaith y byddai'n torri, ond er iddi blygu drosodd sawl gwaith, arhosai'n gadarn wrth y boncyff. Daeth Gwion i'w helpu, a rhwng y ddau ohonynt ildiodd y gangen druan gyda chlec. Syrthiodd y tri i'r llawr mewn braw, gan wylio a gwrando rhag ofn i un o'r pentrefwyr ddod draw i ymchwilio i'r twrw, ond roedd pobman yn dawel. Erbyn hyn roedd Dyfrig yn poeni am yr amser. Cododd o'i guddfan ac anelu tuag at y llwybr, Gwion a Heledd yn ei ddilyn. Yna clywsant gyfarthiad ci, yn cael ei ddilyn gan fwy o gyfarth a defaid yn brefu.

'Mae Dunwallt yn hysio'r defaid,' meddai Dyfrig. 'Dewch! Gwion, dos di yn ôl i fyny'r llwybr at y pentref am dipyn i gadw golwg am N'tia. Pan weli di'r osgordd, fedri di wneud sŵn tylluan?'

'Siŵr iawn,' atebodd Gwion, a thybiodd Dyfrig ei fod yn wên o glust i glust.

'Mi fydd Heledd a minnau'n disgwyl amdanyn nhw. Cyn gynted ag y byddan nhw wedi dy basio, tyrd ar eu holau mor ddistaw â phosib, yna mi allwn ni ymosod arnyn nhw o ddwy ochr. Heledd, rhaid i ni ddisgwyl nes bydd y rhai cyntaf wrth ein hochr cyn ymosod.'

Cyrcydodd Dyfrig a Heledd droedfedd ymhellach i fyny'r llwybr na'r rhaff, a disgwyl. Roedd sŵn brefu ymhobman, a gweiddi'n dod o rywle ymhellach i ffwrdd. Gweddïodd Dyfrig na fyddai'r defaid yn cael eu rheoli'n rhy fuan, cyn iddyn nhw allu achub N'tia ... yna clywodd gri tylluan. Bron yn syth wedyn daeth sŵn llafarganu isel i'w glustiau. Roedden nhw'n dod! Roedden nhw bron â chyrraedd! Curai ei galon yn drwm yn erbyn ei asennau, roedd ei lygaid wedi eu hoelio ar hynny a welai o'r llwybr, a'i ddyrnau'n gafael yn dynn yn ei ffon.

N'tia welodd o yn gyntaf, a bu bron iddo weiddi mewn siom. Amdani roedd gŵn gwyn, llaes at ei thraed, a choron o flodau ar ei phen. Roedd mwy o flodau wedi eu clymu i'w gwallt a'i dillad. Roedd ei dwylo wedi eu rhwymo o'i blaen â rhaff, ond yr hyn a ddychrynodd Dyfrig fwyaf oedd ei hosgo dawel, ddi-hid. Roedd hi'n cerdded yn ei blaen fel petai'n mynd am dro, ei llygaid ar agor a dim pwt o ofn i'w weld ar ei hwyneb. Wrth ei hochr cerddai dau ddyn, a phedwar arall yn ei dilyn.

Cerddodd yr osgordd ymlaen nes bod N'tia a'r ddau ar y blaen yn trawo'n erbyn y rhaff. Baglodd un ohonynt, ac wrth geisio arbed ei hun tynnodd N'tia i lawr gydag ef. Syrthiodd yr ail ddyn yn ei dro, nes bod N'tia druan o dan y ddau ohonynt. Rhewodd Dyfrig mewn panig. Sut oedd o'n mynd i gael N'tia allan o'r llanast? Sut oedd modd taro'r dynion heb ei tharo hithau hefyd? Erbyn hyn, roedd y pedwar oedd yn y cefn yn ceisio codi'r lleill.

'I'r gad!' bloeddiodd Heledd. 'Gwenllïan am byth!' a neidiodd allan o'i chuddfan.

Deffrowyd Dyfrig o'i wewyr. 'Aros i lawr, N'tia, symuda ymlaen dros y rhaff!' bloeddiodd wrth ddod â'i ffon i lawr ar gefn y dyn agosaf. Roliodd hwnnw drosodd ond cododd y dyn oedd wedi mynd i lawr gyntaf a tharo Dyfrig yn ei fol â'i ysgwydd. Collodd Dyfrig ei wynt am ennyd, ond llwyddodd i daro'r dyn ar ei ben cyn i hwnnw allu ei niweidio ymhellach. Ceisiodd gipio braich N'tia i'w llusgo ymaith, ond rhuthrodd dyn arall amdano, a bu'r ddau'n ymladd nes i Gwion gyrraedd a tharo'r dyn i'r llawr. Aeth yn ysgarmes go iawn, â Dyfrig yn ceisio tynnu N'tia i'w ochr ef o'r rhaff. Doedd dim arfau gan y dynion, diolch i'r drefn, ond roedd chwech ohonyn nhw yn erbyn tri. Colbiai Dyfrig yn wyllt â'i ffon, ond roedd gormod ohonyn nhw yn ei erbyn. Trawodd ddyn arall i'r llawr, a chyn i hwnnw allu codi ar ei draed, clywodd lais Heledd.

'Dos, Dyfrig,' roedd hi'n bloeddio arno. 'Dos efo N'tia. Mi wnawn ni eu cadw'n ôl fan hyn!'

'Ia, dos,' gwaeddai Gwion. 'Welwn ni chdi wrth y traeth!'

Heb oedi dim, gafaelodd Dyfrig yn N'tia unwaith eto a llwyddodd i'w chael hi oddi ar y llwybr. Cipedrychodd dros ei ysgwydd unwaith, a gweld Heledd a Gwion yn chwifio'u ffyn yn wyllt, yn cadw gweddill y dynion rhag eu dilyn.

Buan iawn y sylweddolodd Dyfrig fod rhywbeth yn bod ar N'tia. Nid oedd yn ymateb iddo, er ei bod yn ei ddilyn yn ddigon ufudd. Ar ôl ei harwain yn ddwfn i'r goedwig, arhosodd am eiliad i dynnu ei rhwymau, gan fwmial geiriau cysurlon megis 'Ti'n iawn rŵan, ti'n saff', ond nid oedd hi'n ei ateb. Edrychai'n hollol ddigyffro, a daeth Dyfrig i'r casgliad ei bod dan ddylanwad rhyw fath o gyffur.

'Tyrd,' meddai wrthi wedyn, 'mi awn ni i'r traeth. Mae Huw ac Anna'n disgwyl amdanon ni mewn cyryglau. Mi allwn ni ddianc o'r ynys.'

Cymerodd Dyfrig ffordd hir wrth anelu am y traeth, er mwyn cadw ei bellter o'r pentref. Bob rhyw ganllath arhosai i wrando, ac er y gallai glywed sŵn gweiddi a brefu o'r pentref, yn raddol roedd y synau hynny'n pellhau, a theimlodd ei hun yn anadlu'n fwy rhydd. Doedd neb wedi dod ar eu holau, neb wedi gweld eu colli – hyd yma. Ond beth oedd hanes Gwion a Heledd? Oedden nhw wedi gallu dianc? Oedden nhw wedi cyrraedd y cyryglau'n ddiogel?

Roeddynt bron â chyrraedd y clogwyn a arweiniai at y cyryglau. Amneidiodd Dyfrig ar N'tia i guddio'r tu ôl i lwyn eithin, ac aeth yntau yn ei flaen ar ei fol. Edrychodd dros erchwyn y clogwyn a gweld amlinelliad y cyryglau oddi tano, yn ogystal ag Anna a Huw, a nifer o ddynion o'r pentref yn rhwymo'r ddau wrth ei gilydd. Doedd dim hanes o Gwion a Heledd. Ciliodd yn ôl yn gyflym. Doedd dim modd dianc y ffordd honno, felly. Tra oedd yn meddwl yn wyllt beth i'w wneud nesaf, arweiniodd N'tia'n ôl i ddiogelwch y coed. Aeth y ddau i gyfeiriad canol yr ynys, ac ymhen ychydig dechreuodd Dyfrig adnabod y coed o'i amgylch. Nid oeddynt nepell o'r hen foncyff lle roedd wedi cuddio'r fwyell a'r llif. Cafodd hyd i'r goeden, a gosododd N'tia i eistedd, ei chefn yn erbyn y boncyff.

Roedd ei chorff wedi dechrau crynu, ac er mawr ryddhad i Dyfrig roedd ei hwyneb yn dangos mwy o fywyd. Penderfynodd aros yno i roi cyfle i'w chorff ddod yn rhydd o ddylanwad pa gyffur bynnag a roddwyd iddi. Treuliodd bum munud yn rhwbio'i dwylo a'i breichiau, a daeth ei llygaid yn fwy byw. Roedd y cryndod yn ei chorff yn gwaethygu, fodd bynnag, a thynnodd Dyfrig ei wisg uchaf a'i rhoi am ysgwyddau N'tia.

'Be sy'n digwydd, Dyfrig?'

Roedd mor falch o glywed ei llais fel mai prin y gallai ateb.

'Ti'n iawn rŵan, N'tia. Rydan ni'n dianc oddi wrthyn nhw. Mi fyddwn ni'n iawn, 'sti.'

Symudodd ei gorff i fod wrth ei hochr a rhoi ei law am ei hysgwyddau. Tynnodd hi'n agos ato er mwyn iddi gael teimlo cynhesrwydd ei gorff.

'Fu gen i erioed gymaint o ofn,' cyfaddefodd wrtho. 'Mae Gwydion yn wallgo.'

''Nghariad annwyl i,' sibrydodd yn ei gwallt gan ei gwasgu'n nes ato. 'Rydw i mor falch o dy gael di'n ôl. Ond beth ydi'r enw roedd o'n dy alw di – Manali?'

'Wn i ddim. Doeddwn i erioed wedi clywed yr enw o'r blaen. Dyna reswm arall dros gredu'i fod o'n lloerig.'

'Gest ti dy gam-drin ganddyn nhw?'

'Wel, naddo, hyd y gwn i. Mi ges i fwyd a diod drwy'r dydd, yna daeth Eluned – gwraig Owain – â chacennau mêl a medd i mi.' Crychodd ei thalcen wrth gofio. 'Roeddwn i'n amau bod yna flas rhyfedd ar y cacennau. Dydw i'n cofio fawr ddim yn glir wedyn. Roeddwn i'n ymwybodol o gael fy ngwisgo, a'r goron flodau ar fy mhen, a chael fy arwain ar hyd y llwybr, ond roedd fel petawn i'n rhywun arall o'r tu allan yn gwylio'r pethau 'ma'n digwydd i 'nghorff i. Roedd yn deimlad rhyfedd iawn.' Ysgydwodd ei phen mewn ymgais i'w glirio.

Plygodd Dyfrig ymlaen i'w chusanu, ond yr eiliad honno clywodd alwad y corn hela. Mewn amrantiad, roedd y ddau ar eu traed, yn edrych o'u hamgylch yn wyllt, yn ceisio penderfynu pa ffordd i redeg. Cofiodd Dyfrig am ei offer, a phenderfynodd fynd â'r fwyell gydag ef. Roedd y llif yn rhy drwsgwl.

'Tyrd, ffordd hyn,' gorchmynnodd Dyfrig, a dechreuodd y ddau redeg. Cofiodd am y llwybr fyddai'n eu harwain at y tŷ capel. Ar ôl ei gyrraedd, a galwadau'r corn hela'n atsain yn amlach ac yn agosach atynt, gafaelodd yn llaw N'tia a rhedodd y ddau tuag at draethau dwyreiniol yr ynys.

'Yr ogof!' llwyddodd i'w ddweud. Nodiodd N'tia ei phen. Nid oedd gan yr un ohonynt anadl i'w gwastraffu ar eiriau.

Roedd hi'n anoddach nag y tybiodd Dyfrig i ddod o hyd i'r ffordd yn y tywyllwch, a phoenodd y byddai'r wawr yn torri ymhell cyn iddynt gyrraedd glan y môr, ond roedd y corn hela'n eu procio 'mlaen.

'Brysia,' gwaeddodd Dyfrig, heb boeni a fyddai rhywun yn ei glywed. Rhedodd nerth ei goesau gan dynnu N'tia ar ei ôl. Roedd hi bellach yn llwyd olau, a'r ffordd yn haws i'w gweld. Synnodd y ddau o weld y llanw mor uchel, ond doedd wiw iddynt betruso.

'Tyrd, ffordd hyn,' galwodd Dyfrig, a'u harwain drwy'r tonnau a thros y clogwyn bychan i'r bae nesaf lle roedd yr ogof. Drwy drugaredd, nid oedd y dŵr yn ddwfn iawn.

'Mynd i mewn ynteu allan mae o?' gofynnodd N'tia, ond ni wyddai Dyfrig. A ph'run bynnag, doedd dim dewis ganddynt ond cyrraedd lloches yr ogof cyn i neb ddod o hyd iddynt.

'O leiaf bydd y môr wedi chwalu olion ein traed,' ceisiodd Dyfrig ei chysuro wrth gerdded at geg yr ogof.

'Does ganddon ni ddim golau eto heddiw.' Ceisiodd N'tia siarad yn ysgafn i guddio'i hofn.

'Dwi'n gwybod,' atebodd Dyfrig, 'ond mae'n rhaid i ni fynd cyn belled ag y gallwn ni.'

Gan afael yn ochrau'r graig lysnafeddog ag un llaw, aeth y ddau yn ddwfn i mewn i'r ddaear nes cyrraedd wal o graig o'u blaenau.

'Dyma ni, 'ta,' sibrydodd Dyfrig, ond chwyddwyd ei lais ac atseiniodd yn ôl atynt. Cofiodd fod hyn wedi digwydd pan fuon nhw yno o'r blaen.

'Does wiw i ni siarad,' sibrydodd N'tia mewn dychryn. 'Mae pob smic yn cael ei chwyddo.'

Gafaelodd yn ei llaw, a gwasgodd y ddau at ei gilydd yn y tywyllwch. Doedd dim arwydd fod y môr yn dod mewn i'r ogof, a thybiai Dyfrig mai ar drai yr oedd o. Roedd llawr yr ogof yn wlyb, a digon o wlybaniaeth ar y waliau iddo dybio bod yr ogof, neu'r rhan isaf ohoni, beth bynnag, dan ddŵr ar ben llanw. Penderfynodd fynd i edrych allan, i weld a oedd o'n gywir. Gwrthododd N'tia ollwng ei law, felly aeth y ddau at geg yr ogof, a gweld bod y môr wedi ymbellhau. Edrychodd i fyny'n ofalus: roedd y clogwyn yn bochio allan uwch eu pennau, fel nad oedd modd gweld ceg yr ogof o ben y clogwyn. Roedd hynny'n gysur.

Arhosodd y ddau yno i wylio'r haul yn codi, a diolchodd Dyfrig mai ar yr ochr ddwyreiniol yr oedden nhw. Teimlodd wres yr haul yn ei gyffwrdd, yn ei gynhesu.

'Diolch byth,' sibrydodd N'tia, a sylweddolodd ei bod hithau'n teimlo 'run fath.

Ond roedd ganddyn nhw broblem arall. Doedd ganddyn nhw ddim bwyd na diod, ac roedd hi'n rhy beryglus iddyn nhw adael eu cuddfan. Erbyn canol dydd, a'r haul wedi eu gyrru'n ôl i gysgod yr ogof, roedd syched mawr ar y ddau.

'Allwn ni ddim aros fan hyn tan ddydd Gwener,' sibrydodd N'tia. 'Mi fyddwn ni wedi marw o newyn a syched.'

Cytunodd Dyfrig, ond roedd eisoes wedi bod yn meddwl am y broblem.

'Pan fydd hi wedi nosi eto, mi awn ni tuag at yr ynys arall,' eglurodd. 'Ti'n cofio'r ewigod yn croesi'r sarn? Dyna'r ffordd yr awn ninnau. Mi fyddwn ni'n iawn wedyn. Gallwn fyw oddi ar y tir. Mi arhoswn ni yma nes bydd y wawr ar dorri eto, yna mi allwn ni weld ein ffordd i fyny'r arfordir tua'r sarn. Rhaid i ni amseru pethau fel ein bod yn cyrraedd ar ddistyll y trai. Dyna'r unig adeg y gallwn ni groesi'r sarn.'

Yn y cyfamser, roedd yn rhaid iddynt gael dŵr. Penderfynodd Dyfrig adael yr ogof a chwilio am afonig neu bistyll gerllaw, unrhyw ddŵr croyw oedd yn dod i lawr i'r traeth. Siarsiodd N'tia i aros wrth yr ogof a gwylio. Cafodd hyd i nant fechan iawn, ac yfodd ohoni. Doedd dim llestr ganddynt i storio dŵr, felly aeth yn ei ôl ac anfon N'tia i gael diod. Erbyn hyn, sylwodd fod y llanw'n dod i mewn. Gwyliodd y ddau wrth i'r dŵr agosáu, ac ar ôl iddo guddio'r graean a'r tywod ar y traeth, ciliodd y ddau i'r ogof. Ond dilynodd y môr hwy, a'u gorfodi i gilio i ben draw'r ogof. Safodd y ddau yno, eu cefnau yn erbyn y graig, tra codai'r môr yn uwch ac yn uwch i fyny eu coesau.

'Dyfrig, mi fydd o'n stopio, yn bydd?' Roedd elfen o banig yn ei llais.

'Siŵr o fod,' ceisiodd yntau ei chysuro, ond heb argyhoeddiad. Ceisiodd gynnal sgwrs â hi i guddio'i ofn, pob ymdrech i sibrwd wedi ei hanghofio. 'Rydw i wedi bod yn trio gweithio allan pryd fydd orau i adael,' meddai. 'Pa bryd fydd hi'n ddiogel i adael fan hyn, ac ati.'

'Ti'n dweud bod yn rhaid i ni aros tan bore fory?'

'O leiaf nes y bydd hi wedi dechrau goleuo. Bydd angen golau dydd i groesi'r ynys yn ddiogel. Ti'n cofio'r rhaeadr?'

'Dŵr eto,' sibrydodd N'tia'n wyllt. 'Pam fod raid i ti fy atgoffa o beryglon dŵr?' Roedd atsain eu lleisiau'n trybowndian o graig i graig uwch eu pennau, gan gynyddu eu hofnau a chodi mwy o arswyd arnyn nhw. Roedd hefyd yn ei gwneud hi'n anodd iddyn nhw ddeall ei gilydd.

'Ydw,' atebodd N'tia gwestiwn Dyfrig. 'Ond beth petai rhywun yn ein gweld?'

Erbyn hyn roedd y môr wedi cyrraedd eu cluniau.

'Rhaid i ni gymryd y siawns. Mae croesi i'r ynys yn y tywyllwch yn rhy beryglus. Dydan ni ddim yn gwybod y ffordd.'

'Gobeithio bod Heledd a Gwion yn iawn. Ti'n meddwl eu bod nhw wedi gallu dianc?'

'Wn i ddim. Dydyn nhw ddim yn adnabod yr ynys cystal â chdi a fi. Allwn ni ddim ond gobeithio'r gorau.'

'Peth arall,' meddai N'tia toc, ei llais yn llawn tensiwn wrth i'r môr lyfu ei chorff, 'ti'n meddwl y gallwn ni gyrraedd y sarn erbyn y trai? Beth tasen ni'n rhy hwyr? Beth fydden ni'n ei wneud wedyn?'

'Mae'n fwy tebygol y byddwn yn gorfod cuddio er mwyn disgwyl y trai,' mynnodd Dyfrig. 'Ond N'tia, rhaid i ni wneud rhywbeth rŵan. Mae'r môr yn dal i godi.'

'Dwi'n gwybod. Mae o at fy nghanol i!'

'Allwn ni ddringo'r graig, ti'n meddwl?'

'Mae hi mor llithrig, Dyfrig! Ac yn y tywyllwch! Beth tasen ni'n syrthio?'

Ni allai Dyfrig ddweud wrthi y byddai'n well ganddo syrthio na boddi drwy wneud dim byd, ond meddyliodd am ffordd arall.

'Ti'n credu y gallwn ni adael i'r môr ein codi? Ti'n gwybod, smalio ein bod ni mewn pwll nofio, yn gafael yn yr ochrau a gadael i'n traed a'n coesau godi? A dal ein gafael yn y graig â'n dwylo?'

Doedd dim ganddyn nhw i'w golli, felly dyna wnaeth y ddau, ac o dipyn i beth, fe lwyddon nhw. Gan helpu ei gilydd, cododd y ddau gyda'r lli, nes i Dyfrig sylweddoli fod y darn o graig y gafaelodd ynddo nesaf yn hollol sych.

'Dwi'n meddwl ein bod ni wedi cyrraedd pen llanw,' meddai yn fyr ei wynt. 'Aros funud, dwi'n meddwl 'mod i'n gallu teimlo silff.'

Llwyddodd i godi ei hun fymryn yn uwch eto, ac yn wir, roedd yno silff o graig ddigon llydan i'r ddau allu eistedd arni. Yn bwysicach fyth, roedd y graig yn sych. Ymdrechodd Dyfrig yn galed i'w godi ei hun ar y silff, yna helpodd N'tia i wneud hynny hefyd. Roedd y teimlad o ddiogelwch fel gwin yn eu gwythiennau. Yn y tywyllwch teimlodd N'tia'n chwilio am ei law.

'Pa mor uchel ydan ni wedi dringo, Dyfrig?'

'Wn i ddim,' atebodd. Yna sylweddolodd pam roedd hi'n gofyn y cwestiwn.

'Ti'n meddwl y gallwn ni fynd lawr yr un ffordd?' gofynnodd hithau wedyn.

Suddodd ei galon, ond roedd hi'n iawn. Ni allai feddwl am unrhyw ffordd ddiogel arall i ddisgyn i lawr y graig.

Arhosodd y ddau ar y silff nes teimlo'r môr yn gostwng at eu traed; yna, gan afael ym mhob hollt, pob lwmp yn y graig, disgynnodd y ddau yn araf i'r dŵr. Roedd y straen ar eu breichiau'n llawer gwaeth wrth iddynt ddisgyn, ond o'r diwedd teimlodd Dyfrig lawr yr ogof dan ei draed. Tynnodd un fraich oddi ar y graig a gafael am wasg N'tia.

'Rydan ni bron yna,' meddai wrthi'n ddiolchgar. 'Fydd hi ddim yn hir rŵan.'

Pan oedd y môr yn ddigon isel cerddodd y ddau at geg yr ogof.

'Dydw i ddim eisiau mynd drwy hynna eto, Dyfrig,' meddai N'tia'n dawel.

Roedd y ddau bron â rhewi unwaith eto, eu dillad yn wlyb diferol, ac nid oedd pelydrau'r haul ar y traeth mwyach i'w cynhesu.

'Ti'n iawn,' ochneidiodd Dyfrig, 'ond bydd yn rhaid i ni aros yma am ychydig eto. Mi faswn i'n tybio mai dim ond canol pnawn ydi hi o hyd. Gwell i ni aros nes y bydd hi'n dipyn hwyrach.'

Aeth y ddau i gael diod unwaith eto, a phenderfynodd Dyfrig y byddai'n mentro dringo i ben y clogwyn ac edrych o'i gwmpas. Gadawodd N'tia yn rhedeg yn ei hunfan ac yn chwifio'i breichiau i geisio creu ychydig o wres yn ei chorff.

Gan aros ar y traeth wrth droed y graig, aeth i'r cyfeiriad arall a chwilio am ffordd o ddringo'r clogwyn pellaf. Ond roedd yn rhy serth, a bu'n rhaid iddo fynd yn ôl y ffordd arall. Edrychodd yn ofalus dros ymyl y clogwyn, ac aros yno nes bodloni ei hun ei bod hi'n ddiogel mentro ymhellach. Doedd dim smic i'w glywed, na symudiad o unman. Tynnodd ei hun i fyny a rhedeg i gysgod y coed. Dim byd. Prysurodd yn ei ôl i'r ogof.

'Dwi'n meddwl ei bod hi'n ddiogel,' meddai, ond arhosodd y ddau am awr neu fwy eto cyn mentro dringo'r clogwyn.

Arweiniodd Dyfrig y ffordd yn wyliadwrus ac yn araf. Mynnodd y dylent gadw'r arfordir o fewn golwg, fel eu bod yn ymwybodol i ba gyfeiriad roedden nhw'n mynd. Roedd y ffordd yn weddol hwylus, a'r coed yn drwchus. Serch hynny, arhosai Dyfrig bob rhyw ddeg llath i glustfeinio am funud neu ddau cyn mentro symud ymlaen eto. Daethant at y rhaeadr, ac roedd calon Dyfrig yn ei wddf wrth iddynt benderfynu y byddai'n rhaid cerdded i fyny'r afon i ddarganfod lle diogel i groesi. Wrth lwc, roedd gwely'r nant yn garegog, a llamodd y ddau o garreg i garreg nes cyrraedd yr ochr draw. Yna aethant yn ôl tuag at yr arfordir.

Ymhen hir a hwyr, a'r golau'n gwanhau, roeddynt wedi cyrraedd cwr y goedwig. Arhosodd y ddau yn y cysgodion i edrych ar yr olygfa. Ymestynnai rhostiroedd o rug ac eithin mân o'u blaenau o gopa'r bryn i'r chwith at ben y clogwyn uwch y môr. Yr ochr draw i'r bryn roedd coedwig o goed pinwydd hynafol, atgof o'r cyfnod pan fwriadai dynion wneud elw o'r ynys. Ond yr hyn a ddaliai eu sylw oedd yr ewigod a'u hepil oedd yn pori'n ddi-hid ymysg y grug.

'Sut ydan ni'n mynd i groesi fan hyn?' sibrydodd N'tia.

Cyrcydodd y ddau'n reddfol, ac ystyried eu sefyllfa. Yna rhoddodd N'tia bwniad ysgafn i Dyfrig, a phwyntio i fyny'r bryn. Ar y gorwel safai dyn a gwaywffon yn ei law yn edrych ar y tir agored. Gwyliodd y ddau gan ddal eu hanadl. Bu'r dyn yno am rai munudau, yn edrych o'i gwmpas, yna daeth dyn arall ato. Siaradodd y ddau am ychydig, yna aeth y dyn cyntaf o'r golwg. Parhaodd yr ail i sefyll a gwylio, yna trodd i gerdded at y copa, a'i gefn atynt. Amneidiodd Dyfrig ar N'tia i dynnu'n ôl ymhellach i mewn i'r goedwig.

'Be wnawn ni rŵan?' gofynnodd N'tia.

'Does fiw i ni groesi'r tir agored, hyd yn oed os bydd y dyn yn edrych y ffordd arall,' atebodd Dyfrig. 'Mi fyddai'r ceirw'n siŵr o ddychryn a rhedeg i fyny'r llethr.'

'Ia, arwydd pendant ein bod ni yno,' cytunodd N'tia.

'Allwn ni fynd yn ôl at y môr?' awgrymodd wedyn. 'Gweld a oes modd mynd i lawr i'r traeth, neu a oes llwybr ar ymyl y clogwyn?'

Gan gadw yn ddwfn o fewn y goedwig, aethant i gyfeiriad y môr, a chyrraedd pen y clogwyn. Edrychodd Dyfrig i lawr. O leiaf, ceisiodd gysuro'i hun, ni ddisgynnai'r clogwyn yn syth i'r môr a'r creigiau oddi tanynt. Serch hynny, roedd yr olygfa yn un frawychus. Tyfai glaswellt dros ymyl y clogwyn ac i lawr ei ochr am ryw ddeg llath. Ond edrychai'n serth a llithrig. Yna roedd y tir yn disgyn yn syth i'r môr.

'Os awn ni ar ein boliau,' sibrydodd N'tia obeithiol, 'dwi'n credu y gallwn ni groesi at fan'cw.' Pwyntiodd at y glaswellt ac ychwanegu, 'Wedyn, dringo i fyny'n ôl pan fyddwn ni gyferbyn â'r coed pinwydd.'

Er nad oedd yr un o'r ddau yn hollol hapus â'r cynllun, doedd dim dewis amlwg arall ar gael. dyfrig arweiniodd y ffordd unwaith eto, a N'tia yn ei ddilyn. Roedd un cysur o fod ar ei hyd ar lawr, meddyliodd wrth stryffaglio 'mlaen ar ei fol: o leiaf roedd yn gallu cuddio'i wyneb yn y glaswellt yn hytrach nag edrych ar y dibyn oddi tano.

Ar ôl iddynt gyrraedd y coed pinwydd yn ddiogel a heb godi braw ar y ceirw, oedodd y ddau am ychydig. Cyfaddefodd Dyfrig fod croesi'r clogwyn wedi bod yn fwy o dreth arno nag wynebu'r llanw'n codi yn yr ogof, ond doedd N'tia ddim yn cytuno. Yna, ailgychwynnwyd ar y daith. Roedd hi'n gysurlon o dywyll ymysg y coed, ac roeddynt yn gallu symud yn gyflym, gan fod y ddaear yn drwch o nodwyddau sych i ladd sŵn eu traed.

Sylweddolodd Dyfrig fod goleuni i'w weld bellach rhwng canghennau'r coed, a siarsiodd N'tia i aros tra byddai'n mynd i weld beth oedd o'u blaenau. Daeth yn ei ôl i ddweud eu bod yn agos at yr ynys bellach. Roedd yn adnabod siâp y mynydd arni. Un penrhyn bychan arall i'w groesi, ac fe fyddent ger y sarn.

'Oes cysgod i ni allu croesi'r penrhyn?' gofynnodd N'tia.

Crafodd Dyfrig ei ben.

'Os ydan ni'n fodlon mynd ar ein boliau eto,' atebodd. 'Mae llwyni yma ac acw, ond dim byd trwchus iawn.'

'Oes dibyn yna?' gofynnodd N'tia.

'Nag oes,' gwenodd Dyfrig arni, 'ond gwell i ni dreulio rhywfaint o amser yn edrych o'n cwmpas cyn gadael cysgod y coed. A gwell i ni aros yma nes y bydd hi'n nosi.'

Treuliodd Dyfrig yr amser hwnnw'n poeni am y sarn. Fydden nhw'n cyrraedd ar yr amser iawn? Oedd modd iddyn nhw ddyfalu lefel y môr â chyn lleied o oleuni? Ofnai na fyddai. Byddai'n rhaid iddyn nhw fentro, a gobeithio'r gorau. Siawns fod o leiaf bum awr wedi mynd heibio ers y penllanw. Roedd y dyddiau mor hir yn y rhan hon o'r wlad, ac roedd yn anodd dweud faint o'r gloch oedd hi.

'Amser mynd,' meddai Dyfrig o'r diwedd, a chychwynnodd ar ei fol. Roedd y cysgodion yn mynd yn hirach, a'r llwyni'n uwch nag y tybiodd ar y dechrau, felly arwyddodd wrth N'tia ei fod am redeg yn ei ddyblau ar draws y tir agored. Diolchodd am hynny pan sylweddolodd fod y tir wedi troi'n gorsiog, a bod ei draed yn wlyb unwaith eto. Ond cyrhaeddodd y penrhyn pellaf heb unrhyw rwystr na chynnwrf. Taflodd ei hun ar ei hyd ar lawr, ac amneidio ar N'tia i'w ddilyn. Wedyn, gan aros ar eu boliau, aeth y ddau i weld beth oedd yn dal rhyngddynt a'r sarn.

Rhegodd Dyfrig ac ochneidiodd N'tia o weld gŵr arfog yn gwylio'r sarn, ei gefn at yr ynys arall a'i lygaid yn syllu ar y tiroedd o'i flaen. Yn y ddaear wrth ei ochr roedd ffagl danllyd. Wrth lwc, roedd yn rhy bell oddi wrthynt i allu eu clywed.

'Owain ydi o,' sibrydodd N'tia yn ei glust. 'Beth wnawn ni rŵan?'

'Damia, damia, damia!' meddai Dyfrig. 'Mi ddyliwn i fod wedi meddwl y bydden nhw'n gwarchod y sarn. Mae'n lle mor amlwg i ni anelu ato.' Edrychodd o'i gwmpas, ei feddwl ar ras. Roedd yr awyr yn tywyllu, a chymylau trymion yn golygu ei bod yn nosi ynghynt. Yn rhy fuan? Cipedrychodd eto i lawr ar y sarn i geisio barnu beth oedd lefel y môr, ond roedd yn amhosib gweld o'r safle hwnnw. Pam nad oedd unrhyw beth yn syml?

'Mae gen i syniad,' sibrydodd N'tia eto. 'Wyt ti'n gweld yr hen wal gerrig yna?' Pwyntiodd at adfeilion wal fu unwaith yn ffin rhwng dau gae, tua hanner ffordd rhyngddynt a'r sarn. 'Os allwn ni fynd at honna, a chuddio'r tu ôl iddi, mi allwn ni ddenu Owain atom a'i ddal.'

Nid oedd Dyfrig yn hapus gyda'i chynllun, a dechreuodd brotestio, ond torrodd N'tia ar ei draws.

'Na, gwrando, Dyfrig. Mi symudwn ni ychydig oddi wrth ein gilydd, ac fe gei dithau fynd i guddio. Mi wna i sŵn digon uchel i Owain ei glywed, a phan ddaw o'n ddigon agos atom, mi alli di neidio arno fo.'

Ystyriodd Dyfrig ei syniad yn ofalus, a bu'n rhaid iddo gyfaddef na allai feddwl am gynllun gwell.

'Ond arhosa am dipyn cyn gwneud y sŵn,' meddai wrthi. 'Dwi'n dal i feddwl nad ydi lefel y môr yn ddigon isel ar hyn o bryd.'

Symudodd y ddau ymlaen ar eu boliau nes cyrraedd y wal, yna ar ei hyd nes cyrraedd man lle roedd draenen wen yn tyfu ohoni. Arwyddodd N'tia ar Dyfrig i guddio yn y fan honno, ac aeth hithau yn ei blaen at ran fwy cyflawn o'r wal, ryw ugain llath i ffwrdd.

Edrychodd Dyfrig ar y fwyell oedd yn dal i grogi o'i wregys. Roedd dŵr hallt y môr yn siŵr o fod wedi'i difrodi, ond roedd hi'n arf. Nid ei fod yn bwriadu lladd Owain. Cofiodd eiriau Dunwallt am osgoi tywallt gwaed, ond ni chredai fod yr ysfa i ladd nac i anafu neb yn ei waed. Yna clywodd lais N'tia. Roedd hi'n canu rhyw gân yn dawel, ei llais yn codi ac yn gostwng, yn peidio ac yna'n ailddechrau. Rhedodd iasau i lawr ei gefn. Nid oedd yn adnabod iaith y gân. Rhywbeth gan y Bantŵ? Roedd y sain unigryw ar ynys unig ar drothwy'r nos yn ddigon i godi gwallt ei ben. Cipedrychodd drwy ganghennau'r ddraenen, a gwelodd fod Owain wedi clywed y canu hefyd. Ymddangosai'n ansicr ohono'i hun. Edrychodd i fyny'r llethr, fel petai'n meddwl galw am gymorth. Croesodd Dyfrig ei fysedd. Ond roedd y canu mor dawel, mor arallfydol, nes gwneud i'r dyn betruso. Gafaelodd yn ei ffagl a cherdded yn ofalus at y wal, gan ddal y ffagl yn uchel uwch ei ben. Canodd N'tia ychydig nodau eto, a nesaodd Owain atynt. Dechreuodd Dyfrig symud yn ei flaen yn araf, y fwyell yn ei law. Bwriadai ddefnyddio'i chefn, yn hytrach na'r llafn. Nesaodd y ddau ddyn at y fan lle roedd N'tia'n cuddio, a phan oedd Owain o fewn troedfeddi i'r wal, neidiodd N'tia ar ei thraed. Sgrechiodd Owain mewn ofn, a neidiodd Dyfrig dros y wal a'i daro ar ei ben. Syrthiodd Owain yn anymwybodol i'r llawr.

Ond roedd ei sgrech wedi tynnu sylw dynion eraill. Gwelodd Dyfrig ffaglau'n ymddangos dros gopa'r llethr. Gafaelodd yn ffagl Owain, a bloeddio ar i N'tia ei ddilyn. Rhedodd y ddau nerth eu traed i gyfeiriad y môr. Canodd y corn hela. Roedd yr helwyr wedi gweld eu hysglyfaeth. Cyrhaeddodd y ddau y sarn a mentro i'r dŵr. Petrusodd Dyfrig am eiliad. Oedd angen y ffagl arnyn nhw? Buasai'n haws gweld eu ffordd ar draws y sarn efo hi, ond byddai'n haws i'w herlidwyr eu gweld hwythau. Taflodd y ffagl i'r môr.

Roedd yn anorfod eu bod yn arafu wrth deimlo'u ffordd ar hyd y sarn. Roedd y cerrig yn fân ac yn slic o wymon, ond roedd yn rhaid bwrw 'mlaen. Gafaelodd Dyfrig yn dynn yn llaw N'tia i'w sadio. Clywsant floeddiadau'r dynion yn dynesu tuag at y sarn, ac yn ei braw, llithrodd N'tia i'r dŵr. Tynnodd Dyfrig hi allan a chamu ymlaen. Clywodd lais Cadell yn eglur. Cipedrychodd Dyfrig dros ei ysgwydd a gweld bod rhai o'r ffaglau wedi cyrraedd y sarn ac yn dechrau croesi ar eu holau.

Cododd y dŵr dros eu fferau, ond roedd y ffordd yn dal yn gadarn dan eu traed.

'Tyrd, brysia!' anogodd. 'Rydan ni hanner ffordd rŵan!'

Codai'r ynys gyfagos fel düwch solet o'u blaenau, ond roedd y sarn fel petai'n ddiddiwedd. Syrthiodd N'tia unwaith eto i ddŵr dyfnach, ond llwyddodd Dyfrig i'w chodi'n ôl. Roedd y pentrefwyr bellach ar y sarn, ac roedd ganddyn nhw well golau o'u ffaglau. Rhegodd Dyfrig dan ei wynt. Eu hunig obaith oedd y byddai'r pentrefwyr yn petruso ar ôl cyrraedd yr ochr draw, ac y byddai cyfle i'w colli yn y tywyllwch.

Edrychodd Dyfrig dros ei ysgwydd eto. Roedd y goleuadau'n dod yn nes, a hwythau'n gorfod arafu fwyfwy wrth deimlo'u ffordd. Tri chwarter y ffordd drosodd! Doedd wiw iddyn nhw gymryd cam gwag.

'Bron yna!' anogodd eto wrth sylweddoli bod llai o ddŵr o amgylch eu traed. Yna'n wyrthiol cyraeddasant y lan. Rhedodd y ddau nerth eu traed i fyny'r traeth, â gobaith yn llenwi calon Dyfrig. Roedden nhw wedi croesi'n ddiogel!

Ar ôl gadael y traeth trodd y ddau i'r dde a rhedeg yn syth yn eu blaenau, heb unrhyw syniad pa ffordd oedd orau i fynd. Cadw'n ddigon pell oddi wrth y pentrefwyr oedd yn bwysig. Pa bryd fydden nhw'n troi yn eu holau? Teimlodd Dyfrig y dafnau cyntaf o law ar ei ben, ac o fewn eiliadau, roedd hi'n arllwys y glaw. Gweddïodd y byddai ffaglau'r dynion yn cael eu diffodd, ac o glywed y gweiddi o'u hôl, tybiodd fod hynny'n digwydd. Ond roedd yn rhaid bwrw 'mlaen. Daethant i dir corsiog, a phetrusodd y ddau. Pa mor wlyb oedd o? Pa mor beryglus? Er bod llai o sŵn y tu ôl iddyn nhw bellach, feiddien nhw ddim aros yno. Roedd yn rhaid mentro. Erbyn hyn roeddynt yn wlyb diferol unwaith eto, a'r glaw fel nodwyddau yn erbyn eu cyrff.

'Pa ffordd?' gofynnodd i N'tia, a phwyntiodd hithau i'r tywyllwch o'u blaenau.

Fel gwyrth neu rith y tylwyth teg, ymddangosodd rhes o oleuadau isel o'u blaenau, yn eu harwain ar draws y gors. Bu bron i galon Dyfrig beidio â churo.

'Ffordd yma!' gwaeddodd N'tia, ac anelu at y goleuadau.

Ni ddeallai Dyfrig beth oedd yn digwydd, ond diolchai i'r nefoedd am eu harweiniad. Y broblem oedd y gallai'r pentrefwyr hefyd ddilyn y goleuadau, ac i ble, tybed, roedden nhw'n eu harwain? Teimlodd rywbeth yn hisian heibio'i glust, a sylweddolodd fod y dynion yn taflu pethau atynt. Plygodd i lawr wrth redeg, a gwnaeth N'tia 'run fath. Ond arhosodd y ddau yn stond pan ymddangosodd petryal o olau llachar o'u blaenau a'u dallu.

Cododd Dyfrig ei law i arbed ei lygaid, ac wrth geisio dirnad beth oedd ffynhonnell y golau, dychmygodd ei fod wedi colli arni'n llwyr. O'u blaenau safai Eurgain mewn gwisg wen, laes, a'r golau y tu ôl iddi'n gwneud iddi ymddangos yn hollol arallfydol.

Yna teimlodd boen dychrynllyd yn ei ben, a disgynnodd yn anymwybodol i'r llawr.

Pennod 32

Daeth Dyfrig ato'i hun mewn ystafell olau, wen, ddisglair, ddiffenest, y waliau a'r llawr o ryw ddefnydd sgleiniog, caled. Roedd yn gorwedd ar wely, ac roedd poen yn hollti ei ben. Cododd ei law a theimlo rwymyn am ei dalcen. Byseddodd gefn ei ben yn ofalus, a gwaethygodd y boen. Roedd y golau'n llawer rhy lachar i'w lygaid druan, a chaeodd nhw drachefn.

Yr eildro iddo ddeffro teimlai'n fymryn gwell, a chododd ar ei eistedd, gan roi ei draed ar y llawr. Ond roedd hynny'n ormod iddo. Teimlodd gyfog yn codi yn ei wddf a'i ben yn troi. Gorweddodd unwaith eto. Yn raddol, llwyddodd i reoli ei gorff, ond doedd o ddim am fentro codi am sbel eto.

Lle roedd o? Ceisiodd gofio beth ddigwyddodd cyn iddo gael ei daro. Credodd iddo weld Eurgain yn sefyll o'i flaen, a drws agored mewn bryncyn o dywyrch y tu ôl iddi. Oedd hi'n byw ar yr ail ynys, felly? Neu ai rhith oedd y cyfan? Oedd o wedi cael ei gipio gan long ofod? Doedd dim yn amhosib bellach, meddyliodd. A ble roedd N'tia? Teimlodd y panig rhyfeddaf cyn ymresymu â'i hun. Os oedd Eurgain yno, siawns nad oedd N'tia'n ddiogel. Ond ni allai ddibynnu ar reswm. Doedd dim rhesymegol wedi digwydd iddo'n ddiweddar. Roedd yn rhaid iddo ddod o hyd iddi. Ymdrechodd i godi unwaith eto, gan afael yn dynn yng nghefn ei wely. Roedd yr ystafell yn troi o flaen ei lygaid.

Agorodd drws yn y wal wen, a daeth Gwydion i mewn.

'A, ti'n effro, Dyfrig! O'r diwedd. Roeddwn yn meddwl am funud fod Cadell wedi dy ladd. Roedd hynny'n gwbl groes i'm gorchmynion.

Roeddwn i d'eisiau di'n fyw ac iach. Ti, yn fwy na neb arall.'

'Lle mae N'tia? Be ti wedi'i wneud efo hi?'

Duodd wyneb Gwydion, ond yna llwyddodd i wenu, er bod ei lais yn oeraidd.

'Mae hi'n ddiogel efo Eurgain.'

Nid rhith oedd gweld y doctor, felly. Byddai N'tia'n wirioneddol ddiogel efo Eurgain, roedd yn sicr o hynny. Ond ble roedden nhw? Daeth y teimlad ei fod ar long ofod yn ôl iddo. Roedd popeth mor afreal: yr ystafell wen, glinigol, fel ystafell llawdriniaethau mewn ysbyty. Daeth syniad gwyllt i'w ben, ond ni allai ddilyn ei drywydd gan fod Gwydion yn dal i siarad.

'Gyda thi yma, mae'r cyfan bron yn orffenedig.' Roedd ei lais wedi adennill ei gynhesrwydd blaenorol. 'Dim ond un gorchwyl bach arall, ac mi fyddwn ni'n barod.'

'Am be ti'n sôn? Lle rydan ni?'

'Ar Ynys Lleu – neu o leiaf dyna'r enw rydw i wedi'i roi arni. Mae'n siŵr fod enw arall arni ar fapiau – yr ynys ar ben arall y sarn.'

'Lle ydi fama? Neu be ydi o?'

'Dyfrig, Dyfrig, gormod o gwestiynau! Mi fyddi'n deall y cyfan cyn bo hir. Ond i ddechrau, tyrd efo mi.'

Cymerodd Dyfrig gam ansicr, ond roedd ei ben yn dal i droi.

'Twt, twt,' dwrdiodd Gwydion, a chynnig ei fraich iddo. Er gwaethaf ei amheuon am y dyn, derbyniodd Dyfrig ei gymorth. Byddai ei ben a'i goesau'n siŵr o wella os gallai symud ychydig, ac yna gallai fynd i chwilio am N'tia. 'Gyda llaw,' aeth Gwydion ymlaen, 'paid â meddwl am geisio dianc. Mae angen print llais i agor pob drws, a dim ond lleisiau Eurgain a minnau mae'r cyfrifiadur yn eu cydnabod. Rŵan, tyrd efo mi.'

Arweiniodd y ffordd allan o'r ystafell ac i lawr coridor cul at ddrysau dwbwl. Siaradodd i focs ar y wal, ac agorodd y drysau ar ystafell eang ag un gadair yn ei chanol a phanel rheoli cymhleth gyda phob mathau o fotymau electronig. Wynebai'r gadair wal oedd yn llawn sgriniau tywyll. Roedd dwsin ohonynt, cyfrifodd Dyfrig yn gyflym.

'Eistedda,' gwahoddodd Gwydion ef gan bwyntio at y gadair. 'Mi gei weld y cyfan.'

Ufuddhaodd Dyfrig, a phlygodd Gwydion drosto i wthio rhai o'r botymau. Daeth y sgrîn gyntaf yn fyw, a gwelodd Dyfrig wyneb Angharad arni.

'Be ddiawl ...?'

Addasodd Gwydion y llun, gan dynnu allan i ddangos silindr mawr â ffenest ynddo, ac yn y ffenest honno yr oedd yr wyneb.

'Be ti 'di neud? Be sy'n bod ar Angharad?'

'Dim ond cysgu mae hi,' atebodd Gwydion. 'Cysgu nes y byddwn ni'n barod i'w hanfon ar ei phwrpas mawr mewn bywyd.'

'Dydi hi ddim efo'i phlant?'

'Nag ydi. Yn anffodus roedd hi'n rhy bwysig i mi,' ymddiheurodd Gwydion. 'Roedd Eurgain yn anfodlon, ond roedd yn rhaid i mi fynnu. Ti'n gweld, roedd cael y cyfle i rybuddio Gruffudd ap Llywelyn yn bwysicach nag unrhyw ystyriaeth arall.'

Dyma ni eto, meddyliodd Dyfrig yn wyllt. Y bywydau blaenorol. Ond a oedd Eurgain yn cefnogi'r fath ffwlbri?

Gwenodd Gwydion arno'n foddhaus.

'Wyt ti'n cofio beth ddywedodd Angharad pan gafodd ei hypnoteiddio? Pe byddai Gruffudd wedi cael ei rybuddio i beidio â lladd Iago ab Idwal, ni fyddai yntau wedi cael ei lofruddio yn ei dro. Dyna fydd gwaith Angharad pan fydd hi'n ail-fyw ei bywyd.'

'Ond ...'

'Ti'm yn deall eto, Dyfrig? Gallai Angharad fod wedi newid cwrs hanes pe byddai wedi rhybuddio Gruffudd!'

'Ond doedd hi ddim i ...'

'Ddim i wybod? Nag oedd, siŵr, ond mae hi'n gwybod nawr, yn tydi?'

Teimlodd Dyfrig ei ben yn troi. Roedd y dyn yn hollol wallgof.

Gwthiodd Gwydion fotymau eraill, a daeth yr ail sgrîn yn fyw. Yn hon roedd wyneb Rhys.

'Ti'n gwybod am Rhys yn barod,' meddai Gwydion, a phwyso botwm arall.

''Run fath efo Llinos. Bu hithau'n llysgennad yn Ffrainc i Owain Glyndŵr. Y tro hwn mi fydd yn fwy effeithiol.' Pwysodd eto. 'A dyma Iwan – un diddorol iawn. Pan oedd o ar ei ben ei hun roedd yn hawdd iawn ei hypnoteiddio. Roedd o'n un o gadfridogion Macsen Wledig, pan oedd hwnnw'n galw ar y Brythoniaid i'w gefnogi yn ei ymdrechion i ddwyn coron Ymerawdwr Rhufain. Wyt ti'n deall yr arwyddocâd? Pan adawodd Macsen Brydain, aeth â thrigain mil o ymladdwyr Prydeinig efo fo, gan adael y wlad heb lawer o bobol ar ôl, neu'n hytrach yn ddiamddiffyn, a dyna roi cyfle i'r Ellmyn lanio ac ymsefydlu yma. Meddylia, pe byddai Macsen heb lwyddo i berswadio'r dynion i fynd gydag ef, yna mi fuasai wedi bod yn llawer anoddach i'r Ellmyn hawlio cymaint o diroedd, a dechrau'r holl ymrafael sydd wedi digwydd rhwng y Cymry a'r Saeson dros y canrifoedd ers hynny! On'd ydi hi ddim yn werth anfon Iwan yn ôl i geisio newid y digwyddiad hwnnw?

'Ti'n dawel iawn, Dyfrig. Ond sdim ots.' Pwysodd Gwydion nifer o fotymau eraill, a daeth gweddill y sgriniau'n fyw. Dangoswyd rhagor o silindrau, ond roedd y rheini'n wag. 'Yma y bydd Anna a Huw, Heledd a Gwion, er na fydd angen eu rhewi hwy.'

'Be wyt ti'n feddwl? Ydyn nhw ar yr ynys hefyd?'

'Ydyn. Mae Eurgain yn eu paratoi ar hyn o bryd. Ond amynedd, Dyfrig, mae angen amynedd. Mi ddealli di yn y man.'

'Ydw i i fod yn un ohonyn nhw hefyd?'

'Wrth gwrs. Mae gen i syniad dy fod ti'n un arbennig iawn hefyd. Ond gawn ni weld. Wyt ti'n barod i gael dy hypnoteiddio?'

'Ond beth am Mair a Bleddyn?' Siaradai Dyfrig yn wyllt – unrhyw beth i osgoi'r broses.

Cododd Gwydion ei ysgwyddau.

'Hen dro am Bleddyn,' cyfaddefodd, 'ond doedd dim modd cael ei gorff yn ôl o'r ysbyty'n ddigon buan i'w rewi. Ti'n deall fod cyfyngiad amser? Ac am *Joyce*, wel ...' cododd ei ysgwyddau. 'Roeddwn i wedi rhag-weld fod gan y fam, Mair, orffennol diddorol yn llys Cartimandua o lwyth y Brigantes – wyt ti'n cofio hanes Caradog? Ond am Joyce ...' Roedd ei lais yn llawn dirmyg.

'A Marian? Sut mae hi? Dydan ni'n gwybod dim o'i hanes.'

'Mae hi'n gwella. Damia Huw am ei rhoi mewn perygl fel yna! Oni bai ei fod mor allweddol ar gyfer newid ein hanes, mi fyddwn i wedi dial arno bellach. Ond sdim ots. Mae Marian yn gwybod y cyfan, ac yn fodlon dod efo fi yn ôl mewn hanes.'

'Wyt *ti'n* bwriadu mynd yn ôl hefyd?'

'Wrth gwrs! Ac efo help Marian, mi allwn ni ddylanwadu ar Cadwallon i lywodraethu yn hytrach na rheibio. Meddylia fod y Cymry wedi gorchfygu pobol Northumbria, ac wedi byw yn eu gwlad am flwyddyn a mwy! Ond doedd Cadwallon druan ddim yn wleidydd. Collodd y cyfle olaf i'r Cymry allu rheoli Ynys Prydain yn ei chyfanrwydd. Ond gyda chyngor Marian – neu Gwladys, wrth gwrs – a minnau, mae modd ei berswadio i beidio â lladd Osric o Ddeifr ac Eanfrith o Frynaich, olynwyr Edwin Northumbria, pan ddôn nhw i ofyn am delerau heddwch. Wedyn, ni fyddai wedi cynddeiriogi Oswald, brawd Eanfrith, a lwyddodd i ladd Cadwallon a'r Cymry mewn brwydr arall.' Ochneidiodd Gwydion, ac ychwanegu'n freuddwydiol, 'Meddylia, mi fyddai'r Saeson wedi bod dan goron Gymreig wedyn! On'd ydi hynny'n syniad anhygoel erbyn heddiw?'

Roedd y cyfan yn ymddangos mor anhygoel i Dyfrig fel na allai siarad. Syllodd ar yr wynebau ar y sgriniau o'i flaen, wynebau ei ffrindiau. Protestiodd yn erbyn syniadau afreal Gwydion.

'Ond pobol ydi'r rhain! Alli di ddim cymryd eu bywydau oddi arnyn nhw! Does gen ti ddim hawl! Falla fod Marian yn fodlon, ond does neb arall wedi cael y dewis!'

'Sut allen nhw wrthod pan mae cymaint yn y fantol? Deuddeg – neu ddeg – ohonoch yn aberth i newid cwrs hanes Cymru! Meddylia am yr holl Foslemiaid sy'n fodlon aberthu eu hunain er mwyn eu crefydd! Ydi Cymru ddim yn deilwng o'r un aberth?'

Wrth geisio ei annog i ddal i siarad, sylweddolodd Dyfrig arwyddocâd rhywbeth roedd Gwydion wedi'i ddweud ychydig funudau ynghynt.

'Mae'n od bod pawb oedd yn rhan o'r gystadleuaeth wedi byw mewn cyfnodau – ac amgylchiadau – mor ffafriol i dy bwrpas. Mi fuest ti'n lwcus!'

'Nid lwc mohono, Dyfrig. Wyt ti wedi clywed am bobol sy'n dewinio dŵr? Efo ffon ddewinio? Wel, mae eraill yn gallu dewinio enwau. Rwy'n deall bod rhai cwmnïau mawr bellach yn defnyddio dewiniaid enwau wrth ddewis eu prif weithwyr. Mae'r ddawn honno gen i. Dewiniais eich enwau i gyd, a chael amcan o'ch bywydau blaenorol. Dim ond amcan, wrth gwrs. Roedd yn rhaid i mi'ch hypnoteiddio i gael yr wybodaeth lawn.'

'Felly, nid yr ysgrifenwyr gorau oedden ni?'

'Wel, roeddech chi i gyd ymysg y goreuon, ond dyw hynny ddim o bwys bellach. Tyrd, Dyfrig edrych arna i ...'

'Na!'

'Dyfrig, paid â'm gwrthsefyll!'

'Na, na!'

Symudodd Gwydion fel mellten a theimlodd Dyfrig bigiad poenus yn ei fraich. Gwelodd chwistrell wedi ei phlannu yn ei gnawd. O fewn eiliadau teimlodd ei hun yn mynd yn gysglyd, a llais Gwydion yn undonog yn y cefndir.

Roedd fel byw mewn caleidosgob – fflachiadau o olau, wynebau, lleisiau yn troi a throi o'i amgylch yn fflachio a diflannu, fflachio a diflannu nes gwneud iddo deimlo'n wan.

Ond yn raddol daw arogl i'w ffroenau, arogl cryf mwg ac anifeiliaid. Mae'n agor ei lygaid ac yn gweld ei was yn sefyll o'i flaen.

'Iddawc, mae neges wedi dod oddi wrth Arthur yn gofyn i ti fynd i gyfarfod ag ef.'

Rwy'n codi o'm gwely ac yn galw am fy ngheffyl. Wrth imi adael y tŷ, rwy'n gweld nad yw'r wawr wedi torri eto. Beth sydd mor bwysig fel bod raid deffro dyn o'i gwsg? Ond dyna Arthur a'i ffordd. Mae'n rhaid i bawb blygu i'w ddymuniadau ef. Ond efallai fod ganddo frwydr arall mewn golwg! Mi fyddai'n werth codi'n fuan ar gyfer hynny. Mae'r heddwch diweddara 'ma wedi para'n rhy hir o lawer.

Rwy'n cerdded i'w neuadd ac yn moesymgrymu ger ei fron.

'Y Nef fo gyda thi, Iddawc fab Mynyo,' yw ei gyfarchiad.

'A chyda thithau,' rwy'n ei ateb.

Daw ei was â medd a chacennau hufen i ni, a dechreua Arthur siarad.

'Iddawc, rydw i am i ti fod yn negesydd i mi. Mi wyddost fod y Saeson wedi dechrau symud eto, ac yn bygwth ymosod. Mae arnom angen Medrawd i'n cynorthwyo o'r gogledd. Dyma fy nghynlluniau ...'

Mae'n adrodd wrthyf yr hyn y bwriada ei wneud yn erbyn y Saeson, a rhan Medrawd yn hynny. Ond rwy'n teimlo cenfigen a siom, ac yn waeth fyth, rwy'n teimlo dicter. Nid yw Arthur yn cydnabod fy rhan i yn ei gynlluniau mewn unrhyw fodd. Mae'n diystyru'r holl frwydro a wneuthum ar ei ran dros y blynyddoedd, ac yn disgwyl i mi lyfu tin Medrawd – Medrawd, fu mor ddirmygus ohono! Ond ni feiddiaf ddweud hynny wrth Arthur. Mae'n dweud wrthyf am y dasg arbennig sydd ganddo ar fy nghyfer.

'Iddawc, mi wyddost na fu cymod rhwng Medrawd a minnau ers amser maith, ond mae'n bryd i hynny ddod i ben. Mae'n bryd i ni uno'n byddinoedd i sathru'r Sais, i'w erlid o'n hynys unwaith ac am byth. Mae'n hollbwysig i ni gael cydweithrediad Medrawd i wneud hynny. Felly, rwyf am i ti fynd ato ar fy rhan, a siarad ag ef. Rwyf am i ti egluro iddo'r berthynas rhyngddo ef a minnau. Rho'r gwirionedd iddo, Iddawc. Dywed wrtho mai fi yw ei ewythr, a'i dadmaeth. Dywed wrtho fod raid cyfaddawdu. Dywed wrtho gymaint rwy'n ei edmygu, yn ei ...'

Mae'n rhestru geiriau teg i mi eu hadrodd wrth Medrawd, ond mae 'nghalon i'n corddi. Mae gen innau fy ngeiriau ...

Rwy'n teithio i wlad Medrawd, ac yn cael cyfarfod ag ef. Mae'n llanc hirben, ac yn fwy tebygol o dderbyn fy ngeiriau sarhaus i na geiriau teg ei ewythr. Mae fy nghynllwyn yn hawdd i'w gyflawni. Yn hytrach na geiriau teg, llawn cyfaddawd Arthur, rwy'n dweud wrtho am holl gasineb Arthur tuag ato, ei ddirmyg, ei ddialedd. Rwy'n honni bod gan Arthur gynllwynion dichellgar yn erbyn Medrawd a'i bobl, ac mae Medrawd yn credu pob gair. Gadawaf ei lys i swn y paratoadau rhyfel, ac rwy'n falch. Bydd Medrawd yn ymosod ar Arthur o fewn dyddiau, a chaf innau ryfela unwaith eto! Af yn ôl i lys Arthur, i'w baratoi yntau.

Ond mae pethau'n mynd o chwith. Nid dyma'r hyn a fwriadais. Mae Medrawd wedi ei ladd, ac Arthur wedi ei glwyfo'n angheuol! Mae'r Saeson yn ymosod ar ein man gwan! Gwae fi! Gwae'r dydd y dechreuodd Brwydr Camlan – dynion Cymru'n gelain, a neb ar ôl i wrthsefyll y Saeson! Ac rwy'n cael fy ngalw'n Iddawc Gordd Prydain! Gwae, gwae, gwae!

Clywodd lais Gwydion yn ei alw'n ôl. Roedd wedi ei ysgwyd i'w graidd. Ai ef oedd yn gyfrifol am farwolaeth Arthur, eilun yr oesoedd?

'Dyfrig, gwranda arna i.' Teimlodd Gwydion yn ei ysgwyd gerfydd ei fraich. 'Beth bynnag rwyt ti'n ei deimlo ar hyn o bryd, gall hynny newid i gyd. Dyma gyfle i ti wneud yn iawn am yr hyn a wnaethost yn y gorffennol. Pan fyddi di'n Iddawc unwaith eto, cofia'r hyn rwyt ti'n ei deimlo heddiw. Adrodda wir neges Arthur, ac fe gewch ymuno i frwydro yn erbyn y Saeson. Cei ddigon o ryfela eto. Ti'n deall?'

Nodiodd Dyfrig ei ben yn araf. Byddai'n cytuno ag unrhyw beth ddywedai Gwydion.

'Tyrd yn ôl i dy wely. Cei orffwys nes bydd effaith y cyffur wedi cilio.'

Gafaelodd Gwydion yn ei fraich unwaith eto, a'i helpu'n ôl i'r ystafell gyntaf. Gorweddodd yn ddiolchgar ar y gwely. Ond nid oedd Gwydion wedi gorffen ag ef.

'Rydw i am rannu newydd arbennig â thi, Dyfrig,' meddai. 'Dim ond ti, fi ac Eurgain fydd yn gwybod.'

Eisteddodd ar erchwyn y gwely a phlygu 'mlaen.

'Ti'n gweld, pan ddois i i adnabod Eurgain gyntaf, a darganfod ei bod o'r un anian â minnau, fe ddechreuon ni gynllunio. Yr un oedd breuddwyd y ddau ohonom: gweld Cymru ar y brig unwaith eto. Gwyddwn am waith ymchwil Eurgain, wrth gwrs, ond un noson roedd ganddi newyddion arbennig: roedd hi wedi llwyddo i ddadmer corff yn llwyddiannus, a phopeth yn gweithio ynddo fel cynt. Roeddwn yn falch drosti, wrth gwrs, ac yn gofyn pryd oedd hi'n bwriadu cyhoeddi'r canlyniadau. Ond ysgwyd ei phen wnaeth hi, a dweud bod ganddi ragor o newyddion ysgubol.' Tynnodd Gwydion yn ôl fymryn oddi wrth wyneb Dyfrig, ac roedd Dyfrig yn ymwybodol fod cyffro yn llenwi'r dyn. Roedd ei lygaid yn dawnsio, a chynnwrf drwy ei gorff.

'Ti'n gweld, wrth weithio ar yr elfennau olaf o'i gwaith roedd hi wedi dod ar draws arbenigwr arall mewn cynhadledd arbenigol, ffisegydd cwantwm, ond yn fwy na hynny, arbenigwr ar fecaneg cwantwm. Dyn oedd yn adeiladu ei beiriant arbennig ei hun.' Oedodd Gwydion am eiliad. 'Wyt ti'n gwybod unrhywbeth am ddamcaniaeth cwantwm, Dyfrig? Na? Mi geisia i egluro. Wyddost ti am ddamcaniaeth Newton ynglŷn â golau? Ei ddamcaniaeth fod golau fel ton, yn barhaus, ddi-dor, yn codi a disgyn fel tonnau'r môr?' Disgwyliodd nes iddo weld Dyfrig yn nodio'i ben. 'Wel, mae ffiseg cwantwm yn damcaniaethu nad ton ddi-dor yw golau, ond yn hytrach ei fod wedi cael ei wneud o 'becynnau' – yn niffyg gair gwell – pecynnau o'r hyn a elwir yn ffotonau. Mae ffoton yn debyg i atom, ac mae pob dim yn y byd hwn wedi ei greu ohonynt. Meddylia am dy gorff di, Dyfrig. Mae dy gorff di'n un pecyn, neu fwndel, o ffotonau. Felly mae beth bynnag sy'n digwydd i ffoton rhif un, dyweder, hefyd yn digwydd i ffoton dau, a thri, ac yn y blaen, waeth pa mor bell ydyn nhw oddi wrth ei gilydd. Os ydi ffoton rhif un yn teithio i fan arbennig, mae'r gweddill yn sicr o'i ddilyn. Felly mae modd symud corff o un man i fan arall drwy droi'r corff yn egni electromagnetig, fel 'Beam me up, Scottie!'. Ti'n deall?'

Ysgydwodd Dyfrig ei ben. Doedd o ddim yn gallu ymdopi â geiriau Gwydion. Roedd yn fwy pendant ei farn nag erioed: roedd Gwydion yn wallgof.

'Mae'n ddrwg gen i,' ymddiheurodd Gwydion, gan gamddeall ymateb Dyfrig. 'Rhaid i mi geisio egluro'n well. Mi wyddost am yr hafaliad e=mc²? Hafaliad màs – egni? Fod màs yn troi'n egni ar gyflymder golau?'

Syllodd Dyfrig arno'n gegrwth.

'Na?' Gwenodd Gwydion. 'Rhaid cyfaddef nad ydw innau'n ei ddeall yn iawn. Ond fel hyn yr ydw i'n ei deall hi: mae atomau'r corff yn cael eu newid yn egni electromagnetig – neu olau – ar ffurf ffotonau. Gan fod dolen fythol rhwng pob ffoton yn yr un bwndel, gellir symud y corff, fel bwndel o ffotonau, o un gofod i ofod arall gan ddefnyddio dolennau uwcholeuol. A dydw i ddim yn sôn am deithio o un man yn y byd i fan arall. Na, rydw i'n sôn am symud corff o un *amser* i amser arall! Mae'r gwyddonwyr wedi datrys y fathemateg ers tro byd, ond does yr un ohonyn nhw wedi gallu trawsffurfio'r damcaniaethau yn beiriannau go iawn – neb heblaw'r arbenigwr a fu'n trafod ei waith gydag Eurgain.'

Roedd Gwydion wedi cynhyrfu cymaint nes bod Dyfrig yn teimlo cryndod drwy'r gwely.

'Doeddwn i ddim yn ei chredu i ddechrau, wrth gwrs. Ond ychydig yn ddiweddarach daeth â lluniau o'r peiriant i'w dangos i mi, a diagramau ac ati. Mi welais i fideo hefyd – fideo wedi ei dynnu o bobol yn Oes y Cerrig. Roedd o'n wir, Dyfrig! Roedd popeth yn real! Yna, mi ddaeth hi ag un o brif gynorthwywyr yr arbenigwr i siarad â mi.' Anadlodd yn ddwfn. 'Roedd y cyfan yn wir, Dyfrig,' meddai eto, 'a dyna'n cynllun yn dod at ei gilydd.' Ychwanegodd yn frysiog, 'Roedd angen gwneud ambell newid bach i'r peiriant, eglurodd y cynorthwywr, ond roedd wedi cael caniatâd yr arbenigwr i ddod i'r ynys ac adeiladu peiriant i ninnau. Doedd dim modd gwybod faint o amser fyddai hynny'n ei gymryd, felly penderfynwyd y bydden ni'n eich rhewi chi'r cystadleuwyr nes y byddai popeth yn barod.

'A heddiw, rydan ni am ddechrau arni. Mae'r arbenigwr ei hun wedi cyrraedd yr ynys i oruchwylio'r broses. Pwy anfonwn ni'n ôl gyntaf, Dyfrig? Ti?' Ysgydwodd Gwydion ei ben. 'Na, rwy'n credu y cadwn ni at drefn amser. Iwan fydd yn mynd gyntaf, felly, i oes Macsen Wledig. Ac os na fydd ein byd ni wedi newid ar ôl hynny, mi anfonwn ni ti, yna Huw, yna Marian a minnau ac yn y blaen. Mae un ohonom yn siŵr o lwyddo!

'Ond tyrd, rydw i'n gweld nad ydi effaith y cyffur wedi diflannu eto. Gorffwysa di am ychydig. Dyna beth mae'r arbenigwr yn ei wneud ar hyn o bryd, yn dilyn ei siwrnai yma. Gei di weld y cyfan wedyn.'

Cododd Gwydion a gadael yr ystafell. Ceisiodd Dyfrig wneud synnwyr o'r cwbl roedd Gwydion wedi ei ddweud. Roedd popeth yn wir, felly, a hwythau'n cael eu haberthu. Ond ai aberth oedd o? Roedd rhan ohono'n cydymdeimlo â theimladau Gwydion. Felly, fe ddylai fod yn fodlon gwneud ei ran. Arswydodd am eiliad wrth feddwl y byddai'n gorfod byw bywyd yr Iddawc hwnnw ac ar yr un pryd yn gallu cofio'i fywyd presennol. N'tia! Byddai'n colli N'tia ac yntau ddim ond newydd ddod o hyd iddi! A beth fyddai'n digwydd iddi hithau? Fyddai hi'n hiraethu amdano? Roedd y cyfan yn ormod i Dyfrig. Er gwaethaf ei holl ofnau, caeodd ei lygaid a chysgu.

* * *

Roedd Gwydion yn ei ôl, yn ei ysgwyd gerfydd ei ysgwyddau.

'Coda, Dyfrig. Tyrd. Mae'n amser.'

Er bod ei ymennydd yn drwm o gwsg, roedd yn falch o sylweddoli bod ei gerddediad yn gadarn wrth iddo ddilyn Gwydion ar hyd y coridor cul am yr eildro. Pan gerddodd i mewn i'r ystafell reoli, gwelodd fod mwy o gadeiriau wedi eu gosod ynddi, mewn cylch o amgylch bwrdd coffi isel, a chadair y ddesg wedi ei throi i fod yn rhan o'r cylch. Roedd y sgriniau i gyd yn fyw hefyd, a syllodd Dyfrig ar wyneb Angharad wrth iddo ufuddhau i Gwydion ac eistedd yn un o'r seddi. Eisteddodd Gwydion yng nghadair y ddesg, gan mai honno oedd y fwyaf a'r uchaf.

Agorodd y drws a daeth Eurgain i mewn. Rhoddodd wên fach sydyn i Dyfrig cyn siarad â Gwydion.

'Mae o'n barod, Gwydion,' meddai. 'Wyt ti am ei weld o'n syth?'

'Wrth gwrs. Wnei di ei hebrwng i mewn?'

Galwodd Eurgain, 'Dewch!' ar rywun oedd yr ochr arall i'r drws.

Eiliadau'n ddiweddarach ymddangosodd hen ŵr yn y drws. Trodd Dyfrig yn wyllt i edrych ar Gwydion, yna'n ôl at yr hen ŵr. Er gwaetha'i wallt hir roedd yn debyg iawn i Gwydion – bron fel petai'n efaill iddo – er i Dyfrig sylwi wedyn fod croen yr hen ŵr yn edrych yn afiach o felyn. Roedd yn amlwg yn ddyn gwael. Yna cofiodd eiriau Robert Llywelyn, yr actor yn y castell. Roedd Gwydion yn un o efeilliaid. Ai'r henwr hwn oedd y llall? Ond roedd hwnnw wedi marw! Yna gwelodd N'tia yn dod i mewn y tu ôl i'r hen ŵr, hithau'n gwisgo'r wisg Garibîaidd honno oedd amdani ar noson gyntaf y gystadleuaeth. Roedd golwg bryderus ar ei hwyneb, ond ceisiodd roi gwên fach iddo.

Daeth y twrw rhyfeddaf o wddf Gwydion, a chafodd Dyfrig fraw o weld ei wyneb. Edrychai fel pe bai ar fin llewygu. Roedd ei ddwylo fel dwy grafanc yn cydio ym mreichiau'r gadair, a'i wyneb yn glaerwyn.

Yna siaradodd yr hen ŵr.

'Henffych well, Gwydion! Wyt ti'n meddwl mai ysbryd ydw i, efo ysbryd Manali? Mi fyddai hynny'n ddigon priodol, oni fyddai? Ond rwy'n dy sicrhau di nad rhith ydw i. Fi ydi'r teithiwr amser, Gwydion – neu a ddylwn i dy alw di'n Pwyll? Wedi'r cyfan, dyna dy enw bedydd.' Trodd at y gweddill ohonyn nhw. 'Y fi gafodd fy medyddio'n Gwydion, a 'mrawd,' meddai gan bwyntio at Gwydion, 'yn Pwyll. Mi wnest ti ddwyn fy enw oddi arna i wrth i ti ddwyn fy mywyd. Ond beth sy'n bod? Does gen ti ddim i'w ddweud, Pwyll?'

Eisteddai Gwydion fel dyn yng nghanol hunllef. Os oedd Dyfrig yn credu mai'r hen ŵr oedd y dyn gwael, erbyn hyn edrychai Gwydion yn waelach fyth. Roedd ei gorff cyfan wedi crebachu, a'r croen yn llac am ei wyneb. Ond nid Gwydion oedd o, nage? Pwyll oedd hwn, os oedd o am gredu'r hen ddyn. Ond roedd hwnnw'n dal i siarad.

'Doedd gennym ni ddim gobaith o'r dechrau cyntaf, mewn gwirionedd, nag oedd, Pwyll? Cawsom ein melltithio o ddydd ein geni gan rieni oedd yn rhy anwybodus i sylweddoli arwyddocâd yr enwau roeson nhw i ni, yr enwau a gredent oedd mor Gymreig! Pwyll a Gwydion: y gelynion tragwyddol, y Tywyllwch a'r Goleuni.'

Daeth crawc o wddf y dyn a adwaenai Dyfrig fel Gwydion, ond ni fedrai ddweud dim. Yna trodd y llall at Dyfrig.

'Ti'n gweld, 'machgen i, cawsom ein geni'n efeilliaid, y fi ychydig funudau o flaen Pwyll. Allai o byth faddau hynny i mi. Ac o'r dydd hwnnw ymlaen roedd yn genfigennus o bopeth a wnawn, er nad oeddwn yn sylweddoli hynny ar y pryd. Ti'n gweld, y fi wnaeth orau yn yr ysgol a'r coleg, y fi gafodd waith gan Kubrick ym myd y ffilmiau, a phan gefais wahoddiad i weithio yn Hollywood, roeddwn i'n ddigon ffôl i gredu'n llwyr ei fod yn falch o'm llwyddiant. A phan awgrymodd ein bod ni'n dau'n llogi llong i hwylio yn y Caribî fel ffordd o ddathlu'r ffaith fy mod wedi derbyn y swydd, roeddwn wrth fy modd.' Ysgydwodd ei ben yn araf. 'Mor ddiniwed oeddwn i!

'Ti'n gweld, 'machgen i, twyll oedd y cyfan: y cyfeillgarwch, yr hwyl ar y dechrau. A phan ymunodd Manali â ni ar ynys Haiti, fe syrthion ni'n dau mewn cariad â hi. Ond gyda mi roedd hi am fod. Rwy'n tybio bellach ei bod hi wedi gallu gweld y tywyllwch yn dy natur, Pwyll. Roedd hi'n eneth ffein,' meddai wedyn, gan afael yn llaw N'tia. 'Doedd hi ddim yn haeddu cael ei gadael i farw ar ynys unig.' Trodd ei lais yn gyhuddgar. 'Ond dyna beth wnest ti, yntê, Pwyll? Fy nharo i ar fy mhen nes dy fod ti'n credu fy mod i'n farw, a'i gadael hi gyda fy nghorff ar ynys heb fwyd na diod. Byddai'n rheitiach i ti fod wedi ei tharo hithau hefyd na'i gadael i farw'n araf yno! Does dim rhyfedd iddi dy felltithio â holl rym ei thylwyth!'

'Wnes i ddim ...' Dechreuodddd Gwydion/Pwyll brotestio mewn llais cryg. 'Damwain oedd hi! Fe neidiodd y jib o'm gafael a'th daro di – mae pawb yn gwybod hynny!'

'Mae pawb yn gwybod hynny am mai dyna'r stori roddaist ti iddyn nhw. Ond paid â cheisio 'nhwyllo i, Pwyll! Roeddwn i yno, rydw i'n gwybod y gwirionedd!' Edrychodd yr hen ŵr eto ar Dyfrig.

'Hwyliodd ymaith heb edrych yn ôl unwaith, heb geisio fy ngharo ar y llong i chwilio am feddyg, fel y byddai brawd cariadus wedi'i wneud. A gadael y ferch roedd yn honni ei fod yn ei charu. Dyna sut un ydi Pwyll! Ac yna aeth ymlaen i Hollywood a defnyddio fy mhapurau i er mwyn cael fy swydd! Ond wnest ti fawr o lwyddiant ohoni, naddo Pwyll? Suddo'n raddol i ebargofiant wnest ti yno, yntê? Heblaw fod S4C wedi dod i achub y dydd, cardotyn yn LA fyddet ti bellach.'

Syllodd pawb ar y dyn toredig yn y gadair. N'tia oedd y cyntaf i dorri ar y distawrwydd.

'Sut gawsoch chi eich achub?'

'Rai dyddiau'n ddiweddarach, daeth llong hwylio arall heibio. Roeddwn i wedi dod ataf fy hun rywfaint erbyn hynny. Llwyddais i dynnu sylw'r criw, ac fe fuon nhw'n garedig iawn wrthyf. Cefais fynd ar eu llong a gadael yr ynys gyda hwy.'

'A beth am Manali?'

'Roedd yn rhy hwyr iddi hi, druan fach. Ceisiodd fynd i chwilio am ddŵr i ni, ac mae'n rhaid iddi gael ei brathu gan neidr neu bryfyn gwenwynig, oherwydd pan ofynnais iddyn nhw chwilio amdani, daeth un o griw'r llong o hyd i'w chorff chwyddedig ar greigiau uwchben y môr.' Simsanodd y dyn a gafael ym mraich N'tia. Camodd Eurgain ymlaen yn bryderus.

'Tada, dewch i eistedd.'

Ufuddhaodd yr hen ŵr, a gyda chymorth N'tia, eisteddodd ar un o'r cadeiriau. Daeth hithau i eistedd wrth ochr Dyfrig, a gafaelodd yntau yn ei llaw.

'Tada?' meddai Dyfrig.

'Ia,' gwenodd y dyn arno. 'Mae'n ddrwg gen i, wnes i ddim cyflwyno fy hun, na neb arall chwaith, naddo?

'Gwydion Williams oeddwn i, a dyna fy ngefell, Pwyll, a'm merch, Eurgain. Eurgain Lorrimer ydi hi, gan i mi gymryd yr enw Lorrimer wedi i mi gael fy achub o'r ynys honno. Ond mae golwg ddryslyd arnat ti, 'machgen i. Gad i mi egluro rhagor.

'Aeth perchnogion y llong hwylio, y teulu Lorrimer, â fi i'w cartref ar ynys fechan ger St Thomas, a threfnu i mi gael triniaeth feddygol. Ynys breifat oedd hi, eu hynys hwy. Efallai mai yno y dechreuais i garu ynysoedd, a phrynu'r ddwy ynys hon rai blynyddoedd yn ôl. Ta waeth, roedden nhw'n deulu caredig iawn. Allwn i ddim cofio fy enw am flynyddoedd, nag o ble y deuthum, ond fe wnaethon nhw fy mabwysiadu, fwy neu lai. Dyna sut y bu i mi gymryd eu henw – Lorrimer. Ar ôl i mi wella, roedd Ernest Lorrimer am i mi ymuno ag ef yn ei fusnes enfawr, ac ymhen amser, priodais ei ferch, sef mam

Eurgain. Doedd ganddyn nhw ddim mab, a mam Eurgain oedd yr unig etifedd. A phan fu hithau farw chwe blynedd yn ôl, daeth y cyfan yn eiddo i mi ac Eurgain.'

Nodiodd Eurgain ei phen.

'Ond beth am hyn i gyd?' gofynnodd Dyfrig, oedd yn dal mewn dryswch. Pwyntiodd at y sgriniau ar y wal. 'Dydw i ddim yn deall.'

'Nag wyt siŵr, 'machgen i. Gad i mi orffen.

'Yn raddol, daeth fy nghof yn ôl i mi, a chofiais y cyfan oedd wedi digwydd. Cedwais y cyfan i mi fy hun, fodd bynnag. Roedd fy mywyd wedi dilyn trywydd gwahanol erbyn hynny, ac roeddwn i'n fodlon iawn. Roeddwn i wedi priodi, yn un peth. Fynnwn i ddim newid pethau, ond doeddwn i ddim am anghofio'r hyn wnaeth Pwyll, chwaith.

'Un diwrnod, wrth chwilio ar y we efo fy nghyfrifiadur newydd – roeddwn i'n hen bryd hynny, hyd yn oed – ar fympwy rhoddais fy enw fy hun i mewn iddo, a dychryn am fy mywyd wrth weld bod fy ngyrfa fel cynhyrchydd ffilmiau wedi parhau'n ddi-dor ers diwrnod fy "marwolaeth". Sylweddolais yn fuan iawn beth oedd wedi digwydd, a mater hawdd wedyn oedd cadw llygad ar weithgareddau fy mrawd.'

'Yna, un diwrnod,' ychwanegodd Eurgain at y stori, 'digwyddodd fy nhad weld llun oedd gen i o N'tia a'i mam. Mi fu bron i Tada lewygu,' ychwanegodd gyda gwên.

'Rwyt ti'r un ffunud â Manali,' meddai'r hen ŵr wrth N'tia. 'A dyna sut cefais i'r syniad, y syniad am y twyll fyddai'n gadael i mi ddial ar fy mrawd, am dwyll fyddai'n deilwng o'r Gwydion ap Dôn gwreiddiol. Twyll y ganrif!'

'Be wyt ti'n feddwl?' Roedd llais Pwyll yn floesg.

'Hyn i gyd, siŵr iawn,' atebodd yr hen ŵr gan chwifio'i freichiau. 'Wyt ti ddim yn gweld? Y fi oedd y miliwnydd y tu ôl i'r syniad o wneud ffilm am hanes Cymru. Y fi roddodd yr arian i ffilmio'r rhaglen deledu, a rhoi'r gwaith i Gwmni Janus a Gwydion ap Dôn, y cyfarwyddwr enwog. Ond y *fi* ydi Gwydion, *fi* ydi'r dewin wnaeth yr hud i dy dwyllo di!'

'Wel, pa ots os mai ti sydd y tu ôl i hyn?' heriodd Pwyll, oedd bellach yn adennill ei hyder. 'Roedd gan y ddau ohonon ni bob amser ddiddordeb mawr yn y byd Celtaidd, y ddau ohonon ni eisiau gweld yr hen ffyrdd yn cael eu hadfer, a gweld Cymru'n cael ei chydnabod. Dwyt ti ddim yn erbyn yr hyn rwy'n bwriaduei wneud, nag wyt?'

Chwarddodd yr hen ŵr.

'Beth oeddet ti'n arfer ei ddweud pan oeddet ti'n chwarae triciau ar bobol? "Does neb mor ddall â'r rhai na fyn weld"? Wyt ti ddim yn gweld? Eurgain, dos i ddangos iddo.'

Aeth Eurgain draw at y panel rheoli a thynnu'r camerâu'n ôl i ddangos pob silindr yn ei gyfanrwydd, ac ychydig o'r llawr o'u hamgylch. Gallai Dyfrig weld bellach pa mor agos oeddynt i'w gilydd. Yna gadawodd Eurgain yr ystafell, ac ymddangos ychydig yn ddiweddarach ar y sgrîn gyntaf. Gwyliodd pawb wrth iddi wneud rhywbeth yng nghefn silindr Angharad, ac yna aeth ati i godi'r gorchudd oedd dros y pen.

'Na!' gwaeddodd Pwyll. 'Ti'n peryglu'r cyf ...'

Ond tawodd wrth wylio Eurgain yn codi pen Angharad yn rhydd o'r silindr, ac yn ei daflu i'r llawr. Chwalodd yn deilchion, a chododd powdwr gwyn yn gymylau o'r llanast.

Teimlodd Dyfrig gorff N'tia yn sythu wrth ei ochr, a chlywodd ochenaid bach o geg Pwyll. Gwyliodd pawb mewn rhyfeddod wrth i Eurgain fynd o un silindr i'r llall, yn tynnu pob pen ohonynt a'u malu.

'Y modelau!' sibrydodd N'tia'n syfrdan. 'Y modelau wnes i o blastr Paris!'

Ond roedd Pwyll yn cael trafferth anadlu. Roedd yn llowcio'i wynt ac yn gwneud y synau rhyfeddaf yn ei wddf. Cododd Dyfrig yn frysiog a mynd ati i rwbio'i gefn i geisio llacio'i ysgyfaint, ond gwthiwyd ef i ffwrdd. Daeth Eurgain yn ei hôl.

'Wyt ti'n gweld bellach?' gwawdiodd yr hen ŵr. 'Does 'na ddim peiriant amser, siŵr iawn! Ffuglen wyddonol ydi hynny o hyd. A dydi Eurgain na neb arall hyd yn hyn wedi darganfod ffordd o ddadrewi cyrff yn llwyddiannus. Does neb mor ddall ...!'

Dechreuodd Dyfrig gymryd yn erbyn yr hen ŵr. Roedd yn ymhyfrydu'n ormodol yn ei ddial. Ond nid oedd wedi gorffen siarad.

'Roeddet ti'n gweld dy hun fel rhyw fath o ddewin efo'r ffilmiau, on'd oeddet? Yn meddwl bod Gwydion yn enw teilwng i'r dewin ffilmiau! Wedi'r cyfan, onid rhith modern ydyn nhw? Gallu gwneud i fydoedd estron ymddangos yn real, gwneud i fwystfilod erchyll lamu ar draws y sgrîn a gwneud yr hyll yn brydferth a'r drwg yn dda? Mi fyddai'r hen Gwydion wedi gwirioni'i ben gyda'r dechnoleg sydd ar gael i rithwyr heddiw! Dwyt ti'm yn meddwl fod y fideo o Oes y Cerrig yn un gampus?' Chwarddodd, ond trodd y chwerthin yn beswch. Aeth Eurgain ato.

'Tada, rydych chi'n dechrau blino. Gwell i chi orffwys.'

Nodiodd yr hen ŵr ei ben, ond roedd ganddo un peth arall i'w ddweud.

'Mi wnawn ni orffen hyn yn y dull traddodiadol,' meddai wrth ei frawd. 'Wyt ti'n cytuno?' Nodiodd Pwyll ei ben yn araf, yna trodd yr hen ŵr at N'tia. ''Mechan i, wnei di gynorthwyo hen ŵr?'

'Dos â fo i'm stafell i,' meddai Eurgain wrthi, ac ufuddhaodd N'tia. Cododd Pwyll hefyd a'u dilyn allan o'r ystafell.

'Wyt ti'n barod am 'chydig o luniaeth?' gofynnodd Eurgain i Dyfrig. 'Mae N'tia wedi bwyta'n barod. Tyrd efo mi.'

Dilynodd Dyfrig hi drwy ddrws arall, a'i gael ei hun mewn cegin fechan. Roedd plataid o frechdanau dan orchudd plastig ar far brecwast, a dwy gadair.

'Paned?' cynigiodd Eurgain wrth bwyntio at gadair. 'Helpa dy hun i'r brechdanau.'

Llowciodd Dyfrig hwy, gan sylweddoli am y tro cyntaf pa mor llwglyd ydoedd. Ond roedd un ffaith a ddatgelwyd gan yr hen ŵr wedi bod yn cynrhoni yn ei ben, wedi chwyddo a'i lenwi â dicter, ac erbyn i Eurgain osod y baned o'i flaen roedd yn barod i ffrwydro.

'Sut allet ti?' poerodd ati.

Edrychodd Eurgain arno'n syfrdan.

'Sut allet ti beryglu bywyd N'tia fel yna? Ei gwneud hi'n abwyd i fachu Gwydion? Pa fath o fodryb wyt ti? Pa fath o ffrind i'w mam?'

'Ond doedd hi ddim mewn perygl,' gwadodd Eurgain. 'Roedd hi efo mi drwy'r amser.'

'Nes i ti ei gadael ar yr ynys.'

'Ond roeddwn i ar yr ynys hon, yn cadw llygad ar bethau!'

'Oeddet ti wir? Yna pam roedd raid i ni redeg am ein bywydau? Cuddio a bron â chael ein boddi?'

'Roeddwn i'n aros amdanoch chi. Sut wyt ti'n meddwl ddaeth y goleuadau 'mlaen i oleuo'r llwybr ar draws y gors? Roeddwn i wedi'ch gweld chi ar y camera diogelwch isgoch sy'n gwylio'r sarn. Ond, mewn gwirionedd, doedd dim angen yr helynt yna. Pe byddai Gwenhwyfar heb ymyrryd ...'

'A sut oedd hi na fi i wybod hynny? Pa bryd oeddet ti am ryddhau N'tia? Fel roedd y gyllell yn disgyn ar ei gwddf?'

Nid atebodd Eurgain. Yn hytrach, dechreuodd hithau ymosod.

'Mi allwn i ddweud mai dy fai di yw hyn i gyd!'

'Fi?'

'Ia, ti. Taset ti heb ddod â dy ffrind Bedwyr i Aberystwyth, mi fyddai pethau wedi gweithio'n rhwyddach o lawer.'

'Be sy gan Bedwyr i'w wneud â hyn i gyd?'

'Wel, i ddechrau, roedd o wedi aros yn yr ystafell ymgynnull a nodi enwau pawb oedd i fynd ar y bws fel roedd Seimon yn eu galw. Wyddwn i ddim ei fod yn bwriadu galw'r enwau'n uchel, neu mi fyddwn i wedi ei wahardd. Cerdded o un i'r llall yn dawel fach a dweud wrthyn nhw ei bod hi'n amser mynd oedd y cynllun gwreiddiol. Ond ta waeth, ar ôl cael enw'r cystadleuydd olaf, a phawb yn gadael, ceisiodd Bedwyr ddilyn y bws. Sylweddolodd Seimon eu bod yn cael eu dilyn, a llwyddodd i'w golli, ond wedyn aeth Bedwyr at fab Bleddyn. Roedd yn ei adnabod, yn toedd? Gŵr newydd dy gyn-wraig. A phan welodd hwnnw enw ei dad, a thithau, ar y rhestr, roedd yn benderfynol o ddarganfod rhagor. Wyt ti'n cofio'r torri mewn i swyddfeydd Janus? A Gwydion yn gorfod gadael am ddiwrnod neu ddau? Bedwyr ac Iolo Dinefwr oedd yn gyfrifol am hynny, ond gwrthododd Gwydion â dod ag achos yn eu herbyn. Ond er hynny, roedden nhw'n dal ar y trywydd. Y rheswm pam y daeth Gwydion â chi i'r ynys wythnos ynghynt na'r bwriad oedd am fod y ddau yn dynn ar ein sodlau. Roedd yn rhaid i ni adael y stad ar frys.'

'Ond pa wahaniaeth os oedden nhw'n darganfod y lle?'

'Rhaid i ti edrych ar bethau o safbwynt Gwydion. Roedd o'n bwriadu gwneud i ddeuddeg person ddiflannu. Roedd o wedi ceisio'ch dethol yn ofalus, pobol nad oedd ganddynt ormod o deulu i holi a chodi twrw os byddai ei gynlluniau'n mynd o chwith.'

'Pobol unig, chi'n feddwl?'

Cododd Eurgain ei hysgwyddau. Crychodd Dyfrig ei dalcen wrth sylweddoli nad oedd yr hyn ddywedai Eurgain yn gwneud synnwyr.

'Ond ar y funud olaf y daeth N'tia i weithio efo chi. Salwch rhyw ddyn. Os oedd hi'n greiddiol i'ch cynlluniau chi ...' Tawodd o weld Eurgain yn ysgwyd ei phen ac yn gwenu.

'Gadawodd y dyn nid oherwydd salwch, ond am ei fod wedi derbyn cynnig llawer gwell. Cafodd fwy o arian am dynnu'n ôl ddyddiau cyn cychwyn ei waith na'r hyn fyddai o wedi ei dderbyn am y chwe wythnos gyfan.' Diflannodd y wên. 'Beth bynnag, yr hyn roeddwn i'n ceisio'i ddweud cynt yw fod pethau wedi mynd braidd yn flêr ar yr ynys am ein bod ni wedi cael ein rhuthro. A dyna pam y daeth Tada yma yn gynt na'r bwriad.'

'Dydi o ddim yn edrych yn dda.'

'Nag ydi,' cytunodd Eurgain. 'Mae o ar ei ddyddiau olaf. Dyna pam y gwnes i gytuno i hyn, mewn gwirionedd. Mae'r holl gynllunio wedi rhoi pwrpas i'w fywyd yn y misoedd olaf hyn. Ei gwneud hi'n haws iddo dderbyn y diwedd. Cancr, wrth gwrs. A chofia, Dyfrig, fod ei frawd wedi gwneud peth ofnadwy iddo, i 'Nhad ac i Manali druan. Doedd gen i ddim problem ynglŷn â chytuno â'i gynlluniau.'

'Ond mae bywyd arall wedi'i golli hefyd. Tasai Bleddyn heb gael ei hypnoteiddio ...'

Er mawr syndod iddo, gwenodd Eurgain.

'Dyna un peth braf am gael digon o arian,' chwarddodd. 'Ar ôl ei gael allan o'r gystadleuaeth, anfonais ef a Mair i America lle cafodd lawdriniaeth lwyddiannus iawn. Mae Bleddyn a Mair bellach yn dechrau ar gyfnod o adferiad ym Montana. Digon o lonydd ac awyr iach. Mi fyddan nhw'n hedfan adref ddechrau'r wythnos. Mae'n siŵr y cawn ni wahoddiad i'r briodas cyn bo hir.'

Syllodd Dyfrig yn gegrwth arni.

'A'r lleill?'

'Wel, roedd hi'n bwysig cadw pobol o'r ffordd, wrth gwrs, rhag i Gwydion ddeall eu bod yn rhydd. Cyn belled ag y gwyddai teuluoedd Llinos a Rhys, roedden nhw'n dal yn y gystadleuaeth – mae dau ddiwrnod ar ôl o'r cyfnod hwnnw, gyda llaw, er y bydd y llong yma'n hwyrach y bore 'ma, ac mi gaiff pawb gychwyn am adref arni.' Edrychodd ar ddillad Dyfrig a gwenu. 'Mae gennym ni ddillad addas ar eich cyfer. Ond i fynd yn ôl at fy stori. Roedd yn rhaid cadw Rhys a'r gweddill yn rhywle arall. Mae o wedi cael modd i fyw gyda thocyn darllen i lyfrgelloedd Yale a Harvard, a chael gwesty am ddim. Mae Llinos yn cael gwersi canu preifat gan berson enwog yn y maes, ac mae Iwan yn astudio ffilmiau yng Nghaliffornia.'

'Ac Angharad?'

'Mae hi a'i theulu wedi cael mis o wyliau yn Disneyland, Califfornia. Efallai ei bod hi a'i gŵr wedi diflasu erbyn hyn, ond mae'r plant wrth eu boddau. Maen nhw wedi cael pob mathau o dripiau eraill, hefyd.'

'Braf iawn,' meddai Dyfrig, braidd yn sychlyd. Roedd yn meddwl am yr holl boen roedd o a'r gweddill wedi mynd drwyddi tra oedd y rhai anfuddugol yn cael amser braf.

'Paid â phoeni, Dyfrig. Rydych chithau'n cael gwobr hefyd.'

Estynnodd amlen o'i phoced a'i rhoi i Dyfrig. Agorodd yntau'r amlen a thynnu ohoni siec a'i enw arni. Roedd y swm yn ddigon i godi gwallt ei ben.

'Rydach chi'n hael iawn. Diolch yn fawr.'

'Mae pob cystadleuydd arall ddaeth i'r ynys yn cael yr un swm, ac mae 'Nhad am i N'tia gael y ddwy ynys hon, er cof am Manali. Mae'r cyfan wedi ei baratoi yn ei ewyllys. Felly, os bydd pethau'n datblygu rhyngddoch, mi fydd gennych chi eich gardd Eden fach eich hunain.'

Roedd dychymyg Dyfrig yn rhedeg yn wyllt. Roedd cymaint y gallai ei wneud efo'r holl arian os byddai N'tia wrth ei ochr, ac yn berchen ar yr ynysoedd hyn. Yna cofiodd am Marian. Gofynnodd beth oedd ei hanes.

'Mae hi'n dal yn yr ysbyty, mae arna i ofn. Dydi pethau ddim yn rhy dda. Hi ydi'r un sydd wedi dioddef fwyaf yn sgil y gystadleuaeth. Mi roddwn i'r byd i allu newid yr hyn ddigwyddodd, ond allwn i ddim rheoli popeth. Roedd gormod o ddewisiadau personol yn y cawl, rhai Huw a rhai Marian.'

'Nid hi yw'r unig un sydd wedi dioddef, chwaith,' mynnodd Dyfrig. 'Beth am Huw ac Anna? Nid yr un bobl ydyn nhw bellach.'

Ffromodd Eurgain.

'Ti'n iawn, Dyfrig. Wnes i ddim meddwl amdanyn nhw. Efallai y dylwn i drefnu cael seiciatrydd i'w gweld, eu hypnoteiddio o bosib i anghofio rhai elfennau o'r hyn sydd wedi digwydd.'

'Fyddai hynny'n gweithio?' Roedd gan Dyfrig ei amheuon.

'Yn y tymor byr. Ac yn y tymor hir, bydd popeth yn ymddangos fel breuddwyd. Efallai y dylwn i drefnu i chi i gyd gael triniaeth.'

'Dim diolch. Rydw i wedi cael digon ar yr hypnoteiddio 'ma.' Meddyliodd am Huw ac Anna, a daeth cwestiwn arall i'w feddwl. 'A beth am y gystadleuaeth? Ydi hi'n bod ai peidio?'

'Gall Seimon ei gorffen a'i pharatoi ar gyfer y teledu. Mae S4C eisoes wedi cytuno i'w ddarlledu.'

'A phwy fydd yn ennill?'

'Gawn ni weld,' atebodd Eurgain. Cododd a chwilota mewn drôr nes darganfod darn o arian.

'Pen 'ta chynffon?'

'Cynffon.'

Taflodd yr arian i'r awyr a'i ddal. Gosododd y darn ar gefn ei law a'i ddadorchuddio.

'Pen! Nid dy dîm di sydd wedi ennill, Dyfrig, mae'n ddrwg gen i.'

Yna ychwanegodd, 'Ond fydd dim ffilm, wrth gwrs. Dyna pam mae'r wobr ariannol mor hael.'

Daeth N'tia i'r drws.

'Mae'r wawr bron â thorri,' meddai wrthynt.

'Iawn,' atebodd Eurgain. 'Dewch, mi awn ni allan.'

Roedd tarth dros yr ynys yn dilyn glaw a gwres y dyddiau cynt. Arweiniodd Eurgain y ffordd ar hyd llwybr tuag at y gorllewin, yna arhosodd ar ben clogwyn serth a arweiniai i lawr i'r traeth islaw. Roedd y tarth yn llai trwchus yno, a'r golau'n cryfhau.

Roedd bae'r sarn oddi tanynt, a'r ynys goediog. Yna gwelodd Dyfrig symudiad ar y traeth: dau ddyn mewn gwisgoedd gwynion, y ddau yn hen, y ddau'n gwthio cwrwgl i'r môr. Roedd cleddyf ar gefnau'r ddau.

'Be maen nhw'n ei wneud?' Roedd Dyfrig wedi arswydo. 'Rhaid eu stopio nhw!'

'Gad lonydd iddyn nhw, Dyfrig. Maen nhw am setlo'r cyfan, unwaith ac am byth. Maen nhw'n efeilliaid, wedi'r cyfan.'

Gwasgarwyd y tarth gan belydrau'r haul, a gwyliodd y tri wrth i'r cyryglau groesi i'r ynys goediog. Llusgodd yr henwyr eu cyryglau i fyny'r traeth a'u malurio. Yna diflannodd y ddau i'r coed.

'Boed i ti gerdded gyda'th dduwiau, Tada!' sibrydodd Eurgain, a throi ymaith.